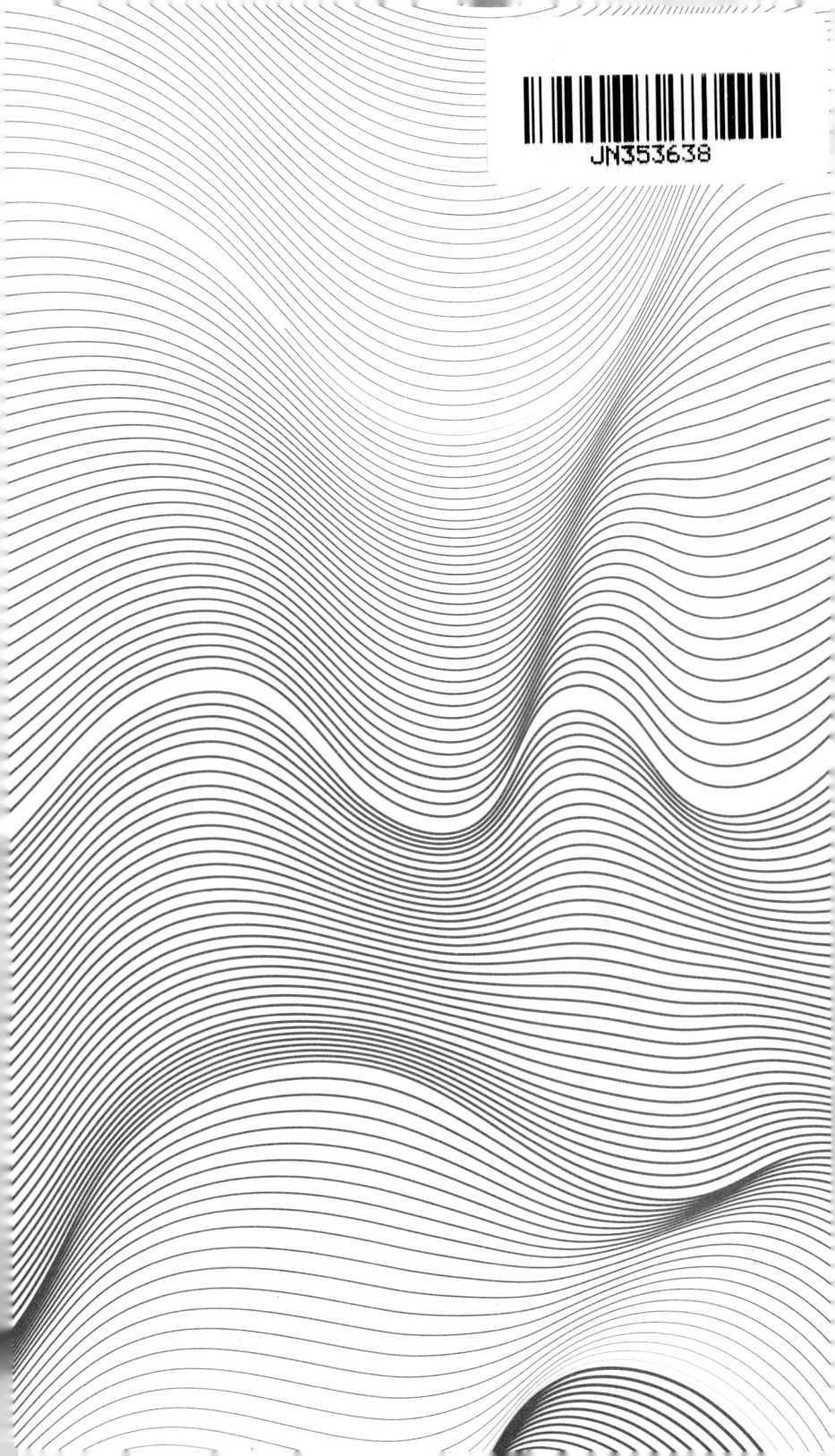

SPRINTER
PART 1. UNDERWORLD

SPRINTER
PART 1. UNDERWORLD

스프린터
언더월드

정이안 장편소설

CABINET

내게 이름을 주신 나의 부모님에게.

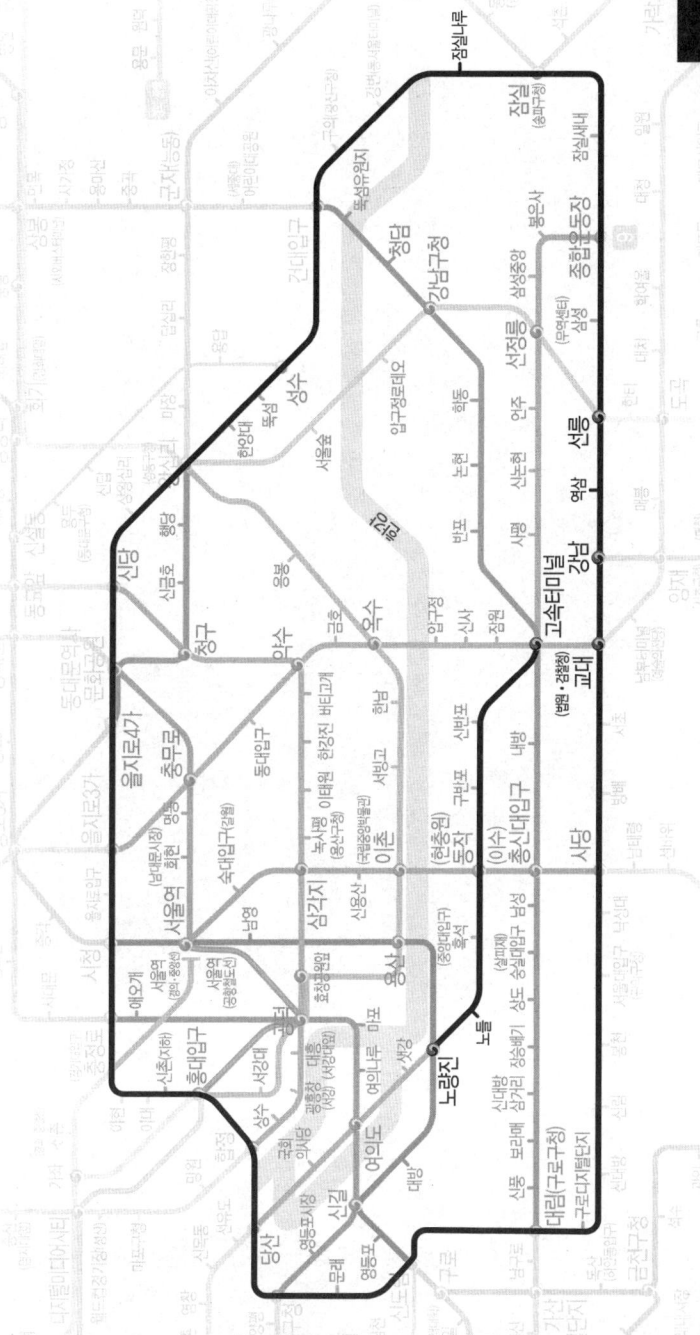

차례

Prologue	011
Chapter 1. 습격	016
Chapter 2. 엄마	118
Chapter 3. 지하 세계	260
Epilogue	526
편집자의 말	533
추천의 글	539
SPRINTER ARTWORK	544

이 이야기는 픽션입니다.
등장인물, 이름, 기관, 사건과 지역은 모두 허구입니다.
실제 인물 및 이름, 역사와의 유사성은 우연이며 의도하지 않은 바입니다.

Prologue

기온이 30도를 웃도는 무더운 날씨였다. 캐나다 남부에 위치한 토론토 육상 스타디움은 전 세계에서 몰려든 관객들의 열기로 한껏 달아올랐다. 무더운 날씨 탓에 땀이 줄줄 흘러내리는데도 관객들은 곧 열릴 100미터 부문 결승전에 대한 기대감으로 흥분한 표정을 감추지 못했다. 이제 막 세계에서 가장 빠른 사나이들의 불꽃 같은 이벤트가 시작될 참이었다.

단이가 뜨겁게 달궈진 트랙에 들어섰다. 관객들은 단이를 보자 환호성을 질렀다. 피부색이 밝은 탓에 단이는 흑인 선수들 사이에서 유독 도드라져 보였다. 단이를 제외한 모든 선수가 흑인이었다. 육상 100미터 부문은 언제나 그렇듯 흑인들의 잔치였다.

단이는 이번 대회의 다크호스였다. 불과 열아홉 살의 나이에 9초대를 기록하며 세계육상선수권대회 결승전까지 올라왔다. 준결승전에서 세운 단이의 기록은 9초 88. 아시아 신기록이자

세계 청소년 신기록이었다. 자신의 종전 최고 기록이자 아시아 타이 기록인 9초 91을 1년 만에 갈아치웠다. 이 기록만으로도 한국을 포함한 아시아권에선 이미 난리가 났고, 전 세계가 단이를 주목하게 되었다. 아직 스무 살도 되지 않은 아시아의 소년이 세계에서 가장 빠르다는 선수들과 함께 몸을 풀고 있었다.

미타쿠예 오야신.

단이는 마음속으로 주문을 외웠다. 오른쪽을 쳐다봤다. 가까운 객석에서 연아와 지태가 단이를 응원하는 모습이 보였다.

미타쿠예 오야신.

다시 한 번 주문을 외웠다. 연아가 알려준 주문이다. 인디언들의 인사말이라고 했다. 보다 정확히는 토착 원주민들, 세계육상선수권대회가 열리고 있는 이곳 캐나다에서는 '첫 번째 민족(First Nation)'이라고 불리는 이들의 인사말로, 우리는 모두 하나로 연결되어 있다는 의미를 가지고 있다.

단이가 슬럼프에 빠졌을 때 연아가 알려준 이 인디언들의 인사말은 훌륭한 치료제가 되어줬다. 트랙 위 각자의 레인에서 100미터를 달리는 건 홀로 터널을 달려가는 일과 같다. 그 고독한 중압감에 스타트조차 할 수 없었을 때, 연아가 알려준 주문은 외로운 터널 속에서 혼자가 아니라고 느끼게 해줬다. 아니, 단순한 느낌이 아니었다. 단이가 주문을 외울 때마다 트랙 위에는 연아와 지태가 함께 있었다. 스타트 총성이 울리면 단이는 연아와 지태와 함께 달렸다. 그 덕분에 준결승전에서 9초 88을 기록할 수 있었다. 결승전에선 더 빠른 기록을 낼 것이다. 단이는 더 빨리 달릴 자신이 있었다. 단이를 지켜보는 수많은 사람들도 그가 더 빨리 달릴 수 있다는 사실을 알고 있었다. 어쩌면 1위를 할지도 모른다. 우사인 볼트가 은퇴한 이후 비어버린 제왕의 자리를 아시아의 한 소년이 차지할 수도 있었다.

선수들이 워밍업을 끝내고 각자 자신의 레인으로 가서 섰다. 곧 선수 소개를 한 후 경기가 시작될 것이다. 한 인간이 이뤄온 모든 것이 10초도 되지 않아 판가름 나는 세계. 단이는 눈을 감고 머릿속으로 이미지를 그려봤다.

스타트 총성이 울리고 스타팅 블록을 박차고 나가는데 걸리는 시간은 0.1초. 첫 발인 오른발을 내딛고 추동력을 얻어 왼발, 오른발, 왼발, 오른발, 총 일곱 발짝 내딛으면 10미터 지점 통과. 그 뒤 20미터 지점까지는 상체를 숙이고 속도를 더 올린다. 30미터 지점부턴 상체를 펴면서 최고 속도 구간으로 진입. 오른팔, 왼팔 크게 흔들면서 발은 앞 부분 위주로 트랙 표면을 힘껏 내딛는다. 50미터를 지날 무렵 최고 속도를 낸다. 보폭도 더욱 커진다. 온몸의 근육은 터져 나갈 것 같은 상태가 된다. 이제 100미터 지점까지 속도를 떨어뜨리지 않는 게 중요하다. 근육은 더욱 팽창한다. 빠른 속도로 터널의 끝이 가까워진다. 6초, 7초, 8초……. 100미터 지점에 골인한다. 전광판에 뜨는 기록은 9초 81!

단이는 눈을 떴다. 단이는 언제나 경기 직전에 이미지 트레이닝으로 그 경기에서 자신이 달리는 모습을 그려본다. 열에 아홉은 그 모습대로 달렸다. 정말 컨디션이 안 좋을 때 한 번 빼고는 모두 이미지 트레이닝에서의 기록 그대로였다. 지금 단이의 컨디션은 최고였다. 이미지 트레이닝대로라면 9초 81로 골인할 것이다. 하지만 1위를 할 수 있는 기록일까?

아시아권 대회라면 분명히 우승이다. 하지만 이곳은 세계육상선수권대회다. 그 정도면 훌륭한 기록이지만, 우승할 수 있을지는 장담할 수 없다. 다른 선수들이 자신만의 터널을 몇 초에 달릴지 아무도 모른다. 혹 누군가 이번 경기에서 우사인 볼트가 세웠던 세계 신기록을 깰 수도 있는 일이다.

그때였다. 검은 양복을 입은 사람들이 경기장에 나타났다. 그들은 심각한 얼굴을 한 채 경기 운영진과 무언가 상의했다. 상황이 심각해 보였다. 관객들도 심상치 않은 분위기를 느꼈는지 술렁이기 시작했다. 각 레인에 서 있던 선수들도 검은 양복들을 쳐다봤다. 안 그래도 극도로 예민해지는 결승전 직전에 이런 돌발 상황은 선수들을 더욱 날카롭게 만든다.

단이는 그들을 보자 일이 잘못되어가고 있다는 느낌이 들었다. 온몸이 굳었다. 근육이 얼음처럼 차가워졌다. 체온이 싸늘하게 식어갔다. 이런 상태로 달리면 10초대 기록도 나오지 않을 것이다.

검은 양복들이 트랙 위로 올라왔다. 흑인 선수들을 지나쳐 단이 앞에 와 섰다. 단이에게 몇 마디 말을 하더니 그를 데리고 트랙을 내려갔다. 관객들이 크게 웅성거렸다. 전 세계로 방송을 내보내던 카메라들이 일제히 단이를 비췄다.

단이는 검은 양복들에게 끌려 트랙에서 사라졌다. 귀가 먼 것처럼 아무것도 들리지 않았다. 눈이 먼 것처럼 아무것도 보이지 않았다. 다만 트랙에서 멀어지기 전, 객석에 앉아 있는 연아와 지태의 얼굴을 봤을 뿐이다. 그리고 그 아래 스태프석에 있던 스티브. 아, 나를 여기까지 오게 만든 든든한 코치 스티브. 이제는 나를 파멸로 이끌 그, 스티브.

 그날 이후, 단이는 트랙에서 완전히 사라졌다. 희대의 도핑 스캔들이었다.

CHAPTER 1.
습격

테러 발생 27분 전
2호선 지하철

"이번 역은 잠실나루, 잠실나루역입니다. 내리실 문은 오른쪽입니다."

달리는 지하철 안에서 안내방송이 흘러 나왔다. 안내방송이 들리자 지하철 오른쪽 문 앞에 서서 심호흡을 했다. 불꽃처럼 달리던 나의 19년 육상 인생에 종지부를 찍을 레이스가 막 시작되려 하고 있었다.

잠시 후 지하철이 완전히 멈춰 서자 푸시식 소리를 내며 총 10량으로 이뤄진 2호선 지하철의 문이 일제히 열렸다. 스타트 신호다! 나는 문이 열리자마자 지하철의 가장 앞 칸인 1호차에서 승강장으로 튀어 나갔다.

잠실나루역에서 내리는 사람들과 부딪히지 않기 위해 최대한 지하철과 멀리 떨어진 쪽으로 포물선을 그리면서 빠른 속도로 달려 나갔다. 지상역인 잠실나루역의 창문 너머로 분홍빛 노을이 새어 들어왔다. 나는 눈을 찡그리곤 사람들이 지하철에서 다 내린 것을 확인한 후 달리는 방향을 꺾었다. 지하철 문 쪽으로 바짝 붙었다. 4호차쯤부터 직선으로 앞이 뻥 뚫려 있었다. 이대로 10호차까지 달려 문이 닫히기 전에 타면 된다. 나는 정차해 있는 지하철을 따라 전속력으로 달렸다. 지금 나에겐 이 길이 트랙이요, 나만의 레인이었다. 지하철이 정차한 짧은 시간 동안 1호차에서 10호차까지 달려 탑승에 성공해야 하는, 이른바 '지하도 레이스'였다!

"출입문을 닫겠습니다."

8호차쯤 지났을 때, 잠실나루역 승강장에 안내방송이 흘러나왔다. 10호차 문에서 연아와 지태가 몸을 반쯤 내민 채 나에게 빨리 오라고 소리쳤다. 연아의 손에는 스마트폰이 끼워진 셀카봉이 들려 있었다. 이 레이스는 연아의 스마트폰을 통해 인터넷으로 생방송되고 있었다.

"빨리, 빨리!"

"조금만 더!"

연아와 지태가 발을 동동 구르며 나를 향해 소리쳤다. 푸시식 소리를 내며 지하철 문이 닫히려 했다. 연아와 지태는 깜짝 놀라 몸을 지하철 안으로 넣었다.

"으아아아!"

기합을 넣듯 소리치며 9호차 옆을 번개같이 지나갔다. 10호차 문이 절반쯤 닫히는데 재빨리 몸을 웅크려 지하철 안으로 뛰어들었다. 문 안쪽에서 나를 기다리고 있던 지태가 내 몸을 받으면서 우와악! 소리를 질렀다. 창던지기 선수라 근육이 잘 발달한 지태는 비틀거리면서도 다른 사람들에게 부딪히지 않게 나의 거구를 잘 받아냈다. 덜커덩, 하면서 지하철이 출발했다.

"우와아아! 대박! 보세요! 성공했습니다! 1호차에서 10호차까지 거리는 200미터! 정차 시간은 약 20초! 지하철을 타고 내리는 사람들이 장애물처럼 있는데도 10호차에 탑승하는데 성공했어요! 참고로 200미터 세계 신기록은 19초대입니다! 물론 그 기록은 아무런 장애물이 없는 트랙에서 만들어진 거지요!"

연아가 한 손엔 20초라고 찍힌 스톱워치를 들고, 한 손엔 스마트폰이 끼워진 셀카봉을 든 채 소리쳤다. 스마트폰 카메라는 연아와 지태, 헉헉대는 나를 한 화면에 담고 있었다. 지태는 스마트폰을 보면서 이예! 오오! 괴성을 지르며 9회 말 투아웃에서 역전 홈런을 친 것처럼 세리머니를 했다. 실시간으로 동영상을 업로드하고 있는 스마트폰 화면에 사람들의 댓글이 마구 올라왔다.

「ㅋㅋㅋㅋㅋㅋ대박ㅋㅋㅋ 이걸 진짜 해내네.」
「초대박ㅋㅋㅋ 이걸 진짜 찍을 생각을 하다니! 그것도 성공!」
「ㅋㅋㅋㅋ강단이 인정. 멋진 은퇴다!」
「얘네 진짜 마지막까지 골 때리네ㅋㅋㅋㅋㅋ.」
「저게 가능하긴 한 거구나. 지하철 탈 때마다 궁금했는데.」
「맙소사, 잠시 문 열리고 닫히는 사이에 10칸을 달리다니ㅋㅋㅋ.」

우리 이벤트에 즐거워하는 댓글이 줄줄이 이어졌다. 우린 댓글들을 보면서 마구 웃어댔다. 개중엔 저게 무슨 민폐냐, 또 약 빨고 뛴 거냐, 미친 짓 좀 그만해라 등등 악플도 종종 달렸지만 우린 신경 쓰지 않았다. 도핑 스캔들이 터진 후 나와 지태, 연아는 세상에 존재하는 욕이란 욕은 모두 다 먹어본 것 같다. 그리고 이 방송은 대부분 연아의 팬들이 보기 때문인지 악플을 단 사람들은 공개적으로 비난을 받았다. 연아는 인터넷 방송계에서 꽤 유명한 인기 VJ였다.

어찌 됐든 우리의 이벤트는 대성공! 나와 지태, 연아는 소리치며 하이파이브를 했다.

"이봐, 학생들! 지하철 안에서 왜 그렇게 소란스러워? 여기가 학교 운동장이야, 뭐야?"

날카로운 목소리가 잔뜩 흥이 오른 우리 뒤통수에 꽂혔다. 나와 지태, 연아는 웃다 말고 목소리가 들린 쪽으로 고개를 돌렸다. 나이 지긋한 아저씨가 자리에 앉은 채 우리를 꾸짖고 있었다. 그 밖에도 10호차에 타고 있는 어른들은 모두 다 불만스러운 얼굴로 우리를 쳐다보고 있었다. 당연했다. 우린 학교 운동장에서 노는 것처럼 떠들어댔으니까.

"너희, 어느 학교 학생이야? 보니까 아직 학교 끝날 시간도 안 된 것 같은데 버젓이 교복 입고선 말이야! 요즘 애들은 겁대가리가 없어. 어느 학교야!"

아저씨가 계속해서 우리에게 소리쳤다.

"저, 자퇴했는데요."

내가 퉁명스레 대답했다. 뭐, 당연하지만 거짓말이다. 육상 선수는 그만뒀어도 아직 학교는 그만두지 않았다. 그럼 왜 교복을 입고 나왔겠는가? 그저 오늘 하루 땡땡이 쳤을 뿐이다.

아저씨가 나의 대답에 잠시 당황했지만 질 수 없다는 듯 맞받아쳤다.

"자퇴한 게 자랑이야? 뭐 잘했다고 고개 쳐들고……. 어? 이제 보니 너 그놈이네. 몇 달 전에 육상 도핑 스캔들! 그거! 너 맞지?"

안 그래도 주목받고 있긴 했지만 아저씨의 말이 끝난 순간, 한 사람도 빠지지 않고 10호차 안의 눈 달린 모든 사람이 나를 쳐다보는 것 같았다. 갑자기 화가 치밀어 올랐다.

"너, 그런 안 좋은 사건 일으켰으면 자숙하고 성실하게 지내야지 이게 지금 뭐하는 짓이야? 안 그래도 사람들을 죄다 실망시켜놓고 말이야. 공공장소에서 이렇게 떠들고 놀면 사람들이 뭐라고 하겠어? 잘못했으면 눈에 안 띄게 조용히 지내야지! 반성하는 모습도 보이고! 안 그래?"

이 아저씨가 미쳤나? 당신 좋으라고 내가 그렇게 훈련하고 달린 줄 아나? 자기들 멋대로 나한테 기대했다가 실망해놓고선 무슨 헛소리야?

내가 아저씨에게 치밀어 오르는 분노를 퍼부으려 하는데, 연아가 불쑥 끼어들었다.

"얘가 뭘 반성해야 되는데요?"

아저씨는 나에게서 연아에게로 눈을 돌렸다. 연아는 아랑곳하지 않고 더 쏘아붙였다.

"얘가 뭘 그렇게 잘못해서 눈에 안 띄게 지내야 되는데요? 네? 한번 말해보세요."

"야야, 됐어. 그만해."

지태가 연아를 말렸다. 그러나 뚜껑 열린 연아를 말릴 순 없었다.

"단이도 모르고 먹은 거라고요. 스티브 그 새끼가 얘 속이고 약물 투약한 거라고요! 그리고 9초 91은 그전에 기록했거든요. 지금도 얘, 아시아 신기록 보유자는 맞아요. 그 기록 내려고 얼마나 힘들게 훈련했는지 아세요?"

연아의 말은 사실이다. 나는 스티브가 준 약물이 스테로이드제라는 걸 몰랐다. 작년에 9초 91을 기록했을 때는 약물을 복용하기 전이었다. 9초 91은 아시아 타이 기록이다. 육상 100미터 부문에서 고등학생이 그 정도의 기록을 세운다는 건 기적에 가까운 일이다. 그만큼 대단한 일이라는 것!

"이 자식들이……. 자식 같아서 좋게 말했더니 꼬박꼬박 말대꾸네. 야, 너 어디서 그 따위 말버릇이야?"

연아를 쳐다보는 아저씨의 눈빛이 매섭게 변했다. 어른들은 항상 저런 식이다. 자기들 멋대로 우리 같은 애들을 자식처럼 생각한다고 하면서 고분고분하지 않다고 화부터 냈다. 특히 연아 같은 여자애에겐 더했다. 이에 질세라 연아가 아저씨에게 한마디 더 하는데, 지태가 재빨리 양손으로 그녀의 입을 막았다.

"아저씨, 죄송합니다. 조용히 할게요! 죄송합니다!"

연아가 지태의 손을 뿌리치려 했지만 그럴수록 지태는 손에 더욱 힘을 줬다. 아저씨는 그래도 화가 안 풀리는 듯 연신 연아를 향해 욕설을 내뱉다가 계속되는 지태의 사과에 화를 누그러뜨렸다. 이렇게 상황이 마무리되나 싶었는데, 지태가 나지막이 아저씨에게 한마디 내뱉었다.

"아저씨, 그런데요, 얘 이제 육상 그만뒀어요. 다신 안 달릴 거래요."

아저씨가 지태를 향해 눈을 치켜떴다. 지태가 이어서 말했다.

"아저씨 말대로 얘 반성 많이 했거든요. 자기 행동에 딱 책임지고 물러난 거죠. 멋있죠?"

아저씨는 지태의 물음에 아무런 대답도 하지 않았다. 아저씨의 얼굴엔 '멋있긴, 개뿔!'이라 쓰여 있는 것만 같았다.

"그런데요, 얘 한때 세계 우승까지 노렸던 놈이거든요. 그랬던 놈이 이제 선수 생활 그만둔다는데 지금 얼마나 기분이 '엿' 같겠어요. 아저씨 기분도 '엿' 같은 거 잘 알겠는데 조금만 이해해 주세요. 거 얼굴도 좀 '엿' 같이 생기셔 가지고 그렇게 '엿' 같은 말만 하시면 듣는 우리 기분도 '엿' 같아지고, 서로서로 '엿' 같아지는 거 잘 알 만하신 분이 왜. 거 참."

지태가 욕설만 유달리 강조해서 말하자 연아가 피식 웃었다. 나도 실소를 머금었다. 반면 아저씨의 얼굴은 시뻘겋게 변했다. 주위의 다른 어른들도 지태의 욕설을 듣고는 인상을 찌푸렸다. 지태가 익살스러운 표정을 지으며 나와 연아에게 지하철 다른 칸으로 옮겨 가자고 신호를 보냈다. 나와 연아는 얼굴이 벌겋게 달아오른 아저씨에게 함께 가운뎃손가락을 치켜들어 보이고는 다른 칸으로 이동했다. 깔깔대는 우리 뒤통수 너머로 아저씨가 버럭 화를 내는 소리가 들려왔다. 하지만 우리를 쫓아오진 않았다. 그럴 만한 용기와 끈기는 없어 보였다. 하긴, 그토록 성실하게 우리를 혼내는 어른은 본 적 없다.

사실 오늘 우린 하루 종일 가는 곳마다 이런 장난을 치는 중이다. 우리를 그저 골 빈 머저리들이라고 생각할지도 모르겠다. 우리가 봐도 오늘 우린 온종일 바보 같은 짓만 했으니까. 조금 전의 지하철 레이스는 오늘의 바보짓 하이라이트였다. 하지만 조금만 이해해주길 바란다. 오늘은 내가 '영원히' 육상을 그만두기로 한 날이니까. 내 청춘 다 바쳐가며 뛰었던 그 세계를 내 손으로 끝낸 날이니까.

사실 내가 오늘 국제육상경기연맹으로부터 통지받은 처벌은 4년간 국제경기 출전 금지였을 뿐이다. 국내 육상경기연맹으로부터 받은 처벌도 4년간 국내 경기 출전 금지였을 뿐이다. 3개월 전 도핑 테스트에서 양성 반응이 나온 것에 대한 처벌의 결과였다. 4년 뒤엔 다시 국내외 육상 경기에 모두 출전할 수 있다.

그러나 내가 4년 뒤에 다시 9초대 기록을 세우고 올림픽에서 우승을 하더라도 나는 약쟁이로 불릴 뿐, 절대로 칼 루이스, 우사인 볼트 같은 스프린터로는 기억되지 못할 것이다. 트랙 위에서 사회자가 내 이름을 소개할 때마다 함성이 아닌 야유 소리가 울려 퍼질 것이다. 이건 나의 추측이 아니라 도핑 스캔들이 있는 선수라면 응당 짊어져야 할 영원한 족쇄다. 내 육상 선수 인생은 사실상 4년이 아니라 영원히 끝난 것이나 마찬가지였다. 나는 불명예를 떠안고 계속 뛰느니 스스로 육상을 그만두는 것을 선택했다.

그래서 지태와 연아는 오늘만큼은 내가 하고 싶은 대로 다 해주겠다며 말만 하라고 했다. 사실 딱히 하고 싶은 건 없었다. 다만 나와 가족이라는 이유로 그동안 나와 함께 사람들에게 영혼이 부서질 정도로 욕을 먹은 두 사람을 위해 뭔가를 해주고 싶었다.

웃긴 얘기지만, 그게 지하철도 레이스였다. 평소 연아와 내가 가족인 걸 아는 연아의 팬들은 연아에게 나에 대한 괴상한 질문을 해댔는데, 그중 가장 인기 있는 질문이 '지하철이 정차했을 때 강단이는 몇 칸이나 이동할 수 있나'였다(이에 대해 토론이 벌어지기도 했다). 그래서 나는 오늘 지하철도 레이스를 마지막으로 육상을 그만두겠다고 연아와 지태에게 선언했다. 두 사람은 처음엔 물음표가 가득한 눈으로 날 쳐다봤지만, 이내 두 눈 속의 물음표는 느낌표로 바뀌었다. 그 느낌표 앞엔 이런 의미가 담겨 있었다. 마녀사냥하듯 우리를 욕하는 사람들에게 보란 듯이 우리의 미친 레이스를 보여주자!

그렇게 우린 2호선 지하철을 타고 적당한 역을 골라 지하철도 레이스를 펼치게 됐다. 세계육상선수권대회? 올림픽? 다 필요 없다. 지태, 연아와 함께 이렇게 놀 수만 있다면 그곳이 나의 올림픽이지.

　여기서 잠시 지태와 연아, 나, 우리 셋에 대해 간단히 언급하고 넘어가야겠다. 어떤 사이이길래 이러한 시간을 함께 보내고 있는지 이해를 돕기 위해서.
　나, 지태, 연아는 오래된 친구이자 동갑내기 남매다. 우린 절대 지울 수 없는 상처 하나를 공유하고 있다. 우리의 부모님들이 한꺼번에 돌아가신 사건이다. 열 살 때 그 사건이 일어난 이후 하루아침에 고아가 된 우린 새엄마의 보호 아래 한 집에서 살게 됐다. 원래는 친한 소꿉친구였다가 동갑내기 가족이 된 것이다. 아픈 상처와 끈끈한 세월을 공유하고 있는 만큼 우리 셋의 사이는 소꿉친구, 가족 이상으로 각별하다.
　여기에 한 명 더. 우리를 누구보다 사랑하며 친부모 못지않은 정성으로 길러주신 우리의 엄마. 당시 우리 셋을 한꺼번에 입양해준 엄마가 아니었다면 열 살의 우리는 그 사건 이후 뿔뿔이 흩어지고 말았을 것이다. 우리 셋이 지금처럼 자랄 수 있었던 건 오롯이 엄마 덕분이다.
　우리 셋, 그리고 엄마. 이렇게만 있으면 된다. 그럼 세상 부러울 게 없다.

　우리가 탄 2호선 지하철은 어느새 지하로 들어와 사람들이 가장 많이 타는 강남 쪽 구간을 지나고 있었다. 이제 곧 퇴근 시간대여서 그런지 이전보다 많은 사람이 타고 내리는 게 느껴졌다.

그때였다. 서초역으로 향하던 지하철이 갑자기 고장 난 것처럼 끼이익 소리를 내면서 멈췄다. 사람들이 소리를 지르면서 한쪽으로 도미노처럼 넘어졌다. 급정거였다. 어두컴컴한 지하 터널 어딘가에서 갑자기 지하철이 서버린 것이다.

**테러 발생
2호선 지하철**

서초역으로 향하던 지하철이 급정거하자 서서 가던 사람들이 비명을 지르면서 넘어졌다. 의자 앞에 서 있던 나는 재빨리 한 손으론 손잡이를 잡고, 나머지 한 손으론 내 쪽으로 몸이 기울어지는 연아와 지태를 껴안았다. 나는 끄응, 작게 신음을 흘리며 내 몸에 실린 지태와 연아의 몸무게를 감당해냈다. 덕분에 다른 사람들은 와르르 넘어지는 와중에도 우린 아무도 넘어지지 않았다.

덜커덩. 지하철이 완전히 멈춰 서자 우린 균형을 잡으며 똑바로 섰다. 넘어진 사람들도 앓는 소리를 내며 일어났다. 저마다 한마디씩 내뱉는 불평이 차량 안을 가득 채웠다. 지태도 몸을 추스르며 한마디 보탰다.

"아, 무슨 브레이크를 이렇게 밟아? 기관사 잘라야 되는 거 아냐?"

나와 연아는 몸을 추스르면서 지태의 말에 고개를 끄덕였다. 그때 멀리서 정체 모를 소리가 들려왔다.

쿠쿠쿵. 쿵…… 쿵, 쿠쿵…….

땅이 흔들리는 건지 약간의 진동도 느껴졌다. 무언가가 폭발하는 소리인가? 지하철에 타고 있던 사람들의 얼굴에 그늘이 드리워졌다. 우린 사뭇 놀란 얼굴로 서로를 쳐다봤다. 잠시 지하철 기관사의 안내방송을 기다려봤지만 어색한 침묵 속에 몇몇 사람들의 잡담만 오갔을 뿐이다.

"이거 무슨 일 생긴 거 아냐?"

"빨리 나가야 되는 거 아닌가?"

"지진 났나?"

"그냥 문 열고 나갈까?"

"뭐 이상한 냄새가 나는 것 같은데……."

"아, 무슨 일인지 빨리 안내를 해주든가 해야지 뭐하는 거야?"

사람들의 웅성거림 속에 불안감이 점점 커져가는 게 느껴졌다.

"얘들아, 이거 봐봐."

연아가 스마트폰을 내밀며 말했다. 스마트폰 화면에는 연아가 가입한 온라인 커뮤니티 게시판이 띄워져 있었다. 게시판에는 새로운 글이 빠른 속도로 업로드되고 있었다. 최신 업로드 글 제목에는 공통된 키워드가 있었다. '전쟁', '테러', '지진', '재난', '서울' 등등. 설마 지금 정말 서울에서 무슨 일이 생긴 건가? 연아가 게시판의 글 하나를 터치하자 내용이 떠올랐다.

「씨발, 전쟁이든 테러든 실제 상황 같다. 다들 서울 떠라.」

연아가 다른 글을 터치했다.

「그냥 지진 같은데. 서울 사람들 지진 겪어본 적 없어서 오버하는 듯. 이 정도 진동이면 진도 몇이려나.」

또 다른 글을 터치했다.

「나도 폭발 소리 들음. 뭔가 터지긴 터짐. 제대로 된 정보 아는 사람?」

그 외에도 게시판엔 전쟁과 테러, 지진을 의심하는 글들이 무서운 속도로 업로드되고 있었다. 그중 '속보 떴다. 원인 파악 중이란다'라는 제목의 글이 뜨자 연아가 바로 터치했다. 속보 기사로 이동하는 링크 주소가 떴다. 또 한 번 터치했다. 속보 기사가 화면에 떴다. 뉴스 기사라는 말이 무색하게 '[속보] 서울 지하철 폭발 사고'라는 제목으로, 서울 시내 지하철과 지하철역 곳곳이 폭발했으며 정확한 원인과 사고 규모를 파악 중이라는 짤막한 내용만 적혀 있었다. 고작 두 줄짜리 기사였다.
"아, 그냥 폭발 사고인 거야, 아님 진짜 뭐 테러라도 터진 거야?"
지태가 답답한 듯 물었다.
"지진일 수도 있다고 하잖아."
내가 다른 가능성에 대해 언급했다.

"전쟁이 난 걸 수도 있지."

이번엔 연아가 다른 가능성을 말했다.

순간 지하철 안에 있는 사람들의 시선이 우리에게 쏠리는 것이 느껴졌다. 사람들이 극도로 예민해졌다는 걸 단박에 알 수 있었다. 뭔가 상황이 심상치 않았다.

"얘들아……, 이거 좀 봐."

잠시 후 연아가 다시 스마트폰을 가리키며 말했다. 연아의 표정이 더 없이 심각했다. 스마트폰 화면엔 아까 지하철도 레이스를 생방송했던 연아의 페이스북 계정이 띄워져 있었다.

「연아님, 지금 당장 지하철에서 내려서 밖으로 나오세요. 안 그럼 다 죽습니다.」

연아의 팬이 남긴 댓글이었다. 나는 연아와 지태의 얼굴을 번갈아 쳐다봤다. 아마 내 두 눈엔 이렇게 쓰여 있을 것이다. 이거 무슨 개소리냐?

그때 갑자기 지하철 안의 전등이 일제히 꺼졌다. 사람들의 짤막한 비명이 터져 나왔다. 그러곤, 침묵.

코앞도 보이지 않는 암흑 상태가 된 지하철 안에는 사람들이 약속이나 한 것처럼 무거운 적막감이 내려앉았다. 암흑은 빛만 삼킨 게 아니라 사람들의 목소리도 삼켜버렸다. 지하철 바깥 지하 터널을 밝히던 형광등도 꺼져버려 주위엔 희미한 빛 하나 보이지 않았다. 우린 밀폐된 터널의 완전한 암흑 속에 갇혔다.

연아는 스마트폰 화면의 불빛으로 나와 지태의 얼굴을 확인했다. 나는 어두컴컴한 주위를 둘러보며 눈을 가늘게 떴다 크게 떴다 반복하면서 어둠에 적응하려 했다. 그러나 사방엔 어둠, 어둠뿐이었다. 바로 옆에 있는 연아와 지태의 얼굴도 잘 보이지 않았다. 지하철 안 곳곳에서 불안해진 사람들이 스마트폰을 켜 촛불처럼 빛을 밝혔다. 시간이 조금 지나자 어둠 속에서 사람들의 실루엣이 보이기 시작했다. 그러나 이곳이 암흑 속이란 사실은 변함없었다.

나의 두 눈은 어둠 속을 방황하다가 무언가에 홀린 것처럼 한 점에 멈췄다. 지하철 창문 너머로 지하 터널이 펼쳐져 있었다. 지하 터널은 칠흑 같은 어둠에 휩싸여 있었다. 나의 시선은 헤어 나올 수 없는 늪에 빠진 것처럼 지하 터널의 어둠에 정박되어버렸다. 그 속에서 뭔가가 우릴 지켜보고 있는 것만 같았다. 가능한 한 눈을 크게 뜨고 창문 너머 지하 터널을 살펴봤다. 시력의 한계 때문인지 온통 새카맣기만 하고 아무것도 보이지 않았다. 그런데도 무언가가 우리를 쳐다보고 있다는 느낌을 지울 수 없었다. 이번엔 눈을 가늘게 뜨고 창밖을 응시했다. 그 순간, 내 두 눈을 의심할 수밖에 없었다. 어둠 속에서 무언가 희끄무레한 게 움직였다. 커다란 짐승 같기도 하고, 덩어리 같기도 한 무언가가……. 그다음엔, 내 착각일까. 희끄무레한 무언가가 가까워지고 있었다. 우리를 향해 오고 있었다. 등골이 쭈뼛했다. 무언가가 창밖에서 이쪽으로 다가오고 있었다. 이대로라면 지하철 안으로 들어올 텐데, 지금 우리 위험한 거 아닌가?

그때 팟, 하고 다시 전등이 켜지면서 지하철 안이 밝아졌다. 주위에서 안도의 한숨을 내쉬는 소리들이 들려왔다. 지하철 바깥에도 형광등이 켜지면서 지하 터널이 훤히 보였다. 다행히 터널엔 아무것도 없었다. 역시 내 착각이었나? 나 역시 안도의 한숨을 내쉬었다.

"왜 그래? 괜찮아?"

연아가 나를 쳐다보며 물었다.

"왜? 나 아무렇지도 않은데?"

내가 괜찮은 척 되묻자 연아가 어이없다는 듯 웃으며 말했다.

"퍽이나. 귀신 한 다스는 본 것 같은 얼굴이야, 너."

내 얼굴이 그런가? 나는 지하철 창문에 비친 내 얼굴을 쳐다봤다. 확실히 조금 창백해 보이는 것 같긴 했다.

"아니……. 지하 터널에 뭐가 있는 것 같았는데 아무것도 아……."

내가 말을 끝내기도 전에 또 다시 지하철의 전등이 꺼지며 암흑이 내려앉았다. 사람들은 이번엔 침묵하지 않았다. 이게 지금 뭐하는 짓이냐는 날카로운 목소리들이 새어 나왔다. 불 켜라고 소리를 지르기도 했다. 사람들의 예민함은 이제 한계를 넘어섰다. 지하 터널의 형광등도 모조리 꺼져 다시 완전한 암흑 세상이 됐다.

그때였다. 어디선가 와장창! 유리 깨지는 소리가 들리면서 꺄아아아악! 비명이 울려 퍼졌다. 가슴이 덜컥 내려앉았다. 지하철 곳곳에서 연이어 와장창, 유리 깨지는 소리가 들려왔다. 사람들의 비명이 찢어질 듯 커져갔다.

"뭐야! 무슨 일이야?"

쏟아지는 비명을 뚫고 바로 옆에서 지태의 목소리가 들려왔다. 쾅! 쾅! 콰쾅! 콰콰쾅! 무언가가 지하철을 부수려고 하는 건지 사방에서 둔탁한 충격음이 들리면서 지하철이 흔들렸다.

"꺅! 흔들리잖아! 뭐야, 지금!"

이번엔 연아의 목소리였다.

"다 손 잡아! 빨리! 절대 놓지 마!"

내가 소리치며 어둠 속으로 손을 뻗었다. 연아의 팔을 더듬어 손을 잡았다. 콰쾅! 쾅! 콰콰쾅! 우리는 흔들리는 지하철에서 서로의 손을 잡고 넘어지지 않게 몸의 균형을 잡았다. 여전히 어두워서 아무것도 보이지 않았다. 우리는 새카만 암흑의 세계에 무방비로 노출되어 있었다. 와장창창! 콰쾅! 소리를 내며 우리 바로 앞에 있는 창문이 깨지면서 파편이 튀었다.

"아악!"

파편이 튀었는지 연아가 소리를 질렀다.

동시에 "으아아악!" 하며 창문 아래 의자에 앉아 있던 남자가 비명을 질렀다. 그런데 갑자기 TV를 꺼버린 것처럼 남자의 비명이 뚝 끊어지고, 와드득! 하는 기분 나쁜 소리가 들려왔다. 연이어 키에엑! 하며 기괴한 소리를 내는 무언가가 지하철 안으로 튀어 들어왔다. 나는 그 무언가에 부딪히면서 연아의 손을 놓치고 튕겨 나갔다.

"꺄악! 단아!"

연아의 목소리가 멀어져 갔다. 날 밀쳐낸 무언가는 덩치도 크고 묵직한 무게감을 가지고 있었다. 나는 몸의 중심을 잃고 핀볼처럼 지하철 안에서 우왕좌왕하는 사람들과 이리저리 부딪혔다. 사방에서 귀가 멍멍해질 정도로 수많은 비명이 들려왔다. 퇴근 시간이라 지하철 안은 사람들로 꽉 차 있었다.

"이런 씨발!"

나는 어둠 속에서 팔을 휘휘 저으며 뭔가 잡을 것을 찾았다. 장님이 된 것만 같았다. 그러다가 사람들 사이에서 딱딱한 무언가가 손에 잡혔다. 의자 근처에 있는 기다란 봉처럼 생긴 손잡이였다. 나는 손잡이를 잡고는 퍽퍽 부딪히는 사람들 사이에서 넘어지지 않도록 몸을 지탱했다.

"아, 밀지 좀 말라고!"

나는 짜증스럽게 소리치며 온몸에 힘을 주었다. 겨우 몸의 균형을 잡고는 연아와 지태를 찾기 위해 주위를 둘러봤다. 사방에선 귀를 찢을 듯한 비명만 들려왔다. 너무 어두워서 뭐가 뭔지 도저히 알아볼 수 없었다. 사람들이 들고 있는 스마트폰 불빛이 여기저기서 흔들렸다. 사람들과 부딪히며 몇 바퀴를 빙빙 돌다 보니 방향감각도 상실해버렸다. 제길, 내가 애들이랑 어느 쪽에 서 있었지?

"이거 뭐야? 비켜! 으아악!"

바로 근처에 있던 누군가가 소리쳤다. 동시에 키에에에엑! 하는 소리가 들려오더니 콰직! 으드득! 하는 기분 나쁜 소리가 이어졌다. 소리만 들어도 간담이 서늘해졌다. 대체 내 주위에서 무슨 일이 일어나고 있는 걸까. 그 소리에 주위에 있던 수십 명의 사람들이 비명을 지르며 우르르 내가 있는 쪽으로 몰려 왔다.

"저리 비켜!"

"이거 놔!"

"밀지 말라고!"

"야, 이 개새끼야!"

"잡지 마세요!"

"어딜 잡아!"

어둠 속에서 이리저리 흔들리는 사람들의 공포와 두려움이 뒤섞인 외침이 터져 나왔다. 나는 도리 없이 손잡이를 놓치고 그들 속에 파묻혀 쓸려갈 수밖에 없었다. 그런데 바로 뒤에서 쿠쿵! 쿵! 쿵! 쿵! 쿵! 하면서 지하철의 바닥, 벽, 천장을 무언가가 뛰어다니는 것 같은 소리가 들려왔다. 온몸의 털이 쭈뼛 섰다. 소리의 크기로 봐선 육중한 무게일 것 같은데 움직임이 매우 민첩했다. 곧 키에에에엑! 하는 소리가 들려오면서 천장에서 무언가 떨어져 나를 둘러싼 사람들을 마구 공격하기 시작했다. 정체가 뭔진 몰라도 한두 놈이 아니라 여러 놈이었다. 사람들의 찢어질 듯한 비명과 함께 얼굴에 끈적한 액체가 흩뿌려졌다. 비릿한 냄새가 났다. 혀에 닿는 액체에선 쇠 맛이 났다. 피, 피였다. 지하철 안의 사람들이 속절없이 죽어 나갔다.

"으아악! 저리 가!"

"안 돼! 살려주세요! 제발!"

"끄아아아악!"

"오지 마! 살려줘! 아악!"

지하철은 처절한 비명으로 휩싸인 도살장과 다를 바 없었다. 흔들리는 스마트폰 불빛 사이로 정체 모를 무언가가 언뜻 비쳤다. 찰나였지만 정확히 봤다. 커다란 몸집에 온몸이 까만 털로 뒤덮인 괴물이 날카로운 이빨을 드러내고 어느 남자의 머리를 와드득 씹고 있었다. 와드득! 아까부터 계속 들려온 저 소리가 사람 머리를 씹어 먹는 소리였구나! 온몸이 얼어붙을 것만 같았다. 연아의 팬의 댓글이 떠올랐다.

「지금 당장 지하철에서 내려서 밖으로 나오세요. 안 그럼 다 죽습니다.」

"단아! 어디 있어? 단아!"
"대답해! 강단이!"

어디선가 연아와 지태의 목소리가 들려왔다. 환청인가? 아비규환 속에서 두 사람의 목소리가 똑똑히 들려오다니. 나는 퍼뜩 정신을 차리고 소리가 들리는 쪽을 돌아봤다. 어둠 속에선 비명과 포효만 들려올 뿐, 두 사람의 모습은 찾을 수 없었다. 어디야? 둘 다 어디에 있는 거야?

"나 여기 있어! 연아야! 지태야!"

애타는 목소리로 소리쳤다. 돌아오는 대답은 없었다. 사람들의 비명뿐이었다. 겁이 나서 죽을 것 같았지만 어둠 속에서 두 팔을 앞으로 뻗으며 한 발 한 발 앞으로 내디뎠다. 발에 물컹하고 무언가 밟히는가 싶더니 쭉 미끄러져 넘어졌다. 몸을 받치느라 바닥에 손을 짚었는데, 누군가가 내 손목을 낚아챘다. 화들짝 놀라 손을 뿌리치다가 엉덩방아를 찧고 말았다. 바닥에 떨어져 있던 스마트폰 불빛이 내 손목을 잡은 이를 비췄다. 그를 본 순간, 나는 TV 정지화면처럼 온몸이 얼어붙었다.

그의 허리 아래로 있어야 할 것이 없었다. 그의 허리 단면은 맹수가 잡아 뜯은 것처럼 너덜너덜했다. 사람의 피부가 저렇게 찢어발겨질 수 있다는 사실을 처음 알았다.

"살려줘……, 제발……."

아직 숨이 붙어 있는 그가 나를 쳐다보며 말했다. 그의 얼굴을 본 순간, 또 한 번 숨이 멎을 뻔했다. 지태였다. 두뇌 회로가 정지한 것처럼 움직일 수 없었다. 지태……. 지태야……. 네가 왜……?

나는 하반신이 뜯겨 나간 지태에게 다가갔다. 조금 더 가까이 가자 그가 지태가 아닌 다른 사람이라는 걸 알아챘다. 두 눈을 비비고 다시 남자의 얼굴을 확인했다. 지태가 아니라 30대쯤으로 보이는 남자였다. 나는 겁에 질려 벌떡 일어나 달렸다. 지태인 줄 알았다. 지태가 그렇게 된 줄 알고 가슴이 철렁 내려앉는 것 같았다. 나는 어디로 향하는지도 모른 채 지하철 안에 존재하는 모든 것들에 이리저리 부딪히면서 무작정 앞으로 달렸다. 제 길, 갑자기 왜 이런 상황이 된 거야……? 난 그냥 육상 그만두고 하루 재미있게 놀려고 한 것뿐인데……!

그때, 누군가가 마구 달리는 나를 붙잡았다. 괴물인가 싶어 바로 밀쳐냈는데 그럴수록 완강하게 날 껴안았다.

"나야, 지태! 나라고, 인마!"

분명히 지태의 목소리였다. 고개를 돌리자 랜턴 불빛에 비쳐 지태의 얼굴이 보였다. 랜턴 불빛이 옮겨 가더니 바로 옆에 있는 연아의 얼굴을 비췄다. 랜턴을 들고 있는 사람은 연아였다. 두 사람의 얼굴을 보자 얼어붙었던 마음이 순식간에 녹아내렸다. 다행이다, 다행이야. 둘 다 살아 있었구나.

키에에에엑! 바로 옆쪽에서 소리가 들려왔다. 깜짝 놀란 연아가 랜턴을 비췄다. 흔들리는 랜턴 불빛 사이로 우리를 향해 돌진해오는 괴물이 보였다.

"씨발! 빨리 나가! 빨리!"

지태의 외침에 랜턴을 든 연아가 뒤로 달려가 지하철 아래로 뛰어내렸다. 누군가 지하철 문을 열어놓았다. 지태가 정신없는 나를 붙잡고 달려가 함께 지하철 아래로 뛰어내렸다. 쿠쿵! 하고 뒤쪽에서 돌진해오던 괴물이 우리가 서 있던 곳에 처박히는 소리가 났다.

지태와 난 소리를 지르며 어둠 속으로 떨어졌다. 갑작스레 딱딱한 바닥에 부딪친 우리는 악, 비명을 지르며 앞으로 뒹굴었다. 지하 터널 바닥이 심하게 울퉁불퉁해서 뒹구는 내내 온몸이 여기저기 쏠렸다. 그 와중에도 지태는 내 팔을, 나는 지태의 팔을 놓지 않았다. 나와 지태는 서로에게 괜찮냐는 말을 하면서 바닥에서 일어났다.

"연아야, 어디 있어? 연아야!"

지태가 다급하게 소리쳤다. 나도 주위를 둘러보며 연아를 찾았다. 하지만 어둠은 그녀의 위치를 순순히 드러내주지 않았다.

"연아야! 이연아!"

나도 외쳤다. 그러자 누군가 한 팔로 내 몸을 더듬으며 감쌌다.

"랜턴을 놓쳤어! 빨리 가자!"

연아의 목소리였다.

"야, 연아 너 맞지? 지금 단이 잡은 거지?"

"맞아! 빨리 가자!"

어둠 속에서 지태가 재차 확인하자 연아가 냉큼 대답했다. 나는 왼손으론 지태의 팔을, 오른손으론 연아의 팔을 붙잡았다.

"내가 둘 다 잡았어! 가자!"

터널 저 멀리 빛이 보여서 그곳으로 달려가려는 찰나, 우리 뒤에서 달려오던 사람들이 등 뒤로 부딪히면서 소리를 지르며 다 함께 와르르 넘어졌다. 사람들과 뒤엉키면서도 나는 악착같이 양손에 쥔 지태와 연아의 팔을 놓지 않았다. 덕분에 나는 팔이 없는 사람처럼 온몸으로 자갈 바닥에 넘어져야만 했다. 더 심하게 다치더라도 두 사람을 놓치는 일만큼은 다시 겪고 싶지 않았다.

"다 비켜! 이 개새끼들아! 비키라고!"

바로 뒤에서 우리와 부딪힌 사람들이 소리쳤다. 얼굴은 보이지 않지만, 광기에 휩싸인 남자의 목소리였다.

"너희들이나 비켜! 뒤에서 부딪힌 건 당신들이잖아!"

지태의 목소리였다. 바로 왼쪽에서 들려왔다.

어둠 속의 남자가 지태에게 더 화를 내려 하자 그와 일행인 듯한 사람들이 빨리 도망가자며 남자를 말렸다. 남자는 자기 분에 못 이겨 고래고래 소리를 지르면서 다른 사람들과 함께 우리에게서 멀어졌다.

"지태야, 괜찮냐?"

내가 어둠 속에서 무릎을 꿇고 지태를 더듬으며 물었다.

"난 괜찮아. 연아는?"

지태의 물음에 연아가 내 오른쪽에서 대답했다.

"아윽, 나도 괜찮아."

연아의 팔을 더듬어 손을 잡으면서 말했다.

"내 손 잡아."

나는 양손으로 지태와 연아의 손을 잡고는 함께 바닥에서 일어났다. 그때 어디선가 불빛이 깜빡거리더니 갑자기 지하 터널이 환해졌다. 터널 벽면에 붙어 있던 형광등이 켜진 것이다.

"불 들어왔다!"

반가운 마음에 소리쳤다. 사방이 환해졌다. 주위를 둘러보니 눈앞에 우리가 타고 있던 지하철이 보였다. 그걸 본 순간, 차라리 불이 들어오지 않았으면 하는 생각이 들었다. 길게 늘어진 2호선 지하철은 본래의 상징 색깔인 초록색은 찾아볼 수도 없을 만큼 온통 검은 점으로 뒤덮여 있었다. 검은 점은 모두 괴물이었다. 수십, 아니 수백은 될 것 같은 괴물들이 흡사 박쥐 떼처럼 지하철에 들러붙어 사람들을 도륙하고 있었다. 보지 말아야 할 것을 봐버렸다. 이곳 지하는 괴물들의 소굴이었다.

테러 발생 21분 경과
2호선 서초역~교대역 구간

지하철에 들러붙은 괴물들은 온몸이 검은 털로 뒤덮이고 등에 날개가 붙어 있는 게 꼭 서양 전설에 나오는 가고일처럼 보였다. 가끔 날개를 펼쳐 한번에 먼 거리를 날아가기도 하고, 네 발을 이용해 빠르게 천장과 벽을 타고 이동하기도 했다. 놈들은 오직 사람을 죽이기 위해 태어난 것처럼 빠르게 이동하면서 지하철 안에 갇혀 있는 사람들과 탈출하려는 사람들을 무자비하게 죽이고 있었다. 우리가 저곳을 탈출한 건 그야말로 기적이었다.

  나와 지태, 연아가 괴물들로 뒤덮인 지하철을 보면서 입을 다물지 못하고 있는데 또 다시 불이 꺼졌다. 암흑 속에서 사람들의 비명과 괴물들의 포효만 들려왔다. 빌어먹을 정전이 반복되고 있었다. 불빛이 사라지자 나는 반사적으로 양옆에 있는 연아와 지태의 손을 더욱 꽉 잡았다.

  "빨리 여기를 뜨자!"

둘에게 소리치며 돌아섰다. 터널 저 앞쪽에 정전되지 않은 지하철역이 보였다.

"저기! 무슨 역인지는 몰라도 저기로 가자."

왼쪽에서 지태가 소리쳤다. 나는 양손으로 각각 지태와 연아를 붙잡고 불빛이 보이는 지하철역 쪽으로 달리기 시작했다.

"아마 교대역일 거야! 지하철 뒤쪽이니까."

오른쪽에서 연아가 소리쳤다. 방금 잠시 불빛이 들어왔을 때 확인한 바로, 지금 우리가 가는 방향은 우리가 타고 있던 지하철 뒤편이었다. 지하철이 조금 전 지나친 역이 교대역이니까, 저 앞에 불빛이 보이는 역은 교대역일 것이다.

우리 셋은 서로의 손을 잡고 나란히 달렸다. 바닥이 울퉁불퉁해서 몇 번이나 넘어질 뻔하자 지태와 연아가 내 손을 잡지 않은 나머지 한 손으로 스마트폰을 꺼내 바닥을 비췄다. 바닥엔 검은 자갈이 가득했다. 그 사이로 쇠로 된 지하철 선로가 드러나 있었다. 우린 바닥을 보면서 넘어지지 않게 선로를 따라 달렸다. 우리 뒤로 지하철이 멀어지면서 사람들의 비명과 괴물들의 포효도 조금씩 멀어졌다. 앞쪽에 우리보다 먼저 지하철에서 탈출한 사람들이 스마트폰 불빛에 의지해 달려가는 모습이 보였다. 어둠 속에서 여러 개의 스마트폰 불빛들이 흔들거렸다.

교대역이 가까워질수록 승강장 불빛이 강해지면서 우리가 달리는 지하 터널의 윤곽이 보이기 시작했다. 지하 터널은 사각형 모양이고, 터널 가운데 커다란 기둥들이 세워져 있었다. 기둥을 지나가면 반대편 선로가 나오는 구조였다. 여태 사방이 어두컴컴해서 기둥의 존재를 인식하지 못하고 있다가 이제야 발견한 것이다.

그리고 교대역 승강장의 상황이 좋지 않다는 것도 알 수 있었다. 교대역은 한가운데 양방향 선로가 설치되어 있고, 선로를 중심으로 바깥쪽에 승강장이 있는 구조다. 그런데 승강장 곳곳이 붕괴되어 선로와 승강장이 구분되지 않을 정도였다. 다행히 천장에 설치된 형광등만은 무사해 승강장의 피해 상황을 살펴볼 수 있었다.

"아까 지하철이 멈춘 다음에 폭발음 같은 게 들렸잖아. 그게 저기가 무너지는 소리였나 봐."

연아가 헉헉대며 말했다.

"설마 밖으로 못 나가는 건 아니겠지?"

지태가 불안한 듯 물었다.

"일단 가보자. 이제 다 왔으니까."

나는 밖으로 나갈 수 있는 계단이 다 무너졌을지도 모르겠다는 생각이 들었지만, 지태의 물음에 애써 차분하게 대답했다.

교대역에 도착한 우리를 맞이한 건 생각보다 더 처참하게 부서진 승강장의 모습이었다. 폭격을 맞거나 강력한 지진이 휩쓸고 간 것 같은 광경이었다. 스크린 도어의 유리는 산산조각 나 선로와 승강장 바닥에 흩뿌려져 여기저기가 반짝였다. 위층으로 올라가는 엘리베이터는 커다란 콘크리트 더미에 깔려 종잇장처럼 구겨져 있었다. 승강장 벽은 가혹한 신이 망치로 내려친 것처럼 여기저기 부서져 있었다. 대체 여기서 무슨 일이 일어난 걸까?

"계단은? 계단은 어떻게 됐어? 우리 못 나가?"

지태가 다급하게 주위를 둘러보며 물었다.

우린 교대역 승강장에 있어야 할 계단을 하나하나 다 찾아봤다. 계단 주위에는 계단뿐만 아니라 벽과 천장이 함께 무너져 계단을 올라가면 나와야 할 출구가 붕괴 잔해에 막혀 있었다. 모든 계단이 그랬다. 눈 씻고 찾아봐도 교대역 승강장에서 바깥으로 나갈 수 있는 출구는 모두 막혀 있었다.

"젠장! 여긴 왜 이렇게 된 거야!"

지태가 울분에 차 소리쳤다.

"아까 그 괴물들이 여기를 이렇게 만든 걸까?"

연아가 진심으로 궁금한 듯 물었다. 연아는 궁금한 게 생기면 답을 찾지 않고는 견디지 못하는 성격이다. 그게 연아가 전교 1등을 놓치지 않는 비결이라면 비결일 것이다.

"그건 나중에 알 수 있겠지. 우리가 여기서 살아 나간다면 말이야."

내가 대답했다. 연아가 호기심을 느낀다는 것은 알았지만, 일단 살아야 할 일 아닌가. 연아는 나의 마음을 읽은 듯 고개를 끄덕였다.

"저기요! 거기 누구 없어요?"

"살려주세요! 여기 사람 있어요!"

"이거 좀 치워달라고! 거기 아무도 없어!"

"사람이 죽어가고 있다고!"

우리 말고도 지하철에서 탈출하는데 성공한 사람들이 막혀버린 출구 앞에서 바득바득 외쳤다. 혹시라도 바깥에 누군가 있다면 저들의 목소리를 듣고 구조해줄지도 모를 일이다.

"저기, 학생들! 좀 도와줄래요?"

응? 분명히 '학생들'이라고 했는데……. 우릴 부른 건가?

나는 외침이 들린 쪽을 돌아봤다. 임신해서 배가 불룩한 누나가 잔해 더미에 깔린 남자를 구하려는 듯, 무거운 콘크리트 덩어리를 들고 있었다. 그런데 힘에 부친지 낑낑대면서 우리에게 구원의 눈빛을 보내고 있었다.

깜짝 놀란 나는 허겁지겁 달려가 함께 콘크리트 덩어리를 들었다. 그 모습을 본 지태와 연아도 달려와 함께 콘크리트 덩어리를 들어올렸다. 아래 깔려 있던 남자가 나오기만 하면 되는데 다리가 부러졌는지 혼자 좀처럼 나오지 못했다. 연아가 남자의 상체를 잡고는 잔해 더미에서 꺼냈다. 나와 지태, 누나가 손을 놓자 쿵 소리를 내며 콘크리트 덩어리가 떨어졌다. 잔해 더미에서 빠져 나온 남자는 다리에 입은 부상 때문에 괴로워했다. 하지만 우리가 해줄 수 있는 게 없었다. 119 구조대원이나 의사가 와서 치료를 해줘야 했다.

"고마워요."

누나는 우리에게 짧게 인사를 하곤 잔해 더미에 깔린 또 다른 사람에게로 갔다. 누나는 계속 잔해 더미를 치우면서 아래 깔린 사람이 빠져나올 수 있게 도와줬다. 문득 주위를 보니 승강장 곳곳에 붕괴된 잔해들에 깔려 괴로워하는 사람들이 있었다. 모두 평소와 다름없이 승강장에서 2호선 지하철을 기다리던 사람일 것이다. 밖으로 나갈 출구만 찾느라 이들을 발견하지 못한 나 자신을 꾸짖었다.

그때였다. 어디선가 코를 찌르는 악취가 풍겨오더니 멀리서 괴물들의 포효가 들려왔다. 나는 소리가 나는 쪽을 쳐다봤다. 우리가 탈출한 지하철 방향으로 정전되어 어두컴컴한 터널이 보였다. 마치 먹물을 뿌려놓은 것처럼 새카만 터널 속에서 무언가가 몰려오고 있었다. 괴물들이다. 도망가야 한다.

"강남역으로 가자! 그 새끼들이 또 오는 것 같아!"

나는 지태와 연아에게 소리쳤다.

승강장에 있던 다른 사람들도 어두컴컴한 터널을 쳐다보더니 얼굴이 하얗게 질렸다. 사람들은 일제히 비명을 지르며 강남역 방향으로 달아나기 시작했다. 우리 셋도 강남역 방향으로 달렸다. 그런데 여전히 승강장에서 잔해 더미에 깔린 사람을 도와주느라 낑낑대는 누나가 눈에 들어왔다. 괴물이 오고 있다는 사실을 모르는 걸까?

"언니! 저기 괴물들이 와요! 빨리 도망가요!"

내가 누나를 도와줘야 하나 그냥 가야 하나 고민하고 있는데, 연아가 누나에게 외쳤다. 누나는 우리를 한 번 쳐다보고는 어두컴컴한 터널 쪽으로 눈길을 돌렸다. 터널 속에서 또 괴물들의 포

효가 들려왔다. 어두워서 잘 안 보였지만 분명히 오고 있었다, 괴물들이.

누나는 잔해 더미에 깔린 사람에게 몇 마디 말을 건네고는 강남역 방향으로 달리기 시작했다. 그런데 갑자기 누나의 표정이 일그러지더니 불룩한 배를 움켜잡았다. 동시에 달리는 속도가 현저히 느려졌다. 안 돼. 혹시 지금 산통이 온 건가?

"야, 저 누나 도와줘야 되는 거 아냐?"

지태가 달리면서 물었다. 우리 셋 다 강남역 방향으로 가면서도 계속 누나에게서 시선을 떼지 못했다. 나는 이번엔 고민하지 않고 누나에게 달려갔다. 누나는 배를 움켜쥐고 엉거주춤 뛰면서 나를 쳐다봤다.

"가만히 있어요!"

내가 소리치고는 양팔로 누나를 눕히듯 안아 올렸다. 누나는 놀란 얼굴이 되더니 옆으로 누운 모습으로 나에게 안겼다. 이 정도 무게면 달릴 만하다. 나는 누나를 안아 올린 채 연아와 지태가 있는 쪽으로 달려갔다.

"괜찮겠어요?"

누나가 아픔을 참느라 얼굴을 잔뜩 찡그린 채 물었다.

"괜찮으니까 내 목에 팔 감으세요! 그게 더 안전해요!"

나는 달리면서 대답했다. 누나가 내 목에 팔을 감았다. 아주 약간 가벼워지는 것 같은 느낌을 받았다.

"괜찮겠냐?"

지태가 함께 교대역 승강장을 빠져 나가면서 물었다.

"괜찮아! 이따 힘들면 바통 터치하자!"
"오케이."

지태와 내가 번갈아 가며 누나를 들면 충분히 이곳에서 탈출할 수 있을 것이다. 물론 강남역에서 바깥으로 나갈 수 있다는 가정하에.

다행히 강남역으로 가는 지하 터널은 정전되지 않았다. 터널 벽면의 형광등에 쭉 불이 들어와 있었다. 이번 구간은 두 개의 선로 사이에 기둥이 없어서 사각형 터널이 탁 트여 있었다. 간만에 시야가 확 넓어지는 느낌을 받았다. 하지만 조금 더 달려가니 다시 터널 중앙에 기둥이 나왔다. 우린 오른쪽 선로로 들어가 계속 달렸다. 곧 완만한 커브 길이 나왔다. 커브 길에 들어서자 갑자기 맞은편에서 걸어오는 수많은 사람들이 나타났다. 그들은 우리와 반대 방향으로 걸어가고 있었다. 행렬의 끝이 보이지 않을 정도로 수가 많았다.

"잠깐만! 잠깐만요! 잠시만 멈춰보세요!"

맞은편에서 오는 사람들 중 가장 앞에 있는 사람이 우리를 멈춰 세웠다. 옷차림으로 봐선 지하철 기관사 같았다. 우린 어쩔 수 없이 급정거하듯 사람들 앞에 멈춰 섰다. 지태가 맞은편 사람들에게 다급하게 소리쳤다.

"이쪽으로 가면 안 돼요! 빨리 저쪽으로 도망치세요! 이쪽으로 가면 다 죽어요!"

그러자 기관사가 우리에게 되물었다.

"아니, 왜 다 죽습니까? 좀 전에 지나간 사람들도 알 수 없는 소리만 하고 가버렸어요. 이쪽으로 가봤자 강남역도 역삼역도 다 막혔다고 하는데도 가버리더라고요."

방금 내가 잘못 들은 건가? 우리가 가려고 하는 강남역이랑 역삼역도 막혔다고?

"게다가 그쪽에서 오는 사람들은 다 귀신이라도 본 것 같은 얼굴이더라고요. 대체 왜 그러는 겁니까?"

기관사가 이어서 물었다. 이에 연아가 나서서 대답했다.

"이쪽으로 가셔도 교대역이 막혀서 못 나가요. 그리고 교대역 뒤쪽에선 괴물들이 사람들 죽이고 있어요. 절대 이쪽으로 가지 마세요."

연아의 말에 사람들이 술렁였다.

"괴물……이라고요?"

기관사 역시 이해되지 않는다는 듯 되물었다.

"이럴 시간 없어요! 안 돌아갈 거면 우리라도 지나가게 비켜주세요! 여기 산모 있는 거 안 보이세요?"

다급해진 연아가 한 손으로 누나를 가리키며 버럭 소리쳤다.

"아니, 이쪽으로 가봤자 강남역도 막혔는데……."

기관사가 계속 강남역 방향으로 가려는 우리를 말렸다.

"가다 보면 어딘가는 뚫려 있겠죠! 비키세요!"

또 다시 연아가 소리쳤다. 비키지 않으면 맞은편 사람들을 때릴 것만 같은 기세였다. 그때, 갑자기 강한 악취가 나기 시작했다. 기분 나쁜 예감이 들었다. 이어서 타타타탁! 하고 무언가가 빠르게 달려오는 소리가 들려왔다. 점점 가까워지고 있었다.

"야! 뛰어!"

나는 본능적으로 소리치고는 인파 속으로 뛰어 들어갔다. 사람들이 어어, 하며 옆으로 비켜섰다.

"비켜요! 비켜!"

나는 막무가내로 인파를 뚫고 계속 전진했다. 내 뒤로 지태와 연아가 따라왔다. 잠시 후 뒤통수 너머에서 키에에에엑! 하는 괴물의 포효와 사람들의 비명이 동시에 들려왔다. 괴물이다. 바로 뒤에 또 괴물들이 나타난 거다. 사람들은 순식간에 패닉 상태가 되면서 마구 뒤엉키기 시작했다. 누나를 안고 있는 터라 나는 이리 치이고 저리 치여 좀처럼 앞으로 나아가질 못했다.

"지태야! 길 좀 뚫어라!"

나는 고개를 돌려 지태에게 소리쳤다. 그러자 내 뒤에 있던 지태가 앞으로 달려나오며 온몸으로 사람들을 밀어냈다. 중학교 때였나. 패싸움에 휘말렸을 때도 지태가 이렇게 상대편 애들을 밀치며 길을 뚫은 뒤 함께 달아난 적이 있었다.

"연아야, 잘 따라와! 누나, 꽉 잡으세요!"

나는 뒤에 있는 연아와 품에 안긴 누나에게 소리쳤다. 그러곤 지태처럼 으와아아악! 기합을 넣으며 고개를 숙이고 앞으로 질주했다. 다닥다닥 몰려 있는 사람들을 머리와 어깨로 마구 밀치며 전진, 또 전진했다. 그러는 한편 품에 안은 누나가 사람들에게 부딪혀 다치지 않도록 더욱 꽉 끌어안았다. 뒤쪽은 비명과 포효가 뒤섞인 아수라장이었다. 돌아보지 않아도 알 수 있었다. 조금 전 2호선 지하철에서 겪었던 끔찍한 상황이 펼쳐져 있을 것이다. 서둘러 이곳을 벗어나야 했다. 가슴이 쿵쾅거렸다.

1분쯤 무작정 사람들을 뚫고 달리자 사람들 틈바구니에서 벗어날 수 있었다. 눈앞에 직선 길이 펼쳐졌다. 행동반경이 조금 넓어졌다. 우리는 사람들과 함께 강남역 쪽으로 뛰어갔다. 직선 길이 끝나고 커브 길을 한 번 더 지나가자 강남역이 모습을 드러냈다. 기관사의 말대로 강남역도 모든 출구가 막힌 것 같았다. 교대역과 마찬가지로 폭격을 맞은 것처럼 폐허가 되어 있었다. 그래도 혹시라도 밖으로 나갈 수 있는 출구가 있을까 봐 우린 멈춰 서서 주위를 둘러봤다. 역시나 모든 출구는 막혀 있었다. 잔해 더미에 깔려 괴로워하는 사람들만 보일 뿐이었다.

"잠깐만……. 나 여기서 좀 내려줄래?"

누나가 지친 목소리로 말했다. 통증 때문에 괴로운 얼굴이었다.

"왜요? 여기도 막혔어요. 더 가야 돼요."

"아니, 저 사람들 몇 명이라도 좀 도와주려고……."

순간 내가 잘못 들었나 싶었다. 누나는 잔해 더미에 깔린 사람들을 도와주겠다고 말했다. 자기도 아프면서 누굴 도와주겠다는 건가? 그보다 지금 여기서 한두 사람 잔해 더미에서 구해낸다고 무슨 의미가 있을까? 빨리 바깥으로 나가서 119 구조대원이나 의사를 불러오는 게 더 나을 것 같은데…….

하지만 누나는 이제 통증이 좀 가라앉았다며 계속 내려달라고 했다. 나는 어쩔 수 없이 누나를 바닥에 내려놓았다. 그러자 누나는 심호흡하고는 잔해 더미에 깔린 어느 여자에게 다가가 그녀를 덮고 있는 콘크리트 덩어리를 낑낑대며 치웠다.

"왜 그래? 누나 놔두고 가려고? 이제 내가 안을까?"

지태가 강남역 승강장을 둘러보다가 나에게 물었다.

"아니, 누나가 여기 깔려 있는 사람들을 도와주겠다며 내려달랬어."

"또? 자기도 아프면서 왜? 저 사람들 구해줘봤자 움직이기도 힘들 텐데……."

지태 역시 누나를 돌아보며 이해할 수 없다는 표정을 지었다. 그런데 연아는 누나를 보자 함께 잔해 더미에 깔린 사람들을 도와주기 시작했다. 나는 교대역 쪽 지하 터널을 쳐다봤다. 괴물들을 피해 도망쳐 오는 사람들이 보였다. 괴물들이 쫓아오기 전에 조금이라도 빨리 여길 벗어나야 한다. 내가 지태에게 말했다.

"일단 나도 조금만 도와줄게. 넌 혹시 괴물들이 오는지 망 좀 봐줘."

머리로는 빨리 여길 벗어나야 한다는 생각을 하면서도 내 몸은 누나와 연아를 도와주러 가고 있었다. 지태는 알겠다며 우리가 도망쳐 온 터널 쪽을 바라보면서 괴물들이 다가오는지 감시했다.

나와 연아, 누나는 힘을 합쳐 잔해 더미에 깔린 사람들을 몇 명 더 구조했다. 그들은 대부분 뼈가 부러지거나 중상을 입어 괴로워하면서도 우리에게 고맙다고 말했다. 하지만 움직이기 힘든 그들을 위해 내가 더 이상 해줄 수 있는 건 없었다.

"이제 다시 가자."

누나가 말했다. 나와 연아는 그 말에 별다른 말을 하지 않고 고개를 끄덕였다. 터널을 감시하고 있던 지태에게 다시 출발하자고 소리쳤다. 내가 누나를 다시 안으려 하자 누나는 괜찮다며, 살살 뛰어가면 된다고 말했다. 그러자 지태가 와선 넉살 좋게 웃으며 소리쳤다.

"에이! 우리, 육상 선수예요! 같이 뛰면 누나, 우리 못 쫓아와요!"

그러면서 누나를 번쩍 안아 올렸다. 이어서 연아도 소리쳤다.

"언니, 앤 지프, 잰 스포츠카라 생각하면 돼요! 언니가 타고 싶은 대로 골라 타세요!"

그러곤 차례대로 지태와 나를 가리켰다. 투척 선수인 지태와 단거리 선수인 나를 적절히 비유한 말이었다. 누나는 못내 알겠다며 힘없이 미소 지었다. 긴박한 상황에서도 따스한 분위기를 만들어주는 미소였다.

우린 육상 훈련을 하는 것처럼 쉬지 않고 계속 뛰어갔다. 나와 지태는 이렇게 달리는 것이 일상이라 괜찮았지만 연아는 점점 지치는지 헉헉댔다.

"스포츠카 한 번 탈래?"

내가 연아에게 농담을 던지자 그녀는 얕보지 말라며 더 빨리 달릴 수도 있다고 큰 소리쳤다. 연아는 지는 것을 무지 싫어하는 성격이다.

"얼마나 더 빨리 달릴 수 있는지 한번 볼까?"

나는 연아의 등을 밀며 속력을 냈다. 그러자 연아가 버럭 소리를 질렀다.

"그만해, 이 바보야! 힘들다고!"

하지만 그녀는 기어이 달리는 속도를 늦추지 않고 나와 지태의 속도에 맞춰 계속 뛰었다. 역시 지기 싫어하는 성격이라니까.

대략 10분쯤 뛰어가자 역삼역이 나왔다. 기관사의 말대로 역삼역도 폐허가 되어 모든 출구가 막혀 있었다. 누나는 이번에도 잔해 더미에 깔린 사람들을 구해주려고 했지만 통증이 너무 심해서 잠시 휴식을 취하고 나와 지태, 연아가 나서서 몇 명을 도와줬다. 그러곤 바로 다음 역인 선릉역 방향으로 출발했다. 이번엔 내가 누나를 안았다.

선릉역으로 가는 지하 터널은 이제까지의 사각형 지하 터널과는 달리 아치형 터널이었다. 가운데 기둥도 없고 직선 길이 쭉 이어져 있어서 시야가 탁 트였다. 사람들의 통화하는 소리와 자갈 밟히는 소리가 터널에 울려 퍼졌다. 어쩐지 예감이 좋았다. 선릉역에는 혹시 위로 나갈 수 있는 출구가 뚫려 있지 않을까 기대됐다. 기관사도 강남역, 역삼역은 막혔다고 했지만 선릉역은 아예 언급도 하지 않았으니까. 추측건대, 그 사람들은 역삼역과 선릉역 사이에서 지하철이 멈춰 어느 쪽으로 갈지 고민하다가 역삼역 방향으로 걸어왔을 것이다. 그러니 선릉역은 출구가 뚫려 있을 가능성이 있었다.

어느 정도 상황이 안정되자 우린 엄마에게 전화를 걸었다. 하지만 통화가 연결되지 않고 자동 응답 서비스로 넘어갔다. 지금 시각은 오후 6시 30분. 엄마가 버스를 타고 집에 가고 있을 시간이다. 연아가 인터넷을 검색해본 바로는 서울의 모든 지하철이 운행을 멈추면서 지상에서는 교통난이 빚어지고 있다고 했다. 그렇다면 엄마는 지금 꽉 막혀버린 도로에 갇혀 있는 신세일 것이다. 우리는 잠깐 엄마에게 무슨 일이 생긴 건 아닐까 걱정했지만, 엄마가 아마 버스에서 졸고 있을 거라는 결론을 내렸다. 졸다가 버스 종점까지 간 적도 있는 엄마니까. 어쩌면 엄마는 서울이 이 모양이 됐다는 것도 모를 수 있다. 괴물은 지상에는 전혀 출몰하지 않았다고 하니까.

선릉역에 거의 가까워지자 다시 중앙에 기둥이 나타나고 터널 모양도 사각형으로 바뀌었다. 그리고 새로운 인파가 보였다. 수많은 사람들이 선릉역 앞 지하 터널을 가득 메우고 있었다. 다만 이들은 움직이지 않고 멈춰 서서 웅성거리고 있었다.

"뭐지? 혹시 이거 줄 서 있는 건가? 선릉역 계단으로 나가려고?"

지태가 사람들을 쳐다보며 말했다.

"그럴 수도 있지. 승강장에는 출구가 몇 개 없으니까. 이 많은 사람들이 나가려면 꽤 오래 걸릴 거야."

내가 지태의 말에 대답했다.

우린 사람들 뒤쪽에 다가가 무슨 상황인지 물어봤다. 그사이 나는 누나를 바닥에 내려 벽에 기대앉을 수 있게 해줬다. 누나의 안색은 더욱 좋지 않았다. 그래도 내게 고맙다는 인사를 잊지 않았다.

"이분들도 방금 여기 왔는데, 어떤 상황인지 잘 모르겠대."

지태가 말했다. 하긴 행렬 뒤쪽에 있는 사람들은 우리보다 조금 전에 여기 도착했을 테니, 우리와 별반 다를 게 없을 것이다. 행렬 앞쪽에 가야 무슨 상황인지 알 수 있겠지.

 셋 중 키가 큰 편인 내가 고개를 빼고 앞쪽을 바라봤다. 하지만 행렬이 꽤나 길어서 앞쪽의 상황이 잘 보이지 않았다. 마치 검은 장막을 덮어놓은 것처럼 행렬 앞쪽은 시커멓기만 했다.

 "어두워서 잘 안 보여. 저 앞엔 전등이 나갔나 봐."

 까치발을 한 채 내가 말했다.

 "단아, 나 좀 들어봐. 내가 한번 볼게."

 연아가 말했다. 그 말에 바로 연아의 허리를 감아 들어올렸다. 내 머리 위로 우뚝 솟은 연아가 앞쪽의 상황을 스마트폰으로 찍은 후 다시 바닥으로 내려왔다. 연아가 찍은 사진을 확대하니 흐릿하긴 해도 행렬 앞쪽 상황을 파악할 수 있었다. 앞쪽이 어두컴컴해 보였던 건 전등이 나갔기 때문이 아니었다.

 시커먼 연기였다. 시커먼 연기 사이로 불타는 지하철과 선릉역 승강장이 보였다. 우리가 마지막 기대를 걸었던 선릉역은 화재로 휩싸여 있었다.

같은 시각
경복궁 부근

"아버지, 절대 집에서 나오지 마세요. 특히 지하철역 근처에는 얼씬도 하지 마시고요. 사태가 진정될 때까지 집에 계세요. 제가 연락드릴게요."

현국은 TV 채널을 아무리 돌려도 한 가지 방송밖에 나오지 않는다며 전화를 해 온 아버지에게 짧게 할 말만 하고는 전화를 끊었다. 현재 대한민국의 모든 TV 채널은 서울의 지하 세계를 휩쓴 전대미문의 재난에 대해 앞다퉈 보도하는 중이었다. 서울의 지하철역 100여 개가 폭파되었으며 정체불명의 괴생명체가 나타나 닥치는 대로 사람들을 죽이고 있었다. 지상에 있는 사람들은 직접적인 피해는 겪지 않았어도 온갖 뉴스를 접하며 공포를 느끼고 있었다. 현국의 아버지도 마찬가지였다.

현국은 스마트폰을 손에 들고는 주차장이 되어버린 도로 사이에서 숨을 헐떡이며 뛰어가고 있었다. 도저히 차가 움직일 생각을 하지 않아 자동차는 도로에 버려둔 채였다. 얼마 전 교통사고로 왼쪽 다리가 부러지는 바람에 목발을 짚고 있어 뛰는 게 뛰는 게 아니었다. 바람이 선선한 늦가을이지만, 현국은 한여름처럼 온몸에서 땀이 흘러내렸다.

도로에 갇힌 운전자들은 목발을 짚고 지나가는 현국을 물끄러미 쳐다봤다. 자신들도 그냥 자동차를 버리고 가는 게 더 나을까 고민하는 눈치였다. 그들은 스마트폰과 라디오, DMB 내비게이션 등을 통해 서울의 현 상황을 체크하고 있었다. 모든 포털 사이트, 채널에서 재난에 대한 속보를 전했다.

또 다시 현국의 휴대폰이 진동했다. 방금 전화를 끊은 아버지 아니면 왜 빨리 안 오냐고 독촉할 국정원장일 거라고 생각하며 휴대폰을 꺼내는데, 휴대폰 액정에 '장호준 박사님'이라는 발신인 표시가 떴다. 장 박사라면…… 3년 전에 죽었다. 그 뒤로 한 번도 휴대폰 전화번호부를 정리하지 않아서 아직 번호가 남아 있을 뿐이다. 그런데 지금, 이 시점에 장 박사의 번호로 전화가 왔다? 현국은 전화를 받았다. 상대방은 다짜고짜 자신의 용건을 말했다.

"오늘 밤 11시까지 장 박사님과 처음 만났던 곳으로 오십시오."
현국은 "여보세요"라고 반복해서 말했지만 상대방은 이미 전화를 끊은 뒤였다.
'뭐야? 누가 이런…….'
현국은 의아한 표정을 지었다. 장 박사는 현국이 국정원에 들어와 방황할 때 만난 멘토 같은 존재였다. 그가 심장마비로 죽고 난 뒤 현국은 꽤 큰 공허함을 느꼈을 정도다. 그런데 서울에 재난이 일어난 이 시점에 그의 번호로 정체 모를 누군가에게서 연락이 오다니, 뭔가 석연치 않은 느낌이 들었다.

그러는 사이 현국은 경복궁역에 거의 다다랐다. 경복궁역 근처에서 분주하게 바리케이드를 설치하고 있는 군인들이 보였다. 바리케이드를 지나 경복궁 돌담길을 쭉 달려가면 청와대가 나온다. 청와대 깊숙한 곳의 지하 벙커. 지금 현국이 가야 할 장소다.

"이쪽으론 못 들어갑니다. 돌아가세요."

바리케이드를 지나려는데, 군인들이 현국을 막아섰다. 현국이 거칠게 숨을 몰아쉬며 등에 메고 있던 백팩에서 신분증을 꺼냈다.

"국정원 소속 기현국 실장입니다."

군인들이 현국이 내민 신분증과 얼굴을 비교해보더니 어디론가 무전 연락을 했다. 현국의 출입 여부를 허가 받는 것 같았다. 현국은 심호흡을 하며 숨을 골랐다. 잠시 후 무전을 끝내더니 군인들이 현국에게 바리케이드를 열어줬다.

"후, 저기, 비상 상황이라 그런데 저 차량, 운행 가능합니까? 청와대까지 좀 태워주시면 좋겠는데……."

현국이 주차되어 있는 군용 레토나를 가리키며 말했다. 군인들은 왜 귀찮게 하냐는 듯 현국을 쳐다봤다. 현국은 자신의 목발을 가리키며 고개를 까딱했다.

경복궁 옆, 청와대로 가는 길엔 군인들이 바글바글했다. 모두 일사불란하게 보호벽, 무기 등을 설치하고 있었다. 그 사이로 현국이 탄 레토나가 지나갔다. 보조석에 탄 현국이 태블릿 PC를 꺼내 뉴스 속보를 스크롤하며 확인했다. 특별히 더 알려진 소식은 없었다. 서울 각지의 지하철역이 일제히 테러를 당해 도심이 마비됐다는 소식, 그 이상의 정보는 없었다. 다행이다, 라고 그는 마음속으로 되뇌었다.

그러나 사람들의 실시간 SNS 정보에 괴물의 사진이 올라와 있는 걸 보자 현국의 미간에 주름이 잡혔다. 괴물들의 사진을 본 사람들의 반응은 각양각색이었다. 괴물의 정체 자체를 의심하는 반응부터 공포에 질린 반응까지. 괴물의 정체를 정확히 아는 사람은 아무도 없었다. 당연했다. 대한민국에서 괴물의 정체를 아는 사람은 극소수였으니까. 현국은 그중 한 명이었다.

레토나에서 내린 현국은 몇 차례 신분 확인 과정을 거친 후, 청와대 지하 벙커로 내려갔다. 지하 벙커에선 청와대 실무진이 바삐 움직이고 있었다.

"빨리 와."

원도훈 국정원장이 현국을 맞이했다. 국정원장은 현국의 걸음을 재촉하며 지하 벙커 가장 안쪽에 위치한 비상대책센터로 향했다.

"들어가서 입도 뻥끗하지 마. 알겠지."

국정원장이 현국에게 경고했다. 현국은 아무런 대답도 하지 않았다. 국정원장은 비상대책센터에 들어가지 않고 바로 앞에 멈춰 섰다. 현국은 국정원장에게 왜 들어가지 않느냐는 눈빛을 보냈다.

"대답해, 기현국."

국정원장이 현국을 노려봤다. 이에 질세라 현국이 대꾸했다.

"지금 이 마당에 어떻게 가만히 있습니까? 어서 다 알리고 대책을······."

하지만 현국은 말을 더 잇지 못했다. 자신보다 한 뼘이나 더 큰 국정원장이 현국의 턱을 잡아 자신의 얼굴 앞으로 끌어당겼기 때문이다.

"곧 우리끼리 따로 회의할 거야. 그러니까 여기선 조용히 해. 알겠어?"

국정원장이 현국의 두 눈을 짓이길 것처럼 노려보며 말했다. 현국은 씩씩 숨을 내쉬기만 했다. 국정원장은 현국의 그런 태도를 무언의 긍정이라 생각했는지, 그의 턱을 놓고 비상대책센터 문을 열었다. 현국은 비틀거리면서 목발로 몸의 중심을 잡았다.

비상대책센터 안에는 이미 도착해 있는 각 부처 장관들, 실무진이 가득했다. 모두들 전화통에 불이 난 듯 어딘가와 통화 중이었다. 국정원장과 현국은 비상대책센터 가운데 있는 회의 테이블의 비어 있는 자리로 가서 앉았다.

그와 동시에 비상대책센터의 또 다른 문이 열리며 검은 양복을 입은 대통령 비서실장과 경호실장, 몇 명의 경호원 뒤로 굳은 표정의 박정근 대통령이 들어왔다. 개헌을 통해 현재 9년째 장기 집권 중인데도 독보적인 카리스마로 대한민국 역사상 가장 높은 지지율을 기록하고 있는 대통령이었다. 처음 보는 사람이라도 5분만 함께 있으면 상대방을 무장해제시켜 자신의 편으로 만드는 매력적인 인물이기도 했다.

그러나 현국은 그가 매력적인 만큼 위험한 인물이라는 것을 잘 알고 있었다. 그 역시 괴물의 정체를 아는 대한민국의 극소수 중 한 명이었다. 지금 일어난 재난에 대해 가장 큰 책임을 지고 있다 해도 틀린 말이 아니었다. 현국이 보기에 대통령은 야누스 같은 사람이었다. 천상이 내려준 카리스마와 핵폭탄보다 위험한 야망을 동시에 품은 사람.

대통령이 들어오자 비상대책센터 안에 있던 사람들은 모두 황급히 전화를 끊으며 자리에서 일어났다. 대통령이 상석에 앉자 나머지 사람들도 모두 자리에 앉았다.

"현재 상황 브리핑해주세요."

대통령 비서실장이 지시하자 비상대책센터 안의 여러 각료 중 국가안보실장이 대형 스크린 앞으로 나왔다. 스크린에 서울의 복잡한 지하철 노선도가 떠오르며 안보실장이 브리핑을 시작했다.

"현재 폭발 테러가 일어난 곳은 서울 지하철역 127개 역으로 파악되며, 이 중 98개 역은 출입구가 완전히 붕괴되어 이동 불가능한 상태입니다. 나머지 29개 역은 붕괴 직전 단계로 곧 출입구가 완전히 막힐 것으로 예상됩니다. 이번 테러는 모두 지하에 위치한 지하철역 승강장에서만 발발했으며, 지상에 위치한 승강장은 어느 곳에서도 테러가 일어나지 않았습니다. 때문에 지하 터널을 지나가던 지하철 탑승객과 지하 승강장에서 지하철을 기다리던 시민들이 큰 피해를 입었고, 현재 군부대가 투입되어 구조 중입니다. 지상에서는 아직까진 교통 대란 이외에 어떠한 피해도 접수되지 않았습니다."

안보실장의 말에 따라 대형 스크린의 지하철 노선도에 테러를 당한 지하철역들에 반짝이는 불빛이 들어왔다. 현국은 그걸 보며 테러를 당한 지하철역들이 너무 예쁘게 표시된 것 아닌가 하는 생각이 들었다. 안보실장은 반짝이는 지하철역들을 가리키며 브리핑을 이어갔다.

"그리고 이걸 보시면 아시겠지만, 현재 테러가 일어난 구역은 지하철 2호선을 중심으로 그 안쪽에 위치한 지하철역들입니다. 2호선 지하철은 서울 시내를 원을 그리며 도는 순환선인데, 이 원에 위치한 2호선 지하철역들을 포함, 원 안쪽에 위치한 수많은 지하철역들이 모두 테러를 당한 것입니다."

안보실장의 말에 따라 2호선 지하철 노선도가 그리는 원과 원 안쪽의 지하철역들이 모두 빨갛게 표시됐다. 한강을 중앙에 두고 서울 시내를 뒤덮은 커다란 원이 빨간색으로 채워졌다. 안보실장이 말을 이어갔다.

"2호선은 서울의 대표적인 흑자 노선 중 하나인 만큼 서울의 주요 역들을 지나고 있고 그 안쪽의 지하철역들 또한 두말할 것 없이 주요한 기능을 담당하는……."

"잠깐만요, 그럼 저 2호선 원 안쪽 지하 구역이 모두 테러리스트들에게 점령당했다는 말입니까?"

질문을 던진 건 현국이었다. 안보실장은 브리핑을 끊은 현국을 불만스러운 표정으로 쳐다봤다. 현국 바로 옆에 앉은 국정원장 또한 현국에게 눈치를 줬다.

"대답해보게. 나도 궁금하니까."

느닷없이 대통령이 말했다. 대통령은 평소에도 소신 있게 할 말 하는 성격의 현국을 신임하는 편이었다. 안보실장은 별수 없이 현국의 질문에 대답해줬다.

"조금 전 말씀드렸듯, 2호선 원 안쪽 구역을 사수하기 위해서 군부대가 투입된 상황입니다. 하지만 붕괴 직전에 있는 29개 지하철역이 모두 붕괴된다면 저 원 안쪽 구역은 거대한 지하 밀실이 되고 맙니다. 그러면 우리 군도 저곳에 갇히게 되는 셈으로, 사실상 적들에게 저 구역을 넘겨주게 된다고 봐야 합니다."

안보실장의 대답이 끝나자 1초 정도 침묵이 이어진 뒤, 다른 장관들이 기다렸다는 듯 질문을 던지기 시작했다. 비상대책센터 안은 순식간에 새벽 시장의 경매장처럼 시끄러워졌다.

"조용히 하세요! 조용!"

대통령 비서실장이 회의 테이블을 내려치며 소리쳤다. 박력 있는 그의 목소리에 센터 안은 다시 조용해졌다. 평소에도 위압적인 카리스마로 대통령의 손발이 되어주는 그였다.

정적을 깨고 각료 중 한 명이 조심스레 말을 꺼냈다.

"다른 건 몰라도 이것 하나만은 대답해줘야 우리도 대책을 논의할 수 있습니다."

국민안전처 장관이었다. 그가 스마트폰을 들어 사진을 하나 떠올렸다. 지하 터널에 나타난 괴물이 찍힌 사진이었다.

"이것의 정체가 뭡니까? 국가안보실에서 모른다고 하진 않겠지요?"

안보실장은 아무런 대답도 하지 않고 사진만 쳐다봤다. 모른다는 의미의 침묵이 아니라 알고 있지만 말할 수 없다는 의미의 침묵이라는 것을 그 자리에 있는 모두가 느끼고 있었다. 사진을 들고 있던 국민안전처 장관이 대통령을 향해 고개를 돌렸다.

"대통령님, 진상을 말해주셔야 저희들도 대책을 마련할 수 있습니다. 이번 테러와 이 괴생명체는 어떤 관련이 있는 겁니까? 혹시 지하철역을 폭파시킨 것도 이 괴생명체의 짓입니까? 북한에서 보낸 괴물이라는 소문도 있습니다. 대체 이 괴생명체의 정체는 뭡니까?"

비상대책센터는 다시 정적에 휩싸였다. 누구 하나 쉽게 입을 떼지 못했다. 긴장이 흘렀다. 모두들 대통령의 입만 쳐다보며 대답을 기다렸다. 현국은 대통령의 표정이 미묘하게 뒤틀리는 걸 느꼈다. 사과가 썩어가는 과정을 고속촬영한 것처럼 그의 표정은 천천히 일그러지고 있었다. 잠시 후, 대통령이 천천히 입을 열었다.

"지금은 일단 시민들을 구조하는데 총력을 기울여주십시오. 저를 믿고, 일단 그렇게만 해주세요."

회의는 허무하게 끝났다.

비상대책센터에 있는 수많은 각료들이 계속해서 대통령에게 구체적인 대답을 요구했지만, 대통령은 끝내 그들이 원하는 대답을 해주지 않았다. 대통령은 몇 가지 지시만 내리고 비상대책센터를 나갔다. 그 지시 중 가장 강조한 건 언론에서 괴생명체에 대한 소식을 다루지 못하게 막으라는 것이었다.

　남아 있는 각료들은 대통령을 향해 비난을 쏟았다. 진실을 말해주지도 않으면서 자신이 원하는 것만 요구하는 대통령에게 실망한 기색들이었다. 이후에 그들은 안보실장을 대상으로 질문 공세를 이어갔다. 그러자 안보실장 역시 대통령과 똑같이 비상대책센터를 나가버렸다. 이어서 묵묵히 자리에 앉아 있던 국방부 장관과 합참의장도 비상대책센터를 나갔다.

　이제 비상대책센터 안에 있는 사람 중 괴물의 정체를 알고 있는 사람은 국정원장과 현국 두 사람뿐이었다. 그러나 두 사람이 괴물의 정체를 알고 있다는 사실을 아는 사람은, 다행히 아무도 없었다. 현국은 몇 번이나 진실을 말하고 싶은 충동에 휩싸였지만, 회의실에 들어오기 전 들은 국정원장의 말을 기억하며 침묵을 지켰다. 언제까지 이 비밀을 지킬 수 있을까?

　현국은 숨이 막힐 것 같은 답답함을 느꼈다. 비상대책센터의 공기가 순식간에 다 증발해버린 것만 같았다. 도저히 견딜 수 없어진 현국은 도망치듯 절뚝거리며 비상대책센터를 뛰쳐나갔다.

테러 발생 1시간 01분 경과
2호선 선릉역 부근

퍼퍼퍼펑!

연아가 찍은, 화재가 난 선릉역 사진을 보고 있는데 행렬 앞쪽에서 폭발 소리가 들려왔다. 행렬 곳곳에서 비명이 터져 나왔다. 앞에 서 있는 사람들이 모두들 고개를 빼 행렬 앞쪽을 쳐다봤다. 조금 전보다 더욱 거세게 검은 연기가 뿜어져 나왔다. 모든 것을 집어삼킬 것 같은 먹구름이 지하 터널을 뒤덮고 있었다.

폭발 이후 지하 터널은 빠른 속도로 시끄러워졌다. 사람들은 검은 연기를 피해 뒷걸음질 쳤다. 행렬 곳곳에서 짜증 섞인 욕설이 터져 나왔다. 어떤 곳에선 싸움이 벌어졌는지 윽박지르는 소리가 들려왔다. 무슨 상황인지 알려달라는 외침도 곳곳에서 터져 나왔다. 다들 예민해지고 날카로워졌다.

"우리 이제 어디로 가야 돼? 앞뒤가 다 막혔잖아."

지태가 걱정스레 물었다. 나는 어떤 대답도 할 수 없었다. 바로 앞의 선릉역은 화재로 막혔고, 반대 방향인 역삼역, 강남역, 교대역 또한 출구가 막혔다. 교대역을 지나서 더 가볼 수도 있지만, 그쪽으로 갔다간 괴물들과 마주칠지도 모른다. 그러니까 우린 지금 이곳에 고립된 것이다.

"얘들아, 이거 봐봐."

대뜸 연아가 스마트폰을 보여주며 말했다.

"지금 2호선 지하철역들 상황이래."

연아가 스마트폰 화면을 스크롤해서 내리자 2호선 지하철역 승강장들의 사진이 쭉 나타났다. 우리가 지나쳤던 역처럼 죄다 붕괴된 모습이었다. 성한 역이 하나도 없었다. 우리처럼 지하에 고립된 사람들이 찍어서 SNS에 올린 사진이었다.

"사람들이 그러는데 2호선 지하철역들은 싹 다 무너졌대. 그리고 왜 2호선은 둥그렇게 원을 그리면서 돌잖아. 그 원 안쪽 지하철역들도 거의 다 무너졌대. 지금 그 안에 갇힌 사람들은 자력으로 지상으로 나오기 힘들 거라면서 구조대가 올 때까지 기다리래. 아무래도······." 연아가 잠시 쉬었다가 말했다. "우리 지금 지하에 갇힌 거 같아."

절망적인 상황이지만 연아는 최대한 덤덤하게 말했다. 그러자 지태가 믿기지 않는다는 듯 물었다.

"그게 말이 돼? 2호선만 해도 지하철역이 몇 갠데 그게 다 무너졌다는 게? 그 원 안쪽의 지하철역들까지 다 무너졌다면······. 아냐, 그건 아닐 거야. 그게 어떻게 한번에 다 무너져? 그건 아냐, 네가 잘못 안 거라고!"

지태의 목소리가 점점 커지면서 주위에 있던 사람들이 하나씩 우리를 쳐다봤다. 하지만 연아는 사람들의 시선에 아랑곳하지 않고 지태의 물음에 대답했다.

"말도 안 되는 일이지. 그런데 우리가 본 그 괴물들을 생각해 봐. 이 세상에 그런 게 존재한다는 것도 말이 안 되잖아. 근데 우리가 직접 봤잖아. 무너진 지하철역들도 우리가 다 직접 봤잖아. 그러니까 지금 서울에선 말도 안 되는 일이 실제로 벌어지고 있는 거야. 이게 다 현실이라고."

잠시 정적이 흘렀다. 할 말이 없었다. 연아의 말대로 이런 말도 안 되는 상황이 눈앞에서 벌어지고 있으니, 믿고 싶지 않아도 믿을 수밖에 없었다. 그렇다면 이제 우린 어떻게 해야 하는 걸까? 구조대가 올 때까지 여기 가만히 앉아 기다려야 하나? 괴물들이 또 습격해 오면 숨을 곳도 달아날 곳도 없는데?

그때 사이렌 소리 같은 삐삐삐 소리가 곳곳에서 들려왔다. 이곳에 몰려 있는 수천 명의 휴대폰에서 울리는 재난 경보 메시지 소리였다. 사람들이 일제히 휴대폰을 꺼내 문자 메시지를 확인했다. 나와 지태, 연아, 그리고 벽에 기대 앉아 있던 누나도 스마트폰을 확인했다.

「〔국가비상사태 선포〕 실제 상황입니다. 서울특별시에서 전시에 준하는 테러가 발발했습니다. 가까운 재난 대피소로 대피하십시오. 대피 시 비상식량, 물품, 라디오를 챙기십시오. TV, 라디오를 통해 정부의 안내에 따라주십시오. 곧 모든 채널을 통해 대통령의 발표가 있을 것입니다.」

 나도 모르게 오한이 든 것처럼 몸이 떨렸다. 국가비상사태라니. 말로만 들어봤지 이런 상황을 실제로 겪게 될 줄은 몰랐다. 심각한 상황이란 건 알고 있었지만 국가비상사태 선포 메시지를 읽으니 정말 이곳에서 죽을지도 모르겠다는 생각이 들었다. 내가 처해 있는 이 엿 같은 상황이 갑자기 실감 났다. 그런데 지태는 웬일인지 희망에 찬 얼굴로 나와 연아를 보며 물었다.
 "가까운 재난 대피소가 어디냐? 거기 가면 안전한가 봐."
 그러자 연아가 굳은 얼굴로 대답했다.
 "밖에 나가면 있겠지. 지금 여기선 갈 수 없어."
 "뭐? 그럼 우린 어디로 대피하라는 거야?"
 지태가 의아한 얼굴로 다시 묻자 또 연아가 대답했다.
 "이 문자에 나와 있는 이야기는 지금 우리에게 해당되는 게 전혀 없어. 비상식량, 라디오 그런 건 전부 다 바깥에 있는 사람들에게만 해당되는 이야기야. 그러니까 이 문자는 그냥 무시해."
 그러자 지태는 정말로 실망한 기색이 역력한 얼굴이 되었다. 놀이공원에 갈 생각에 한껏 부풀었다가 못 가게 된 아이처럼.
 "이런 망할 문자는 왜 보내고 지랄이야! 괜히 희망 품게!"
 지태가 버럭 소리쳤다. 그러고 보니 여기저기서 버럭 소리치는 사람이 꽤 많았다. 모두 지태처럼 문자 메시지를 보고 희망을 품었다가 실망하게 된 사람들일 것이다. 그때 갑자기 누군가 내 어깨를 붙잡았다. 돌아보니 한 남자가 숨을 못 쉬고 격격대며 나를 붙잡고 있었다.

"왜 그러세요? 괜찮으세요?"

내가 놀라서 남자를 보며 물었다. 남자는 점점 더 숨 쉬기 어려워했다. 남자의 손에 들려 있던 스마트폰이 바닥에 떨어졌다. 나는 뭘 어떻게 해야 할지 몰라 연아와 지태를 쳐다봤다. 둘도 어떻게 해야 할지 모르는 눈빛이었다. 그러는 사이 남자는 바닥에 쓰러져 숨을 헐떡댔다. 발작하는 것처럼 몸이 기괴하게 꺾였다. 주위에 있던 몇몇 어른들이 바닥에 쓰러진 남자에게 몰려들어 괜찮냐고 물었다. 사람들의 말 속에서 폐소공포증이라는 단어가 들렸다. 사람들이 진정하라고 말하는데, 남자는 이내 거짓말처럼 움직임을 멈췄다. 죽은 것이다. 믿기지 않았다. 멀쩡하던 사람이 이렇게 순식간에 죽을 수 있단 말인가.

꺄아아아아악! 옆에 있던 여자가 느닷없이 소리를 질렀다. 주위에 있던 사람들이 깜짝 놀라 여자를 쳐다봤다. 소리를 지른 여자가 눈앞에 보이는 사람을 막무가내로 붙잡으면서 소리쳤다.

"저 좀 여기서 나가게 해주세요! 제발요! 선생님! 국가비상사태라니요! 저 좀 여기서 나가게 해주세요! 네?"

사람들은 왜 이러냐며 서로 여자를 밀쳐냈다. 그런데 갑자기 여자의 눈이 뒤집히더니 핸드백에서 전기 충격기를 꺼내 사람들을 공격하기 시작했다. 바로 앞에 있던 아저씨가 감전되어 쓰러졌다.

"이 여자가 미쳤나!"

다른 아저씨가 보다 못해 여자의 얼굴을 후려쳤다. 여자는 잠시 휘청하더니 어느새 전기 충격기를 내버리고 바닥에 떨어진 날카로운 유리 조각을 집어 들었다. 커다란 유리 조각에 베여 손에서 피를 줄줄 흘리면서도 여자는 유리 조각을 쳐들고는 소리를 지르며 자신을 후려친 아저씨에게 달려들었다. 놀란 아저씨의 팔에 유리 조각이 꽂히며 피가 튀었다.

"아아아아악!"

아저씨가 비명을 질렀다. 여자는 유리 조각을 잡아빼더니 또 찔렀다. 또 찔렀다. 또 찔렀다. 계속 찔렀다. 아저씨의 팔이 너덜너덜해졌다. 저 여자는 미쳤다. 우리는 서서히 뒷걸음질 쳤다. 벽에 기대 쉬던 누나도 데리고 뒤로 물러섰다. 다른 사람들도 정신이 나가버린 것 같은 여자를 피해 뒷걸음질 쳤다.

피가 철철 흐르는 팔을 붙잡고 괴로워하는 아저씨를 내버려두고 여자는 다른 먹잇감을 찾아 눈을 번뜩였다. 여자가 몰려 있는 사람들에게 달려들자 사람들은 비명을 지르며 흩어졌다. 좁은 공간에서 이리저리 밀리는 사람들 사이에서 짜증 섞인 고성이 오갔다. 그러다 뒤에서 어떤 남자가 덮쳐서 여자를 붙잡았다. 또 다른 사람이 달려들어 여자의 팔을 붙잡았다. 또 다른 사람이 여자의 손을 쳐서 유리 조각을 떨어뜨리게 했다. 여자는 세 남자에게 붙잡힌 채 마구 날뛰었다.

"아아악! 살려줘! 여기서 빼내줘!"

갑자기 옆에 있던 또 다른 남자가 괴성을 질렀다. 그러곤 여자와 똑같이 다른 사람들을 붙잡으며 자신을 여기서 빼내달라고, 나가서 돌봐야 할 가족들이 있다고 소리쳤다. 사람들이 남자를 밀쳐내자 남자는 눈을 희번덕거리며 왜 날 여기에 가두냐며 사람들을 향해 마구 주먹질을 해댔다. 순식간에 사람들이 뒤엉키면서 마구 주먹질을 하고 발길질을 해대기 시작했다. 모두가 정신이 나가버린 듯했다. 누군가는 앞니가 부러져 피가 철철 흐르고, 누군가는 귀를 물어 뜯겨 너덜너덜해졌다. 여기저기서 사람들의 비명이 울려 퍼졌다. 광기 어린 폭력이 사람들 사이에 전염병처럼 퍼져 나갔다. 곳곳에서 비명과 다투는 소리가 들려왔다. 수천 명의 사람들이 집단 공황 상태에 빠져버렸다. 국가에서 국민들을 위해 보낸 대피 안내 메시지는 오히려 사람들을 더욱 흥분시켰을 뿐이다.

  마구잡이로 싸워대는 사람들을 피해 사람들은 휴대폰을 마구 두들겨대기 시작했다. 112, 119에 전화하거나 가족, 지인들에게 전화하더니 살려달라고, 빨리 여기서 꺼내달라고 외쳤다. 그러나 통화량이 폭주해서인지 전화가 연결된 사람보다 연결되지 않는 사람이 많았다. 통화가 되지 않자 사람들은 무작정 선릉역이나 역삼역 방향으로 뛰어가기 시작했다. 그러다 시비가 붙어 드잡이를 하며 싸우는 사람도 있고, 괴성을 지르며 발작을 일으키는 사람도 부지기수였다. 어떤 사람은 터널 벽을 부수려는 듯 마구 두드렸지만 손에서 터져 나오는 피만 확인하고 절망에 빠져 머리를 쥐어뜯으며 울기도 했다. 지하 터널은 말 그대로 미친 사람들의 집합소가 되어버렸다.

  우리는 누나를 데리고 집단 패닉에 빠진 사람들을 피해 뒤로 물러났다. 사람들이 무서웠다. 심지어 괴물들보다 더. 잠시 쉬었는데도 누나의 얼굴은 조금 전보다 더 창백해 보였다. 얼굴에선 식은땀이 흘렀다. 우린 누나를 벽에 기대 앉아 쉬게 했다.

"괜찮으세요? 더 안 좋아진 것 같은데……."

누나는 말도 하기 힘든지 괜찮다는 듯 손을 들어 보였다.

"누나, 곧 나갈 수 있을 거예요. 조금만 힘내세요."

내가 말했다. 자신은 없지만 그렇게 말해야 할 것 같았다. 연아는 주머니에서 손수건을 꺼내 누나의 얼굴을 닦아줬다. 누나는 고맙다며 연아의 손수건을 받아 쥐고는 얼굴을 꼼꼼히 닦더니 배 위에 손을 올려놨다. 누나의 불룩한 배를 보니 아직 태어나지도 않은 저 아기는 이게 무슨 고생인가 싶었다. 괴물도 모자라 사방에 괴물이 되어버린 사람들까지 바글바글한 이곳에서.

"일단 엄마한테 전화하자. 우리 여기 갇혀 있다고 말해야지."

연아와 지태에게 말하고는 엄마에게 전화를 걸었다. 하지만 수천 명의 사람들이 한꺼번에 전화를 하고 있어서 그런지 엄마에게 전화를 거는 것조차 쉽지 않았다. 전화벨이 울리기도 전에 연결이 힘들다는 멘트만 흘러나왔다. 옆에서 연아와 지태는 스마트폰으로 뭔가 검색해보려고 했지만 이 역시 한꺼번에 많은 사람들이 접속해서 그런지 속도가 느렸다. 아예 페이지가 바뀌지도 않았다. 둘 다 답답한지 한숨만 내쉬었다.

"아마 누구든 구조하러 올 거야. 이렇게 많은 사람들이 갇혀 있는데 위에서 모를 리 없어. 119든 아니면 여기 관리하는 서울 메트로든, 아니면 군대가 오든, 사람들을 구조하려고 준비 중일 거야."

연아가 애써 희망을 찾으려는 듯 말했다.

"씨발, 한 몇 달 지나서 오는 거 아냐? 오긴 오겠지?"

지태가 불안한 듯 되물었지만 나와 연아 둘 다 아무런 대답도 할 수 없었다.

나는 계속 엄마에게 전화를 걸었다. 일단 엄마가 우리가 여기 있다는 걸 알아야 안심될 것 같았다. 언제나 그랬듯 엄마는 어떻게든 우리를 구해줄 것이다.

"야, 근데 엄마도 그 국가비상사태 문자 받았을 거잖아? 그럼 우리가 걱정돼서 벌써 전화했을 텐데……. 다들 전화 온 거 없어?"

지태가 말했다. 그러고 보니 이상했다. 엄마는 그런 문자 메시지를 받고 가만히 있을 사람이 아니다. 벌써 우리들의 전화기에 불이 났어야 한다. 스마트폰의 통화 목록을 확인해봤지만 누구한테도 엄마에게서 전화가 오지 않았다. 설마 엄마에게도 무슨 일이 생긴 걸까? 지상엔 괴물들이 안 나타났다고 했는데…….

"아닐 거야. 그냥 통화량이 많아서 먹통인 거겠지. 엄만 별일 없을 거야."

내 머릿속을 읽은 듯 연아가 말했다. 그래, 엄마는 별일 없어야 한다.

"맞아. 아마 엄마도 밖에서 지금 우리랑 통화 안 돼서 엄청 답답해하고 있을걸. 엄만 지하철도 안 타니까 괜찮을 거야."

지태가 연아의 말에 덧붙였다. 지태 말대로 엄마는 출퇴근할 때 지하철이 아닌 버스만 이용했다. 버스가 지하철보다 더 오래 걸렸지만 바깥 풍경을 보는 게 좋다고 했다.

"어이! 단 존슨! 뽕쟁이!"

어디선가 비아냥거리는 목소리가 들려왔다. 단 존슨은 도핑 스캔들 이후 나에게 붙은 별명이다. 1988년 서울 올림픽에서 그 유명한 칼 루이스를 제치고 육상 100미터에서 우승했지만 약물 복용으로 탈락한 벤 존슨의 이름을 내 이름에 붙인 건데……. 문제는 평소 날 고깝게 여기던 우리 학교 일진들 말곤 저렇게 부르는 사람이 없다는 것. 나는 목소리가 들린 쪽을 돌아봤다. 지태와 연아도 설마 하는 표정으로 돌아봤다.

기찬이다. 우리 학교의 일진이자 꼴통. 연아를 짝사랑해 나와 지태를 질투하는 재수 없는 자식. 마주칠 때마다 우리에게 시비를 거는 개새끼!

테러 발생 1시간 32분 경과
2호선 선릉역 부근

기찬이는 항상 데리고 다니는 똘마니 두 명—'주댕이', '헐크'라는 별명으로 불린다—과 함께 있었다. 하필이면 저 자식들을 여기서 만나다니. 이런 상황에 아는 사람을 만나면 어지간해선 반가울 텐데 이 자식들은 하나도 반갑지 않다.

"이야, 너희들을 여기서 만나게 될 줄은 몰랐네. 겁나 반갑다야. 이 난리통에 어째 안 죽고 살아 있었네."

기찬이가 비꼬듯 말했다. 기찬이의 얼굴은 거뭇거뭇했다. 아마 행렬 앞쪽에 있다가 폭발 때문에 뒤쪽으로 이동한 것 같았다.

"얼굴의 숯 검댕이나 닦아, 이 새끼야."

지태가 기찬이에게 거칠게 말했다.

"요즘 트렌드거든. 얼굴 까맣게 하는 거."

기찬이가 지지 않고 대꾸했다. 지태와 연아, 둘 다 기찬이의 실없는 대꾸에 어이없다는 표정을 지었다. 내가 물었다.

"너희들은 어디서 갇힌 거냐? 역삼? 강남?"

"말도 마라. 이 형님, 돌아가실 뻔했다. 선릉역 가다가 지하철이 멈춰서 내려서 걸어가는데, 씨발 갑자기 바로 앞에서 불이 나는 거야. 그래서 저 앞에서 사람들이랑 불 끄고 선릉역으로 나가보려고 별짓 다했는데 절대 안 꺼져. 조금 전엔 폭발까지 일어나 죽을 뻔했다. 근데 뭐 알아보니까 지금 2호선 지하철역들 다 무너졌다면서? 우린 그것도 모르고 괜히 저기로 나가보겠다고 불 끄려고 지랄한 거지. 그래서 다 포기하고 졸라 우울하게 뒤쪽으로 넘어온 건데, 너희들이 딱 여기 있네. 너희들 보니까 왜 이렇게 좋냐?"

"졸라 말 많네, 새끼. 다시 꺼져라. 우린 하나도 안 좋거든."

지태의 말에 기찬이는 가운뎃손가락을 세워 답했다. 그러다 연아의 무릎에 난 상처를 봤는지, 금세 걱정스러운 얼굴로 물었다.

"야, 너 다쳤네. 괜찮아?"

기찬이는 자기가 먼저 말을 걸어놓곤 수줍은 얼굴이다.

"괜찮아. 신경 쓰지 마."

연아가 칼같이 대답했다.

기찬이는 어어…… 하며 평소답지 않게 말을 얼버무렸다. 나와 지태는 그런 기찬이의 모습을 보며 낄낄 웃었다. 기찬이는 나와 지태를 보면서 잔뜩 인상을 썼지만 그런 모습조차 우스울 뿐이다. 기찬이는 예전에 연아에게 고백했다가 까인 적이 있다. 그래서인지 평소엔 조폭 흉내내며 거들먹거리다가도 연아에게만큼은 함부로 대하지 못했다. 물론 연아는 그러거나 말거나 기찬이를 일관되게 차갑게 대했고, 우린 그렇게 기찬이가 까일 때마다 지금처럼 킬킬 웃어댔다.

"근데 너희들 혹시 이 밑에서 뭐 이상한 놈들 못 봤냐? 괴물인지 뭔지 이상한 놈들이 있다고들 하던데. 막 사람도 죽이고."

항상 기찬이와 함께 다니는 똘마니 중 하나인 주댕이가 물었다. 입이 툭 튀어 나와서 주댕이라는 별명이 붙은 녀석이다. 나와 연아, 지태가 서로 쳐다봤다. 뭐라고 대답해야 할까?

"저기 교대역 쪽으로 계속 뛰어가봐라. 아직 그놈들 있을 거다."

내가 대답해줬다. 백문이 불여일견인 법이다.

"대박! 단 존슨, 너 그놈들 봤어? 근데 어떻게 안 죽었냐?"

나는 너는 왜 안 죽었냐고 묻는 이런 새끼에겐 주먹을 한 대 날려도 괜찮지 않을까 싶었지만 너무 천연덕스럽게 궁금한 얼굴이라 주먹은 참기로 했다.

"사진 안 찍었냐? 지금 바깥에 그놈들 사진이 몇 장 돌고 있거든. 근데 졸라 멀리서 찍고 흔들리고. 씨발, 심령사진도 그보단 나을 거다. 너희들 찍은 거 있으면 좀 보여줘봐."

이번엔 헐크가 물었다. 얼굴이 각지고 덩치가 커서 헐크라는 별명이 붙었다. 아쉽게도 피부는 초록색이 아니다.

"미쳤다고 거기서 사진 찍고 앉아 있냐? 사진 같은 거 없어. 누군지 몰라도 사진 찍을 여유가 있었나 보네. 대단들 하다, 진짜."

지태가 말했다.

평소에 그렇게 사진 찍고 방송 놀이를 해대던 나와 지태, 연아는 괴물들 앞에서 사진 찍을 생각조차 못 했다. 자칫 잘못하면 머리가 날아갈 상황에 어떻게 그런 생각을 할 수 있겠는가. 기찬이와 주댕이, 헐크는 우리에게 괴물들이 어떻게 생겼는지, 어떻게 행동하는지, 괴물들이 나타났을 때 상황은 어땠는지 이것저것 궁금한 것들을 물었다. 우리는 귀찮았지만 보고 듣고 느낀 대로 간단히 말해줬다. 기찬이 일행은 우리 얘길 들으며 우와, 대박, 이야 등등 제가 아는 감탄사란 감탄사는 모두 토해냈다.

"야, 다 이리 모여봐."

이야길 다 들은 기찬이가 갑자기 뭔가 중요한 할 얘기가 있는 것처럼 우리 모두를 가까이 불러 모았다. 나와 지태, 연아가 떨떠름한 표정을 짓자 "아, 빨리 와보라니까. 그놈들 이야기야" 하며 재촉했다. 일단 무슨 얘긴지 들어나보자 싶어 한 발짝 다가갔다. 우리는 기찬이를 중심으로 작은 원 모양으로 모였다.

"너희들이 본 괴물들 말이야. 북한에서 보낸 놈들이야. 확실해."

이건 또 무슨 개소리야? 나와 지태, 연아는 어이없는 얼굴로 기찬이를 봤다. 기찬이가 계속 말했다.

"북한이 예전부터 DNA 복제 기술 같은 걸 전투 병력에 이용하려고 엄청 투자했거든. 너희들 몰랐지? 북한이 우리 따먹으려고 그렇게 애쓰고 있었다고. 암튼 북한이 DNA 복제, 유전자, 뭐 그런 기술들 있잖아. 그런 걸로 너희들이 본 그놈들 키워 가지고 땅굴로 보낸 거야. 봐봐. 지하에만 나타났잖아. 안 그럼 지상으로 덮치면 되지 왜 하필 지하로만 왔겠어? 이유는 땅굴밖에 없어. 북한하면 땅굴이지."

"그거 어디서 들은 거야?"

연아가 물었다. 내 기억으론 연아가 기찬이의 말에 관심을 보인 건 처음 있는 일이었다. 기찬이는 연아의 관심이 반가운지 신나서 대답했다.

"내가 음모론 그런 거에 좀 빠삭하거든. 아까 선릉역 저기 불난 데 건너오기 전에 내가 잘 가는 밀리터리 카페 검색 좀 해봤어. 거기 지금 그놈들 때문에 난리 났어. 사진도 거기에 올라온 거고."

"정부 발표는 아닌 거지?"

연아가 다시 물었다.

"당연히 아니지. 정부에서 그런 발표를 하겠어? 그럼 바로 핵전쟁으로 갈걸? 그럼 서울은 그냥 끝장이지. 완전 불바다가 되는 거야. 아니지. 방사능 바다가 되는 건가? 암튼 바로 북한 소행이라고 발표하면 전쟁이 날 수도 있으니까, 일단 정체 모를 테러라고만 하고 국가비상사태 문자 때린 거야. 요즘 세상에 전쟁 터지면 다 같이 죽자는 거잖아."

기찬이가 자신의 군사 지식을 자랑하듯 대답했다. 딱히 자랑할 만한 수준도 안 되어 보이긴 했지만.

나와 지태, 연아는 기찬이의 말을 다 듣고는 잠시 생각에 잠겼다. 기찬이의 말을 전적으로 믿긴 힘들지만 북한과 땅굴 이야기는 그럴듯했다. 괴물들이 지상에는 안 나타나고 지하에만 나타났다는 사실이 기찬이의 말에 설득력을 더했다.

그때, 어디선가 확성기 소리가 들려왔다.

"자, 모두 여기 주목해주세요! 중요한 소식이 있습니다. 주목해주세요!"

나는 어디서 들려오는 소리인지 찾기 위해 터널 벽에 내 허리쯤 닿을 만한 곳에 붙어 있는 굵은 전선 위에 올라가 지하 터널을 둘러봤다. 시끌벅적한 인파가 한눈에 들어왔다. 행렬 가운데쯤에서 기관사 복장의 아저씨가 터널 기둥을 받치고 있는 주춧돌 위에 올라가 확성기에 대고 소리치는 모습이 보였다. 하지만 반쯤 정신이 나간 사람들은 누구도 기관사의 외침에 주목하지 않았다. 지하 터널은 여전히 잔뜩 흥분한 사람들이 여기저기서 날뛰느라 소란스러웠다.

그러자 기관사 옆에 있던 해병대 복장의 남자가 잔뜩 굳은 얼굴로 각목을 들고는 근처에서 난동을 부리던 남자에게 다가가 손에 든 각목으로 힘껏 후려쳤다. 주위에 있던 사람들이 소리를 지르며 뒤로 물러났다. 각목으로 두들겨 맞은 아저씨는 비틀거리며 해병대를 노려봤다. 해병대는 각목으로 아저씨의 몸통을 몇 번 더 후려치곤 그의 머리를 붙잡아 터널 기둥에 처박았다.

"조용히 하란 말, 안 들려! 이러다 다 죽는다고!"

해병대가 피투성이가 된 아저씨의 머리통을 붙잡고선 소리쳤다. 확성기를 쓰지 않았는데도 그의 목소리는 지하 터널에 쩌렁쩌렁 울려 퍼졌다. 사람들이 겁에 질린 표정으로 해병대를 쳐다봤다.

"뭐해? 조용히 안 시키고!"

해병대가 근처에 있던 다른 해병대 남자들을 쳐다보며 소리를 질렀다. 그러자 해병대들은 사람들 사이를 돌아다니면서 위압적인 얼굴과 목소리로 조용히 하라고 외쳤다. 말을 듣지 않는 사람에겐 폭력을 사용하기도 했다. 사람들이 서로 조용히 하라고 외치면서 지하 터널은 본래 간직했어야 할 침묵을 되찾았다. 그제야 기관사가 다시 확성기에 대고 소리쳤다. 모든 사람이 기관사를 주목했다.

"아아! 그럼 짧게 말씀 드리겠습니다! 아마 다들 소식을 들었겠지만, 지금 국가비상사태가 선포됐고, 2호선 지하철역 출구는 모두 막혔다고 합니다! 확실하게 검증된 건 아니지만 본부에 전혀 연락되지 않아 자세히 확인할 수 없는 상황입니다! 구조대도 언제 올지 기대하기 어렵고요! 저는 아직 못 봤지만 사람들 말로는 사람을 잡아먹는 괴생명체가 근처에 있다고 합니다!"

사람들은 기관사의 마지막 말에 적잖이 술렁였다. 이곳에 갇혀 있는 것도 짜증나는데, 근처 어딘가에 식인 괴물이 존재한다니, 그야말로 최악의 상황이었다. 나는 기관사가 해결책을 제시해주길 기대하며 이어지는 그의 말을 들었다.

"그래서 여기 모인 분들과 함께 탈출할 루트를 찾아보고 있는데, 우연찮게 여기 신분당선 터널 공사에 참여한 분이 계셨습니다! 아시다시피 신분당선은 강남역에서 환승할 수 있는 전철입니다! 그분의 말씀으로는 강남역 승강장 부근에 신분당선 터널로 이어지는 통로가 있다고 합니다! 신분당선 터널 공사를 할 때 인부들의 이동을 용이하게 하기 위해 만든 간이 통로인데, 신분당선이 완공된 이후에도 없애지 않고 그대로 놔뒀다고 합니다. 다만 통로의 입구를 아무도 드나들지 못하게 막아놨다고 합니다. 위험해서였겠지요! 아, 그러니까 말이 길어졌는데 결론은, 지금 강남역으로 가서 그 통로를 찾아내기만 하면 저희들 모두 신분당선으로 넘어가 탈출할 수도 있다는 겁니다!"

내가 잘못 들은 건가 싶었다. 나의 기대대로 거짓말처럼 해결책이 나오다니! 그런데 진짜 그런 통로가 있을까? 아니, 있더라도 지금도 이동할 수 있는 상태일까? 게다가 강남역이라면 괴물들이 나타날 수도 있다. 아까 교대역 부근에서 습격 당한 게 마지막이니 만약 거기서 더 진격해 왔다면 괴물들은 지금은 강남역을 지나고 있을지도 모른다.

사람들 역시 나와 비슷한 생각을 하는지 기관사의 말을 듣고는 저마다 한마디씩 하느라 지하 터널은 다시 시끌벅적해졌다. 그러자 한 아저씨가 앞으로 나와 기관사가 들고 있던 확성기를 받아선 소리쳤다.

"아, 제가 직접 한 말씀 드리겠습니다!"

사람들은 그의 목소리를 못 들었는지 계속 떠들었다. 그러자 또 다시 해병대들이 나서서 사람들을 조용히 시켰다.

"예, 감사합니다. 제가 직접 한 말씀 드리겠습니다. 제가 그 신분당선 통로에 대해 말씀드린 인부입니다."

사람들은 그의 말에 귀를 기울였다. 다들 희망에 찬 이야기를 기대하고 있으리라. 인부가 이어서 말했다.

"사실은 저도 공사가 끝난 다음에는 지하 터널에 들어올 일이 없었기 때문에 최근 몇 년간 한 번도 그곳에 가본 적이 없습니다. 우리끼리는 그 통로를 개구멍이라고 불렀어요. 상당히 좁은 통로거든요. 솔직히 말하면, 아마 그 개구멍은 도시철도 직원 분들에게 딱히 관리 대상이 아니었을 겁니다. 문 앞에 콘크리트를 발라놔서 그냥 벽처럼 보이기도 할 테고, 관리라는 걸 할 만한 통로가 아니거든요. 개구멍을 완전히 없앴을 수도 있습니다."

인부가 잠시 말을 끊자 사람들의 반발이 터져 나왔다. 지금 놀리는 거냐며, 왜 괜히 사람 헷갈리게 하냐고 인부를 타박했다. 하지만 인부는 아랑곳하지 않고 이어서 말했다.

"그런데요, 저는 이렇게 생각합니다. 혹시 없어졌을지 몰라도 가능성이 1퍼센트라도 있으면, 전 거기에 매달릴 겁니다. 제가 보기엔 여기 가만히 있으면 99퍼센트 죽습니다. 교대역 쪽에 괴물이 있다고 하셨죠? 만약에 그 괴물이 여기까지 밀고 오면 우린 그냥 다 죽는 겁니다. 차라리 그놈들이 오기 전에 개구멍을 찾아서 도망가는 게 훨씬 낫죠. 어떤 선택을 하느냐는 여러분 자유입니다. 여기 계신 분들이 따라오건 말건 저는 지금 강남역으로 가서 개구멍을 찾을 겁니다. 막혔으면 뚫어서라도 갈 겁니다. 살 수 있는 가능성이 1퍼센트라도 있으면 전 거기에 매달리는 게 맞다고 봅니다. 집에 와이프랑 딸내미가 기다리고 있어서 이곳에서 더 지체하면 안 될 것 같습니다."

인부는 가족이 생각나는지 잠시 말을 잇지 못했다. 그는 옆에 있던 기관사에게 확성기를 건네주고는 강남역 방향으로 걸어갔다.

인부의 말을 들은 사람들은 어떻게 해야 할지 고민된다는 듯,

서로 눈치를 봤다. 기관사는 자신과 해병대들도 강남역으로 가서 개구멍을 찾아볼 거라며, 여기 선릉역에 남아 있을 사람은 그렇게 해도 된다고 소리쳤다. 사람들은 망설이다가 대부분 강남역으로 가는 분위기로 흘러갔다.
 "우린 어떻게 할까?"
 나는 터널 벽면에 붙은 굵은 전선에서 내려와 지태, 연아에게 물었다. 우리는 서로를 쳐다봤다.
 "괜찮을까? 괜히 강남역으로 갔다가 또 괴물들 만나면 나 진짜 돌아버릴 거 같은데……."
 지태가 걱정스레 말했다.
 "하긴. 누나도 같이 가야 하니까 또 괴물이 나타나면 진짜 위험하긴 해. 누난 지금 움직이기도 힘들잖아."
 내가 옆쪽에서 앉아 쉬고 있는 누나를 쳐다보며 말했다. 누나는 여전히 창백한 얼굴이었다.
 "그럼 여기서 그냥 구조대가 올 때까지 기다려? 그게 언제가 될 줄 알고?"
 연아가 답답해하며 물었다. 이에 지태가 대꾸했다.
 "오긴 오겠지. 아까 네가 그랬잖아. 이렇게 많은 사람이 갇혔는데 위에서 모를 리 없다고. 누구든 구조하러 올 거라고."
 "그거야 그렇지만 그게 언제가 될지 장담할 수 없잖아."
 지태의 말에 연아가 자신 없는 목소리로 대답했다.
 "괜히 이동하다가 그놈들을 만나느니 여기서 숨어 있을 곳을 찾는 게 나을 거 같아. 구조대가 올 때까지."

지태가 단호하게 말했다. 섣불리 움직이는 것보다 여기 남아 있는 게 옳은 선택이려나?

"지랄들 한다."

느닷없이 기찬이가 우리들의 대화에 끼어들었다. 나와 지태, 연아는 기찬이를 쳐다봤다.

"방금 뭐라고 했냐?"

내가 기찬이를 한 대 칠 기세로 말했다. 기찬이는 우리를 한심하다는 듯 쳐다보며 말했다.

"생각 좀 해라, 이 병신들아. 2호선이 다 무너졌으면 그 안에 갇힌 인간들이 얼마나 많겠냐? 뭐 2호선 말고 다른 곳도 많이 무너졌다면서. 아마 구조대보다 구조해야 할 사람이 훨씬 더 많을 걸. 그런데 뭐? 숨어서 구조대를 기다려? 단 존슨, 네가 그런 놈이니까 코치가 주는 대로 약 처먹다가 도핑 걸린 거 아냐. 그리고 지태 너는 약이라도 좀 처먹고 기록 세워야 되지 않겠냐?"

지태가 발끈해서 기찬이에게 다가가는데 그보다 내가 빨리 기찬이의 멱살을 쥐었다.

"한번 해보자는 거냐?"

그러자 연아가 다가와 내 팔을 잡으며 말렸다.

"단아, 그만해. 됐어."

나는 연아의 만류에 어쩔 수 없이 기찬이에게서 손을 놨다. 기찬이는 그런 나를 보면서 히죽히죽 웃었다. 저 면상을 갈겨버려야 하는데.

"연아야, 넌 왜 이런 놈들이랑 같이 다니냐? 그러지 말고 이제

나랑 놀자. 이 새끼들도 엄청 웃겨."

기찬이가 주뎅이와 헐크를 가리키며 말했다. 주뎅이와 헐크는 마치 자신들의 매력을 보여주려는 듯 장난스럽게 연아에게 윙크했다. 연아는 벌레 보는 것처럼 얼굴을 찡그리며 기찬이를 쳐다보더니 말했다.

"난 너 같은 애들이 제일 싫어."

기세등등하던 기찬이는 금세 상처받은 얼굴이 됐다. 연아, 나이스! 더 심하게 상처 줘도 되는데!

"근데 기찬이 말이 일리 있는 것 같긴 해. 구조대가 오려면 시간이 너무 오래 걸릴 것 같아. 아마 서울 지하가 다 난리 났을 테니까……. 구조대만 믿고 기다리기엔 기약이 없어."

연아가 말했다. 풀 죽어 있던 기찬이가 그 말을 듣고는 금세 좋아 죽을 것 같은 얼굴이 됐다. 순정남 새끼. 연아 말 한마디에 죽고 사는구나.

"얘들아, 이제 내가 알아서 할 테니까 너희 하고 싶은 대로 해."

누나의 힘없는 목소리가 들려왔다. 돌아보니 어느새 누나가 우리 옆에 와서 서 있었다.

"언니는 어떻게 하려고요?"

연아가 누나에게 물었다.

"난 강남역으로 가볼래. 빨리 병원에 가야 할 것 같아. 여기까지 올 수 있게 도와줘서 고마워."

누나가 우리 셋을 한 명 한 명 쳐다보며 말했다. 누나는 서 있기도 힘들어 보였다.

"아니에요, 언니. 그럼 우리랑 같이 가요. 우리도 강남역으로 갈 거예요."

연아가 말하자 지태가 놀란 얼굴로 말했다.

"뭐? 우리 진짜 가기로 한 거야? 진짜? 기찬이 저 새끼 말 듣고 마음 바뀐 거야?"

기찬이가 의기양양한 표정으로 지태를 조롱하듯이 쳐다봤다.

"틀린 말은 아니니까. 그리고 언니 몸 안 좋으니까 강남역까지 차 태워드려야지. 언니, 지프랑 스포츠카, 어떤 거 타실래요?"

연아가 지태와 나를 가리키며 누나에게 말했다. 지태와 나는 서로를 한번 쳐다보고는, 함께 기찬이를 돌아봤다.

"여기 초소형차 한 대 더 있어."

지태가 키가 작은 기찬이를 가리키며 말했다. 눈치 없는 기찬이는 무슨 말인지 몰라 어리둥절한 얼굴이었다. 연아가 그걸 보며 피식 웃었다.

누나는 장난치는 우리에게 미소를 지으며 말했다.

"그래, 고마워. 그럼 다 같이 강남역으로 가자."

테러 발생 2시간 02분 경과
2호선 선릉역~강남역 구간

  우리들은 다 같이 인부를 따라 강남역 방향으로 걸어갔다. 선릉역에 있던 사람들도 대부분 강남역 방향으로 걸어갔다. 다들 기약 없이 구조대를 기다리느니 자력으로 이곳을 탈출해야겠다고 생각한 것이다. 누나는 내가 안고 갔다. 알고 보니 누나는 내 육상 경기를 보러 온 적도 있는 나의 팬이었다. 누나는 이런 곳에서 나를 직접 만나게 될 줄 몰랐다며 신기하다고 말했다.
  "너 달리는 거 보면서 배 속의 아기도 누구보다 잘 달렸으면 좋겠다고 생각했어. 난 살면서 너무 많이 넘어져서 어떻게 달리는 건지도 잊어버렸거든."
  누나는 어쩌다가 지하에 갇히게 됐는지도 말해줬다. 누나는 교대역 승강장에서 지하철을 기다리고 있었다. 그런데 갑자기 승강장 여기저기서 폭발이 일어나면서 엉망이 됐고, 정신을 차려보니 승강장은 폐허가 되고 모든 출구가 막혀 있었다. 신기한 건 교대역 승강장에서 유일하게 누나만 피해를 입지 않고 무사했다는 것. 같이 지하철을 기다리던 사람들은 모두 잔해 더미에 깔려 괴로워하며 죽어가는데 누나만 혼자 멀쩡히 잔해 더미 위에 서 있었다. 누나는 세상에서 혼자만 살아남은 것 같은 그 순간을 도저히 견딜 수 없었다고 했다. 그러고 나서 누나는 무언가에 홀린 것처럼 잔해 더미에 깔린 사람들을 구해주기 시작했다. 그러다 괴물들로부터 도망치는 우리를 만나 여기까지 함께 오게 된 것이다.

강남역으로 가는 동안 연아와 지태는 계속 엄마에게 전화를 걸었다. 그러나 계속 연결되지 않았다. 연아는 우리가 처한 상황을 대충 적어서 엄마에게 문자 메시지를 보냈다. 국가비상사태가 선포됐고 연아가 문자 메시지까지 보냈는데도 연락이 오지 않는다면 분명 엄마에게 무슨 일이 있는 거다. 우리는 엄마에게 연락이 오기만을 기다리며 계속 걸어갔다.

우린 그렇게 사람들과 함께 계속 걸어 강남역 승강장 부근에 도착했다. 다행히 괴물들은 어디에서도 나타나지 않았다. 가는 길에 시체도 보이지 않는 것으로 봐서 괴물들은 강남역까지 넘어오지 않은 것 같았다.

기관사와 해병대들, 인부, 그 외에 많은 사람들이 강남역 승강장 부근 벽에 붙어 개구멍을 찾기 시작했다. 인부는 개구멍 위에 콘크리트를 바를 때 신분당선이 완공된 날짜를 새겨놨다고 했다. 그러니 지금 우리가 찾아야 하는 건 신분당선 완공 날짜가 새겨진 벽이었다. 그곳을 찾아 부수면 개구멍이 나올 것이다.

나는 누나가 벽에 기대 쉴 수 있게 내려준 뒤 개구멍을 찾기 위해 벽을 살피고 다녔다. 그런데 갑자기 연아가 스마트폰을 흔들며 나에게 빨리 오라고 손짓했다. 내가 의아하게 쳐다보자 연아가 외쳤다.

"빨리 와, 빨리! 엄마 전화 왔어!"

나는 두 눈이 동그래져서 지태와 함께 연아에게 달려갔다. 연아가 스피커폰으로 설정하고 전화를 받더니 소리쳤다.

"여보세요! 엄마! 어디야? 왜 이렇게 전화를 안 받았어?"

옆에서 나와 지태도 엄마에게 어디냐고 우리는 지금 지하에 갇혀 있다고 소리쳤다. 그러자 엄마가 대답했다.

"아유, 시끄러워, 이 녀석들아……. 엄마가 좀 바빴어. 일이 좀 생겨서……. 너희들 지금 어디에 있니? 주위에 사람들도 같이 있지?"

그런데 엄마의 목소리가 별로 좋지 않았다. 어딘가 아픈 사람 같았다. 연아가 엄마의 물음에 대답했다.

"우린 지금 강남역 쪽 지하에 있어! 밖으로 나가는 길이 다 막혀서 지금 사람들이랑 다 같이 나가는 길 찾고 있어. 엄마는 어디야?"

"그래, 우리 딸…… 듬직하네. 사람들 말 잘 듣고…… 절대 너희들끼리 딴 데로 가면 안 된다……."

그러곤 더 이상 말이 없었다.

후…… 후…….

엄마의 숨소리만 들려왔다. 숨소리가 거칠었다. 좋지 않은 예감이 들었다. 퇴근길 버스가 아닌 게 분명했다. 불안해진 내가 전화기에 대고 소리쳤다.

"엄마! 왜 그래? 어디 아파? 지금 어디야?"

"아유…… 귀 아파, 이 녀석아……. 난 괜찮아……."

답답하게 왜 어디에 있는지는 말하지 않는 걸까? 불길한 예감은 점점 커져갔다.

"엄마, 지금 퇴근길 아니지? 솔직히 말해. 어디야?"

연아도 나처럼 답답함을 느꼈는지 화가 난 것처럼 낮은 목소리로 침착하게 물었다. 연아가 정말 심각할 때만 가끔 나오는 목소리다. 엄마가 잠시 간격을 두고 대답했다.

"……엄마, 지금…… 노량진역에…… 그 안에 있어."

깜짝 놀란 나는 전화기에 대고 소리쳤다.

"노량진역? 엄마가 그 안에 갇혔다고? 왜?"

후…… 후…….

거친 엄마의 숨소리.

이번엔 지태가 전화기에 대고 소리쳤다.

"엄마! 왜 자꾸 숨만 쉬어? 말 좀 해봐! 거긴 지금 상황이 어떤데?"

"엄마도 힘드니까 숨만 쉬겠지, 바보야!"

연아가 지태를 타박했다. 지태는 이 와중에도 "아, 그렇지" 하며 눈이 동그래졌다.
 다시 엄마가 입을 열었다.
 "엄마가 지금…… 여기 돌에 좀 깔렸어……. 아까 지하철 기다리는데 갑자기 무너져서……."
 우리 셋 다 놀란 얼굴이 됐다. 내가 연아의 스마트폰을 낚아채 소리쳤다.
 "돌에 깔리다니, 뭐 얼마나 깔린 건데! 아, 평소엔 버스 타고 다니면서 오늘은 왜 지하철 타러 갔어!"
 "단이 네가 오늘 기분 안 좋을 것 같아서……. 빨리 가서 너 좋아하는 갈비 해놓으려고 했지. 버스는 많이 막히잖니……."
 엄마의 대답에 마음이 무너져내렸다. 엄마는 오늘 내가 육상을 그만두기로 했다는 걸 눈치챈 것이다. 그래서 평소엔 타지도 않던 지하철을 탄 것이다.
 "아니, 그래도 그렇지! 왜 하필……."
 내 말이 끝나지도 않았는데, 연아가 스마트폰을 가져갔다.
 "엄마, 주위에 도와줄 사람 없어? 거기 엄마만 있는 거 아니지?"
 "후…… 걱정 마, 우리 딸……. 119에서 구조하러 온대. 엄마 걱정하지 말고 너희들 몸 잘 챙겨……. 특히 단이랑 지태, 너희는 몸이 재산이잖아. 연아는 똑똑하기라도 하지……."
 나와 지태가 발끈해선 서로 전화기에 대고 소리쳤다.
 "또 그 소리! 나도 머리 좋거든!"
 "내가 창만 안 던졌어도 전교 1등 했어!"

연아가 흥분한 나와 지태를 말리고는 다시 차분히 엄마에게 말했다.

"엄마, 119에서 진짜 구조하러 온대? 누가 그랬어?"

"아까…… 여기 사람들이 그랬어. 나가서 자기들이 119 불러 온다고 했어. 걱정 마."

"몸은 어떤 상태야? 아예 못 움직여? 돌에 어디가 어떻게 깔렸는데?"

"아유…… 너희들이 그거 알아서 뭐하게. 그냥 여기 있으면 구조하러 올 거야……. 움직이는 건 좀 힘들어."

나와 지태가 119는 빨리 못 올 수도 있다고, 주위에 도움 청해서 나오라고 바득바득 소리치는데, 연아가 또 다시 우릴 말렸다. 연아가 다시 차분하게 말했다.

"엄마, 잘 들어. 우린 지금 다 괜찮아. 다친 데도 없고 여기 어른들도 많아. 다 같이 밖으로 나가려고 하고 있으니까 걱정하지 마. 알겠지? 대신 엄마 몸 잘 챙겨야 돼. 우리가 지금 나가서 119 아저씨들한테 엄마 있는 곳 알려줄 테니까. 조금만 기다려. 아프다고 정신 잃으면 안 돼. 응?"

침묵. 아무런 대답도 없었다. 우린 엄마의 대답을 기다렸다.

"그래, 우리 딸……. 다 컸네……."

엄마의 목소리에 눈물이 묻어 있었다.

"내가 딸 하난 잘 키웠……" 하는데, 갑자기 수화기 너머에서 쿠쿠쿵 하는 소리가 들려오더니 찢어질 듯한 비명이 이어졌다.

"엄마! 왜 그래? 엄마!"

우리들은 애타게 엄마를 불렀지만, 엄마의 대답을 들을 수 없었다. 콰콰쾅 하는 소리와 함께 전화가 끊어져버렸기 때문이다.

테러 발생 2시간 43분 경과
2호선 강남역 부근

엄마가 노량진역에 갇혀 있다. 엄마는 다쳤다. 어디를 얼마나 다쳤는지는 모르겠다. 하지만 중상인 것 같다. 엄마는 구조되지 못할 수도 있다. 그러니까, 엄마는, 죽을 수도, 있다.

머리가 어지러웠다. 눈앞이 핑 돌았다. 엄마가 죽을 수도 있다고?

"찾았습니다! 여기예요!"

누군가 소리쳤다. 개구멍을 찾던 사람들 모두가 일제히 쳐다봤다. 강남역 승강장과 가까운 곳이었다. 인부와 기관사, 해병대, 그 외에 많은 사람들이 소리친 사람 쪽으로 몰려갔다. 개구멍을 덮고 있는 벽을 찾은 것이다. 하지만 우린 패닉 상태가 되어 멍하니 그 광경을 보고만 있었다. 머리속이 하얘지는 것 같았다. 엄마가 노량진역에 갇혀 있다니……. 이제 어떻게 해야 되지?

연아가 애써 차분히 말했다.

"정신 차리자. 우리 아니면 엄마를 구할 사람 없어."

나는 연아를 쳐다봤다. 그렇게 말하는 연아도 입술이 미세하게 떨리고 있었다. 침착한 척하려 해도 몸의 반응은 어쩔 수 없었다. 아마 울음을 참고 있는 것이리라.

"왜 하필 오늘 지하철을 타 가지고! 아오!"

지태가 잔뜩 화를 내며 소리쳤다. 말은 그렇게 해도 눈가엔 눈물이 그렁그렁했다. 나도 눈물을 참으면서 말했다.

"일단…… 개구멍을 찾았다니까 나가서 바로 노량진역으로 가자. 가서 119 붙잡고 들어가든, 아니면 군인 붙잡고 구해달라고 하든, 아니면 우리가 직접 들어가든, 엄마 데리고 나오자."

말하다 보니 조금씩 정신이 들었다. 그래, 정신 차리자. 정신 차리자. 정신 차려야 된다.

우린 사람들이 발견한 개구멍 쪽으로 달려갔다. 이미 많은 사람들이 개구멍이 있는 터널 벽 주위에 몰려 있었다. 인부가 어디선가 커다란 망치를 가지고 오더니 터널 벽에 내리쳤다.

쿵! 쿵! 조금씩 벽에 균열이 생겼다. 사람들이 벽이 갈라지고 있다며 난리법석을 떨었다. 인부가 몇 번 더 망치로 벽을 내리쳤다.

쿵! 쿵! 쿵! 쿵! 벽의 일부가 와르르 무너져내렸다. 뿌연 먼지가 덮치자 근처에 있던 사람들이 연신 기침을 해댔다. 먼지 때문에 앞이 잘 보이지 않자 인부가 랜턴을 비췄다. 랜턴에서 나오는 불빛이 먼지를 뚫고 무너진 벽 사이를 더듬었다. 마침내 개구멍이 보였다. 딱 어른 한 명이 들어갈 만한 크기의 철문이었다. 저 철문을 열고 들어가면 신분당선으로 향하는 통로가 나온다.

나는 연아와 지태에게 말했다.

"됐어. 개구멍 찾았어. 이제 나가서 노량진역으로 가면 돼. 그럼 엄마 구할 수 있어. 괜찮아. 괜찮아. 다 괜찮을 거야."

언제나 우리에게 괜찮다고 말해준 건 엄마였다. 엄마의 '괜찮아'라는 말 한마디에 우리는 철없는 아이처럼 뭐든지 다 할 수 있었다. 하지만 지금은 누구도 우리에게 괜찮다고 말해줄 사람이 없었다. 그 사실이 슬펐다. 나는 나 자신에게, 그리고 연아와 지태에게 우린 다 괜찮을 거라고 몇 번을 더 말했다.

그러나 내가 바보였다. 개구멍을 발견했으니 이제 탈출할 수 있겠다고 생각한 내가, 바보였다.

모습을 드러낸 개구멍을 보자마자 사람들은 환호하면서 일제히 개구멍으로 몰려들었다. 탈출구를 찾은 1등 공신인 인부는 개구멍을 보며 입가에 미소를 떠올린 채 밀려드는 사람들에게 파묻혀버렸다. 그 뒤로 그의 모습은 볼 수 없었다. 아마 압사했을 것이다.

아귀다툼이었다. 선릉역에서 여기까지 온 수천 명의 사람들이 이제껏 봤던 어떤 모습보다 더 추한 모습으로 개구멍에 달려들었다. 마침내 모습을 드러낸 희망 앞에서 사람들은 사람임을 포기해버렸다. 절망이 아닌 희망이 사람들을 괴물로 만들어버렸다.

갑자기 어디선가 코를 찌르는 악취가 풍겨왔다. 불길한 예감이 들었다. 나는 악취가 나는 쪽을 돌아봤다. 우리가 걸어온 역삼역 방향에서 사람들이 비명을 지르며 달려오고 있었다. 사람들 뒤로는 괴물들이 밀려오고 있었다. 앞서 본 날개 달린 괴물은 물론이고, 거인처럼 거대한 몸집에 두 발로 걸어오는 처음 보는 괴물도 있었다. 날개 달린 괴물이 사람을 물어뜯어서 죽인다면, 거인 같은 괴물들은 사람들을 내려치거나 집어 던져 죽였다. 어느 쪽이든 무자비한 괴물임에 틀림없었다. 그런데 역삼역 방향이면 방금 우리가 지나쳐 온 길인데 대체 어디서 괴물들이 나타난 거지?

크아아아아아! 괴물들의 포효가 지하 터널에 울려 퍼졌다. 그러자 사람들은 개구멍을 향해 더욱 맹렬히 달려들었다. 하나같이 눈이 뒤집힌 채였다. 서로 자기가 먼저 들어가려고 앞선 사람을 밀치고 밟다가 정작 자신도 다른 사람에게 밟혀 죽어갔다. 개구멍에 들어가는 사람보다 밟혀 죽는 사람이 더 많았다.

"젠장! 우리 어디로 가야 되냐?"

지태가 다급한 목소리로 물었다.

우리의 선택지는 두 가지였다. 개구멍을 향한 아귀다툼에 동참하든가, 괴물이 나타난 반대 방향인 교대역 쪽으로 도망가든가. 그런데 교대역은 괴물들의 최초 습격이 있었던 곳이다. 그곳에 아직까지 다른 괴물 무리가 있을지도 모른다.

"야야! 언니는?"

대뜸 연아가 소리쳤다.

그 순간 큰 송곳이 머리를 관통하는 것처럼 지끈거렸다. 아차, 싶었다. 누나를 잊고 있었다. 엄마가 노량진역에 갇혀 있다는 걸 알고 난 뒤부터 제정신이 아니었다. 하필이면 그 뒤에 바로 개구멍을 찾고 난리가 나는 바람에……. 그러고 보니 개구멍이 발견된 위치가 누나를 벽에 기대 쉬게 했던 곳 근처였다. 그렇다면 누나는 이 근처 어딘가에 있어야 하는데…….

그때였다. 개구멍 앞에서 아귀다툼을 벌이는 사람들 틈에서 거짓말처럼 누나가 보였다. 슬로모션처럼 모든 게 천천히 움직이는 가운데, 누나는 조금씩 개구멍으로 향하고 있었다. 운 좋게 개구멍 근처에 앉아 쉬다가 기회를 잡은 것 같았다. 누나는 불룩한 배를 움켜쥐고 창백한 얼굴을 한 채 한 걸음 한 걸음 개구멍을 향해 움직였다. 그러다 문득 우리가 있는 쪽으로 고개를 돌렸다. 누나는 미소인지 울음인지 모를 애매한 표정을 지었다. 내가 '안 돼'라고 생각한 순간, 누나는 사람들에게 치여 바닥을 뒹굴었다. 불룩한 배는 이름 모를 수천 명의 발에 밟혔다. 비명을 지르던 누나의 얼굴 역시 사람들의 발에 밟히면서 종잇장처럼 구겨졌다. 바닥에 떨어진 누나의 손에는 아까 누나의 식은땀을 닦아준 연아의 손수건이 꼭 쥐어져 있었다. 누나의 모든 것이 사람들의 무수한 발에 묻혀 사라졌다. 누나는 그렇게 우리 눈앞에서 사라졌다.

지태가 고개를 돌렸다. 연아는 누나의 죽음을 지켜보면서 양손으로 입을 막고는 덜덜 떨었다. 나는 누나의 시체라도 찾아오기 위해 아귀다툼을 벌이는 사람들 틈으로 뛰어들었다. 하지만 생존을 향한 사람들의 광기는 무시무시했다. 거센 소용돌이에 휘말린 것처럼 사람들 틈에서 휩쓸리다가 결국엔 바깥으로 튕겨 나오고 말았다. 더 안쪽으로 들어가기 위해선 지태와 힘을 합쳐야 할 것 같았다.

그사이 괴물들의 포효는 더욱 가까워졌다. 고개를 돌리자 대략 200미터 앞까지 괴물들이 몰려온 게 보였다. 선택해야 한다. 아귀다툼에 동참할 건지, 교대역 쪽으로 도망갈 건지.

"씨발! 저 괴물들하고 이 사람들이 뭐가 달라! 교대역 쪽으로 가자!"

나는 터져 나올 것 같은 울음을 억누르면서 소리쳤다. 연아와 지태도 누나의 죽음이 준 충격을 딛고 고개를 끄덕이며 내 선택에 동의했다. 우린 떨어지지 않는 발걸음을 뒤로 하고 교대역 방향으로 가기 시작했다. 그런데 강남역 승강장을 지나갈 무렵, 우리 앞에 생각지도 못한 존재가 나타났다.

완전무장한 군부대였다.

**테러 발생 3시간 08분 경과
2호선 강남역 부근**

귀를 때리는 폭음과 함께 머리 위로 포탄이 날아갔다. 나는 깜짝 놀라 고개를 숙였다. 포탄이 연이어 날아왔다. 우리는 아예 바닥에 엎드렸다. 포탄은 우리 뒤편, 역삼역 방향에서 진격해 오는 괴물들에게 날아가 꽂혔다. 괴물들에게서 기괴한 비명이 터져 나왔다.

포탄이 날아온 쪽을 보자 완전무장한 군인들이 우리가 있는 강남역 승강장으로 전진해 오고 있었다. 교대역 방향에서 나타난 군인들이었다. 군인들을 보자 일순 마음이 놓였다. 얼마 만에 우리가 기댈 수 있는 존재가 나타난 것인가!

그러나 군부대의 공격은 괴물들을 더욱 흉포하게 만들었을 뿐이다. 괴물들은 여태껏 들은 것 중 가장 크게 포효하며 우리가 있는 쪽으로 무섭게 달려왔다. 괴물들은 쿵쿵대며 믿을 수 없을 만큼 빠른 속도로 뛰어왔다. 강남역 선로에 엎드려 있는 우리는 괴물 군단과 군부대 사이에 낀 형세가 되었다.

우리가 바닥에서 일어나 군인들 쪽으로 도망가려고 하는데, 날개가 달린 괴물들이 키에에에엑! 괴성을 지르며 벽과 천장을 타고 날아 단번에 우리의 머리 위를 넘어갔다. 괴물들은 천장에서 뚝 떨어지듯 군부대 위를 덮쳤다. 군인들은 깜짝 놀라 날개 달린 괴물들에게 기관총을 갈겨댔다. 소낙비처럼 총탄이 쏟아져 나왔지만 괴물이 아닌 동료 군인들이 맞고 쓰러졌다. 날개 달린 괴물들은 날쌘 짐승처럼 군인들 사이를 헤집고 다니며 대오를 흐트러트렸다. 어떤 군인은 겁에 질려 달아나다가 괴물에게 머리를 물어 뜯겨 죽었다. 질서정연하던 군부대는 한순간에 아수라장이 되고 말았다.

뒤를 돌아보니 거인 같은 괴물들이 무서운 속도로 우리가 있는 강남역 승강장으로 달려오고 있었다. 대오가 완전히 흐트러진 군부대는 다급해져선 마구잡이로 포탄을 퍼붓기 시작했다. 엎드려 있는 우리 위로 굉음을 내며 포탄이 날아가더니 괴물뿐만 아니라 터널 벽과 천장에 꽂혔다. 터널 곳곳이 붕괴되기 시작했다. 화약과 터널 붕괴로 인해 피어 오른 매캐한 연기와 먼지가 코와 입속에 밀려 들어와 기침이 터졌다.

나는 강남역 선로에 엎드린 채 어떻게 이 아수라장을 벗어날 수 있을까 머리를 굴렸다. 주위를 둘러보는데, 옆쪽에 딱 우리가 들어갈 수 있을 만한 동그란 구멍이 보였다. 자세히 보니 동그란 구멍 안쪽으로 비상시에 대피할 수 있는 승강장 아래 빈 공간이 보였다. 일단 저곳에 들어가 몸을 숨겨야겠다!

"저기 저 안으로 들어가자! 셋까지 세고 나서 다 같이 일어나서 달리는 거야!"

나는 승강장 아래 동그란 구멍을 가리키며 옆에 엎드려 있는 연아와 지태에게 소리쳤다. 둘은 내가 가리킨 구멍을 보곤 고개를 끄덕였다.

"하나! 두울! 셋!"

외치자마자 나는 벌떡 일어나 동그란 구멍을 향해 달렸다. 내 뒤로 지태와 연아가 따라왔다. 그때 갑자기 퍼펴퍼펑! 하는 폭발 소리와 함께 옆쪽에서 뜨거운 바람이 확 밀려왔다. 우리는 거센 바람에 밀려 순간 공중에 붕 떴다가 바닥을 뒹굴었다. 동시에 나의 귀는 청각 능력을 상실한 듯 삐— 소리만 들렸다. 방금 무슨 일이 일어난 거지?

나는 폭발이 일어난 뒤쪽을 돌아봤다. 신분당선 개구멍이 있던 벽이 완전히 폭파되어 무너져 있었다. 개구멍에 몰려들어 아귀다툼을 벌이던 사람들은 팔다리가 잘려 나가 괴로워했다. 그나마 간신히 살아남은 사람들은 사라진 개구멍 앞에서 어디로 가야 할지 몰라 방황했다. 하지만 그들의 방황은 그리 길게 이어지지 못했다. 터널 천장이 무너지며 그들을 깔아뭉개버렸기 때문이다.

그때 누군가 내 교복 옷깃을 잡아끌었다. 지태였다. 나를 보며 뭐라고 소리치는데, 아무런 소리도 들리지 않았다. 귀에선 여전히 이명만 날카롭게 울렸다. 귀가 고장나버린 것 같았다. 지태 옆에서 연아가 나에게 빨리 일어나라는 듯 손짓을 했다.

우리는 승강장 아래 동그란 구멍 속으로 서둘러 뛰어 들어갔다. 구멍 안쪽 공간은 어두웠다. 하지만 동그란 구멍을 통해 들어오는 승강장의 불빛으로 공간의 구조를 어렴풋이 확인할 수 있었다. 공간은 직사각형 모양으로 우리 앞쪽으로 길게 펼쳐져 있었다. 중간중간 옆에 동그란 구멍이 나 있어 바깥의 불빛이 들어왔다. 이 공간을 따라 계속 가다가 제일 끝에 있는 구멍으로 나가면 강남역 승강장을 지나 교대역으로 가는 터널이 바로 나올 것 같았다. 하지만 천장이 낮아 몸을 잔뜩 웅크린 채 이동해야 할 것 같았다.

　우리 뒤로 몇몇 사람들이 따라 들어왔다. 우리가 구멍 속으로 도망치는 것을 보고 따라온 것이다. 그들은 우리를 밀치고 공간 앞쪽으로 달려갔다. 우리도 뒤따라 달려가려고 하는데 사람들이 또 구멍으로 들어와 우리를 밀쳤다. 기찬이와 주댕이, 헐크였다. 나를 보면서 뭐라고 소리치는데, 귀가 고장난 탓에 아무런 말도 들리지 않았다. 아까 엄마와 통화한 이후엔 기찬이 패거리의 존재를 새까맣게 잊고 있었다. 그런데 왜 자꾸 우리를 쫓아오는 거지?

　기찬이 일행 뒤로도 계속 사람들이 들어와서 우린 서둘러 공간 앞쪽으로 이동했다. 낮은 천장에 맞춰 상체를 잔뜩 수그리고 달렸다. 목표 지점은 제일 끝에 있는 구멍이다. 귀에선 계속 이명만 날카롭게 울릴 뿐 다른 소리는 전혀 들리지 않았다. 중간중간 옆쪽에 나 있는 구멍을 통해 승강장의 상황을 살폈다. 군인들과 괴물들의 전투가 한창이었다. 마치 음소거한 전쟁영화를 보는 것 같았다.

그런데 갑자기 바로 앞의 동그란 구멍에서 무언가가 휙 들어오더니 앞쪽에서 달려가던 남자를 낚아챘다. 남자는 손 쓸 틈도 없이 빠른 속도로 낚아채져 짓이겨지듯 몸이 접히면서 작은 구멍을 통해 바깥으로 빨려 나가듯 사라졌다. 깜짝 놀란 우리는 구멍을 통해 바깥을 봤다. 괴물이 남자의 몸통을 물어뜯고 있었다. 괴물이 구멍에 길쭉한 팔을 넣어 남자를 낚아채 간 것이다.

그 광경을 본 구멍 안쪽 공간에 있던 사람들은 모두들 얼굴이 하얗게 질려선 미친 듯이 제일 끝에 있는 구멍을 향해 달려갔다. 우리도 뒤따라 달리려는데 또 괴물의 길쭉한 팔이 구멍 안으로 들어와 앞에서 달려가던 여자를 낚아채 갔다. 여자는 순식간에 구멍으로 빨려 들어가듯 사라졌다. 내 바로 뒤쪽에서도 누군가가 괴물의 길쭉한 팔에 붙잡혀 구멍 바깥으로 빨려 나갔다. 마치 두더지 게임을 하듯, 괴물들이 구멍들 속으로 손을 넣어 사람들을 하나하나 잡아가고 있었다.

나는 빨리 이 공간을 벗어나야 한다고 생각하면서도 발에 접착제를 붙여놓은 것처럼 한 발짝도 움직일 수 없었다. 구멍 옆을 지나가다가 괴물에게 잡힐 것만 같았다. 심장이 터져 나갈 것처럼 쿵쾅거렸다. 옆에서 지태와 연아, 기찬이, 헐크, 주뎅이가 서로 쳐다보면서 뭐라고 소리치더니 동시에 앞쪽을 향해 달리기 시작했다. 무슨 신호를 주고받은 것 같은데 내 귀에선 여전히 이명만 울려서 아무 말도 들을 수 없었다. 할 수 없이 나는 한 박자 늦게 아이들의 뒤를 따라 달렸다. 그때 내 바로 앞에 있는 구멍에 괴물의 길쭉한 팔이 들어와 나를 향해 날아왔다. 깜짝 놀란 나는 비명을 지르며 급브레이크를 밟은 것처럼 멈춰서서 뒤로 벌러덩 넘어졌다. 괴물의 손은 종이 한 장 차이로 내 앞을 스쳐 지나가며 나 대신 바로 앞에서 달리던 주댕이의 허리를 낚아챘다. 주댕이는 구멍으로 빨려가듯 날아가면서 나를 향해 살려달라는 듯 손을 뻗었지만, 내가 어떻게 해볼 틈도 없이 몸이 접히면서 작은 구멍 바깥으로 튕겨 나가버렸다. 나는 순식간에 사라져버린 주댕이를 보면서 두뇌회로가 정지된 것처럼 몸이 굳어버렸다.

"단아!"

어디선가 연아의 목소리가 들려왔다. 연아의 목소리가 뾰족한 창처럼 내 귀에 꽂혔다. 동시에 끊임없이 귓속에서 울리던 이명이 걷히고, 갑자기 TV 볼륨을 올린 것처럼 포탄 소리, 비명 소리 등 온갖 소리가 한꺼번에 밀려 들어왔다.

"빨리 와!"

연아가 소리쳤다. 그녀는 제일 끝에 있는 구멍에 거의 도착해 있었다. 나는 아득해지는 정신을 부여잡았다. 주댕이가 잡혀 나간 구멍만 지나면 제일 끝에 있는 구멍에 닿는다. 괴물은 주댕이를 뜯어 먹느라 이쪽을 쳐다보지 않았다. 나는 재빨리 일어나 연아를 향해 달렸다. 연아는 구멍 밖으로 나가서 나에게 손을 내밀었다. 나는 연아의 손을 잡고 구멍을 빠져 나갔다.

예상대로 강남역 승강장 끄트머리로 나왔다. 지태와 기찬이, 헐크 모두 이미 빠져나와 있었다. 바로 앞에 교대역으로 향하는 지하 터널이 펼쳐졌다. 강남역 승강장에선 군부대와 괴물들의 전투가 한창이었다. 뒤늦게 주댕이가 죽은 것을 알게 된 기찬이는 주댕이의 시체라도 찾아야 한다며 달려가려고 했지만, 헐크가 말렸다. 주댕이의 죽음을 끝까지 지켜본 나는 쓸데없는 짓이라고 말해줄까 하다가 관뒀다. 지태는 계속 빨리 도망가자고 재촉했다. 나는 실랑이를 벌이는 기찬이와 헐크를 놔두고 지태, 연아와 함께 교대역 방향으로 달리기 시작했다.

퍼퍼펑! 우리 바로 뒤쪽에서 또 다시 커다란 폭발이 일어났다. 뜨거운 바람이 우리 등을 때렸다. 우린 또 한 번 공중으로 붕 떴다가 바닥을 뒹굴었다. 대체 몇 번째 폭발인가. 군인들이 원망스러울 정도였다. 나는 몸을 추스르며 일어났다. 옆쪽에 연아가 힘겹게 일어나고 있었다.

"괜찮아? 다친 데는?"

나는 연아를 일으키며 물었다.

"괜찮아. 너무 많이 굴렀더니 정신이 없네."

연아가 대답했다. 연아의 얼굴이 지쳐 보였다.

"빨리 와! 얼른!"

벌써 일어난 지태가 앞쪽에서 소리치며 빨리 오라고 손짓했다. 나는 연아의 손을 잡고 지태가 있는 곳으로 달려갔다.

"단아! 잠깐만! 잠깐만!"

연아가 나를 멈춰 세웠다. 연아의 말을 무시하고 계속 달리려는데, 연아가 내 손을 놔버렸다. 나는 연아에게 소리쳤다.

"왜 그래? 여기서 죽고 싶어?"

"아니, 저기……."

연아가 어딘가를 가리켰다. 나는 할 수 없이 연아가 가리킨 곳을 봤다. 조금 떨어진 곳에서 날개 달린 괴물이 누군가를 뜯어 먹고 있었다. 헐크였다. 조금 전의 주댕이처럼 온몸이 뜯겨 죽어 가는 중이었다. 구하기엔 이미 늦었다. 지금 구하러 갔다간 나까지 죽고 말 것이다. 그런데 아니었다. 연아의 손가락 끝이 가리키는 곳은 헐크 옆쪽이었다. 기찬이가 서 있었다. 기찬이가 뜯어 먹히는 헐크를 구하려는 것인지 천천히 다가가고 있었다. 양손에는 커다란 콘크리트 조각 같은 것을 들고 있었다. 저 자식, 설마 저걸로 괴물과 싸우려는 건가? 자세히 보니 기찬이는 두 눈의 동공이 풀린 채 얼빠진 표정을 짓고 있었다. 기찬이의 온몸이 덜덜 떨렸다. 한마디로 제정신이 아니었다.

"둘 다 뭐해! 죽고 싶어?"

지태가 달려와 나와 연아를 붙잡고 소리쳤다.

"아니, 저 새끼……."

내가 기찬이를 가리키며 말했다.

"저 새끼 뭐? 그냥 내버려둬! 자기가 알아서 하겠지! 우리가 뭐 저 새끼랑 챙겨주는 사이였냐? 너희들도 저 꼴 나고 싶어?"

지태가 괴물에게 물어 뜯기는 헐크를 가리키며 소리쳤다.

그래. 지태 말이 맞다. 어서 도망가지 않으면 우리가 저 꼴이 될 수도 있다. 그냥 가자. 어차피 기찬이랑 친한 것도 아니다. 내 알 바 아니다. 그냥 가자, 그냥 가!

나와 연아, 지태는 다시 교대역 방향으로 달아났다. 하지만 나는 몇 발짝 가지 않아 멈춰 섰다. 연아가 설마, 하는 눈빛으로 나를 쳐다봤다. 지태는 제발, 하는 눈빛으로 나를 쳐다봤다.

"미안. 나 저 새끼 두고 그냥 못 가겠다."

나는 뒤돌아 기찬이에게 달려갔다. 더 이상 내 주위의 누군가가 죽어가는 걸 방치할 수 없었다. 뒤에서 지태가 욕하는 소리가 들려왔다. 기찬이는 여전히 벌벌 떨면서 헐크를 뜯어 먹는 괴물에게 다가가고 있었다. 나는 기찬이 뒤로 달려들어 목을 감아 끌고 왔다. 놀란 기찬이가 끌려오면서 손에서 콘크리트 조각을 떨어뜨렸다.

"뭐, 뭐야? 이거 놔! 놔, 이 새끼야!"

기찬이가 나를 거칠게 밀치며 소리쳤다. 나는 기찬이의 멱살을 잡고 말했다.

"미친 새끼! 짜증나게 하지 말고 따라와! 죽으려고 환장했냐!"

"이 씨발 놈이! 헐크 데려가야 된다고! 너희들은 너희들 갈 길이나 가!"

"아까부터 보고 있었어! 새끼, 겁나서 덤비지도 못하고 있던 게 어디서 개소리야!"

"이 새끼가! 내가 지금 바로 저 괴물 새끼 밟……"

"야, 야! 잠깐만! 잠깐만!"

기찬이의 말이 끝나기도 전에 지태가 우리에게 다가와 소리쳤다. 나와 기찬이는 지태를 봤다. 지태는 우리가 아니라 우리 뒤쪽에 있는 괴물을 쳐다보고 있었다.

"저 새끼…… 헐크 다 먹었어. 가만히 있어."

지태가 말했다.

등골이 오싹했다. 우리는 얼음이 된 것처럼 미동도 하지 않았다. 기찬이도 방금 전까진 괴물에게 바로 덤벼들 것처럼 허세를 부리더니 숨도 못 쉬고 가만히 있었다. 조금 떨어진 곳에서 연아가 손으로 입을 막고 우리 셋을 지켜보고 있었다.

지태가 조심조심 뒷걸음질 쳤다. 천천히, 천천히. 괴물을 도발하지 않을 조용한 발걸음으로. 나와 기찬이도 천천히, 조심스러운 발걸음으로 지태를 따라갔다. 차마 뒤돌아볼 순 없었다. 우리를 마주하고 뒷걸음질 치는 지태의 표정에서 내 뒤통수 너머의 상황을 짐작할 뿐이었다. 지태가 뒷걸음질을 멈추더니 말했다.

"망했다. 저 새끼, 고개 돌렸어."

"뭐?"

"튀어!"

지태가 소리쳤다.

나와 지태, 기찬이는 총알같이 달려갔다. 연아도 뒤돌아서서 달리기 시작했다. 우리 넷은 교대역 방향으로 죽어라 달렸다. 바로 뒤에서 괴물이 쫓아오고 있을 것이다.

으아아아아! 나도 모르게 입이 벌어지면서 소리를 질렀다. 괴물의 포효가 바로 뒤에서 들려왔다. 제기랄! 대체 얼마나 가까이 있는 거야!

으아악! 비명이 들리더니 멍청한 기찬이 새끼가 넘어져서 바닥을 뒹굴었다. 이 새끼는 왜 또 넘어지고 지랄이야!

나와 지태는 어쩔 수 없이 달리다가 멈춰서서 서둘러 기찬이를 일으켰다. 덕분에 뒤에서 쫓아오던 괴물을 보게 됐다. 놈과의 거리는 불과 10미터 남짓! 너무 가깝다. 이대론 잡히고 말 것이다!

"으아아아! 빠, 빨리!"

나와 지태, 기찬이는 누가 먼저랄 것 없이 다시 뛰기 시작했다. 바로 뒤에 놈이 있었다. 텅. 텅. 텅. 텅. 놈이 쫓아오는 소리가 들렸다. 죽음이 달려오고 있다. 이 거리에 이 정도 속도면 곧 붙잡힐 것이다. 안 된다……!

그때 앞쪽에 갑자기 꼬맹이가 나타났다. 꼬맹이는 터널 벽 쪽을 가리키며 소리쳤다.

"저기! 저쪽! 저쪽!"

꼬맹이가 가리킨 곳엔 자그마한 쪽문이 있었다. 그야말로 개구멍이라는 단어가 잘 어울릴 법한 문이었다. 기껏해야 무릎 높이밖에 되지 않아 보였다. 가장 앞서 가고 있던 연아가 방향을 틀어 쪽문을 향해 달렸다. 가장 먼저 쪽문에 도착한 연아가 뒤를 돌아봤다.

"빨리 들어가!"

꼬맹이가 연아에게 달려가며 소리쳤다. 나도 달리면서 연아에게 빨리 들어가라고 손짓했다. 어디로 가는 문인지는 몰라도 일단 살고 봐야 한다. 연아는 고개를 끄덕이고는 쪽문으로 몸을 날렸다. 그다음엔 내가, 그다음엔 지태, 그리고 기찬이가 차례로 쪽문으로 들어갔다. 마지막으로 꼬맹이가 들어와 문을 닫으려고 하는데, 괴물이 주둥이를 들이미는 바람에 닫을 수 없었다.

   콰쾅! 쾅! 쾅! 쾅! 괴물이 쪽문 안으로 들어오려고 발버둥 치는 소리가 들렸다. 그러나 괴물이 들어오기엔 쪽문이 너무 작았다. 놈은 안으로 들어오지 못했다. 우리는 놀이기구를 타는 것처럼 좁고 어두운 통로로 끝없이 미끄러져 내려갔다.

CHAPTER 2.
엄마

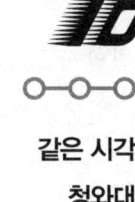

같은 시각
청와대

현국은 화장실에서 한바탕 구토한 후 시원한 바람을 쐬러 청와대 지하 벙커를 나왔다. 지상으로 올라가 아무도 없는 정원에서 풀냄새를 맡고 있으니 기분이 조금 나아지는 것 같았다. 그는 목발에 몸을 의지한 채 크게 심호흡을 했다. 조금씩 마음이 차분해졌다.

"그렇게 힘드나?"

뒤에서 목소리가 들려왔다. 국정원장이었다.

"아니요, 이제 좀 괜찮아졌습니다."

현국이 국정원장을 돌아보며 대답했다. 속으로 드는 생각은 전혀 달랐지만.

'괜찮아지긴, 빌어먹을.'

국정원장이 현국 옆으로 다가왔다.

"VIP는 B9으로 갔어. 우리도 이동해야 돼."

"벌써 B9으로 갔습니까? 여긴 이대로 두고요?"

"알잖아. 여기 있어봤자 할 수 있는 것도 없다는 거. 적에 대해 말할 수도 없는 곳에서 어떻게 적과 싸우겠나?"

현국은 국정원장의 말에 코웃음을 쳤다.

"적이라고요? VIP가 지금 이 상황을 적과의 싸움이라고 생각할 것 같습니까? 애들이 사춘기 반항하는 정도로 생각하겠죠."

"그렇지 않아. VIP도 상황의 심각성을 충분히 인지하고 있어."

"정말입니까? 그럼 이참에 노아 프로젝트를 전면 중단한답니까?"

'노아 프로젝트'라는 단어가 나오자 국정원장의 눈빛이 날카롭게 변하며 주위를 둘러봤다. 적어도 두 사람의 대화가 들릴 만한 거리엔 아무도 없었다. 흥분한 현국이 계속해서 말을 이었다.

"왜요? 아직도 미련이 남아 있답니까? 유니언들이 저렇게 난리치는데도요? 서울 지하는 머지않아 유니언들에게 다 뺏길 겁니다."

'유니언'은 서울 지하를 아수라장으로 만든 괴생명체를 가리키는 코드 네임이다. 노아 프로젝트를 알고 있는 소수의 사람들만 이 코드 네임을 알고 있었다.

"됐어. 거기까지만 해."

국정원장이 흥분한 현국을 제지했다. 그러나 현국은 아랑곳하지 않고 계속해서 말했다.

"신야까지 세상에 나온다면 더 끔찍해지겠지요. 그럼 지하뿐만 아니라 여기도 끝장이에요. 서울, 아니 이 나라 전체가 위험해질 겁니다."

'신야'라는 단어를 들은 국정원장의 눈빛이 매섭게 변했다. 그가 단호하게 말했다.

"신야는 이번 테러와 아무 상관없어. 말조심해."

"아시잖습니까? 신야는 유니언들의 우두머리입니다. 제가 보기에 이번 테러의 핵심엔 신야가 있습니다."

"증거도 없으면서 그딴 소리 함부로 지껄이지 마. 마지막 경고다."

"유니언들이 날뛰는 그 자체가 증거죠. 신야는 곧 모습을 드러낼 겁니다."

현국의 말이 끝나자마자 국정원장이 그의 턱을 잡아 올렸다. 덕분에 현국은 또 국정원장의 키에 맞춰 몸이 들렸다. 부러진 왼쪽 다리에 부담이 가 얼굴이 일그러졌다.

"한마디만 더해. 이번엔 아예 말을 못하게 이를 다 뽑아주지."

현국은 턱을 부서뜨릴 것 같은 국정원장의 악력을 느끼며 아무 말도 하지 못했다. 간신히 숨만 내쉴 뿐이었다.

"VIP는 지금 신야를 찾으려고 혈안이 되어 있어. 그러니 B9에 가서도 입 함부로 놀리지 마. 지금 VIP는 네 소신 따위 받아줄 상태가 아니니까. 그냥 납작 엎드려서 VIP가 시키는 대로 해. 알겠어?"

국정원장이 강한 어조로 말했다. 그는 현국을 진심으로 걱정하고 있었다. 현국은 평소에도 노아 프로젝트에 대한 부정적인 견해를 대통령 앞에서도 서슴없이 밝히곤 했다. 그럴 때마다 국정원장은 현국이 대통령의 눈밖에 날까 봐 조마조마하게 지켜봤다. 다행히 대통령은 그런 현국을 입바른 소리하는 소신 있는 인재로 여기며 그의 의견에 귀를 기울였다. 현국은 묘하게 타인에게 신뢰를 주는 유형의 인간이었다. 대통령도 그러한 현국의 기운에 매료됐던 것이다.

하지만 지금은 달랐다. 이런 재난 상황에 자칫 거슬리는 의견을 내면 현국은 쥐도 새도 모르게 이 세상에서 사라질 수도 있었다. 박정근 대통령이 충분히 그럴 수 있는 사람이란 걸 국정원장은 누구보다 잘 알았다.

국정원장은 현국의 얼굴이 떨리는 걸 보며 그의 턱을 놓아줬다. 현국은 크게 휘청했다가 목발을 짚으며 겨우 몸의 중심을 잡았다.

"네가 그렇게 걱정 안 해도 다 잘 해결될 테니까 너무 걱정 마."

무슨 수로?

현국은 이 말이 턱밑까지 올라왔지만 밖으로 내뱉진 않았다. 말이 안 통하는 국정원장과 더 이상 불필요한 싸움을 이어가고 싶지 않았다. 문득 아까 장 박사의 번호로 걸려온 전화가 생각났다. 노아 프로젝트 관련자 중 유일하게 현국과 말이 통했던 사람, 장 박사. 비록 지금은 죽고 없지만 그의 번호로 전화를 건 사람이라면 현국이 믿고 의지할 만한 사람일 수도 있다. 현국은 갑자기 누군지도 모르는 그 사람을 반드시 만나야겠다는 생각이 들었다.

"이제 B9으로 넘어가자고. 준비해."

국정원장이 현국의 어깨를 툭툭 치며 함께 내려가자는 듯 말했다.

"전 여기서 바람 좀 쐬고 가겠습니다. 먼저 넘어가 계시죠."

현국은 숨쉬기 힘든 것처럼 크게 한숨을 내쉬며 말했다. 국정원장은 어쩔 수 없다는 듯 대답했다.

"알겠네. 늦진 마."

국정원장은 홀로 청와대 지하로 들어갔다. 청와대 지하 벙커에는 B9으로 이어지는 비밀 지하 통로가 있었다.

현국은 국정원장이 완전히 들어간 걸 확인하고는 스마트폰을 꺼내 장 박사의 번호로 전화가 걸려온 시각을 확인했다. 밤 11시까지 약속 장소로 오라고 했으니까 아직 시간은 충분하다. 그는 장 박사의 번호로 전화를 건 사람이 누굴까 곰곰이 생각해봤다. 장 박사는 평생 결혼도 하지 않고 가족과도 인연을 끊으면서 노아 프로젝트에만 몰두해온 사람이다. 그만큼 노아 프로젝트에 애착이 컸다. 연구 외의 것에는 전혀 관심을 보이지 않았다. 오로지 과학자로서의 호기심에만 몰두했다. 현국은 장 박사의 그런 점을 존경했다. 탐욕에 찌든 주변 사람들과 달리 장 박사와는 인간적인 대화가 가능했다. 그런 장 박사의 번호로 전화를 걸 수 있는 사람은 기껏해야 그의 동료 연구원 정도 아닐까 하는 생각이 들었다. 그러나 아무리 생각해도 노아에 있는 연구원들이 이런 비밀스러운 짓을 꾸밀 것 같진 않았다.

'일단 직접 만나보면 알 수 있겠지.'

현국은 자신의 목발을 쳐다봤다. 평소 같으면 약속 장소까지 걸어서 20분이면 도착할 수 있는 거리이지만 지금은 상황이 좋지 않았다. 부지런히 가야겠다고 생각하며 현국은 목발을 짚으며 청와대를 빠져 나갔다.

테러 발생 3시간 38분 경과
서울 지하 어딘가

 돌이켜보면 몇 초 정도 내려온 것 같은데 끝이 없는 롤러코스터를 타는 것 같았다. 너무 좁고 어두운 통로라 혹시 죽는 건 아닐까 하는 생각도 들었다. 다행히도 나는 죽지 않았고, 쪽문에서부터 시작된 롤러코스터는 이내 끝이 났다. 괴물을 피해 도착한 곳은 지하의 널찍한 공간이었다.

 우리는 긴 내리막 통로에서 튀어 나오자마자 딱딱한 바닥을 마주했다. 연아, 나, 지태, 기찬이 순으로 바닥에 떨어져 뒹굴었다. 가장 뒤에 도착한 꼬맹이는 이 통로가 익숙한 듯 바닥에 멋지게 착지했다.

 나는 100미터를 전력 질주한 것처럼 바닥에 드러누운 채 숨을 헐떡였다. 옆을 보니 연아와 지태, 기찬이 모두 무사했다. 기찬이를 보자 조금 전 주댕이와 헐크의 죽음이 떠올랐다. 같은 학교에 다녔던 주댕이와 헐크가 죽었다는 사실이 도무지 실감나지 않았다. 조금 전만 해도 같이 웃고 떠들었는데……. 사이는 별로 안 좋았지만 이제 다시는 그 녀석들의 얼굴을 볼 수 없다는 게 믿기지 않았다.

그리고…… 누나. 누나가 사람들에게 밟혀 죽던 모습이 머릿속에 잔상으로 남아 떠올랐다. 비록 만난 지 얼마 되진 않았지만 지하 터널을 누비는 동안 우리는 많은 감정을 주고받았다. 짧지만 강렬한 만남이었다. 하지만 이제 다시는 누나를 볼 수 없다. 죽음이란 그런 것이다. 이 세계에서 영영 사라지는 것. 이름 모를 누나와 주댕이, 헐크. 이제 그들은 이 세계에 없다.

"고마워."

침묵을 깨고 연아의 목소리가 들려왔다. 연아가 꼬맹이를 쳐다보며 말했다.

꼬맹이는 아무런 대답도 없었다. 꼬맹이는 곳곳이 기워진 옷을 입고 있어 노숙자 같은 느낌을 줬다. 잠시 후 꼬맹이는 움막으로 가더니 커다란 물통을 가져와 연아에게 내밀었다. 꼬맹이는 이곳이 익숙해 보였다.

"아, 고마워. 잘 마실게."

연아가 물을 받아 마셨다. 꽤 오랫동안 물을 들이켠 연아가 옆에 있던 지태에게 물통을 건네자 지태도 물을 마시고, 기찬이도 물을 마시고, 마지막으로 내가 마셨다. 물이 혀에 닿았다가 목구멍을 타고 내려오자 그동안 내 안에 타는 듯한 갈증이 존재했다는 걸 느낄 수 있었다. 나는 마지막 한 방울까지 탈탈 털어 마셨다.

 우린 다시 침묵했다. 갑작스레 도착한 이곳은 더 없이 고요했다. 이곳은 원래 뭐하던 곳일까? 호기심이 들긴 했지만 사실 이곳이 어디든 상관없었다. 지옥이 된 지하 터널에서 벗어나 갖게 된 이 고요를 조금이라도 더 만끽하고 싶었다. 지태, 연아, 기찬이도 같은 마음인지 이곳에 들어온 이후 누구도 함부로 입을 열지 않았다.

 이따금씩 기찬이가 주댕이와 헐크의 이름을 중얼거리며 욕지거리를 내뱉기 시작했다. 그러나 나, 지태, 연아는 기찬이에게 어떤 위로도 해줄 수 없었다. 기찬이에게는 주댕이와 헐크가 우리 셋 같은 친구 사이였을 것이다. 내가 만약 지태와 연아를 잃었다면 그 마음의 상처는 말로 표현할 수 없을 것이다. 우린 그저 기찬이의 상처를 지켜볼 수밖에 없었다.

 어느 정도 고요에 적응되자 나는 이곳을 둘러보기 시작했다. 대충 육상 경기장과 비슷할 정도로 널찍한 공간이었다. 서울 지하철 선로 어딘가에 이런 곳이 있었다는 게 신기했다. 곳곳에 천을 기워 만든 움막이 있고, 그 사이사이엔 가스등이 켜져 공간을 밝히고 있었다. 공간의 가장자리에는 하수도관이 있어 물 흐르는 소리가 들려왔다. 마치 옛날 사람들이 살던 부락 같았다. 그리고 중앙에는 난로가 놓여 있어 캠프파이어를 하는 것처럼 난로를 중심으로 원 모양을 그리며 담요와 책, 의자 같은 것들이 놓여 있었다. 주위에 커다란 나무 테이블도 있었는데, 위에는 먹다 남은 음식들이 있었다. 얼마 전까지만 해도 이곳에 사람들이 머물렀던 것 같았다. 지금은 우리 외에는 아무도 보이지 않았지만.

그러니까, 이곳은 안전했다.

곳곳에서 평온한 삶의 흔적이 묻어났다. 이곳에서만큼은 날을 세우고 주위를 경계하지 않아도 괜찮을 것 같았다. 덕분에 지난 몇 시간 동안 초긴장 상태였던 몸이 한결 느슨해졌다. 하지만 이내 느슨해진 마음의 틈으로 지난 몇 시간 동안 나를 지배했던 공포와 절망이 턱밑까지 차 올라왔다. 살아남기 위해 꾹꾹 눌러 담았던 어두운 감정의 소용돌이들. 누군가가 등을 두드려주면 토악질하듯 다 내뱉을 수 있을 것 같았다.

그제야 나는 절실히 느꼈다. 지금 나는 누군가에게 기대고 싶다는걸. 누군가가 우리에게 괜찮다고, 이제 괜찮다면서 등을 토닥여주길 간절히 바라고 있다는걸.

엄마가 많이 보고 싶었다.

"여긴 어디야?"

한동안 고요한 시간을 보내고, 연아가 꼬맹이에게 물었다. 꼬맹이는 아무 대답이 없었다. 생각해보니 아까 우리에게 쪽문으로 들어오라고 소리칠 때 말곤 이 아이의 목소리를 들은 적이 없었다.

"야, 여기 어디냐고? 여기 뭐하는 데야?"

기찬이가 꼬맹이를 다그치듯 소리쳤다. 하지만 꼬맹이는 기찬이를 쳐다보기만 할 뿐, 아무 대답도 하지 않았다. 대신 연아가 단호한 어조로 기찬이에게 말했다.

"너 지금 기분 안 좋은 건 알겠는데, 우리 구해준 애야. 예의 갖춰."

기찬이가 연아의 말에 마지못해 입을 다물었다. 꼬맹이가 겁먹은 사슴 같은 눈망울로 연아를 쳐다봤다. 그러자 연아가 꼬맹이에게 말했다.

"미안해. 내가 사과할게."

꼬맹이가 물끄러미 연아를 쳐다봤다. 연아가 이어서 말했다.

"내 이름은 연아야. 이연아. 열아홉 살. 넌 이름이 뭐니? 몇 살이야?"

친절한 연아의 말투에 꼬맹이가 경계심을 푸는 듯했다. 잠시 머뭇거리던 꼬맹이가 입을 열었다.

"화니……. 열한 살."

"화니? 예쁜 이름이네."

연아가 다정하게 말했다. 화니가 물끄러미 연아를 쳐다봤다. 연아가 화니의 손을 잡으며 이어서 말했다.

"화니야, 고마워. 우리 구해줘서."

더없이 다정한 목소리였다. 연아의 다정한 목소리와 말투는 듣는 사람을 편안하게 해주는 힘이 있다. 화니 역시 연아의 목소리가 주는 안정감을 느끼는 듯했다. 화니는 자신의 손 위에 포개진 연아의 손을 바라봤다. 그러곤 고개를 올려 연아의 얼굴을 봤다. 연아가 그런 화니에게 따뜻한 미소를 지어 보였다. 그런 연아를 한참 바라보던 화니의 눈가가 촉촉해졌다. 그러다 왈칵 눈물샘이 터졌다. 고개를 숙이더니 어깨가 흔들렸다. 바닥에 눈물이 뚝뚝 떨어졌다.

연아가 놀란 얼굴이 되어 화니를 꼭 껴안아줬다. 그러곤 오랜 시간을 함께 보낸 가족처럼 화니의 등을 토닥였다. 화니는 연아의 품 안에서 한참 울었다. 이제까지 참아왔던 울음을 터트리는 것처럼, 펑펑. 우리는 울음을 터뜨린 화니를 보면서 마음이 착잡해졌다. 아마 저 작은 아이도 소중한 누군가를 잃어버렸으리라. 대체 우리는 지금 무슨 일을 겪고 있는 걸까?

테러 발생 4시간 02분 경과
서울 지하 어딘가

"그러니까, 여긴 노숙자들 마을이라고?"

 내가 재차 물었다. 화니가 그렇다며 고개를 끄덕였다. 우리는 화니의 말을 단번에 믿기 힘들어 서로를 쳐다봤다. 하긴, 이제까지 우리가 겪은 일들을 생각하면 이 상황에 못 믿을 게 뭐 있을까 싶긴 했다.

"우리 노숙자들은 지하철 운행이 끝나면 터널을 따라 다녀."

 이 말을 시작으로 화니는 노숙자 마을에 대해 상세히 설명해줬다. 화니의 말을 요약하면 이랬다. 서울의 노숙자들은 깊은 밤 지하철 운행이 끝나면 비밀 통로를 통해 지하 터널에 들어왔다. 그리고 지하 터널을 따라 이동해 아까 우리가 괴물을 피해 들어왔던 쪽문으로 들어와 이곳, 노숙자 마을에 머물렀다. 노숙자들은 이곳에서 먹고 자고 떠들면서 생활했다. 그리고 새벽 지하철 운행이 시작되기 전, 노숙자들은 다시 지상으로 나가 바깥 활동을 했다. 지상으로 나가기 싫은 노숙자는 나가지 않고 이곳에 계속 머물렀다. 이곳은 노숙자들의 마을이자 집이었다.

다만 모든 노숙자들이 이곳에서 지낼 수 있었던 건 아니다. 아예 이곳의 존재를 모르는 노숙자도 많았다. 일부 자격을 얻은 노숙자들만 이곳을 알고, 들어올 수 있는 자격을 얻었다. 그런 노숙자들을 일컬어 '지하 노숙자'라고 불렀다. 노숙자 마을은 이곳뿐만 아니라 강북에 한 군데 더 있었다. 강남에 하나, 강북에 하나, 총 두 군데 있는 것이다. 서울의 복잡한 지하 터널을 따라 두 마을을 오가며 지내는 지하 노숙자도 꽤 많다고 했다. 상황이 이렇다 보니, 지하 노숙자들은 대부분 서울 지하 터널 길을 빠삭하게 알고 있었다. 그건 화니도 마찬가지였다.

화니는 자신에 대해서도 간단히 말해줬다. 화니는 태어나자마자 쓰레기통에 버려졌다고 한다. 그런 화니를 주워다가 키워준 사람이 지하 노숙자들. 이 때문에 화니는 어릴 적부터 노숙자 마을에서 특정한 부모 없이 여러 지하 노숙자들의 도움을 받으면서 자라났다. 화니라는 이름도 지하 노숙자들이 지어줬다고 했다.

우리는 화니의 이야기를 잠자코 들었다. 화니의 이야기는 인터넷에 떠도는 도시 괴담처럼 느껴졌다. 익명의 누군가가 근거 없이 지어낸 자극적인 이야기들. 하지만 우리는 실제로 그 장소에 와 있고, 그 장소에 살았던 아이의 이야기를 듣고 있었다.

"그럼 다른 지하 노숙자들은 어디 간 거야? 아무도 안 보이네?"

내가 화니에게 물었다. 그런데 화니가 대답하기도 전에 기찬이가 찬물을 끼얹었다.

"당연하지. 다 거짓말이니까."

"거짓말 아닌데."

화니가 받아쳤다.

"증거 있어? 여기 노숙자들이 살았다는 증거?"

"내가 노숙자야. 잘 모르나 본데 바깥에 나가면 나 같은 사람을 보고 노숙자라고 불러."

화니는 열한 살 아이인데도 꼭 성인처럼 단정하고 분명한 말투를 사용했다.

"지랄하지 말고. 넌 어쩌다 그냥 여기 알게 된 거잖아. 여긴 분명히 북한이나 정부에서 관리 중인 곳일 거야. 땅굴이나 지하 벙커 같은 곳이라고."

거침없이 말하는 기찬이를 내가 제지했다.

"왜 애가 말하는 걸 안 믿어? 그냥 그렇다면 그런 줄 알아. 아무것도 모르는 게 입만 살아 가지고."

그러자 기찬이가 코웃음을 치며 맞받아쳤다.

"내가 입만 살았다고? 그런 너희들은 지금 이 세상을 잘 안다고 생각하냐? 헛소리 마. 이 서울 바닥만 해도 너희들이 모르는 거 투성이야. 지하 선로 겁나 복잡하잖아. 그 밑에 뭐가 있는지 너희들이 어떻게 알아? 노숙자 마을? 웃기고 있다. 여긴 분명히 나라에서 일부러 만든 곳이야. 왜? 서울 지하 저 깊은 곳에 뭔가가 있거든. 괴물들은 거기서 다 튀어 나온 거야. 두고 봐라. 앞으로 너희들이 상상도 못 할 뭔가가 더 튀어나올 거다."

 잠시 정적이 흘렀다. 기찬이의 말이 재수 없긴 했지만 틀린 말은 아니었다. 우리 중 누구도 지금 일어난 재난에 대해 정확히 설명할 수 있는 사람은 없었다.

 화니가 정적을 깨고 말했다.

 "평소에 여기 있으면 아저씨들이 재밌는 얘기 진짜 많이 해주거든. 근데 그중에 저 오빠가 말한 거랑 비슷한 얘기가 있었어. 남산 밑에 뭔가가 있다고 했어. 그래서 그게 나오면 다 죽을 거라고 했어."

 "그 뭔가가 괴물이란 거야?"

 지태가 이해할 수 없다는 얼굴로 물었다.

 "그건 기억이 안 나."

 화니가 대답했다. 나도 궁금증이 생겨 물었다.

 "그럼 그 아저씨들은 괴물들의 존재를 어떻게 알게 된 거야?"

 "음, 그냥 옛날 옛적 이야기 같은 거였어. 아저씨들이 그런 이야기를 많이 해줬거든."

 화니가 별거 아니라는 듯 대답했다. 저런 무심한 말투로 말할 때면 꼭 어른과 대화하고 있는 것 같았다.

 화니가 이어서 말했다.

 "그리고 다른 아저씨들이 어디 갔냐고 물었지? 나도 모르겠어. 다 죽은 건지 아님 다른 곳에 모여서 대피하고 있는 건지 안 보여. 원래 지하철 운행 시간에는 각자 알아서 시간을 보내거든. 그래서 나도 혼자 지하철에 타고 있었던 거고. 아까도 터널에서 아저씨들을 찾아다니다가 언니랑 오빠들 만나서 다시 여기로 들어온 거야."

화니 옆에 있던 연아가 화니의 얼굴을 쓰다듬었다. 아저씨들은 다 무사할 거라고 말하는 듯했다.

하지만 나는 화니의 말을 들으며 생각했다. 안타깝지만 아마 지하 노숙자들은 대부분 죽었을 것이다. 살아 있다면 화니처럼 여기로 대피했을 것이다. 지금 여기만큼 안전한 곳은 없을 테니까. 이런 생각을 굳이 말하진 않았지만 아마 화니도 나와 비슷한 생각을 하고 있을 것이다. 그래서 아까 연아의 품에서 왈칵 울음을 터뜨린 거겠지. 함께 지내던 모두가 죽고 혼자가 되었으니 어찌 눈물이 나지 않겠는가.

"자, 그럼 일단 역할 분담 좀 하자. 여기서 추측만 하고 있어봤자 아무 소용없으니까."

연아가 상황을 정리하며 말했다. 나, 지태, 기찬이, 화니 모두 연아를 쳐다봤다. 연아가 이어서 말했다.

"나랑 지태는 스마트폰을 뒤져서 최대한 정보를 모아보자. 그래도 이제 접속은 좀 되는 것 같으니까. 그리고 기찬이는 119든 112든 어디든 전화해서 우리 위치 알리고 구조를 요청해봐. 단이는 엄마한테 계속 전화하고."

연아는 침착했다. 하지만 속으론 무지하게 떨고 있을 것이다. 나는 연아에 대해 잘 안다. 어릴 적부터 무슨 일이 생기든 연아는 동요하지 않고 냉철하게 해결 방법을 제시했다. 하지만 일이 해결된 뒤에 연아의 손바닥을 보면 언제나 땀이 흥건했다.

나는 연아의 눈을 쳐다봤다. 연아의 눈을 통해 나를 봤다. 내가 누군가에게 기대고 싶은 것처럼 연아 역시 누군가에게 기대고 싶어 한다는 게 느껴졌다. 하지만 지금 우린 어느 누구에게도 기댈 수 없었다. 우리 스스로 자신을 챙겨야 한다.

연아가 말한 대로 나는 엄마에게 전화를 하고, 기찬이는 119에 구조 요청을 하고, 연아와 지태는 인터넷에서 정보를 모았다. 그러나 엄마는 전화를 받지 않았고, 119 역시 연락이 폭주하는지 연결되지 않았다. 연아와 지태도 인터넷 속도가 느려 애를 먹었다. 뭐 하나 제대로 되는 게 없었다. 이런 걸 총체적 난국이라고 하나?

그러던 중 기찬이의 스마트폰으로 119가 연결됐다. 119 구조대원의 목소리가 들리자 우린 놀란 토끼눈을 하고는 기찬이 주위로 모여들었다.

"저기요! 저희 지금 2호선 터널에 갇혀 있는데요! 강남역이랑 교대역 사이에 벙커 같은 곳이 있어요! 거기에⋯⋯."

기찬이의 말이 다 끝나기도 전에 구조대원이 대답했다.

"지금 그쪽은 지상 출입구가 다 폐쇄됐습니다. 안전한 곳에서 대기하고 계시다가 군인들이 보이면 도움을 요청하세요."

"아니, 아까 군인들 봤어요! 지금 여기 그 괴물들이 나온 건 아시죠? 군인들은 괴물이랑 싸운다고 정신없어요! 우리들을 도와줄 만한 상황이 안 된다고요! 지금 안전한 곳에 숨어 있으니까 빨리 와서 좀 구해주세요!"

"죄송합니다. 지금 지하 터널은 군인들 외엔 출입불가지역입니다. 안전한 곳에 계시면 거기서 절대 나오지 마시고, 군인들이 보이면 도움을 요청하세요."

답답했다. 구조대원은 앵무새처럼 같은 말만 반복했다. 결국 기찬이가 폭발하고 말았다.

"아이, 씨팔! 군인들이 우리 구해줄 상황이면 전화도 안 했다고요! 여기 사람이 갇혀 있는데 왜 못 와요? 뭐가 출입불가지역인데요? 친구들도 다 죽었다고요!"

우리는 기찬이에게 진정하라고 손짓했다. 그러다 전화를 끊어버리면 어쩌려고. 지금은 119에 연결된 것만 해도 기적적인 상황이다. 구조대원이 애써 침착함을 유지하며 우리에게 말했다.

"선생님, 아니 학생인가요? 제 말 잘 들어주세요. 지금은 전시에 준하는 국가비상사태입니다. 서울 시내에 있는 지하철역은 죄다 쑥대밭이 됐어요. 구조해야 할 사람만 해도 수십만 명인 상황입니다. 저희도, 군인들도 지금 최선을 다하고 있습니다. 마음 같아선 지금 당장 학생을 구하러 가고 싶은데…… 지금 저희들은 지상에서 피해자들을 구조해야 됩니다. 지하 터널의 피해자들은 군인들이 구출할 겁니다. 괴생명체들이 출몰했기 때문에 군인 외에는 들어갈 수 없어요. 군인들이 반드시 학생들 구출해 줄 겁니다. 거기 그대로 계시다가 군인들이 보이면 바로 신호를 보내세요. 제가 할 수 있는 말은 이 정도뿐입니다. 죄송합니다."

기찬이가 또 뭐라고 소리치려고 하자 나와 지태가 기찬이의 입을 막아버렸다. 기찬이가 난리를 치는데, 연아가 기찬이의 스마트폰을 낚아채고는 말했다.

"저 그럼 하나만 물어볼게요. 지금 노량진역 상황은 어떤가요?"

구조대원은 한숨을 푹 내쉬고는 대답했다.

"1호선 노량진역은 지상에 있어서 큰 피해가 없습니다. 하지만 9호선 노량진역은 지하 승강장이라 완전히 붕괴됐습니다. 출입도 폐쇄됐고요."

순간 엄마가 있는 곳이 1호선 노량진역이길 바랐지만, 9호선 노량진역일 게 분명했다. 우리 집은 9호선 라인에 있었기 때문이다.

"그럼 9호선 승강장에 있던 사람들은 구조됐나요? 상황이 어떻죠? 우리 엄마가 거기 있어서요."

연아의 목소리가 점점 다급해졌다.

"후……, 몇 번 말씀드렸지만 저희들은 지하 터널에 들어갈 수 없기 때문에 군인들이……."

"그러니까! 노량진역에 매몰된 사람들은 다 구조됐냐고요! 그것만 대답해달라고요!"

연아마저 폭발해버렸다. 저러다 구조대원이 전화 끊으면 안 되는데……. 다행히 구조대원은 잠시 침묵하다가 입을 열었다.

"그건 모릅니다. 지금 피해 지역이 너무 많아서 정확히 집계하기 힘든 상황이에요. 어머니의 구조 상황을 확인하고 싶으시면 고속터미널역으로 가보세요. 지금 한강 이남 지하에 갇힌 사람들은 모두 고속터미널역을 통해 지상으로 구조되고 있습니다."

"고속터미널역요? 지금 고속터미널역으로 가면 밖으로 나갈 수 있는 거예요?"

이번엔 지태가 끼어들어 물었다. 구조대원이 지태의 물음에 대답했다.

"네, 죄송하지만 통화를 오래할 수 없습니다. 구조 요청 전화들이 밀려 있어서요. 이것만 기억하세요. 지금 대피하신 곳에서 구조를 기다리시거나, 아니면 고속터미널역까지 이동하시면 지상으로 나올 수 있습니다. 한강 이남 지하철역 중엔 현재 고속터미널역만 개방되어 있습니다. 하지만 이동하다가 변을 당할 가능성이 크니까 각별히 조심하셔야 합니다. 지금 그곳 상황은…… 저도 대충 알고 있습니다. 섣불리 이동하다간 많이 위험할 거예요. 여러분들이 대피하신 곳이 어느 정도 안전하다면 그냥 그곳에서 기다리시는 걸 권합니다. 어떻게 할지 신중히 결정하세요."

"아니, 저기……."

전화가 끊어졌다. 기찬이가 다시 스마트폰을 빼앗아 걸어봤지만 통화량이 많아 연결이 어렵다는 메시지만 울릴 뿐이었다. 기찬이는 화가 나 스마트폰을 집어 던지려다가 지금 유일하게 기댈 수 있는 건 스마트폰뿐이라는 사실을 깨달은 듯 가만히 손을 내렸다. 씩씩대며 화를 삭일 뿐이었다. 그래도 한 가지 수확은 있었다. 지금 고속터미널역으로 가면 지상으로 나갈 수 있다. 엄마도 구조되어 그곳에 있을 수 있다. 아직 희망은 있다.

테러 발생 4시간 30분 경과
서울 지하 어딘가: 노숙자 마을

"화니야, 여기서 고속터미널역으로 가려면 어떻게 해야 돼?"

연아가 물었다. 화니는 우리가 이곳에 들어왔던 통로의 반대편 벽면을 가리키며 말했다.

"여긴 통로가 몇 개 있는데, 저기 저 통로로 나가면 9호선 터널로 나갈 수 있어. 그럼 사평역이랑 신논현역 사이가 나올 거야. 그 길로 9호선 터널을 따라 조금만 걸어가면 고속터미널역이 나와."

우리는 화니가 가리킨, 벽면에 붙어 있는 환기구같이 생긴 좁은 통로를 쳐다봤다.

"그렇지만 좁아서 올라갈 때 좀 힘들 거야. 특히 오빠는 더."

화니가 나를 가리켰다. 내가 이 중에서 가장 덩치가 큰 탓이리라.

"TV에서 봤을 때보다 훨씬 더 커. 이렇게 클 줄 몰랐어."

화니가 이어서 말했다.

화니도 나를 알아봤구나. 희대의 도핑 스캔들 주인공을.

"좋아! 그럼 일단 고속터미널역으로 가서 밖으로 나가자. 그래서 엄마가 구조됐는지 직접 확인해보자."

지태가 모처럼 희망을 담아 말했다. 그런데 또 기찬이가 찬물을 끼얹었다.

"야, 아직도 모르겠냐? 100퍼센트 구조 안 됐어. 구조됐을 가능성은 제로야. 아까 군인들 봤잖아. 괴물들을 제대로 상대하지도 못하는데, 민간인들을 구조해? 내가 봤을 땐 가능성 제로야."

"야 이 씨발놈아. 넌 너희 엄마가 갇혔어도 그따위로 말할 거냐? 말조심해라."

지태가 기찬이에게 으르렁대듯 말했다. 그러자 기찬이가 심드렁하게 대답했다.

"나, 엄마 없어."

망할 새끼. 할 말 없게 만드는데 재주가 있다. 지태도 기찬이의 말에 순간 말문이 막히고 만 듯했다. 그러자 기찬이가 이어서 말했다.

"냉정하게 생각해, 병신들아. 너희 엄마는 구조 안 됐어. 희망을 버려. 너희 엄마 구하고 싶으면 너희들이 직접 구해. 안 그럼 답 없어. 근데 안된 얘기지만 너희들이 엄마를 직접 구한다는 건 말이 안 돼. 왜? 엄마를 직접 데리고 오려면 노량진역에 가서 엄마 찾은 뒤 다시 고속터미널역까지 와야 된다는 건데, 그럴 수 있겠어? 그사이에 그 괴물들 안 만나겠냐고? 지금 그 새끼들이 어디서 어떤 루트로 나타나는지 아무도 모르잖아. 조금 전에 그 싸가지 없는 구조대원도 그렇게 말했잖아. 이동하지 말고 가만히 있는 게 사는 길이라고. 그런데 노량진역까지 갔다가 고속터미널역으로 나간다? 하! 암만 생각해도 자살 행위지. 제발 너희들 정신 좀 차려라. 나 옛날부터 학교에서 너희들 볼 때마다 답답해 뒤지는 줄 알았다. 스티브, 그 사기꾼 새끼 만나서 까불 때부터 내가 알아봤다고."

이건 도를 넘었다. 꾹꾹 눌러 담았던 분노가 폭발해버렸다.

나는 아무런 예고 없이 기찬이에게 주먹을 날렸다. 퍽! 소리가 나며 기찬이의 턱이 돌아갔다. 한 번 더 주먹을 날렸다. 이번엔 기찬이가 머리를 감싸 내 주먹을 막았다. 그러곤 나에게 달려들어 내 몸을 감싸 안더니 그대로 함께 넘어지려고 했다. 나는 온몸에 힘을 줬지만 일진인 기찬이의 힘도 만만치 않았다. 나와 기찬이는 함께 바닥을 뒹굴었다. 몇 바퀴 구르다 기찬이를 바닥에 눕힌 뒤 그 자식의 얼굴에 주먹을 날렸다. 그러나 내 주먹은 기찬이에게 닿지 못했다. 지태가 끼어들어 기찬이에게서 나를 떼어놓았기 때문이다.

"놔! 저 새끼 죽여버릴 거야! 아까 죽을 뻔한 거 구해줬더니 이 씨발 새끼가!"

"됐어! 그만해! 지금 여기서 힘 뺄 때야? 괜히 힘 낭비 하지 말고 가만히 있어!"

지태가 내 몸을 꽉 붙잡고는 거듭 나를 진정시켰다. 기찬이는 몸을 일으켜 바닥에 앉더니 침을 뱉었다. 그러곤 나를 올려다보며 비웃듯 말했다.

"너한테 구해달라고 안 했어, 새끼야!"

"내가 저 새낄 왜 구해줘서!"

나는 자책했다. 진심이었다. 저 새낀 애초부터 신경써줄 필요가 없는 놈이었다.

"됐어, 단아. 그만해. 기찬이 너도 도발하지 마. 학교에선 그랬어도 지금은 그럴 때가 아니야. 살아서 나가려면 지금 우리 다 힘을 합쳐야 돼. 그러지 않을 거면 우리 상관하지 말고 넌 네 갈 길 가. 우리 가족 일에 끼어들지 말고."

연아가 깔끔하게 정리했다.

나는 옆에서 혼자서 화를 삭였다. 이제 다시는 저 새끼의 도발에 넘어가지 않으리라.

연아가 스마트폰으로 시계를 보고는 말했다.

"여기서 딱 10분…… 아니, 15분만 쉬고 9호선 터널로 나가자. 다들 그사이에 체력 좀 보충해."

그러곤 연아가 화니를 보며 말했다.

"화니야, 너도 우리랑 같이 나가자. 여기에 계속 있을 순 없잖아. 밖에 나가서 안전한 곳으로 가자. 우리가 데려다 줄게."

화니는 잠시 고민하는 듯 연아를 쳐다봤다. 그러곤 고개를 끄덕였다.

"이쪽으로 와."

화니가 마을 중앙으로 이동하며 말했다. 우리는 화니를 의아하게 쳐다봤다.

"저쪽에 편한 곳이 있어. 거기서 쉬어."

화니가 가리킨 곳은 아까 내가 눈여겨봤던 난로가 있는 곳이었다. 우리는 화니를 따라갔다. 난로를 중심으로 제각각으로 생긴 캠핑용 의자 같은 것들이 원형으로 놓여 있었다. 의자 위에는 담요가 놓여 있었다. 우리는 의자와 담요를 하나씩 차지하고 앉았다. 그런 우리를 바라보며 화니가 말했다.

"혹시 추우면 난로 틀어줄게."

"대박. 이 난로 틀 수 있어? 지하에 별게 다 있네."

지태가 신기한 듯 난로를 보며 말했다.

"추운 사람 있어?"

연아가 나와 지태, 기찬이를 살피며 물었다. 내가 손을 들고 화니에게 난로를 틀어달라고 말했다. 지금까지 계속 뛰고 구른 탓에 온몸이 달아올라 있었다. 딱히 춥진 않았지만 이럴 땐 몸을 차갑게 식히는 것보다는 따뜻하게 유지해주는 게 좋다.

화니가 난로를 틀자 따뜻한 기운이 퍼져 나왔다. 꼭 캠핑하러 온 것 같은 착각이 들었다. 아니, 그렇게 생각하고 싶었다. 우린 지금 재난 체험 캠핑 중이라고. 지난 몇 시간 동안 휘몰아친 상황들이 꿈결 같았다. 이 캠핑이 끝나면 다시 평온한 일상으로 돌아갈 수 있을까? 우리가 살고 있던 그 세계로 다시 돌아갈 수 있을까? 엄마와 우리 셋이 떠들면서 함께 밥을 먹던 그 시간, 그 장소로.

우리는 각자의 자리에서 휴식 시간을 보냈다. 연아는 스마트폰으로 정보를 검색했고, 지태는 나와 번갈아 가면서 엄마에게 전화를 했다. 엄마에게 전화를 안 할 때는 스마트폰을 검색하면서 바깥의 상황을 살폈다. 기찬이는 스마트폰으로 게임을 하고 있는 것 같았다. 이 마당에 게임이라니. 그래, 꿀 같은 휴식 시간이니까 뭘 하든 자유지.

화니는 연아 옆에 붙어 앉아 연아가 하는 행동 하나하나를 쳐다보고 있었다. 연아는 화니를 보면서 간간이 미소를 지었다. 화니에게 스마트폰을 건네줘 직접 만져보게 권하기도 했다. 연아와 화니는 꼭 친자매 같아 보였다.

연아와 화니가 함께 보는 영상에서 시끌벅적한 소리가 들려왔다. 사람들이 짜증을 내며 소리를 질러댔다. 이따금씩 병이 깨지는 소리도 들려오고 뭔가 와장창 부서지는 소리도 들려왔다. 나는 무슨 영상인지 호기심이 동해 연아와 화니 옆으로 가 앉았다. 현재 지상의 상황을 실시간으로 찍은 영상들이었다. 인천공항, 김포공항, 서울역, 용산역, 강남고속터미널 등등 서울을 빠져 나갈 수 있는 교통 플랫폼들은 죄다 사람들로 터져 나갈 것 같은 상황이었다.

대형 마트나 백화점에는 비상 물품을 구하려는 사람들이 밀려들고 있었다. 정부에서 안내한 재난 대피소는 문이 잠겨 열 수 없는 곳이 부지기수였다. 문이 열리는 곳도 잠시 대피해 있기에도 열악한 상황이라 욕을 바가지로 먹고 있었다. 도로는 서울을 빠져 나가려는 차량으로 가득 차 주차장이나 다름없었다.

나와 연아, 화니가 영상에서 눈을 떼지 못하자 지태도 의자를 가져와 옆에 앉았다. 기찬이는 여전히 게임만 하고 있었다. 우리와 어울리고 싶지 않다거나 아무것도 보고 싶지 않다는 무언의 항의 같았다. 주댕이, 헐크가 죽어서 홀로 남은 모습이 외로워 보였다.

연아는 괴물들이 찍힌 영상도 몇 개 찾아냈다. 우리가 도망쳐 온 2호선 지하 터널 외에 다른 곳의 영상도 많았다. 괴물들은 1호선부터 9호선까지 모든 지하철 호선에 다 나타난 것 같았다. 다시 말해, 괴물들의 숫자가 상당하다는 뜻이다. 대체 괴물들은 얼마나 많이 있는 걸까? 그리고 그 많은 괴물들은 다 어디서 튀어 나온 걸까?

괴물의 종류는 우리가 봤던 대로 크게 두 가지였다. 2족 보행을 하는 거인 타입과 날개가 달리고 4족 보행을 하는 동물 타입. 둘 다 식인을 하고 흉포한 건 똑같았으나, 거인 타입 쪽이 조금 더 지능이 있는 존재에 가까워 보였다. 무언가 꿍꿍이가 있어 보이는 느낌이랄까. 반면 동물 타입은 식욕에 충실한 짐승처럼 시종일관 사람을 물어뜯고 먹는 것에만 관심이 있어 보였다. 어느 쪽이건 피해야 할 괴물임엔 틀림없었다.

연아는 괴물들의 정체에 대한 정보도 찾아보았다. 사람들의 의견은 분분했다. 기찬이의 말대로 북한에서 보낸 괴물들이라는 소문이 가장 많았다. IS의 수작이라는 소문, 외계에서 온 존재라는 소문도 있었다. 그 외에 다른 테러 단체를 들먹이는 사람도 많았다. 그러나 모두 다 진실 여부가 확인되지 않은 '설'에 불과했다. 정부에선 아직도 괴물들의 존재에 대해 언급하지 않고 있었다. 괴물들의 정체를 몰라서 언급하지 않는 걸까, 알고 있는데 숨기는 걸까?

　드물긴 했지만 괴물들에게 감염됐다는 이야기도 있었다. 감염되면 빠른 시간 내 괴물처럼 변한다고 했다. 그렇다면 괴물들은 흉포할 뿐만 아니라 치명적인 바이러스를 가진 숙주라는 말이기도 하다. 하지만 이 역시 확인되지 않은 설에 불과했다. 감염 루트도 정확하지 않았다. 심지어 괴물들과 눈만 마주쳐도 감염된다는 이야기도 있었다. 사람들의 공포심이 각종 설을 만들어내고 있었다.

　그때 연아의 페이스북 계정에 새로운 댓글이 달렸다는 알림이 떴다. 댓글이 수십 개나 달려 있었다. 모두 연아의 팬이 단 댓글로 무사하냐는 내용들이었다. 국내 SNS는 모조리 폭주 상태여서 접속하기조차 힘들었지만 페이스북이나 인스타그램 같은 외국계 SNS는 비교적 원활히 접속할 수 있었다. 지금까지 본 영상도 모두 외국계 SNS에 업로드된 영상들이었다.

　연아는 페이스북 계정에 답글을 썼다. 지금은 지하 어딘가에 피신해 있다며 곧 고속터미널역으로 이동해 지상으로 탈출할 거라고 했다. 알고 보니 지하 터널을 이동하는 틈틈이 연아는 우리들의 상황을 계속 업로드하고 있었다.

　그때 어디선가 엄마의 목소리가 들려왔다. 처음엔 환청인 줄 알았는데, 곧 내 스마트폰에서 들려오는 소리라는 걸 깨달았다. 나는 그제야 쉬는 내내 기계적으로 스마트폰의 통화 버튼을 터치하며 엄마에게 전화를 걸고 있었던 걸 떠올렸다. 나는 화들짝 놀라 엄마와의 통화를 스피커폰으로 전환했다.

"엄마! 엄마! 내 목소리 들려?"

내가 수화기에 대고 소리쳤다. 옆에 있던 지태와 연아도 애타는 얼굴이 되어선 엄마를 외쳤다. 우리들은 엄마의 대답을 기다렸다. 하지만 통화 음질이 좋지 않아 지지직거리는 소리만 들려왔다.

"엄마! 나야, 단이! 들리면 대답해봐! 지금 어디야!"

지지직거리는 가운데 엄마의 목소리가 조금씩 들려왔다.

지직…… 지지직…… 칙…… 치익…… 지금…… 치익…… 노량진…… 야…… 지지직…….

아직 노량진역이구나. 역시 엄마는 구조되지 않은 거다. 제길. 우리는 다시 애타게 엄마를 불렀다.

"몸은 괜찮아? 어때? 정확히 어떤 상태야?"

제발, 제발 대답해줘, 엄마. 무사하다고, 괜찮다고.

하지만 지지직거리는 소리에 엄마의 목소리가 묻혔다. 전혀 들리지 않았다. 답답해 죽을 지경이었다.

치지직… 지익…… 지직… 치지직……

지직… 치지직……

무서워.

지직…… 치지직…… 지이익…….

뚝.

끊어졌다. 이제 지지직거리는 소리조차 들리지 않았다. 다시 전화를 걸어보았지만 연결되지 않았다. 분명히 들렸다.

무서워.

엄마가 말했다.

무서워.

눈물이 날 것 같았다.

엄마가…… 엄마가…… 우리에게 무섭다고 말했다. 울먹이는 목소리로.

테러 발생 4시간 57분 경과
서울 지하 어딘가: 노숙자 마을

열 살 때 고아가 된 우리 셋을 지금까지 길러준 엄마는, 사실 지태의 친엄마다. 지태는 어릴 적 부모님이 이혼해 친아빠, 새엄마와 살고 있었는데, 그 '사고'로 다 돌아가신 후 지태의 친엄마가 찾아왔다. 지태의 친엄마가 지태뿐만 아니라 연아와 나도 입양하면서 우린 다 함께 한 집에서 살게 됐다.

그러나 지태의 친엄마에 대한 기억은 우리 셋 모두에게 거의 없었다. 이 때문에 엄마와 우리 셋의 관계는 사실상 생판 남에 가까웠다. 돌이켜보면, 그때 우리는 사춘기였다. 쭉 함께 살았던 부모를 잃고 생판 남인 사람을 엄마로 맞이해야 하는 열 살 꼬마들. 반항과 방황을 시작할 조건은 충분했다. 우리 셋은 하루가 멀다 하고 엄마에게 대들었고, 집이 있는데도 길 잃은 고양이들처럼 밤새 거리를 배회했다. 우리 셋에서만 살겠다며 수없이 가출했다. 그럴 때마다 엄마는 귀신같이 우리를 찾아내 집으로 데려갔고, 우린 또 바득바득 대들면서 집을 나갔다. 하지만 엄마는 어떻게든 또 다시 우릴 찾아냈다. 그렇게 지독한 시간이 계속됐다. 우릴 두고 죽은 아빠, 엄마가 원망스러워 울기도 많이 울었다. 당시 우린 빌어먹을 세상을 탓하고 비난하며 하루하루를 보냈다.

그랬던 열한 살의 겨울 어느 날. 우리 셋은 철거 예정인 폐건물에 들어갔다. 불을 피우고 놀다 잠이 들었는데 그만 화재로 번져버렸다. 잠에서 깬 우린 어떻게 해야 할지 몰라 허둥지둥댔다. 화마는 어느새 우리를 삼켜버릴 듯이 커졌다. 뒤늦게 도망치려고 발버둥쳤지만 도망칠 곳이 없었다. 철거 예정이던 허약한 건물은 거센 불길에 급속도로 무너져내렸다. 점점 숨쉬기도 힘들어졌다. 살려달라고 외쳤지만 그곳은 철거 예정 지구라 근처에 아무도 없었다. 우린 결국 탈출을 포기하고 건물 한쪽 구석에 처박혀 있었다. 지태와 연아, 나는 겁이 나 죽을 것 같은 마음을 서로의 손을 잡으며 달랬다. 그렇게 우린 서서히 죽어가고 있었다.

얼마나 지났을까. 죽었는지 살았는지도 알 수 없는 애매한 그때, 불길 사이로 흐릿하게 누군가의 모습이 보였다. 점점 의식을 잃어가는 나의 두 눈에 엄마가 보였다. 엄마는 무너지는 건물과 불길에도 아랑곳하지 않고 우리를 보자마자 달려와 꼭 끌어안았다. 귓가에 엄마의 목소리가 들려왔다.

"괜찮아. 이제 다 괜찮아."

그 뒤 나는 의식을 잃었다. 깨어나보니 병원이었다. 나중에 화재 현장에서 우릴 구한 건 엄마가 아니라 소방관이라는 말을 들었다. 엄마는 바깥에 있었고, 소방관이 불길을 뚫고 들어와 우릴 구했다고 했다. 하지만 그건 분명히 엄마였다. 지태와 연아도 엄마였다고 말했다. 하지만 누구도 우리 말을 믿지 않았다. 엄마조차도 그건 엄마가 아니라고 했다. 엄마는 우리가 살아 돌아와서 다행이라며 연신 눈물을 흘리기만 했다. 그러나 우리는 지금도 그건 엄마였다고 믿고 있다. 엄마가 우릴 구했다.

그 이후 엄마와 우리 셋의 관계는 변하기 시작했다. 조금씩, 천천히 엄마는 진짜 우리 엄마가 되어갔다. 나에게 육상을 권한 것도 엄마였다. 연아가 인터넷 방송 VJ를 하게 된 것도, 지태가 창던지기를 하게 된 것도 모두 엄마 덕분이었다. 갈수록 싸우는 날보다 웃는 날이 많아졌다. 어느새 우리 셋은 언제 어떤 상황에 서건 엄마에게 의지하게 됐다. 엄마와 함께 있으면 이 빌어먹을 세상도 살아갈 만하다고 느껴졌다. 우리 셋, 그리고 엄마. 그거면 충분했다.

그런 나의 엄마가, 지금, 우리에게, 무서워, 라고 말했다.

열 살, 불길에 휩싸여 겁에 질렸던 우리들처럼, 엄마가 무서움에 떨고 있었다.

더욱 안타까운 건, 그런 엄마에게 '괜찮아'라고 말해주지 못한 것. 통화 음질이 나쁘기도 했고 너무 순식간에 그 순간이 지나가 버리고 말았지만, 나는, 우리는, 엄마에게 말해줬어야 했다. 괜찮다고. 우리가 엄마를 구해줄 거라고. 엄마가 늘 우리에게 그랬던 것처럼.

우린 지하 터널을 따라 노량진역으로 가기로 결심했다. 고속터미널역으로 나가서 엄마의 구조 여부를 확인할 필요도 없었다. 우리가 직접 지하 터널을 따라 노량진역으로 가 엄마를 구출해야 한다.

　우린 지하철 노선도를 찾아봤다. 화니의 말에 의하면 노숙자 마을에서 9호선 통로로 나가면 사평역과 신논현역 사이로 나갈 수 있다. 그럼 걸어서 고속터미널역으로 가 화니와 기찬이를 내보내고 우린 더 걸어가 신반포역, 구반포역, 동작역, 흑석역, 노들역을 지나 노량진역으로 가면 된다. 그곳에서 엄마를 찾은 후 함께 고속터미널역으로 다시 돌아와 지상으로 나가면 된다. 서두르면 그리 오랜 시간이 걸리지 않아도 이동할 수 있는 거리였다.

　"난 여기 있을 거다. 잘 가라."

　우리가 회의를 끝내고 나갈 채비를 하는데, 기찬이가 나지막하게 말했다.

　지태가 이해할 수 없다는 듯 물었다.

　"밖으로 안 나갈 거야? 여기서 뭐 어쩌려고?"

　"군인들 올 때까지 기다릴 거야. 너희들이나 여기서 나가. 나가서 괴물들 만나면…… 씨발, 언젠가 내가 주댕이랑 헐크 복수하러 간다고 전해라."

　나는 기찬이를 쳐다봤다. 이 마당에도 허세나 부리고 있다니.

　"후회 안 하겠냐? 그냥 우리랑 같이 나가지?"

　지태가 다시 물었다.

　"됐다. 난 괴물들 다시 안 만나고 싶다. 너희들은 빨리 내 눈앞에서 사라져."

기찬이가 대답했다.

그래, 더 이상 저 자식은 신경 쓰지 말자. 원래 친한 사이도 아니고, 여기서 나가면 그만이다. 우린 기찬이를 놔두고 이곳에서 나가기로 했다. 나뿐만 아니라 다들 더 이상 기찬이에게 신경 쓰기 싫은 눈치였다.

나, 연아, 지태, 화니는 마을 한쪽 벽면에 있는 9호선 통로로 향했다. 기찬이는 여전히 홀로 의자에 앉아 있었다.

"야, 단 존슨."

기찬이가 나를 불러 세웠다. 끝까지 나를 도발하는구나. 나는 멈춰 서서 기찬이를 돌아봤다. 기찬이가 나지막이 말했다.

"엄마……, 살아 있길 빈다. 몸 잘 챙겨라."

기찬이는 나에게 그렇게 말하곤 괜히 딴 짓을 했다. 나는 기찬이를 쳐다봤다.

아…… 저 새끼는 그냥 신경 안 쓰는 게 답인데……. 신경 쓰지 말아야 하는데……. 마지막으로 한마디만 해줄까. 마지막으로 한마디만.

"너 괴물들 보고 쫄았지?"

"뭐라고?"

내 질문에 기찬이가 발끈했다.

"그렇잖아. 아깐 나한테 구조대 절대 안 온다고 하더니 괴물들 보고 나니까 생각이 달라졌냐? 지금은 가만히 앉아서 구조해주길 기다리겠다고 하게? 주댕이랑 헐크 죽는 거 보고 쫄았지?"

"이 새끼가! 죽고 싶냐?"

기찬이의 눈이 희번덕였다.

"단아, 됐어. 저 새낀 그냥 두고 나가면 되잖아. 왜 그래?"

지태가 나를 말렸다. 연아와 화니도 그냥 가자는 듯 나를 쳐다봤다. 하지만 나는 멈추지 않았다.

"너 아까 신분당선으로 넘어가는 개구멍 폭파된 거 봤냐?"

기찬이가 아무런 대답도 하지 않고 나를 노려보았다. 나는 그냥 무시하고 계속 말했다.

"군인들 말이야. 괴물들 죽이는데 정신 팔려서 사람들이 그렇게 살겠다고 덤벼들던 개구멍도 폭파시켰어. 맞아. 일단 괴물들을 죽이는 게 우선이겠지. 누가 봐도 죽여야 할 것처럼 생겼잖아. 그렇지만 말이다. 아무리 그래도 사람들이 그렇게 달려드는데 무차별적으로 다 폭파시켜버리는 건 좀 아니지 않냐? 우리들을 지켜줄 의사가 없다고 봐야 하는 거 아니냐고? 난 아까 거기서 도망치면서 그런 생각이 들더라."

기찬이는 아무런 대꾸도 하지 않았다. 아니, 하지 못했다.

"좀 전에 119 구조대원도 통화하면서 되게 돌려 말하긴 했지만 결론은 딱 이거잖아. 나 너희들 못 구해준다. 미안하다. 진짜 졸라 미안한데, 너희들이 알아서 해야 된다. 어쩔 수 없다."

말하면서 내 목소리는 점점 떨리기 시작했다. 연아, 지태, 화니도 내 이야길 들으면서 점점 숙연한 얼굴이 되어갔다.

"우리 엄마가 노량진역에 갇혀 있는데 그거 어떻게 안 되냐, 제발 좀 도와달라고 그렇게 부탁해도 결론은 이거 하나잖아. 미안하다. 진짜 졸라 미안하다! 내가 해줄 수 있는 게 아무것도 없다! 너희들이 알아서 해라!"

나는 말하면서 점점 감정이 북받쳐서 잠시 숨을 내쉬었다. 곧 흥분을 가라앉히고 다시 말했다.

"그런데도 너는 여기 있겠다고? 그래, 여기서 언제까지 있을 건데? 1년? 2년? 3년? 너 예전에 고등학생들이 탄 배 가라앉고 3년 뒤에 인양된 거 기억하지? 배 한 척 가라앉고 그거 육지로 가져오는데 3년이나 걸렸어. 그 안에서 빠져 나오지 못한 고등학생들은 3년 동안 시체가 돼서 바다에 있었다고. 너 여기 있으면 언제 발견될까? 그때까지 잘 버틸 수 있겠어?"

기찬이가 나를 노려봤다. 원망과 분노가 섞인 눈빛이었다.

"내가 한마디만 해줄게."

다들 나를 쳐다봤다. 나는 마지막으로 말했다.

"아무도 우리 안 구해줘. 살려면 우리들끼리 여기서 나가야 돼. 주댕이랑 헐크는 죽었지만, 산 사람은 어떻게든 살아야 된다고."

공기가 무겁게 가라앉았다. 정적이 흘렀다. 잠시 후 연아가 나서서 기찬이에게 물었다.

"마지막으로 물을게. 우리랑 같이 나갈 거야, 여기 있을 거야?"

기찬이는 섣불리 대답하지 못하고 머뭇거렸다.

"여기서 나가도 너한테 노량진역까지 같이 가자고 안 해. 넌 고속터미널역에서 화니 데리고 나가면 돼. 화니도 보호자가 필요하니까."

연아가 이어서 말했다. 자존심이 강한 기찬이를 설득하기 위해 화니의 보호자라는 역할을 준 것이다. 그러자 화니가 연아를 쳐다봤다. 헤어지기 싫다는 눈빛이리라.

"그렇게 해, 화니야. 우리랑 여기서 나가서 고속터미널역까지만 같이 갔다가 기찬이 오빠 따라서 밖으로 나가. 저래 보여도 화니를 잘 지켜줄 거야. 언니는 노량진역에 가서 엄마 데리고 온 뒤 나갈게. 우리 밖에 나가서 다시 만나자."

연아의 말에 화니가 고개를 끄덕였다. 그제야 기찬이가 입을 열었다.

"알았어. 그렇게 해, 그럼."

마지못해 우리와 함께 나가주겠다는 듯한 말투였다. 저게 저 녀석의 마지막 자존심이겠지.

"아, 새끼. 계속 우리랑 같이 갈 거면서 떠본 거야? 왜 그러냐?"

지태가 농담조로 말하면서 기찬이에게 미소를 지어 보였다.

"조용히 해. 너희들 때문에 나가는 거 아냐. 쟤 때문에 같이 나가주는 거야."

기찬이가 화니를 가리키며 말했다.

"난 괜찮은데, 진짜로."

화니가 장난스레 대답했다.

기찬이가 화니를 한 대 쥐어박고 싶다는 듯이 노려봤다. 하지만 화니는 전혀 위축되지 않고 기찬이를 노려봤다. 그걸 보는 나와 지태, 연아는 쿡, 웃음이 나왔다.

"빨리 와. 나가게."

내가 기찬이에게 말했다. 기찬이가 의자에서 일어나 9호선 통로가 있는 쪽으로 왔다.

"여기로 기어서 올라가면 9호선 터널이 나올 거야."

화니가 통로를 가리키며 설명해줬다. 나는 통로를 들여다봤다. 환풍구로 좁고 긴 통로가 보였다. 완만한 오르막이었다. 확실히 내가 들어가기엔 비좁을 것 같긴 했다.

"얼마나 기어가야 돼?"

내가 물었다.

"음, 대충 10분쯤? 매일 다니는 길이라서 정확히는 잘 모르겠어. 조금만 가면 돼."

화니는 별거 아니라는 듯 말했다.

"그럼 들어가기 전에 몸 좀 풀고 가자."

나는 육상 훈련을 시작하기 전처럼 몸을 풀기 시작했다. 지태도 마찬가지였다. 운동선수의 고질병이랄까, 한번 몸을 풀면 쓸데없이 제대로 몸을 풀게 된다. 연아도 우리를 보면서 따라했다. 기찬이는 우릴 보며 뭘 그렇게까지 해야 하나 싶은 얼굴을 했지만, 슬슬 몸을 풀었다. 화니는 몸을 푸는 우리들을 물끄러미 보다가, 피식 웃음을 터트렸다. 우린 화니를 쳐다봤다.

"화니 너, 방금 우리 비웃었지?"

내가 화니에게 물었다. 화니는 대답 없이 키득키득 웃었다. 이 녀석이…….

"우리가 몸까지 푸는 게 우스운 거구나. 넌 그냥 매일 다니는 통로인데, 그렇지?"

연아가 다정하게 화니에게 물었다. 화니가 웃으면서 고개를 끄덕였다. 치아를 드러내고 환하게 웃는 모습이 개구진 아이 같았다. 여태 우리에게 보여준 어른스러운 모습 뒤에 감춰진 화니의 진짜 얼굴이었다.
 "우리 운동선수야, 인마. 이런 거 할 때 제대로 몸 안 풀어주면 큰일 난다. 알겠냐?"
 지태가 괜히 거들먹거리며 화니에게 말했다. 하지만 화니는 뭐가 그리 웃긴지 계속 키득키득 웃기만 했다. 나는 문득 아까 화니가 나를 TV에서 봤다고 말했던 걸 떠올렸다. 내 어떤 모습을 본 걸까? 노숙자들은 스마트폰이 없으니까 내 도핑 스캔들에 대해 잘 모르지 않을까? 그렇다면 나는 아직 영웅일 수도 있는데. 나는 혹시나 기대하며 화니에게 물었다.
 "화니야, 너 나 TV에서 언제 봤어?"
 "오빠 유명한 영상 있잖아. 트랙에서 끌려 내려가는 거. 그거 몇 번이나 봤어. 서울역 TV에 자주 나왔거든."
 젠장. 혹시나 했는데.
 기찬이, 연아, 지태가 동시에 웃음을 터뜨렸다. 우린 잠시나마 이렇게 웃음이란 걸 가져본다.

15

같은 시각
청와대—조계사

현국은 청와대를 나와 경복궁을 지나갔다. 조금만 더 가면 조계사가 나온다. 장 박사가 종종 들러서 마음의 안정을 찾곤 하던 사찰이다. 현국이 9년 전 장 박사를 처음 만난 곳도 바로 조계사다.

조계사로 가는 거리는 엉망진창이었다. 사람들은 저마다 짐을 챙겨 거리로 나왔고, 인도와 도로 곳곳에서 군인과 경찰들이 사람들을 대피소로 안내하고 있었다. 도로에는 아직도 자동차가 잔뜩 늘어서 있어서 주차장처럼 보였다. 서울 전체가 대피소가 된 듯, 거리는 사람들로 꽉 차 있었다. 현국은 신분증을 보이며 경찰들에게 협조를 구해 겨우 조계사에 도착할 수 있었다.

현국이 홀로 절의 일주문을 지나 안으로 들어가자 달빛을 받은 진신사리 탑과 극락전, 대웅전 등이 있는 마당이 펼쳐졌다. 모든 게 엉망이 되어버린 상황에서도 밤의 절은 고요했다. 스님들도 모두 대피한 건지 인기척이 없었다. 절에 은은하게 퍼져 있는 특유의 향 냄새가 조금 전까지 이곳에 스님들이 있었음을 말해주었다. 목발을 짚고 계속 걸어온 터라 피곤해진 현국은 대웅전 앞 계단에 앉아 잠시 쉬려고 하다가, 법당에 촛불을 켜놓은 채 홀로 기도하고 있는 스님을 발견했다.

'아, 아직 스님이 계셨구나.'

현국은 커다란 불상 앞에 미동도 없이 앉아 있는 스님의 뒷모습을 바라봤다. 시간이 정지한 듯한 풍경에 현국은 자기도 모르게 마음이 평온해지는 것을 느꼈다. 동시에 이 세계의 큰 존재 앞에서 무한히 작아지는 자신을 느꼈다. 서울이 아무리 엉망진창이 되어도 이곳만큼은 무사하리라.

"기현국 씨."

누군가가 법당을 바라보고 있는 현국을 불렀다. 현국은 소리가 난 쪽을 뒤돌아봤다. 검은 양복을 입은 건장한 사내가 서 있었다.

"괜찮으시면 잠시 산책이나 하시죠."

법당 안의 스님을 의식한 듯, 사내가 조용히 말했다. 현국은 목발 짚고 있는 거 안 보이냐고 말하고 싶었지만 절 안의 마당을 함께 걷자는 정도인 것 같아 잠자코 사내의 곁으로 갔다.

"전화하신 분입니까?"

현국이 물었다. 사내는 아무 대답 없이 스님이 있는 대웅전에서 떨어져 마당을 천천히 거닐었다. 현국은 무언의 긍정이라 받아들였다. 현국은 목발을 짚으며 사내를 따랐다.

"바쁘실 테니 바로 용건을 말씀 드리겠습니다. 장 박사님께서 이걸 전해주라고 하셨습니다."

사내가 천천히 걸으면서 알약처럼 생긴 자그마한 캡슐을 현국에게 건넸다. 현국이 캡슐을 받고는 이해 가지 않는다는 얼굴로 물었다.

"3년 전에 돌아가신 분이 지금 와서 이걸 저한테 전해주라고 하셨다고요?"

"장 박사님은 이런 일이 일어날 걸 알고 계셨습니다. 그때가 되면 당신에게 전해주라고 하셨습니다."

현국이 의아한 얼굴로 사내를 쳐다봤다. 사내가 하는 말은 처음부터 끝까지 모호하기 그지없었다.

"잠깐만. 설명이 좀 필요할 것 같은데요. 장 박사님은 이런 일이 일어날 걸 알고 계셨다고요? 그게 무슨 말입니까? 무슨 일이 일어날 걸 알고 계셨다는 거죠?"

현국이 사내에게 따지듯 물었다. 사내는 덤덤하게 현국의 물음에 대답했다.

"장 박사님은 서울의 지하가 쑥대밭이 될 것을 알고 계셨습니다."

사내의 대답을 듣자 현국의 미간에 주름이 잡혔다. 기분이 언짢을 때 나오는 현국의 버릇이다. 현국은 도무지 이해되지 않는다는 얼굴로 다시 사내에게 물었다.

"그걸 대체 어떻게 아셨다는 말입니까? 이해할 수 있게 설명 좀 해주시죠."

현국은 혹시 장 박사가 죽기 전 이 테러를 계획한 건가 생각했다. 하지만 곧바로 그건 아닐 거라고 결론을 내렸다. 장 박사에겐 그럴 이유가 전혀 없다. 그는 노아 프로젝트의 연구원으로 지내는 삶에 매우 만족했다.

"그건 저도 모릅니다. 다만 그 캡슐 안에 들어 있는 쪽지가 현국 씨에게 필요할 거라고 하셨습니다."

사내의 말에 현국이 캡슐을 열어봤다. 돌돌 말린 작은 쪽지가 나왔다. 쪽지를 쭉 펼치자 다음과 같이 적혀 있었다.

pw
ph32_486-2238_40
maze
3-7-15-21-1-3-16-2-19-3-5-9-10-13-11-5-6-13-20-4-8

현국은 쪽지 내용이 이해되지 않아 사내에게 물었다.

"이게 뭡니까?"

"전 그걸 전해주라는 지시만 받았기 때문에 내용에 대해선 모릅니다. 하지만 당신에게 그게 꼭 필요한 순간이 올 거라고 하셨습니다. 그럼 전 이만."

사내가 갑작스레 현국에게 목례를 했다. 그러곤 돌아서서 절을 나가려고 했다. 현국은 화가 났다. 알 수 없는 소리만 하고 사라지는 저 인간은 대체 뭐란 말인가?

"잠시만요."

사내가 멈춰 서서 현국을 돌아봤다. 현국이 이어서 말했다.

"당신은 누굽니까?"

현국의 목소리엔 가시가 돋아 있었다. 사내의 불친절을 견디기 힘들었다. 조금 전 국정원장과의 실랑이로 예민해진 탓이기도 했다. 사내는 현국을 물끄러미 바라봤다. 현국은 그런 사내의 얼굴을 보며 어딘가 묘하게 한국인이 아닌 것 같다는 인상을 받았다. 현국은 사내에게 불만을 터트렸다.

"이 쪽지가 뭐든 간에 최소한 당신이 누군지는 알아야 내가 뭘 판단할 수 있지 않겠습니까? 아무리 급박한 상황이라도 이건 너무 일방적이잖아요."

사내는 현국의 말에 잠시 고민하더니 대답했다.

"만약 장 박사님이 옳다면 우린 다시 만나게 될 겁니다. 그때 제 이름을 알려드리겠습니다. 하지만 장 박사님이 틀렸다면, 아마 우린 다시 만나게 될 일도, 서로에 대해 알아야 할 필요도 없을 겁니다. 우린 다 이 세상 사람이 아닐 테니까요. 죄송하지만 제가 드릴 수 있는 이야기는 여기까지입니다."

사내는 뒤도 돌아보지 않고 자리를 떴다. 현국이 사내를 불렀지만 그는 조계사를 빠져 나가 사람들의 대피 행렬 속으로 사라져버렸다. 현국은 망연히 그가 사라지는 걸 지켜볼 수밖에 없었다. 현국의 손에는 장 박사가 전해주라고 했다는 쪽지만 덩그러니 남아 있었다.

테러 발생 5시간 25분 경과
서울 지하 어딘가: 노숙자 마을

우리는 몸을 다 푼 뒤에 가위 바위 보를 했다. 9호선 통로에 들어가는 순서를 정하기 위해서였다. 진 순서대로 들어가기로 해 지태, 기찬이, 나, 화니, 연아 순으로 들어가게 됐다. 우린 순서대로 9호선 터널로 이어지는 환기구 통로로 들어갔다.

완만한 오르막인 환기구 통로는 사각형 모양이었다. 우린 모두 포복 자세로 엉금엉금 기어서 환기구를 올라갔는데, 화니의 설명대로 덩치가 큰 나에겐 매우 좁았다. 어깨가 통로에 꽉 끼는 것 같았다. 그건 지태도 마찬가지였다. 지태는 투척 선수의 특성상 상체 근육이 나보다 잘 발달해 있었다.

"야, 하지태! 빨리 좀 가라! 자꾸 네 발에 부딪히잖아!"

두 번째 위치인 기찬이가 제일 앞에 가는 지태의 발에 부딪히는지 재촉했다.

"보채지 좀 마! 난 나만의 속도로 가고 싶다고."

지태가 농담으로 응수했다. 이에 기찬이가 어이없다는 듯 대꾸했다.

"지랄을 해라. 괴물 만났을 땐 제일 먼저 도망쳤으면서."

"뭐, 이 새끼가. 내가 제대로 뛰면 단이보다 빠르거든!"

"야, 조용히 좀 해! 시끄러워! 여기 좁아서 소리가 울린단 말이야!"

내가 둘에게 핀잔을 줬다. 이 통로는 너무 좁아서 떠들면 소리가 울려 머리가 아팠다.

"자기 얘기 나오니까 조용히 하라는 거 봐라! 너 약 안 빨면 나보다 느린 거 아냐?"

기찬이가 또 나를 도발했다. 나는 내 바로 앞에 가는 기찬이의 신발을 벗겨서 엉덩이를 향해 집어 던졌다.

"이 미친놈아! 신발을 왜 벗겨! 이런 신발끈…… 어?"

기찬이가 내게 욕하다가 갑자기 멈췄다. 그러곤 숨이 넘어갈 것처럼 소리쳤다.

"으아아아! 저리 가! 으아아!"

기찬이가 좁은 환기구 통로에 쿵쾅쿵쾅 몸을 부딪치며 난리를 쳤다. 뭔가 나타났다!

"왜 그래? 뭐야, 뭐?"

"왜 그래, 인마!"

"뭐야? 왜!"

지태, 나, 연아 모두 무슨 상황인지 몰라 각자 자기 자리에서 소리만 쳤다. 공간이 너무 좁아 몸을 굽히거나 돌릴 수도 없는 상황이어서 고개만 빼 기찬이를 쳐다봤다. 대체 뭐가 나타난 거지?

"지네, 지네! 아, 전갈인가? 이거 뭐야! 으어어! 저리 가!"

"뭐? 전갈? 여기 전갈이 왜 있어! 그거 독 있는 거 아냐?"

제일 앞의 지태가 소리치면서 빛의 속도로 기어갔다. 일단 도망치려는 거다.

나도 놀라서 기찬이에게 소리쳤다.

"진짜 전갈이야? 괴물들 때문에 나왔나? 빨리 잡아!"

"씨발, 이걸 어떻게 잡아! 나 벌레 싫어한다고!"

좁은 환기구 통로를 무너뜨릴 듯 기찬이가 계속 쿵쾅대는데, 그때 내 몸을 타고 뭔가가 올라왔다.

"으아아아아!"

이번엔 내가 비명을 지르며 쿵쾅거렸다. 내 몸을 타고 올라온 건 화니였다. 몸집이 작은 화니가 좁은 통로 속에서도 어떻게든 공간을 만들어 나를 지나 기찬이에게로 다가갔다. 기찬이는 자신의 몸을 타고 화니가 나타나자 또 비명을 질렀지만, 화니가 기찬이의 벗겨진 신발을 들더니 탕탕 내리쳐 전갈을 잡자 조용해졌다.

"이거 풍뎅이야. 여기서 가끔 나와. 전갈 그런 건 우리나라에 없잖아?"

화니가 대수롭지 않다는 듯 말했다. 조금 전까지 소리 지르며 난리쳤던 기찬이는 머쓱해했다. 나도 마찬가지였다. 전갈에게 물릴까 싶어 빛의 속도로 기어서 도망친 지태도 마찬가지였다.

전갈이 아니라 고작 풍뎅이였다니.

"잘들 한다. 덩치는 산만한 애들이."

연아가 한마디 던지자 우린 더 무안해졌다. 화니가 죽은 풍뎅이를 들어 보이자 기찬이는 또 흠칫하면서 통로에 쿵 부딪혔다. 화니가 키득키득 웃었다.

"내가 여기 두 번째 자리에서 갈게. 또 벌레 나오면 내가 잡아 줄게."

화니가 말했다. 솔직히 말하면, 듬직했다.

우리는 몇 분을 더 기어가 통로 끝에 도달했다. 제일 앞의 지태가 먼저 통로를 나가고, 화니, 기찬이, 나, 연아 순서대로 통로를 나왔다. 9호선 터널 바닥이 우릴 맞이했다. 우리는 나오자마자 바닥에 널브러져 뻐근한 몸을 풀었다. 통로 안에서 난리를 쳐서 그런지 다들 얼굴이 거뭇거뭇했다. 우리는 서로를 보면서 킬킬 웃었다. 그런데 갑자기 그림자들이 나타나 우리를 뒤덮었다. 놀라서 뒤를 돌아보려고 하는데, 그들은 순식간에 우리를 빙 둘러싸며 포위했다.

"고개 숙여! 쳐다보면 쏜다!"

철컥. 철컥. 철컥. 총소리가 나며 머리에 총구가 닿았다. 나는 깜짝 놀라 고개를 숙였다. 우리 모두에게 총을 겨눈 듯했다. 나는 고개를 숙인 채 총을 겨눈 이들의 다리를 봤다. 군복이 보였다. 이들은 군인이다. 나에게 총을 겨눈 군인이 무전기로 어딘가에 보고를 했다.

"민간인 다섯 명 발견. 10대 학생들이다. 아직 변이 과정이 없는 것으로 보아 감염되지 않은 것으로 추정된다. 사살 여부 확인 바람."

사살! 우리를 쏜다는 말인가? 놀라서 고개를 들어 무전기를 든 군인을 보려는데 탕! 소리가 났다. 나는 놀라서 다시 고개를 숙였다. 무전기를 든 군인이 총구로 내 머리를 찍어 눌렀다.

"두 번째는 없다. 쳐다보면 즉시 쏜다. 절대 고개 들지 마라!"

나는 무의식적으로라도 고개를 들지 않기 위해 신경을 썼다. 실제 상황이었다. 함부로 고개를 들었다간 총 맞아 죽을 수도 있다!

"검역소로 이송해라. 다만 변이 징후가 조금이라도 보이면 바로 사살할 것. 이상."

무전기에서 답신이 왔다. 군인이 알겠다고 대답했다. 순식간에 우리는 영문도 모른 채 사살 대상이 되었다가 풀려났다. 맙소사, 한 인간의 생사를 저렇게 쉽게 결정하다니. 군인은 여전히 나에게 총구를 겨눈 채 질문했다.

"너희들, 지금 어디서 나온 거야? 고개 숙이고 대답해."

예상치 못한 질문이었다. 나는 머리를 굴렸다. 뭐라고 대답해야 되나. 노숙자 마을이라고 할 순 없는데…….

"환풍구요. 괴물들 피해서 환풍구에 숨어 있다가 나왔어요."

옆에 있던 연아가 대신 대답했다.

휴, 나는 가슴을 쓸어내렸다.

"확인해봐."

내 뒤에 있는 군인이 명령했다. 다른 군인이 우리가 나온 쪽문을 확인했다. 문이 끼익 열렸다 닫히는 소리가 났다.

"환풍구 맞는 것 같습니다. 배수구 같기도 하고요."

확인한 군인이 보고했다. 내 뒤의 군인이 또 질문했다.

"너희 말고 또 숨은 사람 있어?"

"아뇨. 없어요."

이번엔 내가 대답했다. 그러자 군인이 총구를 뒤통수에 더 세게 누르며 또 명령했다.

"일어나. 양손 들고 고개는 계속 숙여. 고개 들면 바로 쏜다!"

나는 고개를 숙인 채 일어났다. 시키는 대로 양손을 들었다. 슬쩍 눈동자를 굴려 다른 아이들의 다리를 보니 모두 일어나 있었다. 아마 모두 나처럼 머리에 총구가 겨눠져 있을 것이다.

"걸어. 고개 들지 말고 바닥만 보고 걸어라. 고개가 조금이라도 들리면 바로 쏜다."

말끝마다 쏜다고 협박하는 게 거슬렸다. 마음 같아서 무섭게 한 번 쏘아보고 싶었지만 협박이 현실이 될까 봐 그러진 못했다. 나는 일단 군인이 시키는 대로 고개를 숙인 채 걸어갔다. 그런데 우린 이제 어디로 가는 거지?

테러 발생 5시간 51분 경과
9호선 지하 터널

우리는 군인이 시키는 대로 바닥만 보면서 넘어지지 않게 조심해서 걸었다. 9호선 터널은 바닥에 자갈이 없어서 걷기가 훨씬 편했다. 굵은 철심으로 이뤄진 선로와 선로를 받치는 주춧돌 같은 것만 제외하면 콘크리트 평지에 가까웠다. 2호선 터널에 비해 확실히 최근에 만든 것 같은 느낌이 들었다. 침묵에 빠진 9호선 터널은 발소리로 가득 찼다. 발소리 외에 유일한 소리는 무전기에서 들려오는 치지직 하는 소리뿐이었다. 들려오는 발소리의 수로 봐선 지금 우리와 함께 걷는 사람이 상당히 많은 것 같았다.

 나는 조심스레 눈동자를 굴려 주위를 확인했다. 바로 왼쪽으로 교복 바지를 입고 있는 지태와 기찬이의 다리가 보이고, 그 옆으론 교복 치마를 입고 있는 연아의 다리가 보였다. 그 옆으론 너덜너덜한 옷차림의 화니가 보였다. 오른쪽으론 민간인인 것 같은 몇몇 사람의 다리가 보였다. 그들 바로 뒤에 군복을 입은 사람이 함께 걸어가고 있는 것으로 봐선 저들도 머리에 총구가 겨눠져 있는 것 같았다. 들려오는 발소리는 내 시야에 들어오는 사람보다 훨씬 많은데 고개를 들 수 없으니 정확히 확인할 수 없었다. 답답했다. 지금 얼마나 많은 사람들이 함께 가고 있는 걸까? 우린 지금 어디쯤 걷고 있는 걸까? 우린 어디로 가는 걸까? 답답한 나는 총을 겨누고 있는 군인에게 말을 걸었다.

"혹시 저희처럼 가고 있는 사람 많이 있어요?"

"조용히 해라."

"저희 지금 고속터미널역으로 가는 건가요?"

"조용히 하라고 했다."

"저기 진짜 궁금해서 그러는데, 그럼 지금 어디쯤인지만 알려주시면 안 돼요?"

내 뒤의 군인이 한숨을 내쉬는 소리가 들려왔다.

"사평역 다 와 간다."

좋아. 현재 위치는 파악됐다. 화니 말대로 우린 환기구 통로를 통해 사평역과 신논현역 사이로 나온 게 맞았다. 나는 한 번 더 군인에게 우리들의 행선지를 확인하기로 했다.

"저희, 고속터미널역으로 가는 거 맞죠?"

"죽고 싶나? 조용히 하라는 말 안 들려!"

"죄송해요. 지금 너무 무서워서요. 딱 그거 하나만 더 알려주시면 안 돼요? 지금 고속터미널역으로 가서 지상으로 나가는 거 맞죠?"

"그래, 맞으니까 입 다물고 걸어라."

나는 군인들이 시키는 대로 조용히 걸으면서 생각에 잠겼다. 이대로 고속터미널역에서 지상으로 나가면 다신 지하 터널로 못 들어올 텐데……. 그럼 엄마를 구하지 못하잖아. 절대 안 된다. 그전에 어떻게든 노량진역으로 빠져 나가야 된다.

그런데 뭐라고 말해야 고속터미널역에서 지상으로 안 나가고 노량진역으로 빠질 수 있을까? 그냥 솔직히 말할까? 엄마 구하러 노량진역에 가야 한다고? 그럼 순순히 노량진역으로 보내줄까? 아니면 같이 가주면 안 되냐고 설득해볼까? 그럼 같이 가주려나? 제길, 모르겠다. 괜히 그렇게 말했다가 관심만 더 끌면 운신의 폭이 좁아진다. 말 한마디 한마디를 조심해야 한다.

아! 아까 우리의 사살 여부를 물어봤을 때 무전기를 통해 들은 답신이 떠올랐다. 우리를 '검역소'로 보내라고 했는데……. 검역소, 검역소.

"저, 근데 검역소는 뭐하는 곳이에요?"

내가 던지려던 질문이지만, 질문한 건 내가 아니라 연아였다. 연아도 나와 같은 생각을 한 거다.

"조용히 해. 너희들은 알 거 없어."

연아 뒤에 있는 군인이 대답했다. 한결같이 답답한 자식들.

"그게 아니라…… 저희 아무도 감염 안 됐거든요……. 그냥 무서워서……."

어라? 연아가 연약한 여고생인 척했다. 어려 보이는 외모 때문에 어딜 가나 절대 약해 보이지 않으려고 기를 쓰는 연아인데,

지금은 기를 쓰고 약해 보이려고 했다.

"감염 여부는 너희들이 판단할 수 있는 게 아냐."

"저희 환풍구에 숨어서 아예 나오지도 않았거든요……. 당연히 그 괴물들이랑 접촉할 일도 없었고요……."

"가서 간단한 검사만 받으면 된다. 겁먹을 필요 없어."

연아의 어리광이 효과가 있었는지 뒤에 있는 군인이 조금 누그러진 말투로 답해주었다.

"검역소가 고속터미널역에 있는 거죠……? 저희, 검역소 안 가면 안 돼요……? 네에……?"

웃음이 나올 뻔했다. 연아의 연약한 여고생 시늉이 화룡점정에 달했다. 상황이 절박하니 별 구경을 다하게 되는구나. 나는 연아 뒤에 있는 군인이 뭐라고 할지 기다리고 있는데, 갑자기 내 뒤에 있던 군인이 버럭 소리쳤다.

"어이, 너! 좋은 말로 할 때 입 다물고 가라. 그러다 검역소 가기도 전에 죽을 줄 알아."

이런 망할. 거의 다 넘어왔는데. 우린 감염되지도 않았는데 왜 검역소에 보내는 거냐고!

그러는 사이 우리는 사평역 승강장을 지났다. 승강장 바닥을 통해 사평역이 폐허가 된 모습을 확인할 수 있었다. 잔해 더미 아래 시체들도 여럿 보였다. 생각할수록 전대미문의 테러였다. 어떻게 이 많은 지하철역을 동시에 다 붕괴시킬 수 있단 말인가? 평범한 인간으로선 상상하기도 힘든 테러였다. 누가 이런 짓을 저지른 걸까? 괴물들이 했을 것 같진 않은데. 그놈들에게는 지능이 있어 보이진 않았다. 분명 이 모든 것을 계획한 누군가가 있을 것이다. 그 누군가가 괴물들을 이용하고 있는 것 아닐까? 생각이 여기까지 미치자 오소소 소름이 돋았다. 괴물들이 어떤 존재인지도 모르겠는데, 괴물들을 이용한 존재가 있을지도 모른다니.

아니, 아니다. 지금은 이런 생각을 할 때가 아니다. 어떻게 노량진역으로 빠져 나갈 건지 생각해야 된다. 조금만 더 가면 고속터미널역에 도착한다. 그대로 지상으로 올라가면 엄마를 못 구한다. 그전에 어떻게든 해야 한다. 나는 에라 모르겠단 심정으로 아무 말이나 내뱉었다.

"저, 진짜 마지막으로 하나만 물어볼 게 있는데요……. 진짜 마지막이에요……."

"이 새끼가."

내 뒤의 군인이 뒤통수에 총구를 대고 세게 눌렀다.

"진짜 마지막이에요. 진짜로요! 제발 하나만요!"

내가 절박하게 소리쳤다. 내 뒤의 군인이 한숨을 내쉬더니 대답했다.

"뭔데?"

좋아. 그냥 엄마에 대해 말해보자. 밑져야 본전이다.

"저 고속터미널역에 가서 검역소도 가고 시키는 대로 다 할테니까요, 저희랑 같이 노량진역에 잠시만 가주시면 안 돼요? 거기 저희 엄마가 있어서요."

군인이 잠시 뜸을 들이다가 대답했다.

"안 돼. 절대."

"제발 한 번만요. 엄마가 많이 다쳐서 빨리 안 구하면……."

탕!

총소리가 내 귀를 때렸다. 머리에 구멍이 뚫린 건 아닐까 싶어 정신이 아득해졌다. 다행히 내 머리통은 멀쩡했다. 뒤통수에 다시 차가운 총구가 닿는 게 느껴졌다.

"지금부터 고속터미널역까지 입 뻥끗하면 바로 사살한다. 마지막 경고다. 내가 못 할 거라고 생각하지 마라. 지금은 그래도 되는 전시 상황이다."

군인의 말투에 이번이 정말 마지막이라는 겁박이 담겨 있었다. 나는 입을 다물었다. 이제 아무 방법도 없다. 정말로 입을 잘못 놀렸다간 바로 죽을 수도 있다. 옆에서 걸어가는 연아도 더 이상 아무 말도 하지 못했다.

나는 고개를 숙인 채 눈동자를 굴리다가 터널 벽면 아래서 고속터미널역까지 400미터가량 남았다는 표지판을 발견했다. 제길, 400미터면 정말 금방인데. 제대로 달리면 1분 안에 도착할 수 있는 거리다. 어떻게든 여기서 빠져 나갈 방법을 빨리 찾아야 했다.

가만. 노량진역에 꼭 연아와 지태, 나, 세 명이 다 갈 필요는 없지 않나? 물론 셋이 함께 가면 좋지만, 정 안 되면 나만 다녀와도 되잖아. 조금 힘들긴 하겠지만 나 혼자서도 충분히 엄마를 데리고 올 수 있다. 그럼 이제 방법은 하나밖에 없다. 마음속으로 연아와 지태에게 나의 작전을 전달할 수밖에. 나 혼자 노량진역으로 달아날 수 있게 고속터미널역에 도착하면 군인들의 시선을 끌어달라고.

나는 눈동자를 최대한 굴렸다. 연아와 지태의 다리를 보면서 마음속으로 간절히 빌었다. 나 혼자 노량진역으로 갈 테니 너희들은 내가 달아날 수 있게 군인들의 시선을 끌어줘. 제발. 내가 금방 다녀올게. 알겠지? 간절히 빌고 빌고 빌게. 제발 내 말 좀 들어줘.

아! 돌아버리겠네. 이 마당에 아이들한테 텔레파시를 보내고 있는 꼴이라니. 하지만 나는 한 번 더 텔레파시를 보내기로 했다. 이번엔 눈동자를 굴려 화니와 기찬이의 다리를 봤다. 마음속으로 말했다. 너희들과 여기까지 함께 올 수 있어 다행이라고 생각해. 이젠 안녕. 난 노량진역으로 달아날게.

웅성거리는 소리가 커지면서 고속터미널역 승강장에 가까워진 게 느껴졌다. 유일하게 지상으로 탈출할 수 있는 역이라 그런지 소리만 들어도 사람들이 붐빈다는 걸 알 수 있었다. 심장 박동이 점점 빨라졌다. 이제 어떻게든 도망쳐야 한다. 지금 도망치지 않으면 지상으로 나가야 한다. 그럼 엄마와 영원히 못 볼 수도 있다. 제발, 제발 누구라도 잠시만 시선을 좀 끌어줘. 제발, 제발……!

"나타났다! 공격!"

앞쪽에서 소리가 들려왔다. 동시에 펑펑! 포탄 터지는 소리가 울렸다. 쐐애엑! 우리들의 머리 위로 포탄이 날아가는 소리가 들려왔다. 타타타탕! 총소리도 들렸다. 공격! 공격! 군인들의 다급한 외침이 이어졌다.

나는 깜짝 놀라서 머리를 감싸고 상체를 숙였다. 또 이건 무슨 상황이지?

그런데 내 뒤에 있던 군인의 다리가 보이지 않았다. 조심스레 뒤를 돌아봤다. 우리 뒤에서 괴물들이 몰려오고 있었다. 군인들은 모두 괴물들과의 전투 태세에 들어갔다. 총포탄이 비처럼 쏟아지면서 괴물들에게 날아갔다. 괴물들의 기괴한 비명이 들려왔다. 괴물들은 더욱 흥분해서 크게 포효하며 고속터미널역을 향해 몰려왔다. 괴물들의 숫자는 지금까지 본 것 중 가장 많았다. 몇백 마리는 될 것 같았다. 또 다시 전쟁 시작이다!

우리와 함께 끌려오던 사람들이 일제히 소리를 지르며 고속터미널역에 진을 치고 있는 군인들의 뒤로 숨기 위해 달리기 시작했다. 고속터미널역은 한강 이남 지역의 마지막 방어선인 만큼 꽤 견고하게 요새화되어 있었다. 무수한 총포탄이 순식간에 지하 터널에서 터졌고, 동시에 뿌연 화약 연기가 사람들의 시야를 가렸다. 사람들은 뿌연 연기 속에서 길 잃은 아이처럼 자기들끼리 부딪쳐 넘어졌다. 괴물을 조준하던 군인들이 사람들을 쏘아 죽이기도 했다.

"다들 허리 숙이고 내 뒤에 붙어!"

지태, 연아, 기찬이, 화니에게 소리쳤다. 그리고 뿌연 연기 속에서 최대한 몸을 숙이고 터널 벽 쪽으로 달렸다. 연기 속에서 방향을 잃고 우왕좌왕하는 사람들과 사방에서 부딪혔다. 나는 걸리적거리는 사람들을 밀쳐내고 터널 벽을 향해 달렸다. 이내 벽까지 달려온 나는 급하게 뒤를 돌아봤다. 바로 뒤에서 연아가 화니의 손을 꼭 잡고 오는 걸 확인하고는 뿌연 연기 속에서 상황을 살폈다. 괴물들이 고속터미널역으로 진격해왔다. 고속터미널역에서 요새를 지키던 군인들이 앞으로 튀어 나오면서 괴물들의 진격을 막으려고 했다. 머잖아 군인들과 괴물 군단이 만나서 육탄전을 벌일 것이다. 우리는 괴물과 군부대 사이에 끼어 있었다.

 다행스럽게도 강남역에서의 전투와 달리 군인들이 괴물들에게 밀리는 느낌은 들지 않았다. 군인들은 일사불란하게 대열을 바꿔가며 괴물들의 진격을 막아내고 있었다. 고속터미널역만큼은 사수하겠다는 군인들의 결기가 느껴졌다.

 우린 터널 벽에 붙은 채 고속터미널역 승강장으로 이동했다. 승강장엔 지상으로 올라갈 수 있는 탈출 계단이 열려 있었다. 사람들이 탈출 계단을 통해 허겁지겁 위로 올라가고 있었다. 바로 저기로 기찬이와 화니를 내보내고 나, 연아, 지태는 혼란한 틈을 타 군인들 몰래 노량진역으로 가면 된…….

 이상하다. 터널 벽 쪽에 붙어 있는 아이들을 살펴보는데, 지태, 연아, 화니……. 한 명이 없었다. 어느새 기찬이가 사라지고 없었다.

테러 발생 6시간 22분 경과
9호선 고속터미널역 부근

분명히 다 같이 터널 벽 쪽으로 이동한 것 같았는데, 지금 보니 기찬이만 없었다.

"기찬이 이 새끼, 어디 갔어!"

총포탄 소리가 시끄러워서 지태의 귀에 가까이 대고 물었다. 지태도 그제야 기찬이가 없어졌다는 걸 알아차렸다. 당연히 우리와 함께 이동한 줄 알았다. 연아와 화니도 기찬이가 사라졌다는 걸 깨닫고는 주위를 두리번거렸다. 하지만 어디에 있는지 찾을 수 없었다. 이곳은 뿌연 연기로 가득한 전쟁터였다. 사라진 누군가를 찾기엔 최악의 조건이다. 게다가 우리 바로 앞에선 서로를 향해 진격해오던 군부대와 괴물 군단이 만나 육탄전을 벌이고 있었다.

"잠시만 기다리고 있어! 내가 찾아올게!"

내가 지태에게 소리쳤다. 그러자 지태 역시 나에게 소리쳤다.

"미쳤냐? 여기서 어떻게 찾으려고!"

하지만 나는 지태의 말을 뒤로 하고 전쟁터 속으로 뛰어 들어갔다. 군인과 민간인, 괴물들이 뒤섞여 엉망진창이었다. 총탄이 비처럼 쏟아지는 가운데 나는 몸을 잔뜩 웅크리고 주위를 둘러봤다.

"한기찬! 기찬아! 어디 있냐! 한기찬!"

나는 터널을 돌아다니며 계속해서 기찬이의 이름을 외쳤다. 어디냐, 어디에 있는 거야, 한기찬……!

퍽! 누군가가 내 몸에 거세게 부딪히면서 함께 옆으로 넘어졌다. 바닥을 데굴데굴 뒹굴었다. 한참을 구르다 멈춰 서서 내가 서 있던 자리를 보니 어느새 날개 달린 괴물이 나타나 다른 사람을 죽이고 있었다. 나를 잡고 구른 사람은 지태였다. 괴물이 나를 향해 날아오는 걸 보고는 구해준 것이다. 나와 지태는 기어서 괴물로부터 떨어졌다. 이건 시작에 불과했다. 우리 주위로 날개 달린 괴물들이 우수수 떨어지기 시작했다. 귀를 찢을 듯 포효하며 군인이며 민간인 할 것 없이 마구잡이로 사람들을 죽였다.

나와 지태는 바닥에서 일어나지도 못하고 시체처럼 찰싹 엎드려 있었다. 군부대가 어서 괴물들을 몰아내주길 간절히 바랐다. 그때 엎드려 있던 내 몸 위로 뭔가가 덮쳤다. 깜짝 놀란 나는 고개만 돌려 내 몸을 덮친 뭔가를 봤다. 시체가 된 군인이 내 등 위를 덮고 있었다. 군인이 쥐고 있던 소총이 내 왼쪽으로 떨어졌다. 고개를 더 돌려 보니 내 다리 쪽에 거인 같은 괴물이 두 발로 서 있었다.

나는 숨을 죽였다. 미동도 하지 않고 시체인 척했다. 1초가 영원 같았다. 제발, 제발 괴물이 내 뒤에서 사라지길 기다렸다. 그때 내 앞에 나타난 군인이 내 뒤에 있는 괴물을 향해 총을 쐈다. 괴물은 그 군인에게 달려들어 집채만한 주먹으로 군인의 머리를 내리쳤다. 군인의 머리가 과자처럼 부서졌다. 머리 안에 있었을 오만 것들이 흘러내렸다. 몸이 굳었다. 뇌 회로가 뒤죽박죽이 됐는지 몸이 통제되지 않았다. 이가 딱딱 부딪혔다. 손이 미친 듯이 떨렸다. 나도 곧 저렇게 죽게 될까.

그때였다. 희미한 연기를 뚫고 내 앞에 넘어지는 사람이 보였다. 기찬이였다. 기찬이 위로 괴물이 올라탔다. 괴물이 기찬이의 머리를 물어뜯으려 하자 기찬이가 재빨리 몸을 옆으로 구부려 괴물의 이빨을 피했다. 그러자 괴물은 커다란 두 손을 들어 기찬이를 내리치려고 했다. 이번만큼은 피할 길이 없어 보였다. 나는 반사적으로 내 옆에 떨어진 총을 쥐고 일어났다. 여전히 몸은 내 통제를 벗어나 있었다. 내 이성과 상관없이 총구가 기찬이 위에 올라탄 괴물에게로 향했다. 나는 방아쇠를 당겼다.

두두두두두두두! 총이 연사되면서 거칠게 흔들리는 바람에 괴물의 몸에는 몇 발만 꽂히고 총구가 흔들리다가 벽과 천장으로 치켜 올라가버렸다. 나는 깜짝 놀라 총을 다시 꽉 잡고는 괴물을 향해 총구를 겨눴다. 그 순간, 괴물이 나를 타깃으로 바꿨다. 괴물은 포효하면서 내게 달려들었다. 안 돼! 순간 머릿속이 하얘지면서 황급히 방아쇠를 당겼다.

두두두두두! 미친 듯이 총이 흔들렸다. 나는 아래위로 요동치는 총을 손이 부서질 듯 힘을 주고 붙잡았다. 총구를 정확히 놈의 머리로 향했다. 나를 향해 달려오는 괴물의 머리에 총알이 박혀 들어갔다. 하지만 놈은 멈추지 않고 계속 달려왔다. 괴물과 나의 거리가 점점 가까워졌다. 으아아아아! 나도 모르게 소리를 질렀다. 머릿속이 하얘졌다. 내가 지금 뭘 하고 있는 거지? 나는 거의 무아지경에 빠져 총알이 다 떨어질 때까지 괴물의 머리를 계속 갈겼다.

"으아아아! 죽어! 제발 죽으라고!"

그때, 내 손에 들린 총이 진동을 멈췄다. 총알이 다 떨어진 것이다. 동시에 바로 내 앞까지 달려온 괴물의 너덜너덜해진 머리가 바닥으로 곤두박질치며 뒹굴었다. 쓰러진 괴물이 내 발 앞에서 멈췄다. 쓰러진 괴물의 머리에선 검붉은 액체와 건더기 같은 것들이 흘러내렸다.

100미터를 전력질주한 것처럼 숨이 거칠어졌다. 갑자기 불에 덴 것처럼 손이 뜨거웠다. 총을 떨어트렸다. 총에서 화약 연기가 피어오르고 있었다. 총의 몸통을 잡고 있던 내 손은 빨갛게 달아오른 채 덜덜덜 떨리고 있었다. 가슴이, 온몸이 진정되지 않았다. 괴물이 내 발밑에 죽어 있었다. 바닥에 넘어져 있는 기찬이가 나를 쳐다봤다. 나도 기찬이를 쳐다봤다. 아주 잠시 눈을 마주쳤다. 그 순간이 영원처럼 느껴졌다.

어느새 달려온 연아가 덜덜 떨리는 내 손을 낚아채 고속터미널역 승강장으로 달렸다. 사방에서 괴물과 군인들의 전투가 벌어지고 있었다. 우린 그 사이로 내달렸다. 머리가 멍해진 나는 연아에게 내 몸을 맡겼다. 잠시 후 우리는 다섯 명 모두 무사히 고속터미널역 승강장, 탈출 계단 앞에 도착했다.

사람들이 좁은 계단으로 올라가고 있었다. 나는 계단을 올려다봤다. 이 계단만 올라가면 괴물들이 득시글거리는 이 지하 터널에서 벗어날 수 있다. 결국 우리가 여기까지 왔구나.

"잘 가라! 엄마 꼭 구해라!"

기찬이가 나에게 소리쳤다. 그제야 조금 정신이 돌아왔다. 그래, 나는 지금 이 계단을 통해 나갈 수 없다. 엄마를 구하러 가야지.

"잘 가라! 밖에 나가서 보자!"

내가 기찬이에게 소리쳤다. 연아도 기찬이에게 인사했다.

"화니 잘 부탁해! 우리가 올라갈 때까지 절대 혼자 두지 말고 같이 있어줘!"

기찬이가 고개를 끄덕였다.

나는 화니에게도 인사를 했다.

"올라가서 저 오빠랑 꼭 붙어 있어! 우리 얼른 올라갈 테니까!"

그때였다. 콰콰쾅! 근처에서 폭발 소리가 들려왔다. 우린 파편에 맞지 않도록 상체를 숙였다. 뒤를 돌아보니 고속터미널역과 가까운 곳에서 폭발이 일어나고 있었다. 괴물들이 고속터미널역까지 밀고 올라온 것이다. 이대로라면 고속터미널역이 무너지는 건 시간 문제다.

"빨리 올라가! 우리도 가자!"

지태가 다급하게 말했다. 그래, 고속터미널역이 어떻게 되든 우린 노량진역으로 가야 한다. 이제 정말 기찬이, 화니와 헤어져야 한다. 우린 둘에게 마지막 인사를 하고 노량진역으로 달렸다. 기찬이와 화니는 계단으로 올라갔다. 그런데 달리다 말고 연아가 멈춰 섰다. 나와 지태는 연아에게 뭐하냐고 소리쳤다. 연아가 아래를 내려봤다. 어느새 화니가 연아의 다리에 매달려 있었다.

"나, 언니랑 같이 갈래."

화니가 말했다. 눈이 부실 정도로 천진난만한 얼굴이었다.

우린 탈출구 계단을 쳐다봤다. 기찬이 혼자 서 있었다. 화니를 어떻게 해야 하나 싶어 올라가지 못하고 있었다. 나는 기찬이에게 그냥 올라가라고 손짓했다. 기찬이가 고개를 끄덕이고는 계단을 올라갔다.

나, 연아, 지태, 그리고 화니는 고속터미널역을 뒤로 하고 노량진역 방향으로 달려갔다. 조금 전까지만 해도 우리를 못 잡아먹어 안달이었던 군인들은 이제 아무도 우리에게 신경 쓰지 않았다. 노량진역 방향으로 달려가는 사람은 우리뿐이었다. 모두들 고속터미널역 승강장을 통해 지상으로 나가고 있었다. 우리는 계속 달렸다. 괴물들이 보이지 않을 때까지. 군인들과 괴물들이 서로 죽고 죽이는 소리가 들리지 않을 때까지 계속, 계속 달렸다.

테러 발생 6시간 46분 경과
9호선 신반포역 부근

우리는 헉헉대며 신반포역 승강장에서 속도를 늦췄다. 역시나 신반포역도 폐허가 돼 있었다. 잔해 더미에 깔려 죽은 사람들도 보였다. 이런 광경도 계속 보니 점점 무뎌졌다. 폐허와 시체가 일상이 되어가는 것만 같았다. 승강장 한쪽 벽면에 찌그러진 문이 보였다. 조심스레 문을 열었다. 형광등이 깜빡거리며 실내를 비추고 있었다. 대략 학교 교실 정도의 넓이에 네모난 철제 설비들이 가득한 곳이었다. 이곳도 많이 파괴돼 있었다. 부서진 철제 설비 가운데 전압, 전류 같은 글자가 적혀 있는 계기판이 보였다. 전력 통제실인 것 같았다.

우린 문을 닫고 이곳에서 잠시 숨을 돌리기로 했다. 아무도 들어올 수 없도록 철제 설비들을 옮겨 문 뒤를 막았다. 이제 이곳에 들어올 구멍은 어디에도 없다. 고요가 찾아왔다. 시끄러운 터널의 소리가 멀어졌다. 여긴 안전한 곳이다.

나는 벽에 기대앉았다. 차오르는 숨을 가다듬었다. 조금 전 고속터미널역에서 겪었던 전투 상황이 눈앞에 떠올랐다. 기찬이를 죽이려다 나를 향해 달려온 괴물과 손에서 튕겨 나갈 것만 같던 총의 감촉이 너무도 생생했다. 두 손을 내려다봤다. 지금도 손에 총이 들려 있는 것처럼 떨렸다. 이 두 손으로 괴물을 죽였다. 괴물들의 악취와 화약 냄새, 사람들의 피비린내가 지금도 코앞에 진동하는 것 같았다.

호흡이 거칠어졌다. 전쟁터에 있는 것처럼 심장 박동이 빨라졌다. 머리가 어지러웠다. 손이, 몸이 급격히 떨려왔다. 그런 내 손 위에 하얀 손이 포개졌다. 연아의 손이었다. 연아가 내 손을 감싸 쥐었다. 손의 떨림이 잦아들었다. 따뜻했다. 지하 터널에 갇힌 이래 가장 따뜻한 감촉이었다. 옆을 보니 지태와 화니는 우리가 대피한 공간을 둘러보고 있는지 자리에 없었다.

연아가 나를 껴안았다. 연아의 품에 얼굴을 묻었다. 연아의 심장이 느껴졌다. 몸의 떨림이 조금씩 잦아들었다. 천천히 숨을 내쉬었다. 쿵쿵. 연아의 심장 박동에 맞춰 나도 숨을 내쉬었다. 연아의 심장과 나의 호흡이 하나가 되어갔다. 연아가 내 머리카락을 쓰다듬었다. 안락했다. 내 영혼이 평온을 되찾아갔다. 연아의 품은 너른 대지 같았다. 잠들고 싶었다. 이대로 시간이 멈췄으면 하고 바랐다.

문득 예전에 연아의 품에 안겼던 것이 떠올랐다. 9초 91의 아시아 타이 기록을 낸 뒤 슬럼프에 빠져 있을 때였다. 방과 후 체육관 창고, 그곳에서 연아가 나를 안아줬다. 나는 연아의 품 속에서 무언가가 회복되는 걸 느꼈다. 그때 연아는 창고를 나오면서 인디언들의 주문을 알려줬다.

미타쿠예 오야신.

우리는 하나로 연결되어 있다는 의미였다. 그날 이후 이 주문은 나에게 부적이 되어줬다. 경기에 설 때마다 마음속으로 몇 번이고 되뇌었다. 홀로 트랙 위에 있어도 이 주문을 외우면 나, 지태, 연아가 보이지 않는 끈으로 연결되어 있다고 느껴졌다. 집에서 경기를 지켜보고 있을 엄마도 마찬가지였다. 우리는 모두 하나로 연결되어 있었다.

미타쿠예 오야신.

연아의 품에서 주문을 외웠다.

미타쿠예 오야신.

미타쿠예 오야신.

"여기 전기 들어와! 휴대폰 충전하면 되겠다."

지태의 목소리가 들려왔다.

연아가 나를 놓고 소리가 들린 쪽으로 돌아봤다. 나 역시 연아의 품에서 빠져 나와 돌아봤다. 지태와 화니가 함께 전기가 들어오는 콘센트를 찾아냈다며 이쪽으로 오라고 손을 흔들었다. 나와 연아가 껴안고 있는 걸 본 건 아니겠지?

나와 연아는 콘센트가 있는 곳으로 갔다. 지태는 충전기를 꽂아 자신의 스마트폰을 충전하고 있었다. 연아도 주머니에서 자그마한 충전기를 꺼내 지태가 꽂은 콘센트 바로 아래 충전기 코드를 꽂았다. 우리는 콘센트 주위에 둘러앉아 잠시 쉬었다. 연아는 충전하면서 바로 스마트폰 검색을 시작했다.

　나는 조금 전까지 내 손을 잡고 나를 안아줬던 연아의 하얀 손을 봤다. 전쟁터 같은 아수라장을 지나와 몰골이 엉망진창이었지만 연아의 고운 손은 숨길 수 없었다. 다시 연아의 손을 잡고 싶었다. 연아와 단 둘이 쉬고 싶었다. 만약 이곳에 영원히 갇히더라도 연아와 둘이서 시간을 보낼 수 있다면 그것도 괜찮겠다는 생각이 들었다.

　아냐. 나는 고개를 흔들었다. 이 와중에 연아와 둘이 있고 싶다고 생각하다니, 내가 미쳤나? 이런 상황이 아니더라도 나와 연아는 가족이다. 지태까지 우린 삼 남매다. 언제까지고 우리 셋은 셋으로 함께여야 했다. 나는 그녀와 단 둘이 있고 싶다고 생각한 나를 꾸짖었다.

　"우리 여기로 온 거 잘한 거겠지? 엄마 데리고 다시 나갈 수 있겠지?"

　지태가 불안한 목소리로 물었다.

　"나갈 수 있어. 일단 엄마만 찾으면 돼."

　마음의 평정을 되찾은 내가 대답했다.

　그래, 엄마를 찾아 살아 나가는 것만 생각하자. 할 수 있다. 할 수 있다.

　"어디든 길이 있을 거야. 엄마 찾아서 같이 나가자. 나 여기 잘 알아."

　화니가 나만 믿으라는 듯이 말했다. 이 녀석, 나이는 어린 게 아까부터 제일 듬직하다.

"화니야, 그런데 너 왜 우리 따라왔어? 그냥 나갔으면 안전했 잖아."

내가 화니를 보며 물었다. 나의 물음에 화니는 잠시 생각에 잠 겼다. 우린 화니의 대답을 기다렸다. 연아도 스마트폰을 검색하 다 말고 화니를 쳐다봤다. 잠시 후 화니가 대답했다.

"음, 난 쓰레기통에서 태어났잖아. 그래서인지 밖에 나가면 사 람들이 날 쓰레기로만 봐. 다들 슬슬 피하지. 뭐 노숙자니까 쓰 레기 냄새가 나긴 할 거야."

화니가 씁쓸하게 웃었다. 열한 살 아이의 미소치곤 인생의 비 릿함이 너무 진하게 배어 있었다. 화니가 다시 대답을 이어갔다.

"그런데 아까 언니는 나를 안아줬어. 쓰레기로 안 보고……. 오빠들도 나를 친구처럼 대해줬어. 그래서야. 그래서 언니 오빠 들이랑 같이 있고 싶었어. 어차피 밖에 나가봤자 난 혼자거든. 아저씨들도 다 죽은 것 같고……."

화니의 대답이 끝났지만 여운이 강하게 남았다. 우린 화니를 말없이 바라봤다. 연아가 화니에게 자기 옆에 오라는 듯 바닥을 탁탁 쳤다. 화니는 미소를 지으며 연아 옆으로 가 앉았다. 그러 곤 연아와 함께 스마트폰을 들여다봤다. 알고 보면 두 사람이 어 릴 적 헤어진 친자매인 건 아닐까 싶을 정도로 그 모습이 자연스 러워 보였다.

사실 화니의 말을 들으면서 화니보다 내가 더 쓰레기 같은 존 재가 아닌가 하는 생각이 들었다. 3개월 전 도핑 스캔들이 벌어진 이후, 사람들은 나를 몇 번이고 밟고 구기고 짓이겨 쓰레기통에 버렸다. 그래서 나는 화니에게 넌 쓰레기가 아니라고 말하기보단 나 역시 쓰레기라고 말하고 싶었다. 하지만 그 말을 내뱉진 않았다. 그저 우린 똑같이 이 세계의 쓰레기니까, 쓰레기끼리 계속 같이 있자고, 그렇게 나 혼자 다짐했다.

우리는 스마트폰을 충전하고 잠시 휴식을 취하면서 바깥 상황을 살폈다. 가장 궁금했던 고속터미널역의 상황을 먼저 알아봤는데, 역시나 붕괴됐다고 했다. 괴물들을 당해내지 못한 것이다. 이제 한강 이남 지하철역 중 지상으로 올라갈 수 있는 지하철역은 없었다. 지상으로 올라가기 위해선 새로운 방법을 찾아야 했다.

우린 바로 지상으로 올라갈 수 있는 방법을 검색해봤다. 한강 이북 지역의 지하철역 중에선 서울역에서 구조 작업이 이뤄지고 있다고 했다. 고속터미널역보다 안전하게 구조본부를 구축해 많은 사람들이 서울역에서 구조되고 있었다. 그럼 여기서 강북으로 넘어갈 수만 있다면 서울역으로 가서 지상으로 나가면 된다. 하지만 어떻게? 우리가 지금 있는 곳은 강남이다. 중간에 한강이 있어 강북으론 넘어갈 수 없다.

"방법이 있어. 5호선은 한강 아래로 통과하거든."

화니의 말에 따르면 5호선 터널은 서울의 지하철 중 유일하게 지하로 한강을 지나간다고 했다. 그래서 5호선 지하 터널을 통하면 강북으로 건너갈 수 있다는 것. 문제는, 여긴 9호선 터널이라는 것이었다. 9호선 터널에서 5호선 터널로 넘어갈 수 있는 방법이 없었다. 검색도 해보고 커뮤니티에 질문도 올려봤지만 마땅

한 방법이 나오지 않았다. 화니는 곧바로 시무룩해지고 말았다.

그런데 의외의 공간에서 우리를 도와주는 사람들이 있었다. 연아가 우리들이 대피한 신반포역의 사진과 위치를 페이스북 계정에 올리자마자 도움을 주려는 댓글이 어마어마하게 달린 것이다. 연아가 지하에 고립돼 있다는 소문이 퍼지면서 그녀의 팬들이 죄다 집결한 것이다. 공부 방송을 하는 연아의 팬은 대부분 노량진 고시원에서 지내는 고시생들이라서 그런지 그녀의 목적지가 하필 노량진역이라는 것도 그들의 마음을 자극하는데 큰 몫을 했다.

연아의 페이스북에 남겨진 사람들의 의견은 다양했다. 화니가 말한 것처럼 5호선 터널로 넘어가 강북으로 건너올 것을 제안한 사람도 있고, 지하 터널 천장에 위치한 환풍구를 통해 빠져 나와라, 승강장 엘리베이터를 통해 나와라, 망치든 뭐든 장비를 구해 지상으로 나가는 구간을 뚫어라 등등 제각기 탈출 아이디어를 적어줬다. 혹자는 직접 119나 서울지하재난대책본부(이런 게 급히 생겼다고 한다)에 전화해 우리들의 구조를 요청했다고도 했다. 군인들이 우릴 구해줄 거라고 했단다(우린 이 내용을 보면서 코웃음을 쳤다). 사람들의 의견은 고마웠지만 대부분 떠오르는 대로 적은 아이디어라 현실성이 없었다. 지금 우리들에겐 확실한 방법이 필요했다. 실패하지 않고 한 번에 지상으로 나갈 수 있는 방법이…….

그러던 중 우리들의 눈에 띄는 댓글이 있었다. trainking74라는 아이디로 남겨진 댓글이었다.

「연아님이 올리신 사진을 보니 지금 대피하신 곳은 변전소로 보입니다. 신반포역은 변전소가 있는 역이거든요. 지하철은 몇 개 역마다 변전소가 있어서 그곳에서 전력을 공급받아 운행됩니다. 변전소는 한전으로부터 전력을 공급받고요.
지금 계신 곳은 지하철이 신반포역 근처 구간을 지날 때 전력을 공급해주는 변전소입니다. 노량진역으로 쭉 가시다 보면 노들역 근처에 또 변전소가 있을 겁니다. 붕괴되지 않았다면 거기도 지금처럼 대피 공간으로 사용하실 수 있을 거예요. 만약 전력이 필요하다면 변전소를 가동시킬 수도 있고요.」

trainking74가 단 첫 번째 댓글이다. 심상치 않은 내공이 느껴졌다. 우리는 이어서 달린 그의 두 번째 댓글도 읽어 내려갔다.

「왜 길거리를 걸어가다 보면 환풍구처럼 아래가 훤히 들여다보이는 쇠그물 같은 거 보신 적 있으시죠? 그걸 그레이팅 커버라고 하는데, 그 위를 걸어보면 아래로 너무 깊이 뚫려 있어서 무서웠던 경험이 있으실 겁니다. 이 그레이팅 커버는 지하수 집수정 뚜껑입니다. 집수정은 지하에 물이 고이면 퍼내기 위한 펌프가 있는 곳을 말합니다. 인부들이 여길 정기적으로 청소해서 펌프가 제대로 작동하게 관리하죠.
지금 무슨 말을 하는 건지 어리둥절하실 수도 있습니다. 하지만 지금부터 제가 하는 이야기를 잘 들어주세요. 앞서 말씀드렸던 이 지하수 집수정을 어떻게 청소하느냐, 이게 중요합니다. 일단 인부들이 도구를 챙겨서 보도에 있는 집수정 뚜껑을 열고 사다리를 타고 내려갑니다. 사다리가 끝나면 또 계단이 나옵니다. 그럼 계단을 또 내려가죠. 아무튼 깊이깊이 내려가다 보면 지하수가 고여 있는 집수정이 나옵니다. 인부들은 여길 청소한 뒤 펌프가 제대로 작동하는지 체크하고, 다시 지상으로 올라오지요.

여기서 중요한 포인트는요, 이 지하수 집수정이 간혹 지하철 터널과 연결되어 있다는 겁니다. 집수정과 지하철 터널은 별개의 시설이지만 가끔씩 위치가 겹치면서 연결되는 경우가 있어요. 바로 노량진역-노들역 구간이 그런 경우입니다. 노들역을 지나서 노량진역에 도착하기 전에 지하 터널을 살펴보면 지하수 집수정으로 들어가는 문이 있을 겁니다. 그리로 들어가면 지하수 집수정이 있을 거예요. 이건 제가 몇 년에 걸쳐서 조사한 거니까 믿으셔도 됩니다.

자, 연아님. 제가 지금 뭘 말하려는 건지 아시겠죠? 노량진역에서 엄마를 찾으시면 노량진역-노들역 구간에 있는 지하수 집수정을 찾아서 지상으로 올라오시면 됩니다. 거긴 계단도 있고 사다리도 있을 거예요. 제가 알아본 바로는 거긴 폭파되지 않았습니다. 사람들이 잘 알지 못하는 곳이거든요. 지금 연아님이 탈출할 수 있는 유일한 방법입니다. 못 믿겠으면 가서 직접 확인해보세요. 어차피 노량진역에 도착하기 전에 있을 테니까요.」

이 댓글을 보고 우린 서로를 쳐다봤다. 정말이겠지? 진짜겠지? 누구라도 좋으니 제발 이게 사실이라고 말해달라는 눈빛들이었다.

"나 여기 알 거 같아. 지나가다가 펌프 같은 거 본 적 있거든.

아저씨들이 못 들어가게 해서 직접 들어가보진 않았지만, 분명히 봤어."

화니가 우리들의 눈빛을 읽은 걸까? 정확히 우리가 원하는 말을 해줬다. 그제야 우리들은 환호성을 질렀다. 지상으로 나갈 수 있는 방법이 있다. 살아서 나갈 수 있다!

trainking74의 댓글에 빠른 속도로 '좋아요'가 올라가고, 사람들의 감탄에 찬 댓글이 줄줄이 이어졌다. trainking74의 정체가 뭐냐며 궁금해하는 사람들도 많았다. 사람들의 댓글이 계속 이어지자 trainking74가 다시 댓글을 달았다.

「전 그냥 연아님의 팬이자 고시생이자 쓸모없는 철덕입니다. 철덕으로 살아온 지 올해로 17년째입니다. 제 입으로 이런 말하기 뭐하지만 철덕의 본고장 일본에서도 방송 탄 적 있습니다. 연아님 방송 보면서 열심히 공부하고 있었습니다. 연아님이 살아서 나올 때까지 계속 지켜볼 테니까 거기 상황 수시로 올려주세요.」

철덕. 철도 덕후를 줄인 말이다. 다른 말로 철도 오타쿠. 그제야 나는 trainking74의 말을 온전히 이해할 수 있었다. 서울 메트로 직원이거나 관련자여서 이런 사실을 아는 게 아니라 그저 철덕이어서 알고 있었던 것이다. 누가 시켜서 한 게 아니다. trainking74는 그저 철도가 좋아서, 지하철이 좋아서 이 세계에 빠져든 거다. 우린 이런 걸 '덕질'이라 부른다. 본인도 쓸데없다고 표현한 지난 17년간의 덕질이 바로 지금 우리들의 생명줄이 될 줄 누가 알았을까.

  연아는 trainking74의 댓글에 진심으로 고맙다고 답글을 달았다. 꼭 살아서 나가겠다고.

같은 시각
고속터미널역 지상

 기찬이는 사람들과 부대끼며 고속터미널역으로 올라갔다. 9호선 고속터미널역은 깊은 지하에 위치해 있어서 계단을 여러 번 올라가야 지상으로 나갈 수 있었다. 잔뜩 지치고 몰골도 엉망인 사람들이 다닥다닥 붙어 올라가는 모습이 꼭 전쟁통의 피난 행렬 같았다. 기찬이는 그렇게 바라던 지상에 발을 딛자마자 군인들의 통제에 따라 고개를 숙인 채 어디론가 이송됐다. 기찬이뿐만 아니라 고속터미널역에서 올라온 사람들은 모두 고개를 숙인 채 일제히 어딘가로 향하고 있었다. 고개를 들면 총으로 쏜다는 군인의 협박은 지하에서부터 여기까지 계속 이어졌다.
 기찬이는 고속터미널역 지하에서 괴물에게 죽을 뻔했던 순간을 떠올렸다. 바닥에 쓰러졌을 때 괴물이 올라탔고, 괴물과 정확히 눈이 마주쳤다. 마치 검은 구슬 같던 괴물의 두 눈과 눈이 마주치는 순간, 괴물의 눈이 번쩍 빛을 발했다. 그 순간에 괴물의 몸속에 있는 뭔가가 자신의 안으로 들어오는 느낌을 받았다. 굳이 표현하자면 영혼 같은 것이었다. 괴물의 영혼이 순간적으로 머릿속으로 들어와 하나가 되는 느낌을 받았다. 불과 몇 초에 지나지 않았지만 영원처럼 느껴지는 영혼의 강렬한 충돌이었다.

그 뒤 정신을 차려보니 괴물이 자신에게 주먹을 내리치려고 했고, 타이밍 좋게 단이가 총을 쏴 괴물이 자신에게서 떨어져 나갔다. 단이가 아니었다면 자신은 지금 이 자리에 없을 것이다. 그런데 몸속에서 뭔가 계속 꿈틀거리는 이상한 느낌이 들었다.

기찬이는 군인들의 통제에 따라 어디론가 이송되면서도 계속해서 자신의 몸속에서 무언가가 꿈틀대는 느낌을 받았다. 몸속의 세포들이 미친 듯이 움직이는 느낌이랄까, 꼭 물이 끓기 직전의 상태 같았다. 조금 있으면 세포가 펄펄 끓으면서 몸이 터져 나갈 것만 같았다.

주위에 있는 사람들은 모두 고개를 숙이고 있었지만 기찬이의 상태가 이상하다는 걸 느끼는지 계속 곁눈질을 해댔다. 기찬이는 고개를 숙인 채 틱 장애가 있는 사람처럼 뚝뚝 끊어지듯 부자연스럽게 움직였다. 사람들은 점차 기찬이를 피해 옆으로 떨어지려고 했다. 안 그래도 복잡한 행렬이 더욱 뒤죽박죽이 되고 말았다.

"어우, 밀지 마세요!"

"이 사람 좀 이상해요! 저기요!"

"군인 아저씨! 이 학생 상태가 이상해요!"

사람들이 소리치기 시작했다.

군인들은 일단 허공에 총을 쏴 사람들을 진정시킨 후 기찬이에게 다가왔다. 기찬이는 온몸이 끓어오를 것 같은 상태가 되면서 주위에 있는 사람들을 다 죽이고 싶다는 욕망을 느꼈다. 욕망이 끓어오르는 듯한 느낌이었다.

"어이, 너! 괜찮아?"

군인은 기찬이가 혹여 자신을 향해 고개를 들까 봐 손으로 머리를 누르며 물었다. 그러나 기찬이는 군인이 전혀 예측하지 못한 행동을 했다. 순식간에 주먹으로 군인의 얼굴을 갈긴 것이다.

퍽! 소리가 나며 군인이 뒤로 몇 미터는 날아갔다. 기찬이 뒤에 있던 사람들의 행렬이 와르르 무너졌다. 곳곳에서 비명이 터져 나왔다. 기찬이에게 맞은 군인은 얼굴 한쪽이 끔찍하게 함몰되어버렸다. 기찬의 양팔은 어느새 기이하게 변형되어 있었다. 지하에 나타난 괴물의 팔과 비슷해 보였다. 인간의 몸에 팔만 괴물처럼 크고 흉측하게 변해 있었다.

사람들이 그런 기찬이를 보고선 겁에 질려 도망쳤다. 하늘을 가를 듯한 비명이 터져 나왔다. 행렬은 순식간에 엉망이 되어 마구 뒤엉켰다. 군인들이 기찬이를 잡으려고 했지만 마구잡이로 달아나는 사람들 때문에 접근하는 것조차 쉽지 않았다.

기찬이는 온몸이 불타오를 것 같은 뜨거움을 느꼈다. 그러다 괴물처럼 변해버린 자신의 양팔을 본 기찬이는 경악스러운 표정을 지었다. 하지만 기찬이는 다리도, 몸통도, 머리도 곧 이렇게 변해버릴 것을 직감했다. 내가 대체 왜 이렇게 된 거지? 아무리 둘러봐도 답해주는 사람이 없었다. 그저 지금 이 상황이 겁이 나

죽을 지경이었다.

탕탕탕탕! 군인들이 엉망이 된 행렬 사이에서 기찬이를 향해 총을 쐈다. 하지만 애꿎은 사람들만 총에 맞아 쓰러졌다. 기찬이는 무사했다.

기찬이는 자신을 향해 총을 쏘는 군인들을 쳐다봤다. 군인들은 기찬이를 죽이라고 소리쳤다. 기찬이의 눈에는 오히려 군인들이 기괴하게 생긴 괴물처럼 보였다. 동시에 군인들을 모조리 죽여버리고 싶은 충동을 느꼈다. 온몸이 더 뜨거워졌다.

하지만 기찬이는 아득해지는 이성을 부여잡으며 끓어오르는 살인 욕망을 억눌렀다. 기찬이는 사람들을 밀치며 도망쳤다. 기찬이의 무지막지한 힘에 사람들이 솜뭉치처럼 옆으로 날아갔다. 기찬이는 그런 자기 자신의 힘에 또 한 번 놀랐다. 기찬이는 이제 자기 자신이 겁이 나 죽을 지경이었다. 속으로 일찌감치 자신을 버리고 떠나 기억도 나지 않는 엄마를 불렀다.

엄마, 엄마…… 나 좀 어떻게 해줘……! 무서워……!

군인들은 복잡한 행렬 속에서 기찬이를 잡으려고 했지만 놓치고 말았다. 기찬이는 그렇게 고속터미널역에서 달아나 자취를 감췄다.

같은 시각
청와대—B9 지하 통로

현국이 가야 하는 B9은 남산 지하 벙커의 코드 네임이다. 정확히는 남산의 타임캡슐 아래 지어진, 500여 명 정도를 수용할 수 있는 거대 지하 벙커를 말한다. B9이 지어진 목적은 서울에서 가장 깊은 지하의 어떤 곳을 관리하기 위해서다. 그곳의 풀 네임은 '노바 아틀란티스'. 사람들은 편의상 첫 글자만 따서 그곳을 '노아'라고 불렀다. 바로 이 노아에서 서울의 지하를 아수라장으로 만든 유니언들이 탄생했다. 이들을 대량 생산해낸 프로젝트가 바로 '노아 프로젝트'다.

그러니 지금 B9에 모여 있는 사람들은 당연히 노아 프로젝트 관련자들이었다. 대통령을 비롯해 그 측근들, 국정원, 국방부, 국가안보실, 에너지공단 실무진, 그리고 초국적 기업 '플루토' 관계자들까지. 이들이 서울 지하에서 일어난 전대미문의 사태를 어떻게 수습하느냐에 따라 대한민국의 운명이 달라질 터였다.

  조계사에서 나온 현국은 청와대 지하 벙커로 돌아왔다. 그는 B9으로 이어지는 비밀 지하 통로로 갔다. 비밀 지하 통로를 지키고 있던 플루토 소속 용병에게 스마트폰과 그 외의 통신기기, 카메라 같은 전자 장비들을 모두 내줬다. 대통령에게도 예외가 없는 원칙이었다. B9에선 누구도 무엇을 기록할 수도, 가지고 나갈 수도 없었다.

  청와대 지하에서 남산 타임캡슐 아래 있는 B9까지 걸어가기엔 다소 먼 거리였기에 현국은 플루토의 용병이 운전해주는 험비에 올라탔다. 용병은 말없이 현국을 B9으로 데려다줬다. 현국은 이동하는 내내 조계사에서 만난 사내와 쪽지에 대해 골똘히 생각했다. 특히 장 박사가 서울 지하가 쑥대밭이 될 것이란 걸 알고 있었다는 말이 잊히지 않았다. 그 말이 사실이라면 장 박사는 무엇을 근거로 이 같은 테러가 벌어질 것으로 예측했던 것일까? 그리고 왜 테러가 일어난 후에 나에게 그런 쪽지를 건네준 걸까? 쪽지엔 pw(암호)와 maze(미로)라는 글자와, 의미를 알 수 없는 숫자들이 적혀 있었다. 무엇에 대한 암호이며, 미로는 또 무엇이란 말인가?

  그러는 사이 현국은 비밀 지하 통로 끝에 위치한 B9에 도착했다. 그는 험비에서 내려 플루토 소속 용병들의 삼엄한 경비 속에 지문 인식 코드를 입력한 후 B9 안으로 들어갔다. B9의 문이 열리자 좁은 복도에 용병들이 경계 태세를 취하고 있는 모습이 보였다.
 현국은 용병들을 지나쳐 복도를 따라 갔다. 복도는 계속해서 여러 갈래로 나뉘었지만, 현국은 능숙하게 길을 찾아갔다. B9은 중앙에 넓은 원형 비상센터가 있고, 비상센터를 중심으로 복도가 여러 갈래로 뻗어 있는 방사형 구조였다. 복도 사이사이에는 노아를 관리하기 위한 각종 시설과 500여 명이 불편함 없이 지낼 수 있는 다양한 공간이 마련되어 있었다. 현국은 B9 중앙에 위치한 비상센터에 가는 중이었다. 현국은 복도를 따라 가다가 용병들이 유달리 삼엄하게 경계 태세를 취하고 있는 복도를 발견했다.
 '여기구나. 노아로 내려가는 길.'
 B9은 노아를 관리하기 위해 만들어진 대형 벙커인 만큼 노아로 바로 내려갈 수 있는 통로가 존재했다. 현국이 보고 있는 이 복도를 지나면 그 통로가 나올 터였다. 대통령도 이 통로를 통해 노아로 내려가 프로젝트 진행 상황을 직접 눈으로 확인하곤 했다. 그러나 지금은 거꾸로 유니언들이 이 통로를 통해 B9으로 올라와 공격할지도 모를 상황이었다. 때문에 B9에 상주하던 용병들이 모두 동원되어 그 앞에서 경계 태세를 취하고 있었다.
 복도 끝에 다다르자 견고한 철문이 나왔다. 이 철문 너머 비상센터에는 제각기 다른 속셈을 품은, 속이 시커먼 사람들이 모여 있을 것이다. 현국은 추악한 이빨을 감춘 채 대통령의 눈치만 보고 있을 그들을 생각하니 벌써부터 가슴이 답답해져왔다. 이제 그들을 상대로 이 사태를 수습할 방안을 모색해야 한다. 현국이 또 한 번 지문 인식 코드를 입력하자 어떠한 충격도 막아줄 것 같은 철문이 열렸다. 현국은 크게 한숨을 내쉬고는 비상센터 안으로 들어갔다.

테러 발생 7시간 24분 경과
9호선 신반포역 부근 변전소

「혹시 괴물들이 어떤 경로로 나타나고 사라지는지 아시는 분? 그 외에 괴물에 대한 정보, 뭐든지 알려주세요.」

연아가 괴물에 대한 질문 글을 페이스북 계정에 올렸다. 지상으로 탈출할 수 있는 방법도 알아냈으니 이제 괴물만 아니면 두려울 게 없다. 연아의 질문 글 아래 순식간에 여러 사람의 댓글이 달렸다.

「지금 올라온 정보들을 보면 특별한 법칙은 발견되지 않음. 갑자기 무더기로 나타났다가 갑자기 무더기로 사라진다는 것 정도?」
「지상으론 올라오지 않는다는 거.」
「나타나기 전에 심한 악취가 난다고 해요. 꽤 멀리서도 난다니까 악취가 나면 괴물이 나타나는 신호라 생각해도 될 듯!」

「크게 두 가지 타입이라고 하던데……. A 타입은 사람처럼 걸어 다니고, B 타입은 네 발로 기어가거나 날아다닌대요. 그런데 자기들끼리의 의사소통 체계가 있는 것 같대요. A 타입이 주로 명령을 하는 쪽이라고…….」

「괴물들의 본거지가 강북이라는 소문이 있습니다. 혹시라도 강북으론 넘어오지 마세요. 제가 보기엔 강북이 더 위험해 보입니다.」

└「그거 헛소문이래요.」

└「이 마당에 헛소문이랑 헛소문 아닌 게 구분되나요? 전 강북 쪽에 북한이랑 땅굴 연결돼서 거기로 괴물들이 들어왔다는 소문에 한 표 던집니다.」

└「누가 괴물들이 출몰한 시간, 타임라인으로 정리해놨던데 강북에서 먼저 나왔어요. 그다음에 강남입니다.」

「지하 터널 몇 곳에 괴물들만 다닐 수 있는 비밀 통로가 있답니다. 그래서 갑자기 여기저기서 나타났다가 사라졌다가 하는 거라는데요.」

「방금 서울역 무너졌음. 서울 끝장 남. 다 서울 떠나세요.」

└「헐? 서울역 안전하다고 했는데…….」

└「진짜 무너졌네.」

└「이젠 진짜 끝났다.」

「이걸로 2호선 안쪽 지하철역 완전 전멸. 대충 세어봐도 지하철역 100개 정도 폭파. 이번 테러 역대급이라는 말로도 표현이 안 됨.」

「대체 괴물들의 목적이 뭐지? 이렇게 다 무너뜨려서 뭘 어쩌겠다는 거임?」

└「배후 세력이 있습니다. 누군진 몰라도…….」

「이게 대체 인간이 벌일 수 있는 테러인가? 진짜 외계인들 아님?」
「괴물들의 목적은 그냥 인간 멸종인 것 같습니다. 만약에 괴물들이 나타나면 그냥 죽은 척하세요. 그것 말곤 방법 없습니다.」
「방금 이번 테러 분석 글 읽고 왔는데, 2호선 내부에 있는 지하철역들을 모두 폐쇄하는 게 테러의 1차 목적인 것 같다고 하네요. 그런데 방금 서울역까지 무너졌으니까 1차 목적을 100프로 달성한 셈이죠. 그래서 괴물들의 활동도 잠시 소강 상태를 보일 거라고 예상한답니다. 근데 더 무서운 건 그 소강 상태가 끝났을 때라고. 진짜 목적을 드러낼 거기 때문에……」
   ┗「무서워. 지상도 접수하겠다는 건가?」
   ┗「저도 그거 봤는데 꽤 일리 있는 분석이었음. 여러분 서울 떠나세요. 연아님도 얼른 나와서 서울 뜨세요.」
「서울에 핵 떨어트린다는 소문도 있음.」
「서울 지상에서도 괴물 출현.」
   ┗「그거 괴물이 밖으로 나온 거 아니고 구조된 민간인이 감염된 거래요. 괴물이 바이러스 덩어리가 맞긴 맞았던 거!」
   ┗「제 친구가 지하에서 구조돼서 군인들이 말하는 거 들었는데 감염 경로 눈이라고 했대요.」
   ┗「말이 안 됨. 눈 마주치는 걸로 어떻게 감염됨?」
   ┗「근데 정부에선 아직 아무 얘기도 없잖아요. 그럼 아니겠지.」
   ┗「말이 안 되긴 해도 절대 눈 마주치지 마세요, 연아님.」
   ┗「맞아요. 조심해서 나쁠 거 없음.」
「지상에 감염자들이 나타나서 진압 중이랍니다. 괜히 나갔다가 피 보지 말고 그냥 다들 집에 있으세요.」

이후에도 댓글이 끊임없이 달렸다. 댓글을 읽어 내려가던 우리는 할 말을 잃었다. 서울역도 무너졌고, 지상에도 괴물이 나타났고(감염자이긴 했지만), 서울에 핵이 떨어질 수도 있단다. 우리가 여길 살아서 나가더라도 과연 무사히 집까지 갈 수 있을까? 그렇더라도 일단 우린 엄마를 데리고 여길 나가야만 한다. 지상 어디든 괴물들이 득실대는 여기보단 나을 테니까.

우선 우리는 댓글 내용을 바탕으로 괴물에 대한 정보를 정리해봤다.

1. 괴물은 강북에서부터 나타났다. (사람들이 만든 타임라인을 참고했다.)

2. 괴물은 지하에 자기들끼리 통하는 길이 있다. (그래서 결국 어디서 어떻게 나타날지 아무도 모른다. 젠장!)

3. 괴물은 두 가지 타입이다. (사람들이 A 타입, B 타입으로 불렀다. 우리는 두 종류를 눈앞에서 확인했다.)

4. 괴물의 배후 세력이 있는 것 같다. (누군지 짐작할 수조차 없다. 그런데 아직도 북한으로 몰아가려는 사람들이 눈에 띈다.)

5. 괴물들이 1차 목적을 달성했으므로 지금부터 괴물들은 잠시 소강 상태를 보일 것 같다. (그랬으면 좋겠다는 우리의 바람도 섞여 있다. 제발!)

6. 악취로 괴물의 출몰을 미리 인지할 것. (돌이켜보면 괴물이 나타날

때 항상 악취를 먼저 맡았다. 그 후 곧바로 괴물이 나타났다.)

7. 괴물이 나타나면 숨거나 죽은 척할 것. (마주치지 않는 게 가장 좋다.)

8. 괴물을 만나도 절대 눈을 마주치지 말 것. (이게 사실이라면 아까 군인들이 왜 고개를 숙이라고 했는지 알 것 같다. 우리의 감염 여부가 확인되지 않아서 우리와 눈을 마주치면 안 됐던 거다.)

그래도 번호를 매기며 정리해보니 조금 안심이 됐다. 막막하던 존재가 그나마 윤곽은 보이게 된 정도랄까. 근본적인 해결책은 없지만 현재로선 이 정도 선에서 만족해야 했다. 무엇보다 우린 댓글을 달아준 사람들을 보면서 힘이 나는 걸 느꼈다. 앞이 보이지 않는 상황에서도 어디선가 우리를 지켜보고 도와주려는 사람이 있다는 사실만으로도 큰 위안이 됐다.

우린 괴물에 대해 정리한 내용을 마음속에 되새기면서 변전소를 나섰다. 바깥으로 나오니 폐허가 된 신반포역 승강장이 우리를 맞이했다. 2호선 지하철역들과 마찬가지로 잔해 더미에 깔려 죽은 사람들이 승강장 곳곳에 널려 있었다. 차이점이라면 생존자가 한 명도 보이지 않는다는 것. 차라리 다행이었다. 살아 있는 사람을 두고 가면 우리의 죄책감만 더해졌을 테니까.

우린 다음 역인 구반포역을 향해 걸어갔다. 9호선 터널에서 지상으로 나가지 않고 배회하는 사람은 우리뿐인 것 같았다. 수많은 사람들과 죽어라 뛰어다녔던 2호선 터널에 비해 이곳은 무서울 정도로 조용했다. 우리들의 발소리만 터널에 울려 퍼졌다.

그러나 조용하다고 해서 이곳이 재난의 현장이 아닌 건 아니

었다. 선로 위에는 시체들이 끝없이 널브러져 있었다. 나는 시체들 사이를 걸으면서 이전보다 감각이 무뎌졌음을 느꼈다. 처음 시체를 보았을 때의 충격과 두려움이 내 안에서 증발한 것 같았다. 하루 종일 너무 많은 사람들이 죽어 나가는 걸 봐서 그럴까? 심지어 같은 학교에 다녔던 주댕이와 헐크가 죽는 모습도 봤으니까. 배 속에 아기를 품었던 누나가 사람들에 밟히며 죽어가는 모습도.

생각이 거기까지 미치자 고개를 흔들며 죽음에 대해 무뎌지는 나 자신을 스스로 나무랐다. 여기서 죽어간 이들은 모두 누군가에겐 소중한 사람이었을 것이다. 나는 지금 이 세상에 하나밖에 없는 누군가의 죽음 위를 걷고 있었다. 당신들의 죽음이 나에겐 삶의 길이 되었다. 그러니…… 우리들은 꼭 여기서 살아 나가겠습니다. 그게 이곳에서 먼저 죽어간 당신들을 진정으로 애도하는 길일 테니.

우리는 계속 걸어 구반포역을 지났다. 구반포역을 지나 동작역, 흑석역, 노들역을 지나면 노량진역이 나온다. 그런데 구반포역에서 동작역으로 가는 구간은 지하 터널의 형태가 조금 특이했다. 맞은편 선로가 보이지 않도록 중앙에 커다란 벽이 들어서 있었다. 2호선 터널에선 중앙에 기둥이 일정한 간격으로 세워져 있어 맞은편 선로로도 이동할 수 있었다면, 여긴 커다란 벽이 세워져 있어 맞은편 선로로 이동할 수도 없고 볼 수도 없었다. 그래서인지 우리가 걸어가던 터널이 확 좁게 느껴졌다. 맞은편 선로가 아예 보이지 않으니 괜히 불안한 마음이 더 커졌다. 벽 너머에 뭔가가 있을 것만 같았다.

"근데 배고프지 않냐?"

지태가 불안한 마음을 감추듯이 말을 꺼냈다. 아마 지태가 말을 안 꺼냈으면 내가 무슨 말이라도 꺼냈을 것이다. 지태의 말을 듣고 보니 점심을 먹고 지금까지 아무것도 안 먹었다는 걸 깨달았다. 지금이 새벽 1시를 넘었으니, 장장 열두 시간을 굶으면서 계속 뛰어다닌 셈이다.

"돈가스 먹고 싶다."

화니가 말했다. 나도 모르게 군침이 돌았다. 돈가스가 머릿속에 떠올랐다.

"난 탕수육."

지태가 말했다.

"난 피자."

연아가 말했다.

다들 왜 이러나 싶은데 "삼겹살"이라고 말하는 나를 발견했다. 그러자 연아, 지태, 화니가 탄식을 내뱉었다. 나 역시 불판 위에서 구워지는 삼겹살을 떠올리고는 긴 한숨을 내쉬었다.

"넌 왜 삼겹살을 말해 가지고!"

지태가 나를 타박했다.

하지만 화니가 "컵라면도 맛있을 것 같아"라고 말하면서 우린 또 다시 차례대로 먹고 싶은 음식 이름을 댔다. 어떤 이름엔 탄식을 하고 어떤 이름엔 깔깔 웃었다. 화니가 소고기를 한 번도 못 먹어봤다는 사실도 알게 됐다. 여기서 나가면 같이 먹자고 했다. 우린 말을 멈추지 않고 이어갔다. 지하 터널이 우리들의 목소리로 채워지면서 조금씩 무서움이 가셨다.

  동작역을 지나자 지하 터널의 구조가 또 바뀌었다. 이번엔 선로가 네 개로 늘어나고 중앙에 세워져 있던 커다란 벽이 사라지면서 공간이 확 트였다. 각각의 선로가 어디로 향하는지 모르게 여러 갈래로 뻗어 있었다. 9호선 터널은 급행열차와 완행열차가 나뉘어 운행되는 곳이라 2호선 터널에 비해 구조가 복잡한 것 같았다. 선로 중간에 멈춰 있는 지하철도 보였다. 아마 저 안에도 시체가 가득할 것이다. 조금 더 걷자 이번엔 선로가 두 개로 줄어들었다. 하지만 중앙에 아무것도 가로막는 게 없어 좁다는 느낌은 들지 않았다.

  "잠깐만." 연아가 멈춰서며 낮은 어조로 말했다. "무슨 소리 들리지 않아?"

  나, 지태, 화니는 멈춰 서서 귀를 기울였다.

  <u>스스스스</u>.

  정체 모를 소리가 저 앞쪽에서 희미하게 들려왔다.

  "바람 소리 아닌가?"

  내가 확신 없이 말했다.

  <u>스스스스</u>.

  소리가 조금 더 가까워졌다. 하지만 정체를 확인할 순 없었다. 지금 우리가 서 있는 곳은 커브 길이라 휘어진 터널 너머에서 뭔가가 가까워져 오는 게 느껴질 뿐이었다.

"뭐야…… 젠장……. 괴물은 아닌 것 같은데…… 다시 뒤로 돌아갈까?"

지태가 말했다.

우린 서로의 얼굴을 쳐다봤다. 잠시 돌아갈까 말까 고민하는 사이 소리가 빠른 속도로 가까워졌다. 지금 서 있는 곳은 탁 트인 터널 공간이라 딱히 숨을 만한 곳도 없었다. 숨을 곳을 찾으려면 다시 동작역 쪽으로 뛰어가야 했다.

"빨리 빨리! 어떻게 해?"

다급해진 화니가 소리쳤다.

더 고민할 시간도 없이 휘어진 커브 길에서 소리의 정체가 모습을 드러냈다. 시커먼 파도가 밀려오고 있었다. 쥐 떼였다.

테러 발생 8시간 03분 경과
9호선 동작역 부근

새까만 쥐 떼가 이쪽으로 몰려오고 있었다. 순식간에 터널 바닥이 시커먼 물결로 뒤덮였다. 연아와 지태가 비명을 내질렀다.

"야야! 뒤로! 뒤로!"

내가 다급하게 소리쳤다.

우린 곧바로 뒤돌아 달렸다. 쥐 떼일 거라곤 생각도 못 했다. 그냥 소리를 듣자마자 빨리 돌아갈걸! 저 많은 쥐를 피하려면 또 어디로 숨어야 하지?

"저기! 지하철! 지하철!"

연아가 달리면서 소리쳤다.

나는 달리면서 연아가 가리킨 곳을 봤다. 선로가 네 개로 갈라지는 구간에 9호선 지하철 한 대가 멈춰 서 있었다. 쥐들이 저 위론 안 올라올까? 더 확실하게 대피할 수 있는 곳은 없나?

"으아아아! 쥐들 겁나 빨라!"

지태가 기겁하면서 소리쳤다. 나는 달리면서 잠시 뒤를 돌아봤다. 몇 발짝 떨어지지 않은 곳에서 쥐 떼가 기분 나쁜 소리를 내며 무서운 속도로 우릴 쫓아오고 있었다. 제기랄! 일단 지하철로 올라가자!

"빨리 뛰어!"

나는 소리치면서 더욱 속력을 냈다. 키가 작은 화니가 뒤처지려고 했다. 나는 화니를 들어 올려 오른쪽 옆구리에 끼고는 그대로 속력을 내서 달렸다. 화니를 들었어도 나는 지태, 연아와 속도가 비슷했다. 가장 먼저 지하철에 도착한 나는 화니를 던지듯 위로 올리고, 내 바로 뒤에 도착한 연아를 들어서 지하철에 올렸다. 쥐 떼가 코앞까지 밀려왔다. 쥐들의 눈 코 입이 보일 정도였다! 지태와 나는 소리를 지르면서 동시에 뛰어올라 지하철에 몸을 걸쳤다. 발끝으로 쥐 떼가 스쳐 가는 게 느껴졌다. 온몸이 쭈뼛했다. 연아와 화니가 각각 나와 지태를 잡아 당겨 지하철에 올렸다. 우리 넷 모두 무사히 지하철에 올라갔다. 아래를 내려다보자 쥐 떼가 시커먼 강물처럼 지하철 아래를 지나가고 있었다. 다행이다. 지하철 위론 못 올라오는구나.

쥐 떼가 터널 바닥을 빽빽하게 메웠다. 우린 할 말을 잃고 그 광경을 멍하니 쳐다봤다. 원래 터널 바닥은 연한 회색빛이었는데, 지금은 온통 시커먼 쥐색밖에 보이지 않았다. 지금 우린 시커먼 강물 위에 서 있었다. 간혹 쥐 떼 사이로 선로에 널브러진 시체들의 모습이 보였다. 수천, 아니 수만 마리의 쥐 떼가 시체들의 얼굴과 목과 팔과 다리, 몸통을 훑고 지나갔다. 그걸 보자 내 온몸을 쥐 떼가 훑고 지나가는 것만 같았다. 온몸에 소름이 돋았다.

"쟤네들, 도망치고 있는 거 같지 않아?"

연아가 쥐 떼를 쳐다보며 물었다.

"그러게. 뭐 때문에 도망치는 걸까?"

나는 말하면서 머릿속에 한 가지 생각이 떠올랐다. 아무 말 하지 않았지만 연아도 나와 같은 생각을 하고 있을 것이다. 괴물이다. 이 많은 쥐들을 달아나게 만들 정도라면 역시 그것밖에 없다. 노량진역으로 가는 길에 괴물이 있을 가능성이 컸다. 또 다시 몸이 떨려왔다. 고속터미널역에서 괴물을 죽였을 때의 흥분과 전율, 공포가 내 몸을 휘감았다.

쥐 떼가 모두 지나갔다. 그러자 연한 회색 빛깔의 터널 바닥이 온전히 제 빛을 냈다. 쥐 떼는 우리가 지나쳐온 동작역, 구반포역 방향으로 사라졌다. 문득 마지막으로 쥐 떼가 향하는 곳은 어디일까 궁금했다. 그곳은 안전한 곳이려나?

"여기 먹을 거 있어!"

화니의 목소리가 들려왔다. 돌아보니 화니가 스포츠백을 들고 있었다. 그 안에 빵이 몇 개 들어 있었다. 지하철에서 죽은 누군가의 가방이었다. 나는 그제야 우리가 올라온 지하철 안을 둘러봤다. 시체들로 가득했다. 의자에 앉아 죽은 사람, 바닥에 널브러져 있는 사람, 문에 걸쳐져 죽은 사람, 깨진 창문에 걸쳐진 사람……. 지하철 안 곳곳이 시체로 가득했다.

"잠시만 기다려봐. 내가 좀 더 찾아볼게."

화니가 쪼르르 달려와 빵이 들어 있는 가방을 연아에게 주고는 다른 시체의 가방을 뒤지기 시작했다. 또 먹을 게 있나 싶어 뒤지는 것이다.

"괜찮……겠지?"

내가 화니를 보며 연아와 지태에게 물었다.

"안 될 게 뭐야. 이미 죽은 사람들인데…… 먹을 거 말고도 뭐 쓸 만한 거 있는지 뒤져보자."

지태가 대답하고는 시체들에게 다가가 가방과 주머니를 뒤졌다. 나는 연아를 쳐다봤다. 연아도 어깨를 으쓱해 보이고는 시체들에게 다가갔다.

그래. 안 될 게 뭔가. 산 사람은 살아야 한다.

나도 조심스레 시체들에게 다가갔다. 시체가 너무 많아 누구의 짐부터 찾아봐야 할지 애매했는데, 눈에 들어오는 한 사람이 있었다. 캠핑이라도 가는 길이었는지 등에는 백팩을, 상체에는 커다란 크로스백을 메고 있는 대학생처럼 보이는 남자였다. 가방을 뒤져보니 각종 옷가지와 세면용품부터 맥가이버 칼, 비상용 랜턴, 일회용 통조림, 폭죽 등등 먹을거리와 잡다한 도구들이 가득했다. 그래서 그가 메고 있던 백팩(내가 좋아하는 브랜드였다)을 벗겨 필요한 것들을 챙겨 넣었다. 충격으로 망가진 것도 많았지만 그중에서도 최대한 멀쩡한 도구들을 찾아 챙겼다. 그런데 갑자기 그의 몸이 경기를 일으키는 것처럼 퍼덕였다. 나는 깜짝 놀라 뒤로 넘어지면서 소리쳤다.

"죄송합니다! 안 가져갈게요! 죄송해요!"

남자는 이내 잠잠해졌다. 나는 어안이 벙벙한 표정으로 남자를 바라봤다. 방금 무슨 일이 일어난 건가 싶었다. 그는 더 이상 움직이지 않았다. 당연했다. 시체였으니까. 문득 누군가 쳐다보는 느낌이 들어 주위를 둘러보니 연아, 지태, 화니가 짐을 뒤지다 말고 나를 물끄러미 쳐다보고 있었다. 화니가 웃음을 터뜨렸다. 이어서 지태가 나를 보며 비웃듯 큰 소리로 웃었다. 연아는 간신히 웃음을 참으면서 나를 향해 말했다.

"가끔 죽은 지 얼마 안 된 시체는 근육 경련 때문에 움직이기도 한대. 살아 있는 게 아냐. 사후경련이라든가, 뭐 그런 걸 거야. 암튼 그렇다 해도 네 사과는 저분께 잘 전달됐을 거야. 내친 김에 절도 하지 그래?"

지태와 화니가 계속 낄낄대며 나를 놀려댔다.

분하지만 이럴 땐 아무런 변명도 하지 않는 게 상책이다. 나는 묵묵히 다시 남자의 백팩에다 물건들을 챙겨 넣었다. 연아 말대로 남자가 죽었다는 걸 알면서도 또 꿈틀하진 않을까 연신 눈치를 봤다. 감사합니다. 잘 쓸게요. 나는 두 손 모아 공손하게 인사하고는 남자의 백팩을 등에 메고 일어났다.

우린 각자 챙겨온 것들을 모아봤다. 연아는 나처럼 백팩에 스마트폰 충전기와 휴대용 와이파이 장치, 디지털 카메라, 노트북을 챙겨왔다. 아수라장 속에서 멀쩡한 기기들 위주로 잘 찾아왔다. 연아의 네트워크 접속이 우리를 여기까지 이끌었다고 해도 과언이 아니었기에 그녀가 챙겨온 것들을 모두 가져가기로 했다. 화니가 챙긴 것은 죄다 먹을 것이었다. 빵을 비롯해 주로 간식거리가 많았고, 도시락도 몇 개 있었다. 안타깝지만 앉아서 도시락을 먹을 여유는 없어서 그냥 놔두고 가기로 했다. 걸어가면서 먹을 수 있는 간식들만 챙겼다.

그리고 또 하나, 화니가 챙긴 것 중에는 돈이 있었다. 나와 지태, 연아는 이걸 어떻게 해야 하나 잠시 고민했다. 우린 고민 끝에 화니에게 돈은 두고 가자고 말했다. 우린 지금 생존을 위해 필요한 것들을 챙기고 있는 것이지 경제적으로 부족해서 시체를 뒤지는 건 아니니까. 이미 시체를 뒤지면서 윤리적 가책을 느끼고 있는 마당에 돈까지 챙기면 더 마음이 불편해질 것 같았다. 그리고 우리가 돈을 챙기지 않은 이유는 한 가지 더 있었다. 아무리 지랄 맞은 세상이어도 이렇게 쉽게 돈을 가져서는 안 된다는 걸 화니에게 알려주고 싶었다. 우린 이 이야기를 나누면서 화니를 친동생처럼 여기고 있다는 걸 깨달았다. 화니는 아쉬운 표정이었지만 우리 말을 듣고 돈을 제자리로 갖다 놓았다.

나는 캠핑을 가려던 것 같은 남자에게서 챙긴 물건이 전부였다. 일회용 통조림은 걸어가면서 떠먹기로 했다. 남자의 가방엔 숟가락, 젓가락도 하나씩 들어 있었다. 돌아가면서 사용하기로 했다. 혹시 몰라 폭죽도 챙겼다. 어느 영화에서 섬에 갇힌 커플이 폭죽을 터트리며 구조 요청을 하는 장면을 본 적 있었다. 마지막으로 지태는 창을 챙겼다. 아니, 창을 만들어 왔다. 지하철 손잡이였던 기다란 봉이 망가져 토막 난 걸 주워 와 양 끝에 커다란 식칼을 세 개씩 묶은 창이었다. 식칼은 지하철 잡상인이 팔려고 가져온 것인지 커다란 가방에 여러 개가 들어 있었다고 했다. 일본산 명품 식칼이라 적혀 있었지만 진품인지는 알 수 없었다. 지태는 자신이 만든 창을 자랑스러운 듯 내보였다. 괴물이 나타나면 사용할 무기라고 했다.

나와 연아는 지태의 창을 보면서 어이없는 표정을 지었지만, 화니는 신기하다며 쳐다봤다. 다행이었다. 한 사람이라도 호기심을 보이니. 지태는 뿌듯해하며 화니에게 창던지기 자세를 보여줬다. 화니가 까르르 웃음을 터뜨리며 좋아했다.

우리는 지하철에서 내려와 다시 노량진역 방향으로 걸어갔다. 바로 다음에 나올 역은 흑석역이다. 흑석역, 노들역만 지나면 드디어 노량진역이다.

우린 걸어가면서 화니와 내가 챙겨온 간식거리들을 먹었다. 화니와 지태는 일회용 통조림(번데기였다)을 따서 서로 번갈아가며 숟가락으로 퍼먹고, 연아는 빵을 먹고, 나는 핫바를 먹었다. 허기진 배가 조금 차올랐다. 우린 몇 가지를 더 먹었다.

"그런데 언니랑 오빠들은 가족인데 왜 나이가 같아? 쌍둥이야?"

흑석역을 지나갈 때쯤 화니가 물었다.

"우린 사실 피는 안 이어진 가족이거든."

내가 대답했다.

"우린 셋 다 어릴 적엔 그냥 친구 사이였어. 지금은 가족이지만."

지태가 이어서 대답했다.

"그럼 어쩌다가 가족이 된 거야?"

화니가 또 다시 물었다. 이번엔 연아가 자세히 설명해줬다.

"어릴 적에, 언니 오빠들이 지금 화니보다 한 살 어린 열 살이었을 때, 같이 집에서 놀고 있었어. 우리 아빠, 엄마들이 다 같이 놀러 갔었거든. 우리가 워낙 친해서 한 집에 모여서 캠핑하듯이 놀라고 하신 거야. 사실 말은 그렇게 했어도 아빠, 엄마들끼리 너무 친해서 우리들을 한 집에 놔두고 자기들끼리 놀러 가신 건지도 모르지.

그런데 그날 아빠 엄마들이 타고 간 봉고차가 교통사고를 당했어. 거짓말처럼 한번에 싹 다 돌아가셨지. 나랑 단이, 지태, 전부 다 하루아침에 고아가 됐어. 우린 그렇게 다 뿔뿔이 흩어질 뻔한 거야. 그런데 지태의 친엄마가, 참, 지태의 부모님은 지태가 어렸을 적에 이혼하셨거든. 하여튼 지태의 친엄마가 찾아와서 우리 셋을 모두 입양하셨어.

처음엔 많이 다투기도 했지만 지금 생각해보면 어떻게 피 한 방울 안 섞인 우리를 그렇게 돌봐줄 수 있었나 싶을 정도로 잘해주셨어. 나랑 단이랑 지태가 지금처럼 자랄 수 있었던 건 모두 엄마 덕분이야. 그래서 우린 쭉 같이 살게 됐고, 피 한 방울 안 섞인 가족이 된 거야."

연아가 화니에게 우리의 과거를 이야기해주는 동안 당시의 상황이 생생히 떠올랐다. 사실 부모님들을 여행 떠나게 만든 건 우리였다. 고작 열 살짜리 아이들만 남겨두는 게 못내 마음에 걸려 머뭇거리는 것을, 어린 나와 지태, 연아가 나서서 여행을 가시라고 했다. 아침 일찍 떠났다 저녁 늦게 돌아오는 당일치기 여정이라 우리의 억지가 먹혀든 것이리라. 당시 우리는 우리들끼리 멀리 떠나서 텐트를 치고 캠핑을 하는 게 꿈이었는데, 부모님이 집을 비우면 한 집에 모여서 캠핑 기분을 낼 수 있을 것 같았다. 그렇게 부모님들은 우리 셋의 적극적인 권유로 떨어지지 않는 발걸음을 뗐고, 그 뒤 다시는 돌아오지 못했다. 하루 동안 즐기려 했던 우리들의 캠핑은 지금까지도 끝나지 않을 캠핑이 되고 말았다.

"그럼 언니랑 오빠들이랑 결혼할 수도 있겠네?"

연아의 이야기를 다 들은 화니가 물었다.

그 순간 우리 셋 사이엔 정적이 흘렀다.

결혼, 가능하다. 우린 누구도 피가 섞이지 않았으니까. 상상해 본 적도 있다. 나와 연아가 결혼하거나 지태와 연아가 결혼하는 상상. 하지만 한 번도 그런 얘길 입밖에 꺼낸 적은 없다. 우리 셋이 셋이기 위해선 꺼내면 안 될 말이었다. 나와 지태 중 한 명이 연아와 결혼한다면 나머지 한 명은 자연히 멀어질 수밖에 없다. '우리 셋'은 죽을 때까지 '우리 셋'이었으면 좋겠다고, 내 마음속에 커져만 가는 무언가를 억누르며 그렇게만 생각해왔다.

나는 문득 연아를 쳐다봤다. 연아는 나에 대해 어떤 마음을 가지고 있을까?

"너 결혼이 뭔지는 아냐?"

지태가 화니에게 되물었다. 농담이기도 했고, 우리 셋 사이에 흐르는 정적을 깨기 위한 물음이기도 했다.

"그걸 왜 몰라? 나 빠구리도 알아."

화니의 대답에 우리는 기함했다.

"너 그런 거 어디서 들었어?"

지태가 격앙된 목소리로 소리쳤다. 연아와 나도 옆에서 놀란 표정으로 쳐다봤다.

"아저씨들이 맨날 얘기했어. 빠구……."

"야야! 됐어! 말하지 마! 듣고 싶지 않아!"

지태가 화니의 말이 끝나기도 전에 입을 막아버렸다. 화니는 뭔가 더 말하려고 했지만 지태가 놔주지 않았다. 우리 셋은 서로 쳐다보면서 킥 웃고 말았다. 이로써 우리 셋의 결혼 이야기는 잘 넘어갔다. 어색하지 않게.

같은 시각
B9: 비상센터

현국이 문을 열자 넓찍한 원형 공간에 최첨단 장비가 가득한 비상센터가 모습을 드러냈다. B9 비상센터는 노아를 관리하기 위한 각종 시설들이 집약된 곳이다. 노아에 머물던 용병들과 연구원들이 유니언들에 의해 죽어가면서 구조 요청을 보낸 곳도 바로 B9 비상센터였다. 현재 비상센터 한쪽에선 용병들이 컴퓨터 앞에 앉아 자료를 수집하는 중이었다. 중앙의 원형 테이블에는 재난을 수습해야 할 노아 프로젝트의 핵심 멤버들이 모여 있었다. 국방부 장관과 합참의장, 국가안보실장, 한국에너지공단 이사장과 신재생에너지센터장, 플루토의 김정수 상무와 성철희 박사, 허성운 용병대장, 경송철 인류학자, 그리고 국정원장까지. 대통령은 보이지 않았다. 아직 회의에 참여하지 않은 것 같았다.

"와서 앉아. 이번 테러의 배후 세력에 대해 얘기하는 중이었어."

국정원장이 현국에게 자기 옆에 와 앉으라는 듯 의자를 탁탁 쳤다. 현국은 국정원장 옆에 가 앉았다.
 "기 실장, 혹시 노숙자들은 뭐 수상한 거 없었나? 누군가와 긴밀하게 내통하고 있었다든지."
 현국이 자리에 앉자마자 안보실장이 따지고 물었다. 현국은 노아 프로젝트에서 노숙자들을 노아에 공급하는 역할을 맡고 있었다. 노숙자들에겐 숙식이 보장되는 일자리를 소개해주겠다며 노아로 안내했다. 노숙자들은 실제로 노아에서 국가가 제공하는 일자리를 얻었다. 다만 그 일자리는 자신의 몸을 내주는 일이었다. 노숙자들은 노아에서 실험체로 사용됐다.
 "지금 노숙자들을 의심하시는 겁니까? 이번 테러의 주범자로요?"
 현국이 안보실장에게 되물었다. 말이 되는 소리냐는 의미가 담겨 있었다.
 "아니, 노아 프로젝트에 대한 정보를 외부로 빼돌렸다거나 그러지 않았냐는 거지. 이번 테러는 분명히 외부에 조력자가 있을 거야. 유니언들끼리 지하철역을 다 폭파했을 리 없잖아. 노숙자들이 그랬을 리도 없고."
 안보실장이 대답했다. 이에 현국이 다시 대답했다.
 "노아로 내려간 노숙자들은 전원 실험체로 사용됩니다. 그들에겐 두 가지 결말이 존재합니다. 실험 도중 죽거나, 유니언으로 변하거나. 죽으면 당연히 정보를 빼돌릴 수 없고, 유니언이 되면 인간으로서의 이성과 지능이 사라져 말도 못 하고, 추가 생체 실

험을 거친 뒤에 인큐베이터에 갇혀 죽을 때까지 생체 에너지만 공급하지요. 정보가 새어 나갈 루트 같은 건 아예 없습니다."

 현국은 대답하면서 자기도 모르게 목소리에 힘이 들어갔다. 노숙자들이 노아 프로젝트의 실험체로 사용된다는 걸 처음 알게 됐을 때가 떠올랐다. 물론 처음에는 노숙자들을 실험체로 사용하는 프로젝트가 진행될 거라는 사실을 몰랐다. 사실 현국에게는 프로젝트에 대한 구체적인 정보가 전해지지 않았다. 국가 기밀 프로젝트에 노숙자들을 동원할 이유가 무엇인지 찜찜하면서도 상명하복이 몸에 밴 공무원으로서 상부의 지시를 어길 수 없었다. 나중에야 노아 프로젝트의 정체와 노숙자들이 실험체로 사용된다는 것을 알게 됐다. 모든 사실을 알게 된 현국의 반감은 걷잡을 수 없이 커졌다. 그로 인해 공황장애가 생기기도 했다.

 "그럼 대체 어떻게 정보가 새어 나갔단 말이야?"

 안보실장이 불만에 가득 찬 얼굴로 말했다. 그는 곧바로 플루토의 김 상무에게 화살을 돌려 물었다.

 "혹시 플루토의 용병들 중에 배신자가 있는 건 아닙니까? 적어도 1000명 정도 되는 용병들이 노아에 대해 알고 있지 않습니까?"

 그러자 김 상무가 자신만만한 목소리로 대답했다.

 "지난 50년 동안 돈을 배신한 용병은 한 명도 없었습니다. 우린 용병들에게 어디서도 받지 못할 최고급 대우를 해주고 있습니다. 그런 의심을 하시는 건 우리 용병들에 대한 모독이죠. 그리고 많은 용병이 노아를 지키고 있지만, 노아 프로젝트의 내용을 아는 용병은 극소수에 불과합니다. 여기 있는 허성운 용병대장 외 간부급만 프로젝트 내용에 대해 알고 있습니다. 즉, 정보를 빼돌리려고 해도 알고 있는 게 없다는 말입니다."

김 상무의 목소리에는 자신감을 넘어 오만함이 묻어났다. 그도 그럴 것이 초국적기업인 플루토는 용병들뿐만 아니라 노아 프로젝트에 소요되는 천문학적인 비용과 인적 자원을 모두 제공하고 있었다. 몇 가지 형식적으로 정부의 도움을 받는 것을 빼고는 노아 프로젝트의 모든 것이 플루토의 자본력으로 돌아가고 있었다. 그런데 노아 프로젝트를 최초에 기획하고 시작한 건 플루토가 아닌 선대 대통령이었다. 그때부터 역대 대통령들과 플루토의 은밀한 역사가 시작된 것이다.

이후에도 테러 배후 세력에 대한 다양한 의견이 나왔지만 좀처럼 결론이 나지 않았다. 각각의 의견에 대해 타당한 반론이 제기됐다. 어떤 세력을 지목해도 테러범일 이유보다는 테러범이 아닐 이유가 훨씬 더 분명했다.

"테러 배후 세력은 지하철역 CCTV가 확보되면 곧 윤곽이 잡힐 겁니다. 폭탄을 설치한 사람이 분명히 있을 테니까요. 사실 지금 그것보다 더 중요한 건 신야입니다. VIP도 아마 바로 신야부터 찾을 겁니다. 신야의 소재는 파악됐습니까?"

테러 배후 세력에 대해 논의하는 것이 더 이상 무의미하다고 판단한 허성운 용병대장이 신야로 화제를 전환했다. 하지만 누구도 제대로 대답하지 못했다. 다들 유니언들과 함께 지하 어딘가에 있을 거라고만 예상했다. 신야로 주제가 바뀌자 국정원장이 현국을 슬쩍 쳐다봤다. 현국이 신야에 대해 민감하게 반응할까 봐 걱정스러웠던 것이다. 다행히 현국은 회의 상황을 지켜볼 뿐 별다른 말이 없었다. 조계사에서 사내가 했던 말과 장 박사가 남긴 쪽지 때문에 머릿속이 복잡해서 아무 말이 들리지 않는 현국으로선 당연한 반응이었다.

그때 비상센터의 철문이 열리더니 이번 사태의 핵심 키를 쥐고 있는 인물이 나타났다. 박정근 대통령과 플루토의 이준 사장이었다. 비상센터에 있던 모든 사람이 자리에서 일어나 대통령을 맞이했다. 현국도 목발에 기대 몸을 일으켰다. 대통령은 모두에게 자리에 앉으라고 손짓하고는 회의 테이블 상석에 앉았다. 그의 바로 옆에 이준 사장도 앉았다.

'뱀 같은 인간들. 따로 무슨 얘기를 나누고 온 걸까?'

현국이 두 사람을 보면서 생각했다. 사람들은 지하 터널에 나타난 유니언들을 보면서 괴물이라고 말했지만, 현국이 보기에 그보다 더한 괴물은 눈앞의 저 두 명이었다. 노숙자들이 실험체로 사용되고 있다는 걸 알았을 때 가장 먼저 분노가 향한 사람도 대통령과 이준 사장이었다.

"노아 프로젝트에 새로 합류하게 된 사람을 소개하지."

대통령이 말했다. 그의 말이 끝나자마자 비상센터에 또 한 명의 괴물이 들어왔다. 조시 주한미군사령관이었다.

'결국 미국이 공식적으로 합류했군. 노아 프로젝트는 이제 한미 연합 프로젝트가 되는 건가.'

현국은 주한미군사령관을 보면서 생각했다. 노아 프로젝트는 오직 대한민국 대통령과 그 측근들, 플루토의 관계자들에게만 전승되듯 내려온 50여 년 역사를 지닌 극비 프로젝트다. 아마 한국에 군부대가 주둔하고 있는 미국은 노아 프로젝트에 대해 눈치를 챘으면서도 그동안 기회를 엿보고 있었을 것이다. 자신들이 노아 프로젝트의 주도권을 쥘 수 있는 기회를. 이번 대규모 지하 테러는 미국이 노아 프로젝트에 대해 접근할 수 있는 공식적인 기회를 열어준 셈이었다.

"이제부터 노아 프로젝트의 주체는 대한민국, 플루토, 그리고 미국이 될 겁니다. 함께 이 사태를 수습하고 계속해서 노아 프로젝트를 진행하는데 미국도 기꺼이 동의했습니다."

대통령이 주한미군사령관을 가리키며 말했다. 주한미군사령관도 화답하듯 말했다.

"그동안 한국이 비밀리에 노아 프로젝트를 진행할 수밖에 없었던 상황에 깊이 공감합니다. 하지만 그 때문에 이런 사태가 생기고 말았습니다. 이제부턴 노아 프로젝트에 대한 모든 사항을 공유해주기 바랍니다. 오늘부로 미국이 노아 프로젝트에 대해 배제되는 상황이 생긴다면 우리로선 더 이상 묵인할 수 없습니다."

주한미군사령관의 말투나 태도에선 거만한 분위기가 뚝뚝 묻어났다. 대통령은 주한미군사령관의 말이 끝나자 불편한 심기를 드러내듯 크게 숨을 내쉬었다. 미국이 보기에도 노아 프로젝트는 거부하기 힘든 매력적인 프로젝트였을 터, 그들은 분명 이번 테러를 기회로 삼아 노아 프로젝트에 대한 실권을 모두 장악하려들 것이다. 노아 프로젝트의 성과, 즉 신야를 손에 쥔다면 이 세계의 진정한 주인이 될 수 있을 테니까.

"테러 배후 세력은 파악됐습니까?"

대통령이 비상센터에 모인 멤버들을 쳐다보며 물었다. 다들 서로 눈치를 보면서 대답을 미뤘다. 할 수 없이 용병대장이 나서서 대답했다.

"지금 지하철역의 CCTV를 확보 중입니다. 폭탄을 설치한 사람을 찾으면 가닥이 잡힐 것 같습니다."

용병대장의 대답이 끝나자마자 대통령이 또 질문을 던졌다.

"신야는 지금 어디 있습니까?"

회의실 안의 모두가 또 서로 눈치를 보는데, 용병대장이 한숨을 내쉬고는 대답했다.

"그것도 파악 중입니다."

그러자 대통령의 눈빛이 매섭게 변했다.

"찾을 방법은 있고?"

날카롭게 쏘아붙이는 대통령의 질문에 이번엔 용병대장도 아무런 대답을 못 했다. 대신 국정원장이 나섰다.

"만약 지상으로 나갔거나 사람들 사이에 나타난다면 분명히 신고가 들어올 겁니다. 일단 조금 더 기다려보시는 게 좋을 것 같습니다. 그리고 반대로 생각해보면, 아직 신야에 대한 어떤 신고도 들어오지 않았다는 건 노아에 있다는 것으로도 추측할 수 있습니다. 현재 테러의 양상을 봐도 노아에 있을 가능성이 농후

합니다."

대통령은 잠시 생각에 잠겼다.

"만약 노아에 있다면 어떻게 하실 생각이신지요?"

현국이 대뜸 대통령에게 물었다. 국정원장은 현국이 혹시라도 쓸데없는 소리를 할까 봐 조마조마했다. 대통령이 현국의 질문에 대답했다.

"당연한 거 아닌가? 찾아서 생포해야지."

"그럼 만약 이번 테러에 신야가 연루되었다면 어떻게 하실 겁니까?"

현국의 이어진 질문에 순간 회의실의 공기가 무거워졌다.

"신야가 이번 테러를 저질렀단 말인가?"

"그럴 가능성에 대해 말씀드리는 겁니다."

대통령은 현국을 노려봤다. 현국 또한 대통령을 쳐다봤다. 분위기가 날카로워지자 국정원장이 중간에 나서서 말했다.

"아직 아무것도 확인된 바 없는 이야기입니다. 신경 쓰지 마십시오."

대통령은 심기가 불편한 듯 흠흠 마른기침을 했다. 현국이 뭐라 더 말하려 했지만 국정원장이 현국을 노려보며 고개를 가로저었다. 현국은 어쩔 수 없이 입을 다물었다. 그때 용병대장이 한 부대원의 호출을 받고는 자리에서 일어나 용병들의 개인 컴퓨터를 확인하러 갔다. 그는 한층 심각해진 얼굴이 되어선 돌아와 대통령에게 말했다.

"대통령님, 방금 저희 부대원이 폭발이 일어나기 직전 강남역

CCTV 영상을 확보했습니다."

대통령과 회의실 안에 있는 모든 사람이 반색했다. 하지만 용병대장의 이어진 말은 다시 회의실 안의 분위기를 가라앉게 만들었다.

"그런데 영상이 조금 이상합니다. 저희로서는 이해할 수 없는 영상이 찍혔습니다."

테러 발생 8시간 44분 경과
9호선 노들역 부근

우린 계속 걸어가 노량진역 바로 전 역인 노들역에 도착했다. 노들역 승강장 근처에 trainking74의 말대로 변전소가 보였다. 출입문은 붕괴 잔해로 뒤덮여 있어서 벽에 금이 가면서 생긴 작은 틈으로 들어가봤다. 노들역 변전소 역시 신반포역 변전소와 마찬가지로 네모난 철제 설비들이 가득했다. 대부분 망가졌지만, 몇 곳에선 전력이 들어왔다. 만약 괴물을 피해 숨어야 할 상황이 생긴다면 여기에 숨자고 우리끼리 말을 주고받았다.

띠링. 스마트폰에서 문자 알림음이 울렸다. 지금 시각은 새벽 2시. 문자 메시지가 올 만한 시간이 아니다. 아, 혹시 스티브인가? 스티브는 지금 미국에 있을 테니까. 스마트폰을 확인해보니 예상과 달리 기찬이었다.

「야, 너희 몸 괜찮냐? 나 지금 좀 이상하다. 괴물들처럼 변하는 것 같다. 씨발……. 감염된 것 같기도 하고.」

이게 다였다.

나는 놀라서 바로 기찬이에게 전화를 걸었다. 하지만 받지 않았다. 다시 해도 받지 않았다.

"이 새끼, 거짓말하는 거 아냐? 괜히 안전한 곳에 가서 심심하니까 우리 놀래주려고 말이야."

지태가 말했다.

"설마. 이런 마당에 그런 장난치겠어?"

연아가 손사래치며 말했다.

"근데 장난이 아니면…… 지금 기찬이가 괴물로 변했다는 건데……."

나의 말에 순식간에 분위기가 무거워졌다. 지태가 다시 말했다.

"그럼 감염 경로는? 사람들이 눈 마주치는 게 감염 경로인 것 같다고 했잖아. 기찬이 새끼가 괴물이랑 눈 마주친 적 있어?"

"그건 모르지. 본인만 알겠지."

내가 대답했다.

"있어. 아까 눈 마주쳤을 거야."

화니가 확신에 찬 목소리로 말했다. 우리는 의아한 얼굴로 화니를 쳐다보며 물었다.

"언제?"

"괴물한테 깔렸었잖아. 그때 단이 오빠가 총 쏴서 구해줬고."

맞다. 그때라면 분명히 눈을 마주쳤을 수도 있다. 기찬이 바로 위에 괴물이 올라탔고, 기찬이를 쳐다보면서 죽이려고 했으니까.
"그럼 진짜…… 감염 경로가 눈 마주치는 게 맞단 말이야?"
지태는 자신이 말하면서도 여전히 믿을 수 없다는 표정이었다. 연아가 스마트폰을 꺼내 페이스북에 글을 올렸다.

「지금 바깥 상황은 어떤가요? 여기서 빠져 나간 제 친구가 자기 몸이 변하고 있다면서 감염된 것 같다고 연락이 와서요. 감염자들이 더 생겼나요?」

아까와 마찬가지로 순식간에 댓글이 쫙 달렸다.

「조금 전부터 감염자들 폭발하고 있습니다.」
「최초 감염자가 한 시간 전쯤인가에 나왔는데 지금 벌써 몇십 명 된대요. 아무래도 지하에서 나온 생존자들 전부 다 격리시켜야 될 듯.」
「군인들이 검역소에서 못 나오도록 막고 있습니다. 이상 증세 보이면 바로 다 죽이고 있대요.」
「제 친구가 질병관리본부 소속인데, 집에서 절대 나가지 말고 누가 와도 절대 문 열어주지 말고 인터폰으로도 눈 마주치지 말랍니다.」
　└「그럼 진짜 눈 마주치는 게 감염 경로임?」
　└「이게 무슨. 이제 서로 눈도 못 쳐다보겠네.」
　└「근데 왜 공식 발표를 안 함? 정부든 질병관리본부든.」
「검역소 지금 난리 났답니다. 감염자가 계속 나온대요. 만약 감염자가 한 명이라도 검역소에서 탈출하면 아침에 감염자 천지 될 듯.」
「방금 재난경보문자 또 왔는데, 필수 지참 목록에 선글라스, 안대도 들어가 있네요. 그거 끼면 괜찮은 건가?」
「이대로 가다간 장님들만 살아남겠습니다.」
「링크 첨부합니다.」

아래 링크 주소가 적혀 있었다. 터치하니 동영상이 떴다. 군인들이 우릴 이송하려고 했던 검역소에서 찍은 영상인 것 같았다. 지하 생존자들이 빽빽이 모여 대기하는 광경이 보이다가 촬영자 옆쪽에서 소란이 일었다. 촬영자가 소란스러운 쪽으로 카메라를 향하자 놀랍게도 괴물처럼 몸이 변이 중인 사람이 보였다. 아직 대부분 사람의 모습이긴 했지만, 한쪽 팔만 괴물처럼 부피가 커져 옷이 찢어지면서 흉측한 모습으로 변했다. 주위 사람들이 비명을 지르면서 둥그렇게 물러서는데, 우습게도 모두 감염자와 눈을 마주치지 않기 위해 손으로 눈을 가리고 있는 모습이었다. 그래서 자기들끼리 부딪히면서 우왕좌왕했다.

잠시 후 감염자의 나머지 한쪽 팔도 괴물처럼 커지면서 옷이 찢어졌다. 감염자는 그런 자신의 팔을 보면서 소리를 질렀다. 얼굴과 몸통, 다리는 사람인데 양쪽 팔만 괴물처럼 흉측하게 변한 모습이었다. 감염자가 눈물을 흘리면서 제발 자신을 어떻게 좀 해달라며 사람들에게 다가갔지만 눈을 가리고 있는 사람들은 감염자가 다가오는 소리를 듣자 겁에 질려 달아났다. 그러면서도 계속 눈을 가리고 있어 자기들끼리 부딪히고 넘어지고 난리가 났다. 그때 사람들을 뚫고 여러 명의 군인이 나타나더니 감염자를 사살했다. 감염자는 수십 발의 총탄을 맞고 쓰러졌다. 동영상은 거기서 끝났다.

그리고 몇 개의 링크가 더 있었다. 모두 몸이 변이 중인 감염자들이 찍힌 영상으로, 주위 사람들은 하나같이 손으로 눈을 가리면서 달아나고 있었다. 군인들이 나타나 감염자를 사살한 뒤에도 사람들은 절대 서로를 쳐다보지 않았다. 이제 사람들끼리 눈도 마주치지 못하는 세상이 온 건가?

"기찬이 새끼…… 총 맞은 건 아니겠지?"

지태가 동영상을 보면서 걱정스레 말했다.

"방금 문자도 왔으니까 괜찮겠지……."

내가 아니길 바라며 대답했다. 하지만 살아 있더라도 무슨 의미가 있을까? 괴물로 변했다면…….

연아가 화니를 쳐다봤다. 기찬이는 안됐지만 그나마 화니가 기찬이를 따라 나서지 않은 게 다행이라는 듯한 눈빛이었다. 연아가 화니의 머리를 쓰다듬었다. 고개를 든 연아와 난 서로의 눈을 쳐다봤다. 이렇게 서로의 눈을 오래도록 들여다볼 수 있다는 사실 하나만으로도 다행이라는 생각이 들었다.

우리는 더 이상 감염자에 대해 알아보는 걸 그만뒀다. 더 이상 조사해봤자 시간 낭비였다. 집수정을 통해 탈출하면 우린 검역소를 가지 않아도 되니 오히려 안전할 수도 있다. 지금 우리가 신경 써야 할 건 노량진역에서 엄마를 구출하고 집수정으로 달아나는 일뿐이다. 그래도, 기찬이는 부디 무사하길, 속으로 간절히 바랐다.

 우리는 변전소를 나와 노량진역에 가기 전 지하수 집수정을 찾아봤다. 노량진역까지 600미터가량 남았음을 알리는 표지판 근처에 철문이 하나 있었다. 집수정 입구인 듯했다. 그런데 철문을 아무리 당겨봐도 열리지 않았다. 잠겨 있었다. 손잡이 부분에 열쇠 구멍이 있긴 했지만, 이 마당에 어딜 가서 열쇠를 찾아온단 말인가?

 우리는 망설임 없이 철문의 손잡이를 부수고 들어가기로 했다. 노들역 승강장으로 가 잔해 더미 속에서 비상용품 세트를 찾아냈다. 그 안에서 망치를 꺼내와 철문 손잡이를 내리쳤다. 완전히 부서질 때까지 몇 번 더 내리쳐 잠겨 있던 철문을 열었다.

 우리는 철문을 열고 안쪽으로 들어갔다. 좁고 긴 통로를 지나가니 쇠그물처럼 생긴 그레이팅 커버가 바닥에 놓여 있는 원형 공간이 나왔다. 우린 그레이팅 커버 위에 섰다. 위를 올려다보니 몇 미터인지 짐작할 수 없을 만큼 공간이 높게 뚫려 있었다. 우리가 발을 딛고 있는 그레이팅 커버 아래로 물이 높게 차올라 찰랑거리고 있었다. 수면 아래로 배수 펌프가 보였다. 전력이 끊어졌는지 펌프는 작동하지 않았다. 조금 전 지나쳐온 변전소의 전원이 내려가면서 이곳의 펌프도 작동을 멈춘 것 같았다.

 옆을 보니 계단이 원형 벽면을 따라 빙글빙글 돌면서 올라갔다. 한참 올라가 높이 있는 계단의 끝에 사다리가 있었다. 사다리는 벽에 붙어 일직선으로 원형 공간의 꼭대기까지 올라갔다.

사다리의 끝, 까마득한 꼭대기에 집수정 뚜껑이 보였다. 또 하나의 그레이팅 커버였다. 촘촘한 쇠그물 사이로 희미하게 빛이 새어 들어왔다. 그 빛이 영롱하게 느껴졌다. 달빛이다. 저 그레이팅 커버를 열고 나가면 마침내 지상이다.

지상으로 나갈 수 있는 통로를 눈으로 확인하자 힘이 솟았다. 지긋지긋한 이곳에서의 탈출이 코앞이다. 기필코 엄마와 함께 저 그레이팅 커버를 열고 나가 온몸으로 달빛을 받아내리라!

우린 집수정을 나와 노량진역으로 향했다. 노량진역으로 가는 터널은 커브 길이었다. 휘어진 터널을 따라 한 걸음 한 걸음 옮기는데, 가장 맡기 싫었던 냄새가 풍겨왔다. 악취였다. 괴물의 냄새. 우린 자세를 낮추고 터널 벽으로 붙었다. 발소리가 나지 않게 천천히 이동했다. 악취가 점점 강해졌다. 미약하지만 부스럭거리는 소리도 들려왔다. 이 소리의 정체가 괴물이라면 그리 숫자가 많은 것 같진 않았다.

휘어진 터널 길이 끝나자 다시 직선 길이 나오면서 노량진역 승강장이 보였다. 대략 100미터 정도 거리였다. 우리는 최대한 벽에 밀착해서 노량진역 승강장을 살펴봤다. 역시나 노량진역 승강장도 다른 곳처럼 폐허가 되어 있었는데, 승강장에 괴물 몇 마리가 있었다. 하나, 둘, 셋, 넷……. 총 네 마리였다. 두 발로 걷는 A 타입 괴물과 날개 달린 B 타입 괴물이 두 마리씩 있었다. 괴물들은 무언가를 찾는 듯 쿵쿵대며 노량진역 승강장을 뒤적거리고 있었다. 여태껏 한 번도 보지 못한 행동이었다. 뭘 찾고 있는 걸까? 혹시 생존자들을 찾아 죽이려고 하는 걸까?

 그때, 괴물들이 알 수 없는 행동을 했다. 노량진역 승강장에서 샛강역 방향으로 가는 선로에 마치 트럭의 사각 짐칸처럼 생긴 수송 차량이 있는데, 그 안에 시체들을 담기 시작했다. 조금 더 자세히 보기 위해 연아가 아까 지하철에서 챙긴 디지털 카메라를 백팩에서 꺼내 사진을 찍었다. 사진을 확대해 보니, 시체가 아니라 살아 있는 사람들처럼 보였다. 움직임을 담을 수 없는 사진이라 정확히 생사를 판단하기는 어려웠다. 연아는 노량진역 승강장의 모습을 동영상으로 찍어 노트북의 큰 화면으로 재생시켰다.

 "아냐, 시체가 아니라 살아 있는 사람들이야. 봐. 분명히 살아 있어."

 연아가 노트북으로 동영상을 확대하면서 말했다. 화면이 어둡긴 했지만 움직이는 영상으로 보니 수송 차량에 실리는 사람들은 모두 겁에 질린 얼굴로 비명이 터져 나오려는 걸 참으며 눈동자만 돌리는 모습이 확인됐다. 생존자가 확실했다. 괴물들은 생존자들만 수송 차량에 싣고 있었다. 여태껏 지나쳐 온 9호선 지하철역들에 왜 시체들만 있었는지 알 것 같았다. 생존자들은 모두 괴물들이 데려갔기 때문이었다. 그런데 대체 왜? 생존자들을 어디로 데리고 가는 거지?

 "엄마는? 엄마도 저기 있을 거잖아. 살아 있으면 저기에……."

 지태가 차마 말을 끝맺지 못했다. 맞다. 엄마도 생존자니까 저 수송 차량에 실렸을 가능성이 컸다.

"카메라 줘. 가까이 가서 내가 찍어올게. 엄마가 어디에 있는지부터 찾아야 돼."

내가 연아에게서 카메라를 받았다.

"괜찮겠어? 괴물한테 들키면 안 돼."

연아가 걱정스레 말했다.

"무슨 걱정이야. 우리에겐 지태의 창이 있잖아."

연아를 안심시키기 위해 내가 장난스레 말했다. 연아는 나의 농담에 조금 마음이 놓이는 얼굴이었다.

"내가 던지면 백발백중이긴 한데, 창은 하나뿐이란 걸 명심해. 저놈들은 네 마리야."

지태가 웃으면서 창을 들어 보였다.

나는 피식 웃고는 카메라를 들고 노량진역 승강장에 가까이 다가갔다. 승강장을 두루 촬영하기 위해 터널 중앙 기둥에 붙어서 이동했다. 승강장은 기둥을 중심으로 양옆에 위치해 있었다. 나는 노량진역 승강장에서 대략 50미터 정도 떨어진 곳까지 간 후 멈춰 섰다. 더 이상 다가가면 괴물들의 눈에 띌 것 같았다. 디지털 카메라를 들어 동영상 모드로 세팅한 후 승강장을 두루 촬영했다. 괴물들은 여전히 생존자들을 수송 차량에 싣고 있었다. 혹시라도 나를 쳐다볼까 봐 가슴이 쿵쾅댔다. 손이 떨리는 걸 최대한 참으며 촬영을 마친 후 나는 다시 아이들이 있는 곳으로 돌아갔다.

카메라를 받은 연아는 바로 노트북에 동영상을 재생시켰다. 승강장 구석구석을 확대하면서 엄마가 어디에 있는지 찾아봤다.

"잠깐만. 거기, 거기! 조금만 되돌려봐."

지태가 다급하게 말했다.

연아가 동영상을 앞으로 되돌렸다. 괴물 중 한 마리가 생존자의 다리를 들어 수송 차량에 옮기는 모습이 보였다. 연아가 몸이 거꾸로 들린 생존자의 얼굴을 확대했다.

겁에 질린 중년 여성의 얼굴이 보였다. 괴물의 손에 들린 사람은, 엄마였다.

테러 발생 9시간 10분 경과
9호선 노량진역 부근

엄마가 괴물들에게 잡혀 수송 차량에 들어갔다. 그토록 찾아 헤맸던 엄마의 얼굴을 눈앞에서 확인했는데 그게 괴물들에게 잡혀가는 모습이라니……. 엄마는 소리를 지르면 죽을까 봐 필사적으로 입을 막고 있었다. 엄마의 겁에 질린 두 눈동자가 내 가슴을 찢어놓았다.

나는 마음이 급해졌다. 괴물들은 저 수송 차량을 어떻게 하려는 걸까? 어디로 옮기려고 하는 걸까? 왜 생존자들만 골라서 데리고 가는 걸까? 괴물들의 행동을 이해할 수 없었다. 조금만 빨리 왔어도 엄마를 데리고 집수정으로 나갈 수 있었는데. 제기랄. 대체 왜 우리 엄마를 데리고 가는 거냐고!

나는 애써 마음의 평정을 찾기 위해 심호흡했다. 그래. 이 마당에 엄마가 살아 있는 것만 해도 얼마나 다행스러운 일인가? 아직 살아 있으니까 어떻게든 구해오기만 하면 된다. 괴물들이 저 수송 차량을 어떻게 할 목적인지는 몰라도 노량진역을 떠나기 전에 엄마를 구해 오면 된다. 이 기회를 놓쳐선 안 된다.

우린 빠르게 머리를 모았다. 엄마를 구하기 위한 다양한 의견들이 쏟아져 나왔다. 그러나 결국 어떤 작전이든 선행되어야 할 건 승강장에 있는 괴물 네 마리를 쓰러트려야 한다는 결론이었다. 좋아. 아까 한 마리를 죽여봤잖아. 이번엔 네 마리일 뿐이다. 할 수 있다. 할 수 있다.

"일렉트릭 데스 매치."

연아가 말했다.

내가 연아를 쳐다봤다. 지태와 화니도 연아를 의아한 눈빛으로 쳐다봤다.

"괴물들을 물리칠 우리 작전명이야. 아무리 생각해도 이 방법밖에 없어."

연아가 이어서 말했다. 그녀의 표정이 사뭇 비장했다.

"설명해줘. 어떤 작전인데?"

나 역시 비장한 눈빛을 띠며 물었다. 일렉트릭 데스 매치라니. 게임 제목 같은 작전명이었다. 연아가 자신이 구상한 작전에 대해 설명해줬다. 나와 지태, 화니는 흥미진진한 게임 스토리를 듣는 것처럼 연아의 설명에 빠져들었다. 연아는 사실 스마트폰에 능할 뿐만 아니라 비디오 게임에도 조예가 깊었다. 엄마가 나와 지태에게 운동화나 트레이닝복 등 운동용품들을 사주실 때 연아에게는 스마트폰, 비디오 게임기 같은 전자 기기들을 잔뜩 사주셨는데, 그게 이러한 아이디어의 원천이 된 것 같았다. 실제로 연아가 지금 낸 아이디어는 어느 비디오 게임 속 에피소드 공략법을 그대로 적용한 거라고 했다.

　연아의 설명을 들을 땐 할 수 있을 거라는 생각이 들었는데, 다 듣고 나니 문득 게임은 게임일 뿐이고 현실은 다를 거라는 생각이 들었다. 다시금 불안해졌다. 연아에게 질문하지 않을 수 없었다.

　"그래서 그 게임은 다 클리어했어?"

　그러자 연아가 대답했다.

　"아니, 난이도가 너무 높아서 하다가 포기했어."

　제길. 아이디어를 낸 네가 그렇게 말하면 어떡하냐? 우리 작전 성공할 수 있는 거 맞아?

　이런 내 마음을 눈치챘는지 연아가 이어서 말했다.

　"너무 걱정하지 마. 그때는 나 혼자 했고, 이번엔 너희들이랑 같이 하잖아. 분명히 성공할 거야."

　연아의 대답에 나는 얼음이 녹는 것처럼 불안한 마음이 사르르 녹아내렸다. 연아의 단호한 마음에 비하면 나의 정신은 얼마나 깃털 같나? 나는 연아가 알려준 주문을 떠올렸다. 미타쿠예 오야신. 우리는 하나로 연결되어 있다. 우린 함께다. 우린 할 수 있다.

　우리들은 급조한 작전을 실행에 옮기기 위해 준비 과정을 마친 뒤 각자 작전 실행 자리로 이동했다. 나, 연아, 지태, 화니, 한 명 한 명의 역할이 다 중요했다. 실패하면, 아마도 우린 다 죽을 것이다.

작전의 스타트는 내가 끊었다. 나는 터널 중앙 기둥에 붙어 노량진역 승강장을 향해 다가갔다. 90미터, 80미터, 70미터, 60미터……. 승강장과의 거리가 점점 줄어들었다. 승강장에선 여전히 괴물들이 생존자들을 수송 차량에 옮기고 있었다. 나는 괴물들이 눈치채지 못하게 대략 승강장과 40미터 정도 떨어진 거리에 멈춰 섰다. 더 이상 가까이 가면 작전이 실패할 수도 있다.

나는 기둥 뒤에 숨어서 메고 있던 백팩에서 미리 준비해둔 폭죽을 꺼냈다. 아까 지하철에서 죽어 있던 남자의 가방에서 가져온 폭죽이다. 50발짜리 미사일형 폭죽을 다섯 개씩 테이프로 감아 총 2세트를 만들었다. 그러니까 총 500발의 폭죽이었다. 나는 폭죽 두 세트에 불을 붙여 기둥을 중심으로 양쪽 선로에 하나씩 놔뒀다. 두 세트 모두 심지가 타 들어갔다. 그사이 나는 백팩에서 막대기 모양으로 생긴 스파클링 폭죽 열 개를 꺼냈다. 선로에서 미사일형 폭죽이 터지는 소리가 들려왔다.

퍼퍼펑! 펑! 펑! 퍼펑!

펑펑! 퍼퍼펑! 펑!

미사일형 폭죽 500발이 기다렸다는 듯 큰 소리를 내며 터져 나갔다. 터널 천장과 벽에 부딪히며 난장판이 됐다. 희뿌연 화약 연기가 지하 터널을 완전히 뒤덮었다. 덕분에 괴물들이 있는 승강장에서 보기엔 이쪽에서 상당히 많은 사람이 위협하는 것처럼 보일 것이다. 폭죽은 계속해서 터졌다. 연기가 자욱해져 승강장이 잘 보이지 않았다. 하지만 승강장에서도 내가 보이지 않을 것이다. 괴물들은 아마도 잔뜩 경계하고 있을 것이다.

 미사일형 폭죽이 다 터지자 사방이 조용해졌다. 500발이라고는 해도 10초면 다 터진다. 이제 내가 나설 차례다. 나는 희뿌연 연기 속에 서서 스파클링 폭죽에 불을 붙인 뒤 다섯 개씩 양손에 쥐고 높이 들었다. 양손에서 막대 모양의 스파클링 폭죽들이 불꽃을 내며 타 들어갔다. 괴물들이 나를 볼 수 있도록, 최대한 여러 사람인 것처럼 보이도록 나는 선로 사이를 왔다 갔다 하며 펄쩍펄쩍 뛰었다. 희뿌연 연기 속에서 불꽃이 뛰어 다녔다.

 나를 봐라, 이 괴물들아. 나를 봐. 너희들 보라고 폭죽까지 들고 있잖아. 나를 봐. 날 봐.

 선로 사이를 펄쩍펄쩍 뛰면서 나의 심장은 미친 듯이 펄떡였다. 아드레날린이 과도하게 분비됐다. 내가 지금 뭘 하고 있는 걸까? 죽으려고 환장한 것도 아니고. 모르겠다. 다 모르겠고, 나를 똑바로 봐라, 이 개새끼들아. 나를 봐. 나를 보라고!

 "야, 이 씨발놈들아!"

 나의 절규에 가까운 외침이 지하 터널에 메아리처럼 울려 퍼졌다.

 그때였다. 텅텅텅텅! 괴물들이 뛰어오는 소리가 들렸다. 희뿌연 연기 사이로 괴물들의 모습이 어슴푸레하게 보였다. 승강장에 있던 네 마리의 괴물이 나를 향해 달려오고 있었다.

 지금이다. 나는 뒤돌아서서 선로와 기둥 사이의 평평한 지면에 몸을 웅크리고 스타트 준비 자세를 취했다. 마음속으로 출발 신호를 보냈다.

하나, 둘, 셋…….

엉덩이를 들었다.

스타트!

나는 총알같이 튀어 나갔다. 선로와 기둥 사이, 좁고 평평한 지면을 질주하기 시작했다. 이 좁은 길이 나의 트랙이었다. 뒤에서 괴물들이 나를 쫓아왔다.

달린다. 이것 하나만 생각한다. 오로지 달린다.

스프린터의 본분은 달리는 것이다. 한 가지 더. 누구보다도 빠르게 달릴 것.

나는 오랜만에 스프린터의 본분으로 돌아갔다. 뒤에선 괴물들이 쫓아오고 있었다. 괴물보다 빠르게 달리지 않으면 죽는다. 나는 지금 아무것도 보이지도, 들리지도 않는다. 달린다, 라는 감각만 내 안에 살아 있다.

나는 공기의 저항을 최소화하기 위해 상체를 약간 숙이고 스파클링 폭죽을 든 오른팔, 왼팔을 가슴까지 쳐 올리며 힘껏 휘둘렀다. 보폭이 거의 3미터 가까이 커지면서 나의 골반은 아래위로 크게 흔들렸다. 골반의 흔들림만큼 킥의 힘이 커지면서 누구도 따라올 수 없는 추진력을 얻었다. 온몸의 근육이 터져 나갈 것 같이 부풀어 올랐지만, 나의 몸동작 하나하나는 물 흐르듯 유연했다.

리듬감, 이라고 한다. 군더더기 없는 자세로 앞으로 쑥쑥 치고 나가는 리듬감이 나의 전신을 지배했다. 두말 할 것 없이 내 인생 최고의 달리기다. 이 순간만큼은 온 세상이 내 것이다.

내 앞에서 직선 길이 끝나고 커브 길이 나타났다. 자연스럽게 커브 길을 따라 몸을 기울이고 안쪽 팔은 짧게, 바깥쪽 팔은 크게 쳐 올렸다. 온몸으로 커브를 탄다는 느낌으로 달렸다. 자칫 넘어질 것 같았지만 그래도 속력을 떨어뜨리진 않았다. 무조건 최고 속도로 달린다. 나는 순식간에 커브 길을 지나 다시 직선 코스로 접어들었다. 곧 결승선에 도착한다. 저 앞에 이번 레이스의 결승선이 보였다. 지하수 집수정. 저곳이 바로 내가 도착해야 할 결승선이다.

으아아아아! 나도 모르게 입에서 소리가 터져 나왔다. 마지막 스퍼트다. 바로 여기서 괴물과 나의 승부가 판가름 날 것이다. 내 예상대로라면 괴물들은 바로 내 뒤까지 쫓아왔을 것이다. 숨이 목구멍까지 차 올랐다. 하지만 여기서 속도를 줄일 순 없다. 그랬다간 죽는다. 그래서 이건 연아 말대로 '데스 매치'다. 조금만, 조금만 더 달려가면 된다.

지하수 집수정 입구가 빠른 속도로 가까워졌다. 나는 속도를 줄이지 않고 지하수 집수정 안으로 뛰어 들어갔다. 내 바로 뒤로 괴물들도 쫓아 들어왔다. 나는 좁고 긴 통로를 지나 푹 꺼진 아래로 뛰어들었다. 아래엔 물이 고여 있었다. 물 위를 덮고 있던 원형 그레이팅 커버는 미리 빼놓았다. 그러자 내 뒤를 쫓아오던 괴물들도 나를 쫓아 아래로 뛰어들었다. 풍덩, 풍덩! 물보라가 크게 일면서 괴물들이 물에 빠졌다. 하지만 녀석들이 잡으려 했던 나는 정작 물속에 없었다. 물에 뛰어드는 척하면서 통로의 끄트머리에 매달린 것이다.

나는 다시 통로 위로 올라왔다. 그런데 뒤늦게 달려온 괴물 한 마리가 나를 향해 돌진해왔다. 놈을 보는 순간 나는 시간이 멈춘 것처럼 숨이 멎어버렸다. 놈이 포효하면서 나의 머리를 물어뜯으려는데, 나는 반사적으로 몸을 숙여 다시 통로 끄트머리에 매달렸다. 괴물은 달려오는 속도를 못 이기고 나를 지나쳐 물속에 풍덩! 빠졌다. 헉헉. 죽다 살아난 나는 재빨리 통로 위로 올라와 지하수 집수정을 빠져 나갔다.

"올려!"

소리치곤 지하수 집수정 철문을 닫았다. 철문 안쪽에서 물이 첨벙거리는 소리와 함께 괴물들의 기괴한 비명이 들려왔다. 나의 외침을 듣고 지태가 노들역 변전소에서 전력을 올렸다. 물에 고압전류가 흐르면서 괴물들이 죽어갔다. 작전명 '일렉트릭 데스 매치'. 전원이 내려간 집수정 펌프의 전선을 잘라내 물속에 넣고, 괴물들을 그 속에 빠트린 후 변전소의 전력을 가동시키는 작전이었다.

곧 괴물들의 비명이 잦아들면서 집수정 안이 조용해졌다. 철문에 기댄 채 나는 폐가 고장 난 것처럼 숨이 헐떡였다. 노들역 방향에서 지태가 창을 들고 뛰어오는 모습이 보였다. 이 마당에도 지태는 창을 버리지 않았구나.

"괜찮아? 어떻게 됐어?"

지태가 나를 보며 소리쳤다. 하지만 나는 대답할 여유조차 없었다. 겨우 한 손을 들어 올려 오케이 사인만 보냈다. 나는 심호흡을 하면서 숨을 진정시킨 뒤 지태와 함께 지하수 집수정 안으로 들어갔다. 혹시나 괴물들이 죽지 않고 튀어 나올까 봐 조심스레 한 발짝씩 옮기는데, 물 위에 괴물들이 축 늘어져 둥둥 떠 있는 모습이 보였다.

"죽은 거…… 겠지?"

지태가 괴물들을 보며 불안한 듯 물었다. 겉모습만 봐선 괴물들이 죽은 건지 기절한 건지 알 수 없었다.

"죽었을 거야. 비명이 겁나 컸거든. 그래도 기절한 걸 수도 있으니까 빨리 엄마 찾아서 여기 뜨자."

나와 지태는 지하수 집수정에서 빠져 나왔다. 이제 연아와 화니가 승강장에서 엄마만 구출해 나오면 작전 성공이다. 연아와 화니는 내가 괴물들을 지하수 집수정으로 유인하는 사이 노량진역 승강장에서 엄마를 구출해 오는 역할을 맡았다. 나와 지태는 드디어 엄마를 만날 수 있다는 생각에 들뜬 마음으로 노량진역을 향해 달렸다. 그런데 대뜸 지태가 말했다.

"야, 단아. 그런데 괴물들 말이야. 네 마리 아니었냐?"

내가 당연하다는 듯 대답했다.

"그렇지. 네 마리였지."

순간, 우리 둘은 약속이나 한 것처럼 선로 위에 멈춰 섰다. 물 위에 떠 있던 괴물들의 시체가 하나, 둘, 셋……, 세 마리였던 것 같은데……. 나는 지태를 쳐다봤다. 지태 역시 나를 쳐다봤다. 우리의 두 눈은 지진이 난 것처럼 떨렸다. 우린 다시 지하수 집수정으로 달려갔다. 제발 네 마리가 떠 있길 바라며 괴물들의 숫자를 확인하는데, 하나, 둘, 셋……, 세 마리였다. 온몸의 털이 쭈

뺏 섰다. 한 마리가 살아 있다……!

 나와 지태는 허겁지겁 지하수 집수정을 뛰쳐나가 노량진역 승강장을 향해 달려갔다. 승강장에서 연아와 화니가 양옆에서 부축하고 엄마와 함께 오는 모습이 보였다. 엄마다. 분명히 엄마였다. 두 눈을 믿을 수 없었다. 드디어 엄마가 우리들에게 돌아왔다.

 "작전 성공이야! 이제 나가자!"

 연아가 해맑게 소리쳤다. 지하 터널에 갇힌 이래 가장 밝은 목소리였다. 하지만 나는 그런 연아에게 밝은 목소리로 답할 수 없었다. 지하 터널 천장에 박쥐처럼 매달린 채 괴물이 우리를 노려보고 있었기 때문이었다.

테러 발생 9시간 50분 경과
9호선 노량진역 부근

"빨리 와! 아직 한 놈 더 있어!"

 나의 외침에 연아가 그게 무슨 소리냐는 듯 얼빠진 표정을 지었다. 그 순간 천장에 매달려 있던 괴물이 크게 포효하더니 날개를 펼치며 바닥에 착지했다. 그러곤 바로 연아, 화니, 엄마에게 달려들었다. 연아가 뒤를 보더니 기겁하며 몸이 굳어버렸다. 제길!

"뛰어!"

 내가 연아를 향해 달려가며 소리쳤다. 화니가 넋이 나간 연아의 팔을 잡아당겼다.

"언니, 빨리! 빨리!"

 연아가 그제야 정신을 차리고 엄마를 부축하며 도망쳤다. 연아와 엄마, 화니가 나를 향해 달려오고, 나는 세 여자를 향해 달려갔다. 세 여자 뒤로는 괴물이 땅에 착지해 쫓아오고 있었다.

먹이를 노리는 짐승처럼 네 발로 맹렬히 뛰어왔다.

"뒤돌아보지 마! 나만 보고 달려!"

내가 세 여자에게 소리쳤다. 돌아보는 순간 끝난다. 저토록 가까이서 달려오는 괴물을 보면 누구라도 다리에 힘이 풀려버릴 것이다. 나는 있는 힘을 다해 세 여자를 향해 달렸다. 하지만 엄마가 두 다리를 아예 못 쓰는 상태라 셋의 도망치는 속도가 너무 느렸다. 괴물과 세 여자의 거리가 무서운 속도로 가까워졌다. 제발, 제발 빨리 달려줘…. 조금만 더……!

그러나 내 바람과 달리 괴물은 더 빠른 속도로 세 여자 바로 뒤까지 쫓아왔다. 나는 아직 셋에게 닿기엔 조금 멀었다. 나는 다리가 떨어져 나갈 것처럼 죽어라 달렸다. 안 된다. 안 돼. 제발… 제발……. 누구라도 제발 우리를 좀 구해줘……! 제발……!

쉬이이이익.

순간, 뭔가가 내 옆을 지나 날아갔다. 연아와 화니, 엄마 바로 뒤까지 쫓아온 괴물의 가슴팍에 퍽! 하고 뭔가가 꽂혔다. 창이다. 지태가 던진 창이었다!

꾸에에에엑! 기괴한 비명을 지르며 괴물이 튕겨 나갔다. 가슴에 창이 꽂힌 채 바닥을 뒹굴며 괴로워했다. 지태 이 자식, 한 건 해냈다!

그사이 나는 세 여자와 만나 엄마를 등에 업었다. 나는 엄마에게 조금만 더 힘내서 내 목을 꽉 잡으라고 외쳤다. 지태를 보니 자기가 무슨 짓을 한 건지 모르겠다는 얼빠진 얼굴을 하고 있었다. 너 인마, 방금 창던지기 금메달 딴 거야!

"뭘 멍청히 서 있어! 빨리 달려!"

내가 지태에게 소리치며 괴물의 반대 방향, 즉 집수정이 있는 방향으로 달렸다. 내 뒤로 연아와 화니, 지태가 쫓아왔다. 집수정까지는 대략 600미터를 더 달려가야 한다. 괴물은 지태의 창에 맞긴 했지만 죽은 게 아니었다. 다시 쫓아오기 전에 집수정으로 들어가야 한다.

우린 아무 말 없이 계속 달렸다. 모두의 숨소리가 거칠어졌다. 심장이 터질 것 같았다. 도핑 스캔들 후 훈련을 하지 않은 게 후회됐다. 이럴 줄 알았으면 몸을 더 만들어놨어야 했는데!

등에 업힌 엄마가 나에게 뭐라고 말했지만 들리지 않았다. 그저 엄마의 따뜻한 목소리만 느껴졌다. 집수정 입구가 보였다. 저 철문을 열고 들어가 빨리 위로 올라가야 한다. 빨리…….

그때였다. 콰콰쾅! 갑자기 커다란 콘크리트 더미가 날아와 집수정 입구 언저리에 박혔다. 우리는 깜짝 놀라 급하게 멈춰 섰다. 연이어 콘크리트 더미가 날아와 터널 벽면을 때렸다. 그러자 집수정 입구를 감싸던 벽면부터 터널의 천장까지 충격으로 연이어 무너졌다. 제기랄! 괴물이 던진 것이다.

일단 우린 각자 흩어져 몸을 피했다. 하지만 터널은 속절없이 붕괴됐다. 견고해 보이던 터널 벽면은 한 번 균열이 생기기 시작하자 퍼즐 조각처럼 전체가 흔들리며 와르르 무너졌다. 나는 최대한 구석으로 피해 엄마와 나의 몸을 지키려다가 무너지는 콘크리트 더미에 머리를 부딪치며 바닥을 뒹굴었다. 등에 업혀 있던 엄마와도 떨어졌다. 나는 비틀거리며 일어나 엄마에게 가려고 했지만 무섭게 떨어지는 콘크리트 조각들이 내 앞을 가로막았다. 나는 또 다시 떨어지는 콘크리트 더미에 몸을 부딪치며 바닥에 쓰러졌다. 콘크리트 더미가 끝도 없이 떨어졌다. 나는 바닥에 엎드린 채 양손으로 머리를 감쌌다.

 엄마. 엄마를 데리고 와야 되는데……. 나는 계속 엄마를 생각하며 터널의 붕괴가 멈출 때까지 머리를 감싸고 바닥에 웅크리고 있었다. 영원 같은 몇 초가 지나자 붕괴가 멈췄다. 살아 있는 건가? 살며시 고개를 들었다. 붕괴의 충격으로 형광등이 나가 어두컴컴했다. 고개를 돌릴 때마다 온몸이 두들겨 맞은 것처럼 욱신거렸다. 입에는 먼지와 붕괴 잔해가 들어가 텁텁했다. 침을 뱉었다. 나는 살아 있다. 또 살아남았다.

 엄마. 엄마부터 찾아야 해.

 나는 바닥에서 일어났다. 온몸의 근육이 찢어지는 것처럼 아팠다. 두 발을 땅에 딛자 오른쪽 발목에서 뼈가 끊어지는 듯한 통증이 느껴졌다. 나는 제대로 서지 못하고 휘청했다. 어지러웠다. 머리를 흔들며 정신을 차려보려고 했지만 지하 터널이 눈앞에서 빙글빙글 돌았다. 나는 필사적으로 어두컴컴한 주위를 살피며 엄마를 찾았다. 하지만 머리에서 흘러내리는 피가 시야를 가렸다. 붕괴 잔해에 발이 걸려 엉덩방아를 찧고 말았다. 다시 일어나려고 오른발을 딛자 발목의 통증이 저릿하게 올라왔다. 결국 힘이 빠져 풀썩 무릎을 꿇고 주저앉아버렸다. 도저히 일어날 수 없었다. 몸도, 정신도 한계에 달했다. 앞에는 먼지바람이 안개처럼 자욱했다. 먼지 때문인지 내 눈이 감기는 건지 시야가 점점 흐릿해졌다. 아무래도 의식을 잃어가는 것 같았다.

그때 눈앞에 검은 물체가 다가왔다. 괴물이었다.

제길. 도망쳐야 되는데…… 몸이 말을 듣지 않았다. 나는 무릎을 꿇고 앉은 상태로 괴물과 눈을 마주치지 않기 위해 놈의 얼굴 아래로 눈동자를 내리깔았다. 괴물의 가슴팍에는 여전히 창이 꽂혀 있었다. 인간으로 치면 심장이 있는 위치였다. 지태가 기가 막히게 잘 던지긴 했다. 평소 시합에선 한 번도 저렇게 던진 적 없던 녀석이. 괴물의 가슴팍에선 검붉은 액체가 계속 흘러내리고 있었다.

가만 보니 놈의 몸이 떨리는 것 같았다. 서 있기도 힘들어 보였다. 그 때문일까. 괴물이 나를 공격할 것 같지 않았다. 그런 예감이 들었다. 그때, 괴물의 손에 들린 엄마가 보였다. 나의 동공이 확장됐다. 엄마는 의식을 잃은 듯 눈을 감고 있었다. 평온해 보이는 얼굴이었다. 괴물이 돌아섰다. 비틀거리면서 선로를 걸어갔다. 아마 노량진역 방향이리라.

안 돼……. 엄마는…… 내려놓고 가.

하지만 입밖으로 소리가 나오진 않았다.

젠장…… 가지 말라고…….

괴물과 함께 멀어지는 엄마를 보면서, 나는 바닥에 쓰러지고 말았다.

CHAPTER 3.
지하 세계

테러 발생 10시간 50분 경과
9호선 노들역 부근 변전소

중학생인 나와 지태가 트레이닝복 차림으로 한강 고수부지 산책로를 조깅하듯 달렸다. 옆에선 연아가 자전거를 타고 따라왔다. 우린 야외 훈련이라는 이름으로 학교 수업을 빠지고 바깥으로 나왔다. 기분 좋은 바람이 살갗을 부드럽게 스치고 지나갔다. 나른한 오후 햇살이 한강물에 반짝였다. 사람들은 삼삼오오 모여 잔디밭에, 스탠드에, 벤치에 앉아 시간을 보냈다. 평화로운 한때였다.

  지태가 앞쪽 매점에 먼저 도착하는 사람이 아이스크림을 사기로 하자며 먼저 달려 나갔고, 내가 그러는 게 어디 있냐며 황급히 지태의 뒤를 쫓았다. 연아도 자전거 페달을 밟으며 속력을 냈다. 잠시 후 내가 가장 먼저 매점에 도착해 지태를 놀리며 아이스크림을 골라 오자 지태가 연아의 자전거 뒤에 타고는 함께 도망갔다. 이미 아이스크림을 손에 든 나는 주인 아저씨가 계산하라고 손을 내밀자 에라 모르겠다 하며 연아의 자전거를 쫓아 줄행랑쳤다. 배가 불룩 나온 아저씨가 뒤뚱뒤뚱 쫓아오다가 우리를 놓쳤다. 나는 연아와 지태에게 배신자들이라며 소리쳤고, 지태는 자전거에 탄 채 내 아이스크림을 빼앗아 먹으려다 균형을 잃고 연아와 함께 옆으로 넘어졌다. 둘은 비명을 지르며 잔디밭을 뒹굴고 나는 그 모습을 보며 크게 웃음을 터뜨렸다.

때마침 엄마에게 전화가 왔다. 엄마는 학교에 있어야 할 녀석들이 왜 전화를 받느냐고 소리쳤다. 나는 엄마에게 학교에 있을 아들한테 왜 전화를 했냐고 소리쳤다. 엄마가 껄껄 웃으시더니 오늘 저녁에 삼겹살을 먹자며 일찍 들어오라고 말했다. 연아와 지태가 옆에서 상추랑 막장은 필수라며 양념갈비도 먹자는 둥 난리를 쳤다. 엄마는 시끄럽다면서 우리에게 사고치고 다니지 말라고 잔소리를 늘어놨다. 엄마의 잔소리는 우리가 사랑받고 있음을 알려주는 묘한 능력이 있었다. 기분 좋은 잔소리였다. 언제까지고 엄마가 우리들 곁에서 잔소리를 해줄 거라고 생각했다.

그날 한강은 더없이 평화로웠다. 햇살도 바람도 강물도, 다 우릴 위해 존재하는 것 같던 열다섯 살의 어느 날, 우리들의 잊지 못할 순간들이 그렇게 지나가고 있었다.

눈을 떴다. 천장에서 기분 나쁘게 깜빡이는 형광등 불빛이 보였다. 벌떡 일어났다. 네모난 철제 설비들. 붕괴된 출입구. 금이 간 벽. 노들역 변전소였다.

나도 모르게 볼을 타고 눈물이 흐르고 있었다. 당황하며 손으로 닦아냈다. 이제 다신 오지 않을 어떤 순간의 꿈이었다. 한강에서 보낸 그날은 우리가 평소 보내는 그저그런 하루였을 뿐이다. 특별히 기억되지도 않을 일상의 어느 순간이 이토록 그립게 될 줄이야. 나는 터져 나오려는 눈물을 가까스로 막아냈다.

"정신 좀 들어?"

지태의 목소리였다.

뒤를 돌아봤다. 연아와 지태, 화니가 벽과 철제 설비에 기대 쉬고 있었다. 아이들을 보자 내가 처한 현실이 새삼 절실하게 느껴졌다.

"엄마는? 엄마는 어떻게 됐어?"

내가 다급하게 물었다. 연아와 지태, 화니 모두 쉽게 대답하지 못했다.

"괴물한테 잡혀 가고…… 그 뒤는 몰라. 휴대폰은 아예 꺼져 있어."

연아가 어렵게 대답했다. 툭 건드리면 울음이 터져 나올 것 같은 얼굴이었다.

엄마를 마지막으로 봤던 순간을 떠올렸다. 괴물의 손에 들린 엄마……. 아마 수송 차량에 옮겨져 어디론가 이송됐을 것이다. 쾅! 바닥을 내리쳤다. 분했다. 내가 엄마를 놓치지만 않았어도. 끝까지 엄마를 계속 붙잡고만 있었어도.

"다들 미안해……. 진짜 미안해……."

나는 자책했다. 여기까지 어떻게 달려왔는데……. 모든 게 내 탓인 것만 같았다. 내 등에 업혀 있던 엄마의 온기가 떠올랐다. 엄마는 내 품까지 왔다가 다시 사라졌다. 변명할 여지없이 엄마를 놓친 건 나다. 나는 분한 마음에 또 주먹으로 바닥을 쳤다. 쾅쾅쾅.

"그만해. 네가 미안할 게 뭐야."

지태가 내 팔을 잡았다.

"그래, 단아. 자책하지 마. 그런 상황에서 우리가 다 죽지 않은 것만 해도 다행이야. 엄마는 무사할 거야. 다시 구해 오면 돼."

연아가 나를 위로했다.

"그나마 네가 엄마를 업고 뛰어서 우리가 그 정도라도 도망칠 수 있었던 거야. 아님 우리는 벌써 다 죽었어. 물론 내가 창을 잘 던지기도 했지만."

지태가 힘없이 미소를 지었다. 아픈 미소였다.

"엄마 어디로 갔는지 알아?"

내가 물었다.

"몰라. 일단 네가 의식을 잃어서 몸을 피하는 게 중요했어. 다시 노량진역으로 가봐야지."

"그 수송 차량이 어디로 갔는지 노량진역을 지나서 계속 따라가보면 알 수 있지 않을까? 가다 보면 단서가 있겠지."

연아와 지태가 순서대로 대답했다.

"그럼 일단 노량진역에 다녀와보는 게 어때? 혹시라도 수송 차량이 그대로 있을 수도 있잖아. 그걸 먼저 확인해보는 게 좋을 것 같아."

이번엔 화니가 말했다. 어른스러운 말투였다.

"그래, 그렇게 하자. 여기서 노량진역은 지하철역 하나만 더 가면 되니까."

 나는 대답하며 일어섰다. 그런데 오른쪽 발목이 욱신거려 나도 모르게 짧은 비명을 내뱉었다.

 "괜찮아? 너 발목 퉁퉁 부어 있어서 일단 파스 뿌리고 붕대 감아놨어. 다행히도 여기 노들역에 응급용품이 있더라."

 오른쪽 발목을 봤다. 연아의 말대로 정성스레 감긴 붕대가 보였다. 다시 조심스레 오른발을 내디뎠다. 아직 욱신거리긴 했지만 이 정도면 걸을 만했다.

 "그런데 나 얼마나 쓰러져 있었어?"
 "대충 30분 정도? 근데 너 무슨 꿈 꿨냐? 표정 좋아 보이던데."
 지태가 물었다. 나는 아무것도 아니라고 대답했다. 어떤 꿈을 꿨는지 말하면 우리 모두 너무 슬퍼질 것 같았다.

 나와 연아, 지태, 화니는 노들역 변전소를 나갔다. 조금 전의 붕괴로 터널의 형광등이 꺼진 곳이 많아 어두컴컴했다. 연아가 가방에서 비상용 랜턴을 꺼내 하나씩 건넸다.

 "혹시 몰라서 챙겨놨어. 어두울 것 같아서."

 우린 각자 랜턴을 켜고 노량진역으로 향했다. 조금 걸어가니 집수정 입구 부근에 무너진 터널 잔해가 산처럼 쌓여 있었다. 집수정 입구는 완전히 막혔다. 엄마는 또 어디서 찾으며, 우린 또 어떻게 지상으로 나가야 할까?

 "근데 다들 몸은 괜찮아? 다친 건 나뿐이야? 이렇게 많이 무너졌는데."

내가 잔해 더미를 넘어가면서 물었다.

"왜 안 다쳤겠냐? 우리 몸 봐라."

지태가 대답했다. 나는 지태와 연아, 화니의 몸을 랜턴으로 비췄다. 이제 보니 다들 팔 다리에 붕대 하나쯤은 감고 있었다. 피곤한 기색도 역력했다. 그렇다. 우린 너무 많이 다치고 지쳤다.

조금 더 걸어가 노량진역 승강장에 도착했다. 승강장엔 괴물이 한 마리도 없었다. 대신 생존자 역시 한 명도 보이지 않았다. 수송 차량도 없었다. 수송 차량이 있던 자리엔 검붉은 액체 자국만 남아 있었다.

의식을 잃기 전 마지막으로 봤던 괴물의 몸을 떠올렸다. 손에는 엄마를 들고 있었고, 창에 찔린 가슴팍에선 검붉은 액체가 떨어지고 있었다. 이 검붉은 액체는 그놈의 흔적 같았다. 이 흔적을 따라가보면 수송 차량의 행방도 알 수 있을 것이다.

우린 잠시 어떻게 할까 고민하다가 검붉은 액체 자국을 따라가기로 결정했다. 검붉은 자국은 노량진역 다음 역인 샛강역 방향으로 이어졌다. 마치 우리를 인도하는 것처럼 띄엄띄엄 바닥에 떨어져 있었다. 5분쯤 걸어가자 더 이상 자국을 따라갈 수 없었다. 정확히 뭐라 표현해야 될지 모르겠는데…… 터널이 도중에 끊어졌기 때문이었다.

아마도 이런 걸 싱크홀이라 부를 것이다. 터널 아래 거대한 구멍이 뚫려 있었다. 싱크홀 건너부터 다시 샛강역 방향으로 터널이 이어졌지만 쉽게 넘어갈 수 있는 거리가 아니었다. 얼핏 봐도 구멍의 직경이 30미터는 되어 보였다. 싱크홀 속은 칠흑 같은 어둠이었다. 모든 걸 집어 삼킬 듯한 암흑만이 존재했다. 깊이가 어느 정도일지 가늠조차 되지 않았다. 오로지 암흑만이 그곳에 있었다. 검붉은 액체 자국도 당연히 여기서 끊어졌다. 괴물이 수송 차량을 끌고 왔다면 아마도 이 싱크홀 속으로 들어간 것 같았다.

 불을 켠 채 랜턴을 싱크홀 속으로 던졌다. 랜턴은 암벽에 통통 부딪치면서 계속 내려갔다. 싱크홀은 아래로 내려갈수록 좁아지는 암벽으로 둘러싸여 있었다. 랜턴은 계속 내려갔다. 계속, 계속 내려갔다. 이제 그만 멈출 때도 되지 않았나 싶은데 끝없이 아래로 떨어졌다. 그러다 바닥을 만났는지 추락을 멈췄다. 암벽에 부딪히면서 고장 나 불빛이 깜빡거렸다. 불빛은 우리로부터 너무 멀어져 하나의 점처럼 보였다. 외롭게 명멸하는 하나의 점이 싱크홀의 어마어마한 깊이를 실감하게 해줬다. 실로 엄청난 깊이였다. 감히 몇 미터인지 가늠하기도 힘들었다. 아찔했다. 저곳에 엄마가 끌려갔단 말인가? 저토록 깊은 지하에?

 깜빡거리던 랜턴은 생명을 다한 듯 서서히 불빛이 사라져갔다. 불빛이 완전히 사라지고 나자 싱크홀은 다시 암흑에 휩싸였다. 끝을 알 수 없는 암흑을 쳐다보고 있자니 블랙홀처럼 모든 것이 빨려 들어갈 것 같은 기분이 들었다. 엄마를 다시 구하면 된다는 희망도, 여기서 살아 나갈 수 있다는 의지도 모두 블랙홀 속으로 빨려 들어가고 말았다. 우리에게 남은 건 어두컴컴한 절망뿐이었다. 저 싱크홀에서 어떻게 엄마를 구해온단 말인가?

 "저기에…… 엄마가 있는 거야?"

 연아가 말했다. 울먹이는 목소리였다. 연아는 믿기지 않는다는 듯 표정을 일그러뜨리더니 이내 흐느끼기 시작했다. 고개를 떨어뜨렸다. 여태껏 누구보다 차분하게, 이성적으로 잘 버텨온 연아가 울고 있었다. 연아는 싱크홀 앞에 주저앉아 두 손에 얼굴을 파묻고 서럽게 울었다. 엉엉 울었다. 그러자 옆에 있던 화니도 눈물을 글썽이더니 연아의 팔을 붙잡고 훌쩍였다. 이내 울음으로 변했다. 화니도 엉엉 울었다.

"다들 진정해……. 엄마, 찾아야지……."

나는 눈물이 나려는 걸 겨우 참으며 말했다. 하지만 눈물은 전염되는 것인지 망연한 표정으로 싱크홀을 바라보던 지태 역시 고개를 돌려 눈물이 흐르는 걸 숨기려 했다. 하지만 이미 늦었다. 바닥으로 지태의 눈물이 뚝뚝 떨어졌다. 지태의 어깨가 가냘프게 떨렸다.

"무서워……."

뒤돌아선 지태가 울먹이는 목소리로 말했다.

"씨발…… 무섭다고……! 무서워 죽겠다고!"

울먹이는 지태의 목소리가 점점 절규로 바뀌어갔다. 지태가 눈물범벅이 된 얼굴로 나와 연아, 화니를 쳐다봤다.

"이러다 우리 아무도 모르게 죽는 거 아냐? 대체 이 빌어먹을 모험을 언제까지 해야 되는 건데? 나가려는 족족이 다 무너지고 죽고 터지고! 흐흑……. 이제 이런 싱크홀까지 나오고……! 누가 우리 죽이려고 작정한 것처럼…… 대체 우리한테 왜 이러는 거냐고……!"

지태가 말을 잇지 못하고 흐느꼈다.

나도 눈물이 흘러내렸다. 눈물샘이 고장 난 것처럼 계속 눈물이 흘러내렸다.

"우리……."

연아가 울먹이면서 말을 꺼냈다.

"우리 한 번 더 구조 요청 해보자. 혹시 모르잖아. 해보자. 응?"

연아의 제안은 희망에 찬 의지인 것처럼 포장되어 있었지만 사실은 절망의 늪에 빠지지 않기 위한 몸부림에 불과했다.

'이거라도 해보자. 안 그러면 나 죽을 것 같아.'

연아의 떨리는 눈빛이 그녀의 마음속 목소리를 대변해주고 있었다. 지태가 곧바로 스마트폰을 꺼내 112, 119를 비롯한 각종 긴급신고번호로 전화했다. 그런데 전화가 잘 터지지 않았다. 조금 전의 터널 붕괴로 근처 통신 장비에 문제가 생긴 것 같았다. 전화가 되지 않으니 마음이 더 불안해졌다. 결국 지태가 소리를 지르며 스마트폰을 바닥에 집어 던지더니 마구 밟아댔다. 지태는 이성을 잃어가고 있었다. 불행히도 우린 지금 다 그런 상태였다.

이번엔 연아가 스마트폰을 꺼내 전화를 걸었다. 역시 전화가 잘 터지지 않자 싱크홀 앞 여기저기를 돌아다니면서 안테나가 연결되는 곳을 찾아다녔다. 가끔 112나 119 센터와 연결돼도 대기하라는 안내 멘트만 나올 뿐, 아무도 전화를 받지 않았다. 지금도 사람들의 구조 요청 전화가 폭주 중인 듯했다. 그러다 연아의 전화가 기적적으로 연결됐다.

"네, 다산콜센터 최미영입니다. 무엇을 도와드릴까요?"

서울시 종합민원 전화, 서울생활 행복 도우미, 120 다산콜센터 상담원이었다.

"다산······콜?"

지태가 울먹이면서 말했다. 112나 119, 재난대책본부 같은 곳이 아니어서 의아한 표정이었다. 나 역시 순간 멍한 표정이 됐다. 다산콜이라면 저번에 가족 나들이 코스를 추천 받느라 재미 삼아 전화해본 곳인데······.

"저희요! 지금 지하 터널에 갇혀 있어요! 9호선이고요! 밖으로 나갈 수 없어요!"

연아가 수화기에 대고 외쳤다. 그래, 지금은 그런 걸 따질 때가 아니잖아. 여기라도 연결된 게 어딘가? 이런 재난 상황에도 다산콜이 운영되고 있다니!

"아이고, 애들이구나······."

상담원은 엄마와 나이가 비슷해 보이는 목소리의 아주머니였다. 우리가 자식이라도 된 것처럼 안타까워하는 게 느껴졌다.

"일단 침착하게 말해봐요. 지금 9호선이고, 위치가 정확히 어디에요? 무슨 역 쪽?"

우리는 연아 주위로 모여들었다.

"9호선 노량진역 쪽이에요! 엄마가 괴물들한테 납치됐어요! 저희 좀 구해주세요!"

연아가 상담원에게 외쳤다.

"여기 싱크홀 같은 것도 있어요! 여기로 엄마가 끌려갔어요!"

지태가 외쳤다.

"저희들 좀 구해주세요! 저희 다들 많이 다치고 힘들어요!"

내가 외쳤다.

"살려주세요! 여기 너무 무서워요!"

화니가 울면서 외쳤다.

우린 다산콜센터 상담원이 대통령이라도 되는 것처럼 계속 살려달라고 외쳤다. 사실 우린 외부에 있는 누군가의 목소리를 들은 것만으로도 반갑고 기뻤다. 우린 지하 터널에 너무 오랫동안 방치돼 있었다.

"하아……, 저기……, 지금 무섭겠지만 침착해야 돼요. 아시겠죠……? 주위에 다른 어른들은 없어요?"

상담원이 조심스럽게 우리에게 물었다. 우리들은 다 죽었다고, 산 사람은 괴물들이 다 데리고 갔다고, 우리 엄마도 끌려갔다고 소리쳤다. 여기로 빨리 구조대 좀 보내달라고, 너무 무섭고 힘들다고, 미칠 것 같다고 소리쳤다. 왜 아무도 우리 안 구해주냐고, 여기가 얼마나 무서운지 아냐고, 오늘 몇 번이나 죽을 뻔했는지 아냐고 소리쳤다.

상담원은 한동안 말을 잇지 못했다. 무슨 말을 할 듯하다가 훌쩍이는 소리만 들려왔다. 옆에 다른 사람이 있는지 사람들의 말소리도 어렴풋이 들려왔다.

'어떡해……. 애들이 갇혔나 봐……. 어떡하냐, 어떡해…….'

그 소리를 듣자 우린 왈칵 눈물이 쏟아졌다. 우리 여기 갇힌 거 맞다고, 제발 좀 살려달라고 엉엉 울면서 소리쳤다.

"학생들…… 나이가 어떻게 돼요?"

상담원이 목소리를 가다듬고는 물었다. 우린 세 명은 열아홉 살, 한 명은 열한 살이라고 대답했다. 우리 엄마는 마흔두 살이라고, 고아였던 우리들을 다 입양해서 키워줬다고, 무조건 엄마랑 같이 여기서 나가야 된다고, 제발 좀 도와달라고 했다. 우린 울부짖고 있었다.

상담원이 눈물이 흠뻑 스며든 목소리로 말했다.

"내가 학생들 위치도 알았고 상황도 알았으니까 여기서 재난대책본부에 전화해서 구조 요청 할게요. 하지만 큰 기대는 하지 마세요. 아까부터 다산콜센터로 구조 요청 전화가 계속 오고 있어요. 전화가 올 때마다 내가 재난대책본부에 전화해서 전달했는데……, 지금 서울이 완전히 엉망이어서……, 당장 구조하러 가는 건 힘들다는 답변만 들었어요. 그래서 내가 화를 내면 알겠다고 하고는 전화를 끊었어요. 그러니까 학생들도…… 내가 몇 번이고 전화해서 구조 요청은 하겠지만…… 그것만 믿고 기다리고 있으면 안 돼요. 무슨 말인지 알겠죠?"

우리는 엉엉 울기만 했다. 어떤 대답도 하지 못했다. 눈물 외엔 무엇도 나오지 않았다.

"마음 같아선 내가 직접 가주고 싶은데……."

상담원이 눈물을 삼켰다.

"미안해요. 이 아줌마가 미안해……. 미안해……."

상담원도, 우리도, 한동안 전화기를 붙잡고 하염없이 눈물만 흘렸다. 싱크홀이 우리들의 눈물로 채워질 만큼.

테러 발생 11시간 31분 경과
9호선 노들역 부근 변전소

한바탕 눈물을 쏟아낸 우리는 냉정을 되찾았다. 다산콜센터 상담원이 구조 요청을 해준다고 했지만 사실상 헛수고일 가능성이 컸다. 수만 명의 사상자가 발생한 이 재난 상황에서 우리를 먼저 구조하러 오는 기적 같은 일은 기대하기 힘들다. 그것만 믿고 기다릴 순 없었다. 또 다시 우리 스스로 나서야 했다. 그렇지만 다산콜센터 상담원의 호의는 깊이 간직할 것이다. 그녀와의 통화로 우리는 절망의 늪에서 빠져 나올 수 있었다. 싱크홀에 빼앗겨 버린 희망과 의지를 되찾을 수 있었다. 무섭지만, 여전히 무섭지만, 앞으로 한 발짝 내디딜 용기를 얻었다.

우리는 노들역 변전소로 돌아왔다. 연아가 챙겨 놓은 휴대용 와이파이 장치를 이용해 노트북으로 페이스북 계정에 접속했다. 마지막으로 접속한 건 노량진역에서 '일렉트릭 데스 매치' 작전을 구상할 때였다. trainking74와 여러 사람의 도움으로 급하게 짠 작전을 보다 완벽해지도록 다듬을 수 있었다. 그 뒤로 많은 댓글이 달려 있었다. 작전은 성공했는지, 괴물들은 죽였는지, 엄마는 구했는지, 집수정으로 나왔는지, 호기심과 걱정을 담은 댓글들이 가득했다. 연아가 페이스북 계정에 장문의 글을 남겼다.

「결론부터 말씀 드리자면, 우리 네 명은 모두 무사합니다. 경미한 부상은 좀 입었지만요. 하지만 지하 터널에서 나가진 못했고, 엄마 역시 구출하지 못했습니다. 거의 구할 뻔했는데, 괴물들의 습격으로 엄마를 놓치고 말았습니다. 믿기 어렵겠지만, 엄마는 괴물에게 납치됐습니다. 괴물들은 노량진역 승강장에 매몰된 사람들 중 생존자들을 골라서 수송 차량에 옮기고 있었어요. 엄마도 그중 한 명이었고요. 무슨 목적인지는 모르겠습니다. 하지만 생존자들을 모아 어디론가 데려간 건 맞습니다. 나중에 노량진역으로 가봤더니 수송 차량과 괴물이 함께 사라졌거든요.

그래서 우리는 수송 차량을 옮긴 괴물에게 상처를 입혔던 걸 떠올리고 그 흔적을 따라가봤습니다(세 마리는 작전에 성공해 죽였습니다). 샛강역 방향으로 괴물의 흔적이 이어졌는데, 놀랍게도 정체불명의 싱크홀 앞에서 흔적이 끊어졌어요. 싱크홀 사진은 따로 올려드리겠습니다. 저희들은 싱크홀에 랜턴을 던져서 깊이를 가늠해봤습니다. 대략 몇 미터라고 말하기도 힘들 정도로 깊었습니다. 어쨌든 엄마는 싱크홀 속으로 끌려간 게 틀림없습니다. 우리들은 싱크홀 속으로 들어가야만 합니다.

그래서 여러분들께 다시 한 번 도움을 청하려 합니다.

싱크홀에 대한 정보를 모아주세요. 우리들은 여기서 정보를 모은 뒤 싱크홀 안으로 들어가려 합니다. 들어가서 엄마를 구하더라도 어떻게 지상으로 탈출해야 할지 막막하지만, 그래도 들어가려 합니다. 하지만 그냥 무작정 들어가기엔 너무나 위험하고, 겁이 납니다. 싱크홀 아래는 어떤 곳일지 짐작조차 되지 않기 때문에 시간이 조금 걸리더라도 정보가 필요합니다. 우리와 함께 정보를 모아주세요. 제발 부탁드립니다.」

연아는 페이스북에 글을 올린 뒤 바로 싱크홀 사진을 올렸다. 연아가 올린 사진과 글에 폭발적으로 댓글이 달렸다. 대부분의 사람들이 놀라움을 금치 못했다. 지하 터널 안에 이렇게 깊은 싱크홀이 있는 게 가능하냐며, 일부 댓글들에선 합성 아니냐, 주작 아니냐는 말까지 나왔다.

반면에 지하 터널에서 싱크홀을 봤다는 이야기를 다른 곳에서도 들은 적 있다는 댓글도 달렸다. 그게 사실이냐며, 누가 봤다고 했냐, 어디서 봤다고 하더냐, 헛소문 아니냐, 신뢰할 만한 이야기냐 등등 빠른 속도로 추가 댓글이 달렸다. 연아의 페이스북 계정은 순식간에 싱크홀에 대한 토론의 장으로 바뀌었다.

시간이 조금 지나자 쓸 만한 정보들이 추가되기 시작했다. 싱크홀을 목격했다는 소문을 추적해 싱크홀 목격지를 몇 군데로 추린 댓글이 올라왔다. 7호선 신대방삼거리역 부근, 7호선 강남구청역 부근, 2호선 신림역 부근, 9호선 종합운동장역 부근이었다. 모두 한강 이남 지역이었다.

하지만 사진 같은 확실한 증거가 있는 건 아니고 목격담만 존재하는 소문이어서 100% 사실이라 보긴 힘들었다. 목격담에 의하면 괴물들의 최초 습격은 싱크홀을 통해 이뤄졌다고 했다. 우리가 모르는 곳에 싱크홀이 더 있을 수도 있다는 소문이 돌고 있었다.

누군가가 지하철 노선도 이미지에 싱크홀 목격지로 추정되는 곳이 겹치는 지하철역에 점을 찍어 사진으로 올렸다. 2호선 신림역과 7호선 신대방삼거리역에 우리가 목격한 9호선 노량진역까지 연결하니 직선에 가까운 완만한 곡선이 만들어졌다. 사진을 올린 사람이 '혹시 이렇게 길이 연결되는 건 아닐까' 하고 글을 올렸다.

아까 우리가 정리한 괴물에 대한 정보 중에 2번이 떠올랐다.

2. 괴물은 지하에 자기들끼리 통하는 길이 있다. (그래서 결국 어디서 어떻게 나타날지 아무도 모른다.)

그렇다면 세 지점을 연결한 선은 싱크홀 아래 괴물들이 오가는 길이라고 볼 수도 있다. 괴물들이 싱크홀 아래 연결된 통로를 통해 각 호선의 지하철 터널로 올라와 사람들을 습격했다고 생각할 수도 있다.

댓글에 새로운 사진이 달렸다. 이번엔 trainking74가 올린 사진이었다. 서울 지도에 무언가 체크한 사진이었다. 사람들은 사진을 확인하기도 전에 '믿고 보는 trainking74'라며 선플을 달았다. 우리도 trainking74라면 뭔가 중요한 걸 말해줄 것 같다는 기대를 하며 서울 지도 사진을 확인했다.

사진에선 서울 지도상에 또 다른 싱크홀 목격지인 9호선 종합운동장역과 7호선 강남구청역에 점을 찍어 직선으로 연결하고, 그 직선을 연장시켜 한강 이북 지역까지 선을 그었다. 그리고 2호선 신림역, 7호선 신대방삼거리역, 9호선 노량진역을 완만한 곡선으로 연결하고, 그 선을 곡선 각도 그대로 연장시켜 한강 이북 지역까지 선을 그었다. 그랬더니 두 선이 만나는 곳이 있었다. 지도상에 그 위치가 표기되어 있었다. 남산이었다.

trainking74가 사진에 대한 설명을 댓글로 달았다.

「싱크홀 스폿이 얼마나 더 있을지 모르지만, 일단 지금 소문이 도는 곳만 연결해서 선을 그으면 이 사진처럼 됩니다. 두 개의 선이 생기고, 두 개의 선이 만나는 지점이 있죠. 지도상으로 보면 두 개의 선이 만나는 곳은 남산 아래쯤 됩니다. 만약 이 두 개의 선을 괴물들이 이동하는 싱크홀 터널이라고 본다면 두 터널이 만나는 곳은 남산 지하입니다.

일단, 싱크홀 아래 터널이 존재한다고 가정하면, 그런 깊은 지하 터널을 '대심도 터널'이라고 부릅니다. 지하 50미터 이상의 깊은 지하 터널을 말하죠. 저 싱크홀 아래의 터널은 대심도 터널 중에서도 유례없이 깊은 터널 같습니다.

제가 보기에 괴물들은 대심도 터널로 이동하고 있는 것 같습니다. 대심도 터널이라면 수심 20미터 이내인 한강 아래로도 지나갈 수 있기 때문에 지상으로 나오지 않고도 강남과 강북을 자유롭게 오갈 수 있습니다. 뿐만 아니라 1호선에서 9호선까지 모든 지하철 터널보다 더 아래 있기 때문에 각 호선에 싱크홀을 뚫으면 엘리베이터처럼 그걸 타고 올라가 각 호선에 자유롭게 침투할 수 있어요.

이 테러가 터지고 난 뒤에 제일 궁금했던 게 괴물들이 어떻게 1호선에서 9호선까지 동시다발적으로 나타났다가 사라졌다가를 반복하는가였거든요. 연아님이 직접 다녀보셔서 아시겠지만 지하 터널엔 그 많은 괴물들이 기습적으로 나타났다가 숨을 만한 곳이 없어요. 그런데 대심도 터널과 싱크홀을 통해서라면 그게 설명됩니다.

문제는, 두 개의 대심도 터널이 만나는 곳이 존재한다는 겁니다. 강북이고, 정확히는 남산 지하예요. 제가 보기엔 여기 심상치 않습니다. 뭔가 있어요.

단순히 대심도 터널 두 개가 만났기 때문에 이렇게 말하는 건 아닙니다. 이렇게 생각하는 또 다른 이유를 말씀드리죠.」

trainking74가 새로운 서울 지도 사진을 올렸다. 이번엔 강북 지역이 확대된 사진으로, 3호선, 4호선, 6호선의 어느 구간에 점이 찍혀 있었다. 세 점은 삼각형을 이루고 그 안에 남산이 있었다.

「제가 강북 지역 생존자들의 기록을 좀 조사해봤는데, 괴물들의 최초 출현 목격지 중에 4호선 서울역-회현 구간, 3호선 충무로역-동대입구역 구간, 6호선 버티고개역-한강진역 구간이 있었습니다. 방금 보신 사진에 이 구역을 점으로 찍어놨습니다.

어떤가요? 이 세 점을 연결해 만든 삼각형의 중심에 남산이 있습니다. 묘하게 괴물들의 최초 출현지가 남산을 둘러싸고 있어요. 남산 지하에 괴물들이 모여 있다가 출몰했다고 봐도 될 만한 자료죠. 이게 제가 남산 지하를 수상하게 여기는 두 번째 이유입니다.

이제 세 번째 이유를 말씀드릴게요. 이것도 먼저 사진을 한번 보세요.」

trainking74가 또 새로운 사진을 올렸다. 이번엔 공사 현장 사진이었다. 공사 안내판에는 '수도권 광역 급행 철도 건설공사'라고 적힌 문구가 보였다.

「3년 전쯤 제가 찍은 사진입니다. 전 말씀드렸다시피 철덕이어서 새로운 철도에 아주 관심이 많습니다. 그래서 새로운 철도 공사 현장이 있으면 찾아가서 사진을 찍고 완성되어가는 과정을 기록으로 남겨놓습니다. 9호선이나 신분당선도 공사 과정에 대한 기록을 남겨놨죠.

그런데 3년 전 제가 어느 동네에 우연히 들렀다가 철도 공사 현장이 있길래 가봤는데, 사진에서 보셨다시피 수도권 광역 급행 철도 공사 현장이더라고요. 아시는 분은 아시겠지만 수도권 광역 급행 철도는 뜨거운 감자입니다. 실효성이나 수익, 사업 주체, 지역감정 등등 많은 것들이 뒤섞여 공사에 들어가느냐 마느냐 말이 많았거든요. 저야 물론 새로운 철도가 들어오길 바라는 사람이므로 빨리 공사에 들어가기만을 바라고 있었어요.

그러던 차에 이 공사 현장을 보니 반가워서 사진을 찍어두고 자료를 찾아봤는데, 그 동네에서 수도권 광역 급행 철도 공사에 착공했다는 기사를 어디에서도 찾아볼 수 없었습니다. 이상해서 발주처인 한국철도시설공단에 문의해봤습니다. 그랬더니 정식 공사는 아니고 시범적으로 공사를 해보는 거라고 하더라고요. 정식 공사는 뭐고 시범적인 공사는 뭔지 전 도통 이해할 수 없었지만 그냥 알겠다고 말했습니다. 또 정부에서 삽질을 하는구나 생각한 거죠. 김이 빠져버린 저는 그 뒤엔 저 공사 현장에 별 관심을 갖지 않고 지금까지 몇 년이 흘렀습니다. 자, 그런데 저 공사 현장이 있었던 동네가 어딘지 아십니까? 사진을 잘 보면 바로 뒤에 남산이 있습니다. 필동이라고, 남산 골짜기에 위치한 동네입니다. 유동인구도 별로 없는 조용한 동네죠. 거기서 사람들 몰래 공사가 이뤄지고 있었어요.

만약에요, 정말 만약에 말입니다. 저 공사 현장이 수도권 광역 급행 철도가 아닌 남산 지하에 다른 뭔가를 만들기 위해 공사를 하고 있었던 건 아닐까요? 수도권 광역 급행 철도 공사라고 써놓은 건 위장이었던 거죠. 진짜 목적을 밝힐 수 없어 그렇게 써놓은 겁니다. 보통 저런 공사 현장을 보면 다들 그냥 적혀 있는 대로 공사하는가 보다 생각하지 지하까지 가서 직접 확인해보는 사람이 없잖아요. 저긴 유동인구가 많은 곳도 아니고요.

실제로는 수도권 광역 급행 철도가 아니라 남산 지하에 우리가 모르는 뭔가를 만들고 있었던 것일 수도 있습니다. 기사를 찾아보시면 알겠지만, 수도권 광역 급행 철도는 지금까지도 지지부진한 상황입니다. 저는 저 공사 현장은 절대 수도권 광역 급행 철도를 만들기 위한 공사 현장이 아니라고 생각합니다. 이게 제가 남산 지하에 뭔가가 있다고 여기는 세 번째 이유입니다.

자, 제가 지금까지 제시한 세 가지 이유를 붙여서 생각해보면 남산 지하에 뭔가가 있다는 주장이 그럴듯하지 않나요? 그리고 필동의 수도권 광역 급행 철도 공사 현장이 사실은 위장이고, 남산 지하에 뭔가 다른 것을 만들기 위한 것이라면, 대한민국 정부도 이 사태에 대해 예전부터 뭔가 알고 있었다는 뜻이 됩니다. 그래서 지금 괴물에 대한 언급을 계속 회피하고 있는 건지도 모르겠습니다.

연아님, 괴물들이 생존자들을 어디론가 데려가고 있는 것 같다고 하셨죠? 그렇다면 남산 지하로 생존자들을 데려가고 있는 건 아닐까요? 그리고 이건 그냥 추측이지만, 괴물들은 각 호선에서 아직 죽지 않은 생존자들을 그곳으로 모으고 있는 중인 것은 아닐까요?

하지만 연아님 어머니를 데려간 목적도, 생존자들을 모으는 목적도 저는 도통 모르겠습니다. 남산 지하에 뭐가 있을지도 역시 모르겠습니다. 다만, 우리가 알 수 없는 무언가가 거기에 있을 것 같다는 느낌만 강하게 듭니다. 지상으로 탈출할 수 있는 실마리가 있을 것 같다는 느낌도 들고요.」

역시 trainking74였다. 글을 다 읽은 우리는 trainking74의 조사 능력과 '덕력'에 감탄했다. 돌고 도는 소문과 생존자들의 증언을 발 빠르게 취합, 분석한 뒤 17년 덕질로 성취한 철도 지식을 활용해 그럴싸한 추측을 내놓은 것이다.

만약 trainking74의 추측이 맞다면 남산 지하에는 우리가 알 수 없는 무언가가 있고, 현재 지하 터널에 존재하는 생존자들은 모두 대심도 터널을 통해 남산 지하로 이송되고 있는 것이다. 엄마 역시 그곳으로 끌려갔을 것이다. 또한 남산 지하에 지상으로 탈출할 수 있는 실마리가 있을지도 모른다. 하지만 이것 역시 전혀 근거 없는 가정이기도 하다. 그저 trainking74의 추측일 뿐이다. 어찌 됐든 모든 증거가 남산 지하로 모이고 있었다. 그곳에 가면 이 모든 것을 둘러싼 진실을 알 수 있을까? 아니, 지금 우린 진실이 뭐든 엄마를 구출해 이곳에서 탈출할 수만 있기를 바랄 뿐이다. 그거면 족하다.

trainking74의 댓글 아래 사람들의 감탄과 추가 의견들이 이어졌는데, trainking74가 새로운 댓글을 달았다.

「그런데요…… 우리가 지금 괴물들에게 집중하느라 잠시 간과한 게 있는데, 지하철역 테러 말이에요. 제가 아까 동시다발 테러를 당한 역들을 한번 세어봤거든요? 그랬더니 100개가 넘는 역이 동시에 테러를 당한 것으로 파악됐습니다. 이게 말이 되나요? 서울 시내의 100여 개 지하철역이 동시에 폭발한다는 게?
그래서 제가 밀덕인 친구에게 물어봤습니다. 대체 어떤 식으로 테러를 하면 이런 일이 가능하냐고요. 참고로, 그 친구는 제가 알고 있는 가장 뛰어난 밀덕입니다. 그 친구의 대답을 그냥 붙여드릴게요. 다들 한번 읽어보시길 권합니다. 생각이 많아지실 거예요.」

trainking74가 밀덕 친구의 대답을 댓글로 달아줬다. 마치 덕후들의 경연을 보고 있는 것 같은 기분이었다(밀덕은 '밀리터리 덕후'의 줄임말이다).

「이게 어떻게 가능하냐고? 틀렸어, 인마. 애초에 질문이 틀렸다고. 이건 가능하지 않아. 불가능한 테러야. 왜 불가능한지 설명해줄게.
이번 테러가 터진 곳이 어디인지부터 정확하게 파악해야 돼. 그냥 지하철역이 다 터진 게 아냐. 지하철역 중에서도 정확히 어디가 테러 대상인지 알아야 한다고.
생존자들의 말을 들어보면 다들 지하철역 '승강장'에서 폭발이 일어났다고 했어. 그런데 한번 생각해봐라. 보통 지하철역 승강장은 최소 지하 2층에 있어. 그래서 한 층 올라와 지하 1층에서 교통카드를 찍고 나온 뒤, 한 층 더 올라와야 지상으로 나갈 수 있지.
그런데 생존자들의 얘기를 들어보면, 다들 지하 1층이 아니라 지하 2층 승강장에서 폭발이 일어났다고 말했어. 물론 더 깊은 승강장은 지하 3층, 4층, 5층에도 있어. 아무튼 여기서 중요한 건, 지하 1층은 테러 대상이 아니었단 거야. 그 말인즉, 그냥 지하철역 전체를 냅다 폭파하는 게 목적이 아니라, 지하 2층에서 지하 1층으로 올라오지 못하게 하는 게 이번 테러의 주요 목적이라는 거지.
자, 그럼 이 목적을 염두에 두고 이번 테러를 살펴보자.
일단 승강장 구조를 한번 떠올려봐. 지하철에서 딱 내리면 스크린 도어가 열리고 승강장이 나오고, 지하 1층으로 올라가는 계단이 여러 개 나오지? 근데 여기서 지하 1층으로 못 올라가게 하려고 계단을 폭파시키면 어떻게 될까? 계단이 없어져서 걸어서 지하 1층으로 못 올라가긴 하겠지만, 계단이 없어진 곳에서 위를 올려다보면 지하 1층이 보일 거야. 승강장의 계단 구조가 그래. 승강장 천장에 구멍이 뚫려 있어서 거기로 계단이 나 있는 구조라고. 그러니까 계단을 폭파시켜서 없애더라도 천장에 구멍이 뚫려 있기 때문에 누가 지하 1층에서 사다리만 놔주면 금방 나갈 수 있어.

근데 생존자들 얘길 들어보면 하나같이 승강장에 있다가 막 펑펑펑펑 터져서 죽고 파묻히고 그러다 정신 차려보니까 계단이 '막혀' 있었다고 그랬어. 그건 승강장 천장에 나 있는 구멍이 막혔다는 말이지. 그래서 지하 1층에서는 아래 승강장에 있는 사람들 구해주고 싶어도 다 막혀버려서 할 수 있는 방법이 없고, 승강장에 있는 사람들은 위를 아무리 올려다봐도 올라갈 구멍이 없으니 괴물들한테 떼죽음 당한 거라고. 만약에 구멍이 막히지 않고 계단이 무너지기만 한 거라면 이런 떼죽음으로 이어지지 않았을 거야.

뭐? 어렵다고? 쉽게 말하라고?

그래, 중요한 건 이제부터니까 잘 들어. 최대한 쉽게 말해볼게.

아무튼 내가 말하고 싶은 건, 지하 2층에서 지하 1층으로 올라가지 못하게, 그러니까 승강장을 막 폭파시키면서 천장은 안 무너지게 유지하고 천장에 난 구멍만 딱 막는 게 빌어먹게 어려운 기술이라는 거야. 그냥 다 폭파시키는 건 엄청 쉬워. 대충 폭탄 숨기고 다 폭파시키면 되니까. 근데 이번 테러는 승강장 안을 펑펑펑 터트리면서 승강장 천장은 안 무너지게 유지했고, 천장에 나 있는 구멍은 딱 막아버리는 식으로 테러를 했다고. 이게 말도 안 된단 말이야.

폭발이 일어났다는 건 어쨌든 '폭탄'을 썼다는 거 아냐. 내가 장담하건대, 이런 식으로 자로 잰 듯 정교하게 폭파시킬 수 있는 폭탄은 이 세상에 없어. 존재하지 않아. 폭탄이란 건 아무리 정교하게 계산하더라도 일단 터지게 돼 있어. 주위에 있는 거 다 날려버리는 게 폭탄이라고.

그리고 만약에 백보 양보해서, 밤새 돌아버릴 정도로 정교하게 폭탄을 설치해서 이런 테러가 가능했다고 쳐보자. 근데 테러 당한 지하철역이 지금 100개가 넘는다면서? 그럼 이렇게 자로 잰 것처럼 폭탄 설치하는 걸 100개 역에서 했는데 그걸 아무도 몰랐다는 거 아냐. 이게 뭐 문짝 하나 다는 것도 아니고 폭탄을 설치하는 건데, 그것도 지하철역 한두 개도 아니고 100개 역에서, 근데 그걸 몰랐다고? 자그마치 100개 역인데?

씨발, 이건 말이 안 돼. 인간이 할 수 있는 게 아냐. 그렇다고 그 괴물들 꼴 보니까 그 새끼들이 한 것도 아냐. 그렇게 큰 놈들이 지하철역에서 폭탄을 설치하고 있는데 아무도 몰랐겠냐? 영화 촬영하는 줄 알았겠어?

그러니까 이 테러가 어떻게 가능하냐고 물어보면 대답해줄 말이 없어. 불가능해. 사람의 힘으로는 이런 걸 할 수 없어. 내 18년 밀덕 인생 다 걸고 말하는 거다.」

우린 trainking74의 밀덕 친구 글을 보며 감탄을 금치 못했다. 현재 어떤 언론이나 매체, 전문가들도 말하지 않은 것들을 밀덕은 말하고 있었다. 밀덕이 말한 대로 이번 테러의 목적은 승강장을 무작정 폭파시키는 게 아니라 지하철역 승강장에서 지하 1층으로의 출입을 막는 것이었다. 지하 1층까지만 올라갈 수 있으면 지상으로 탈출할 수 있으니까.

보통 지하철역 승강장에서 지하 1층으로 올라가는 출입구는 여러 개 있다. 이 출입구를 정교하게 폭파시켜서 폐쇄하는 것은 쉬운 일이 아니다. 이런 테러가 가능하더라도 지금 서울에서 폭파된 지하철역이 100여 개 정도니까, 하나의 지하철역 승강장에 출입구가 네 개라고만 가정해도 400번의 폭발이 일어났다는 말이다. 서울 전역에서 동시에 이렇게 많은 폭탄이 터진다는 게 가능한 일인가? 현실적으로 불가능하다. 그래서 밀덕도 사람의 힘으로는 불가능한 테러라고 말한 것이다. 하지만 현실에서 이런 테러가 일어나버렸고, 우리는 그 현실에 처해 있었다. 우린 이 사실을 어떻게 받아들여야 하는 걸까?

"그럼 만약에 말이야… 이 테러를 일으킨 존재가 사람이 아니면…… 말이 되는 건가?"

지태가 조심스럽게 물었다. 나는 밀덕이 했던 말을 떠올렸다.

'사람의 힘으로는 이런 걸 할 수 없어.'

이 말을 바꿔보면, '사람의 힘이 아니라면 가능해'라고 해석할 수 있다.

"그렇지만 사람이 아니면 뭐가 있을까? 그렇다고 우리가 본 그 괴물들은 아닐 테고."

연아가 아리송한 표정을 지우지 못한 채 대답했다.

나는 연아의 말대로 사람이 아닌 존재는 무엇이 있을까 상상해봤다. 그러다 상상의 조건이 틀렸다는 걸 깨달았다. 사람이 아닌 존재가 아니라 사람보다 월등한 존재여야 했다. 밀덕이 말한 '사람의 힘으로는 이런 걸 할 수 없어'라는 말은 '사람보다 월등한 존재여야만 가능해'라는 뜻이다.

"괴물들의 신."

화니가 말했다. 나와 연아, 지태가 화니를 쳐다봤다. 화니가 이어서 말했다.

"전에 내가 말했던 거 기억나? 아저씨들이 말해줬다는 거."

화니의 말이 끝나기도 전에 떠올랐다. 지하 노숙자들이 화니에게 말해줬다는 옛날 옛적 이야기. 남산 밑에 '뭔가'가 살고 있어서 그게 세상에 나오면 사람들이 다 죽을 거라고 했던 이야기.

"나 그 '뭔가'가 뭔지 떠올랐어. '신'이었어. 아저씨들은 남산 밑에 신이 살고 있다고 했어."

같은 시각
B9: 비상센터

용병대장이 CCTV 자료를 수집 중이던 한 용병에게 신호를 보내자 회의 테이블 있는 곳으로 다가왔다. 그리고 회의 테이블 옆 단상에 설치된 장비를 조작하자 비상센터 중앙 천장에 매달려 아래로 내려온 스크린에 강남역이 찍힌 CCTV 영상이 나왔다. 스크린은 네 면으로 이뤄져 비상센터 어느 곳에 있는 사람도 영상을 볼 수 있었다.

"폭발이 일어나기 직전 2호선 강남역의 모습입니다. 잠시 보시겠습니다."

용병이 말했다.

대통령과 현국을 비롯해 비상센터 안의 모두가 긴장한 얼굴로 스크린을 쳐다봤다. 영상 속 강남역은 여느 때와 다름없이 평화로운 모습이었다. 어디론가 걸어가거나 지하철을 기다리는 사람들, 웃고 떠드는 사람들이 보였다. 퇴근 시간이 다가와 사람들이 붐빈다는 것 외엔 특별한 점이 없었다. 그러다 갑자기 강남역 곳곳에서 폭발이 일어나더니 영상이 뚝 끊어졌다. 스크린이 암흑으로 변했다.

"끝인가? 폭탄은 누가 설치한 거야? 폭탄 종류는?"

갑작스레 끝난 CCTV 영상을 보며 국방부 장관이 신경질적으로 물었다. 그러자 용병이 아무 말 없이 장비를 조작해 폭발이 일어나기 직전으로 영상을 되돌렸다. 그리고 슬로 모션으로 영상이 재생되도록 조작했다. 잠시 후 평화롭던 강남역 곳곳에서 불빛이 번쩍하면서 폭발이 일어나려 했다. 그때 용병이 영상을 멈췄다.

"여길 보십시오."

용병이 강남역 출입구 계단 부근의 빛나는 부분을 가리켰다. 여러 군데서 빛이 나고 있었다.

"여기 빛이 나는 부분이 폭발이 일어난 곳입니다. 그러니까, 폭탄이 있던 곳이죠."

다들 용병이 가리키는 부분에 주목했다. 용병이 장비를 조작해서 1초 정도 앞으로 영상을 돌렸다. 그러자 폭탄의 빛이 사라졌는데, 그 자리엔 아무것도 없었다. 계단과 벽만 있을 뿐이다.

"뭐야, 폭탄이 없어?"

"예, 없습니다."

또 한 번 신경질적인 국방부 장관의 물음에 용병이 차분한 목소리로 대답했다.

"지금 장난하는 건가? 누가 합성한 영상 아냐?"

이번엔 합참의장이 이해가 안 간다는 듯이 따져물었다.

"아닙니다. 원본 영상 그대로 확보했습니다."

용병이 대답했다. 그가 이어서 말했다.

"하지만 여기, 자세히 보면 작은 점이 보입니다. 저희 생각엔 이게 폭발을 일으킨 촉매제로 보입니다. 하지만 저희들은 아무리 봐도 이게 뭔지 알 수 없습니다. 혹시 여기 계신 분들은 아실지 몰라 바로 브리핑 드리는 겁니다."

비상센터 안에 있는 사람들 모두 침묵에 잠겼다. CCTV 영상에 찍힌 폭발이 일어나기 직전의 작은 점만 쳐다보았다. 확대해 봐도 그저 작은 점으로만 보일 뿐이었다. 모두들 추측도 하기 어려운지 말 한마디 하지 않고 그저 스크린을 쳐다보기만 했다.

잠시 후 노아 프로젝트의 수석 연구원인 성철희 박사가 용병에게 스크린 컨트롤 장비를 받아 작은 점에서 폭발이 일어나는 순간을 반복해서 재생시켰다. 볼수록 신기했다. 폭탄도 아닌 고작 저 작은 점에서 폭발이 일어나 지하철역을 폭파시켰다니.

"U.E.B.입니다."

성 박사가 입을 열었다. 모두 의아한 얼굴로 그를 쳐다봤다.

"저게…… U.E.B.라고요?"

신재생에너지센터장이 성 박사에게 물었다.

"예, 맞습니다. 확실해요. 이건 U.E.B.가 맞습니다."

"U.E.B.가 뭡니까?"

CCTV 영상을 브리핑한 용병이 물었다.

"풀네임은 언아이덴티파이드 에너지 배터리(Unidentified Energy

Battery). 줄여서 U.E.B.라고 합니다. 해석하면 '정체불명 에너지 저장소'라고 할 수 있겠네요. 화면엔 작아서 잘 안 보이지만 작은 구슬처럼 생겼습니다. 유니언들에게서 추출해낸 생체 에너지를 저장한 매체가 바로 U.E.B.입니다. 유니언들의 생체 에너지는 지구상에 존재하는 어떤 에너지와도 비교할 수 없을 정도의 초고에너지입니다. 아무리 생각해도 저 정도 크기에서 저런 폭발을 일으킬 수 있는 건 U.E.B. 말고는 없습니다."

성 박사의 설명을 들은 용병이 알겠다는 듯 고개를 끄덕였다.

"만약 저게 U.E.B.라면 저걸 폭발시킬 수 있는 건 신야뿐이잖소?"

대통령이 물었다.

"예, 맞습니다. U.E.B.와 공명할 수 있는 건 지구상에 신야가 유일합니다."

성 박사의 대답에 다시 대통령이 물었다.

"그럼 강남역 근처에 신야가 있었다는 말이오?"

"이론상으로는 그래야 합니다만, 그렇게 치면 폭파된 지하철역 모두에 신야가 가까이 있어야 한다는 말인데 아시다시피 지하철역 폭발은 서울 전역에 걸쳐 동시다발적으로 일어났습니다. 아무리 신야라 해도 동시에 그 넓은 지역을 이동할 순 없습니다."

"그렇지. U.E.B.와 멀리 떨어지면 폭발시킬 수 없으니까······."

대통령이 잠시 생각을 하더니 CCTV 영상에 대해 브리핑한 용병에게 물었다.

"다른 지하철역에서도 U.E.B.가 발견됐나?"

"예, 현재 저희가 확보한 CCTV 영상에선 모두 발견됐습니다."

"그게 몇 개 역인가?"

"대략 30개 정도의 지하철역 영상을 확보했습니다. 모두 폭탄 대신 저 작은 점만 있었습니다. 저 점에서 폭발이 일어나 지하철역 승강장의 출입구를 모두 막았습니다. 계속해서 영상을 확보 중입니다만, 다른 지하철역도 다 똑같을 것으로 예상됩니다."

성 박사는 폭발이 일어난 순간을 계속 반복 재생시켰다. 초 단위로 나눠서 재생시키자 강남역 승강장의 점들에서 순차적으로 폭발이 일어난 것을 확인할 수 있었다. 성 박사가 회의실 안에 있는 모두에게 질문했다.

"폭파된 지하철역이 몇 개라고 했죠?"

성 박사의 질문에 안보실장이 대답했다.

"총 127개입니다."

성 박사가 뭔가를 골똘히 생각하더니 다시 안보실장에게 물었다.

"혹시 순차적으로 폭발하지 않았습니까? 그러니까, 어느 지하철역에서 첫 폭발이 있었고, 그 폭발을 시작으로 127개 역으로 폭발이 확산되어간 건 아니냔 말입니다."

"그런 얘길 들은 것 같기도 합니다. 확실한 건 자료를 봐야 알 수 있지만요."

안보실장의 대답에 용병대장이 잠시만 기다려달라며 그에 대해 확보한 자료가 있으니 가져오겠다고 했다.

"박사, 그게 무슨 상관이 있소? 순차적으로 폭발했다면?"

대통령이 물었다. 성 박사는 잠시 고민하더니 신중히 말했다.

"자료를 가져오면 그걸 보고 말씀드리겠습니다. 아직은 확실하지 않은 거라서요."

잠시 후 용병대장이 폭발 시각이 초 단위로 기록된 자료를 가져왔다. 성 박사가 자료를 꼼꼼히 살펴봤다. 모두 성 박사가 무슨 말을 할지 기다렸다. 자료를 살펴본 후 한층 어두운 낯빛이 된 성 박사가 입을 열었다.

"맞습니다. 127개 지하철역을 폭발시킨 건 신야가 맞습니다. 신야가 이번 테러의 주범입니다."

성 박사의 말을 듣자 대통령의 눈빛이 매섭게 번뜩였다. 저 눈빛은 분노인가, 호기심인가. 현국은 속을 알 수 없는 대통령을 주시했다. 대통령이 성 박사에게 물었다.

"그럴 만한 증거가 있소?"

"예, 있습니다. 설명드리겠습니다."

성 박사가 장비를 조작하더니 스크린에 서울 지하철역 노선도를 화면에 띄웠다.

"우선 다들 아시다시피 신야는 U.E.B.와 공명할 수 있는 힘이 있습니다. 지구상에서 유일하게 U.E.B.를 자유자재로 다룰 수 있는 생명체죠. 하지만 거리상 제한이 있습니다. 실험 결과로는 약 2킬로미터까지 가능했죠. 그러니까 최대 2킬로미터 반경 이내에서 신야는 U.E.B.와 자유자재로 공명할 수 있습니다."

성 박사가 이야기를 잠시 끊고, 다시 이어갔다.

"그리고 최근 연구 과제 중에 U.E.B.가 스스로 공명할 수 있는지를 연구하는 것이 있었습니다. U.E.B.끼리 보이지 않는 끈으로 연결된 것처럼 공명의 연쇄체를 이룰 수 있느냐는 건데요, 100퍼센트 확실한 건 아니지만 U.E.B.에 최초에 가해진 힘이 '특정한 속성'을 가질 경우엔 가까이 있는 U.E.B.끼리 공명할 수도 있다는 가능성을 발견했습니다. 그러니까, 신야가 어떤 '특정한 속성의 힘'을 가해 하나의 U.E.B.를 폭발시키면, 근처에 있던 U.E.B.의 연쇄 폭발이 가능하다는 이론입니다. 그게 어떤 속성의 힘인지 밝혀내기 위해 연구를 진행 중이었습니다. 자, 이제 이 노선도를 한번 보시죠."

성 박사가 스크린에 띄워진 지하철역 노선도 중 충무로-명동-회현-서울역-숙대입구-삼각지-녹사평-이태원-한강진-버티고개-약수-동대입구 구간을 가리켰다. 3호선, 4호선, 6호선이 교차하면서 남산 주위에 작은 원이 만들어졌다.

"여기, 동그란 원이 보이시죠? 노아는 지도상으로 이 원 아래 있습니다. 원 안엔 남산이 있고, 남산 아래 노아가 있죠. 즉, 이 원에 위치한 지하철역들은 노아에서 가장 가까운 곳들입니다. 그런데 폭발이 일어난 순서를 보면 이 원에 위치한 지하철역들이 최초의 폭발 구역으로 기록되어 있습니다. 원 위의 지하철역들은 일제히 1초 오차로 거의 동시에 폭발했죠. 그 후 이 지하철역들과 가까운 순서대로 폭발이 이어졌습니다. 강에 돌멩이를 던지면 동심원이 퍼져 나가는 것처럼 폭발이 연쇄적으로 퍼져 나간 겁니다. 그렇게 강남에 있는 지하철역들까지 총 127개 역이 폭발했습니다.

만약 저희가 세운 가설, 즉 U.E.B.에 가해진 힘이 특정한 속성을 가질 경우엔 가까이 있는 U.E.B.끼리 공명할 수 있다는 가설이 맞다면, 지금 나타난 연쇄 폭발 또한 설명할 수 있습니다. 우선 누군가가 127개 역의 폭발이 일어나야 하는 곳에 U.E.B.를 가져다놨을 겁니다. U.E.B.는 겉으로 보기엔 자그마한 구슬처럼 생겨서 그곳에 갖다 놓는 건 그다지 어려운 일이 아닙니다. 그런 다음 신야가 노아에서 원 위에 위치한 지하철역들에 놓인 U.E.B.에 특정한 속성의 힘을 가했을 겁니다. 노아에서 원 위에 위치한 지하철역들까지의 거리는 대략 2킬로미터 이내라서 신야가 직접 공명할 수 있습니다. 그렇게 해서 신야에 의해 원 위에 위치한 지하철역들에서 최초의 폭발이 일어납니다. 그런 다음 가까이 있는 U.E.B.끼리 공명하면서 근처에 있던 지하철역들의 U.E.B.도 폭발하기 시작합니다. 이후 계속 폭발한 U.E.B. 근처에 있던 지하철역의 U.E.B.도 공명하면서 폭발하고, 최종적으로 127개 역으로 폭발이 퍼져 나갑니다. 신야가 돌맹이가 되어 동심원처럼 그 영향이 퍼져 나간 거죠. 이 전대미문의 서울 지하 테러는 신야로부터 시작된 게 분명합니다."

　성 박사의 말이 끝났지만 대통령을 포함해 회의실에 있는 모두들 머릿속이 복잡해진 듯 아무 말도 하지 못했다. 잠시 후 신재생에너지센터장이 질문을 던졌다.

　"그런데 그 가설은 특정한 속성의 힘이 가해졌을 때만 U.E.B.끼리 공명할 수 있다는 뜻 아닙니까? 신야가 그런 힘을 가졌다는 걸 확인한 적 있습니까?"

지금까지 유창하게 설명하던 성 박사가 갑자기 아무런 대답도 하지 못했다. 뭔가를 고민하는 듯한 눈치였다. 대통령이 그런 성 박사를 쳐다보며 물었다.

"뭔가 문제가 있는 겁니까? 안색이 안 좋은데······."

성 박사가 잠시 고민하다가 대통령의 물음에 답했다.

"아닙니다. 잠시 생각할 게 좀 있어서······. 상황이 상황인 만큼 솔직히 말씀드리겠습니다. 신야가 그런 특정한 속성의 힘을 가진 건 이미 사실로 확인됐습니다. 3년 전 작고한 장호준 박사의 연구 자료에 모두 밝혀져 있습니다. 지금까지 설명드린 것들은 모두 저의 가설이 아니라 장호준 박사의 연구 자료에 이미 나와 있는 내용입니다."

대통령과 회의실 안에 있는 모든 사람이 놀란 얼굴이 됐다. 현국은 성 박사의 입에서 장호준 박사라는 이름이 나오자 소리를 지를 뻔했다. 현국은 조계사에서 사내가 했던 말을 떠올렸다.

"장 박사님은 서울의 지하가 쑥대밭이 될 것을 알고 계셨습니다."

대통령이 성 박사에게 물었다.

"그럼 방금 성 박사가 설명한 것이 모두 장 박사가 죽기 전에 실험했던 것이란 말입니까? 성 박사가 한 게 아니고?"

"예. 제가 한 게 아닙니다. 장 박사님이 일부러 이 연구 자료를 숨긴 것 같아서 부득이하게 제가 한 거라고 거짓말을 했습니다만, 지금은 그것보다 사태를 정확히 파악하는 게 더 중요하다는 판단에 솔직히 말씀드린 겁니다. 얼마 전에 우연히 장 박사님의 연구 파일을 정리하다가 발견했습니다. 저도 발견하고 처음엔 많이 놀랐습니다. 만약 이런 식으로 연쇄 폭발을 일으킨다면……."

성 박사가 조시 주한미군사령관을 조심스레 쳐다보고는 이어서 말했다.

"미국이 영토가 크니까 예를 좀 들겠습니다. 이를테면, 미국 동부에 있는 워싱턴부터 서부에 있는 샌프란시스코까지 일정한 간격으로 U.E.B.를 놔둔 후 신야가 어느 U.E.B. 하나에 특정한 속성의 힘을 가하면 그 거대한 미국 땅이 통째로 날아갈 수도 있습니다. 핵폭탄이 미국의 수십, 수백 곳에서 동시에 터진다고 생각하면 됩니다. 수천, 수만 개까지도 확장 가능하겠죠. 만약 세계 일주를 하면서 U.E.B.를 세계 곳곳에 놔둔다면 전 세계가 한번에 날아갈 수도 있습니다. U.E.B.를 놔두기만 하면 연쇄 폭발이 이어질 테니까요. 그만큼 위험한 힘이라 장 박사님이 연구 자료를 숨긴 것 같습니다. 그리고 장 박사님은 이 연구를 마친 직후 심장마비로 돌아가셨죠."

설명을 다 들은 조시 주한미군사령관은 기분이 나빠진 듯 표정이 굳어졌다. 미국이 통째로 날아간다는 예를 든 것만으로도 심기가 불편해진 것이다. 하지만 신야의 가공할 힘에는 맹수처럼 눈빛을 번뜩이며 비열한 욕망을 가감 없이 드러냈다.

"장 박사가 아주 대단한 실험을 했군."

대통령이 혼잣말을 읊조렸다. 현국은 저 말 속에 담긴 감정이 감탄인지 두려움인지 명확히 구분되지 않았다. 하지만 현국은 정확히 두려움을 느끼고 있었다. 성 박사의 설명을 들을수록 두려움은 공포로 바뀌어갔다.

'장 박사님은 저 실험을 하고선 테러를 예측한 건가? 그렇다면 그 쪽지의 내용은 대체 뭐지? 이 실험과 관련 있는 건가?'

현국은 쪽지의 내용을 다시 떠올렸다. 암호와 미로에 대해 적힌 숫자들. 아무리 생각해도 이 실험과 어떤 연관이 있는지 알 수 없었다.

대통령이 다시 성 박사에게 질문을 했다.

"박사, 그럼 한 가지만 더 물어보겠소. 신야가 이 테러를 일으켰다는 거요?"

성 박사가 조심스럽게 대답했다.

"제 생각을 여쭤보시는 거라면, 그렇습니다. 인간의 힘으로 가능한 테러가 아닙니다. 제 생각엔 오래전부터 계획한 테러 같습니다. 장 박사님이 실험을 한 게 3년 전입니다. 그런데 신야는 이후 우리와 숱한 실험을 하면서 그 같은 힘을 한 번도 보여주지 않았습니다. 자신의 능력을 분명히 알면서도요. 테러를 염두에 두고 일부러 숨겨놨던 것으로 보입니다. 대통령님, 신야는 유니언들보다 훨씬 진화한 생명체입니다. 지능과 감정, 거기에 불가사의한 힘까지, 모든 면에서 호모 사피엔스도 초월합니다. 거기에 이런 능력까지 갖추고 있다면 인류의 존속도 위험할 수 있을 것으로 보입니다."

성 박사의 말이 끝나자 회의실엔 정적이 흘렀다.

현국은 공포에 휩싸이면서도 신야의 위험성을 모두가 자각하게 된 것 같아 내심 기뻤다. 신야를 없앨 명분이 충분해지고 있었다. 그때였다. 어디선가 웃음소리가 흘러나왔다. 현국은 처음엔 자신의 귀를 의심했다. 어디서 들려오는 소리인지 귀를 기울였다. 대통령이었다. 대통령이 마치 귀신이 들린 것처럼 쿡쿡 웃고 있었다. 회의실 안의 모두가 대통령을 쳐다봤다. 실성한 듯한 대통령의 모습에 그를 쳐다보는 사람들의 눈빛이 점점 두려움으로 물들었다.

"왜 그러십니까, 대통령님?"

국방부 장관이 조심스레 대통령에게 말을 걸었다.

대통령은 계속 웃기만 했다. 현국은 저 웃음의 정체를 알 것 같았다. 대통령은 좋아하고 있는 것이다. 신야의 무궁무진한 힘을 알게 된 것이 기쁜 것이다. 현국은 소름이 돋았다. 대통령이 인간처럼 보이지 않았다. 그는 서울을 쑥대밭으로 만든 테러리스트를 생각하며 기쁨의 미소를 짓고 있었다.

"그래요, 성 박사. 그럼 신야는 지금 어디에 있을 것 같소? 이렇게 힘을 소진하고 나면 쉬어야 하는 것으로 알고 있는데?"

대통령이 미소를 감추지 못하며 성 박사에게 물었다. 성 박사가 대답했다.

"맞습니다. 신야는 지금 매우 지친 상태일 겁니다. 노아에서 회복 중일 겁니다."

"그럼 만약에 지상에도 U.E.B.가 놓여 있다면……."

신재생에너지센터장이 불안한 목소리로 말했다. 이에 성 박사가 또 다시 답했다.

"그럼 지상도 위험해지겠죠. 신야가 휴식을 끝내고 지상으로 올라온다면요."

회의실 안엔 다시금 정적이 흘렀다. 만약 지상에서도 지하에서 일어난 것과 같은 폭발이 일어난다면 서울은 끝장이다. 회복 불가능의 죽은 도시가 될 것이다. 그러나 대통령은 지금도 여전히 미소를 짓고 있었다. 현국은 대통령을 보면서 저 미소를 영원히 없애버리고 싶다는 생각을 했다.

"그럼 신야가 이런 테러를 일으킨 이유는…… 뭡니까?"

안보실장이 말을 흐리며 성 박사에게 물었다. 대답은 성 박사가 아닌 현국에게서 나왔다.

"노아를 자신의 성으로 만들려고 하는 겁니다."

모두들 현국을 쳐다봤다. 현국이 이어서 말했다.

"신야는 127개 역을 동시에 붕괴시켜서 서울 지하를 거대한 밀실로 만들었습니다. 이로써 그보다 더 깊은 지하에 있는 노아는 완전한 요새가 되었죠. 신야는 노아를 자신의 성으로 삼으려고 하는 겁니다. 그곳에서 유니언들과 함께 살아가려고 하겠죠. 신야는 유니언들의 우두머리니까요."

대통령은 현국의 말을 들으면서도 재미있다는 듯 미소를 거두지 않았다.

"대통령님, 신야를 죽여야 합니다. 그리고 노아 프로젝트를 중단해야 합니다."

이어진 현국의 말에 대통령은 그제야 얼굴에 웃음기를 싹 거뒀다. 순식간에 대통령의 얼굴에 노기가 서렸다.

"왜 그렇게 생각하지?"

대통령이 현국에게 물었다. 국정원장은 조마조마한 눈빛으로 현국을 쳐다봤다.

"신야는 결국 우리 인류를 다 죽일 겁니다. 신야는 인간들에게 적개심을 가지고 있습니다. 노아에서 행해진 생체실험이 얼마나 끔찍했는지 대통령님도 아시잖습니까? 지금 그것에 대한 복수를 하고 있는 겁니다. 살려둔다면 앞으론 더 큰 위험이 닥칠 겁니다."

대통령은 현국의 대답에 멋모르고 까부는 꼬마 아이를 앞에 둔 것처럼 피식 웃었다. 그가 현국에게 말했다.

"방금 위험이라고 했나?"

대통령이 현국을 가소롭다는 눈빛으로 쳐다봤다. 현국은 모욕감과 두려움을 동시에 느끼면서도 대통령에게서 눈을 돌리지 않았다. 대통령이 이어서 말했다.

"위험이라……. 그래. 신야는 위험하지. 그럼 인간은 어떤가? 우리 역시 위험하기 짝이 없지 않나?"

대통령의 물음에 현국은 아무런 대답도 하지 않았다. 대통령이 이어서 말했다.

"자넨 이걸 알아야 하네. 한때 지구엔 다양한 인간 종이 함께 살았어. 호모 사피엔스뿐만 아니라 다양한 인간 종이 동시대에 살았지. 그런데 중요한 건 이거네. 지금 남아 있는 인간 종은 딱 하나뿐이라는 것. 그게 우리 호모 사피엔스네. 다른 인간 종은 모조리 죽었어. 아니, 우리가 죽인 거지. 멸종시킨 거야."

대통령의 목소리와 표정에는 살의가 서려 있었다. 현국은 대통령의 살의를 보고 있었다. 비상센터 안의 모두가 대통령의 살의에 숨을 죽였다. 대통령이 이어서 말했다.

"이보게, 기현국. 나는 그렇게 생각하네. 위험한 건 신야가 아냐. 가장 위험한 건 인간, 그중에도 내가 아닌 다른 인간일 뿐이야."

현국은 대통령의 궤변에 귀가 썩어 들어갈 것 같은 기분이었으나 마지막 말에는 깊이 공감했다. 가장 위험한 건 내가 아닌 다른 인간, 그건 바로 당신이라고.

"자, 그럼 질문을 바꿔보겠네. 우리 인간은 무엇이 되어야 한다고 생각하나?"

대통령은 질문을 던지곤 현국을 쳐다봤다. 현국은 대통령의 물음에 딱히 대답할 말을 찾지 못했다. 다만 대통령이 자꾸 인간이라는 단어 앞에 '우리'라는 단어를 붙이는 게 기분 나빴다. 대통령이 아무런 대답도 하지 못하는 현국을 보며 이어서 말했다.

"자네가 이렇게 조용한 성격인지 몰랐군. 좋아. 내가 한 가지 확실하게 말해주지. 자네가 걱정하는 것처럼 신야가 우리를 다 죽이는 일은 절대 없을 거네. 절대로 그런 일은 없어."

지나치게 확신하는 대통령을 보며 현국이 참다 못해 반문했다.

"신야를 너무 과소평가하시는 거 아닙니까? 지금까지 성 박사님께서 충분히 설명……."

"아냐, 그게 아니야. 자넨 지금 초점을 잘못 맞췄네."

대통령이 현국의 말을 끊었다. 현국은 반론할 타이밍을 놓쳐 분한 얼굴이었다. 대통령이 이어서 말했다.

"내가 물었잖나? 우리 인간은 무엇이 되어야 하느냐고. 그걸 생각해야지. 신야가 우리를 죽일 수 없는 이유는 간단하네. 우리 인간이 바로 신야처럼 될 것이기 때문이지. 아니, 우린 곧 신야보다 더욱 '완벽한 인간'이 될 거야. 자네도 알다시피 신야는 미완의 실험체에 불과하니까."

대통령의 말에 현국의 눈빛이 흔들렸다. 대통령은 계속해서 말했다.

"신야는 우리가 어디까지 오를 수 있는지 궁금해하고 있네. 나는 이 테러도 신야가 우리의 가능성을 시험해보는 거라고 생각하네. 하지만 신야가 착각하고 있는 게 하나 있지. 절대 자신을 뛰어넘을 순 없을 거라고 생각한다는 거야. 애초에 자신이 태어난 것도 우리들에 의해서였는데 말이지. 우습지 않나?

노아 프로젝트는 애초에 우리 스스로 진화하기 위해 시작된 프로젝트네. 50년 전에 '파이'를 발견하곤 우리들이 어떻게 진화해야 할지 영감을 얻었지. 게다가 우린 지금 인류 역사상 처음으로 스스로 진화할 수 있는 기술력을 얻었네. 자네, 인간으로 살면서 불편한 점이 많지 않았나? 호모 사피엔스는 너무 결함이 많은 생명체야. 그런 것들을 다 보완해서 우린 호모 사피엔스가 아닌 완벽히 새로운 인간이 될 거야. 그게 노아 프로젝트고, 거기에 가장 가까운 생명체가 신야라네. 무수한 실패작을 거쳐서 신야까지 온 거야. 조금만 더 연구하면 신야를 넘어 완벽한 인간이 될 수 있는 순간에 도달했다고. 가슴이 뛰지 않나?"

대통령이 또 한 번 질문으로 말을 끝맺었다. 잔뜩 흥분한 현국이 대답했다.

"그 실패작이 유니언들을 말하는 거 아닙니까? 멀쩡히 살아 있는 사람을 데려다가 유니언으로 만들며 여기까지 온 게 그렇게 자랑스러우십니까?"

현국은 노숙자들이 실험체로 사용된다는 것을 알게 된 뒤로 늘 죄책감을 안고 살아왔다. 방금 대통령에게 던진 질문은 그 죄책감에서 튀어나온 현국의 마지막 양심이었다. 노숙자들을 노아 프로젝트의 실험체로 사용하기 시작한 것은 9년 전 현국의 눈앞에 있는 이자가 대통령에 당선되면서부터다.

대통령은 특유의 비열한 웃음을 지으며 현국에게 대답했다.

"그게 뭐 어때서 그러나? 신야가 되지 못한 인간들은 유니언이 돼서 평생 우리를 위해 에너지를 공급해주면 돼. 인큐베이터에서 푹 자면서 말이야. 세상엔 쓸모없는 인간들이 너무 많아. 이 좁은 지구에 60억 인구는 너무 많다고. 그런 인간들은 유니언이 돼서 지구에 무한한 에너지를 공급해주면 되는 거야. 유니언은 아주 질 좋은 생체 에너지를 가지고 있으니까. 아! 아까 자네가 좋은 표현을 했지. 신야는 유니언들의 우두머리라고. 그래! 바로 그거야. 인간은 언제나 이 지구의 우두머리였어. 적어도 여기 있는 사람들은 모두 새로운 인간이 될 거야. 그렇게 우린 또다시 이 지구의 우두머리가 되는 거지. 안심하게. 아주 멋진 세상이 될 테니까. 그래서 노바 아틀란티스 아닌가? 새로운 유토

피아가 열릴 거네."

　대통령이 환희에 찬 연설을 끝냈지만 비상센터 안의 누구도 입을 떼지 못했다. 대통령의 광기가 전염되듯, 모두에게 퍼졌다. 새로운 세계에 대한 두려움과 기대감이 저마다의 머릿속에서 치열하게 다투는 듯했다.

　현국은 대통령이 개헌하면서까지 대통령직을 연임한 이유를 알 수 있었다. 그는 노아 프로젝트에 선대의 어느 대통령보다 큰 야망을 품고 있었다. 어떤 수를 써서든 실험을 성공시키고야 말겠다는 신념이 있었다. 그래서 그는 9년 전 대통령이 되면서 노아 프로젝트에 생체실험을 본격 도입했고 빛나는 성과들을 쌓아갔다. 그가 아니었으면 지금과 같은 유니언들의 대량 생산과 신야의 탄생은 없었을 것이다. 그는 아마 노아 프로젝트의 성공을 위해 3선을 해야겠다는 생각을 하고 있었을 것이다. 현국은 9년 전 박정근 대통령이 아예 당선되지 말았어야 했다고, 생각해봤자 소용도 없는 후회를 하고 있었다.

　이 와중에 환한 미소를 짓고 있는 사람이 둘 있었다. 플루토의 이준 사장과 조시 주한미군사령관이었다. 두 사람은 대통령의 비전에 완벽히 동의하는 것 같았다. 현국은 그들을 보며 며칠 전에 먹은 음식까지 모조리 게워내고 싶은 기분을 느꼈다. 자신이 이 미친 인간들과 같은 종이라는 게 부끄러울 지경이었다.

　여전히 모두들 침묵하는 가운데, 대통령이 국방부 장관을 보면서 단호히 말했다.

　"노아에 병력을 투입합시다. 신야를 데려와야겠소."

그 말에 현국이 번뜩 정신을 차리고는 소리쳤다.

"대통령님!"

하지만 대통령은 현국을 신경 쓰지 않고 성 박사를 향해 고개를 돌렸다.

"신야가 완전히 회복되기까지 시간이 얼마나 걸릴 것 같소?"

대통령의 질문에 성 박사가 잠시 생각에 잠기더니 대답했다.

"현재 신야가 방출한 에너지의 양을 감안하면…… 만 하루 정도의 회복 시간이 필요할 거라 예상됩니다. 그러니까, 지금부터 약 열두 시간 후면 신야는 다시 핵폭탄 같은 존재가 된다고 보시면 됩니다."

"무조건 그전에 신야를 무력화시켜야겠군. 작동 가능한 U.E.B. 제어 기계는 여기에도 당연히 있겠지?"

대통령이 이번엔 용병대장을 매섭게 쳐다보며 물었다. 없으면 안 된다는 눈빛이었다. 용병대장이 대답했다.

"예, 비상용으로 한 대 있습니다. 신야를 무사히 생포하기만 하면 그걸 사용해서 무력화시킬 수 있습니다."

대통령이 고개를 끄덕였다. 이번엔 다시 국방부 장관을 쳐다보며 말했다.

"이제 관건은 신야의 확보입니다. 노아에 언제까지 병력을 투입할 수 있겠습니까?"

국방부 장관이 긴장한 얼굴이 되어선 대답했다.

"현재 지하철역이 모두 막혀서 병력 투입이 여의치 않은 상황입니다. 우선 노아 주위의 지하철역 몇 개를 뚫고, 노아로 진입

가능한 통로를 최대한 확보해야 하고, 그밖에도……."

"그래서 얼마나 걸린다는 거요?"

대통령이 재촉하듯 다시 물었다.

"만만치 않은 상대인 만큼 그래도 하루 정도는 시간을 주셔야 충분히……."

"하루? 24시간을 말하는 거요?"

국방부 장관에게 되묻는 대통령의 목소리에 짜증이 잔뜩 묻어났다. 국방부 장관이 대통령의 불편한 심기를 눈치채고 어쩔 줄 몰라 하는데, 주한미군사령관이 대화에 끼어들었다.

"그럼 미군이 먼저 내려가서 신야를 확보하는 게 낫겠군요. 신야가 회복하기 전에 빨리 생포해야 하지 않겠습니까? 노아의 지도와 정보만 제공해주십시오."

주한미군사령관의 눈에 시커먼 뱀이 득시글거렸다. 이 기회에 바로 신야를 포획해 미국으로 데려가려는 속셈이었다. 대통령은 주한미군사령관의 속셈을 읽고는 표정이 일그러졌다.

"호의는 고맙소만 미군만으로는 유니언들을 감당할 수 없을 겁니다. 연합 작전을 실시하도록 하죠."

대통령의 말에 주한미군사령관의 눈빛이 날카롭게 변했다. 그의 입장에서 미군이 감당할 수 없는 적이란 존재하지도, 존재해서도 안 되는 것이었다. 그때 용병대장이 자료를 수집 중이던 또 다른 용병에게 보고를 받더니 한층 더 어두운 얼굴이 되어선 말했다.

"대통령님, 대화 중 죄송합니다만 지금 바로 확인하셔야 될 사항이 있습니다."

"또 뭔가? CCTV 말고 새로운 볼거리라도 찾은 건가?"

대통령의 농담 같은 물음에도 용병대장은 전혀 웃지 않았다. 이어지는 그의 말에 비상센터 안에 있는 모든 사람의 가슴이 철렁 내려앉았다.

"방금 신야가 직접 메시지를 보내왔습니다."

테러 발생 12시간 15분 경과
9호선 노들역 부근 변전소

 퍼즐이 맞춰지고 있다……. 아니, 그건 과장이고, 남산 지하에 무언가가 있다는 것에 점점 확신을 갖게 됐다. 화니의 이야기에 따르면 그 무언가는 '신'이다. 그런데 신이라는 건 인간의 영역을 넘어선 존재 아닌가? 인간을 도와주고자 하면 기적을 일으킬 수도 있고, 인간을 죽이고자 하면 섬 하나를 통째로 지구에서 사라지게 만들 수도 있는……. 만약 남산 지하에 그런 존재가 있다면 우리가 지금 해야 할 건 엄마를 구하러 싱크홀에 들어가는 게 아니라 여기서 기도를 해야 하는 것 아닐까? 우리 좀 살려달라고. 엄마랑 같이 여길 빠져 나갈 수 있게.
 아냐. 약해지면 안 돼. 남산 지하에 무엇이 있든 우린 가야 한다. 우리가 가지 않으면 누구도 엄마를 구할 수 없다. 그곳에 신이 있다 해도 우린 엄마를 데려와야 한다. 약해지지 말자.
 문득 예전에 연아가 인터넷 방송을 통해 사람들에게 했던 말이 떠올랐다. 내 도핑 스캔들이 터진 뒤 사람들이 한창 마녀 사냥하듯 나, 연아, 지태를 묶어서 욕할 때였다. 하루는 연아가 인터넷 방송에서 우리 셋의 입장을 밝힌 적이 있다. 그때 연아는 이렇게 말했다.

"우리는 절대 약해지지 않습니다. 누가 뭐래도 우리들은 잘 살아갈 겁니다. 우린 이제 겨우 열아홉 살이고, 몇 가지 사건을 겪었을 뿐입니다. 누가 뭐래도, 우리들은 잘 살아갈 겁니다."

사람들이 무진장 욕하는데도 연아는 굽히지 않고 이렇게 말했다. 사람들이 욕하면 욕할수록 더 우린 잘 살아갈 거라고 말했다. 이 발언은 나의 도핑 스캔들을 감싸주기 위해 했던 말이지만 지금 상황에도 묘하게 잘 들어맞았다.

좋아. 약해지면 안 된다. 신이든 뭐든 우린 해낼 수 있다. 우린 이제 겨우 열아홉 살이고, 몇 가지 사건을 겪었을 뿐이니까. 이제 다시 엄마를 구출하기 위한 작전을 짤 때다.

우리는 우선 현재 상황에 대해 정리해보기로 했다.

1. 싱크홀은 여러 곳에 나타났으며, 싱크홀끼리 통하는 대심도 터널이 존재한다.
2. 괴물들은 대심도 터널을 통해 생존자들을 이송 중이다.
3. 대심도 터널의 끝은 남산 지하로 이어진다. 이곳에 생존자들이 모여 있을 것 같다. 엄마도 이곳에 있을 것이다.
4. 남산 지하에는 지상으로 탈출할 수 있는 방법이 있을지도 모른다.

간단했다. 싱크홀, 대심도 터널, 남산 지하, 지상 탈출로 이어지는 구조였다. 사실 여기서 눈으로 확인된 건 싱크홀뿐이다. 우리가 눈으로 직접 봤으니까. 대심도 터널과 남산 지하, 지상 탈출에 대한 실마리는 trainking74를 비롯한 연아 팬들의 추측일 뿐이다. 막상 싱크홀을 내려가면 전혀 다른 풍경이 펼쳐질 수도 있다. 그럼 완전 망하는 것이지만, 그렇더라도 우린 내려가야 했다. 다른 풍경이 펼쳐지면 거기에 대응해서 앞으로 나아가야 했다. 어쨌든 엄마는 싱크홀 아래 그 어딘가에 있을 테니까.

연아는 정리한 목록을 보면서 뭔가를 고민하는 눈치였다. 그러다 결심을 내렸는지 정리한 목록에 마지막 5번을 추가했다.

5. 남산 지하에는 '괴물들의 신'이 있을 수도 있다.

나는 5번을 물끄러미 봤다. 입술이 말랐다. 침을 묻혀 바짝 마른 입술을 핥았다. 지태도 5번을 보자 긴장되는지 침을 꿀꺽 삼켰다.

괴물들의 신.

우리가 추측하는 싱크홀 아래의 풍경 중에서 100% 확신할 수 있는 건 아무것도 없지만, 그중에서도 5번이 가장 허무맹랑했다. 하지만 이렇게 목록을 정리하고 보니 5번에 압도되어 다른 항목들은 잘 보이지도 않았다. 그만큼 5번이 내뿜는 기운은 강력했다. 5번의 사실 여부에 따라 엄마와 우리들의 생사가 달라질 터였다.

"화니야, 그럼 지하 노숙자 아저씨들은 그 얘길 어디서 들은 거야?"

지태가 화니에게 물었다. 중요한 포인트다. 옛날 옛적 이야기의 출처가 어디인가?

"몰라. 원래 그런 이야기들은 그냥 떠도는 거잖아. 아저씨들도 어디서 주워들었겠지."

화니가 무심하게 대답했다. 생각해보니 바보 같은 질문이었다. 그런 이야기들이란 원래 뚜렷한 출처가 없지 않던가. 그래서 옛날 옛적 이야기인 거고.

"근데 지하 노숙자들 사이에서만 돌았던 이야기라면…… 조금 수상하긴 해. 누군간 이 사태에 대해 알고 있었던 것 같아. 그게 지하 노숙자들인지 아니면 그 아저씨들이 잘 만나는 누구인진 모르겠지만."

연아가 자신의 추론을 담아 말했다. 내가 이어서 말했다.

"그럼 이 재난이 꼭 외부의 테러가 아닐 수도 있다, 그런 말이지?"

"그렇지. 철덕이 찍은 그 공사장 사진도 그렇고, 내부의 누군가가 개입된 것 아닐까? 그러니까 그런 괴담도 돌았던 거고."

연아의 말을 듣고 보니 아무래도 그럴 것 같다는 생각이 들었다. 서울 지하철역 100여 개가 폭파되려면—밀덕은 불가능한 일이라고 하긴 했지만— 내부의 도움 없이는 힘들 것이다. 지하 터널과 지하철역에 자연스럽게 접근할 수 있는 누군가가 이 테러의 공모자일 가능성이 컸다.

"화니야, 지하 터널에 들어올 수 있는 사람이 있니? 아저씨들 말고."

연아가 화니에게 물었다. 화니가 곰곰이 생각하더니 대답했다.

"음, 일단 여길 관리하는 철도 직원 아저씨들이 있겠지? 기관사 아저씨들도 들어올 수 있을 거고……. 그리고 밤이 되면 여기 정비하는 아저씨들이 있어. 그 아저씨들도 들어올 거고, 무슨 기계 타고 물청소하는 아저씨들도 있고, 승강장에선 밤에 운행이 다 끝나고 나면 아줌마들이랑 아저씨들이 같이 청소해. 그리고 새벽에 열차 같은 거 타고 들어오는 사람들도 있어. 연마차…… 라던가? 선로를 갈아주는 열차라고 했어. 대충 그 정도쯤 되려나?"

"생각보다 많네. 지하철 운행 끝나면 여기 사람들이 바글바글하겠네. 시장처럼."

지태가 흥미롭다는 듯이 말했다.

"아니, 그렇게 시장 같진 않아. 지하철 구간이 워낙 넓기 때문에 다 흩어져 있어. 그래서 밤에 선로를 다녀도 사람들이랑 좀처럼 마주치지 않아."

"너는…… 농담한 건데, 꼭 그렇게 진지하게 대답해야겠냐? 조그만 게 누가 그렇게 진지하래?"

화니의 대답에 지태가 농담을 던졌다. 지태는 무거운 분위기를 잘 견디지 못하는 편이다. 지금도 분위기를 전환하고 싶어 일부러 농담을 던진 것이다.

"내가 진지한 게 아니라 오빠가 생각이 없는 거지. 안 그래?"

화니가 천진난만하게 대답하고는 연아를 쳐다보며 동의를 구했다. 연아가 피식 웃었다.

"이게! 너 이리 와. 오빠한테 뭐라고?"

지태가 화니를 붙잡으려 손을 뻗었다. 화니는 연아 뒤에 숨었다.

"하지 마. 애한테 왜 그래."

연아가 화니 편을 들어줬다. 화니는 지태에게 혀를 쏙 내밀었다. 평소 애어른 같다가도 저럴 땐 영락없이 열한 살 꼬마 아이 같았다. 나도 화니를 보면서 미소를 지었다.

"아무튼 지하 터널에 들어오는 많은 사람들이 다 테러 공모 용의자인 셈이네. 우리 나중에 지상으로 탈출하면 이거 다 군대에 말해주자. 테러한 사람들 잡을 수 있게."

내가 의지에 가득 찬 목소리로 말했다. 이걸 말해주기 위해서라도 우린 지상으로 나가야 한다. 나는 전의를 다잡았다.

"그럼 싱크홀로 갈 준비를 해볼까?"

연아가 말했다.

이제 또 여정을 떠날 때였다. 막상 싱크홀에 들어갈 생각을 하니 마음이 무거워졌다. 그런데 막상 싱크홀에 들어가려고 하니 화니가 마음에 걸렸다. 화니까지 굳이 싱크홀에 갈 필요가 있을까? 우리야 엄마를 구하러 가는 거지만 화니는 자기 엄마도 아닌데……. 나는 고민하다가 화니에게 말했다.

"화니야, 너 오해하지 말고 들어. 저기 싱크홀에 들어가면 어떤 일이 생길지 아무도 몰라. 우리야 엄마를 구하러 가는 거니까 위험을 무릅쓰고라도 가야 하지만, 너는 따라오지 않아도 돼. 정말 위험할지도 몰라. 우리들만 들어갔다 올게."

화니가 내 말을 듣고는 알 수 없는 표정을 지었다. 그러자 화니가 아닌 연아가 내 말에 대답했다.

"근데 화니 혼자 여기 두는 게 더 위험하지 않을까? 지금 여기서 딱히 지상으로 나갈 수 있는 길이 있는 것도 아니잖아. 남산 지하에 가면 뭔가 있을지도 모르고."

"그건 추측일 뿐이잖아. 확실한 것도 아니고. 그저 추측만 가지고 화니를 싱크홀까지 같이 들어가자고 하는 건 너무 무책임하지 않아? 차라리 여기 있는 게 안전하지."

내가 연아의 말에 반론을 제기했다. 연아는 내 말도 틀리지 않다고 생각했는지 고민에 빠졌다.

"그럼 뭐 어쩌자는 거야? 그냥 화니랑 여기서 헤어지자고?"

지태가 답답한 얼굴로 나를 쳐다보며 말했다.

싱크홀 아래로 화니를 데려가는 게 위험할 것 같아서 이렇게 말하긴 했는데, 화니를 여기 두고 가면 결국 우리가 이 아이를 버리고 가는 꼴이 되는 것 같아 마음에 걸리기도 했다. 화니에게 목숨 걸고 싱크홀로 같이 가자고 해야 하나, 아니면 안전하게 여기에 있으라고 해야 하나 판단할 수 없었다. 하지만 둘 중 하나를 선택해야 했다.

"왜 내 갈 길을 언니 오빠들이 정해?" 대뜸 화니가 말했다. "나 갈 거야. 남산 지하. 내 갈 길은 내가 선택해. 언니 오빠들이랑 같이 갈 거야."

너무도 당연한 일이라는 듯 화니가 말했다. 이렇게 간단한 것이었나 싶을 정도로 완벽한 결론이었다.

"좋아……. 됐네. 그럼 다 같이 가기로 하자."

지태가 얼떨떨한 표정으로 말했다. 연아와 나도 비슷한 얼굴로 고개를 끄덕였다. 나는 혹시나 화니에게 상처를 준 건 아닐까 걱정됐다. 버리고 가겠다는 의미가 아니었는데 혹시라도 그렇게 들렸을까 봐. 그런 내 마음을 읽었는지 화니가 나에게 말했다.

"그렇게 안 봐도 돼. 오빠가 어떤 마음으로 그렇게 말했는지 알아. 그래서 내가 정리해준 거야."

나는 딱히 뭐라고 대꾸할 말을 찾지 못했다. 하지만 마음은 한결 편해졌다. 화니는 보면 볼수록 놀라운 아이다.

이제 진짜 싱크홀로의 여정을 시작해야 할 때였다. 우리는 자리에서 일어났다. 그런데 지태가 신음을 내며 일어나선 등을 펴질 못했다.

"괜찮아?"

나는 걱정스레 지태의 등을 쳐다봤다.

"다친 데 파스를 좀 더 뿌려야 될 것 같은데. 압박붕대도 더 세게 감아야 될 것 같고."

지태가 인상을 쓰며 대답했다.

"나도. 여기 팔에 감은 붕대가 느슨해졌어. 새로 감아야 될 것 같아."

화니도 오른쪽 팔을 내보이며 말했다. 나 역시 오른쪽 발목에 감겨 있는 붕대를 봤다. 아직은 잘 감겨 있는 것 같았지만 싱크홀에 들어가기 전에 살펴보는 게 좋을 것 같았다. 우린 지금 다들 상처투성이였다.

꼬르르륵. 누군가의 배에서 우리들의 목소리를 덮을 만큼 큰 소리가 들려왔다. 우리들의 눈이 한 명에게 쏠렸다. 연아였다. 화니가 연아를 보면서 키득거렸다.

"언니 무진장 배고프구나?"

화니의 물음에 연아가 민망한지 한숨을 내쉬었다. 그러더니 스마트폰으로 시계를 확인했다.

"우리, 좀 쉬었다 가자. 지금 새벽 6시야. 테러 터진 지 딱 열두 시간 지났어. 근데 우리 그동안 밥도 못 먹고 잠도 못 잔 상태잖아. 부상도 입었고."

"엄마는…… 그동안 괜찮겠지?"

지태가 불안한 듯 말했다.

"목적을 모르긴 해도 납치해 갔으니 바로 죽이거나 그러진 않을 거야. 죽일 거면 굳이 힘들게 데리고 갈 필요도 없지. 괴물들도 1차 목적을 달성했으니 재정비가 필요할 거야. 그리고 이대로 내려갔다간 엄마를 구하기도 전에 우리가 먼저 지쳐서 쓰러질지도 몰라."

연아가 말했다. 나도 연아의 의견에 덧붙였다.

"그래, 나도 연아 의견에 찬성. 다들 붕대도 새로 감고, 뭐 좀 챙겨 먹자. 잠시 눈도 좀 붙이는 게 좋을 것 같고. 이러다 우리가 먼저 쓰러지면 다 끝나는 거야."

지태도, 화니도 고개를 끄덕였다.

우린 각자 몸에 둘러진 붕대를 풀고 파스를 새로 뿌린 뒤 다시 단단하게 붕대를 감았다. 그리고 아까 챙겨놓은 음식들을 꺼냈다. 일회용 통조림과 빵이 있었지만 지금 우리의 굶주림을 채우기엔 한참 부족한 양이었다. 우린 노들역 변전소를 나가서 흑석역 방향으로 조금 걸어가다가 멈춰 있는 지하철에 들어갔다. 시체들의 가방에서 먹을 것을 챙겼다. 이번엔 음료수와 김밥도 발견했다. 꽤 많은 양의 음식을 챙길 수 있었다. 우리를 위해 기꺼이 음식을 내준 시체들에게 감사의 인사를 전하고 다시 노들역 변전소로 돌아왔다.

김밥, 캔 통조림, 빵, 핫바, 샌드위치, 음료수. 챙겨 온 음식을 모아놓으니 푸짐한 한 끼 식사가 될 듯했다. 우린 음식을 가운데 두고 둥글게 모여 앉아 "잘 먹겠습니다!"라고 외치고는 허겁지겁 음식을 집어 먹었다. 음식이 들어가자 그간 얼마나 허기가 졌는지 실감할 수 있었다. 우린 눈앞에 있는 음식들을 하나도 남기지 않고 다 먹어치웠다.

배가 부르자 그동안의 피로가 몰려오면서 나른해졌다. 우린 자연스레 편한 자세로 앉아 휴식을 취했다. 지태가 나른한 얼굴로 벽에 기대며 말했다.

"단아, 나가면 뭐하고 싶냐?"

나 역시 벽에 기대앉으며 대답했다.

"나가봤자 엉망진창이잖아. 뭐 할 수나 있겠어? 죽지 않으면 다행이지."

"그냥 한 번 꿈꿔보는 거지, 인마. 너도 화니 닮아가냐? 뭐 이렇게 진지해, 다들?"

지태의 불만 섞인 대꾸에 나와 연아가 웃었다. 화니는 자기가 언제 그랬냐는 듯 지태를 쳐다봤다.

"난 나가면……."

내가 말을 꺼내자 연아, 지태, 화니가 쳐다봤다.

"다시 뛰고 싶다. 트랙. 100미터."

다들 잠시 아무런 말도 못 했다. 의외의 대답이었으리라. 나 역시도 내가 이런 대답을 할 줄 몰랐으니까.

"여기서 그렇게 뛰었으면서 또 뛰고 싶냐? 너 육상 이제 관둘 거라고 했잖아?"

지태가 웃으며 물었다. 내가 곰곰이 생각한 뒤 대답했다.

"아까 괴물들을 유인하려고 죽어라 달렸잖아. 그때 알겠더라. 난 약물 없이도 신기록을 세울 수 있었어. 근데 왜 바보같이 그랬는지…… 조금 후회돼."

"스티브가 먹인 거잖아. 자기 욕심 채우려고. 널 진심으로 생각했으면 그런 짓은 해선 안 되는 거였어."

연아가 내 편을 들어줬다. 연아는 항상 내 편이다. 지금도, 앞으로도 계속 그럴 거다.

"근데 솔직히 나 그거 스테로이드였던 거 알고 있었어. 그냥 모른 척하고 싶었던 거야. 그땐 슬럼프였으니까. 어떻게든 벗어나고 싶었어."

내가 솔직하게 말했다. 스티브는 나에게 합법적인 근육 보충제라며 스테로이드를 줬다. 모른 척 먹었지만 사실은 짐작하고 있었다. 그땐 그 유혹을 떨치기 힘들었다. 지태와 연아는 아무 말이 없었다. 내가 한 번도 말한 적 없지만 둘은 이미 눈치채고 있었을 것이다. 그런데도 둘은 끝까지 스티브에게 모든 책임을 돌리고 나를 지켰다. 우리들은 쏟아지는 비난의 화살 속에서 그렇게라도 살아남아야 했다.

"스티브가 좋아하겠네. 너 다시 뛰고 싶어 한다는 거 알면."

지태가 옅은 미소를 띠며 말했다. 내가 대꾸했다.

"그럼 뭐하냐. 세상이 이 꼴이 됐는데. 뭐 올림픽 같은 게 열리기나 하겠어?"

"다른 나라는 멀쩡하잖아. 열리겠지. 우리 여기서 나가면 서울 떠서 다른 나라로 가자. 육상하려면 따뜻한 나라가 좋으니까 하와이 같은 곳 어때? 거기서 단이 넌 다시 100미터 뛰고, 난 네 매니저 할게. 내 창던지기 실력으론 외국에서 명함도 못 내밀거든. 걔들 무지막지하게 던지잖아. 난 네 매니저가 딱이야. 연아는 뭐 할래? 넌 어딜 가도 인터넷 방송하면 잘할 거 같다. 넌 그거 해. 그리고 화니는? 넌 뭐하고 싶어? 하고 싶은 거 다 말해봐. 이 오빠가 하게 해줄게."

지태가 신이 나서 속사포처럼 말을 내뱉었다. 그래. 지태 말대로 꿈이라도 꿔보는 게 어떤가. 여기서 탈출한 후 하와이에 가서 다시 육상을 시작할 수 있다면 더 바랄 게 없을 것 같다. 실제로 하와이에 가본 적은 한 번도 없지만.

"……나도 같이 가도 되는 거야?"

지태의 물음에 화니가 우물쭈물하다 되물었다. 하긴, 화니는 우리와 만난 지 하루도 되지 않은 사이다. 농담으로라도 그런 미래를 약속하기엔 먼 사이일 수도 있다. 물론 나를 포함해 지태와 연아는 그렇게 생각하지 않았지만.

"당연하지. 너 같이 안 가려고 했냐? 아깐 내 갈 길은 내가 정해, 막 이러면서 겁나 잘난 척하더니."

지태가 화니에게 다정하게 말했다. 역시 지태도 나와 생각이 같았다.

"그건 그거고. 하와이는…… 내가 가고 싶다고 갈 수 있는 곳이 아니잖아."

화니가 평소답지 않게 시무룩하게 대답했다.

"화니야."

연아가 대뜸 화니를 불렀다. 화니가 연아를 쳐다봤다.

"너, 여기서 나가면 우리랑 같이 살래?"

연아가 화니에게 물었다. 지태와 나는 화니를 쳐다봤다. 우리는 모두 화니의 대답을 기다렸다.

"그래도…… 돼?"

연아와 지태, 나는 수줍어하는 화니를 보며 피식 미소 지었다.

"얘 봐라. 그걸 말이라고 하냐? 아깐 패기 쩔더니 지금은 되게 소심해졌네?"

지태가 화니에게 장난을 쳤다.

"그럼 화니 너, 이제 우리 막내다. 집에 가면 네가 화장실 청소하는 거야. 그런 건 막내가 하는 거거든."

나도 화니에게 장난을 쳤다. 생일이 가장 느리다는 이유로 늘 내가 했던 화장실 청소였다.

"으이그, 오빠들이라는 게."

연아가 지태와 나에게 핀잔을 줬다. 화니는 수줍은 건지 감동받은 건지 고개를 숙이고 아무 말도 못 했다. 우리가 계속 그런 화니를 놀리자 화니가 슬그머니 입을 열었다.

"남산 지하 가는 거야 내가 가면 가는 거지만…… 같이 사는 건…… 내가 하고 싶다고 해서 되는 게 아니잖아……. 그래서 그랬지. 나 언니 오빠들이랑 같이 지내고 싶어."

화니의 말이 끝나자 나와 지태는 화니의 목을 팔로 감고 볼을 꼬집고 머리를 헝클어트리면서 장난을 쳤다. 화니는 하지 말라고 소리쳤지만 싱그럽게 웃고 있었다.

"우리 기념으로 사진 한번 찍을까?"

연아가 스마트폰을 꺼내며 말했다. 연아의 말이 끝나기 무섭게 나와 지태는 화니를 데리고 연아의 옆에 붙어선 잔뜩 폼을 잡았다. 연아는 화니를 끌어안고는 해사한 미소를 지었다. 찰칵, 소리가 나면서 우리들의 소중한 한 컷이 찍혔다.

이 순간, 처음으로 재난이 꼭 나쁜 것만은 아니라는 생각이 들었다. 우리들은 재난 속에서 새로운 가족이 생겼다.

같은 시각
B9: 비상센터

 현국은 신야가 메시지를 보내왔다는 보고를 듣자 상황이 더욱 나빠질 거라는 불길한 예감이 들었다. 비상센터의 다른 사람들도 현국과 비슷한 느낌을 받았는지 낯빛이 어두워졌다. 하지만 대통령은 대체 무슨 속셈인지 재미있는 쇼 프로그램을 기다리는 것처럼 흥미진진한 얼굴로 용병대장을 쳐다봤다. 용병대장이 대통령을 포함한 모두를 보면서 말했다.
 "노아에서 신야가 사진을 찍어 메시지를 보내왔습니다."
 용병대장이 스크린 컨트롤 장비 앞에 선 용병에게 사진을 띄우라는 신호를 보냈다. 그러자 천장에 매달린 원형 스크린에 신야가 보내온 사진이 떠올랐다. 사진 속엔 보라색 빛깔로 쓰인 모스 부호가 찍혀 있었다. 신야가 U.E.B.를 보라색 빛 에너지로 바꿔 허공에다가 쓴 것이다.
 "아마 다들 해석하셨겠지만, 한글로 옮기면 이런 메시지입니다."

용병대장의 말이 끝나자 스크린에 한 글자 한 글자 떠올랐다.

더. 이. 상. 다. 가. 오. 지. 마. 라.

끝이었다. 어떠한 추가 메시지도 없었다. 단호한 명령형의 저 한마디 속에 무수한 의미가 함축되어 있었다. 비상센터의 모든 사람들이 쉽게 입을 떼지 못했다. 중력이 열 배는 세진 것처럼 비상센터 안의 공기가 무겁게 가라앉았다. 현국은 메시지를 보자 온몸의 털이 곤두서는 듯한 느낌을 받았다. 구토가 올라오는 걸 마른침을 꿀꺽 삼키며 간신히 참아냈다. 오한이 든 것처럼 몸이 떨려왔다. 저 메시지를 무시하면 안 된다. 그랬다간 큰 화를 입을 것임을 몸이 본능적으로 느끼고 있었다.

"그리고 이 사진을 함께 보내왔습니다."

용병대장의 말과 함께 스크린에 또 다른 사진이 한 장 떠올랐다. 노아의 연구 단지에 많은 사람들이 모여 있는 사진이었다. 사람들은 하나같이 다 부상을 입은 모습이었다. 생존자들이었다. 서울 지하 터널의 생존자들이 노아의 연구 단지에 모여 있었다.

"저 사람들이 왜 저기……?"

에너지공단 이사장이 이해가 안 간다는 듯 말했다. 그러자 플루토의 이준 사장이 무미건조하게 말을 내뱉었다.

"인질이군요."

현국도 똑같이 생각했다. 신야는 지금 지하 터널에 있던 생존자들을 인질로 삼아 자신의 성 노아를 지켜내려고 하고 있었다.
 "우리가 노아에 내려가면 저 사람들을 다 죽이겠다는 거군요. 어떻게 하시겠습니까, 대통령님?"
 이준 사장이 감정이 1그램도 실리지 않은 목소리로 대통령에게 물었다. 대통령은 굳은 표정으로 노아에 있는 수많은 생존자들의 사진을 봤다. 그러는 사이 주한미군사령관이 대통령의 대답을 가로챘다.
 "한국군은 참여하지 않아도 좋습니다. 우리 미군이 생존자들의 피해를 최소화하면서 신야를 생포해 오겠습니다."
 주한미군사령관의 얼굴은 여유로웠다. 그 여유 속에는 미국이라는 강대국의 국민만이 가질 수 있는 오만함이 섞여 있었다. 신야를 미국으로 데려가려는 속셈이 여실히 읽혔다. 대통령이 주한미군사령관을 매섭게 노려봤다. 주한미군사령관 역시 대통령의 눈길을 피하지 않고 정면으로 쳐다봤다.
 "다섯 시간 주겠소."
 대뜸 대통령이 말했다. 앞뒤 맥락을 자른 대통령의 말에 주한미군사령관이 의아한 표정을 지었다. 대통령이 이어서 말했다.
 "미군과 플루토의 용병들과 함께 노아에 내려가 신야를 생포해 오시오."
 대통령이 국방부 장관을 쳐다봤다. 국방부 장관은 그제야 대통령이 자신에게 말하고 있다는 걸 알아차렸다.
 "다섯 시간…… 뒤에 말입니까?"

국방부 장관이 시간을 더 달라는 뜻을 담아 대통령에게 되물었다. 하지만 그는 국방부 장관의 바람과 달리 더욱 단호하게 말했다.

"무슨 수를 쓰든 그때까진 무조건 신야를 생포해 오시오. 생존자들은 무시해도 좋소. 아니, 신야를 생포해 온 뒤에 노아의 출입구를 다 폭파시키시오. 생존자들이 단 한 명도 노아에서 나오지 못하도록. 그게 좋겠소."

그 순간 현국은 자신의 귀를 의심했다. 대통령은 지금 자신이 무슨 말을 내뱉고 있는 건지 제대로 인지하고 있는 건가?

국방부 장관 역시 당혹스러운 표정이 되어 대통령을 쳐다봤다. 다른 사람들도 모두 당황과 당혹, 공포의 어딘가에서 길을 잃고 방황하는 표정이 되었다. 조시 주한미군사령관도 당혹감이 어린 얼굴이 되었다. 대통령이 신야를 위해 수많은 생존자들까지 포기할 줄은 몰랐던 것이다. 하지만 이준 사장만큼은 이번에도 여유로운 표정을 짓고 있었다. 이준 사장은 오히려 대통령에게 더 끔찍한 제안을 했다.

"신야를 확보한 후 유니언, 생존자들과 함께 노아를 통째로 날려버리시죠. 이럴 때를 대비해서 노아를 한번에 없앨 수 있는 장치를 만들어놨잖습니까? 대중은 분명히 이 사태에 대한 진상 규명을 요구할 겁니다. 괜히 노아를 남겨놨다가 꼬리를 잡히는 것보다 아예 날려버리는 게 깔끔합니다. 노아는 오늘 이후로 세상에 없는 겁니다. 노아를 본 인간도 오늘 이후로 세상에 없는 겁니다. 노아가 사라짐으로써 손해를 보는 연구비는 얼마든지 추가 지원하겠습니다."

대통령은 이준 사장의 제안에 크게 흡족한 듯 미소를 지었다. 노아는 워낙 비밀스러운 프로젝트가 진행되던 곳이었기에 비상시에 흔적조차 남기지 않고 없앨 수 있는 장치가 마련되어 있었다. 그 장치를 작동시키기만 하면 노아는 이 세상에서 완전히 사라진다. 이준 사장은 신야를 생포한 후 그 장치를 작동시키자고 말하는 것이었다.

주한미군사령관은 대통령과 이준 사장의 과감한 작전에 적잖은 당혹감을 느끼는 듯했다. 대통령이 그런 주한미군사령관에게 말했다.

"만약 미군이 이 작전에 동의하지 않는다면 여기서 그만 철수해도 좋습니다. 미국이 감당하기엔 힘든 작전일 수도 있을 테니까요."

대통령이 여유로운 얼굴로 주한미군사령관을 쳐다봤다. 주한미군사령관은 대통령의 말에 자존심이 상한 듯 낮은 목소리로 답했다.

"그럴 일은 없을 겁니다. 그럼, 다섯 시간 뒤에 연합작전을 실시하도록 하죠."

대통령이 주한미군사령관의 대답에 만족한 듯 미소를 지었다. 그러곤 다시 국방부 장관을 보며 말했다.

"다섯 시간이오. 미군과 전력을 다해서 반드시 신야를 생포해오시오. 작전 실패는 아예 염두에 두지도 않겠소."

이에 현국이 다급하게 소리쳤다.

"대통령님! 안 됩니다. 차분히 신야와 대화를 시도하십시오. 신야의 메시지를 무시하시면 안 됩니다!"

현국의 목소리는 절박함으로 가득했다. 이 자리가 해산되기 전에 무엇이라도 해야 한다는 걸 자각한 외침이었다.

대통령이 현국을 쳐다보며 어린아이 대하듯 말했다.

"기현국, 신야는 테러리스트네. 테러리스트의 말에 질질 끌려 다녔다간 어떻게 되는지 모르나? 누구보다 잘 알 만한 사람이 왜 그러나?"

그러자 현국이 다시 대통령에게 소리쳤다.

"신야가 보통 인간이라면 그렇겠죠! 하지만 상대는 신야입니다! 신야의 경고를 무시했을 땐 인질로 잡힌 생존자들뿐 아니라 지상에 있는 시민들도……."

"조용히 하게. 한마디만 더 하면 자네도 노아와 함께 영원히 사라지게 해주겠네."

대통령이 현국의 말을 끊으며 말했다. 국정원장도 현국에게 더 이상 말하지 말라고 말렸다. 하지만 현국은 이제 더 이상 물러날 수 없었다. 현국이 또 다시 소리쳤다.

"그럼 애꿎은 사람들만 죽이지 말고 신야도 함께 죽이십시오! 신야가 테러리스트라면 잡아올 게 아니라 죽여야 하는 거 아닙니까! 노아를 날리면서 신야도 날려버리십시오! 왜 신야만 생포해 오려고 하시는 겁니까!"

현국의 말에 대통령의 표정이 섬뜩하게 일그러졌다. 그는 현국을 노려봤다. 현국은 대통령의 두 눈에서 지독한 귀신이 자신을 노려보고 있는 것 같은 공포를 느꼈다. 대통령이 만약 지금 총을 가지고 있었다면 자신의 머리에 구멍을 냈을 거라는 생각이 들었다. 대통령이 눈앞의 이 당돌한 공무원을 어떻게 처리할까 머리를 굴리는데, 국정원장이 현국의 앞을 막아서며 말했다.

"대통령님, 국민들이 많이 동요하고 있습니다. 발표를 한번 하셔야 할 타이밍입니다. 언론을 통제하긴 했지만 국민들 사이에서 유니언들을 찍은 사진이 돌고 있습니다. 흉흉한 소문이 퍼지고 있습니다."

국정원장은 현국을 구하기 위해 말을 돌린 것이다. 국정원장의 간절한 눈빛에서 현국을 살려달라는 메시지가 읽혔다. 대통령은 마지못해 알겠다는 듯 고개를 끄덕이곤 국정원장에게 물었다.

"유니언들에 대해선 어떻게들 떠들고 있나?"

"북한을 의심하는 소문이 가장 많긴 하지만 세기말 분위기를 풍기는 소문도 돌고 있어 폭동이 일어날 조짐도 보입니다. 그전에 단호한 모습으로 국민들을 진정시키셔야 합니다."

국정원장의 대답에 대통령이 피식 웃는다.

"북한에선 좀 억울하겠군."

"예, 그러니 발표에선 절대 북한을 언급하시면 안 됩니다. 어차피 노아를 다 날리실 거라면, 일단 사태를 수습하고 끝까지 추적해서 정체를 밝혀내겠다고만 하십시오. 시간이 지나면 시들해질 겁니다. 지금 돌고 있는 사진 이외엔 유니언들에 대해 남아 있는 증거가 하나도 없을 테니까요."

대통령은 알겠다고 말하고는 주한미군사령관과 이준 사장과 함께 비상센터를 나가려고 했다.

"대통령님, 다시 한 번 생각해주십시오! 대통령님!"

현국은 절박하게 소리치며 목발을 짚고 일어서서 대통령을 막으려 했지만 몸보다 마음이 앞서는 바람에 볼썽사납게 바닥을 뒹굴고 말았다. 국정원장이 현국을 일으켰다. 하지만 대통령은 이미 비상센터에서 사라진 뒤였다.

그렇게 회의는 끝이 났다.

테러 발생 15시간 40분 경과
9호선 노들역 부근 변전소

연아의 손길에 눈을 떴다. 주위를 둘러봤다. 지태와 화니는 세상모르게 자고 있었다. 어디선가 익숙한 음악이 낮게 들려왔다. 보초를 서던 연아가 스마트폰으로 음악을 재생시켰다. 존 레넌의 〈이매진(Imagine)〉이었다. 평소 연아가 즐겨 듣던 음악이라 내게도 익숙한 노래였다.

"네 차례야. 한 시간 뒤에 다 깨우면 돼."

연아가 말했다.

우린 식사를 마친 후 체력을 보충하기 위해 몇 시간이라도 잠을 청하고 싱크홀에 들어가기로 했다. 다만 무슨 일이 생길지 모르니 한 명씩 돌아가며 보초를 서기로 했는데, 이번이 마지막 순서인 내 차례였다.

"응, 어서 자. 이거 덮고 자면 따뜻할 거야."

내가 덮고 있던 점퍼를 연아에게 줬다. 이 점퍼도 어느 시체에게서 빌려 온 것이다. 지태도, 화니도, 모두 죽은 자에게서 빌려 온 옷들을 이불 삼아 덮고 있었다.

"고마워."

연아가 점퍼를 덮으며 누웠다. 그리고 스마트폰의 음악을 끄려고 하자 내가 끄지 말라고 했다.

"좀 더 들을게. 오랜만에 들으니까 좋네."

연아가 미소 지으며 스마트폰을 나에게 줬다. 그러곤 잠을 청했다. 나는 반복해서 노래를 들으며 아이들이 잠든 변전소를 지켰다. 이곳에서 음악을 들을 수 있으리라고는 생각도 하지 못했다. 고요한 가운데 들려오는 음악이 좋았다.

"이 노래 가사 알아?"

연아의 목소리였다. 나는 연아를 쳐다봤다. 잠든 줄 알았는데.

"안 잤어?"

"응, 온몸을 두들겨 맞은 것처럼 피곤한데, 누우니까 잠이 안 와. 긴장돼서 그런가."

연아는 잠자기를 포기했는지 엎드려서 나를 쳐다봤다.

"가사는 몰라. 그냥 네가 좋아하는 노래니까 알고 있는 것뿐이야."

"내가 말해줄까?"

"가사를 다 외워?"

"응, 영어 가사도 외우고 해석도 할 수 있어. 이 노래가 세상에서 제일 좋아."

"그럼 말해줘, 가사. 한글로."

"좋아. 그럼 한글 가사 나갑니다."
연아가 노래에 맞춰 가사를 읊었다.

천국이 없는 세상을 상상해보세요. 마음먹으면 쉬운 일이에요.
Imagine there's no heaven. It's easy if you try.
우리 발아래 지옥도 없고 우리 위에는 푸른 하늘만 있다고.
No hell below us. Above us, only sky.
모두가 오늘을 위해 살아가는 세상을 상상해보세요.
Imagine all the people living for today.
국가가 없는 세상을 상상해보세요. 그렇게 어려운 일은 아니에요.
Imagine there's no countries. It isn't hard to do.
그 무엇을 위해 누군가를 죽일 필요도, 스스로를 희생할 필요도 없겠죠. 그런 세상에는 종교도 없을 거예요.
Nothing to kill or die for and no religion, too.
모두가 평화롭게 살아가는 세상을 상상해보세요.
Imagine all the people living life in peace.
당신은 나를 몽상가라고 말하겠죠. 하지만 난 혼자가 아니에요.
You may say I'm a dreamer but I'm not the only one.
언젠가 당신이 우리와 같은 꿈을 꾸길 빌어요. 그렇다면 세상은 하나가 되겠죠.
I hope some day you'll join us and the world will be as one.
나의 것도 여러분의 것도 없다고 상상해보세요. 여러분이라면 할 수 있을 거예요.

Imagine no possessions. I wonder if you can.
욕심내거나 굶주리지 않아도 돼요. 우리 모두 형제가 된다면요.
No need for greed or hunger. A brotherhood of man.
세상 사람들이 모든 것을 공평하게 나눈다고 상상해보세요.
Imagine all the people sharing all the world.
당신은 나를 몽상가라고 말하겠죠. 하지만 난 혼자가 아니에요.
You may say I'm a dreamer but I'm not the only one.
언젠가 우리 모두 같이하면 좋겠어요. 그럼 세상은 하나가 될 거예요.
I hope some day you'll join us and the world will be as one.

노래가 끝나자 연아의 목소리도 끝났다. 한 편의 시 같았다. 부드러운 피아노 선율에 겹쳐지는 연아의 목소리를 듣고 있자니 갑자기 모든 게 평화롭게 느껴졌다.

"이 노래가 왜 그렇게 좋아?"

내가 물었다.

"그냥. 듣고 있으면 마음이 편해지잖아. 가사도 너무 아름답고."

나도 연아가 읊어주는 가사를 들으며 좋다고 생각했지만, 아마 연아가 느끼는 정도의 아름다움은 느끼지 못했을 것이다. 연아는 나보다 모든 것을 더 섬세하게 받아들였다. 운동만 해온 나와는 달랐다.

"근데 그거 알아? 이 노래 알게 된 거 스티브 때문이야."

대뜸 연아가 말했다. 내가 모르는 이야기였다. 내 코치였던 스티브가 연아에게 이 노래를 알려줬다고?

　나는 놀란 토끼 눈을 하고 연아를 쳐다봤다.

　"너 훈련 하는 거 구경하면서 가끔 스티브랑 이야기를 했어. 스티브는…… 인간적으로는 좋은 사람이었으니까. 그런데 하루는 그런 얘길 하더라. 자긴 태생적으로 히피 기질이 있었대. 선수 생활 관두고 힘들 때 세계일주하면서 히피 문화에 푹 빠졌다더라. 근데 그런 시각에서 달리기를 보니까 꼭 자연으로 회귀하는 것 같아서 좋더래. 수십만 년 전에도 달리기는 지금처럼 맨몸으로 달리기만 했을 거라면서 말이야. 그러면서 네가 훈련하는 걸 쳐다보는데…… 그날 스티브의 얼굴은 다른 날이랑 좀 달라 보였어. 정말 편안해 보이고 자유로워 보이는 그런 느낌이었다고 할까. 그날 이후로 나도 히피 문화를 접하고 빠져들게 됐어. 인디언 문화에도 빠지게 됐고. 그때 알게 된 노래가 존 레넌의 〈이매진〉이야."

　몰랐다. 스티브와 연아가 이런 대화를 나눴는지, 이런 대화까지 나눌 정도로 가까운 관계였는지.

　"단아, 나는 그래도 스티브가 잘못했다고 생각해. 네가 그걸 다 알고 먹은 거라고 해도. 어른이면 잘못된 건 잘못됐다고 말해줬어야 하잖아. 애초에 너에게 그런 제안을 해서도 안 되는 거고."

　나는 아무 대답도 하지 못했다. 연아의 말에 스티브와의 일들이 떠올랐다. 도핑 스캔들이 터진 후 몇 번의 청문회에서 나는 스테로이드인지 모르고 먹었다고 증언했다. 스티브가 그렇게 말하라고 시켰다. 그는 심사위원들에게 모든 건 자신의 책임이라고, 내 잘못은 하나도 없다고 말했다. 그는 나를 진심으로 아끼고 보호해주려고 했다. 평소 그가 나를 얼마나 좋아했는지 나 역시 잘 알았다. 단순히 선수로서가 아니라 그는 나라는 인간을 좋아했다. 사실 엄마 다음으로 나를 아껴준 어른이었다. 나 역시 그런 그를 위해 최선을 다하고 싶었다. 우린 어디서부터 잘못된 걸까?

나는 연아에게 이런 내 마음을 말했다. 그러자 연아가 다시 말했다.

"너를 좋아하고 아껴서 그랬던 거라고 해도, 설사 그 마음이 선한 거였다고 해도 모든 게 허락되는 건 아니잖아. 이유가 무엇이든 해서는 안 되는 일도 있는 거야. 아까 우린 화니한테 아무리 시체가 되었어도 그 사람들의 돈은 가져가선 안 된다고 말했어. 우린 그래도 아직 그 정도는 선택할 수 있잖아. 조금 늦어지더라도 스티브는 네가 올바르게 성장할 수 있도록 기다렸어야 했어. 어른이잖아. 어른이면…… 우리 같은 아이들이 제대로 커갈 수 있도록 도와줘야 하는 거 아냐?"

연아의 진심 어린 말이 내 마음을 건드렸다. 맞다. 우린 그래도 아직 그 정도의 선택은 할 수 있다. 다른 선택을 해야만 했다. 스티브는 원래 한국의 전도유망한 스프린터였다. 하지만 잘못된 훈련법으로 심각한 부상을 입고, 선수 인생을 끝내게 됐다. 이후 미국에서 코치로 새로운 인생을 시작했다. 그는 꽤 유명한 선수들을 배출해낸 코치가 되어 다시 한국으로 돌아왔다. 그는 한국

육상계를 세계적인 수준으로 끌어올리려 했고, 스타성을 겸비한 나를 발탁해 세계적인 스프린터로 만들었다. 그러나 한 단계 더 도약이 필요할 때 내가 슬럼프에 빠지자 스테로이드를 투약했다. 한국 육상계와 나를 끔찍이 사랑했던 마음이 스테로이드로 이어졌던 것이다. 그는 다른 선택을 할 수도 있었다. 아니, 다른 선택을 해야만 했다. 우린 그래도 아직 그 정도의 선택은 할 수 있으니까.

"네 말이 맞아. 우린 잘못된 선택을 한 거야. 마음이야 어쨌든, 그게 가장 중요해."

내가 말했다. 진심이었다. 연아의 말을 듣고 나니 생각이 조금 더 명확해졌다.

"우리, 이제 싱크홀로 내려가면 앞으로 또 무슨 일이 생길지 모르잖아."

연아가 낮은 목소리로 말했다. 나는 연아의 얼굴을 쳐다봤다. 이어질 말을 기다렸다. 잠시 후 연아가 나지막이 말했다.

"무슨 일이 생겨도, 우리, 사람다운 선택을 하자. 우리가 사람이라는 걸 잊지 말자."

그녀의 결연한 얼굴 위로, 존 레넌의 〈이매진〉이 흘러나오고 있었다.

같은 시각
B9

'제기랄, 제기랄, 제기랄, 제기랄!'

현국은 화장실에 들어가 얼굴에 연거푸 물을 끼얹었다. 끓어오르는 화를 식혀야만 했다. 그러지 않으면 용병들이 가지고 있는 총을 빼앗아 대통령을 쏴버릴 것만 같았다. 몇 시간 뒤면 국군, 미군, 플루토 용병 부대가 연합해 노아로 내려갈 것이다. 아무리 회복 중이라 하더라도 신야는 분명히 자신의 모든 것을 걸고 저항할 것이다. 그 결과가 어떨지 누구도 알 수 없다. 지금 일어난 재난보다 더 큰 참사가 닥칠지도 모른다. U.E.B. 제어 기계로 신야의 힘을 무력화시키려 해도 이제 신야의 힘은 그런 기계로는 제어 불가능한 상태일지도 모른다. 신야의 압도적인 위험성이 입증되었는데도 이런 작전을 실행하는 건 오만함인가, 경솔함인가? 게다가 신야 생포 작전이 성공하면 그 이후 노아는 완전히 폭파된다. 노아 안에 있을 유니언, 생존자들은 영원히 지하 깊은 곳에 묻힐 것이다. 죽어야 할 건 생존자가 아니라 신야 인데도 현실은 그렇게 되고 말 것이다.

현국은 거울 속 자신의 얼굴에서 물이 뚝뚝 떨어지는 걸 쳐다 봤다. 침착해야 돼. 그는 허공으로 흩어지려는 이성을 부여잡았 다. 대통령이 미치광이라면 나라도 정신을 차리고 사태를 수습 해야 돼. 침착하자. 침착하자.

"담배나 한 대 피우자."

국정원장이 화장실에 들어오더니 현국에게 말했다. 현국은 머 릿속이 복잡해서 혼자 있고 싶었다. 현국은 국정원장을 슬쩍 쳐 다보고는 혼자 내버려두라는 듯 다시 세면대에 얼굴을 파묻고 물을 끼얹었다. 그러나 국정원장은 현국의 상태가 좋지 않아 보 인다며 그의 팔을 잡고는 억지로 끌고 나왔다. 현국은 어쩔 수 없이 목발을 짚으며 국정원장을 따라 나섰다.

두 사람은 비상 승강기를 타고 남산 타임캡슐로 올라갔다. 남 산 타임캡슐은 일반 사람들에겐 서울의 문물 600점이 묻혀 있다 가 2394년에 개봉될 곳이라고 알려져 있지만 노아 프로젝트에 연관된 사람이라면 다 알고 있었다. 남산 타임캡슐 아래 노아로 향하는 통로가 있음을.

국정원장과 현국은 타임캡슐에 도착해 비밀 통로를 따라 남산 의 아침 공기를 맞으며 타임캡슐 광장으로 나갔다. 그곳으로 나 가기 전, 국정원장은 가족들과 통화하기 위해 B9 출입자들의 소 지품을 보관 중인 용병에게 가서 자신의 스마트폰을 돌려 받았 다. B9 바깥으로 나가야만 통신 기기의 사용이 허락된다. 이 규

칙은 대통령도 예외가 아니다.

두 사람이 타임캡슐 광장으로 나오자 여느 때와 다름없이 해가 떠올라 있었다. 현국은 내일은 내일의 태양이 떠오른다는 어느 영화 속 대사를 떠올렸다. 지하에선 인류의 생존을 건 무시무시한 일들이 벌어지고 있는데 하늘엔 이렇게 무심히 태양이 떠올라 있다는 사실에 힘이 빠졌다. 태양은 얄미울 정도로 아름다웠고 남산의 아침 공기는 상쾌했다. 땅 위와 땅 아래는 이토록 멀구나, 현국은 생각했다.

국정원장이 현국에게 담배를 한 개비 내밀었다. 현국은 한 달 전에 담배를 끊었지만 지금은 이 유혹을 참기 힘들었다. 그는 담배를 받아들었다.

"다 잊어. 조금 전 회의에서 나왔던 얘기들, 다 잊어라. 안 그럼 너 못 산다."

국정원장이 말했다. 현국을 위한, 진심 어린 말이었다. 국정원장이 이어서 말했다.

"다 정리되고 나면 너 프로젝트에서 빠질 수 있도록 힘 써볼게. 어차피 이번 일로 프로젝트 체계가 한번 싹 정리될 거다. 그때 넌 빠지기로 하자. 쉽진 않겠지만 내가 어떻게든 해볼게. 그러니 조금만 참고 사태가 수습될 때까진 시키는 대로 해라."

"제가 빠지고 안 빠지고가 문제가 아닙니다. 신야가 얼마나 위험한지 아까 확인하셨잖습니까? 그뿐만이 아닙니다. 신야가 가진 힘은 아직 다 밝혀지지 않았습니다. 우리가 알고 있는 것보다 훨씬 더 위험할지도 모릅니다. 그런데도 대통령이란 사람은 허황된 이상에만 빠져서 그걸 못 보고 있어요."

국정원장이 담배를 피우면서 진정하라는 듯 손을 흔들었다. 국정원장이 말했다.

"신야는 지금까지 충분히 잘 관리해왔어. 이런 일이 벌어지게 한 건 분명히 실책이지만 생포해 온 뒤 더 신경 써서 잘 관리하면 돼. 충분히 감당할 수 있어."

"아니요. 지상으로 나오면 안 됩니다. 절대 안 돼요. 신야는 노아와 함께 사라져야 합니다. 기왕 노아를 폭파시킬 거라면 신야를 생포한 뒤에 할 게 아니라 지금 당장 폭파시켜서 신야를 죽여야 해요."

현국의 말에 국정원장의 눈빛이 날카롭게 변했다. 국정원장이 현국에게 경고하듯 말했다.

"어이, 기현국. 너 또 VIP 찾아가서 지금 당장 '빨간 버튼' 눌러야 한다고 설득할 생각은 하지도 마. 아까도 내가 안 말렸으면 너 위험했다고. 지금은 VIP 심기 거슬리게 해서 좋을 거 하나 없어. 몸 사려."

"찾아가봤자 설득될 인간도 아니란 건……."

현국은 말하다 말고 시간이 정지한 것처럼 굳어버렸다. 순간 머릿속에서 딸깍 하는 소리가 들리는 듯했다. 어긋나 돌아가던 톱니바퀴가 마침내 맞물릴 때 나는 소리였다.

"왜 그래, 말하다 말고? 괜찮아?"

현국의 상태가 심상치 않아 보이자 국정원장이 물었다. 그러자 현국이 멍한 얼굴로 말했다.

"그 '빨간 버튼' 말입니다······."

국정원장은 현국이 이어서 말하길 기다렸다. 하지만 현국은 더 이상 말이 없었다. 국정원장이 현국을 물끄러미 보며 물었다.

"빨간 버튼이 뭐? 처음 듣는 사람처럼 왜 그래? 네가 항상 이름이 너무 귀여운 거 아니냐고 그랬잖아? 노아를 완전히 폭파시키는 장치인데 무슨 비상 승강기 올리는 정도의 버튼 같다고."

그랬다. 노아는 일명 '빨간 버튼'이라 불리는 버튼만 누르면 폭파 장치가 작동하면서 흔적도 없이 사라지게 되어 있었다. 비밀스러운 실험이 많이 진행되는 곳인 만큼 빠르고 신속하게 없앨 수 있도록 폭파 장치가 제작된 것이다. 당연하게도 빨간 버튼을 누를 수 있는 사람은 대한민국에 몇 사람 없었다. 아니, 단 한 사람, 대통령뿐이었다. 빨간 버튼은 대통령의 홍채 인식으로만 열리는 케이스에 설치되어 있고, 그 케이스는 대통령만 알고 있는 어딘가에 은밀히 모셔져 있었다. 즉, 대통령만 빨간 버튼을 누를 권한이 있는 것이다. 플루토의 이준 사장은 세상이 더 시끄러워지기 전에 신야를 생포한 후 그 빨간 버튼을 눌러 노아를 완전히 없애버리자고 대통령에게 제안한 것이다. 그 안에 생존자들이 있는데도.

"아, 그랬죠. 지금 들어도 그 이름은 적응 안 되네요. 아이들이 놀다가 누를 수도 있을 법한 버튼 같지 않습니까."

현국이 뒤늦게 국정원장의 말에 대답했다. 그러자 국정원장이 "실없긴"이라며 대꾸했다. 잠시 후 현국이 담배 연기를 몇 번 더 빨았다가 내뿜고는 말했다.

"그런데 그 빨간 버튼 말입니다. 노아 안에도 있지 않던가요?"

"있지. 코어 안에 있잖아. 혹 VIP가 밖에서 못 누르거나 작동되지 않을 수도 있으니까. 이중으로 철저하게 만들어놓은 거지."

'코어'는 노아의 핵심이라 할 수 있는 시설로 U.E.B.가 대량 응축되어 있었다. 빨간 버튼을 누르면 코어가 폭발하면서 노아가 흔적도 없이 사라지는 구조였다. 현국은 또 담배 연기를 길게 빨았다가 내뿜었다. 초조한 얼굴이었다. 이제 국정원장에게 가장 중요한 질문을 할 참이었다.

"제가 알기론 코어에 암호 누르고 들어가면 미로처럼 되어 있다고 들었는데, 맞습니까?"

"맞아. 그 미로를 다 풀고 들어가면 빨간 버튼이 있지. 워낙 위험한 버튼이니까."

"그럼 그 미로를 푸는 방법을 아는 사람은 누굽니까?"

국정원장이 그제야 현국의 계속된 질문의 의도를 알겠다는 듯 웃었다.

"기현국, 너 이제 노아 안에 가서 빨간 버튼을 누를 생각까지 하는 건가? 네 한 몸 희생해서 신야와 함께 사라지겠다?" 국정원장은 재미있다는 듯 웃으며 이어서 말했다. "꽤 신선한 발상이지만 그건 불가능해. 미로를 푸는 방법은 노아 안에 상주하는 사람들 중에서 VIP와 이준 사장이 지정한 두 명만 알고 있어. 위험한 버튼이니까 가장 믿을 만한 사람에게만 알려줬겠지. 그래서 정말 위급한 상황엔 그 두 사람이 코어로 가서 미로를 풀고 빨간 버튼을 눌러야 해. 그런데 지금 노아 안에 상주하던 사람들은 유니언들에게 모조리 다 죽었잖아. 그 두 사람도 당연히 죽었겠지. 그러니 만약 네가 빨간 버튼을 누르고 싶다면 VIP나 이준 사장을 찾아가서 코어에 들어가는 암호와 미로를 푸는 방법을 알려달라고 부탁해봐. 그것 말곤 방법이 없어. 아, 마지막 말은 농담이니까 정말로 찾아가진 말고."

국정원장은 농담하듯 말했지만 현국은 전혀 웃지 않았다. 현국의 머릿속은 이미 장 박사가 남긴 쪽지와 빨간 버튼에 대한 생각으로 바삐 돌아가고 있었다.

"이제 신야에 대해선 그만 생각해. 좀 편하게 살자고."

국정원장이 현국에게 뭐라고 더 말하려 하는데 때마침 가족들에게서 전화가 왔다. 국정원장은 스마트폰 화면에 '울공주'라는 글자가 뜬 것을 확인하고는 현국에게 보여줬다.

"이것 봐. 우리 딸애가 벌써 고등학생이야. 얘가 잘생긴 삼촌 언제 오냐고 계속 물어봐. 이런 게 중요한 거야. 신야니 뭐니 그런 게 아니라 이런 사소한 일상이 소중한 거라고. 그러니까 이제 신경 그만 곤두세우고 그냥 넘어가. 그럼 너도 나도 다 편히 살수 있어. 조만간 우리 딸애랑 같이 밥 먹자고. 잘생긴 삼촌."

국정원장은 딸의 전화를 받았다. 시끄럽게 떠드는 아이의 목소리가 바로 옆의 현국에게도 들려왔다. 현국은 주머니에 손을 넣었다. 손에 장 박사가 전해준 캡슐이 잡혔다. 현국은 얼른 캡슐을 꺼내 쪽지를 확인하고 싶었다. 현국은 기지개를 켜는 척하면서 국정원장에게서 떨어져 근처를 산책하듯 절뚝거리며 걸었다. 국정원장에게서 어느 정도 떨어지자 캡슐을 열어 쪽지를 펼쳤다. 쪽지에 적혀 있는 내용을 확인했다.

pw

ph32_486-2238_40

maze

3-7-15-21-1-3-16-2-19-3-5-9-10-13-11-5-6-13-20-4-8

암호와 미로. 이 쪽지에 적힌 건 코어에 설치된 빨간 버튼을 누를 수 있는 암호와 미로의 해답이 분명했다. 현국은 왜 처음부터 여길 떠올리지 못했을까 자책했다. 노아의 1급 보안 시설인 코어는 입구에선 암호를 입력하게 되어 있고, 암호를 입력하고 들어가면 여러 개의 문으로 이뤄진 미로가 있어 해답을 모르면 가장 안쪽에 있는 빨간 버튼이 있는 방까지 갈 수 없다. 미로에서 잘못된 문을 열면 독가스가 나와 목숨을 잃는 구조였다. 국정원장이 빨간 버튼이라는 단어를 말하기 전까지 이것에 대해 전혀 떠올리지 못한 자신을 현국은 계속 자책했다.

'장 박사님은 암호와 미로의 해답을 알고 있는 두 사람 중 한 명이었던 거야.'

현국은 장 박사가 생전에 대통령과 이준 사장의 신임을 한 몸에 받았던 사람임을 떠올렸다. 노아 프로젝트의 초창기부터 몸을 담고 최선을 다해 매진해온 만큼 빨간 버튼에 대한 책임을 맡기기에 가장 적합한 인물이었을 것이다.

"그 캡슐 안에 들어 있는 쪽지가 현국 씨에게 필요할 거라고 하셨습니다."

현국은 쪽지를 건네준 사내가 했던 말을 떠올렸다. 장 박사는 만약 신야에 의해 재난이 터진다면 빨간 버튼을 눌러서라도 신야를 없애야 한다고 생각한 것이다. 신야는 모두가 탐낼 만한 성과이지만, 인류를 위협하는 존재가 된다면 노아를 잃게 되더라도 없애야 한다고. 그럴 수 있을 만한 사람은 장 박사가 보기엔 노아 프로젝트 관련자 중에선 현국이 유일했을 것이다. 그런 장 박사의 마음을 떠올리자 현국은 이 상황에 더욱 막중한 책임감이 느껴졌다.

'이 기회를 놓쳐선 안 돼. 반드시 성공해야 돼.'

현국은 다시 눈앞의 고민으로 돌아왔다. 암호와 미로의 해답을 알아내긴 했지만 과연 내가 지금 거기까지 갈 수 있을까? 이 몸으로? 현국은 자신의 왼쪽 다리를 대신해주고 있는 목발을 바라봤다. 이런 상태로 노아로 내려가는 건 자살 행위나 다를 바 없다. 그렇다면 누구에게 빨간 버튼을 눌러달라고 해야 할까? 잠시 후 노아에 투입될 군인이나 용병 중에 그럴 만한 사람이 있을까? 자신의 목숨을 바치면서까지 빨간 버튼을 눌러줄 만한?

하지만 아무리 생각해봐도 마땅한 사람을 지금 바로 찾기란 쉽지 않았다. 오히려 얘기를 잘못 꺼냈다간 현국의 목숨이 위험할 수도 있었다. 이곳은 대통령의 작전을 수포로 돌리려는 자를 가만히 내버려둘 만큼 너그러운 곳이 아니다. 현국이 꾸미고 있는 작전을 섣불리 드러냈다간 빨간 버튼이고 뭐고 현국부터 사라질 수도 있었다.

'역시 내가 직접 들어가야 하나?'

현국은 다시 자기 자신에게 질문을 던졌다. 그리고 직접 노아에 내려가 빨간 버튼을 누르는 상상을 해봤다. 죽음이 코앞에 있다고 생각하자 두려움이 밀려왔다. 인정하기 싫었지만 겁도 났다. 갑자기 홀로 남겨질 아버지가 떠올랐다. 그나마 긍정적인 상상이라면 미래에 현국의 공적을 인정해 영웅으로 기억해주지 않을까 하는 것이었다. 인류를 위협한 괴물 신야와 함께 사라진 영웅으로.

그 순간, 부러진 다리에서 저릿한 통증이 올라왔다. 현국은 아, 하고 짧은 탄성을 내뱉었다. 석고 붕대로 칭칭 감겨 있는 왼쪽 다리와 그 옆에 땅을 짚고 있는 목발을 바라봤다. 현국은 이 통증이 진정 아파서 느껴지는 통증인지 노아에 내려가고 싶지 않아 뇌가 만들어낸 통증인지 헷갈렸다.

'만약 다리가 부러지지 않았다면 고민 없이 노아에 내려갔을까?'

현국은 또 한 번 자신에게 질문을 던져봤다. 하지만 역시 아무런 대답도 할 수 없었다. 그는 용기 없는 자신의 모습을 지우려는 듯 고개를 흔들었다.

"무슨 생각을 그렇게 해? 내려가지."

국정원장이 현국에게 다가와 말했다. 현국은 황급히 손에 들고 있던 쪽지를 주머니에 넣었다. 국정원장이 알게 되면 이 쪽지는 갈기갈기 찢어져 쓰레기통에 들어갈 운명이었다.

현국은 국정원장과 함께 타임캡슐로 향했다. 머릿속은 빨간 버튼을 어떻게 누를지에 대한 고민으로 꽉 차 있었다. 국정원장은 플루토의 용병에게 스마트폰을 반납하고 타임캡슐 안으로 들어갔다. 두 사람은 비밀 통로를 따라 내려가 B9으로 내려가는 비상 승강기 앞에 섰다.

"딸애가 너한테 안부 전해달라더군. 위험한 곳엔 절대 가지 말라면서."

국정원장이 미소를 머금고 말했다. 현국도 옅은 미소를 지었다. 문이 열리자 두 사람은 비상 승강기에 탔다. 덜커덩 소리를 내며 비상 승강기가 B9으로 내려갔다.

"혹시 몇 개월 전에 아시아 신기록 세우고 도핑 스캔들 냈던 강단이 기억하나? 육상 100미터 선수 말이야."

국정원장의 물음에 현국이 기억난다는 의미로 고개를 끄덕였다.

"그 친구가 지하 터널에 갇힌 모양이야. 내 딸애가 그 친구 팬이거든. 그래서 나 보고 혹시 구조대 보내줄 수 있냐고 묻더라고. 그래서 내가 농담 삼아 그건 힘들고 직접 가서 구해줄까 물었더니 그러진 말라고 하더군. 절대 위험한 곳에 가지 말라고. 그런 말은 농담이라도 하지 말라면서 울먹거리더란 말이야. 그러면서 자네까지 챙겨주고."

국정원장은 자신을 걱정해주는 딸을 생각하며 흐뭇한 듯 미소 지었다. 현국은 아무 말 없이 국정원장의 말을 듣고 있었다. 사실 듣고 있다기보단 그의 말을 흘려보내는 것에 가까웠다.

"그러니까 너도 이번 일 수습되면 그냥 결혼해서 애들도 낳고 네 걱정해주는 가족을 이루면서 살아. 가족이 생기면 나만 생각하는 게 아니라 전체를 생각하게 되거든. 안정적인 선택을 하게 되지. 나도 가족이 생기니 무리수를 두는 선택을 하기보다는 그렇게 되더라고."

잠시 후 비상 승강기 문이 열리고 B9에 도착했다. 용병들이 경계 태세를 취하고 있는 복도가 보였다.

"내 말 무슨 말인지 알겠지? 이번 일 끝나면 내가 선 자리를 알아봐줄 테니까 다 잊고……."

국정원장이 현국에게 말하며 비상 승강기에서 내렸다. 그런데 현국이 내리지 않는 걸 보자 국정원장이 뒤돌아보며 물었다.

"뭐해? 안 내리고?"

하지만 현국은 뭔가를 골똘히 생각하는 듯 미동도 없었다.

"어이! 기현국!"

국정원장이 소리치자 현국은 그제야 고개를 들어 B9에 도착했음을 자각했다. 그는 잠시 비상 승강기에 타고 있다는 것도 잊을 만큼 문득 떠오른 '아이디어'에 집중하고 있었다. 그는 자신이 떠올린 아이디어의 기발함과 끔찍함에 심장이 뛰었다.

그는 국정원장을 쳐다보며 물었다.

"강단이 선수 말입니다. 지금 어디에 갇혀 있답니까? 몸 상태는 어떻다고 하던가요?"

테러 발생 16시간 40분 경과
9호선 노들역 부근 변전소

 나와 연아는 한참 떠들다가 시간이 된 걸 확인하고는 지태와 화니를 깨웠다. 현재 시각은 오전 11시쯤. 우린 대충 서너 시간 정도 자면서 체력을 보충했다. 바깥에는 해가 떠 있겠지? 어서 엄마를 구하고 밖으로 나가서 햇빛을 보고 싶었다.
 연아가 페이스북과 인터넷을 살피며 그사이 상황이 바뀌었는지 확인했다. 역시나 큰 변화는 없었다. 다만 학교들은 모두 휴교령을 내렸고, 사람들은 눈만 마주쳐도 감염된다는 소문 때문에 대피소에서도 도망쳐 집으로 갔다고 했다. 모두들 아예 집에서 나오지 않고 있었다. 덕분에 비어버린 상점들은 강도들의 좋은 먹잇감이 되었다. 병원은 부상자들로 넘쳐나 기능을 거의 상실했고, 사망자는 집계하기조차 힘들 정도였다. 전 세계에서 한국에 애도를 표하고 있었다.
 그 외에 큰 변화라면 대통령이 직접 나서서 괴물들의 존재를

'괴생명체'라고 공식적으로 언급한 것. 끝까지 괴생명체의 정체를 추적해서 밝혀내고 대한민국에서 한 마리도 남기지 않고 전멸시키겠다고 말했다. 또한 미군과 함께 지하에 매몰된 사람들을 전원 구조해내겠다고 말했다. 그러나 참석한 기자 중 괴생명체가 지하 생존자들을 납치해 한 곳으로 데려가고 있다는 소문에 대해 질문하자 대통령은 대답하지 않았다. 그 질문을 시작으로 기자들의 괴물에 대한 질문이 쏟아졌으나 대통령은 질문을 받지 않고 발표를 끝냈다. 대통령의 발표는 오히려 사람들의 의혹만 증폭시켰다. 그 후 사람들은 정부에 맹비난을 퍼붓고 있었다. 우린 의미 없는 정보 조사를 그만두고 변전소를 나섰다. 바깥 상황이야 어쨌든 일단 살아 나가고 볼 일이다.

싱크홀에 들어가기 위한 준비를 시작했다. 우선 노들역 승강장의 잔해 더미들을 뒤져 비상용 방독면과 생수, 망치를 챙기고, 랜턴도 추가로 챙겼다. 싱크홀 아래에서 어떤 상황이 펼쳐질지 모르니 만반의 준비를 해야 했다. 잔해 더미 속에서 총도 한 자루 발견했다. 탄창에 총탄도 충분히 들어 있었다. 총에는 '대한민국 5.56 MM K2'라고 쓰여 있었다. 우린 총을 앞에 두고 잠시 고민하다가 챙겨 가기로 했다. 그나마 한 번 쏴본 경험이 있는 내가 총을 몸통에 둘러멨다.

우리는 trainking74의 조언으로 노량진역과 노들역, 흑석역을 뒤져서 소방 호스를 여러 개 찾아냈다. 지하철 화재 시 사용할 수 있도록 역마다 비상 호스가 비치되어 있었다. 우린 각 역에서 호스를 끝까지 꺼낸 후 식칼로 잘랐다. 지태가 창을 만들고 난 뒤 예비분으로 더 챙겨 놓은 식칼이었다.

우린 확보한 소방 호스들을 가지고 싱크홀로 갔다. 소방 호스들끼리 묶어 싱크홀로 내려갈 수 있는 길고 튼튼한 두 개의 구명 로프를 만들었다. 그리고 구명 로프를 선로에 묶어 고정시켰다. 절대 풀리지 않도록 단단하게 몇 번이나 매듭을 지었다. 그런 뒤 구명 로프 하나에다가 불을 켠 랜턴을 묶어 싱크홀 아래로 쭉 떨어뜨렸다. 한참 내려가다가 랜턴 불빛이 싱크홀 바닥에 닿았다. 구명 로프의 길이는 싱크홀 바닥까지 충분히 닿고도 남았다. 이제 이걸 잡고 싱크홀 속으로 내려가면 된다. 그리고 다른 구명 로프 하나는 싱크홀 바닥에서 조금 떨어진 위치까지 내려가도록 길이를 조정했다. 이건 우리의 몸에 묶을 구명 로프였다.

그러니까, 정리하자면 이렇다. 구명 로프 하나는 우리 몸에 묶고, 다른 하나는 잡고 내려가는 용도다. 혹시라도 손으로 잡고 내려가던 구명 로프를 놓칠 경우 몸에 묶인 구명 로프가 싱크홀에 추락하지 않도록 우리를 잡아줄 것이다. 그래서 손으로 잡고 내려가는 구명 로프는 싱크홀 바닥에 닿도록, 우리 몸에 묶을 구명 로프는 싱크홀 바닥보다 조금 위에서 길이가 끝나도록 잘라냈다.

싱크홀에 내려가기 전 연아가 마지막으로 페이스북 계정에 글을 남겼다. 이제 싱크홀에 내려간다고, 내려가면 통신 상태가 어떨지 몰라 이게 마지막 연락이 될 수도 있다고. 모두 감사하다는 말도 남겼다. 그러자 몇 초 사이에 댓글이 폭발적으로 달렸다.

우리 모두 다 꼭 살아 돌아와서 다시 글 올려달라는 응원들이었다. 얼굴도 모르는 사람들이 계속해서 우리의 여정을 응원해주고 있었다. 가슴 한구석이 뜨거워졌다. 그중 trainking74의 댓글도 있었다. 우리에게 가장 큰 도움을 줬던 trainking74. 우린 그의 댓글을 읽어 내려갔다.

「BJ 연아님. 토렌트라는 거 아시죠? 만약에 연아님이 A라는 파일을 다운로드 받고 싶다면, 전 세계에 퍼져 있는 A 파일을 가진 사람들이 연아님을 위해 A 파일의 조각들을 내주는 거예요. 시간이 조금 지나면 연아님은 그 조각들이 모인 완전한 A 파일을 다운로드 받을 수 있지요. 이런 걸 토렌트라고 해요. 아마 연아님도 잘 알 거라 생각합니다.
알아요. 사람들은 토렌트를 불법 다운로드라고 합니다. 저 역시 그 말에 동의해요. 하지만 저는 토렌트가 완성되는 그 순간이 정말 아름답다고 생각합니다. 얼굴도 모르는 사람들이 전 세계에서 나를 위해 파일 조각들을 내주고, 그게 완성되어 온전한 파일이 제게 도착하는 그 순간, 조금 과장하면, 저는 그 순간에 인류의 사랑을 느낀다고 말하고 싶습니다.
연아님, 지금 우리는 연아님이 살아남길 바라며 그러고 있습니다. 이 많은 사람들이 각자 자기가 가지고 있던 정보들, 그 조각들을 연아님을 위해 아낌없이 내주고 있어요. 연아님이 엄마를 찾아서 살아 돌아올 수 있기만을 바라면서요. 그게 바로 우리가 다운로드 받고 싶은 완전한 파일입니다.
저는 토렌트를 믿습니다. 연아님, 단이 선수, 지태 선수, 그리고 이름

모를 소녀 분까지. 모두들 꼭 살아 돌아와주세요.」

나, 연아, 지태, 화니까지 trainking74의 댓글을 다 읽었다. 두 눈이 화끈거렸다. 가슴에 커다란 불덩이가 내려앉는 것 같았다. trainking74의 댓글 아래로 다른 사람들의 댓글이 이어졌다. 모두 우리들을 응원해주는 댓글이었다.

「폭풍 감동!」
「눈물 나는 거 나뿐이냐?」
「모두 꼭 살아 돌아오세요!」
「솔직히 자기 합리화 쩔어. 완전 공감.」
「힘냅시다! 해낼 수 있어요!」
「한 명도 빠지지 않고 모두 살아 돌아오시길!」
「아, 눈물 나서 미치겠네. 이제 고등학생인 애들이 저기서…….」
「다시 방송 보고 싶어요. 제발 살아서 돌아와줘요!」

이름도, 나이도, 성별도 모르는 누군가의 응원이 이토록 가슴을 뜨겁게 만들 줄 몰랐다. 우리가 여기까지 올 수 있었던 건 trainking74를 비롯해 댓글을 달아준 모두의 눈부신 활약 덕분이었다. 다들 누군진 몰라도 눈물 나게 고마웠다. 반드시 살아서 돌아가겠다.

그런데 어느 순간부터 사람들이 똑같은 댓글을 줄줄이 달기 시작했다.

「우리는 절대 약해지지 않습니다.

누가 뭐래도 우리들은 잘 살아갈 겁니다.」

「우리는 절대 약해지지 않습니다.

누가 뭐래도 우리들은 잘 살아갈 겁니다.」

「우리는 절대 약해지지 않습니다.

누가 뭐래도 우리들은 잘 살아갈 겁니다.」

「우리는 절대 약해지지 않습니다.

누가 뭐래도 우리들은 잘 살아갈 겁니다.」

예전 우리를 마녀 사냥 하던 사람들을 향해 던졌던 연아의 말이 우리에게로 돌아왔다. 기분이 묘했다. 우리의 말로 우리가 위로를 받고 있었다. 사람들의 댓글이 계속 달렸다. 그래, 우리는 절대 약해지지 않는다. 이제 내려가자. 엄마 찾아서 집으로 가자. 아니, 하와이로 가자!

테러 발생 17시간 25분 경과
9호선 노량진역~샛강역 구간 싱크홀

내가 가장 먼저 싱크홀을 내려가기로 했다. 나는 비상용품을 담은 백팩을 등에 메고, 몸통에 총을 메고, 교복 가슴 주머니에 랜턴을 꽂고, 마지막으로 구명 로프를 몸에 묶었다. 싱크홀 앞에 섰다. 까마득한 구덩이 저 끝에 랜턴 불빛이 보였다. 순간 저기까지 내려가야 한다는 게 믿기지 않아 덜컥 겁이 났다. 그러나 심호흡을 하면서 마음의 진정을 되찾았다. 옆에 놓인 이동용 구명 로프를 잡았다. 돌아서서 연아, 지태, 화니를 봤다.

"먼저 가 있을게. 조심히 와."

그러곤 연아, 지태, 화니를 차례대로 보면서 눈인사를 했다. 아무렇지 않은 척했지만 심장이 쿵쾅거렸다. 긴장돼서 죽을 것만 같았다.

나는 이동용 구명 로프를 양손으로 잡고는 한 발을 싱크홀 안으로 넣어 암벽에 발을 디뎠다. 그리고 로프를 잡은 양손 중 위에 있던 손을 아래로 이동시키고, 양발 중 위에 있던 발을 아래로 내려 암벽에 발을 디뎠다. 그러자 이제 두 발이 다 암벽에 닿았다. 위에 있던 손을 아래로 이동시키면서 한 발짝 아래로 내려갔다. 천천히, 천천히 같은 동작을 몇 번 반복하면서 암벽을 타고 내려갔다. 구명 로프를 붙잡고 절벽을 걸어서 내려가는 모양새였다.

이제 몸이 완전히 싱크홀 안으로 들어왔다. 가슴에 꽂힌 랜턴이 내 앞의 울퉁불퉁한 암벽을 비췄다. 얼마나 내려왔나 싶어 위를 올려다보니 고개만 빼꼼히 내밀고 싱크홀 안을 보고 있는 아이들의 얼굴이 보였다. 생각보다 훨씬 가까이 있었다. 거의 내려가지 않은 거나 마찬가지였다.

나는 조금 더 속도를 내 다시 한 손을 아래로, 한 발을 아래로 이동시키는 동작을 반복했다. 내려갈수록 속도가 붙었다. 한참 내려가다 위를 올려다보니 아이들의 얼굴이 확실히 멀어졌다. 하지만 아래를 내려다보니 바닥에 놓인 랜턴 불빛이 아직 까마득했다. 싱크홀은 생각보다 깊었다. 이대로라면 바닥까지 가는 데 한나절은 걸릴 것 같았다. 순간 집중력이 흐트러지면서 암벽에 딛고 있던 오른발이 미끄러졌다. 오른발이 암벽에서 떨어지면서 후드득 돌가루가 아래로 떨어졌다. 깜짝 놀라 다시 오른발을 암벽에 딛고 힘을 줬다. 암벽에 단단히 몸을 고정시켰다.

내려가는 방법을 바꿔야 될 것 같았다. 나는 아까 아이들과 함께 봤던 유튜브 영상을 떠올렸다. 전문가들의 암벽 등반 모습이었다. 절벽이나 건물의 높은 곳에서 하강할 때 그들이 사용하는 방법 중에 줄을 느슨하게 잡고 몸을 벽에서 튕기면서 아래로 획획 내려가는 방법이 있었다. 내가 지금까지 내려왔던 방법보다 위험하지만 훨씬 더 빠르게 아래로 내려갈 수 있는 방법이었다. 나는 속도를 더 내기 위해 그 방식을 시도하기로 했다.

암벽에 고정시킨 양 다리를 구부렸다. 암벽을 밀어내며 도움닫기를 하자 몸이 공중에 붕 떴다. 동시에 구명 로프를 쥔 양손을 느슨하게 하면서 몸을 아래로 떨어트렸다. 순간적으로 몸이 추락하는 것 같은 기분이 들었다. 생각보다 큰 낙차로 몸이 뚝 떨어졌다. 나는 깜짝 놀라 구명 로프를 쥔 두 손에 힘을 꽉 주고 다시 몸을 암벽에 붙였다. 그런데 중심을 놓쳐 로프가 돌아가면서 몸이 옆으로 크게 회전했다. 양발로 암벽을 디뎌야 하는데 몸이 돌아가면서 등이 퍽! 하고 암벽에 부딪혔다. 울퉁불퉁한 암벽 표면 때문에 등에 통증이 느껴졌다. 위쪽에서 연아의 비명이 들려왔다.

나는 악착같이 구명 로프를 잡은 두 손을 놓지 않고 다리를 꼬아 로프에 대롱대롱 매달렸다. 아래는 낭떠러지였다. 빨리 암벽에 양발을 딛고 안전하게 지지해야 했다.

"천천히! 천천히 몸을 돌려! 당황하지 마!"

위에서 지태의 목소리가 들려왔다. 손에 땀이 흥건했다. 구명 로프에서 미끄러질 것만 같았다. 하지만 놓치면 안 된다. 여기선 아무도 나를 도와줄 수 없다. 나는 침착하게 양손으로 구명 로프를 잡은 채 몸을 천천히 회전시켰다. 그렇게 암벽과 마주하면서 두 발을 암벽에 디뎌 몸을 고정시켰다. 다시 안정적인 자세를 취했다. 심호흡을 하면서 가슴을 쓸어내렸다. 손에 조금만 힘이 풀렸어도 아래로 떨어졌을 것이다.

나는 처음에 했던 대로 느리지만 한 발씩 아래로 내려가는 방법을 택할지, 위험해도 도움닫기를 하며 몸을 아래로 크게 떨어트리는 방법을 택할지 고민했다. 두 번째 방법은 명백히 실패했다. 운 좋게 다시 안정적인 자세를 잡긴 했지만, 만약 실패를 만회하지 못했다면 그대로 아래로 추락했을 것이다. 그럼에도 불구하고 나는 두 번째 방법을 시도하기로 했다. 겁은 나지만 물러서고 싶지 않았다. 승부사 기질이랄까. 성공할 자신이 있었다.

크게 심호흡한 후, 양 다리를 굽히면서 도움닫기를 하고, 동시에 구명 로프를 쥔 양손을 느슨하게 했다. 몸이 허공에 뜨면서 아래로 떨어졌다. 체감상 낙차가 컸지만 이번엔 당황하지 않고 충분히 떨어진 후 다시 로프를 꽉 쥐었다. 로프와 함께 몸이 암벽으로 붙었다. 무사히 양발을 암벽에 디뎠다. 끝까지 긴장을 늦추지 않고 암벽에 몸이 완전히 고정될 때까지 숨을 멈췄다.

성공이다. 긴장 속에 묻혔던 한숨이 새어 나왔다. 성공했다. 나는 크게 심호흡한 후 다시 두 번째 방법을 시도했다. 몸이 큰 낙차로 아래로 떨어지고, 무사히 몸을 암벽에 고정시켰다. 이번에도 성공했다. 더욱 자신감이 붙었다. 나는 두 번째 방법을 반복했다. 확실히 내려가는 속도가 빨라졌다. 위를 올려다보니 아이들의 표정이 잘 안 보일 만큼 멀어졌다. 아래를 내려다보니 어느새 바닥에 놓인 랜턴의 모양이 보일 만큼 가까워졌다.

나는 다시금 속도를 내서 바닥 바로 위까지 왔다. 그러자 내 몸에 묶인 구명 로프가 팽팽해지면서 더 이상 아래로 내려오지 않았다. 만약 내가 아래로 추락했다면 이 로프가 여기까지 떨어지고는 내 몸을 붙잡아줬을 것이다. 나는 한 손으론 이동용 구명 로프를 잡고, 다른 한 손으론 몸에 묶인 로프를 풀었다. 그리고 조금 더 내려와 드디어 바닥에 착지했다.

"성공했어! 아자!"

위를 올려다보며 소리쳤다. 위에서 환호하는 소리가 들려왔다. 고개만 내밀고 있는 아이들의 얼굴이 까만 점으로밖에 보이지 않았다. 나는 환하게 웃고 있을 연아, 지태, 화니의 얼굴을 상상하면서 미소 지었다.

바닥에 착지하고 보니 이곳은 싱크홀 바닥이라기보단 붕괴 잔해가 쌓여 있는 곳이었다. 잔해 더미를 따라 비스듬하게 더 내려가야 완전한 바닥이 나오는 구조였다. 나는 아이들에게 잠깐 기다리라고 외친 뒤 잔해 더미를 따라 내려갔다. 혹시라도 대심도 터널이 없고 앞이 막혀 있다면 굳이 여기까지 내려올 필요가 없기 때문이다.

잔해 더미를 따라 가는 길은 생각보다 길었다. 잔해 더미를 다 내려가니 평지가 나오면서 끝에 빛이 보였다. 나는 빛을 향해 더 걸어갔다. 빛의 입구에 다다르자 두 눈이 감당하지 못할 정도로 환한 빛이 쏟아졌다. 내 두 눈은 하루 동안 지하 터널의 어둠에 적응되어 있던 터라 넘치는 빛을 받아들이지 못했다. 나도 모르게 눈을 질끈 감았다가 천천히 눈을 뜨며 빛을 받아들였다. 조금씩, 조금씩 빛이 눈에 스며들면서 주위의 풍경이 시야에 들어왔다.

터널이었다. 어디가 끝인지 알 수 없을 정도로 길게 뻗어 있는 대심도 터널이었다. 지름 30미터 정도 되는 커다란 원형 모양 터널로, 그동안 우리가 지나쳐온 어두컴컴한 지하철 터널과는 완전히 달랐다. 흡사 무균실처럼 깨끗하고 하얬다. 누군가에 의해 잘 관리되어온 것 같았다. 원형 터널 양옆과 위쪽에는 전등이 설치되어 있었다. 전등에서 나오는 빛이 하얀 벽면에 반사되면서 터널 전체를 더 환하게 만들었다.

터널이 깨끗하다고 해서 시체들이 없는 건 아니었다. 바닥엔 시체들이 널브러져 있었다. 다만 2호선 터널이나 9호선 터널처럼 그 수가 많진 않았다. 듬성듬성 사람들이 죽어 있었다. 시체 한 구에 가까이 갔다. 아무것도 적혀 있지 않은 흰색 비닐 점퍼를 입고 있었다. 이곳에 널브러진 시체들은 모두 똑같은 점퍼를 입고 있었다. 만약 이 점퍼가 유니폼이라면 이 시체들은 대심도 터널과 관련된 직원들이리라.

하얀 바닥에서 엄마를 데리고 간 괴물의 검붉은 핏자국을 발견했다. 괴물의 핏자국은 터널을 따라 쭉 이어졌다. 수송 차량을 끌고 간 건지 바닥엔 괴물의 핏자국 외에도 흠집이 여럿 나 있었다. 좋아. 어찌 됐든 trainking74의 예상대로 대심도 터널은 존재했다. 우리가 쫓던 괴물도 여길 통해서 이동한 것 같았다. 이제 아이들과 함께 여길 따라 가면 된다.

나는 싱크홀로 돌아갔다. 아이들에게 대심도 터널이 있으니 내려오라고 소리쳤다. 위쪽에서 알았다고 외치는 소리가 들려왔다. 이번엔 연아가 내려올 차례였다. 나는 연아를 올려다봤다. 연아도 처음엔 내가 했던 대로 한 발짝씩 내려왔다. 대강 3분의 1쯤 내려오자 연아가 멈춰 쉬었다. 힘들어서 쉬는 건지 내려오는 방법을 바꾸려고 고민하는 건지 한동안 움직임이 없었다. 잠시 후 연아 역시 내가 했던 두 번째 방법으로 내려왔다. 연아도 한 발짝씩 내려오는 방법은 너무 오래 걸리고 지칠 거라고 판단한 것이다. 그녀는 두 번째 방법을 시도했지만 나처럼 실수하지 않았다. 연아는 나와 지태처럼 운동선수는 아니지만 유연하고 민첩했다. 운동신경도 좋은 편이다. 속으론 긴장해도 언제나 침착함을 유지하고 신중하게 행동했다. 지치지만 않는다면 끝까지 아무 문제없이 내려올 것이다. 그런데 연아가 구명 로프를 잡고 내려오는 뒷모습이 확연히 보일 정도까지 내려와선 움직임을 멈췄다. 자세히 보니 그녀의 양팔이 힘이 빠져 눈에 띌 정도로 덜덜 떨리고 있었다.

"내가 올라갈까? 괜찮아?"

여차하면 내가 로프를 잡고 올라가서 연아를 도와주는 게 나을 것 같았다. 저 정도 거리라면 충분히 올라갈 수 있을 것 같았다.

"아니, 갈 수 있어."

연아가 지친 듯 헉헉대며 말했다. 하지만 끝까지 혼자 해내겠다는 분명한 의지가 담겨 있었다. 잠시 후 연아는 몇 번 더 도움닫기를 하면서 끝까지 내려왔다. 거의 다 내려와선 몸에 묶은 로프를 풀고 바닥에 착지했다. 하지만 다리가 풀리는 바람에 내가 몸을 받아줘야 했다.

"고마워."

연아는 짧게 말하고는 바닥에 드러누웠다. 나는 드러누운 연아의 팔을 잡고 주물러줬다. 고생했다. 고생했어. 연아야.

"내려갈게!"

위에서 화니의 외침이 들려왔다. 이번엔 화니 차례였다.

화니는 처음부터 두 번째 방법으로 내려왔다. 그러나 중간에 한 번 실수하면서 나처럼 몸이 빙글 돌아 구명 로프에 대롱대롱 매달리는 꼴이 됐다. 아래에서 지켜보는 나와 연아의 가슴이 철렁했다. 위에선 지태가 내려다보며 힘들면 로프를 끌어올려주겠다고 외쳤다. 나와 연아도 힘들면 절대 무리하지 말라고 소리를 질렀다. 그러나 화니는 차분하게 다시 양발을 암벽에 딛고 자세를 잡았다. 그 이후엔 안정적으로 도움닫기를 하면서 우리를 향해 내려왔다. 지켜보는 내내 조마조마했다. 혹시라도 또 실수해서 떨어질까 봐. 나는 화니가 내려올 것으로 보이는 곳에 서 있었다. 최악의 상황엔 추락하는 화니를 받아야겠다는 생각을 하면서.

다행히 화니는 끝까지 잘 내려왔다. 다만 끝까지 와선 몸에 묶인 구명 로프를 풀 힘이 없어서 내가 이동용 로프를 잡고 올라가 화니의 몸에 묶인 구명 로프를 풀어줬다. 화니는 내 품에 안겨 바닥으로 내려왔다. 화니도 연아처럼 바닥에 발을 딛자마자 드러누워버렸다. 나는 화니에게 잘했다며 손을 들어 하이파이브를 했다. 화니는 나를 향해 씨익 미소를 지어 보였다. 사랑스러

운 우리 막내. 나는 화니의 팔도 열심히 주물러줬다.

마지막은 지태 차례였다. 지태는 신체 조건이 좋기 때문에 빨리 내려오기 위해 경솔한 행동만 하지 않는다면 무사히 내려올 것이다. 그러나 예상치 못한 문제가 생겼다. 지태가 내려오기 시작한 지 얼마 되지 않아 잡고 내려오던 이동용 로프가 끊어져버린 것이다.

"으아아아아악!"

지태가 소리를 지르며 빠른 속도로 추락했다. 나와 연아, 화니는 아래에서 소리를 질렀다. 이제 믿을 건 지태의 몸에 묶인 구명 로프가 바닥까지 추락하지 않도록 붙잡아주는 것인데, 너무 위쪽에서 추락했기 때문에 낙하하는 힘이 세 끊어질지도 몰랐다. 나는 지태를 받아내기 위해 재빨리 암벽 벽면에 다가섰다. 하지만 저 덩치가 추락하는 걸 그냥 받으려고 들었다가는 나도 지태도 함께 죽을지도 모른다. 그전에 무슨 수를 쓰긴 써야 하는데……. 그때, 지태가 추락하면서 자신의 몸에 묶인 구명 로프를 양손으로 잡았다. 하지만 추락을 멈출 순 없었다. 로프를 양손으로 잡은 그 상태로 추락이 이어졌다.

지태는 구명 로프를 쥔 손에 불이 날 것 같은 고통을 느끼며 비명을 질렀다. 그래도 손과 로프의 마찰이 브레이크 역할을 하면서 추락하는 속도가 조금 줄어들었다. 그러나 여전히 위협적인 속도였다. 내 머리 위로 지태가 빠른 속도로 가까워지고 있었다. 그때 지태가 또 다시 기지를 발휘했다. 무서운 속도로 추락하면서도 힘겹게 두 다리를 들어 암벽을 찬 것이다. 그러자 구명 로프가 암벽에서 붕 뜨면서 로프에 묶인 지태의 몸도 암벽에서 붕 떠올랐다. 덕분에 수직으로 떨어지던 구명 로프의 각도가 크게 올라가면서 추락하던 속도가 확 줄어들었다. 대신 붕 떠올랐던 지태의 몸이 빠른 속도로 다시 암벽에 가까워지면서 처박힐 것만 같았다. 지태의 몸은 로프에 매달려 중심을 잃고 빙글빙글 돌았다.

빙글빙글 돌던 지태가 비명을 지르며 퍽! 하고 암벽에 부딪쳤다. 그 와중에도 지태는 몸을 잔뜩 웅크려 왼쪽 어깨와 옆구리, 골반으로 충격을 흡수했다. 그러고도 몇 번 더 암벽에 통통 튕기면서 아래로 추락했다. 그래도 덕분에 추락 속도가 확연히 줄어들었다. 텅! 하고 지태가 내 머리 바로 위에서 멈췄다. 지태의 몸에 묶인 구명 로프가 팽팽해지면서 지태를 잡아준 것이다. 지태는 몸을 웅크린 채 로프에 대롱대롱 매달려 있었다. 나와 연아, 화니는 그런 지태를 올려다봤다. 짧은 몇 초 사이에 화끈한 액션 영화 한 편을 본 듯한 기분이었다. 우리 모두 다 입이 떡 벌어졌다.

"야, 지태야! 괜찮아?"

나의 외침에 지태는 고통스러운 듯 앓는 소리로 화답했다. 몸에 묶인 로프를 풀려고 했지만 힘이 없는지 풀지 못했다. 내가 암벽을 타고 올라가 로프를 끊어줬다. 그러자 지태가 바닥으로 떨어져 풀썩 쓰러졌다.

"아…… 죽겠다……. 나 살아 있는 거 맞냐……?"

지태가 우리를 안심시키기 위해 장난스럽게 말했다. 아파 죽을 것 같은 얼굴이면서도.

　연아와 화니가 지태에게 달려들어 괜찮냐며 혹시나 뼈가 골절된 건 아닌지 살폈다. 타박상은 있지만 다행히 뼈가 부러지진 않았다. 겪은 일에 비하면 다치지 않은 거나 다름없었다. 화니가 지태를 껴안더니 죽는 줄 알았다며 눈물을 글썽였다. 지태는 아프니까 떨어지라며 장난을 쳤다. 다행이다. 정말 다행이다.

　연아가 응급처치도구를 꺼내 로프에 끌린 지태의 손을 치료하고 왼쪽 어깨에 파스를 붙였다. 나는 지태의 충격 받은 어깨가 흔들리지 않도록 단단하게 붕대를 감았다. 잠시 숨을 돌린 후 지태가 자긴 괜찮으니 바로 출발하자고 말했다. 연아, 화니도 동의하는 듯 고개를 끄덕였다. 다들 힘들겠지만 더 이상 시간을 지체할 순 없었다. 우린 싱크홀 바닥의 잔해 더미를 내려가 대심도 터널로 향했다.

테러 발생 18시간 03분 경과
대심도 터널

대심도 터널의 환한 빛이 우리를 인도했다. 터널에 들어서자 연아, 지태, 화니는 나처럼 넘치는 빛을 한번에 받아들이지 못하고 눈을 가늘게 떴다. 천천히 눈을 뜨면서 주위를 둘러봤다. 하얗고 깨끗한 대심도 터널이 시야에 들어왔다.

"와, 여긴 뭐하는 곳일까? 뭐 이렇게 깨끗하지?"

지태가 주위를 두리번거리며 물었다.

"터널이니까 뭐든 이동시키기 위해 만들었겠지. 기차나 자동차 같은 거 말이야."

나는 주위를 둘러보며 대답했다.

"그럼 그 수도권 광역 급행 철도라는 거, 진짜로 여기 만들고 있었던 거 아닐까? 철덕은 그 공사장이 가짜 같다고 했지만, 알고 보니 진짜였던 거지."

그럴 가능성도 있다. 철덕은 모든 걸 의심했지만, 현실은 그렇게 드라마틱하지 않을 수도 있다. 보이는 그대로가 현실일 수도 있다.

"그런데 여기…… 안테나가 안 잡혀. 와이파이 장치나 통신 장치가 전혀 없는 것 같아." 연아가 스마트폰을 확인하며 말했다. 그녀가 이어서 말했다. "이 정도로 깨끗하고 고급스럽게 만들면서 통신 장치를 하나도 설치하지 않았다니…… 일부러 설치하지 않은 거 같은데……."

"일부러? 왜?"

지태가 궁금한 얼굴로 연아를 쳐다봤다.

"여기선 통신 장치를 쓰면 안 된다는 거겠지. 왜 보안이 철저한 곳에 가면 휴대폰을 다 압수하거나 못 쓰게 하잖아. 여기도 그런 거지."

그럴듯한 추측이다. 만약 연아의 말이 맞는다면 여긴 수도권 광역 급행 철도 터널이 아닐 수도 있다. 수도권 광역 급행 철도는 대외적으로 잘 알려진 열차이니 굳이 통신 장치를 쓰지 못하게 하면서까지 숨길 필요는 없으니까.

"일단은 이쪽으로 가야 되지 않을까? 바닥에 괴물의 흔적이 있어."

화니가 바닥에 있는 괴물의 핏자국을 가리켰다. 대심도 터널은 우리가 나온 싱크홀 통로에서 봤을 때 오른쪽과 왼쪽 두 갈래 길이 나 있는데, 괴물의 핏자국이 이어진 곳은 오른쪽, 즉 강북 방향이었다. 강북엔 남산이 있다. 이 터널은 trainking74가 말한 대로 남산 지하로 이어지는 걸까? 우리는 괴물의 핏자국을 따라 강북 방향으로 이동하기로 했다.

우린 대심도 터널을 따라 강북 방향으로 걸어갔다. 대심도 터널은 원형 터널이라 발이 닿는 지면이 완전히 평지가 아니고 약간 휘어 있었다. 그리고 바닥엔 정체를 알기 힘든 작고 네모 난 장치가 일정한 간격으로 놓여 있었다. 그렇더라도 어둡고 울퉁불퉁한 지하철 터널에 비하면 이동하기가 훨씬 편했다.

"근데 여긴 괴물이 나타나도 숨을 곳이 없어. 그 새끼들이 나타나면 어떻게 해야 되지?"

지태의 물음에 나와 연아, 화니가 걸어가면서 터널 구석구석을 살폈다. 그러나 원형 터널은 2호선이나 9호선 터널처럼 승강장이나 대피 공간 하나 없이 표면이 매끈하기만 했다. 둥그렇게 앞으로 뚫려 있기만 했다. 게다가 너무 밝았다. 어디에 서 있어도 우리의 위치가 훤히 다 보였다.

"그냥 아무것도 안 나타나기만 빌자."

내가 씁쓸하게 웃으며 말했다.

"제기랄. 여기 들어와서 바란 대로 된 적이 한 번도 없는데……."

지태 역시 씁쓸히 웃으며 대답했다.

"괴물 냄새가 나거나 수상한 소리가 들려오면 바로 우리가 내려왔던 싱크홀로 도망치자. 거긴 어두워서 몸을 숨길 만한 곳이 있을 거야."

연아의 말에 우린 고개를 끄덕였다.

한동안 우린 아무 말 없이 계속 걸었다. 대심도 터널은 너무 밝을 뿐만 아니라 사소한 소리 하나 들리지 않을 정도로 조용하고 잘 밀폐되어 있어서 자그마한 발소리도 크게 울려 퍼졌다. 만약에 괴물들이 이 터널 어딘가에 있다면 우리의 위치를 고스란히 알려주는 셈이었다.

그래서일까. 이동할수록 우리는 적진을 발가벗고 걷는 듯한 느낌이 들었다. 적에게 우리들의 위치를 훤히 노출하고 있다는 강박에 신경이 극도로 예민해졌다. 아무런 소리도 들리지 않았는데 괜히 앞쪽에서 소리가 나는 것 같아 한동안 멈춰 있기도 하고, 시체에서 나는 냄새를 괴물들의 냄새로 착각하고는 싱크홀까지 달아났다가 다시 오기도 했다. 이런 실수를 몇 번이나 반복했다. 그 과정에서 우리들은 극심한 스트레스를 받았다. 숨을 곳 없는 길을 걸어가는 건 고역이었다. 그렇게 극심한 스트레스 속에 꾸역꾸역 걸어가다 보니 터널의 오른쪽 벽면에 'Hangang river'라고 적힌 작은 팻말이 보였다. 이제 한강 아래로 진입했다는 표시였다.

"우리 이제 한강 아래로 지나가나 봐."

내가 긴장을 풀려고 말을 꺼냈다. 지태가 내 말에 반응했다.

"한강에서 놀 때 좋았는데. 우리 거기서 바보 같은 짓도 많이 했잖아."

아까 노량진역에서 쓰러졌을 때 한강에서 놀던 꿈을 꿨다고 말할까 하다가 관뒀다. 괜히 말했다간 더 그리워져서 마음이 약해질 것 같았다.

"한강 가면 좋아?"

화니가 물었다. 나와 지태, 연아는 의아한 눈빛으로 화니를 쳐다봤다.

"화니는 한강에 안 가봤어?"

연아가 화니에게 물었다.

"지하철 타고 다리 지나가면서 보기는 많이 봤는데 직접 가 볼 기회는 없었어. 난 주로 지하철 아니면 마을에만 있었으니까."

화니가 덤덤하게 대답했다. 처음 봤다. 서울에 살면서 한강에 안 가본 사람은.

"너 여기서 나가면 우리랑 갈 곳이 많네. 우선 집에 가서 씻고 한강부터 가자. 거기서 딱 컵라면 한 그릇 하고, 그다음에 하와이로 가는 거야. 알았어?"

넉살 좋은 지태가 장난스럽게 말했다. 화니가 씨익 웃으면서 고개를 끄덕였다. 나는 화니의 머리를 쓰다듬었다. 잠시 수다를 떨면서 우린 긴장이 풀어지는 것을 느꼈다. 우리끼리 이렇게 떠들고 있으니 이곳이 재난 현장이라는 걸 잠시나마 잊을 수 있었다. 어느 정도 걸어가자 또 다시 'Hangang river'라고 적힌 팻말이 나왔다. 아마 한강을 다 지나온 것이리라. 바닥에는 계속해서 괴물의 핏자국이 이어지고 있었다.

"저 앞쪽에…… 저기…… 옆으로 통로가 나 있는 거 아냐?"

화니가 터널 앞쪽을 가리키며 말했다. 우린 화니가 가리킨 곳을 유심히 봤다. 칠팔십 미터 앞쯤, 터널 오른쪽 벽면에 검은 점 같은 게 보였다.

지태가 눈을 가늘게 뜨고는 말했다.

"어…… 뭔가 있긴 있는 것 같은데."

나 역시 눈을 가늘게 뜨고 화니가 가리킨 곳을 주시하며 말했다.

"근데 그냥 대피용 구덩이 같기도 해. 아까 2호선이랑 9호선 터널에서도 지하철 지나갈 때 대피하라고 옆에 구멍 같은 거 파놨잖아. 저것도 그런 거일 수 있어."

우린 점점 터널 벽면의 검은 점에 가까워졌다. 가까워질수록 시체가 많아졌다. 이제까지의 시체와 다른 점은 대부분 군인들이라는 것. 이곳에서도 괴물들과의 전투가 있었던 것 같다.

"군인들이 여기까지 왔었나 보네. 다 죽긴 했지만……."

지태가 군인들의 시체들을 보면서 말했다.

"너랑 연아도 총을 챙기는 게 좋지 않을까? 어차피 총을 쏠 거면 나 혼자 쏘는 것보다 다 같이 쏘는 게 나을 것 같아."

내 말에 지태와 연아가 나를 쳐다보더니 고개를 끄덕였다. 내가 죽어 있는 군인에게서 총을 가져와 지태, 연아에게 줬다. 조준간을 '안전'이 아닌 '사격'에 위치시켜야 발포된다는 것과 함께 생각보다 진동이 세니 놓치지 않게 조심하라고도 일러줬다. 인터넷 검색으로 미리 체크한 군사 지식이었다.

"나는?"

화니가 자신을 가리키며 물었다. 자기도 총을 가져가겠다는 의미였다.

"넌 쏘지 마. 대신 우리들 옆에 잘 붙어 있어."

내가 단호하게 대답했다. 아무리 위급한 상황이어도 화니에게까지 총을 쏘게 만들고 싶진 않았다. 화니는 우리가 지켜줘야 한다. 이유는 간단하다. 우리보다 훨씬 어린아이니까, 우리가 지켜줘야 한다. 연아, 지태도 내 생각에 동의했는지 화니가 총을 못 들게 하는 것에 동의했다.

우린 다시 터널 벽면의 검은 점에 다가갔다. 대략 20미터 앞까지 다가가자 대피용 구덩이가 아니라 벽 안쪽으로 난 통로인 게 확인됐다.

"봐봐. 옆으로 길이 나 있잖아. 통로 맞아."

총을 못 가진 아쉬움을 달래려는 듯 화니가 검은 점을 가리키며 의기양양하게 말했다.

"혹시 저기도 뭐 지하수 집수정 같은 건가? 그럼 밖으로 나갈 수도 있겠는데!"

혹시나 지상으로 나가는 통로일 수도 있다는 생각에 지태의 목소리가 들떴다. 나도 지태의 목소리에 덩달아 기대감이 들었다.

그때였다. 어디선가 기계음 같은 정체불명의 소리가 들려왔다.

"잠깐만. 무슨 소리 들리지 않았어?"

내가 손을 들어 아이들의 걸음을 멈추게 했다. 나 역시 멈춰서서 어디선가 들려오는 소리에 집중했다.

기이이이이잉. 분명히 들렸다. 지금까지 들어본 적 없는 소리다.

내가 낮은 목소리로 말했다.

"이게 어디서 들려오는 소리지? 여긴 사방이 다 뚫려 있는데……."

대심도 터널은 숨을 곳 하나 없이 밝은 데다 직선 길이라 무슨 소리가 나면 바로 소리의 정체가 보여야 한다. 그런데 지금 우리의 눈앞엔 아무것도 없었다. 소리만 들려왔다. 어디서 들려오는 소리지? 터널 벽 속에서 들려오는 건가?

"아, 또 고민하게 만드네. 다시 도망쳐야 되나?"

지태가 난감한 얼굴로 뒤를 돌아봤다. 왔던 길로 도망가 다시 싱크홀까지 가려면 어림잡아도 20분은 뛰어야 한다. 못 할 건 아니지만 이미 별것 아닌 소리와 냄새에 겁을 먹고 싱크홀까지 되돌아갔다가 오는 실수를 몇 번이나 했다. 이러다간 엄마가 있는 곳까지 가지도 못하고 계속 되돌아가기만 반복하다가 지쳐 나자빠질 판국이었다.

기이이이이잉. 소리가 확 가까워졌다. 덕분에 우린 소리의 근원지를 파악할 수 있었다.

"저기."

나와 연아가 동시에 말했다. 우리 둘의 손가락은 화니가 통로라고 주장한 터널 벽면의 검은 점을 향해 있었다. 저 통로에서 나는 소리라면 소리의 정체가 무엇이든 부피가 그리 크진 않을 것이다. 넓은 통로 같진 않으니까.

나는 말없이 몸통에 둘러멘 총을 두 손으로 꼭 쥐고 앞으로 걸어갔다. 소리의 정체가 별로 크지 않을 것 같다는 생각에 조금 용기가 났다. 연아, 지태도 총을 들고는 내 뒤를 따라왔다. 화니는 제일 뒤에 서서 따라왔다. 점점 터널 벽면의 통로가 가까워졌다. 소리도 가까워졌다. 나는 벽에 바짝 붙은 채 통로 입구 앞에서 멈춰 섰다. 총구를 앞으로 향했다. 조준간을 '안전'이 아닌 '사격'으로 돌렸다. 이제 방아쇠를 당기면 내 앞으로 총탄이 발사될 것이다.

그런데 갑자기 기계음이 급속도로 가까워지더니 통로 안쪽에서 뭔가가 튀어 나왔다. 나는 반사적으로 소리의 정체에 총구를 향하고 방아쇠를 당기려다가 가까스로 멈췄다. 소리의 주인공은 공중에 떠 있었다. 드론이었다.

테러 발생 18시간 50분 경과
대심도 터널

크기는 그렇게 크지 않았다. 내 주먹보다 조금 더 큰 드론이 눈앞에서 날고 있었다.

"뭐, 뭐야, 저거……. 갑자기 막 터지고 그런 건 아니겠지?"

지태가 드론을 보고는 경계심 가득한 목소리로 말했다.

"일단 뒤로 좀 물러서자."

지태의 말을 들으니 괜히 겁이 나서 아이들에게 뒤로 물러나라는 신호를 보냈다.

"근데 드론이면 조종하는 사람이 있다는 건데……."

드론에서 떨어지며 연아가 말했다.

나는 드론에 너무 가까이 붙지 않으면서 대심도 터널의 중앙으로 가 통로 안이 잘 보이는 위치에 섰다. 통로 안에는 좁고 긴 길이 나 있었다. 우리가 서 있는 터널에 비해 많이 어두웠다. 랜턴을 비춰보니 좁고 긴 통로가 이어지다가 양 갈래로 갈라지는 게 보였다. 아무래도 통로 안에는 여러 갈래의 길이 나 있는 것 같았다. 연아, 지태, 화니도 슬쩍 드론을 보며 슬금슬금 내 옆으로 왔다. 함께 통로 안을 봤다.

"저 안으로 들어가봐야 되나?"

지태는 그렇게 말하면서도 별로 그러고 싶지 않은 눈치였다.

"괴물이 간 곳은 아니긴 한데……."

엄마를 데리고 간 괴물의 핏자국은 계속해서 터널을 따라가고 있었다. 이 핏자국을 따라갈 거라면 굳이 저 통로에 들어갈 필요는 없다.

"그래도 저거 조종하는 사람이 있는 거라면…… 가보는 게 좋지 않을까? 사람을 만날 수도 있잖아."

연아의 말이 끝나자마자 갑자기 드론이 우리를 향해 빛을 쐈다. 우리는 순간 눈을 찡그렸다. 드론은 공중에서 빙글 돌더니 통로 안쪽으로 빛을 비췄다.

"뭐야, 저거……. 누가 조종하는 거 같은데?"

지태가 드론의 움직임을 주시하면서 말했다.

드론이 또 다시 기이이잉 소리를 내면서 통로 안쪽으로 들어갔다. 우리는 제자리에서 드론을 쳐다보고만 있었다. 그러자 드론이 다시 빙글 돌아 통로 안쪽에서 우리들을 향해 빛을 비췄다.

"쟤, 우리들한테 따라오라고 하는 것 같아."

화니가 드론을 보면서 말했다. 정말 그런 걸까? 따라가도 별일 없을까? 나와 지태, 연아가 어떻게 할지 고민하며 서로 쳐다봤다. 내가 앞장서며 말했다.

"가보자. 뭐가 있든 괴물은 아니겠지."

나는 총을 들어 경계 태세를 취하며 드론을 향해 갔다. 내 의견에 동의하는 듯 내 뒤로 아이들이 따라왔다.

우리는 통로에 들어섰다. 나와 연아, 지태는 양손으로 총을 들고, 화니는 랜턴으로 통로 곳곳을 비췄다. 통로 안엔 전등이 나간 것이 아니라 아예 설치되어 있지 않았다. 통로 안의 바닥, 천장, 벽 모두 평평하게 회색빛 시멘트가 잘 발라져 있을 뿐이었다. 고급스러운 터널에 비하면 이 통로는 만들다 만 것 같은 느낌이었다.

내가 가까이 다가가자 드론은 또 다시 안쪽으로 이동했다. 몇 갈래 길을 지나 꽤 깊이 들어갔다. 우리는 드론을 계속 따라갔다. 드론이 멈춘 곳은 어두컴컴한 통로의 막다른 길이었다. 왼쪽 벽엔 철문이 하나 있는데 문이 열려 있고 안쪽에서 깜빡거리는 불빛이 새어 나오고 있었다. 철문이 잔뜩 우그러져 있어 이곳에서 격렬한 전투가 벌어졌음을 말해줬다.

이내 드론이 철문 안쪽 공간으로 들어가 시야에서 사라졌다. 우린 잠시 멈칫했지만, 다시 드론을 따라 철문 근처로 다가갔다. 혹시라도 철문 안쪽에서 무언가 튀어나올까 봐 조마조마했다. 나는 빛이 새어 나오는 철문에 거의 다 다가가선 범죄 영화에서 봤던 것처럼 몸을 휙 틀면서 철문 안쪽으로 총구를 향했다(하마터면 '꼼짝 마!'라고 외칠 뻔했다).

다행히 철문 안쪽 공간은 조용했다. 아무런 기척도 없었다. 나는 총구를 든 채 전등이 깜빡거리는 철문 안으로 들어갔다. 폐허가 된 것처럼 잔뜩 망가진 공간의 풍경이 눈에 들어왔다. 각종 전산 시설들이 가득해 통제실처럼 보였으나 대부분 부서져 사용할 순 없을 것 같았다.

"아무도 없나?"

내 뒤로 따라 들어온 지태가 중얼대듯 말했다. 그 뒤로 연아와 화니도 통제실 안에 들어왔다. 통제실은 학교 교실의 절반 정도 되는 크기였다. 지태는 "저기요! 아무도 없습니까! 드론 날리신 분!" 하고 소리치면서 통제실 안을 살펴봤다. 하지만 어디에서도 응답은 없었다. 폐허가 된 공간의 적막함만이 우리를 감쌌다.

그때 드론이 한쪽 벽면으로 날아갔다. 그러다 멈춘 곳은 통신 장비로 보이는 기계 앞이었다. 우린 익숙하게 드론을 따라가 통신 장비 앞에 섰다. 통신 장비에는 '정상', '신호', '입력', '원격' 등등의 통신 용어와 정체 모를 숫자가 즐비하게 적혀 있고 각종 레버와 버튼이 보였다.

"이거 무전기 같은 거지?"

지태가 통신 장비를 살펴보며 물었다.

"그런 것 같아. 드론이 여기로 온 건…… 이걸로 뭐 어떻게 해 보라는 의미인가?"

내가 아이들에게 의견을 물어봤다.

"일단 한번 작동시켜보자."

연아가 통신 장비에 손을 댔다. 전원 버튼을 켜고 이것저것 만져보더니 이내 숫자가 적힌 레버를 마음대로 돌려보고 버튼도 마구잡이로 눌렀다.

"야, 그렇게 막 만져도 되는 거냐?"

지태가 걱정스레 물었다.

"뭐 어차피 아무도 사용법을 모르잖아."

연아가 대수롭지 않게 대답하며 각종 레버와 버튼을 조작했다. 우린 연아의 마구잡이 조작을 지켜볼 뿐이었다. 그러던 어느 순간 전화기처럼 생긴 스피커에서 지지직거리는 소리가 들려왔다. 지태가 놀라선 전화기를 집어 들어 소리쳤다.

"저기요! 저기요! 거기 누구 있어요!"

하지만 여전히 지지직거리기만 했다. 그 외에 의미 있는 소리는 들려오지 않았다.

연아가 이번엔 뭘 조작하면 좋을지 통신 장비를 살펴봤다. 그러는 동안 화니는 장비에서 삐죽하게 튀어 나와 있는 안테나를 잡고는 이리저리 위치를 맞췄다. 안테나의 움직임에 따라 지지직거리는 소리의 크기가 달라졌다. 연아가 주파수라 적힌 버튼을 누르고 숫자가 적힌 레버를 돌렸다. 그래도 지지직거리는 소리가 변함없자 코드라고 적힌 버튼을 누르고 레버를 돌려도 보고, 다시 주파수 버튼을 눌러 레버를 조작했다. 순간 지지직거리는 가운데 사람의 목소리가 스쳐 지나갔다.

"어, 어? 방금 뭐 들렸어!"

내가 소리쳤다.

"저기요! 여보세요! 저기요!"

지태가 스피커에 대고 소리쳤다. 하지만 사람의 목소리는 다시 들려오지 않았다. 그러자 연아가 잔뜩 진지한 얼굴이 되어선 레버를 천천히 돌렸다. 서서히 사람의 목소리가 들려왔다.

"오오! 뭐 들린다! 조금만 더 내려봐!"

지태가 흥분한 목소리로 말했다. 연아가 레버를 미세하게 조금 더 돌리자 명확하게 사람의 목소리가 들려왔다.

"……아, 학생. 내 말 들리나요? 단이 선수, 지태 선수. 제 말 들리십니까?"

어느 남자의 목소리였다. 또박또박 들려왔다.

"와! 대박! 들려, 들려! 들립니다! 들려요!"

우린 마치 지하에서 빠져 나가기라도 한 것처럼 하이파이브를 하며 환호했다. 지태는 전화기에 대고 계속 들린다고 소리쳤다.

"아, 거기 송출 버튼을 누르고 말해볼래요? 지금 저는 아무것도 안 들려서요."

수화기 너머 남자가 말했다. 우린 송출 버튼을 찾아 허둥댔다. 전화기 바로 옆에 송출 버튼이 있었다. 송출 버튼을 누르자 지태가 다시 전화기에 대고 이제 잘 들리냐고 소리쳤다.

"예, 이제 잘 들리네요. 모두 반갑습니다."

됐다! 누군지 몰라도 연결 성공이다! 우린 잔뜩 들떠선 서로를 쳐다봤다. 우리를 도와줄 사람일 수도 있다.

"근데 누구세요? 혹시 우리한테 드론 날리신 분이세요?"

지태가 송출 버튼을 누르고 물었다.

"예, 반갑습니다. 여긴 재난대책본부입니다. 저는 기현국이라고 합니다."

테러 발생 19시간 18분 경과
B9: 대심도 관제 센터/대심도 터널: 통제실

B9의 대심도 관제센터에서 현국이 대형 스크린을 통해 아이들을 바라보고 있었다. 덩치 좋은 남학생 두 명과 야무진 표정의 여학생 한 명, 그에 비해 확연히 어려 보이는 여자아이 한 명, 총 네 명의 아이가 통신 장비 앞에 서서 말을 하고 있었다. 아이들의 이름은 강단이, 하지태, 이연아, 마지막 꼬마 여자아이는 이름을 알 수 없었다. 현국이 통신 장비의 스피커에 대고 말했다.

"제보 받고 연아 학생 페이스북으로 여러분의 상황을 다 알게 됐습니다. 강단이 선수, 하지태 선수, 이연아 학생, 그리고…… 이름 모를 소녀 분까지, 정말 힘들 텐데 살아 있어줘서 고맙습니다. 여러분들께 도움 드리고 싶어서 연락 취했습니다."

쾅쾅쾅! 현국의 말이 끝나기 무섭게 대심도 관제센터 바깥에서 문을 두드리는 소리가 들려왔다. 그들이 소리쳤다.

"문 여십시오! 지금 뭐하는 겁니까? 이봐요!"

조금 전까지 이 센터 안에 있던 용병들이다. 그들은 곧 시작될 신야 생포 작전을 위해 드론으로 대심도 터널과 노아를 정찰하던 중이었다. 그 결과 현재 유니언들은 모두 노아에 들어가 있다는 걸 확인했다. 긴급소집명령이 떨어졌다는 현국의 거짓말에 속아서 여길 나가지만 않았어도 그들은 계속 이곳에서 드론으로 정찰하고 있었을 것이다.

현국은 그들이 다시 이곳에 들어오지 못하게 관제센터를 나가자마자 문을 잠가버렸다. 문에 부착된 디지털 장치가 아예 작동하지 않도록 전원 선을 잘라버렸다. 이제 저들이 다시 문을 열 수 있는 방법은 문을 부수는 것뿐이다. 현국은 두꺼운 특수합금 문이 부서지기까지 15분 정도 시간이 걸릴 것으로 예상했다. 그 안에 스크린 속의 아이들에게 빨간 버튼을 눌러야 엄마와 함께 탈출할 수 있을 거라고 전달해야 한다.

* * *

"대박! 재난대책본부래! 완전 대박!"

지태가 소리쳤다. 나도 연아도, 화니도 기쁨의 표정을 감추지 못했다. 하이파이브를 하면서 몸이 덩실덩실 움직였다. 드디어 말로만 듣던 그곳과 연결되다니!

"빨리 우리 구해달라고 말해! 여기 대심도 터널이라고!"

내가 수화기를 들고 있는 지태에게 소리쳤다. 지태는 알겠다며 송출 버튼을 눌렀다.

"아저씨, 재난대책본부면 지금 바로 우리 구해줄 수 있는 거죠? 우리 여기서 좀 꺼내주세요! 엄마도 갇혀 있어요! 여기 대심도 터널이에요!"

그러자 현국 아저씨에게서 응답이 왔다.

"예, 대심도 터널인 건 알고 있습니다. 그래서 드론을 날려서 접촉을 시도했어요. 하지만 지금 바로 구조해드리는 건 불가능합니다. 미안합니다. 보안 때문에 자세히 말씀드리긴 힘들지만 구조대가 투입되려면 시간이 오래 걸릴 거예요. 그래서 그전에 여러분들이 자력으로 엄마를 구출해서 나올 수 있도록 방법을 알려드리려 합니다."

우린 이미 기대를 접긴 했지만 또 한 번 구조가 불가능하다는 말에 실망하고 말았다. 그러나 그 뒤에 이어진 현국 아저씨의 말에 귀가 쫑긋 섰다. 분명히 자력으로 탈출할 수 있는 방법이라고 말했다.

"아, 알겠어요! 그럼 빨리 설명해주세요! 어떻게 해야 여기서 나갈 수 있어요?"

지태가 송출 버튼을 누르고 소리쳤다. 현국 아저씨가 이어서 말했다.

"예, 시간이 없으니까 빨리 설명드리겠습니다. 잘 들어주세요." 현국 아저씨가 잠시 말을 멈췄다가 다시 말했다. "우선 터널을 따라 더 들어가세요. 아마 괴생명체는 나오지 않을 겁니다. 그들은 더 깊은 지하에 모여 있어요. 안심하고 터널 끝까지 가세요. 그럼 원형으로 된 널찍한 차량 기지가 나올 겁니다. 솔직히 말씀드리면 지금 여러분들이 있는 곳은 수도권 광역 급행 철도를 만들던 대심도 터널이에요. 비밀리에 공사되던 거라 사람들 사이에서 이상한 추측들이 돌고 있더군요. 모두 헛소문입니다. 사실이 아니에요."

설마했는데 대심도 터널은 수도권 광역 급행 철도 터널이 맞았다. 이곳이 다른 용도로 만들어지고 있을 거라던 철덕의 추측은 지나친 의심이었던 것이다.

현국 아저씨가 이어서 말했다.

"아무튼 차량 기지까지 가면 더 깊은 지하로 내려갈 수 있는 통로가 총 네 군데 나올 겁니다. 원래는 대형 승강기가 다니는 통로인데 괴생명체들이 모두 파괴해서 지금은 걸어서 내려갈 수밖에 없어요. 여러분들은 차량 기지의 그 통로를 통해 더 깊은 지하로 내려가야 합니다."

더 깊은 지하라니……. 여기도 이미 충분히 깊은데 더 깊은 지하가 또 있단 말인가?

현국 아저씨가 이어서 말했다.

"하지만 무작정 내려가다간 괴생명체들에게 붙잡히고 말 겁니다. 통로마다 괴생명체들이 아래에서 지키고 있거든요. 이 교신이 끝나면 대심도 터널로 나가서 죽은 군인들이 가지고 있는 수류탄을 몇 개 찾아서 차량 기지 통로 중에 '3'이라 적힌 통로로 가 지하를 향해 던지세요. 그럼 괴생명체들이 수색하기 위해 대형 승강기가 다니던 벽을 타고 올라올 거예요. 그때 여러분들은 승강기 옆쪽에 위치한 비상구 계단으로 내려가세요. 괴생명체들은 절대 계단을 이용하지 않습니다. 그들에게는 계단이 훨씬 느리거든요.

그렇게 더 깊은 지하로 내려가면…… 보시고 놀라지 마세요. 거긴 대규모 프로젝트가 진행되던 곳인데, 지하 도시라고 보셔도 될 정도입니다. 우린 그곳을 '노아'라고 불러요. 어차피 곧 보게 될 테니 놀라지 마시라고 미리 말씀 드리는 겁니다. 바로 그곳에 여러분들의 어머니가 갇혀 있습니다."

"잠깐만요. 지금 너무 많은 얘기를 해주셔서…… 잠시 정리 좀 할게요."

연아가 갑자기 송출 버튼을 눌러 현국 아저씨의 말을 끊었다. 안 그래도 정보의 양이 너무 많아 다 기억하지 못할 지경이었다. 연아는 곧 송출 버튼을 누르고 말했다.

"그러니까 지금 우리가 있는 여기보다 더 깊은 지하로 내려가야 된다는 말이죠? 여기도 완전 깊은 대심도 터널인데도요?"

"네, 맞습니다. 더 깊은 곳이에요. 상상도 못 할 만큼 깊은 곳이죠. 여러분들의 어머니는 지금 그곳에 갇혀 있습니다."

"거기가 혹시 남산 지하인가요?"

"어차피 거기서 지상으로 탈출하면 알게 될 테니 말씀드리죠. 남산 지하 맞습니다. 남산 아래 노아라는 곳이 있어요. 그곳의 면적은 남산보다 더 넓습니다. 만약 여러분들이 내가 말하는 대로 탈출하는데 성공한다면 남산 타임캡슐로 빠져 나오게 될 겁니다."

우린 trainking74의 추측대로 남산 지하가 존재한다는 사실에 한 번 놀라고, 남산 타임캡슐로 탈출할 수 있다는 말에 두 번 놀랐다. 타임캡슐이면 서울의 보물 같은 걸 보관해놓은 장소로 알고 있는데 알고 보니 거기가 탈출구였던 거구나. 탈출할 수 있는 구체적인 장소가 언급되니 더욱 신뢰가 갔다. 기분이 들떴다.

연아가 이어서 현국 아저씨에게 물었다.

"엄마는 왜 거기 잡혀 있는 거죠?"

"아직 공식 발표가 되지 않은 내용이라 자세히 말씀드리긴 힘든데…… 노아에는 괴생명체들의 배후인 테러리스트들이 함께 있습니다. 그들이 생존자들을 인질로 잡고 있어요. 생존자들을 언제 죽일지 알 수 없는 상황입니다. 정확히 뭘 원하는지 파악되지 않고 있거든요. 그래서 여러분들의 사정을 접하고는 생존자들이 죽기 전에 여러분과 어머님이라도 탈출할 수 있도록 도와주려는 겁니다."

"테러리스트들이 누구죠?"

연아의 질문에 현국 아저씨는 잠시 아무 말도 없었다. 화니가 말해준 괴담대로라면 테러리스트는 괴물들의 '신'이다.

"확실하진 않은데……."

다시 현국 아저씨의 목소리가 들려왔다.

"북한 간첩으로 파악되고 있습니다. 남산으로 탈출하더라도 절대 이 얘긴 어디서도 하시면 안 됩니다. 아시겠죠?"

역시 북한이었던 건가. 괴물들의 신은 개뿔. 이 모든 일을 꾸민 건 역시 북한군이었을 뿐이다. 지금 이 상황은 남북 전쟁이었던 거였다.

나와 지태가 현국 아저씨가 알려주는 정보에 잔뜩 흥분해 있는데, 연아의 얼굴은 묘하게 굳어 있었다.

"왜 그래?"

내가 연아에게 물었다. 연아가 송출 버튼을 누르지 않고 우리에게만 말했다.

"좀 이상하지 않아?"

"뭐가?"

나와 지태가 의아한 얼굴로 연아에게 되물었다. 연아가 목소리를 낮춰 우리에게 말했다.

"내가 아무리 질문했다지만, 이런 극비 정보를 우리한테 순순히 다 알려주는 것도 그렇고, 지금까지 우리가 구조 요청할 때는 싹 다 무시하다가 지금 와서 너무 친절하잖아. 자기가 먼저 접근해 오고. 뭔가 수상해. 이 사람들이 아무런 대가 없이 이런 친절을 베풀 리 없어. 우리가 이 사람 뭘 보고 믿어? 괜히 이 사람 말대로 했다가 그냥 우리 다 죽을 수도 있는 거잖아."

연아의 말도 일리가 있다. 우리가 너무 극한 상황에 처해 있어서 그렇지, 평소 같았으면 나도 현국 아저씨를 의심했을 것이다. 돌이켜보면 내가 9초 91을 기록한 이후 아낌없이 나를 도와줬던 스폰서들도 다 목적이 있어서 나를 후원했다. 그들은 절대 아무런 대가 없이 누군가를 도와주지 않는다. 그러나 현국 아저씨는 대심도 터널에 대해 잘 아는 것도 그렇고, 이런 상황에서 우리가 신뢰할 만한 부분이 많은 것도 사실이다. 게다가 이곳에 드론까지 날릴 수 있는 사람이면 꽤나 힘 있는 사람일 것 같았다.

이런 내 생각을 말하자 연아가 대답했다.
"내가 직접 물어볼게. 이 아저씨 말을 곧이곧대로 믿지 못하겠어."

* * *

"그런데요, 우리한테 갑자기 왜 이렇게 친절하신 거죠? 지금까지 우리가 몇 번이나 구조 요청을 했는데 다 무시했잖아요. 진짜 목적은 따로 있으신 거 아닌가요? 진짜 아저씨가 시킨 대로 하면 엄마 구하고 우리가 다 살아서 나갈 수 있는 거 맞아요? 어떻게 아저씨를 믿죠?"

통신 장비의 스피커를 통해 이연아의 목소리가 들려왔다. 대심도 통제센터 바깥에서는 용병들이 계속해서 문을 열라고 소리치고 있었다. 현국은 아직 빨간 버튼 이야기는 하지도 못했는데 연아가 제동을 걸어 마음이 급해졌다.

현국은 다급해진 마음을 진정시키고 차분히 생각했다. 이연아에게 뭐라고 말해야 할까? 어떻게 말해야 나를 의심하지 않고 시키는 대로 할까? 어떤 거짓말을 해야 나를 믿고 빨간 버튼을 누르러 갈까?

사실 현국은 이미 세 가지 거짓말을 했다. 첫 번째, 여긴 악마 같은 인간들이 모여 있는 B9이지만 아이들을 안심시키기 위해 재난대책본부라고 거짓말을 한 것. 두 번째, 아이들이 지나던 대심도 터널은 사실 'X트레인'을 실험하던 터널이지만 아이들에겐 수도권 광역 급행 철도 터널이라고 거짓말을 한 것. X트레인은 U.E.B.를 이용해 시속 1500km로 이동할 수 있는 전 세계에 하나뿐인 열차다. 서울 지하 대심도 터널에서 실험한 후, 전국으로 확대, 최종적으론 전 세계로 확장하는 것이 목표인 비밀 사업이었다. 이연아의 페이스북 계정에서 대심도 터널의 정체에 대해 궁금해하던 게 기억이 나 무심코 거짓말을 해버렸다. 세 번째, 노아에 있는 테러리스트는 북한과는 전혀 상관없지만 신야에 대해 말할 수 없어 북한 간첩이라고 거짓말한 것. 하지만 그 외엔 최대한 진실만을 말했다. 이제 아이들에게 빨간 버튼을 눌러도 죽지 않는다는 거짓말을 해야 했기 때문에 나머지는 모두 진실을 말하고 싶었다. 이는 현국의 양심 때문이기도 했지만 거짓말을 믿게 하는 가장 좋은 방법은 진실을 섞어 말하는 것이기 때문이다. 현국은 거짓말과 진실의 비율을 적절히 섞어 상대방이 자신의 말을 철석같이 믿게 만드는 것으로 유명한 요원이었다.

'X트레인에 대해선 솔직하게 말해줄 걸 그랬나.'

현국은 평소 자신답지 않게 실수했다고 생각했다. 이연아가 현국을 의심하고 있었다. 페이스북 계정으로 살펴본 바, 이연아는 두뇌회전이 빠르고 상황 판단 능력이 매우 좋은 학생이다. 이 영특한 고등학생을 속이기 위해선 한 치의 실수도 있어선 안 됐다며 스스로를 꾸짖었다.

바깥에선 계속해서 문을 두드리는 소리가 들려왔다. 조금 뒤면 문이 열릴 것이다. 그러면 아이들과는 다신 교신할 수 없을 테고 빨간 버튼을 누르게 만들 기회도 영영 날아가버린다. 그리고 무사히 대규모 병력이 투입되어 신야가 지상으로 나오게 될 것이다.

순간 현국의 머릿속에 한 가지 아이디어가 떠올랐다. 진실 두 가지에 거짓말 하나. 사람들이 가장 잘 속아 넘어가는 비율. 거기에 아이들이 스스로 영웅이 될 수 있는 딜레마. 현국은 통신 장비의 스피커에 대고 아이들에게 말했다.

"후우……, 좋습니다. 솔직히 말하죠. 더 둘러대기엔 시간이 없으니까요. 연아 학생의 의심은 정당합니다. 제가 숨긴 게 있었어요. 갑자기 여러분에게 연락을 취한 이유를 말씀 드리겠습니다."

스크린을 통해 아이들의 굳어지는 표정이 보였다. 현국이 말을 이어갔다.

"우선 이것부터 확실하게 말씀 드릴게요. 제가 여러분들을 도와드리려는 마음은 진심입니다. 다만 저는 지금 여러분들에게 한 가지 부탁을 하려고 합니다. 여러분들이 꼭 해줘야 할 일이 있습니다. 노아에 갇힌 생존자들의 목숨이 걸린 일입니다. 나아가선 서울의 미래까지도요."

테러 발생 19시간 28분 경과
B9: 대심도 관제 센터/대심도 터널: 통제실

현국은 원래 아이들에게 빨간 버튼을 눌러야 노아를 탈출할 수 있을 거라고 거짓말하려고 했다. 하지만 전략을 바꿨다. 빨간 버튼을 누르지 않아도 탈출할 방법이 있다고 진실을 말해줄 것이다. 하지만 진짜 탈출할 수 있는 방법은 알려주지 않을 것이다. 혹시라도 아이들이 지상으로 나오면 그들을 이용해 빨간 버튼을 누르려 했던 자신의 처지가 난처해질 테니까. 대신 아이들에게 빨간 버튼을 누르지 않으면 생존자들이 다 죽을 거라고 거짓말을 할 것이다. 너희들이 빨간 버튼을 눌러야 수많은 생존자들이 살 수 있다고. 이 거짓말에는 너희들이 빨간 버튼을 누르지 않으면 생존자들이 죽는 건 다 너희 탓이라는 책임 전가가 깔려 있다. 그런 책임을 떠안기 싫으면 빨간 버튼을 누르라는 압박이다. 특히 강단이는 최근 도핑 스캔들로 국민 영웅에서 국민 쓰레기로 전락한 적이 있다. 생존자들을 구해 다시 영웅이 되고 싶은 욕망이 있을 것이다. 다른 사람은 몰라도 강단이는 현국의 거짓말에 분명히 넘어올 것이다. 그럼 이연아와 다른 아이들도 무시할 수 없을 것이고.

'어차피 아이들의 엄마도 노아에 있잖아.'

현국이 속으로 중얼거렸다. 신야가 보내온 사진을 보면 생존자들은 노아의 연구 단지에 모여 있었다. 아이들의 엄마가 아직 살아 있다면 그 속에 있을 것이다. 그토록 보고 싶던 엄마의 얼굴을 보고 난 뒤에 빨간 버튼을 누르고 다 같이 죽으면…… 그러면 되는 거잖아. 가장 행복한 순간에 죽을 수 있으니 좋은 일이지, 좋은 일인 거야. 그렇게 현국은 자기 자신을 세뇌시키듯 끊임없이 되뇌었다.

대심도 관제센터 바깥에서 문에 충격을 가하는 소리가 점점 크게 들려왔다. 들려오는 소리로 봐선 5분 정도 남은 것 같았다. 5분 뒤면 문은 부서지고 현국은 체포될 것이다. 현국은 다급해져 아이들에게 말했다.

"여러분들께 부탁드리려는 일은, 노아로 내려가서 우리 군이 침투할 수 있도록 비밀 통로를 열어달라는 겁니다. 그렇게 어렵지 않습니다. 노아 안에 비밀 통로를 개방하는 일명 '빨간 버튼'이 있는데, 그것만 눌러주면 됩니다. 그럼 테러리스트들이 생존자들을 죽이기 전에 우리가 선제 타격을 할 수 있습니다. 빨간 버튼만 눌러준 후 어머님과 함께 남산으로 탈출하세요. 남산으로 탈출 가능한 비상 승강기 위치를 알려드릴게요."

스크린에 비치는 아이들의 모습이 심상치 않았다. 이게 무슨 소리인가 싶은 얼굴들이었다. 더 이상 의심하게 만들면 안 된다는 생각에 현국이 다급한 목소리로 말했다.

"솔직히 말씀드리면 저는 여러분들이 빨간 버튼을 눌러야 남산으로 나갈 수 있을 거라고 거짓말을 하려 했습니다. 그렇게 해야 여러분들이 더 필사적으로 빨간 버튼을 누르려고 할 거라 생각했거든요. 하지만 연아 학생 덕분에 저도 그냥 진실을 말씀 드리기로 했습니다. 빨간 버튼을 누르지 않아도 여러분들은 남산 타임캡슐로 탈출할 수 있습니다. 어머님을 구하고 난 뒤 바로 비상 승강기를 타고 남산으로 올라오면 됩니다. 하지만 그렇게 되면 생존자들을 구할 길은 없어집니다. 우린 그냥 눈 뜨고 테러리스트들이 요구하는 대로 해줄 수밖에 없겠죠. 그들이 생존자들을 모조리 죽이더라도 지켜볼 수밖에 없어요. 서울의 안전도 보장할 수 없습니다. 바로 지금이 노아로 침투해서 테러리스트들을 제압할 수 있는 마지막 기회입니다. 그런데 아이러니하게도 현재 노아로 가장 빨리 들어갈 수 있는 사람은 바로 여러분들입니다. 이 타임을 놓치면 서울의 미래는 없다고 봐도 됩니다. 그만큼 긴박한 상황이에요."

현국이 잠시 말을 멈췄다. 분명히 거짓말을 하고 있었지만 마음속에선 진심이라고 하는 것이 넘쳐흘렀다. 눈물이 날 것 같았다. 아이들이 빨간 버튼을 눌러주길 바라는 마음, 그것 하나에만 집중해서 말을 이어갔다. 비록 빨간 버튼을 누르면 아이들은 모두 죽겠지만.

　　　　　　　＊ ＊ ＊

　우린 서로를 쳐다봤다. 우린 단지 엄마만 구출하면 되는데……. 빨간 버튼이라는 걸 누르지 않으면 생존자들이 다 죽을 수도 있다고? 대체 그게 무슨 소리지? 연아 역시 혼란스러운 표정이었다. 뭔가 의심스러워서 제동을 걸긴 했지만 이런 진실이 숨겨져 있을 줄은 몰랐으니까.

　나도 이제야 이 상황이 조금 명확해지는 것 같았다. 현국 아저씨의 우리를 도와주려는 마음은 진심일 것이다. 하지만 그것만이 목적이었다면 아마 우리에게 이렇게까지 접촉해 오진 않았을 것이다. 다행인지 불행인지 우린 연아 덕분에 현국 아저씨의 진짜 목적을 알게 됐다. 그의 진짜 목적은, 우리를 이용해 빨간 버튼을 눌러 노아에 군부대를 투입하는 것.

　수화기에서 현국 아저씨의 목소리가 흘러나왔다.

　"많이 놀랐을 거라고 생각합니다. 고등학생인 여러분들이 감당하기엔 너무 큰일이란 것도 알아요. 하지만 그걸 알면서도 여러분들에게 도움을 요청하기로 결정한 우리들의 입장도 조금만 이해해주길 바랍니다. 일단 빨간 버튼을 눌러줄지 말지는 조금 더 고민해보세요. 그전에 여러분들이 노아에서 탈출할 수 있는 방법을 먼저 알려드리겠습니다. 일단 아까 내가 말한 대로 차량 기지에서 '3'이라 적힌 통로로 가서 수류탄을 던지고 비상구 계단으로 쭉 내려가서 통로를 따라가세요. 그럼 커다란 문이 나올 겁니다. 그 문을 열면 노아가 나와요. 거기서 10시 방향을 보

면 하얀색 컨테이너 양식의 건물들이 모인 연구 단지가 보일 거예요. 그 연구 단지에 생존자들이 갇혀 있습니다. 그곳을 뒤져서 어머님을 찾으세요. 어머님을 찾아서 나오면, 연구 단지를 등지고 12시 방향을 보세요. 그럼 노아의 천장과 맞닿아 있는 거대한 통로가 보일 겁니다. 우린 거길 6지구 정거장이라 불러요. 유일하게 망가지지 않은 비상 승강기가 있는 곳입니다. 6지구 정거장까지 괴생명체나 테러리스트들에게 잡히지 않고 간다면 승강기를 타고 남산으로 나갈 수 있습니다. 정확히는 남산 타임캡슐로 나올 거예요."

* * *

현국은 아이들이 자신을 믿을 수 있도록, 가장 듣고 싶어 하는 것을 먼저 말해줬다. 엄마와 함께 탈출할 수 있는 방법. 아이들이 지금 가장 믿고 싶은 것도 바로 그것이었다. 엄마와 함께 무사히 지하를 탈출할 수 있다는 것. 아니나 다를까 아이들은 스마트폰을 켜서 현국이 불러주는 내용을 열심히 메모했다. 아무리 의심이 들어도 아이들은 그의 말을 믿고 싶을 것이다. 그가 믿고 싶은 이야기만 해주고 있으니까.

대심도 관제센터 문이 덜덜 떨렸다. 용병들이 자기들끼리 시끄럽게 떠들며 문을 부수고 있었다. 아무래도 곧 뚫릴 것 같았다.

"미안합니다. 여러분들이 빨간 버튼에 대해 조금 더 고민할 시간을 주고 싶은데 여기 교신 상태가 안 좋아서 곧 끊어질지도 모르겠어요. 일단 빨간 버튼을 누르는 방법을 알려줄게요. 빨간 버튼은 1급 보안 시설 안에 있어서 절차가 조금 복잡합니다. 제가 부르는 대로 잘 적어주세요."

현국은 스크린으로 아이들의 모습을 봤다. 어느새 아이들은 현국이 시키는 대로 하고 있었다. 스마트폰의 메모장을 체크하면서 서로 메모 잘하라고 말하고 있었다.

"여러분들이 가주셔야 할 장소는 찾기 쉽습니다. 노아에 도착하면 정중앙에 태양처럼 밝게 빛나는 거대한 기둥이 보이실 거예요. 우린 그 기둥을 '코어'라고 부릅니다. 노아에 들어가는 순간 어떤 게 코어인지 바로 알아볼 수 있을 겁니다. 노아의 태양 같은 존재니까요."

현국은 장 박사가 남긴 쪽지를 꺼내 펼쳤다. 쪽지엔 암호와 미로의 해답이 적혀 있었다.

"여러분들이 가주셔야 할 장소는 코어 안입니다. 코어에 가까이 가서 입구를 찾으세요. 거기서 암호를 눌러야 합니다. 암호는 'ph32_486-2238_40'입니다. 외우기 힘들 테니 지금 바로 메모하세요. 다시 불러드리겠습니다. 'ph32_486-2238_40'."

아이들이 현국이 불러주는 대로 열심히 메모했다. 현국이 이어서 말했다.

"암호를 입력한 후에 안으로 들어가면 원형 구조의 코어 내부가 보일 겁니다. 미로처럼 되어 있는 구조예요. 원형 복도를 따라서 1번부터 21번까지 문이 있는데, 이중 하나의 문만 다음 코스로 들어갈 수 있어요. 다음 코스에 가면 또 1번부터 21번까지의 문이 있습니다. 여기서도 하나의 문만 다음 코스로 갈 수 있고 다른 문을 열면…… 독가스가 나올 겁니다. 그러니 무조건 정해진 번호의 문만 열어야 해요. 그렇게 스물한 개의 문을 열고 제일 안쪽까지 들어가면 빨간 버튼이 나올 겁니다."

자칫 잘못하면 독가스가 나온다는 말에 아이들이 동요하는 모습이 보였다. 그렇다고 이걸 알려주지 않을 순 없었다. 한 번의 실수가 죽음으로 이어질 수도 있는 상황이었다. 아이들은 자신들에게 벌어질 수 있는 모든 상황을 알고 한 번의 실수도 없이 빨간 버튼을 누르는데 성공해야 한다.

"그럼 이제 첫 번째 문부터 번호를 알려드릴 테니까 메모해주세요. 이 순서대로만 문을 열고 들어가면 독가스를 만날 일은 없습니다. 안심해도 돼요. 이제 번호 불러드릴게요. 첫 번째는 3번 문을 여세요. 두 번째는 7번 문, 세 번째는 15번 문, 네 번째는 21번 문, 다섯 번째는 1번 문을 여세요. 여섯 번째부턴 번호만 불러드릴게요. 3번, 16번, 2번, 19번, 3번, 5번, 9번, 10번, 13번, 11번, 5번, 6번, 13번, 20번, 4번, 8번. 이렇게 총 21개의 문을 열고 나면 제일 안쪽 방으로 들어갈 수 있습니다. 절대 실수하지 말고 열어야 합니다. 그렇게 제일 안쪽 방에 들어가면 아무것도 없고 빨간 버튼만 하나 설치되어 있을 겁니다. 그걸 누르면 끝이에요. 그 뒤엔 다시 열려 있는 문을 통해 나와서 남산으로 탈출하시면 됩니다. 제가 남산 타임캡슐에 가 있겠습니다. 여러분들을 기다리고 있을게요."

콰쾅! 대심도 관제센터 문이 부서지는 소리가 들려왔다. 부서진 문틈 사이로 바깥에서 문을 부수고 있는 용병들이 보였다. 현국이 마지막으로 아이들에게 소리쳤다.

"저기, 지금 바로 드론을 부숴주세요! 드론 때문에 여러분들 위치가 노출되려고 합니다. 빨리요!"

스크린을 통해 당황하는 아이들의 모습이 보였다. 드론을 쳐다보면서 정말 부숴야 하나 어쩌나 싶은 얼굴들이었다.

"빨리 드론 부숴요!"

스크린 속 강단이가 정면을 향해 총을 쐈다. 스크린이 암흑으로 뒤덮였다.

콰콰쾅! 굉음을 내면서 문이 완전히 부서졌다. 현국은 재빨리 장 박사가 남긴 쪽지를 입에 넣어 삼킨 후 채널을 돌려 교신을 끊어버렸다. 용병들이 부서진 문으로 우르르 들어왔다. 용병들은 현국을 체포하고 대심도 관제센터 안을 수색했다. 하지만 스크린엔 검은 화면만 떠 있고 교신도 끊어졌다. 현국이 먼저 밝히지 않는 한 그가 이곳에서 무얼 했는지는 아무도 모를 것이다. 현국은 용병들에게 붙잡혀 가면서 아이들에게 주문을 걸 듯 말했다.

'제발, 제발 성공해다오. 애들아. 제발.'

테러 발생 19시간 35분 경과
대심도 터널: 통제실

드론을 향해 총을 쏘자 갑자기 교신이 끊어졌다. 아무리 송출 버튼을 누르고 소리쳐도 현국 아저씨는 응답하지 않았다. 현국 아저씨에게 무슨 일이 생긴 건가 싶지만 알 수 있는 방법이 없었다. 우린 그저 그가 말해준 내용들을 곱씹었다. 메모를 잘했는지 확인하면서 서로 다른 내용은 없는지 체크했다. 얼결에 또 다시 혼자가 된 우리들은 알 수 없는 외로움을 느꼈다. 잠시나마 지상에 있는 어른이 우리를 도와주려 했다는 사실이 위로가 된 것 같았다. 아주 잠시였지만 우리가 기댈 수 있을 만한 사람과 대화를 나눴다. 그만큼 지금 우리들은 또 다시 버려졌다는 생각에 울적해졌다.

우린 현국 아저씨가 해준 얘기들을 정리했다. 관건은 빨간 버튼이다. 간단히 요약하면, 우리가 빨간 버튼을 누르면 생존자들이 살 수 있고, 빨간 버튼을 누르지 않으면 생존자들이 죽는다는 것. 그리고 빨간 버튼을 누르지 않아도 우린 엄마와 함께 지상으로 탈출할 수 있다는 것.

　아무리 생각해봐도 우리가 어쩌다 이런 상황에 처했는지 기가 찼다. 돌이켜보면 우리에겐 몇 번의 분기점이 있었다. 어제 우리가 그 시간에 2호선 지하철을 타지만 않았어도 이런 일은 없지 않았을까? 아니구나. 우리가 지하철을 타지 않았어도 엄마가 노량진역에 갇혔을 테니 우린 구하러 가야 했겠구나. 그렇다면 엄마가 평소처럼 버스를 타고 퇴근을 하기만 했어도 상황이 이렇게까지 되진 않았을 텐데. 엄마는 왜 하필 어제 지하철을 타고 퇴근을 해서 노량진역에 갇히게 거지? 아! 엄마가 일찍 퇴근한 이유는 나 때문이었다. 내가 선수 자격 정지 받고는 기분이 상해 있을 것 같아서 맛있는 저녁을 차려주기 위해 지하철을 타고 일찍 집에 가려고 한 것이다. 그렇다면 내가 선수 자격 정지 받은 게 모든 사건의 시작인 걸까? 스티브가 준 스테로이드를 먹었을 그때부터 나는, 우리는, 이렇게 될 운명이었던 걸까? 아니면 내가 육상을 시작했을 그 무렵부터 우리는 이렇게 될 운명으로 정해졌던 걸까? 왜 우리가 지금 생존자들의 목숨까지 책임져야 하는 상황이 된 걸까?

　"그 누나 말이야. 임신했던 누나."
　대뜸 내가 말을 꺼냈다. 갑자기 누나가 떠올랐다. 아니, 지하를 돌아다니는 동안 계속 누나 생각이 났다. 누나가 나에게 보여준 모습들은 모두 강한 잔상으로 남아 있었다.

지태와 연아, 화니가 나를 쳐다봤다. 내가 이어서 말했다.

"나, 누나가 사람들을 구해주던 모습이 계속 떠올라. 자기 몸도 아팠고 솔직히 그 사람들 구해줘봤자 움직이기도 힘든 상태였고, 우리가 치료해줄 수 있는 것도 아니었고, 뒤에선 괴물들이 쫓아오고 있었고……. 그런데도 누나는 그 잔해 더미에 깔린 사람들을 보면서 몇 사람이라도 구해주고 가야 된다고 계속 그랬거든. 난 솔직히 그때는 그게 잘 이해가 안 됐어."

아이들은 아무 대답도 하지 않았다. 내가 이어서 말했다.

"나는 우리가 빨리 탈출해서 119 불러와주는 게 그 사람들을 진짜 돕는 거라고 생각했거든. 근데 말이야……. 우린 아직도 이 안에 있잖아. 119는커녕 누나가 아니었으면 우린 그 사람들을 한 명도 도와주지 못했을 거야. 그나마 누나가 있어서 우린 그때 몇 사람이라도 도와줄 수 있었어."

누나와 함께 2호선 승강장에서 잔해 더미에 깔린 사람들을 도와주던 게 떠올랐다. 돌이켜보면 누나는 그때 무언가에 홀린 듯 사람들을 구해주고 있었다. 마치 그게 자신의 사명이라는 듯이. 그 후 누나는 사람들에게 밟히기 직전 우리를 쳐다보며 미소인지 울음인지 모를 묘한 표정을 지었다. 그때 누나는 무슨 생각을 했을까.

"그러니까 내 말은 말이야. 우린 지금 이 순간에 할 수 있는 걸 해야 하지 않을까? 죽을 때 죽더라도……. 지금 우리가 할 수 있는 걸 미루거나 포기해선 안 될 거 같아. 우린 아직 그 정도는 선택할 수 있으니까."

나는 더 이상 할 말이 떠오르지 않았다. 현 상황에 내가 할 수 있는 말은 이 정도가 전부였다. 잠시 우리 사이에 정적이 흘렀다. 지태가 입을 열었다.

"씨발, 아까부터 누가 우리 시험하는 거냐? 이러지도 저러지도 못하게 왜 자꾸 우리를 이렇게 괴롭히는 거야. 몸도 힘들어 죽겠는데……."

지태의 얼굴에서 답답하고 분한 감정이 읽혔다. 동시에 지태의 말을 듣는 순간 그런 생각이 들었다. 혹시 진짜 괴물들의 신이 있는 건 아닐까? 신은 항상 우리를 시험하니까.

"누르자."

연아가 말했다. 나는 연아를 쳐다봤다. 그녀의 얼굴은 결연했다. 나 역시 누르자는 의미로 그녀를 보며 고개를 끄덕였다. 그리고 지태와 화니를 봤다. 둘은 아무 대답이 없었다. 그러자 연아가 둘을 보며 다시 입을 열었다.

"싫어? 그럼 그냥 엄마만 찾아서 우리끼리 도망쳐?"

그러자 화니가 고개를 가로저었다. 나와 연아가 화니를 봤다. 화니가 슬며시 고개를 끄덕였다. 빨간 버튼을 누르자는 의미였다. 이제 지태만 동의하면 된다. 나와 연아, 화니가 함께 지태를 쳐다봤다. 그러자 한참 동안 아무런 대답도 없던 지태가 퉁명스럽게 입을 열었다.

"난 솔직히 빨간 버튼이든 생존자든 그거 다 개소리라고 생각해. 그거 우리 아니어도 알아서 다 할 거야. 솔직히 우리가 꼭 다 책임 질 필요는 없잖아. 막말로 우리 같은 애들한테 이런 걸 말기는 거 자체가 너무한 거 아냐? 그런 건 애초에 자기들이 다 했어야지."

틀린 말은 아니다. 냉정히 생각해보면 우린 그냥 지하철을 타고 가던 고등학생일 뿐이다. 이런 막중한 임무를 감당해야 할 대상은 아니다.

"그래서 뭐? 넌 그렇게 여기서 살아 나가면 맘 편히 살 수 있을 것 같아? 엄마는 구출한다고 쳐. 근데 그 노아라는 곳에 있던 생존자들이 다 죽었다는 뉴스 보면 넌 앞으로 제대로 살 수 있겠어? 우리가 그 버튼 안 눌러서 다 죽은 건데?"

연아가 한층 날카로워진 목소리로 말했다. 한 번도 다투지 않고 지냈던 우리지만, 이런 극한 상황이 되니 마찰이 생겼다.

"맘 편히 살 수 있어! 왜 못 살아? 너희들 말대로 빨간 버튼 그거 누르러 갔다가 독가스 맞고 뒤지면? 그것보단 훨씬 낫잖아! 그리고 저기 노아에 내려가면 상황이 어떨 줄 알고? 내가 보기엔 그냥 엄마만 구출해서 탈출하는 것도 쉬운 일 아냐. 근데 빨간 버튼까지 누르러 간다고? 아냐, 얘들아. 그건 아니라고."

지태가 연아의 말에 거세게 반박했다. 이번엔 내가 나서서 의견을 말했다.

"그런데 아저씨 말로는 우리가 그 빨간 버튼을 눌러야 군인들이 투입돼서 그놈들을 다 소탕하고 안전해진다잖아. 그래야 우리도 서울에서 안심하고 살 수 있는 거 아냐? 그렇게 돼야 진짜 해피 엔딩이지. 엄마를 데리고 밖에 나가더라도 서울이 위험하면 무슨 소용이야. 안 그래?"

그러자 지태가 대뜸 소리쳤다.

 "그냥 우리끼리 나가서 서울 뜨면 되잖아! 하와이! 하와이 가면 되잖아! 하와이!"

 지태는 억지를 부렸다. 그런데 지태가 내뱉은 '하와이'라는 말투가 갑자기 우습게 느껴져 피식 웃음이 나왔다. 마치 떼를 쓰는 아이 같은 지태의 말투에 웃음이 새어 나온 것이리라. 연아도 나와 비슷한 감정을 느꼈는지 피식 웃었다. 화니 역시 입술을 씰룩거렸다. 지태는 한껏 진지하게 소리친 건데 왜 우리가 이런 표정을 짓는 건지 모르겠다는 얼굴이다.

 "뭐야? 왜 그러는데!"

 지태가 소리치자 연아가 답했다.

 "아니, 좋아서. 하와이에 갈 생각하니까. 우리 여기서 나가면 꼭 하와이 가자. 나 완전 가고 싶어졌어. 하와이 가면 서핑도 해야겠다. 파도가 얼마나 높을까?"

 연아의 대답에 나와 화니가 소리 내 웃었다. 지태는 그제야 우리들이 자신을 놀리고 있다는 걸 깨달았다.

 "오빠, 하와이가 그렇게 가고 싶었구나."

 화니가 앳된 목소리로 지태에게 말했다. 지태는 심술 난 표정이 되어 소리쳤다.

 "아, 몰라! 그 버튼 누르러 갔다가 우리 중에 한 명이라도 다치면 나 가만 안 있을 거야. 너랑 연아, 화니 너까지 다 창에 매달아서 던져버릴 거라고!"

 지태가 토라진 말투로 소리쳤다.

"우리 지태가 창은 또 기가 막히게 던지지."

"암, 아까도 지태 아니었으면 우리 다 죽을 뻔했잖아."

"오빠가 짱이야!"

나, 연아, 화니가 순서대로 지태를 놀렸다. 지태는 '그래, 너희 맘대로 해라'라는 듯한 얼굴로 고개를 흔들었다.

"그래, 그럼 버튼은 누르기로 한 거다."

내가 말했다. 연아, 화니는 알겠다며 고개를 끄덕이고, 지태는 귀찮다는 듯 손을 휘휘 저으며 주위를 둘러봤다. 알겠으니 갈 준비나 하자는 의미였다.

우리는 다시 대심도 터널로 나가기 전에 필요한 게 있을까 싶어 통제실 여기저기를 뒤져봤다. 그러다 어느 철제 캐비닛에서 특이하게 생긴 옷을 발견했다. 온통 하얀색에 상하의가 이어진 점프 슈트였다. 꽤 중요한 옷인 듯 몇 벌이 곱게 접혀 포장되어 있었다. 호기심이 일어 백팩과 총을 내려놓고는 점프 슈트의 포장을 뜯어 입었다. 교복 위에 입었는데도 사이즈가 커서 공간이 남았다. 그런데 상체의 지퍼를 턱 밑까지 올리자 슈트 내부에서 푸시식 소리가 나면서 공기인지 액체인지 모를 무언가가 주입되더니 내 몸에 딱 맞게 조절됐다. 슈트가 온몸을 휘감으면서 각 신체 부위를 감싸는 쿠션이 생긴 것 같았다.

"와, 처음에 입었을 땐 되게 커보였는데 지금은 딱 맞아. 불편하진 않아?"

지태가 내가 입은 슈트를 보면서 물었다. 내가 팔을 이리저리 휘두르면서 말했다.

"전혀. 완전 편해. 그냥 교복만 입고 있는 느낌인데?"

지태가 슈트를 손바닥으로 만졌다.

"재질도 특이하네. 탄탄한 패딩 같은 느낌?"

지태의 말에 연아도 내 팔과 몸통을 만졌다. 화니는 물끄러미 구경하다가 주먹으로 내 다리를 때렸다.

"아얏."

때린 건 화니인데, 소리를 지른 것도 화니였다. 슈트가 순간적으로 단단해지면서 화니의 주먹을 막은 것이다.

"우와, 이거 혹시 충격 받으면 막 단단해지는 그런 건가?"

지태가 호기심 어린 눈빛을 띠며 나를 향해 주먹을 날리려고 했다.

"야야! 넌 아니지! 투척 선수가 주먹 날리면 살인 미수지!"

내가 양손을 들어 지태에게 물러나라고 손짓했다. 슈트고 나발이고 저 왕주먹에 맞으면 최소 전치 5주다.

"그럼 내가 한번 쳐볼까?"

뭐? 내가 말릴 새도 없이 연아의 하얀 주먹이 쏜살같이 내 배에 꽂혔다. 나는 흡! 하면서 순간 배에 힘을 주는데 다행히 충격은 없었다. 하지만 배에 연아의 주먹 자국이 그대로 남아 있었다. 연아의 주먹에도 발그스레한 자국이 생겼다.

"아, 저거 방금 순간적으로 단단해졌어."

연아는 주먹이 아픈 듯 손을 탁탁 털며 말했다. 그러자 지태가 나를 쳐다보며 물었다.

"넌 안 아프고?"

"응, 이 슈트가 충격을 흡수해준 것 같아."

"그럼 이게 방탄복처럼 보호해주는 거 맞나 보다."

"근데 여기 언니 주먹 자국은 왜 난 거야?"

화니가 내 배에 나 있는 연아의 주먹 자국을 물끄러미 보면서 물었다. 주먹 자국은 서서히 사라졌다.

"충격을 흡수하면서 자국이 난 거겠지. 연아 주먹이 좀 세거든."

지태가 연아를 가리키며 말했다. 화니는 반한 듯한 표정으로 연아를 쳐다봤다. 지태의 말이 맞다. 예전에 우리 셋과 동네 패거리가 싸운 적이 있는데, 그때 연아의 활약은 운동선수인 나와 지태 못지않게 눈부실 정도였다. 그런데 예고도 없이 내 배에 주먹을 날리다니. 이 슈트 아니었으면 난 지금 숨도 못 쉬고 있을 거다.

지태와 연아, 화니도 슈트를 꺼내 입었다. 지퍼를 턱 밑까지 올리자 푸시식 소리를 내며 각자의 체형에 맞게 조절됐다. 체구가 작은 화니는 슈트가 몸에 맞춰 줄었어도 여전히 커서 팔 다리 끝부분을 접어 올렸다. 그리고 우린 슈트 옆에 있던 헬멧도 꺼내 머리에 썼다. 헬멧에는 고글이 붙어 있었다. 내려서 눈을 가리니 선글라스를 쓴 것처럼 주위가 어두워졌.

이제 대심도 터널로 나가야 할 때였다. 우린 다시 비상용품이 담긴 백팩을 등에 메고 총을 몸통에 둘러멨다. 마지막으로 통제실 안을 휘 둘러보고는 바깥으로 나갔다.

가자, 노아로.

테러 발생 20시간 04분 경과
대심도 터널

 우리는 어두컴컴한 통로를 따라 대심도 터널로 나갔다. 현국 아저씨가 시킨 대로 시체가 된 군인들에게서 수류탄을 가져왔다. 노아에 던져 괴물들을 유인할 수류탄이다. 여유 있게 열 개를 챙겼다. 우린 대심도 터널을 따라서 계속 걸어갔다. 현국 아저씨의 설명대로 괴물들은 전혀 나타날 낌새가 없었다. 대심도 터널의 끝에 다다르자 수도권 광역 급행 철도 차량 기지가 서서히 모습을 드러냈다.
 차량 기지는 커다란 원형 돔 같았다. 백화점 몇 개는 들어갈 수 있을 법한 넓이였다. 대형 기둥이 곳곳에 세워져 높다란 천장을 받치고 있었다. 마치 거대한 신전처럼 보이기도 했다. 기지 곳곳에 여러 개의 건물들이 공사 중인 모습도 보였다. 차량 기지 중앙에는 수도권 광역 급행 철도가 몇 대 놓여 있었다. 공상과학영화에 나올 법한, 앞이 뾰족하고 매끈한 디자인의 열차가 나란히 놓여 있는 모습이 장관이었다. 최대 속력을 내 달리면 국내의 어떤 열차보다 빠른 속도로 달릴 것 같은 디자인이었다. 철덕이 그토록 보고 싶어 했던 열차인데 우리만 보는 게 아쉬웠다. 연아도 나와 같은 생각인지 카메라를 꺼내 열차와 차량 기지 사진을 재빨리 몇 장 찍었다. 여기서 탈출하면 철덕에게 선물로 줄 수 있겠지.

차량 기지는 커다란 원형 모양이었는데, 원의 가장자리 벽 쪽에 구멍이 뚫려 어딘가로 이어지는 통로가 있었다. 통로 입구 위에는 '3', '4', '6'이라고 큼지막하게 적혀 있었다. 아까 현국 아저씨가 3번 통로로 가라고 했는데, 저길 말하는 듯했다. 우리는 차량 기지의 규모와 열차에 감탄하며 3번 통로로 향했다. 그런데 왜 통로의 번호가 '1', '2', '3'이 아니라 '3', '4', '6'인지 의문이 들었다. 하지만 답을 말해줄 수 있는 사람은 어디에도 없었기에 우린 그게 뭐 중요하냐며 바로 3번 통로로 들어갔다.

3번 통로를 따라 걸어가니 끝에 운동장만한 승강기 홀이 나왔다. 승강기 홀에는 현국 아저씨의 말대로 대형 승강기 여러 대가 다녔을 법한 수직 통로가 보였다. 대형 승강기는 지금 모두 망가져서 없었지만 승강기가 다녔던 수직 통로를 들여다보니 그 넓이를 짐작할 수 있었다. 상상 이상으로 넓었다. 대형 승강기라 해서 조금 큰 엘리베이터 정도를 상상했는데, 이 정도 넓이라면 승강기 한 대에 자동차 열 대는 넣어도 될 법한 크기였다.

우리는 휑하니 뚫린 수직 통로로 다가가 아래를 내려다봤다. 아까의 싱크홀과는 비교도 안 될 만큼 깊은 지하가 보였다. 저 아래 깊은 곳에서 희미하게 불빛이 보였다. 저기가 노아로 들어가는 길일 것이다. 수직 통로 위쪽을 올려다보니 위로도 높게 뚫려 있었다. 지상까지 이어지는 것 같진 않았지만, 지하철 터널의 어딘가로 통하는 것인지 위쪽에서도 희미한 불빛이 보였다. 이 수직 통로는 아마도 '노아-수도권 광역 급행 철도 차량 기지-지하철 터널'을 이어주는 승강기 통로인 것 같다. 수도권 광역 급행 철도 공사에 참여했을 수많은 사람들과 노아에 드나들었을 수많은 사람들, 그 외 공사 기계들이나 대형 자재들을 운반하는 용도이지 않을까 생각됐다. 서울 지하에 이토록 정밀한 시설이 갖춰져 있다는 사실이 놀라울 따름이었다.

우린 수직 통로 옆, '비상구'라고 쓰인 표지판이 붙어 있는 문으로 걸어갔다. 문을 열었더니 현국 아저씨의 말대로 계단이 있었다. 사각형 모양의 공간 곳곳에 형광등이 설치돼 끝없이 아래로 이어지는 계단이 보였다. 벽면에 붙은 계단을 따라 좁고 깊은 사각형 공간을 빙글빙글 돌면서 내려가는 구조였다. 계단 난간에 다가가 뻥 뚫린 아래를 내려다보자 어마어마한 깊이감을 느낄 수 있었다. 대략 몇 층 높이라고 가늠해볼 수도 없을 만큼 압도적인 깊이였다. 여길 뛰어서 내려가야 한다고? 나는 자조적인 질문을 던질 수밖에 없었다. 그러나 우리에겐 선택의 여지가 없었다. 우리는 끝이 보이지 않는 이 지하를 내려가야만 한다. 계단을 따라 저 끝까지 내려가면 노아로 들어갈 수 있을 것이다.

우린 다시 승강기 홀로 나갔다. 이제 작전을 실행할 때였다.

우리가 가지고 온 수류탄은 열 개, 승강기 수직 통로는 다섯 개다. 우린 수직 통로마다 수류탄을 두 개씩 던지기로 했다. 그럼 괴물들이 이 수직 통로의 벽을 타고 올라올 것이고, 그사이 우린 비상구로 들어가 전속력으로 노아까지 뛰어 내려가면 된다. 다만 비상구 계단을 따라 노아까지 내려가는 깊이가 상당했기 때문에 우리 네 명이 동시에 수류탄을 던진 후에 달리면 마지막엔 네 명의 격차가 너무 많이 벌어질 게 뻔했다. 나와 지태는 평소 계단을 오르내리는 훈련을 누구보다 많이 했다. 같은 출발선에서 달리면 나와 지태가 연아와 화니보다 훨씬 더 빠를 수밖에 없었다.

그래서 연아와 화니는 수류탄을 던지지 않고 먼저 비상구 계단에 내려가 있기로 했다. 몸집이 작아 가장 속도가 느린 화니는 건물로 치면 20층 정도 깊이에 먼저 내려가 있고, 체격 조건은 괜찮지만 운동선수가 아닌 연아는 10층 정도의 깊이에 먼저 내려가 있기로 했다. 나와 지태는 함께 승강기 홀에서 수직 통로로 수류탄을 던진 후 비상구 계단으로 내려가기로 했다. 이렇게 출발 지점을 달리 해서 내려가면 비상구 계단의 끝에 다다를 쯤엔 네 명이 거의 동시에 도착할 것이다.

우린 각자 자신의 위치로 이동했다. 화니와 연아는 비상구 계단으로, 나와 지태는 승강기 수직 통로 앞에 섰다. 지태가 비상구에서 가까운 승강기 수직 통로 두 군데에 수류탄을 던지기로 하고, 나는 비상구에서 멀리 떨어진 수직 통로 세 군데에 수류탄을 던지기로 했다. 내가 지태보다 속도가 더 빠른 것을 고려한 위치 배정이었다. 나와 지태는 각자 자신이 맡은 승강기 수직 통로 앞에 서서 수류탄을 두 개씩 집어 들었다. 나머지 승강기 수직 통로 앞에도 수류탄이 두 개씩 놓여 있었다. 차례대로 던져야 할 수류탄들이었다. 나와 지태는 심호흡한 후 서로를 쳐다봤다. 눈으로 신호를 보냈다.

준비 완료. 내가 소리쳤다.

"하나!"

우린 오른손에 수류탄을 두 개 쥐고, 수류탄의 안전핀에 왼손 손가락을 끼웠다.

"둘!"

왼손으로 안전핀을 뽑았다. 수류탄을 쥔 오른손에 힘이 들어갔다.

내가 마지막으로 소리쳤다.

"셋! 던져!"

우린 일제히 승강기 수직 통로 안으로 수류탄을 던졌다. 그러곤 재빨리 옆 승강기 수직 통로로 가서 바닥에 놓인 수류탄 두 개를 집어 들어 안전핀을 뽑고 안으로 던졌다. 그리고 한 번 더 옆 수직 통로로 가서 수류탄 두 개를 집어 던졌다. 총 여섯 개의 수류탄. 모두 성공적으로 집어 던졌다.

"빨리 와!"

네 개의 수류탄을 다 던진 지태가 비상구 계단으로 들어가며 소리쳤다. 동시에 승강기 수직 통로의 지하 깊숙한 곳에서부터 수류탄 터지는 소리가 들려왔다.

퍼펑! 펑! 펑! 펑! 퍼펑! 던진 순서대로, 총 다섯 곳의 승강기 수직 통로에서 모두 수류탄이 터졌다. 이제 괴물들이 무슨 일인지 파악하기 위해 이곳으로 올라올 것이다.

나는 비상구 계단으로 뛰어 들어갔다. 화니와 연아는 이미 계단 아래쪽에서 뛰어 내려가고 있고, 조금 뒤에서 지태가 뛰어 내려가는 중이었다. 나도 뒤따라 달렸다. 우리들이 계단을 밟는 소리가 사각형 공간에 울려 퍼졌다. 우린 말없이 빠른 속도로 아래로 내려갔다. 괴물들은 지금쯤 어디까지 올라왔을까? 벽 너머 승강기 수직 통로에서 벽을 타고 올라가는 괴물들의 포효가 들려오는 것 같기도 했다. 여길 발견하기 전에 빨리, 빨리 내려가야 한다.

"아! 징그럽게 깊다!"

지태가 계단을 내려가며 소리쳤다. 노아로 내려가는 계단은 실로 깊었다. 가도 가도 끝이 보이지 않는 느낌이랄까. 계단의 난간 밖으로 점프해 한 번에 내려가고 싶은 충동이 들 정도였다. 그럼 내 몸은 바닥에 추락해 산산조각 나겠지만.

"멈추면 안 돼! 다들 힘내!"

내가 지태의 뒤를 거의 다 쫓아와 소리쳤다. 대략 한 층 아래 연아, 두 층 아래 화니가 내려가는 모습이 보였다. 노아까진 아직 20층 정도 높이의 계단이 남아 있었다.

내가 지태를 앞지르며 도발하듯이 빨리 쫓아오라고 손짓했다. 지태는 투척 선수라 나보다는 하체 훈련을 덜한 편이다. 그러니 나보다 느릴 수밖에 없었지만 나는 지태를 도발하면서 내 속도에 맞춰 쫓아오게 만들었다. 지태는 거칠게 숨을 쉬면서 나에게 지지 않겠다는 듯 맹렬히 쫓아왔다. 나는 이제 연아를 거의 다 따라잡았다. 연아는 숨이 찬지 한 손으로 배를 부여잡고 계단을 내려가는 중이었다.

"연아야, 괜찮아?"

내가 뒤에서 소리쳤다. 연아는 괜찮다는 듯 손을 들어 보이며 계속 계단을 내려갔다. 나는 지태를 앞질러 갔던 것과는 달리 연아 뒤에선 속력을 줄이고 함께 발을 맞췄다. 나 역시 점점 체력이 떨어지고 있었기 때문에 페이스 조절을 할 필요가 있었다. 한 층 정도 아래에서 달려가는 화니는 힘이 들어서 그런지 난간을 타고 내려가고 있었다. 저러다 실수하면 난간 너머로 추락할 수도 있지만, 그런 걱정이 무색할 만큼 화니의 난간 타는 솜씨는 수준급이었다. 화니는 은근히 재간둥이였다. 우리의 예상대로 마지막 한 층을 남겼을 때쯤엔 화니, 연아, 나, 지태 순으로 거의 동일한 위치에서 내려갔다. 좋다. 이대로 노아까지 들어가면 작전 성공이다!

그런데 갑자기 계단 저 위쪽에서 크어어어어! 하는 괴물의 포효가 들려왔다.

"잠깐, 잠깐만! 다들 멈춰!"

내가 소리치면서 바로 앞의 연아를 붙잡아 세웠다. 내 뒤에 있던 지태도 멈추고, 제일 앞에 있던 화니도 날 뒤돌아보며 멈췄다. 또 한 번 괴물의 포효가 들려왔다. 사각형 공간의 벽에 부딪히면서 포효가 메아리처럼 울려 퍼졌다. 이 정도로 소리가 가깝게 울려 퍼진다는 건 괴물이 비상구 안에서 포효하고 있다는 의미였다. 나는 계단 난간에서 손을 떼면서 다른 아이들에게도 난간에서 떨어져 벽에 붙으라는 신호를 보냈다. 난간에 붙어 있으면 위에서 내려다봤을 때 우리의 위치를 들킬 수도 있다.

우리 4명은 가슴이 오르락내리락했지만 숨소리를 참으며 나란히 벽에 붙었다. 제발, 제발 괴물이 우리를 발견하지 못하길. 마음속으로 간절히 빌었다. 조용하다. 나의 바람을 들었는지 한동안 아무 소리가 없었다. 주위에 적막이 내려앉았다. 우린 서로의 눈치를 봤다. 이제 내려가도 되는 건가? 아니면 더 기다려야 되나? 한 층만 더 내려가면 여길 빠져 나갈 수 있는데…….

내가 조금 더 가만히 있자고 속삭이듯 말했다. 괴물이 완전히 사라지고 난 후에 이동하는 게 안전할 테니까. 우린 긴장 속에 가만히 서 있었다. 숨 막힐 듯한 고요가 우리를 짓눌렀다. 이제 괴물은 사라졌을까? 조심스레 난간으로 다가가 위를 올려다봤다. 계단에 가려 잘 안 보여서 조금만 더 고개를 들이밀어 위를 올려다봤다. 계단의 꼭대기가 자그마한 점처럼 보였다. 괴물은 보이지 않았다. 비상구를 나간 것 같았다.

그때였다. 괴물이 포효하며 가장 위층에서 모습을 드러내며 아래를 내려다봤다. 나는 깜짝 놀라 난간에서 물러났다.

"뛰어!"

내가 소리쳤다.

동시에 우리는 모두 빠르게 계단을 뛰어 내려갔다. 잠시 후 또 한 번의 포효와 함께 위쪽에서 뭔가가 부서지는 듯한 소리가 들려왔다.

 쾅! 쿠쿵! 콰쾅! 소리가 점차 가까워졌다. 괴물이 뛰어내린 것 같았다. 계단 끝에 다다르자 비상구를 빠져 나가는 문이 보였다. 문을 열자 널찍한 길이 이어졌다. 이내 콰콰쾅! 하는 소리가 바로 뒤쪽에서 들려왔다. 키에에엑! 하는 괴물의 비명도 들려왔다. 괴물들이 비상구 계단 사이로 뛰어내린 것이다. 우린 널찍한 길을 따라 무작정 내달렸다. 길의 끝에 또 다른 문이 보였다. 커다란 문이다. 문틈으로 빛이 새어 들어오고 있었다. 아마 저곳이 노아이리라. 빨리 저곳으로 나가야 한다! 달리면서 뒤를 흘깃 보니, 우리가 열고 온 문 안쪽으로 괴물들이 계단 잔해와 함께 바닥에 뛰어내리는 모습이 보였다. 계단 주위에서 먼지가 뿌옇게 피어오르고 있었다.

 "빨리 가! 빨리!"

 내가 다급하게 소리쳤다. 연아와 지태, 화니는 헉헉대면서도 죽어라 달렸다. 곧 쿠쿵, 쿵, 쿵, 쿵, 하는 소리가 뒤에서 들려왔다. 괴물들이 우릴 쫓아오고 있었다. 우린 계속 달려 빛이 들어오는 문에 다다랐다. 더불어 쿵, 쿵, 쿵, 하는 소리도 부쩍 가까워졌다. 문을 열기 직전, 뒤를 돌아봤다. 괴물들이 한두 마리가 아니라 무더기로 우리를 향해 달려오고 있었다. 제길! 저렇게 많을 줄이야!

 우린 빛이 새어 들어오는 문을 열었다. 노아의 밝은 빛이 두 눈을 찔렀다. 나는 눈을 찡그리고는 빛을 등지고 섰다. 주위를 보니 왼쪽에 큰 빌딩이 보였다.

"저기로! 저기!"

아이들에게 소리치며 빌딩 뒤편으로 뛰어갔다. 아이들은 나를 쫓아왔다. 빌딩 뒤편에 그림자가 져 있어 우린 그 속에 몸을 숨겼다. 빌딩 옆으로 고개만 내밀어 상황을 살폈다. 괴물들은 조금 전 우리가 나왔던 문을 통해 뛰쳐나왔는데 우리가 보이지 않자 두리번거렸다. 자기들끼리 신호를 주고받으며 우리에 대한 정보를 나누는 것 같았다. 이내 괴물들이 흩어졌다. 주위를 수색하면서 우리를 찾으려는 모양이었다. 다행히 우리가 숨은 쪽으로는 오지 않았다.

"따돌린 거 같아. 뿔뿔이 흩어졌어."

빌딩 그림자 속에 숨어 있는 아이들에게 말했다. 아이들이 안도의 한숨을 내쉬었다.

그리고 밝은 빛에 완전히 적응하자 현국 아저씨가 말한 지하도시, '노아'의 전경이 눈에 들어오기 시작했다. 나는 지금이 어느 때보다 긴박한 상황이라는 것도 잊고 넋을 잃고 노아의 전경을 바라봤다. 노아는 이토록 깊은 지하에 위치한 곳이라고는 생각할 수 없을 정도로 거대했다. 지하에 있기 때문에 하늘 대신 천장이 있다는 것 빼곤 완벽한 신세계였다. 컨테이너가 기하학적인 모양으로 쌓인 건물이라든지, 지상에서는 보기 힘든 동그란 형태의 건물, 삼각형 모양의 건물들이 일반적인 건물들과 함께 경쟁하듯 빼곡히 세워져 있었다. 공중에 떠 있는 정체 모를 구조물도 보였다. 그중 가장 높고 커다란 건물은 방금 우리가 탈출해 나온 비상구 계단이 있는 건물이었다. 이 건물의 한쪽 벽면엔 'SECTOR 3-STATION'이라고 큼지막하게 적혀 있었다. 해석하자면 '3지구 정거장'이라 할 수 있겠다. 3지구 정거장은 큼지막한 빨간 벽돌이 퍼즐처럼 쌓여서 만들어진 건물로 노아의 높은 천장과 맞닿아 있어 내가 살면서 보아온 어떤 건물보다 크고, 높고, 웅장했다. 노아의 곳곳엔 3지구 정거장처럼 천장과 맞닿아 있는 건물이 몇 개 더 있었다. 그야말로 마천루였다. 이 모든 건물들이 모여 노아는 거대한 지하 도시를 이루고 있었다.

무엇보다 노아에서 가장 신비로운 구성물은 한가운데 세워진 '코어'였다. 두 눈으로 보고 있으면서도 믿기지 않는 광경이었다. 환하게 빛을 내뿜는 기둥이 노아의 정중앙에 세워져 바닥에서부터 천장까지 연결되어 있는데, 마치 나뭇가지처럼 빛의 가지가 천장을 따라 뻗어 나갔다. 빛의 가지는 우리가 숨어 있는 빌딩 위쪽 천장에까지 뻗어 있었다. 그 덕분에 코어는 기둥을 중심으로 천장에 가지를 뻗친 거대한 나무처럼 보이기도 했다. 노아의 생명수 같은 느낌이랄까. 코어에서 뿜어져 나오는 빛이 외부로부터 완전히 밀폐된 지하 도시 노아를 태양처럼 환하게 밝히고 있었다.

현국 아저씨가 직접 보고 놀라지 말라고 미리 일러주었지만, 눈앞에 펼쳐진 노아의 위용에 입이 떡 벌어지고 말았다. 꿈에서나 볼 법한 세계였다. 아이들도 어안이 벙벙한 얼굴로 노아의 전경을 바라보았다. 서울 지하에 이런 신세계가 존재한다는 게 믿기지 않았다. 이곳엔 누가 살고 있었던 걸까?

철커덕. 난데없이 뒤에서 총을 장전하는 소리가 들렸다. 나는 연아와 지태 중 누가 총을 장전한 건가 싶어 돌아봤는데, 우리 중 누구도 총에는 손도 대지 않고 있었다. 현국 아저씨가 말한 테러리스트였다. 복면을 쓴 테러리스트가 우리에게 총을 겨누고 있었다.

테러 발생 21시간 12분 경과
노아

"손들어. 안 그럼 쏜다."

복면을 쓴 테러리스트가 총을 겨눈 채 우리에게 말했다. 제길. 넋을 잃고 노아를 바라보느라 방심해버렸다. 괴물들을 무사히 따돌렸나 싶었는데 테러리스트에게 잡히다니. 아마 이들은 북한 간첩들이리라.

나, 연아, 지태, 화니 모두 테러리스트의 명령에 따라 천천히 양손을 들었다. 그런데 테러리스트의 낌새가 이상했다. 그는 화니를 유심히 바라보았다.

"너, 화니 아니냐?"

응? 테러리스트가 화니를 알고 있다?

그의 물음에 화니의 얼굴도 묘하게 변했다.

"너 여기서 뭐하는 거야? 네가 왜 여기 있어?"

그는 화니를 잘 아는 것처럼 또 말을 걸었다. 이게 무슨 상황이지?

"장고…… 아저씨?"

어라? 화니도 아는 사람이라면……?

그가 복면을 내리며 말했다.

"그래, 인마! 네가 왜 여기 있어? 넌 위에 있어야지!"

그의 얼굴을 확인한 화니가 확신에 찬 목소리로 소리쳤다.

"장고 아저씨!"

지하 노숙자였다.

수염이 덥수룩하게 난 장고 아저씨는 우리에게 겨눴던 총을 내리고는 우리를 더 외진 골목으로 데리고 갔다. 주위에 아무도 없는 걸 몇 번이나 확인한 그는 골목 귀퉁이에 멈춰 섰다.

"너희 누구야? 여긴 어떻게 들어왔어?"

장고 아저씨가 잔뜩 경계하는 목소리로 화니를 제외한 우리에게 질문했다. 누가 대답할지 서로 쳐다보는데, 화니가 먼저 우리를 소개했다.

"이 언니 오빠들이 그동안 나 지켜줬어. 수상한 사람 아니야. 지금은 아저씨가 더 수상해 보이는걸. 여기서 뭐하는 거야? 여기 테러리스트들이 있다고 했는데?"

"알 거 없어. 넌 여기 올 필요 없어서 일부러 위에 놔두고 온 건데 왜 내려와 가지고!"

장고 아저씨의 목소리엔 짜증이 짙게 배어 있었다.

"그게 무슨 말이야? 날 일부러 위에 놔뒀다고?"

화니가 놀란 토끼 눈을 하고는 장고 아저씨에게 물었다. 그런데 두 사람의 대화에 눈치 없이 지태가 끼어들었다.
 "혹시 아저씨가 테러리스트예요?"
 지태의 천진난만한 물음에 장고 아저씨가 성질을 부리듯 총구를 지태에게 겨눴다.
 "아…… 그냥 궁금해서 물어본 거예요."
 지태가 두 손을 들고는 장고 아저씨를 진정시켰다. 하지만 장고 아저씨는 지태의 얼굴을 향해 총구를 치켜들었다. 그는 지태를 보며 무언가 생각하는 듯했다.
 "너희들이 혹시……."
 장고 아저씨가 말을 삼켰다. 우리는 의아한 얼굴로 장고 아저씨를 봤다.
 "아저씨, 총 내려. 이 언니 오빠들 수상한 사람 아니라니까. 빨리 나한테 설명이나 해줘. 왜 아저씨가 여기 있고, 난 왜 일부러 위에 두고 온 건데?"
 화니가 장고 아저씨에게 따지듯 묻자 그의 얼굴에선 짜증과 난처함이 묻어났다. 하지만 지태에게 겨눈 총은 여전히 내리지 않았다. 분명 그에게도 화니와 우리들의 출현은 예상치 못한 상황일 것이다. 이 상황을 어떻게 처리해야 할지 머리를 굴리고 있을 것이다.
 "아저씨, 저흰 여기 엄마가 갇혀 있어서 찾아온 거예요. 우린 엄마만 찾고 여기서 나가면 돼요. 그 외엔 아무 목적도 없어요. 여기서 본 거 다 모른 척할 테니까 아저씨도 그냥 우리 모른 척하고 보내주시면 안 돼요? 엄마만 찾고 화니도 데리고 같이 나 갈게요."

연아가 장고 아저씨에게 말했다. 장고 아저씨는 아까 화니를 발견한 순간, 난감한 기색을 드러냈다. 화니가 이곳에 있어서 난감한 눈치였으니 연아 말대로 우리가 화니를 데리고 나간다고 하면 놔줄지도 모른다는 생각이 들었다. 그러나 장고 아저씨는 연아의 말을 듣고는 코웃음을 치며 말했다.

"허! 여기서 나간다고? 신야의 허락 없이는 여기서 아무도 못 나가. 너희도 여기 들어온 이상 마음대로 나갈 수 없어."

장고 아저씨가 스쳐 지나가듯 말했지만 '신야'라는 이름이 귀에 꽂혔다. 신야가 누구지? 왜 그의 허락 없이는 여기서 못 나가는 걸까?

"화니, 넌 그냥 우리 부대에 합류해. 나머지는 수용소로 들어간다."

"수용소요?"

"부대? 무슨 부대?"

나와 화니가 차례대로 장고 아저씨의 말에 물었다. 장고 아저씨가 나에게 총구를 겨누더니 내 질문에만 대답해줬다.

"너희 엄마가 살아 있다면 수용소에 있을 거다. 숨이 붙어 있는 인간들은 죄다 거기에 갇혀 있으니 가서 상봉해. 하지만 그 안에 들어가면 다신 나올 수 없을 거다. 탈출하려고 했다간 곧바로 유니언의 먹이가 될 테니까 얌전히 있는 게 좋을 거야."

유니언? 또 의미를 알 수 없는 단어가 나왔다. 장고 아저씨는 아까부터 계속 알 수 없는 말을 하고 있었다.

"왜 내 물음엔 대답 안 해줘? 무슨 부대에 들어가라는 건데?"

화니가 불만 섞인 목소리로 장고 아저씨에게 소리쳤다. 화니는 지금 발톱을 높게 세운 고양이 같았다.

"조용히 해! 넌 그냥 나 따라오면 돼. 나머지는 잠시 기다려. 수용소로 데리고 갈 사람이 올 테니까."

장고 아저씨가 한 손으로 무전기를 꺼냈다. 지태에게 겨눈 총은 다른 한 손으로 지탱하고 있었다. 그는 무전기를 작동시켜 누군가와 교신하려고 했다. 이대로 가만히 있으면 우린 수용소에 갇히고 만다.

"잠시만요!"

연아가 다급하게 소리치며 장고 아저씨의 무전기를 잡았다. 순간 놀란 장고 아저씨가 연아에게서 무전기를 빼내다가 실수로 기관총의 방아쇠를 당겨버렸다. 타타타타탕! 우린 깜짝 놀라 몸을 웅크렸다. 총구가 향해 있던 지태의 몸에 총탄이 꽂히면서 지태가 뒤로 튕겨나갔다. 지태가 총에 맞은 것이다.

"지태야!"

나와 연아, 화니가 소리치며 지태에게 달려갔다. 안 돼. 여기까지 와서 총에 맞다니……. 지태가 고통스럽게 신음했다. 지태의 몸통에 총알이 몇 개 박혀 있었다. 하지만 피는 흐르지 않았다. 점프 슈트가…… 총알을 막아준 것이다.

"지태야, 괜찮아? 야, 정신 차려봐!"

"아…… 가슴……. 젠장, 아파……."

"괜찮아, 괜찮아! 이 슈트가 다 막아냈어! 지금 아픈 거 타박상이야. 너 안 죽어, 인마!"

내가 소리치자 지태의 얼굴에 물음표가 떠올랐다.

"어…… 그래? 그럼 나…… 무사한 거냐?"

"그래, 인마! 너 뒤질 뻔했어!"

우린 지태를 보면서 안도의 한숨을 내쉬었다. 연아는 가슴을 쓸어내렸다. 자신이 장고 아저씨의 무전기를 잡는 바람에 지태가 총을 맞은 거니까. 아무튼 다행이다. 정말 다행이다. 점프 슈트가 지태의 목숨을 구했다.

"염병할! 화니 봐서 조용히 수용소에 보내주려고 했더니 총소리 때문에 다 알아버렸잖아, 이 새끼들아!"

장고 아저씨가 우리를 보면서 소리쳤다. 그러고 보니 주위가 점점 시끄러워졌다. 조금 전 총소리를 듣고 괴물과 테러리스트들이 이쪽으로 몰려오고 있는 것 같았다. 괴물의 포효와 저쪽으로 가라고 소리치는 사람들의 목소리가 여기저기서 들려왔다. 내가 정확한 상황을 파악하기 위해 골목 바깥으로 고개를 내밀었다.

이상했다. 괴물과 테러리스트들이 분주하게 이동하고 있는 건 맞는데, 우리를 향해 오는 게 아니었다. 그들은 일제히 어디론가 향하고 있었다. 그들이 향하고 있는 곳으로 눈길을 돌렸다. 그들은 3지구 정거장 건물로 가고 있었다. 3지구 정거장의 1층, 우리가 나왔던 문에서 홍수가 난 것처럼 노아로 물이 흘러들어오고 있었다. 잠시 후 1층 문을 감싼 벽이 와르르 무너지더니 댐이 터진 것처럼 물이 세차게 흘러나왔다. 그때 장고 아저씨의 무전기로 목소리가 들려왔다.

"한강이 터졌다! 각자 자기가 맡은 지구 출입구로 가서 막아! 더 이상 한강물이 유입되면 안 된다! 무조건 막아!"

한강……? 지금 저 물이 한강물이란 말인가?

괴물과 총을 메고 있는 테러리스트들이 너나 할 것 없이 3지구 정거장의 1층으로 가서 한강물을 막으려고 했다. 하지만 한강물이 거세게 들어와서 접근하기조차 쉽지 않았다. 한강물이 홍수처럼 밀려들어 노아를 뒤덮으려 했다.

"제기랄! 너희들…… 따라오, 아냐……. 여기서 기다려. 괜히 돌아다니지 말고 여기 그대로 있어! 알겠어? 화니 너도!"

장고 아저씨는 우리를 수용소에 처넣어야 하는데 갑작스럽게 비상 상황이 터지자 어쩔 줄 몰라 했다. 아까부터 지켜보니, 기본적으로 상황 대처 능력이 떨어지는 사람 같았다. 장고 아저씨는 어디론가 달려가려다가 멈춰선 우리를 쳐다봤다.

"너희들… 너희들이 맞는진 모르겠지만, 이건 기억해라. 신야는 우리들의 예수고 부처야. 적이 아냐."

그러곤 장고 아저씨는 한강물을 막기 위해 달려갔다. 우리를 놔둔 채.

우리는 얼결에 자유의 몸이 되었다. 화니는 장고 아저씨에게 할 말이 많았지만 쏜살같이 달려가는 그를 붙잡을 순 없었다. 게다가 그가 마지막에 한 말은 다 뭐란 말인가? 신야가 예수고 부처라고? 적이 아니라고? 괴물들의 신이 진짜 존재했단 말인가?

"아저씨들……. 저 아저씨들, 다 우리 아저씨들이야."

화니는 장고 아저씨가 달려가는 곳을 가리켰다. 그곳에선 테러리스트들이 한강물을 막고 있었다. 그들은 모두 꼬질꼬질한 행색에 총을 메고 있었다. 저들이 전부 지하 노숙자란 말이지? 그렇다면 이제 이것 한 가지는 확실하게 말할 수 있다. 테러리스트는 북한군도 IS도 외계인도 아닌, 지하 노숙자라는 것. 어쩌다가 지하 노숙자들이 테러리스트가 된 건지는 모르겠지만.

"나, 도무지 이해가 안 돼. 어떻게 지하 노숙자들이 테러범일 수 있지? 현국 아저씨는 북한군이랬잖아."

지태가 아무리 생각해도 이해가 안 된다는 얼굴로 말했다. 이에 내가 지하 노숙자들을 보면서 말했다.

"현국 아저씨가 잘못 알고 있는 거겠지. 정부에서도 잘못된 정보를 알고 있는 거야. 여기서 나가면 우리가 현국 아저씨한테 말해주자. 테러범들은 북한군이 아니라고."

하지만 이상한 점이 한두 가지가 아니긴 했다. 지하 노숙자들이 어떻게 이런 대규모 테러를 저지를 수 있단 말인가? 밀덕의 말에 따르면 이번 테러는 인간의 힘으론 불가능하다고 봐야 할 정도의 고난이도 테러라는데, 그런 테러를 지하 노숙자들이 다 저질렀단 말인가? 아니면 또 다른 배후 세력이 있는 걸까?

"나도 이 상황이 이해가 안 되기는 한데, 우리 이럴 때가 아냐. 빨리 엄마 구하고 저기, 코어에 가야 돼."

연아가 코어를 가리키며 말했다. 나와 지태, 화니가 지하 노숙자에게서 시선을 거두고 연아가 가리킨 코어를 봤다. 다시 봐도 빛의 기둥 코어는 신비롭기만 했다. 바로 저곳에 빨간 버튼이 있을 것이다.

"엄마가 있는 건물이 저긴가 봐. 10시 방향, 하얀색 건물 단지."

이번엔 지태가 다른 곳을 가리키며 말했다. 나는 코어에서 눈을 떼고 왼쪽으로 고개를 돌렸다. 지태가 가리킨 곳에 하얀색 컨테이너 양식의 건물들이 보였다. 현국 아저씨는 저곳을 연구 단지라고 했는데, 장고 아저씨는 수용소라고 했다. 아마 원래는 어떤 연구를 하는 곳이었으나 지금은 괴물과 테러리스트들이 생존자들을 가두는 수용소로 쓰고 있는 것 같았다. 저곳에 엄마가 갇혀 있다. 우리가 타야 할 비상 승강기는 어디에 있을까? 현국 아저씨는 그곳을 6지구 정거장이라고 했다. 그럼 아마도 우리가 나온 3지구 정거장 건물과 같은 형식의 천장과 맞닿은 건물일 것이다.

연구 단지를 등지고 서서 12시 방향. 나는 6지구 정거장이 있어야 할 장소를 찾아 눈길을 돌렸다. 저 멀리 희미하게 천장과 맞닿아 있는 건물이 보였다. 여러 건물들 사이, 천장을 향해 우뚝 솟은 건물. 멀어서 정확하진 않지만 한쪽 벽면에 '6'이라는 숫자가 흐릿하게 보였다. 저 건물이 6지구 정거장이다. 저 안에 우리를 남산으로 올려다줄 비상 승강기가 있다.

그런데 6지구 정거장의 위치가 생각보다 너무 멀었다. 게다가 지금 우리가 가야 할 세 곳의 위치가 애매하게 다 떨어져 있다는 게 문제였다. 엄마가 갇혀 있는 수용소는 10시 방향으로 약 1킬로미터 지점에 있었고, 빨간 버튼이 있는 코어는 2시 방향으로 약 1.5킬로미터 지점에 있었고, 비상 승강기가 있는 6지구 정거장은 12시 방향으로 대략 3킬로미터 정도 지점에 있었다. 우린 수용소에서 엄마를 구출하고 코어에서 빨간 버튼을 누른 후 최종 목적지인 6지구 정거장으로 가야 했다. 몸도 안 좋은 엄마를 데리고 코어까지 갔다가 6지구 정거장으로 가면 시간이 너무 오래 걸릴 것이다. 그렇다면…… 어쩔 수 없다. 코어에 들르는 시간을 줄여야 한다. 나는 마음속으로 한 가지 결단을 내렸다. 아이들에게 나의 결단을 말했다.

"얘들아, 코어엔 나 혼자 다녀올게. 너희들은 엄마 찾아서 바로 비상 승강기로 가."

내 말에 아이들이 두 눈을 동그랗게 떴다.

"뭐? 너 혼자?"

"미쳤어? 혼자 어딜 가겠다는 거야!"

연아와 지태가 동시에 나를 나무랐다. 내가 이어서 말했다.

"비상 승강기 있는 곳이 생각보다 너무 멀어. 저기 봐. 저 끝에 건물들 사이에 솟아 있는 6지구 정거장, 저게 비상 승강기가 있는 건물이야."

내가 12시 방향의 6지구 정거장을 가리켰다. 다들 내가 가리키는 곳을 보며 6지구 정거장의 위치를 확인했다. 척 봐도 엄마가 있는 수용소와 빨간 버튼이 있는 코어보다 훨씬 먼 곳에 있었다.

"엄마 구하고 다 같이 코어에 들렀다가 저기까지 가려면 너무 오래 걸려. 코어에 가는 시간을 줄일 수밖에 없어."

나의 주장에 연아가 흥분해서 대꾸했다.
 "그래도 다 같이 이동하는 게 안전해! 괜히 흩어졌다가 다시 못 만날 수도 있고. 원래 다 같이 이동하기로 했잖아. 여긴 휴대폰도 안 터져서 흩어지면 서로 위치 파악하기도 힘들다고."
 연아가 자신의 스마트폰을 꺼내 보였다. 통화 불가 지역이라는 표시가 떠 있었다. 그녀는 좀처럼 흥분하지 않지만, 이번만큼은 격앙되어 보였다. 나를 혼자 코어에 보냈다가 잃을까 봐 두려운 것이다. 내가 차분하게 다시 말했다.
 "우리가 여기 내려온 이후에 상황이 너무 급변하고 있어. 이런 상황에서 억지로 우리 계획대로 하려고 했다간 더 안 좋은 결과가 빚어질 것 같아. 우리는 지금 무조건 코어에 가는 시간을 줄여야 돼. 코어엔 나 혼자 갔다가 바로 6지구 정거장으로 갈게. 너희들은 엄마 구해서 6지구 정거장으로 와. 그 앞에서 만나는 거야."
 나는 노아에 거세게 유입되는 한강물을 바라봤다. 어느새 우리 발아래까지 물이 들어왔다. 혹시라도 괴물과 지하 노숙자들이 한강물의 유입을 막지 못한다면 이곳은 머지않아 수장될 가능성도 있다. 확실히 지금 노아에서의 상황은 우리의 예상에서 너무 크게 벗어나 있었다. 현국 아저씨도 이런 상황은 예상하지 못했을 것이다.
 "그래도 혼자 가는 건 위험한데……."
 계속되는 지태의 걱정에 내가 대답했다.
 "오히려 코어에 다 같이 가는 게 더 위험해. 그냥 순서대로 문 열고 들어가서 버튼만 누르고 오면 되는 거잖아. 나 혼자 가도 충분해. 고작 그거 하나 하려고 몸도 안 좋은 엄마랑 다 같이 이동할 필요는 없어. 그냥 너희들은 엄마 찾으면 바로 6지구 정거장으로 가. 나도 버튼 누르고 갈게. 한 시간 뒤에 6지구 정거장 앞에서 만나자. 이게 최선이야, 지금 우리한텐."

지태는 영 마뜩잖은 얼굴이지만 마지못해 고개를 끄덕였다. 반면 연아는 여전히 화가 난 것처럼 얼굴을 굳히고 있었다. 내가 달래듯 말했다.

"걱정 마, 연아야. 내가 언제 정해진 시간까지 못 온 적 있어? 난 목표한 타임이 있으면 무조건 거기에 맞춰. 난 한 시간 뒤에 무조건 6지구 정거장 앞에 서 있을 거야."

연아는 울음을 참는 것 같은 아이의 얼굴이 되어버렸다. 보는 것만으로도 슬퍼졌다. 하지만 현명한 연아는 이미 알고 있을 것이다. 내가 혼자 코어에 다녀오면 우리의 탈출 시간이 훨씬 줄어든다는 것을. 그러니 나의 제안에 이성적으로 반박하지 못하고 감정적으로만 저항하는 것이다. 나는 스마트폰을 꺼냈다. 타임 워치를 실행시켜 한 시간으로 세팅하자 숫자가 바뀌면서 59분 59초, 59분 58초, 59분 57초, 59분 56초, 59분 55초…… 째깍째깍 시간이 흘러갔다.

"자, 지금부터 딱 한 시간 뒤야. 나는 코어 가서 버튼 누르고, 너희들은 엄마 찾아서 딱 한 시간 뒤에 6지구 정거장 앞에서 만나는 거야. 늦게 오는 사람이 매점 쏘기다. 알겠지?"

긴박한 상황이지만 여유를 잃고 싶진 않았다. 100미터 경기에서도 결국 이기는 건 마지막까지 여유를 잃지 않는 사람이다.

"널 어떻게 말리겠니. 무조건 다치지 말고 후딱 빨간 버튼만 누르고 와야 돼. 알겠지? 그리고 너 늦게 오면 우리 세 명 다 사 쥐야 된다. 후회하지 마라."

지태가 나의 농담에 대꾸를 해줬다. 고마운 자식.

화니는 복잡한 얼굴로 나를 바라봤다. 알고 있다. 지하 노숙자들이 테러리스트라는 걸 알게 된 화니의 마음속이 지금 얼마나 복잡할지. 게다가 내가 혼자 코어에 다녀온다고 하니 더 심란할 것이다. 나는 화니의 머리를 쓰다듬으며 말했다.

"나가서 맛있는 거 먹자. 엄마 잘 찾아서 와."

화니가 내 말에 고개를 끄덕였다.

마지막으로 나는 연아와 눈을 맞췄다. 여태 내가 보아온 연아의 눈 중에 가장 슬펐다. 연아가 나에게 마지막으로 말했다.

"만약에 무슨 일 생기면 버튼 안 눌러도 되니까 바로 6지구 정거장으로 와. 너한테 무슨 일 생기면 나 여기서 영원히 안 나갈 거야."

나는 연아의 말을 듣고는 미소 지었다.

그럴게. 연아야. 우리 곧 만나자.

44

테러 발생 21시간 43분 경과
노아

 우리는 마지막 인사를 나누고 나는 코어를 향해, 아이들은 수용소를 향해 출발했다. 지하에 갇힌 후 처음으로 하는 단독 행동이었다. 내게 주어진 시간은 딱 한 시간. 한 시간 뒤엔 엄마와 모두를 만나 지상으로 올라갈 것이다.
 나는 한강물을 막느라 분주한 괴물과 지하 노숙자들의 눈을 피해 코어를 향해 달렸다. 코어에 가는 도중 마주하게 되는 노아의 구석구석은 지상의 서울처럼 누군가가 지냈던 흔적이 역력히 묻어났다. 주로 독특한 양식의 건물과 도로가 있는 시가지로 구성되어 있었으며 곳곳에 나무가 있고 언덕이 있었다. 공원도 있고 상점가나 시장 같은 곳도 있었다. 어느 지역은 번화가였다는 것을 알 수 있었고, 어느 지역은 조용한 동네 같기도 했다. 지금이야 아무도 없지만 노아는 테러가 일어나기 전까지 누군가 모여 살던 곳이 확실했다. 아무리 생각해도 서울 지하에 이런 도시가 존재한다는 게 놀라웠다. 이곳에선 누가, 언제부터, 왜 살고 있었던 걸까?

특이한 건 대형 컨테이너들이 동네나 거리에 드문드문 놓여 있다는 것. 본래 화물 운송용이었을 컨테이너 안에는 누군가가 생활했던 흔적들이 보였다. 이곳에선 컨테이너를 집처럼 이용하는 것 같았다. 또한 노아에는 자동차가 한 대도 없었다. 곰곰이 생각해보면 당연한 일이다. 이곳은 지하 도시여서 자동차가 다니면 매연을 감당할 수 없을 것이다. 자동차 대신 깔끔한 디자인의 트램이 도로 곳곳에 놓여 있었다. 노아의 주 교통수단은 트램인 것 같았다.

이동하면서 3지구 정거장처럼 천장과 맞닿은 건물을 하나 더 지나쳤다. 이 건물엔 'SECTOR T-STATION'이라 적혀 있었다. 이곳에서도 한강물이 흘러나오고 있었다. 괴물과 지하 노숙자들이 한강물을 막기 위해 그 앞에서 별별 방법을 다 동원하고 있었다. 한강물이 흘러나오고 있는 T지구 정거장을 지나면서 우리가 이용할 6지구 정거장도 혹시 한강물로 인해 사용하지 못하게 된 건 아닌가 문득 걱정됐다. 나는 고개를 빼 저 멀리 위치한 6지구 정거장을 내다봤다. 수많은 건물들에 가려 6지구 정거장의 상태는 정확히 확인되지 않았다. 역시 직접 가서 확인하는 수밖에 없다.

시가지가 쭉 이어지다가 코어가 가까워지자 뜬금없이 넓게 펼쳐진 갈대숲이 나왔다. 내 키를 덮고도 남을 갈대숲이었다. 시가지 뒤에 곧바로 이런 갈대숲이 이어지다니, 처음엔 갑작스러웠지만 볼수록 황금빛 갈대숲과 숲 한가운데서 빛나는 코어가 꽤 잘 어울린다는 생각이 들었다.

갈대숲 사이사이로 길이 나 있었지만 나는 길을 따라 가지 않고 갈대숲을 헤치며 뛰어갔다. 갈대숲 사이로 난 길은 직선으로 코어 입구까지 너무 횅하니 뚫려 있어서 혹여 지하 노숙자나 괴물이 나타나면 내 모습이 노출될 위험이 있었다. 아니나 다를까 갈대숲을 헤치며 가는 도중에 길을 따라 가는 지하 노숙자 무리를 봤다. 한강물을 막기 위해 시가지로 달려가는 듯했다. 나는 번거로워도 계속해서 갈대숲을 헤치며 코어 입구를 향해 갔다.

코어에 가까워질수록 빛의 세기가 급격히 강해져 헬멧에 부착된 고글을 썼다. 고글 너머로 갈대숲이 끝나고 코어 하단부가 모습을 드러냈다. 콜로세움처럼 둥근 원으로 이뤄진 건축물이 코어 하단부를 이루고 있었다. 이걸 받침대 삼아 빛의 기둥이 천장 끝까지 뻗어 있었다. 자세히 보니 빛의 기둥은 두 겹으로 이뤄져 안쪽에는 빛을 내고 있는 원형 기둥이 있고, 바깥쪽에는 투명한 유리가 있어 이를 감싸고 있는 구조였다. 바깥쪽 유리는 빛의 기둥에서 나오는 어마어마한 열기를 막아주는 역할을 하는 것 같았다. 코어에 가까워질수록 사우나에 들어온 것처럼 공기가 후덥지근해졌다. 몸이 땀으로 범벅되어 슈트를 벗을까 생각했지만, 그래도 슈트를 벗진 않았다. 언젠가 한 번쯤은 이 슈트가 내 목숨을 구해줄 것 같았다. 아까 총에 맞고도 무사했던 지태처럼.

나는 코어의 둥그런 하단부를 돌면서 입구를 찾아다녔다. 그런데 어디선가 쿠쿠쿵, 하는 소리와 함께 시끌벅적한 소리가 들려왔다. 뒤를 돌아보자 저 멀리 천장과 맞닿아 있던 T지구 정거장 건물이 한강물의 세기를 견디지 못하고 와르르 무너지고 있었다. 잠시 후 T지구 정거장은 완전히 붕괴되고 노아의 천장에서부터 한강물이 쏟아져 들어오기 시작했다. 어마어마한 세기였다. 그야말로 하늘에 커다란 구멍이 나 그 사이로 물을 퍼붓는 격이었다.

큰일이다. 저 정도 세기라면 머잖아 한강물이 노아를 침수시켜버릴 것 같은데. 나는 고개를 빼서 아이들이 갔을 수용소를 바라봤다. 하지만 건물들에 가려 잘 보이지 않았다. 머릿속으로 수없이 많은 생각이 스쳐 지나갔다. 엄마와 아이들은 무사할까? 지금이라도 수용소로 가서 아이들과 합류할까? 어차피 여기가 침수되어버린다면 버튼을 누르는 것도 의미 없지 않나? 아니면 지금 바로 6지구 정거장으로 가 있을까? 굳이 버튼을 누르느라 시간을 허비할 필요 없을 것 같은데……. 아이들 없이 혼자 있으니 평소보다 더 불안한 마음이 드는 것 같았다. 이런저런 생각들을 하면서 점점 빨간 버튼을 누르지 않고 바로 아이들이 있는 쪽으로 합류하자는 쪽으로 마음이 돌아설 무렵, 눈치 없이 앞쪽에 코어 내부로 들어갈 수 있는 입구가 보였다. 제길. 나는 마음을 다잡았다. 일단은 코어에 들어가자. 여기까지 왔으니 후다닥 버튼만 누르고 다시 돌아가면 되지. 할 수 있다. 빨리 누르고 가자.

나는 코어 입구로 갔다. 단단한 철문에 암호키 패드가 붙어 있

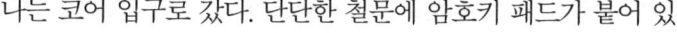

었다. 나는 스마트폰의 메모장을 펼쳐 현국 아저씨가 불러준 암호를 봤다.

'ph32_486-2238_40'

복잡한 암호라 틀리지 않게 천천히 암호키 패드를 눌렀다. 다 누르자 철문이 덜컹, 소리를 내며 양옆으로 밀려났다. 코어로 들어가는 길이 열렸다. 나는 코어에 조심스레 들어갔다. 코어의 안은 단순했다. 들어가자마자 양옆으로 곡선으로 휘어진 복도가 나타났다. 바로 앞의 벽에는 '1'이라 적힌 문이 정중앙에 붙어 있었다. 벽은 새하얬고, 문은 새빨갰다. 뜬금없지만 하얀색과 붉은색의 조화가 아름답게 느껴졌다. 천장은 매우 높았는데 위가 유리로 되어 있어서 코어에서 뿜어 나오는 빛이 복도 내부를 비추고 있었다. 곡선으로 휘어진 복도를 따라 오른쪽으로 가보니 1번 문 옆에 2번 문이 있고, 더 따라가보니 3번 문, 4번 문, 5번 문이 순서대로 보였다. 그렇게 곡선 복도를 쭉 따라가면서 21번 문까지 확인할 수 있었다. 나는 1번 문으로 돌아왔다. 도넛 같은 원형 모양의 복도에 21개의 문이 일정한 간격으로 배치되어 있는 구조였다. 이 중 현국 아저씨가 알려준 번호의 문을 열고 들어가면 또 똑같이 도넛 모양의 원형 복도가 나오고 1번부터 21번까지의 문이 있을 것이다. 그렇게 정해진 번호의 문을 열고 계속 들어가다 보면 빨간 버튼이 있는 방이 나올 것이다.

나는 스마트폰의 타임 워치를 실행시켰다. 아이들과 만나기로 한 한 시간 뒤까지 현재 남은 시간은 38분. 여기까지 오는데 22분 걸렸다. 눈대중으로 짐작해보건대 이곳 코어에서 6지구 정거장까진 대략 30분 정도 걸릴 것 같았다. 그럼 이 문을 다 통과해 빨간 버튼을 누르고 다시 빠져 나오기까지는 8분의 시간이 있었다. 좋다. 8분 안에 빨간 버튼을 누르고 나오자!

　나는 첫 번째 문을 열기 위해 스마트폰의 메모장을 봤다. 첫 번째는 3번 문을 열라고 되어 있었다. 나는 '3'이라고 적힌 문으로 갔다. 가까이서 보니 단단한 철로 만든 문이었다. 문의 동그란 손잡이를 잡아 돌렸다. 철커덕, 문 열리는 소리가 났다. 잘못된 문을 열면 독가스가 나온다고 했던 말이 떠올라 괜스레 겁이 났다. 문을 열지 않은 채 주위를 둘러봤다. 다행히 복도는 조용하고 아무런 움직임도 없었다. 나는 문을 완전히 당겨서 열었다. 문 안쪽에 또 복도가 보였다. 나는 문을 열어놓은 채 안으로 들어갔다. 첫 번째 문을 무사히 통과했다. 싱거운 성공이었다.

　두 번째 복도도 역시나 똑같은 풍경이 펼쳐졌다. 나는 스마트폰 메모장을 확인해 7번 문을 찾아 손잡이를 돌렸다. 철커덕 하고 문이 열리는 소리가 났다. 주위를 둘러봤지만 독가스가 나올 기미는 없었다. 나는 문을 완전히 열고 안으로 들어갔다. 또 똑같은 복도 풍경이 펼쳐졌다.

　별거 아니었잖아. 괜히 겁먹었다 생각하고는 속도를 내기 시작했다. 세 번째는 15번 문을 열어야 했다. 나는 곡선 복도를 따라 뛰어 가 15번 문을 찾아 열었다. 네 번째는 21번 문, 다섯 번째는 1번 문, 여섯 번째는 3번 문이었다. 나는 차례대로 문을 열어 들어갔다. 싱거운 성공이 이어졌다. 일곱 번째는 16번 문이라 14번, 15번 문을 지나 16번 문을 열려고 했는데, 제기랄, 16번 문이 아니었다. 뜬금없이 5번 문이 있었다. 나는 다시 곡선 복도를 돌아다니며 16번 문을 찾아 다녔다. 9번 문 옆에 16번 문이 있었다. 이번 복도에서부터는 번호를 섞어놓았다. 나는 16번 문을 열고 다음 복도로 들어갔다. 이후의 복도는 모두 문의 번호가 무작위로 섞여 있었다. 그래서 각 복도마다 정해진 번호의 문을 찾는데 예상보다 시간이 오래 걸렸다. 8분 만에 여길 빠져 나가야 하는데 늦어질 것 같아 조급해졌다. 똑같은 형태의 복도가 넓이와 문의 간격만 줄어들면서 반복되다 보니 점점 집중력이 흐려졌다.

그렇게 스무 번째 복도에 들어왔다. 이제 문을 두 개만 더 열면 드디어 빨간 버튼이 있는 방이다. 나는 스마트폰 메모장에 쓰인 대로 4번 문을 찾아 손잡이를 돌렸다. 언제나처럼 철커덕 하면서 문이 열리는 소리가 나자 잡아 당겨서 완전히 열었다. 이제 마지막 복도로 넘어가면 되는데……. 이상했다. 마지막 복도가 나오지 않고 막다른 벽이 서 있었다. 동시에 복도의 곳곳에서 푸시시 소리가 나면서 뿌연 연기가 뿜어져 나오기 시작했다.

아뿔싸! 문을 잘못 열었나? 나는 문에 적힌 번호를 확인했다. '3'이라고 적혀 있었다. 분명히 '4'라고 적혀 있었던 것 같은데 어느새 번호가 바뀌어 있었다. 내가 잘못 열었나? 아니면 번호가 바뀐 건가? 헷갈렸다. 그러는 사이 뿌연 연기가 무서운 기세로 내 주위를 뒤덮었다. 제기랄, 일단 방독면을 써야 돼.

나는 서둘러 쓰고 있던 헬멧을 벗어 던진 뒤 백팩에서 방독면을 꺼내 썼다. 싱크홀로 내려오기 전 노들역에서 챙긴 방독면이

다. 챙겨두길 잘했다고 생각하며 다시 백팩을 메고는 4번 문을 찾기 위해 이동하는데…… 손에서 타는 듯한 느낌이 들었다. 손등을 보니 뿌연 연기가 닿는 곳에서 치이익 소리가 나며 수포가 피어오르고 있었다.

나도 모르게 비명을 지르며 다른 손으로 수포가 피어오르는 손등을 감싸 쥐었다. 손바닥이 닿자 더 고통스러웠다. 나는 불에 덴 것처럼 놀라선 손을 떼고 그나마 뿌연 연기가 덜 내려앉은 곳으로 필사적으로 달렸다. 숨을 못 쉬게 하는 것뿐만 아니라 닿는 것만으로도 치명상을 입히는 독가스였다. 나의 온몸을 감싸고 있는 점프 슈트도 연기가 닿으면서 조금씩 녹아내리고 있었다. 어깨에 메고 있던 총도, 방독면도, 백팩도 모두 독가스가 닿는 곳은 서서히 녹아내리고 있었다.

안 돼. 빨리 4번 문을 찾아야 해.

나는 희뿌연 연기 속에서 뛰어 다니며 '4'라고 적힌 문을 찾아 다녔다. 몸에 걸쳐진 모든 것이 독가스에 닿아 녹아내리고 있었다. 유일하게 피부가 노출된 손은 연신 수포가 피어오르며 차라리 잘라내고 싶은 고통이 느껴졌다. 이를 악물고 '4'라는 숫자만 찾아 다녔다. 하지만 희뿌연 독가스가 더욱 짙어지면서 앞이 잘 보이지 않았다. 그사이 슈트와 방독면은 독가스에 닿으며 거의 다 녹아내렸고, 상체에 매고 있던 총은 어깨끈이 끊어지면서 바닥에 떨어졌다. 백팩은 이미 떨어져 사라진 지 오래였다.

그때 희뿌연 연기 속, 기적처럼 4번 문이 보였다. 나는 아무런 망설임 없이 문을 열고 안으로 들어갔다. 마지막 복도가 나오고 깨끗한 공기가 나를 맞이했다. 문을 닫았다. 희뿌연 독가스는 더 이상 보이지 않았다.

"아아아아아악!"

나는 그제야 두 손에 느껴지는 찢어질 듯한 고통에 합당한 비명을 질렀다. 수포가 터지면서 심한 화상을 입은 것처럼 손 전체가 새빨개졌다. 하지만 아무런 응급조치도 할 수 없었다. 이곳엔 나뿐이고 아무런 도구도 없다. 나는 손의 고통을 견디기 위해 벽에 머리를 처박으면서 연신 비명을 질렀다. 다른 신체 부위의 고통으로 손의 고통을 덮기 위한 것이기도 했지만 속에서 끓어오르는 분노를 표출하는 것이기도 했다. 코어 안에 들어오게 만든 현국 아저씨와 생존자들, 이 모든 상황이 원망스러웠다. 차라리 손을 잘라버리고 싶었다. 너무 아파서 죽고 싶다고!

내가 벽에 머리를 박으면서 발광하는 사이 거의 다 녹아내려 너덜해진 방독면과 슈트 조각들이 바닥에 툭툭 떨어졌다. 총과 백팩은 이 복도에 들어오기도 전에 사라졌다. 나는 다시 무기도 방독면도 점프 슈트도 없이 교복만 입은 상태가 되었다. 맨얼굴이 드러났다. 곳곳에 구멍이 뚫린 신발도 벗어 던져 양말만 신은 맨발이 되었다. 이 상태에서 또 독가스에 닿았다가는 끝장이다.

살인적인 통증을 억누르며 내가 해야 할 미션을 다시금 떠올렸다. 마지막 문을 하나 더 열고 들어가 빨간 버튼을 누르고, 다시 코어 바깥으로 나가야 한다. 독가스가 있는 방을 지나야 하는 게 걱정됐지만 어쩔 수 없었다. 교복 재킷을 머리에 걸치고 숨을 참으면서 단숨에 뚫고 나가는 수밖에.

스마트폰 메모장을 열어 마지막 문의 번호를 확인하려고 하는데…… 제기랄, 스마트폰을 슈트 주머니에 넣어놨던 게 떠올랐다. 녹아서 바닥에 떨어진 슈트 조각들을 뒤졌지만 스마트폰은 없었다. 스마트폰도 함께 녹아버린 것이다. 나는 깊은 절망감을 느꼈다. 문을 하나만 더 열면 빨간 버튼이 있는 방인데 여기까지 와서 스마트폰을 잃어버리다니! 마지막 문이…… 몇 번이었더라? 기억을 더듬어 스마트폰 메모장에 적어놨던 번호들을 떠올렸지만 가물가물했다. 제일 마지막에 적힌 숫자…… 뭐였지……? 제일 마지막…… 그래, 한 자리 수였던 것 같긴 한데, 6번…? 9번? 8번? 3번……?

제기랄……. 어떤 번호에도 확신이 서지 않았다. 이 상태론 문을 열 수 없었다. 그랬다간 독가스가 또 나올 것이다. 또 독가스를 마주하면 나는 틀림없이 어김없이 죽고 만다. 뼛조각 하나 남기지 않고 다 녹아서 사라질 것이다.

현국 아저씨와 교신했던 때를 떠올렸다. 마지막 문의 번호를 뭐라고 말했는지 눈을 감고 기억을 더듬었다. 몇 번이라고 했더라……. 몇 번……. 몇 번……. 몇 번……. 8번! 아, 아니, 9번! 아니……, 제길! 8번 아니면 9번 중 하나인 것 같은데 뭔지 정확히 떠오르지 않는다. 8번과 9번, 8번과 9번, 8번과 9번. 8번과 9번. 머릿속에 계속해서 두 번호를 굴려봤다. 둘 중 하나다. 둘 중 하나.

나는 고민 끝에 9번 문 앞에 섰다. 근거는 없지만 9번이 맞는 것 같았다. 하지만…… 혹시라도 9번 문이 아니면 어떡하지? 지금이라도 그냥 포기하고 돌아갈까? 약한 생각이 머릿속을 스쳐갔다. 독가스 때문에 예상치 않게 시간을 꽤 허비하기도 했고, 아이들과의 약속 시간을 지키려면 지금 바로 나가는 게 나을 수도 있다. 무엇보다 지금 포기하고 나가면 생존자들에겐 미안하지만 적어도 내 목숨은 건질 수 있을 것이다.

아냐. 약해지면 안 돼. 혹시나 9번 문이 아니라면 재빨리 8번 문을 찾아 열고 들어가면 되잖아. 그럼 독가스가 몸에 닿기 전에 버튼이 있는 방으로 갈 수 있어.

그런데 만약 8번 문도 아니라면? 아냐, 그건 상상하기 싫다. 무조건 둘 중 하나일 거야. 그렇게 믿고 싶었다. 둘 중 하나다. 둘 중 하나. 확실하다.

나는 잔뜩 긴장해선 9번 문의 손잡이를 잡았다. 이제 문을 열어야 했다. 그런데 손잡이를 돌리려는 순간, 마음이 바뀌었다. 원형 복도를 따라가 8번 문 앞에 섰다.

그래, 더 이상 고민하지 말자. 이제 여는 거야. 8번 문을 여는 거다.

심호흡한 후, 8번 문의 손잡이를 돌렸다. 철커덕, 문 열리는 소리가 들렸다. 하지만 당기지 않고 혹시나 독가스가 나올까 봐 주위를 둘러봤다. 아직 아무런 낌새가 없었다. 맞겠지? 맞을 거야. 암, 맞고말고. 나는 떨리는 마음을 진정시키며 문을 잡아 당겼다. 미타쿠예 오야신! 제발 벽이 서 있지 않길!

뚫려 있었다. 좁고 긴 복도가 나왔다. 복도 끝에는 천장으로

부터 내려온 빛을 받으며 단상이 하나 세워져 있었다. 그 위에 빨간색 버튼이 보였다. 독가스는 나오지 않았다. 8번 문이 맞았다!

　나는 긴장을 풀고 복도를 따라갔다. 복도의 끝에 다다르자 텅 빈 방이 나왔다. 방 안엔 빨간 버튼이 부착된 단상이 놓여 있고, 그 외엔 아무것도 없었다. 나는 단상 앞으로 걸어갔다. 단상 바로 위 천장엔 구멍이 나 있어 코어의 빛이 내려오고 있었다. 빨간 버튼이 빛을 받아 환하게 빛났다. 직접 보니 이 버튼이 뭐라고 이렇게까지 고생했나 싶은 기분이 들었다. 하지만 이 버튼이 생존자들에겐 마지막 희망이겠지. 잘 왔다. 고생했어. 나 자신에게 칭찬과 격려를 보냈다.

　이제 빨간 버튼을 누르기만 하면 되는데…… 단상 뒤에서 누군가가 나왔다. 나는 흠칫 놀라 뒤로 몇 발짝 물러났다. 단상에 몸이 숨겨질 만큼 자그마한 아이였다. 아이가 나를 쳐다봤다. 아이를 보는 순간 바로 알 수 있었다. 처음 보는 아이였지만 그저 보는 순간 알 수 있었다는 말 외에는 설명할 길이 없다.

　'신야'였다.

　아이가 무미건조하게 나를 올려다보며 말했다.

　"너구나. 내 운명을 바꿀 사람."

테러 발생 22시간 18분 경과
노아: 코어

나는 신야의 말을 떠올렸다. 내가, 신야의 운명을, 바꾼다고……?

신야가 나에게 한 걸음 다가왔다. 동시에 나는 한 걸음 뒤로 물러났다. 또 다가왔다. 나는 물러섰다. 신야가 멈춰 섰다. 나도 멈춰 섰다.

신야가 나를 쳐다봤다. 나는 그의 눈을 피하고 있었지만, 느껴졌다. 그의 시선이.

미친 듯이 몸이 떨려왔다. 진정시키고 싶지만 불가능했다. 몸을 컨트롤하는 기능이 망가진 것처럼 떨림이 멈추지 않았다.

"그 빨간 버튼, 무슨 버튼인지 알아?"

신야가 나에게 물었다. 앳된 목소리였다. 그러나 확실한 무게감이 있었다. 방 안의 공기가 한층 더 무거워졌다.

"알아."

짧게 대답했다. 덜덜 떨리는 목소리를 들키지 않기 위해 간결하게 답했다.

"뭔데? 말해봐."

나에게 말해보라는 신야의 말에선 어떤 감정도 읽을 수 없었다. 뭐라고 대답해야 할지 머리를 굴리며 그를 살펴봤다. 짧은 머리에 속이 비칠 듯한 하얀 피부. 다홍빛 입술. 가냘프지만 곱게 떨어지는 목과 어깨선. 열 살도 채 되지 않았을 것 같은 작은 체구. 그 체구를 감싸고 있는 순백색의 원피스. 그리고 맨발. 폭풍 전의 밤바다처럼 신야의 모든 것은 아름답고 잔잔했다.

"말 못 해."

내가 알고 있는 사실을 말하지 않기로 했다. 그러나 신야는 내 머릿속을 훤히 읽고 있는 것 같은 기분이 들었다. 앞에 서 있는 것만으로 나의 모든 것이 까발려지는 듯한 느낌이었다.

"왜?"

신야가 물었다.

왜냐면, 네가 무서우니까.

하지만 이 말을 내뱉진 않았다. 이런 어린아이에게 겁먹었다는 것을 나 스스로도 인정하고 싶지 않았고, 그 사실을 이 아이에게 알려주는 건 더더욱 싫었다.

"내가 무서워?"

제길, 역시 다 읽히고 있었다.

"그 사람이 나에 대해 말하지 않았나 보네."

그 사람? 현국 아저씨를 말하는 건가? 목소리가 떨리지 않게 최대한 겁에 질린 마음을 진정시키며 물어봤다.

"그 사람이 누군데?"

"너에게 여기로 들어오는 방법을 알려준 사람."

현국 아저씨가 맞았다. 이 아이는 어디부터 어디까지 알고 있는 거지?

"네가 그 사람에게 들은 거 다 거짓말이야."

뭐……라고? 뭐가, 정확히 뭐가 거짓말이라는 거지?

"대심도 터널. 진짜 그 터널이 수도권 광역 급행 철도 터널일 것 같아?"

싱크홀을 내려와 지나왔던 대심도 터널. 현국 아저씨는 분명 수도권 광역 급행 철도 터널이라고 했는데…… 아니란 말인가?

"그럼…… 뭔데?"

내가 지금 신야에게 휘둘리고 있는 건 아닌가 싶었지만, 나도 모르게 질문이 먼저 나와버렸다.

"우리 기술을 빼앗아 만든 거야. 그 기술을 수도권 광역 급행 철도 따위에 쓸 리 없지. 다른 목적이 있어."

우리 기술……? 누구의, 어떤 기술을 말하는 거지? 다른 목적은 또 뭐고?

"그건 별로 중요치 않아. 그것보다 지금 네가 알아야 할 건 이거야. 그 빨간 버튼은 여길 날려버리는 버튼이라는 거."

뭐……? 빨간 버튼은…… 군대가 들어올 비밀 통로를 여는 버튼이라고 했는데……?

내가 용기를 내 신야의 말을 부정했다.

"그건…… 아냐. 네가 잘못 알고 있는 거야."

강하게 말하고 싶었는데 나도 모르게 떨면서 말해버렸다. 신야가 내 말에 곧바로 응수했다.

"못 믿겠으면 한번 눌러봐. 누르는 순간, 너를 둘러싼 모든 게 사라질 테니까. 그것도 나쁘지 않잖아. 이 지긋지긋한 세상."

무덤덤한 목소리였다. 신야는 별일 아니라는 듯, 빨간 버튼을 누르면 나를 둘러싼 모든 게 사라질 거라고 말했다.

머리가 어지럽다. 뭐가…… 지금 뭐가 어떻게 돌아가는 건가? 난데없이 나타난 이 꼬마가 뭐라고 지껄이고 있는 거지……? 이것만 누르고 나가면 난 남산으로 탈출할 수 있어. 그리고 군인들이 들어와서 여길 일망타진할 거야. 이 버튼은 노아의 비밀 통로를 여는 버튼이니까!

나는 더 이상 신야에게 휘둘리기 싫어서 단상 앞으로 가 손을 빨간 버튼 위로 올렸다. 화상을 입은 듯한 내 손이 보였다. 내 손이 아닌 것 같았다. 손은 여전히 떨리고 있었다.

"정확히는 코어를 폭발시키는 버튼이야. 코어 안엔 이 세계를 날려버릴 만큼의 에너지가 응축되어 있어. 코어가 폭발하면서 이 세계가 사라지는 거야. 원래부터 없었던 것처럼, 모든 게 지하에 묻히겠지."

신경 쓰지 말자. 신경 쓰지 말자. 나는 이 빨간 버튼을 누르기만 하면 된다. 떨리는 내 손아. 이제 버튼을 누르자.

"아직도 모르겠어? 그 사람이 널 이용한 거야."

신야의 마지막 말에 내 손이 멈췄다. 현국 아저씨가 날 이용한 거라고……?

결국 나는 신야의 얼굴을 쳐다봤다. 잘 빚어진 눈 코 입이 보였다. 성별을 알 수 없는 중성적인 얼굴이었다. 묘하게 이 세계의 것이 아닌 듯한 느낌이 들었다. 인간이 아닌 피조물 같았다.

"틀렸어. 이건 비밀 통로를 여는 버튼이야."

나는 끝내 말하지 않았던 빨간 버튼의 정체를 말했다. 그랬으면 좋겠다는 나의 바람에 가까웠다.

그때였다. 신야와 눈이 정면으로 마주쳤다. 검은 눈동자가 없는 새하얀 구슬 같은 눈이었다. 역시 이 아이는 인간이 아니구나. 나의 두 눈은 신야의 하얀 두 눈과 팽팽하게 끈으로 묶인 것처럼 다른 곳으로 시선을 돌릴 수 없었다. 나는 신야와 시선을 주고받았다. 신야의 하얀 눈동자가 갑자기 밝은 빛을 냈다.

그 순간, 신야의 몸이 투명해졌다. 그의 존재가 투명한 액체처럼 변했다. 동시에 나는 신야의 투명한 눈동자에 빨려 들어갔다. 그 역시 나의 눈동자에 빨려 들어왔다. 우리는 서로의 눈에 풍덩 빠져들었다. 나는 깊은 심연으로 떨어졌다. 끈적끈적하고 시커먼 먹물 속에 빠진 것 같았다. 검은 늪이었다. 나는 늪에서 빠져나올 수 없었다. 허우적댈수록 더욱 깊이 빠질 뿐이다. 나는 깊이, 더 깊이, 늪 속으로 들어갔다.

그곳에 더 어린 신야가 있었다. 신야가 보내온 모든 시간들이 하얗게 빛나는 필름 같은 형상이 되어 눈앞에 펼쳐졌다. 마치 한 편의 영화를 보는 것 같았다. 신야의 과거에서부터 내 앞에 나타나기까지의 시간들이 빛나는 필름에 새겨져 있었다.

신야는 9년 전 노아에서 괴물들끼리의 교미 실험을 통해 태어난 존재였다. 아기인 신야를 바라보는 인간들의 눈은 경탄에 차 있었다. 이후 인간들은 신야에게 각종 생체 실험을 가하며 그가 가진 능력을 이끌어내려 했다. 그중 인간들이 가장 주목한 신야의 능력은 괴물들에게서 추출한 생체 에너지, 즉 U.E.B.라고 하는 것을 다양한 방식으로 사용하고, 다양한 형태의 에너지로 전환하는 것이었다. 신야의 이런 능력을 이용하면 인간은 종국엔 아무런 도구, 기기들을 거치지 않고 원하는 모든 것을 할 수 있을 터였다. 노아에 드나드는 많은 인간들이 신야 같은 형태로 진화하고 싶어 했다. 그들은 신야를 가리켜 '포스트 휴먼'이라고 했다.

그러는 도중 신야를 낳은 괴물들이 인큐베이터에서 탈출하는 일이 벌어졌다. 두 괴물은 끔찍한 생체 실험에 노출된 신야를 구하려고 했지만 노아를 지키는 인간들에 의해 죽고 말았다. 신야는 죽어가는 자신의 부모를 바라보았다. 그 순간 신야 안에 있는 무언가가 망가졌다. 이를테면, 마음, 감정, 영혼 같은 것들이었다. 이 세계는 어딘가 잘못되어 있다는 걸 자각하게 됐다. 그 뒤 신야는 아무도 모르게 점점 망가져갔다.

그 이후 내가 본 신야의 시간은 이미지가 많이 왜곡되어 있었다. 'Dr. 장호준'이라는 명찰을 한 사람이 신야와 눈을 마주치고는 쓰러지는 모습이 보였다. 만족스럽게 웃고 있는 박정근 대통령의 모습도 보였다. 많은 사람들이 보였지만 누가 누군지는 알 수 없었다. 인간도 괴물도 아닌 듯한 거인 같은 존재들도 보였고, 노숙자들이 연구 단지로 끌려갔다가 괴물이 되어 나오는 모습도 보였다. 마지막에는 흐릿하게 실루엣만 보이는 누군가가 신야에게 말했다.

―네 운명을 바꿀 사람을 만나게 될 거야. 너의 동반자가 될지, 너의 파괴자가 될지는 네가 선택하기 나름이야. 기억해. 우린 거대한 흐름 속에 놓여 있지만 우리가 무엇이 될지는 스스로 선택할 수 있어. 우린 그 정도는 선택할 수 있어. 그 믿음을 잊지 마.

그렇게 신야의 시간이 새겨진 빛의 필름은 나의 몸을 감싸더니 한순간 내 몸과 하나가 됐다. 그리고 나는 신야의 눈동자에서 빠져 나왔다.

내 앞에 투명해진 신야가 서 있었다. 뺨을 타고 눈물이 흘렀다. 나는 얼른 눈물을 닦아냈다. 신야의 투명한 몸도 다시 원래대로 돌아왔다. 내 옆에는 빨간 버튼이 부착된 단상이 있었다. 나는 다시 코어의 가장 깊숙한 방에 돌아왔음을 자각했다.

조금 전 분명히 나는 사라졌었다. 하지만 존재했다. 그건 신야였나, 나였나? 분명히 우린 하나가 되었다가 다시 둘이 되었다. 나는 방금 어딜 다녀온 건가? 대체 내게 무슨 일이 벌어진 건가?

나는 고개를 흔들며 정신을 가다듬었다. 버튼. 빨간 버튼을 눌러야 한다. 여기까지 온 목적을 잊지 말자. 이걸 눌러야 생존자들을 구할 수 있다. 나는 다시 단상을 붙잡았다. 이 빨간 버튼만 누르면 된다. 나는 방금 내게 일어난 일을 잊기 위해서라도 내가 해야 할 일에 몰두했다. 나의 존재가 이 세상에서 사라진 것만 같았다. 나는 더 이상 신야에게 신경 쓰지 않기로 했다. 이 버튼만 누르면 비밀 통로가 열리고, 군부대가 들어올 수 있다. 코어가 폭발하는 버튼이 아니다. 아닐 것이다. 그런데…… 정말…… 아닐까?

―*미타쿠예 오야신.*

분명히 들렸다. 신야가 말했다.

나는 다시 신야를 돌아봤다. 방금 들려온 신야의 목소리는 그의 입에서 나온 목소리가 아니었다. 내 머릿속에서 신야의 목소리가 울려 퍼졌다. 어떻게 이런 일이 가능할 수 있지?

―*나도 그 주문을 알아. 우린 하나로 연결되어 있으니까.*

또 머릿속에서 신야의 목소리가 울렸다. 이번엔 신야의 얼굴을 보고 있었기 때문에 더 확실하게 알 수 있었다. 신야의 입은 전혀 움직이지 않았다. 하지만 분명히 신야의 목소리가 내 머릿속에서 울려 퍼졌다. 게다가 연아와 나, 지태만 알고 있는 주문을 신야도 알고 있었다. 이 아이는 대체…….

―*버튼을 누르든 말든 그건 네 선택이야. 마음대로 해.*

나는 빨간 버튼이 있는 단상에서 물러나며, 신야를 쳐다봤다. 나를 집어 삼킬 것 같은 공포가 밀려왔다. 한 번도 보지 못한, 상상조차 하지 못한 생명체와 한 공간에 있다는 게 더 이상 견디기 힘들었다. 이 아이와 더 있다가는 내가 이 세계에서 사라질 것만 같았다. 영영 내가 살던 세계로 돌아가지 못할 것 같았다.

나는 도망치듯 방을 뛰쳐나왔다. 내가 지나쳐왔던 문을 열고 복도로 나가자 아직 남아 있는 희뿌연 독가스가 나를 맞이했다. 손과 얼굴, 목의 피부에 독가스가 닿자 또 수포가 피어올랐다. 나는 재빨리 교복 재킷을 벗어 머리를 감싸고 복도를 빠져 나갔다. 문을 지나칠수록 독가스는 옅어지다가 마침내 사라졌다.

정신없이 달렸다. 정신을 차려보니 코어 바깥이었다. 눈앞에 갈대숲이 펼쳐졌다. 나는 헉헉대며 이성을 되찾으려고 노력했다. 방금 내가 무슨 일을 겪은 건지 정리되지 않았다. 어떤 말로도 설명하기 힘들었다.

나는 아마도 신야가 이곳에서 보냈던 시간들을 본 것 같았다. 신야는 이곳 노아에서 태어나고 자란 존재였다. 자라는 내내 힘든 실험들을 거쳤고, 자신을 낳아준 부모는 눈앞에서 죽었으며, 신야를 둘러싼 사람들은 모두 신야처럼 되고 싶어 했다. 내가 본 건 그게 다였다. 그 시간들 속에서 신야는 한없이 외롭고 쓸쓸했다.

슬펐다.

왜인진 모르겠지만 지금 내 감정은 파도에 쓸려 내려간 모래사장 같았다. 신야를 생각하니 슬픔이 밀려왔다. 하지만 다시 신야에게 갈 용기는 나지 않았다. 신야는 나와 다른 세계의 무언가였다. 나는 그쪽 세계에 가고 싶지 않았다. 이쪽 세계에서 아이들과 엄마와 살고 싶었다. 다시 신야에게 돌아가면 영영 그쪽 세계에 머물러야 할 거란 예감이 들었다.

어느새 한강물이 코어 앞까지 밀려와 찰랑거렸다. 내가 코어 안에 있는 사이, 노아의 상황도 변했다. T지구 정거장뿐만 아니라 3지구 정거장도 붕괴되어 천장에서 폭포수처럼 한강물이 쏟아지고 있었다. 노아는 급속도로 침수되고 있는 중이었다.

저 멀리 6지구 정거장 쪽을 봤다. 다행히 6지구 정거장은 아직 붕괴되지 않은 것 같았다. 이런 상황에 비상 승강기가 제대로 작동할지도 의문이지만 일단은 6지구 정거장으로 가야 했다. 저기서 엄마와 아이들을 만나기로 했으니까.

나는 열린 문 사이로 코어 안을 잠시 보고는 미련 없이 갈대숲 사이로 난 길을 달렸다. 더 이상 신야와 빨간 버튼에는 신경 쓰지 않기로 했다. 빨간 버튼의 실체가 무엇이든 이제 누를 기회는 사라졌다. 뒤돌아보지 않고 오로지 6지구 정거장을 향해서만 갈 거다.

갈대숲을 지나자 높은 빌딩들이 서 있는 시가지가 나왔다. 시가지 속을 통과해 6지구 정거장 방향으로 달렸다. 대략 2킬로미터 정도 거리였다. 주위에서 괴물과 지하 노숙자들이 홍수 피난민처럼 우왕좌왕하는 모습들이 보였다. 나는 괴물과 지하 노숙자들이 함께 있는 모습을 보면서 신야를 통해 봤던 이미지들을 떠올렸다. 그 이미지들에 따르면 괴물은 노숙자들이 강제 실험을 거쳐 변한 존재들이었다. 괴물과 노숙자들은 사실 같은 존재였던 것이다. 왜 지하 노숙자들이 이곳에 있는지 어렴풋이 알 것도 같았다.

퍽! 한참 달려가다가 갑자기 골목에서 튀어나온 누군가와 부딪혔다. 내 몸에 밀려 상대방이 바닥을 뒹굴었다. 척 봐도 깊은 부상을 입은 사람이었다. 이 사람 뒤로 비슷한 행색의 사람들이 무리를 지어 이동하고 있었다. 이상하다. 이 사람들은 지하 노숙자들이 아닌데…….

생존자들이구나. 어찌 된 영문인진 모르겠지만 수용소에 갇혀 있어야 할 생존자들이 거리를 활보하고 있었다. 이 사람들이 어떻게 풀려난 걸까? 나는 곧바로 두 가지 가능성을 떠올렸다. 수용소가 붕괴됐거나 연아, 지태, 화니가 엄마를 구하면서 생존자들을 풀어줬거나. 나는 후자라 믿고 싶었다. 아이들이 생존자들을 풀어주고 엄마와 함께 무사히 6지구 정거장에 도착해 있길 바랐다.

나는 생존자 무리를 지나쳐 계속해서 6지구 정거장으로 달렸다. 생존자들은 어지러운 노아를 누비며 지상으로 탈출할 수 있는 곳을 찾고 있었다. 하지만 나는 생존자들에게 6지구 정거장으로 가면 지상으로 탈출할 수 있다고 말해주지 않았다. 나와 아이들, 엄마가 먼저 탈출해야 한다. 생존자들은 군인들이 구해줄 것이다……. 군인들이 여길 들어올 수만 있다면…….

제기랄! 나는 달리다 말고 다시 코어를 돌아봤다. 생존자들을 보니 빨간 버튼을 누르지 않고 나온 게 후회됐다. 지금이라도 다시 가서 빨간 버튼을 눌러야 할까? 생존자들을 여기서 구해주려면 군인들이 비밀 통로로 들어와야 할 텐데……. 내가 너무 무책임하게 도망쳐 나온 걸까……? 고작 신야의 말 몇 마디에 휘둘려서……?

하지만 나는 고개를 흔들며 어쩔 수 없었다고 나 스스로를 달랬다. 그건 어쩔 수 없는 거였어. 거기서 신야를 만나게 될 줄은 꿈에도 몰랐잖아. 현국 아저씨도 그런 상황은 전혀 예측하지 못했을 거야. 이제 다시 가서 빨간 버튼을 누르는 건 불가능해. 엄마와 아이들이 기다리고 있는 6지구 정거장으로 빨리 가야 한다. 생존자들은…… 제길, 어떻게든 될 거다. 어떻게든!

나는 다시 6지구 정거장을 향해 달렸다. 몸은 계속 뛰고 있어도 머릿속은 빨간 버튼에 대한 생각으로 가득했다. 혹시 빨간 버튼이 신야의 말대로 정말 노아를 한번에 날릴 버튼이 맞다면……? 만약 정말로 그렇다면…… 현국 아저씨는 생존자들을 구할 생각이 없었던 것 아닌가? 현국 아저씨는 정말로 나를, 우리를 이용했던 걸까? 잠깐만, 그렇다면 우리가 6지구 정거장으로 가면 탈출할 수 있다는 건 왜 알려준 거지? 어차피 빨간 버튼을 누르면 다 죽고 쓸모없을 텐데? 혹시 여기서 탈출할 수 있다고 한 것도 거짓말인가?

―6지구 정거장으로 가봤자 못 나갈 거야. 비상 승강기는 이미 다 파괴됐으니까.

머릿속에서 신야의 목소리가 울렸다. 달려가던 나는 깜짝 놀라 멈춰 섰다. 주위를 둘러봤다. 한강물에 침수되고 있는 노아의 풍경만 펼쳐져 있을 뿐, 어디에도 신야의 모습은 보이지 않았다.

―네가 여기 내려오기 전부터 비상 승강기 같은 건 없었어. 아까 말했지. 네가 그 사람에게 들은 건 다 거짓말이라고.

또 신야의 목소리가 머릿속에서 울렸다. 아까처럼 육성이 아닌 머릿속으로 말을 거는 것이었다. 어떻게 이게 가능한 거지? 그나저나 비상 승강기도…… 거짓말이라고……? 아냐. 아니야.

또 신야의 말에 휘둘리지 말자. 우린 여기서 탈출할 수 있어. 비상 승강기를 타고 탈출할 수 있다고!

나는 신야의 목소리를 내쫓기 위해 머리를 흔들고는 다시 6지구 정거장을 향해 달렸다. 달리기에만 집중한 덕분인지 더 이상 신야의 목소리는 들려오지 않았다. 그러나 신야가 한 말이 머릿속에서 떠나질 않았다. 비상 승강기도, 남산으로 나갈 수 있다는 것도 다 거짓말이라고……? 내가 내려오기 전부터 비상 승강기는 없었다고……? 그게 사실이라면, 대체 왜……? 이유가 뭐야? 대체 왜 우리한테 그렇게까지 거짓말을 한 건데……?

나는 결국 달리기를 멈췄다. 신야의 목소리는 들려오지 않았다. 젠장. 내가 신야에게 머릿속으로 말을 걸 수는 없나?

―*머릿속에 문장을 떠올리고 나에게 공을 던지듯 그 문장을 전달해봐.*

내 생각을 읽은 건지 신야가 말을 걸어왔다. 나는 신야가 시킨 대로 머릿속으로 문장을 먼저 떠올리고 공을 던지듯 문장을 신야에게 전달했다. 문장을…… 던진다.

―*그래, 만약 네 말대로 다 거짓말이라고 쳐. 그럼 현국 아저씨는 왜 우리한테 거짓말을 한 건데?*

문장이 내 안에서 빠져 나갔다. 구체적으로 설명하긴 힘들지만 머릿속으로 떠올린 문장이 내 안에서 빠져 나가 어디론가 향하는 것 같은 느낌이 들었다.

―*빨간 버튼의 실체에 대해서 말을 할 수 없으니까.*

신야의 대답이 들려왔다. 내 문장이 전달된 것이다. 내가 해놓고도 놀라웠다. 이런 식으로 대화가 가능하다니…….

 놀라움은 잠시 뒤로 제쳐두고 나는 신야의 대답을 곱씹으며 머리를 굴렸다. 빨간 버튼의 실체에 대해서 말할 수 없기 때문에 우리에게 거짓말을 했다? 만약 신야의 말대로 빨간 버튼이 노아를 없애는 버튼이 맞고, 그걸 우리에게 말할 수 없으니까 버튼을 눌러도 남산으로 탈출할 수 있다고 거짓말한 거라면…… 그건 너무 악랄한 것 아닌가? 헛된 희망을 품게 해서 우리들 스스로 다 죽게 만드는 건데?

 ─*거짓말은 또 다른 거짓말을 낳는 법이잖아.*

 또 다시 신야에게서 목소리가 들려왔다. 이 말을 듣는 순간 현국 아저씨의 심중이 어렴풋이 이해됐다. 그랬다. 거짓말은 또 다른 거짓말을 낳는 법이었다. 나 역시 약물 복용을 했을 때 그 사실을 숨기기 위해 거짓말에 거짓말을 보태게 됐다. 현국 아저씨도 빨간 버튼이 노아를 날려버리는 버튼이라는 걸 우리에게 말할 수 없으니까 그 사실을 숨기기 위해 거짓말에 거짓말을 보태게 된 걸까? 남산으로 나갈 수 있다고 한 것도, 빨간 버튼을 누르면 비밀 통로가 열린다고 한 것도, 남산에서 기다리고 있겠다고 한 것도, 그 밖에 우리에게 말해줬던 모든 것들이 다. 순간 엄마에 대한 정보도 거짓말이었나 싶은 불안이 스쳐 지나갔다. 나는 머릿속으로 신야에게 문장을 던졌다.

 ─*그럼 엄마는? 엄마에 대한 정보도 다 거짓말이었던 거야?*

 ─*아니, 그것만 거짓말이 아냐. 아마 지금 네 동료들은 엄마와 함께 있을 거야.*

신야의 대답을 듣고는 가슴을 쓸어내렸다. 신야의 말에 휘둘리지 말자고 다짐했으면서도 나는 이미 그의 말에 큰 영향을 받고 있었다. 그런데 아이들이 엄마와 함께 있을 거라고? 반가운 소식이긴 했지만 그렇다 한들 지상으로 나갈 수 없다면 우린 어떻게 해야 하나? 비상 승강기도 없다면? 내가 머릿속으로 신야에게 물었다.

─그럼 여기서 나갈 수 있는 방법은 없는 거야?

신야에게 전달되지 않은 걸까. 신야는 아무런 말이 없었다. 잠시 후 신야가 대답해 왔다.

─나갈 순 있지만 지상으로 나갈 순 없어.

마음이 급해진 내가 곧바로 신야에게 되물었다.

─지상이 아니면 어디로 가는 건데?

─다른 세계로.

─다른 세계? 그게 어딘데?

─다른 지하 세계.

다른 지하 세계……? 여기 말고 또 다른 지하 세계가 존재한단 말인가?

─그럼…… 거긴 어디로 가야 하는 건데?

─6지구 4구역. 정확한 위치는 눈으로 보려고 하지 말고 머릿속으로 그려봐. 어딘지 보일 거야.

점점 알 수 없는 대답이 돌아왔다. 머릿속으로 뭘 어떻게 그리라는 건가?

─더 이상 바보같이 서 있을 시간 없을 텐데?

마치 나를 보고 있는 것처럼 신야가 말했다. 모르는 사람이 보면 난 지금 거리에 우두커니 서서 멍하게 있는 것처럼 보일 것이다.

―다들 기다리고 있을 거야. 빨리 가.

다시 신야가 말했다. 신야는 아이들이 나를 기다리고 있을 거라는 사실도 알고 있었다. 나를 쭉 지켜봐온 사람처럼. 어떻게 내가 처한 상황들에 대해 속속들이 알고 있는 걸까?

그러다 문득 내가 어느새 신야의 말을 전적으로 신뢰하고 있다는 사실을 깨달았다. 안 돼. 나 스스로에게 경고했다. 신야의 말도 현국 아저씨의 말처럼 다 거짓일 수도 있는 거잖아. 이렇게 쉽게 믿어선 안 돼. 신야도, 현국 아저씨도 모든 걸 의심해야 돼. 하지만, 그래도 한 가지만 더 물어보자. 모든 걸 의심하더라도 이건 물어봐야겠다.

―빨간 버튼이 여길 없애는 장치가 맞다면… 현국 아저씨는 대체 여길 왜 없애려고 하는 건데?

신야는 대답이 없었다. 나는 신야의 대답을 기다렸다. 그러나 대답은 계속 없었다. 마냥 기다릴 수 없어서 다시 6지구 정거장을 향해 뛰려고 할 때, 신야의 대답이 들려왔다.

―여긴 원래 인간이 아닌 다른 존재들이 살던 곳이었어. 그중 한 존재를 인간들이 우연히 잡으면서 여기를 자기들 땅으로 빼앗은 거지.

이곳에 원래 인간이 아닌 다른 존재들이 살고 있었다고……? 그 존재들은 또 누구야?

─그런데 인간은 자신과 다른 존재를 만나면 어떻게 하는지 알아? 두 가지 반응을 보여. 죽이거나 자신들을 위해 이용하거나. 절대 가만히 놔두지 않지.

신야가 사람들에게 실험을 당해온 모습들을 직접 봐서 그런지 그의 마지막 말이 쓰라렸다. '절대 가만히 놔두지 않지.' 신야의 말대로 사람들은 자신과 다른 존재는 절대 가만히 놔두지 않는다.

─마찬가지야. 그 사람이 여길 없애려고 하는 것도.

신야가 이어서 말했다.

─날 죽이기 위해서야.

테러 발생 22시간 45분 경과
노아

  나는 신야와의 머릿속 대화를 끝내고 아이들과의 약속 장소인 6지구 정거장으로 달려갔다. 아이들과 약속한 한 시간은 벌써 지났을 것이다. 빨리 엄마와 아이들을 만나고 싶었다. 나 혼자선 감당할 수 없는 일들이 계속 벌어지고 있었다. 엄마와 아이들을 만나야 안심될 것 같았다.

  조금 전의 신야의 대답을 떠올렸다. 신야는 자신을 죽이기 위해 현국 아저씨가 이곳을 없애려 한다고 했다. 그 작은 아이 한 명을 죽이기 위해 생존자들이 모여 있는 이곳 전체를 날려버리겠다는 것이다. 하지만 아무리 생각해도 그건 목적에 비해 수단이 너무 과한 것 아닌가? 그러나 거꾸로 생각해보면 생존자들을 모조리 다 죽이고 이곳을 흔적도 없이 날려버려도 될 만큼 신야를 반드시 죽여야 한다는 말이기도 했다. 신야가 그 정도로 위험한 존재란 말인가? 정확히 무엇이? 왜?

나는 신야에 대한 생각을 떨치지 못한 채 6지구 정거장에 가까워지고 있었다. 6지구 정거장에 다가갈수록 신야의 말은 다 거짓이고 현국 아저씨가 말해준 것들이 모두 진실이길 바라는 마음이 커져갔다. 그러니까, 현국 아저씨의 말대로 6지구 정거장에는 비상 승강기가 존재했으면 좋겠고, 빨간 버튼은 노아를 없애는 버튼이 아니라 비밀 통로를 여는 버튼이었으면 좋겠다. 그래서 비상 승강기를 타고 남산 타임캡슐로 탈출한 뒤에 현국 아저씨에게 왜 빨간 버튼을 누르지 않아 생존자들을 다 죽게 했냐고 비난을 받았으면 좋겠다. 차라리 그랬으면 좋겠다. 신야가 나에게 거짓말한 것이었으면 좋겠다. 신야가 말한 것들과 그와 경험한 모든 것들이 받아들이기 힘들었다. 차라리 내가 신야를 보고 경험했던 것들이 다 나의 착각이었으면 좋겠다. 아예 신야도 실제로 존재하지 않는 아이라면 좋겠다. 나는 알아도 되지 않을 것들을 너무 많이 알게 됐다. 경험해도 되지 않을 것들을 너무 많이 경험했다. 그러나 또 마음 한편에서는 신야와 더 대화를 나누고 싶은 나를 발견했다. 정확한 이유는 알 수 없었다. 굳이 말하자면, 그 아이와 이대로 헤어지고 싶지 않다는 마음이었다.

시가지를 달리다 6지구 정거장을 200미터 앞두었을 때, 갑자기 어디선가 총소리가 들려왔다. 나는 총소리가 들리는 쪽을 쳐다봤다. 하지만 건물들에 가려 어디서, 왜 총소리가 들려오는 건지 보이지 않았다. 그리고 보니 여기저기서 총소리가 꽤 많이 들려왔다. 신야에 대한 생각에 집중하느라 총소리를 인지하지 못했던 것이다.

그때 바로 뒤쪽에서 총소리가 들려왔다. 나는 놀라서 뒤를 돌아봤다. 두 블록 정도 떨어진 거리에서 생존자 무리가 건물 뒤에 있는 누군가에게 살려달라면서 뛰어가는 모습이 보였다. 하지만 건물 뒤에 있던 누군가들은 생존자 무리를 향해 총을 쏴댔다. 타타타탕! 하는 소리가 이어지면서 생존자들이 허무하게 쓰러졌다. 잠시 후 건물 뒤에서 총을 쏜 무리가 전진해왔다. 그들은 생존자들을 뒤집어 보며 죽은 걸 확인했다. 그 광경을 보면서 나는 내 두 눈을 의심할 수밖에 없었다. 군인이었다. 완전무장한 군인들이 노아에 내려와 생존자들을 죽이고 있었다.

내가 빨간 버튼을 누르지 않았는데 어떻게 내려온 거지? 아니, 그보다 군인들이 왜 생존자들을 죽이고 있는 거지?

어느새 건물들 뒤에서 군인들이 속속 나타났다. 아직 상황을 파악하지 못한 생존자들은 군인들을 보자 반가워서 구해달라며 뛰어가는데, 군인들은 생존자들을 보는 즉시 총을 쏴 죽였다. 그 모습을 본 다른 생존자들은 군인들에게 달려가다가 겁에 질려 다른 곳으로 방향을 틀었다. 그러나 부상을 입은 생존자들이 군인들의 총을 피할 방법은 없었다. 연이어 총소리가 울려 퍼지며 생존자들이 줄줄이 쓰러졌다.

나는 군인들에게 들키기 전에 재빨리 옆에 있는 건물 1층으로 들어가 몸을 숨겼다. 주위에선 총소리가 더욱 잦아졌고, 퍼퍼펑! 하는 포탄 소리도 울려 퍼지기 시작했다. 어디선가 전투가 시작된 것이다.

내가 숨은 건물 1층은 널찍한 호텔 로비 같은 곳이었다. 창문으로 고개만 내밀어 바깥 상황을 살펴봤다. 어느새 지하 노숙자들이 달려와 대형을 갖추고 군부대와 시가지에서 교전을 벌이고 있었다. 자세히 보니 군인들 사이엔 군복에 미국 국기가 달린 외국인도 섞여 있었다. 한미연합군이었다. 그들은 척 봐도 지하 노숙자들보다 숫자가 훨씬 많았다. 게다가 여태껏 보아온 총이 아닌 처음 보는 신무기도 가지고 있었다. 시가지의 두세 블록 정도를 사이에 두고 한미연합군은 지하 노숙자들을 향해 압도적인 물량 공세와 강력한 공격을 퍼붓고 있었다. 지하 노숙자들은 건물 뒤에 숨어서 한미연합군에게 필사적으로 저항했지만, 전세를 역전시키긴 힘들어 보였다. 이곳을 한미연합군이 장악하는 건 시간문제일 듯했다.

나는 눈앞의 모든 상황이 도무지 이해되지 않았다. 빨간 버튼을 누르지도 않았는데 군인들이 어떻게 내려왔으며, 저들은 왜 생존자들을 쏘는 것인가? 현국 아저씨는 생존자들을 구하기 위해 군인들이 투입될 거라 했는데……. 현국 아저씨의 말은 역시 거짓말이었던 건가? 그렇다면 군인들이 이곳에 온 진짜 목적은 뭘까? 생존자들과 지하 노숙자들을 다 죽이기 위해서? 아! 혹시 군인들은 생존자들을 테러리스트로 착각한 건 아닐까? 생존자들이 여기에 있었다는 걸 모른다면 모두 테러리스트인 줄 알고 사살할 수도 있다.

머리가 복잡했다. 뇌에 수만 개의 바늘이 꽂힌 것처럼 지끈거렸다. 노아에 내려온 이후 상황이 너무 빠르게 변하고 있었다. 감당할 수 없는 일들이 연이어 터지고 있었다. 그때 귀를 때리는 괴물의 포효가 들려왔다. 지하 노숙자들 뒤로 괴물 군단이 나타났다. 거인 타입의 괴물들이 쿵쿵쿵 뛰어와 맞은편의 군인들을 치고, 찢고, 뭉개버렸다. 날개 달린 괴물들은 키에에엑! 특유의 소리를 지르며 한미연합군 틈으로 날아가 군인들을 교란시켰다. 건물 뒤에 숨어서 꼼짝도 못 하던 지하 노숙자들도 괴물들의 합류에 힘을 얻어 본격적인 반격을 시작했다. 괴물들의 출현으로 전투의 분위기가 반전됐다.

근처에 있던 생존자들 역시 괴물들의 등장에 대피할 시간을 벌었다. 그들은 군인들을 피해 건물에 들어가 몸을 숨겼다. 생존자들의 입장에선 이젠 오히려 괴물과 지하 노숙자들이 자신들을 보호해줄 한편이 된 셈이었다.

그러나 한미연합군은 괴물의 출현을 기다렸다는 듯 일사불란하게 대형을 바꿔가며 괴물들에게 바주카포나 신무기로 공격을 퍼부었다. 퍼퍼펑! 소리를 내며 포탄이 날아가 괴물의 몸통에 꽂혔다. 괴물의 몸이 갈기갈기 찢어졌다. 바야흐로 숨 막히는 전투였다. 나는 또 다시 전쟁터 한가운데 놓여버렸다.

나는 숨어 있던 건물 1층에서 창문으로 옮겨 가며 6지구 정거장의 위치를 확인했다. 코어의 반대편 창문에서 6지구 정거장이 보였다. 대략 200미터 정도 거리였다. 한미연합군과 지하 노숙자, 괴물 부대의 전투를 어떻게 피해서 가야 할까 살펴보는데, 갑자기 콰콰콰쾅! 하는 굉음을 내며 6지구 정거장이 폭발하듯 무너져내렸다. 거대한 건물이 무너지면서 한강물이 천장에서부터 뿜어져 나왔다. 결국 6지구 정거장도 다른 정거장처럼 완전히 붕괴되어버렸다. 6지구 정거장 근처에 있던 군인들이 부랴부랴 대피하는 모습이 보였다.

나는 6지구 정거장의 붕괴를 눈으로 직접 확인했으면서도 믿을 수 없었다. 바로 눈앞에서 아이들과의 약속 장소가 무너져버렸다. 저 안에 비상 승강기가 있는지 확인할 길이 사라져버렸다. 혼란스러웠다. 엄마, 연아, 지태, 화니……. 설마 다들 붕괴된 6지구 정거장 아래 묻힌 걸까……? 지금 뭐가 어떻게 돌아가고 있는 거지……? 저 빌어먹을 건물 잔해를 뒤져야 하는 건가? 제기랄, 난 뭐부터 해야 하는 거지?

―6지구 정거장 근처를 둘러봐. 컨테이너들이 모여 있는 곳이 있을 거야.

신야였다. 신야가 머릿속으로 나에게 말을 걸어왔다. 나는 신야가 알려준 방향을 봤다. 6지구 정거장 근처, 컨테이너들이 모여 있는 곳을 계속 둘러보며 찾았다. 폭포수처럼 쏟아져 내리는 한강물 뒤로 왜곡된 컨테이너 모습이 보였다. 한강물 속을 눈을 크게 뜨고 자세히 봤다. 낙하하는 물에 굴절되어서 그렇지 분명히 여러 개의 컨테이너가 보였다.

―컨테이너 안을 찾아봐.

이 말을 끝으로 신야는 더 이상 아무 말이 없었다. 나는 신야에게 할 말이 많았지만 굳이 더 말을 걸진 않았다. 지금은 움직여야 할 때다. 나는 이제 신야의 말을 아무런 저항없이 받아들이고 있었다.

 나는 서둘러 숨어 있던 건물 밖으로 나갔다. 쏟아지는 한강물에도 불구하고 군인들과 지하 노숙자들, 괴물들의 전투는 계속되고 있었다. 나는 건물과 골목 사이사이를 누비며 군인들, 지하 노숙자들의 눈을 피해 컨테이너 밀집 구역으로 뛰어갔다.

 바로 한 블록 너머에 컨테이너 밀집 구역이 보이는 골목 귀퉁이에 숨었다. 컨테이너 밀집 구역 앞에는 6지구 3구역이라는 표지판이 서 있었다. 원래는 6지구 정거장이 있어야 할 장소에서 한강물이 천장에서부터 쏟아지고 있는 광경이 보였다. 가까이서 올려다보니 한강물이 정말 폭포수 같았다. 이 폭포수를 막을 수 있는 방법은 없어 보였다. 그만큼 한강물의 세기는 어마어마했다. 머잖아 노아는 완전히 물에 잠길 것이다.

 내가 골목 귀퉁이에서 컨테이너 밀집 구역으로 넘어가기 위해 주위를 둘러보는데, 가까운 거리에서 총소리가 들려왔다. 군인들이 내 바로 옆에 있던 트램 뒤에 몸을 숨기고는 한두 블록 떨어진 곳에 숨어 있는 지하 노숙자들과 교전을 벌이고 있었다. 나는 깜짝 놀라 골목 귀퉁이에서 나가지 않고 몸을 숨겼다. 트램 뒤의 군인들에게 무방비로 노출될 뻔했다. 군인들의 무전기에선 무조건 타깃을 생포해야 한다는 명령이 들려왔다. 그 외엔 전원 사살. 신경질적인 목소리로 마치 군인들을 세뇌시키듯 계속해서 명령이 반복됐다.

 그때 앞쪽 거리에서 생존자들이 자기들 딴에는 숨는다고 몸을 수그리고 지나가는 모습이 보였다. 트램 뒤에 있던 군인들의 위치에선 그들이 모습이 훤히 보였다. 생존자들에게 당장 숨으라고 알려주고 싶었다. 바로 옆에서 타타타탕! 소리가 들려오며 그들이 픽픽픽 쓰러졌다. 나는 골목 귀퉁이에서 고개만 내밀어 트램 뒤에 있는 군인들을 쳐다봤다. 그들은 자신들이 쏜 생존자들이 죽은 걸 확인하고는 총구를 돌려 트램 너머의 지하 노숙자들과 교전을 벌였다.

혹시나 군인들이 생존자들을 테러리스트로 오해하고 있는 것은 아닐까 생각했지만, 그 생각이 완벽히 틀렸음을 깨달았다. 군인들이 이곳에 투입된 목적은 생존자들을 구하기 위해서가 아니라 명백히 죽이기 위해서였다. 타깃만 생포하고 나머진 모두 사살하는 게 이들의 임무였다. 그렇다면 타깃은 누구일까? 나는 한 사람을 떠올렸다.

신야. 군인들은 신야를 생포하기 위해 내려온 것이다.

하지만 아까 신야는 현국 아저씨가 자신을 죽이기 위해 이곳을 없애려 한다고 말했다. 그런데 왜 군인들은 신야를 죽이지 않고 생포하려고 하는 걸까? 한미연합군과 현국 아저씨는 한편이 아닌가? 그렇다면 현국 아저씨는 대체 어디에 소속된 사람인가? 아니면 한편인데 의견 충돌이 있었던 걸까? 왜 한쪽은 신야를 생포하려고 하고 한쪽은 신야를 죽이려고 하는 거지? 제기랄. 대체 뭐가 어떻게 돌아가는 건지 누가 속 시원히 말해줬으면 좋겠다.

그래도 한 가지만큼은 확실해졌다. 생존자들을 구출하기 위해 군인들이 투입될 거라던 현국 아저씨의 말은 새빨간 거짓말이었다. 내가 빨간 버튼을 눌러야만 군인들이 투입될 수 있다던 말도 새빨간 거짓말이었다. 현국 아저씨는 나를 속였다. 신야의 말대로, 나를 이용한 것이다.

 잠시 후 트램 뒤에 숨어 있던 군인들이 지하 노숙자들을 모두 죽인 뒤 진격하기 시작해 내가 있는 곳에서 점점 멀어졌다. 그들은 신야를 생포하기 위해 코어로 향할 것이다. 나에겐 컨테이너 밀집 구역으로 들어갈 수 있는 기회였다.

 나는 골목 귀퉁이에서 튀어 나와 6지구 3구역이라는 표지판을 지나 컨테이너 밀집 구역으로 들어갔다. 컨테이너 스무 개 정도가 모여 있었다. 컨테이너 문을 하나하나 열어보며 엄마와 아이들을 찾아 다녔다. 컨테이너 안에는 오래전에 누군가가 생활했던 흔적들이 남아 있었다. 엄마와 아이들은 이 컨테이너 중 하나에 있을 것이다. 그러나 컨테이너의 절반 이상을 뒤졌는데도 엄마와 아이들이 보이지 않았다. 점점 불안감이 커져갔다. 분명히 이 중 어딘가에 있을 거라고 생각하면서도 마음속 한구석에선 여기에 없으면 어떻게 해야 하나 하는 걱정이 피어올랐다. 나 혼자 이곳에 버려질까 봐 두려웠다.

 그때 한 컨테이너의 문을 열자 안에 있던 누군가가 나에게 총을 겨눴다. 나는 깜짝 놀라 두 손을 들었다. 나에게 총을 겨눈 사람은 지태였다. 지태가 나를 알아보고는 눈이 왕방울처럼 커졌다.

"지태야!"

"단아!"

우린 서로를 부르며 부둥켜안았다. 지태를 만난 게 믿기지 않았다.

"단아!"

"오빠!"

지태 뒤에서 연아와 화니의 목소리가 들렸다. 컨테이너 안에 아이들이 다 있었다. 연아와 화니가 나에게 달려왔다. 우린 다 같이 부둥켜안았다.

"나, 너희들 진짜 보고 싶었어, 애들아. 진짜로."

나는 목이 메었다. 눈앞에 지태와 연아, 화니가 있었다. 익숙한 냄새, 익숙한 감촉, 익숙한 목소리. 나와 같은 세계의 아이들. 드디어 너희들을 만났어.

아이들도 나를 껴안고는 엉엉 눈물을 흘렸다. 내가 죽은 줄 알았다며, 왜 이렇게 늦게 왔냐고 나를 다그쳤다. 울면서 화를 냈다. 하지만 모두 사랑이고, 우정이었다. 우린 마침내 다시 만났다.

"단아…… 왔니?"

한 명 더. 믿을 수 없는 목소리가 들려왔다.

나는 아이들의 뒤, 허름한 소파에 누워 있는 엄마를 발견했다.

"엄마……?"

나는 엄마를 보며 말했다. 엄마는 누워서 나를 쳐다보고 있었다. 창백했다. 다리엔 붕대가 감겨 있었다. 온몸이 상처투성이였다. 많이 아파 보였다. 하지만 분명히 엄마였다. 살아 숨 쉬는 엄마였다. 엄마는 힘겹게 나를 향해 양팔을 들었다.

"엄마!"

나는 엄마에게 달려가 안겼다. 엄마가 나를 끌어안았다. 엄마의 팔엔 힘이 없었지만 나는 그 어느 때보다 엄마의 깊은 품을 느꼈다. 엄마, 엄마. 나는 연신 엄마를 부르며 엄마의 품에서 눈물을 흘렸다. 무서웠어. 너무 무서웠어. 엄마.

"괜찮아. 괜찮아……."

엄마가 나의 등을 토닥였다. 따뜻한 엄마의 목소리. 나를 안심시켜주는 엄마의 목소리. 그날 불구덩이에서 우릴 구해준 것도 엄마였지. 다 알고 있어. 우린 다 알고 있다고. 나는 고개를 들 수 없었다. 계속 눈물이 나왔다. 나는 엄마의 품에서 한참 울었다.

테러 발생 23시간 25분 경과
노아

우린 떨어져 있는 동안 서로가 겪은 이야기, 정보들을 간단히 주고받았다. 내 예상대로 아이들은 수용소에서 엄마를 구출하면서 생존자들을 풀어줬다고 했다. 수용소를 지키던 지하 노숙자들이 모두 한강물을 막으러 투입되는 바람에 그럴 수 있었다. 그곳엔 정체 모를 인큐베이터가 가득했다고 말했다. 그 뒤 6지구 정거장에 가서 나를 기다리려고 했는데 군인들이 갑작스레 나타났고, 아이들은 내가 빨간 버튼을 누르는데 성공했다고 생각했다. 그런데 군인들이 도움을 청하는 생존자들을 총을 쏴서 죽이기 시작했다. 이상함을 느낀 아이들은 6지구 정거장 근처에 있는 컨테이너에 숨었다. 그리고 내가 계속 6지구 정거장으로 오는지 보고 있었는데, 아무리 기다려도 오지 않아 무슨 일이 생긴 줄 알고 걱정하고 있었다. 그사이 6지구 정거장은 한강물에 무너졌다. 우리가 다시 만난 지금은 우리가 만나기로 약속한 시간에서

40분이나 더 지나 있었다.

이제 내가 겪은 일들을 말해줄 차례였다. 나는 아이들에게 어디부터 어떻게 말해줘야 할지 고민했다. 문득 아이들이 내 말을 온전히 믿을지 걱정됐다. 신야를 만나 경험한 것들, 그 아이와 머릿속으로 대화가 가능하다는 것, 그를 통해 알게 된 모든 것들. 무엇 하나 쉽게 받아들이기 힘든 이야기였다.

내가 섣불리 입을 열지 못하자 아이들이 먼저 내가 입고 있던 점프 슈트는 어디 갔으며 신발은 왜 벗었는지 손은 왜 그렇게 상처 입었는지 물었다. 나는 용기를 내 코어에서 겪은 일들을 말하기 시작했다. 독가스에 노출되면서 모든 걸 잃었고, 상처를 입었으며, 무엇보다 신야를 만났다고. 그래서 빨간 버튼을 누르지 않았다고 말했다.

"신야를 만났다고? 아까 장고 아저씨가 말한?"

"아니, 그럼 군인들은 어떻게 들어온 거야? 현국 아저씨는 빨간 버튼을 눌러야 군부대가 투입될 수 있다고 했잖아."

연아는 신야에 대해서, 지태는 군인과 빨간 버튼에 대해 의아해하며 물었다. 내가 둘 다에게 대답했다.

"응, 그 신야 맞아. 장고 아저씨가 자기들에겐 예수고 부처라 말한. 그리고 빨간 버튼을 눌러야 군인들이 들어올 수 있다는 말은 거짓말이었어. 현국 아저씨는 우릴 이용한 거야. 빨간 버튼은 여길 폭파시키는 장치래."

아이들의 눈이 놀라움을 감추지 못하고 커졌다. 내가 이어서 말했다.

"우리 일단 여기서 나가자. 시간이 없어. 가면서 더 얘기해줄게."

"잠깐만. 어디로 가려고? 지금 6지구 정거장도 무너졌잖아. 비상 승강기는 거기에 있다고 했는데……."

연아가 물었다. 내가 대답했다.

"6지구 4구역으로 갈 거야."

아이들의 얼굴에 물음표가 떠올랐다.

"거기가 어딘데?"

지태가 의심하는 목소리로 물었다.

"여기서 조금만 더 가면 될 거야. 이 앞에서 6지구 3구역이라는 표지판을 봤거든. 일단 이동하자. 거기 가면 여기서 탈출할 수 있댔어. 자세한 건 가면서 말해줄게."

딱히 선택의 여지가 없었던 아이들은 내가 말한 대로 6지구 4구역으로 가기로 했다. 지태는 자신이 입고 있던 점프 슈트와 헬멧을 엄마에게 입힌 뒤 등에 업었다. 엄마는 지금 걸을 수 없는 상태였다.

컨테이너 문을 열고 바깥의 상황을 살폈다. 여전히 한강물이 폭포수처럼 쏟아져 내리고 있었다. 어디선가 총소리, 포탄 소리가 들려왔다. 노아는 지금 홍수와 전쟁의 도시였다. 그래도 다행히 컨테이너 밀집 구역 주위엔 아무도 없었다. 모두에게 따라오라는 손짓을 하고는 바깥으로 나갔다. 아이들이 나를 따라 나왔다.

컨테이너 바깥으로 나오자 무릎 아래로 물이 첨벙였다. 어느새 한강물이 정강이까지 올 정도로 차올라 있었다. 노아를 이동하면서 몇 군데 배수 시설을 보긴 했지만 천장에서 한강물이 쏟아지는 속도가 훨씬 빨랐다. 노아는 무서운 속도로 물에 잠겨가는 중이었다.

현재 우리가 서 있는 곳은 노아의 가장자리였다. 주위의 컨테이너들 너머로 막다른 벽이 보였다. 노아와 지상 세계의 가장 큰 차이점 중 하나는 바로 이 막다른 벽이었다. 지상은 끝없이 땅과 바다가 펼쳐져 있는 세계이지만, 노아는 걸어가다 보면 막다른 벽이 나오는 닫힌 세계였다.

"어디로 가야 돼?"

지태가 엄마를 업은 채 소리쳤다.

"이쪽으로 따라와!"

나는 막다른 벽을 따라 뛰어갔다. 여기가 6지구 3구역이니까 이 벽을 따라서 이동하다 보면 6지구 4구역이 나올 것이다.

나는 이동하면서 아이들에게 신야를 만나 알게 된 것들을 말해줬다. 여긴 포스트 휴먼이라 불리는 진화한 인간을 만들어내는 대규모 실험 장소며, 그로 인해 태어난 존재가 신야와 괴물들이라는 것. 괴물들은 노숙자들이 실험을 거친 후 변한 존재들이고, 현국 아저씨는 신야를 없애기 위해 우릴 이용해 빨간 버튼을 누르려 했다는 것. 그리고 남산으로 올라가는 비상 승강기는 애초부터 없었다는 것. 군인들은 신야를 생포하는 게 목적이고, 나머지는 모두 죽이라는 명령을 받았다는 것. 내가 신야에 대해 아는 만큼 신야도 나에 대해, 우리에 대해 잘 알고 있다는 것.

아이들은 내 말을 들으면서도 좀처럼 믿기 힘든 얼굴들이었다. 당연했다. 신야를 직접 만난 나 역시 믿기 힘들었으니까. 특히 연아와 지태는 현국 아저씨가 말한 게 다 거짓말이었다는 사실에 당혹감을 감추지 못했고, 화니는 노숙자들이 변해서 괴물이 되었다는 사실에 큰 충격을 받았다.

"그걸 모두 신야가 말해준 거야?"

연아가 물었다.

"응, 신야는 우리와 비슷하게 생긴 아이였어. 우리와 다르긴 달랐지만."

내가 대답하자 연아는 점점 알 수 없는 표정이 되어갔다.

"그럼 6지구 4구역에 가면 어떻게 탈출할 수 있는 거야? 그건 누가 말해준 거야?"

이번엔 지태가 물었다.

"신야가 말해줬어. 거기서 다른 지하 세계로 갈 수 있대."

나의 대답에 지태의 얼굴은 물음표로 가득해졌다. 지태가 다시 물었다.

"다른 지하 세계? 그게 어딘데?"

"그건 나도 몰라. 신야가 내 머릿속으로 말해준 거야."

"머릿속으로? 그게 무슨 말이야, 대체?"

지태의 표정이 심하게 일그러졌다. 나는 심상치 않은 분위기를 느꼈지만 지태의 말에 대답했다.

"나 신야랑 머릿속으로 대화할 수 있어. 그러니까 눈앞에서 목소리로 대화하는 게 아니라 멀리 떨어져 있어도 머릿속으로 대화를 하는……. 그러니까, 텔레파시 같은 거야."

막상 말로 설명하려니 힘들었다. 말하면서도 이게 실제로 가능한 건가 싶었다. 직접 경험하고 있는 나도 이런데 아이들이 내 말을 믿을 수 있을까?

"잠깐만! 다들 멈춰봐!"

지태가 소리치며 멈춰 섰다. 나와 연아, 화니도 이동하다 말고 멈췄다. 지태가 따지듯이 말을 이어갔다.

"지금 그게 말이 되냐? 머릿속으로 대화를 나눈다고? 그 신야인지 뭔지 하는 놈이랑?"

나는 아무런 대답도 하지 못했다. 사실이지만 증명할 수 있는 방법이 없었다.

지태가 이어서 말했다.

"그래, 그럼 머릿속으로 말했든 어쨌든 그놈이 6지구 4구역으로 가라고 했다고 쳐. 근데 그 자식은 여기 테러리스트들의 우두머리잖아. 화니가 말한 괴물들의 신, 뭐 그것도 결국 신야잖아. 근데 지금 그 새끼 말만 믿고 6지구 4구역으로 간다는 거야?"

지태의 말을 듣고 보니 그랬다. 굳이 편을 가르자면 신야는 분명 괴물들의 편이고 테러리스트였다. 그런데 왜 나를 도와주는 걸까?

"너 정말로 그 자식을 만난 건 맞아? 도대체 너 혼자 가서 뭘 하고 온 거야? 나 지금 네가 하는 얘기들 잘 모르겠어. 갑자기 왜 이렇게……."

지태가 답답한지 말을 더 잇지 못했다. 도무지 믿기 힘든 상황이니 그럴 만도 했다. 솔직히 서운한 마음이 들기도 했지만 어쩔 수 없었다. 어떻게 해야 아이들이 내 말을 믿을 수 있을까?

"단아, 너 지금 냉정하게 생각해야 돼. 우린 신야를 보지도 못했잖아. 지금 네가 해준 얘기들, 우리가 다 믿어도 되는 거야?"

연아가 차분히 물었다. 연아 역시 내 말을 온전히 믿지 못하고 있었다.

나는 화니를 쳐다봤다. 화니는 아무 말 없이 그저 나를 쳐다만 보고 있었다. 화니도 나를 믿지 못하는 거겠지.

지태가 다시 소리쳤다.

"그래, 군인들이 여기로 내려온 길 있을 거잖아! 그 길을 찾아서 따라가면 지상으로 나갈 수 있지 않을까? 군인들은 길을 알고 있을 거잖아? 신야인지 뭔지가 한 말보다 그게 우리가 이곳에서 살아 나갈 확률이 높아!"

지태가 소리치며 군인들의 총포탄 소리가 들려오는 쪽을 가리켰다. 이번엔 나도 흥분해서 지태에게 대꾸했다.

"내가 말했잖아. 군인들은 신야만 생포하고 나머진 다 죽이는 게 목적이라고. 너도 군인들이 생존자들 죽이는 거 봤잖아. 근데 군인들이 온 길을 따라서 같이 나가자고? 군인들이 우릴 살려줄 것 같아? 지금 우리한텐 선택의 여지가 없어. 지태야, 이제 우린 지상으로 나갈 수 있는 방법이 없다고. 날 믿어줘."

막연했던 생각이 말로 튀어 나오자 서글퍼져서 눈물이 나올 것 같았다. 이제 우린 지상으로 나갈 수 있는 방법이 없다. 집으로 돌아갈 수 있는 방법이 없다. 실낱같은 희망들을 믿고 여기까지 왔는데, 그 희망은 다 사라졌다. 이게 현실이다. 이제 우리가 갈 수 있는 곳이라곤 신야에게 들은 '다른 지하 세계'뿐이다. 존재하는지도 모를 그곳이 우리가 갈 수 있는 유일한 목적지다. 우린 지금 이 참담한 현실을 받아들여야 했다.

"그럼 우린…… 다른 지하 세계로 가는 거라고?"

연아가 차분히 물었다.

"신야의 말에 따르면, 그래. 6지구 4구역에서 다른 지하 세계로 갈 수 있다고 했어."

내가 덤덤하게 대답했다. 그러자 지태가 어이없다는 얼굴로 한숨을 내쉬었다. 연아도 이 사실을 어떻게 받아들여야 할지 난감한 얼굴이었다. 실은 나 역시 소리치고 싶었다. 이 마당에 또 다른 지하 세계라니!

"단이가…… 보고 들었다잖아. 그걸 왜 못 믿니……?"

지태의 등에 업혀 있던 엄마가 힘겹게 말했다.

"이런 얘길 어떻게 믿어! 지금 우리 실수하면 다 죽어! 신중해야 한다고!"

지태가 엄마의 말에 반박했다. 그러자 엄마가 다시 말했다.

"단이가…… 직접 보고 들었다잖아. 직접 겪었다잖아……."

많이 지친 목소리였지만 엄마는 한마디 한마디에 최대한 힘을 주어 말했다. 이번엔 지태도 아무 반박을 하지 못했다. 그저 답답한 얼굴이었다.

"오빠, 지금 제정신이지?"

화니가 대뜸 나에게 물었다. 나는 고개를 끄덕였다.

"신야, 걔 믿을 만해?"

화니가 또 물었다. 내가 대답했다.

"솔직히 모르겠어. 그런데 신야가 거짓말을 하는 것 같진 않아. 아니, 뭐랄까……. 거짓말이라고 안 느껴져. 신야의 얼굴, 말투, 목소리, 행동…… 그런 데서 아무런 감정도, 의도도 느껴지지 않거든. 신야의 모든 게 다 그래. 잘 모르겠는데…… 어렴풋이 알 것도 같아. 이 느낌을 뭐라고 표현해야 할지 모르겠어."

말을 하면서도 무슨 말을 지껄이는 건지 나조차 헷갈렸다. 하지만 이게 내 솔직한 심정이었다. 암담한 수준의 설명이지만 이게 최선이었다.

"나는 찬성할래. 6지구 4구역 가는 거."

화니가 말했다. 나는 화니를 쳐다봤다. 뭐라 말해야 할지 모르겠어서 그저 고마움을 담은 눈빛을 보냈다. 그리고 연아와 지태를 쳐다봤다. 두 사람도 동의해야 6지구 4구역으로 이동할 수 있다.

"미타쿠예 오야신. 우린 하나로 연결되어 있다……. 신야가 이 말을 했다고 그랬지?"

연아가 나에게 물었다.

"응, 머릿속으로 말했어."

내가 대답하자 연아가 난감하다는 듯 한숨을 내쉬었다. 그녀가 이어서 말했다.

"아까 엄마를 구하러 수용소에 갔을 때, 딱 그 생각을 했어. 원래는 생존자들을 무시하고 엄마만 찾아서 딱 데리고 나오려고 했는데…… 때마침 한강물이 들어와서 경비가 다 빠지자 생존자들이 우리 보고 계속 구해달라고 소리치는 거 보면서……. 만약 운명이란 게 있다면…… 우리가 이 사람들을 구하도록 그게 흘러가고 있는 건 아닐까……, 그런 생각을 했어. 그리고 언니 생각이 났어. 우리가 언니 만났던 거, 같이 사람들 도와줬던 거. 결국 우린 언니와 배 속의 아이를 못 구해줬지만. 우리가 여기 내려와서 겪고 있는 모든 일들이 다 어떤 이유를 가지고 연결되어 있는 거 아닐까 싶었어. 그래서 내가 애들한테 말했어. 시간이 걸려도 생존자들 다 구해주자고."

나는 연아의 말을 묵묵히 들었다. 지태, 화니, 엄마도 다 연아의 말을 듣고 있었다.

"네가 신야와 만난 것도 이유가 있겠지. 어제 만난 화니가 지금은 우리 가족이 된 것처럼. 가자. 신야가 말해준 6지구 4구역으로."

연아가 말을 끝맺었다. 나는 연아를 보며 고개를 끄덕였다. 그녀의 말이 하나하나 가슴에 박혔다. 연아가 있어서 참 다행이었다. 이제 지태를 설득하기 위해 고개를 돌리는데, 지태 뒤편에서 새까만 점이 빠른 속도로 가까워지는 게 보였다. 나는 반사적으로 소리치며 지태와 등에 업힌 엄마를 붙잡았다.

"엎드려!"

지태와 엄마를 붙잡고는 함께 바닥에 엎드렸다. 곧바로 폭발음이 울리며 나, 지태, 엄마의 몸이 붕 뜨더니 이내 바닥을 뒹굴었다. 군인들이 쏜 포탄이 빗나가 우리가 있는 쪽으로 날아온 것이다. 나는 바닥을 몇 바퀴나 뒹군 후 머리를 털며 일어났다. 다행히 다친 곳은 없었다. 온몸에 먼지를 뒤집어썼을 뿐이다.

엄마. 엄마부터 찾아야 돼.

나는 주위를 둘러봤다. 폭발 때문에 뿌연 연기가 자욱했다. 나는 기침을 하면서 계속 엄마를 찾았다. 옆쪽에서 누가 크게 기침하는 소리가 들렸다. 엄마였다. 바닥을 짚고 앉아선 먼지를 잔뜩 뒤집어 쓴 채 연신 기침을 해대고 있었다.

"엄마! 괜찮아?"

내가 달려가 엄마의 얼굴을 털었다. 그리고 엄마의 몸 구석구석을 만지며 괜찮은지 확인했다. 엄마는 힘은 없지만 괜찮다는 듯 고개를 끄덕였다. 엄마의 머리에 쓴 헬멧과 몸을 감싼 점프 슈트 덕분이었다. 이 슈트가 또 한 번 우리의 목숨을 구했다.

하지만 원래 이 헬멧과 슈트의 주인이었던 지태는 어떤 것의 보호도 받지 못했다. 뒤에서 지태를 부르는 소리에 돌아보니, 연아가 바닥에 쓰러진 지태를 붙잡은 채 흔들고 있었다. 화니도 바닥에서 일어나 지태에게 달려갔다. 나도 지태에게 갔다. 지태의 머리에선 피가 흘러 얼굴의 3분의 1이 피범벅이었다. 의식이 없었다.

"지태야! 정신차려봐! 인마, 정신 차리라고!"

아무리 소리쳐도 지태는 눈을 뜨지 않았다. 나는 지태의 왼쪽 가슴에 귀를 댔다. 아무 소리도 들리지 않았다. 심장이 뛰지 않았다. 옆에선 연아와 화니가 계속 지태에게 정신 차리라고 소리쳤다.

안 돼, 안 된다고……!

나는 지태의 가슴에 양손을 올려 심폐소생술을 했다. 내 체중을 실어 지태의 심장을 세게 눌렀다. 빠른 속도로 계속, 계속 눌렀다. 연아와 화니, 엄마가 곁에서 지태의 이름을 불렀다. 정신 차리라고. 우리 목소리 듣고 깨어나라고.

제발, 제발 다시 숨을 쉬어, 지태야……!

여기까지 와서 이렇게 허무하게…… 안 돼……!

그때였다. 지태의 입으로 헛, 하고 숨구멍이 트였다.

"지태야! 정신 들어?"

하지만 지태는 아무런 대답이 없었다. 나는 심폐소생술을 멈추고 지태의 심장에 귀를 댔다. 쿵쿵, 고장났던 심장이 다시 뛰었다. 다행이다. 정말 다행이야. 그러나 지태의 의식은 여전히 돌아오지 않았다. 지금으로선 심장이 뛰는 것만으로 만족해야 했다.

"괜찮을 거야. 일단 심장은 다시 뛰기 시작했어. 내가 지태를 업을게. 연아, 네가 엄마를 업어."

나는 의식이 없는 지태를 등에 업었다. 괜찮다. 괜찮을 거다. 다시 눈을 뜰 거야. 지태는 다시 정신을 차릴 거다. 순간 눈앞이 핑 돌았다. 제기랄. 일단 가자. 6지구 4구역으로 가서 여길 빠져나가자. 다른 지하 세계든 어디든. 조금만 참아, 조금만. 지태야.

테러 발생 23시간 52분 경과
노아

나는 지태를 업은 채 노아의 벽을 따라 이동했다. 내 뒤로는 엄마를 업은 연아와 화니가 따라왔다. 멀지 않은 곳에서 괴물과 지하 노숙자, 군인들의 전투가 벌어지고 있었다. 혹시라도 또 전투의 파편이 날아올까 봐 우린 달리는 내내 주위를 경계했다.

6지구 4구역을 알리는 표지판을 발견했다. 노아의 여느 곳과 다를 바 없는 장소였다. 여기서 어떻게 다른 지하 세계로 간다는 거지? 연아와 화니는 나를 보며 우리가 가야 할 곳을 알려달라는 눈빛을 보냈다. 나는 아까 신야가 했던 말을 떠올렸다.

―6지구 4구역. 정확한 위치는 눈으로 보려고 하지 말고 머릿속으로 그려봐. 어딘지 보일 거야.

눈으로 보지 말고 머릿속으로 그리라고? 나는 업고 있던 지태를 바닥에 잠시 내려놓고 눈을 감았다. 그리고 머릿속으로 그려봤다. 계속 뭔가를 그려보려고 하지만 아무것도 보이지 않았다.

대체 뭘 그리란 거야? 눈 감으면 아무것도 안 보인다고! 제기랄, 제대로 된 방법을 알려줘야지!

 나는 다시 눈을 떴다. 연아와 화니가 뭐하냐는 듯한 눈빛으로 나를 보고 있었다. 나는 둘에게 잠시만 기다리라는 듯 손을 들고는 머릿속으로 신야에게 말을 걸었다. 집중해서…… 문장을…… 던진다.

 ─6지구 4구역에 도착했어. 여기서 어떻게 해야 되는 거야?
 잠시 후 신야에게서 대답이 돌아왔다.
 ─아까 말했잖아. 눈으로 보지 말고 머릿속으로 그려보라고.
 ─해봤어! 눈 감으면 그냥 암흑이야. 아무것도 안 보인다고!
 잠시 뜸을 두고 신야에게서 대답이 돌아왔다.
 ─……여기까지 널 오게 만든 힘이 뭐야?
 예상 밖의 질문에 나는 잠시 생각에 빠졌다. 여기까지 날 오게 만든 힘……?
 ─다 같이…… 하와이에 가고 싶어. 그 힘으로 온 거야.
 ─하와이……?
 대답하면서도 다소 뜬금없는 대답인가 생각했다. 나에게 되묻는 신야의 반응이 고맙게도 그렇다고 알려줬다. 그러나 솔직한 대답이었다. 저게 신야의 질문에 가장 먼저 떠오른 마음이었다. 하와이. 지태가 말했던 그 하와이.
 ─그 마음에 집중해봐. 여기까지 널 오게 만든 마음. 그럼 어디로 가야 할지 알게 될 거야.
 이 말을 끝으로 신야는 더 이상 말이 없었다. 항상 그렇듯 신야의 말은 너무 추상적이어서 되묻고 싶은 게 가득했지만, 그래 봤자 돌아오는 건 또 추상적인 대답일 뿐일 거라 나는 잠자코 신야가 말한 대로 눈을 감았다.

엄마, 연아, 지태, 화니, 다 같이 하와이에 가고 싶은 그 마음……. 그 마음에 집중했다. 다 같이 평온한 일상을 보내고 싶은 그 마음……. 우린 여기서 살아 나갈 수 있다고 믿었던 그 마음. 서로 의지하면서 웃고 떠들었던 그 마음. 일면식도 없지만 우리를 도와줬던 사람들의 소중한 그 마음. 지하에 와서 겪게 된 우리의 모든 시간들, 그 소중한 마음들…….

서서히 암흑 속에서 빛의 입자가 모여들었다. 입자들이 모여 빠른 속도로 어딘가로 향했다.

눈을 떴다. 내 눈이 향하는 곳이 있었다. 6지구 4구역의 커다란 바위들이 겹겹이 쌓여 있는 석산. 그 석산 꼭대기에 노아의 막다른 벽이 있었다. 이를테면 저긴 노아의 끝이었다. 하지만 저 끝 너머에 다른 세계가 있다. 분명하다. 저기가 우리가 가야 할 장소였다.

내가 다시 지태를 업으며 연아와 화니에게 따라오라고 말했다. 그런데 연아가 귀신이라도 본 듯한 얼굴로 나에게 말했다.

"방금 너…… 몸이 투명해졌었어."

"뭐? 내 몸이?"

나 역시 믿기지 않아 연아에게 다시 물었다.

"오빠, 초능력 쓴 거야? 어떻게 몸이 그렇게 돼?"

이번엔 화니가 신기한 마술이라도 본 것처럼 물었다. 투명한 몸이라면…… 아까 신야의 몸이 그랬다. 신야와 눈이 마주쳤을 때, 신야의 몸이 투명해졌다. 혹시 신야와 눈이 마주치면서 감염된 걸까? 그래서 내가 신야처럼 변한 건가? 신야와 머릿속으로 대화할 수 있게 된 것도 그래서인가? 머릿속에 수많은 질문이 떠올랐지만 지금은 한가롭게 그런 생각을 할 시간이 없었다. 석산 꼭대기로 가야 했다.

나는 연아와 화니에게 일단 이동하자고 말하고, 지태를 업은 채 달렸다. 한강물은 이제 무릎 아래까지 올라왔다. 키가 작은 화니에겐 거의 허리까지 물이 찼다. 화니는 뛰면서 물을 먹어 힘들어했지만 지금은 도와줄 수 없었다. 화니가 더 힘을 내줘야 했다.

우린 힘든 몸을 끌고 석산 아래 도착했다. 가까이 와서 보니 석산은 커다란 바위들이 쌓여 있는 암벽에 가까웠다. 가파르긴 해도 차례차례 바위를 밟으면 정상까지 올라갈 수 있었다. 우선 지태를 바로 앞의 바위 위에 올렸다. 그다음엔 화니를 들어서 올렸다. 그다음엔 연아와 함께 엄마를 올렸다. 그다음엔 연아를 받쳐주고 그녀가 바위 위에 올라갔다. 마지막으로 내가 올라갔다. 이런 식으로 반복해서 우린 석산을 계속 올라갔다. 석산 꼭대기는 고층 아파트만큼 높았다. 모든 사람을 다 올려준 뒤 내가 올라가는 방식이어서 지칠 법도 했는데 나는 이상하리만치 힘들지 않았다. 닳지 않는 건전지처럼 내 몸에 에너지가 가득한 느낌이었다. 절박한 상황이 만들어낸 착각일지라도 다행스러운 일이었다.

그렇게 마지막 바위를 올라갈 차례가 되어 나는 지태와 화니, 엄마를 순서대로 올린 후 연아가 올라갈 수 있도록 그녀를 밑에서 들어줬다. 그때 쐐애애액, 하는 소리가 귀를 스치며 연아와 내가 서 있는 바위 바로 아래쪽에 군인들의 빗나간 포탄이 또 꽂혔다.

콰콰콰쾅! 굉음을 내면서 발을 딛고 있던 바위들이 부서졌다. 연아와 나는 폭발의 충격으로 석산에서 튕겨 나갔다. 몸이 공중에 떴다. 이대로는 석산 아래로 추락하고 만다. 나는 눈앞의 암벽을 붙잡기 위해 죽기 살기로 손을 뻗었다. 거친 암벽 표면에 손이 무자비하게 긁히면서 아래로 떨어졌다.

"아아아악!"

그러다 가까스로 암벽 표면의 단단한 돌부리를 붙잡으며 추락을 멈췄다. 독가스로 심한 상처를 입은 손에서 피가 줄줄 흘러내렸다. 손의 곳곳을 칼로 찢는 듯한 고통이었다. 손에서 흘러내린 핏방울이 얼굴 위로 뚝뚝 떨어졌다. 너무 고통스러워서 차라리 돌부리에서 손을 놓고 싶었다. 하지만 그랬다간 즉사할 것이다. 발 아래엔 아무것도 없었다. 나는 지금 절벽에 매달려 있었다.

고개를 돌려 연아를 찾았다. 어디에도 연아가 보이지 않았다. 설마 아래로 떨어진 건 아니겠지? 나는 절벽에 매달린 채 조마조마한 마음으로 아래를 내려봤다. 산산조각 난 암벽 덩어리들만 보였다. 연아는 보이지 않았다. 어디로 간 거야……?

"안 돼! 놓치지 마, 언니! 꽉 잡아!"

석산 꼭대기에서 화니의 목소리가 들려왔다. 연아도 절벽에 매달린 건가? 심장이 요동치기 시작했다. 위로 올라가야 된다. 가서 빨리 연아를 구해야 돼.

"연아야, 절대 놓치지 마! 내가 갈게!"

나는 절벽 어딘가에 매달려 있을 연아에게 소리치고는 어떻게든 꼭대기로 올라가기 위해 절벽에 매달린 채 주위를 둘러봤다. 왼쪽으로 조금 옆에 내가 몸을 올릴 수 있을 정도의 바위가 보였다. 저기까지만 이동하면 발을 딛고 위로 올라갈 수 있을 것 같았다. 나는 돌부리를 잡고 있던 양손 중 왼손을 떼 재빨리 옆에 있는 돌부리로 옮겼다. 왼손으로 잡은 돌부리가 튼튼한 걸 확인하고는 오른손도 떼 재빨리 왼손이 있는 쪽으로 옮겼다. 그렇게 몇 번 더 손을 옮겨가면서 몸 전체를 절벽 왼쪽으로 차근차근 이동시켰다. 겨우 발을 디딜 수 있는 바위를 만나 그 위에 몸을 올렸다. 어깨와 팔 근육이 뻐근했지만 쉴 순 없었다. 바로 암벽을 타고 올라가듯이 단숨에 꼭대기까지 올라갔다.

석산 꼭대기에 도착하니 지태는 의식을 잃은 채 누워 있고, 화니와 엄마는 둘 다 아슬아슬하게 낭떠러지 앞에 붙어선 채 아래를 내려다보고 있었다. 저 아래 연아가 있을 것이다.

"화니야! 엄마!"

나는 엄마와 화니 옆으로 달려갔다.

"오빠, 저기 언니 매달려 있어. 언니 어떡해."

화니가 눈물범벅이 되어선 말했다. 낭떠러지 아래를 보니 연아가 절벽에 튀어 나온 돌부리를 양손으로 잡고 매달려 있었다. 손을 뻗어도 닿지 않는 거리였다.

"연아…… 어떡하니……. 단아……."

엄마가 힘에 부친 목소리로 말했다. 나는 엎드려서 아래를 내려다보고 있는 엄마의 등을 토닥였다. 정신 차려야 한다. 지금 연아를 구할 수 있는 사람은 나뿐이다. 나밖에 없다. 정신 차리자. 정신 차리자.

"연아야! 절대 그 손 놓으면 안 돼. 알겠지! 내가 어떻게든 해볼게!"

연아를 안심시키기 위해 소리쳤다. 그녀는 힘겨운 얼굴로 나를 올려다봤다. 여유라곤 전혀 찾아볼 수 없는 절박한 얼굴이었다.

나는 연아를 끌어올리기 위해 머리를 굴렸다. 하지만 솔직히 어떻게 해야 할지 전혀 생각나지 않았다. 절벽을 타고 내려가서 연아를 데리고 올라오려고 해도 연아 주위엔 발 디딜 만한 곳이 전혀 보이지 않았다. 연아의 주위는 온통 깎아지른 듯한 절벽이었다.

어떻게 해야 할까? 어떻게 해야 연아를 올라오게 할 수 있을까? 빨리 방법을 생각해내야 한다. 시간이 없어. 아! 혹시 연아가 바닥으로 떨어져도 점프 슈트가 보호해주지 않을까? 바닥엔 한강물이 어느 정도 차올랐으니 충격을 완화해줄 수도 있고!

하지만 나는 매달려 있는 연아의 아래쪽을 보고는 곧바로 절망했다. 연아 밑의 까마득한 아래는 울퉁불퉁한 석산의 조각들로 가득 차 있었다. 연아가 추락한다면 저 위로 떨어질 것이다. 한강물이나 슈트가 연아를 보호해주기 이전에 뾰족한 저 바위들이 연아의 몸을 부러트릴 것이다. 게다가 연아의 헬멧은 폭발로 인해 날아가버렸다. 추락하면 연아의 머리가 있는 그대로 바위에 처박힐 것이다. 방법이 없을까? 어떻게 해야 되지? 어떻게 해야 연아를 구할 수 있나? 제발 뭐든 생각해내야 한다. 내 머리야. 제발…….

그사이 연아의 팔에서 점점 힘이 빠져갔다. 연아의 얼굴이 급격히 창백해졌다. 내 옆에선 화니와 엄마가 계속 연아를 부르면서 연아가 손을 놓지 않도록 힘을 불어넣어주고 있었다.

그때 번개처럼 아이디어가 스쳐 지나갔다. 우리들의 옷을 엮어서 구명줄처럼 내려준다면? 연아가 그걸 붙잡기만 하면 내가 올려주면 된다. 그래! 그거면 가능하다! 연아를 끌어 올릴 수 있다!

"연아야! 내가 너 잡을 수 있게 옷 내려줄 테니까 조금만 참아! 조금만!"

연아는 창백해진 얼굴로 아무 대답 없이 나를 쳐다만 봤다. 연아의 절박한 눈이 대답을 대신하고 있었다.

나는 서둘러 입고 있던 교복 재킷과 화니가 입고 있던 점프 슈트를 벗겨 단단하게 묶었다. 그러곤 바닥에 누워 최대한 길게 팔을 뻗어 연아에게 옷을 내렸다. 하지만 아슬아슬하게 연아에게 닿지 않았다. 옷이 하나 더 필요했다. 지태의 교복 재킷을 벗겨서 묶어야겠다 싶은데, 갑자기 연아가 소리쳤다.

"미안해……!"

나는 지태에게 가려다 말고 연아를 내려다봤다. 돌부리를 잡고 있는 그녀의 두 팔이 눈에 띄게 크게 떨리고 있었다. 꼭 고장 난 로봇 같았다.

"나…… 이제 더 이상은 힘들 것 같아……."

쥐어짜는 듯한 목소리였다. 그녀는 지금 내장에 있는 힘까지 다 쏟아내고 있었다.

"안 돼! 조금만 더 버텨, 연아야! 제발! 조금만!"

연아의 오른손이 돌부리에서 떨어졌다. 돌가루가 후드득 아래로 떨어졌다. 그녀의 오른팔이 고깃덩어리처럼 아래로 축 늘어졌다. 그녀의 왼팔은 아직 돌부리를 잡고 있지만 곧 떨어질 것처럼 부들부들 떨리고 있었다.

"연아야! 내가 지금 바로 구해줄게! 제발 놓지 마! 제발!"

나는 빨리 지태의 재킷을 벗겨서 와야겠다 싶으면서도 그 사이에 연아의 팔이 떨어질까 봐 낭떠러지 앞을 떠나지 못했다. 나는 이 긴박한 순간에도 멍청하게 갈팡질팡하고 있었다. 옆에선 화니와 엄마가 실신할 것처럼 연아를 목 놓아 부르고 있었다. 안 돼. 제발 놓지 마. 연아야. 안 돼……. 안 된다고, 연아야……. 너 그렇게 가면 안 된다고…….

"다들…… 안녕."

거짓말처럼 연아의 왼손이 돌부리에서 떨어졌다.

동시에 그녀의 몸이 순식간에 아래로 떨어졌다. 바닥으로 추락했다. 기암괴석 같은 바위가 추락하는 연아를 기다리고 있었다. 연아는 이제 우리에게서 영원히 떠나려 했다. 이 세계에서 영원히 사라지려 했다.

안 돼……. 절대 안 돼…….

안 된다고…… 연아야…….

"안 돼!"

그때였다. 연아의 몸이 멈췄다.

마치 시간이 멈춘 것처럼 추락하던 연아의 몸이 공중에서 멈췄다. 연아의 바로 아래선 송곳처럼 울퉁불퉁한 바위들이 기다리고 있었다. 연아는 무중력 상태에 놓인 것처럼 허공에 떠 있었다. 보이지 않지만 나는 정확히 느낄 수 있었다. 내가 연아를 잡았다.

어떻게 잡았는지는 모르겠다. 어찌 됐든 떨어지는 연아를 잡았다. 나는 불현듯 한 가지 사실을 명확히 받아들였다. 나는 신야처럼 변했다. 눈을 마주치면 감염된다는 말은 사실이었다.

그러나 이제부터 어떻게 해야 될지 알 수 없었다. 연아를 잡긴 했지만 이제 어떻게 해야 한단 말인가? 연아는 두 눈이 동그래져서 나를 쳐다보고 있었다. 연아는 지금 하늘에 떠 있는 셈이었다.

―집중해. 그 애를 붙잡은 건 네 힘이야. 보이지 않는 끈으로 그 애와 넌 연결되어 있는 거야. 그 끈을 끌어올린다고 생각해.

머릿속에 신야의 목소리가 울려 퍼졌다. 이제 신야의 목소리는 나의 구원자처럼 익숙하게 느껴졌다.

보이지 않는 끈. 지금 나는 연아와 보이지 않는 끈으로 연결된 거다……. 신야의 말대로 연아와 나 사이의 보이지 않는 끈에 집중했다. 연아를 향해 두 손을 뻗었다. 무언가가 우리를 연결하고 있었다. 그걸 끌어올린다. 할 수 있다. 할 수 있다. 할 수 있다…….

그 순간, 희미하지만 연아의 주위에 전류라고 해야 할지, 어떤 자기장 같은 게 보였다. 그리고 그 자기장은 절벽을 타고 올라와 나에게로 이어져 있었다. 나는 그 자기장을 끈이라 생각하고 두 손으로 잡아당겼다. 놀랍게도 내가 당긴 만큼 연아가 조금 올라왔다. 연아는 허공에서 몸이 올라가는 걸 느끼며 손으로 입을 막았다. 놀라움을 감추지 못했다.

"대박이야……."

옆에서 화니가 중얼거렸다. 하지만 나는 화니를 쳐다볼 수 없었다. 잠시도 한 눈을 팔 수 없었다. 숨 쉬는 것조차 조심스러웠다. 잠시라도 집중력이 흐트러지는 순간, 연아가 다시 아래로 떨어질 것만 같았다. 나는 다시 보이지 않는 끈을 잡아당겼다. 그러자 연아가 또 올라왔다. 자신이 직접 경험하면서도 믿기지 않는다는 얼굴이었다. 엄마와 화니도 이 말도 안 되는 광경을 숨죽이고 보고 있었다. 나는 숨을 죽이고 다시 연아를 끌어 올렸다. 연아는 내가 끌어올린 만큼 정확히 위로, 위로 올라왔다. 그렇게 연아는 서서히 나에게, 우리에게 오고 있었다.

이제 손을 뻗으면 바로 닿을 거리까지 연아가 올라왔다. 긴장이 풀린 건지 내 몸 안의 기운이랄까, 에너지 같은 게 빠져 나가는 게 느껴졌다. 그 순간 끈이 느슨해졌다. 나는 과감하게 보이지 않는 끈을 놓아버리면서 동시에 연아의 진짜 손을 붙잡았다. 연아가 내 손을 잡고 매달렸다. 나는 마지막으로 힘을 냈다. 온 힘을 다해 연아를 절벽 위로 끌어 올렸다. 연아가 무사히 우리들의 옆에 안착했다.

성공이다. 연아가 다시 우리 곁으로 돌아왔다.

테러 발생 24시간 20분 경과
노아

나는 연아가 무사한 걸 확인하고는 바닥에 드러누워 100미터를 전력 질주한 것처럼 헉헉댔다. 100미터를 뛸 땐 온몸의 근육이 터져 나갈 것 같은 상태가 되는데 지금은 뇌의 근육이 터질 것 같은 상태였다. 뇌에도 근육이 있는진 모르겠지만.

옆에선 화니가 연아를 붙잡고는 연신 다행이라고 소리치며 부둥켜안았다. 연아는 엄마가 자신에게 오고 싶지만 몸을 못 움직이는 걸 보고는 지친 몸을 이끌고 엄마에게 다가갔다.

"나 괜찮아, 엄마. 나 살았어. 단이가 나 구해줬어."

엄마는 연아의 얼굴을 만지며 눈물을 훔쳤다. 연아를 바라보는 엄마의 두 눈엔 사랑이 가득했다. 잠시 뒤, 연아는 바닥에 누워 있는 내 앞으로 와 쪼그리고 앉았다.

"고마워. 나 살려줘서."

나는 장난을 치고 싶었지만 숨이 차서 그저 씨익 웃고 말았다.

연아가 이어서 말했다.

"근데 방금도 너 몸이 투명해졌었어. 꼭 네가 사라질 것처럼 보여서 조마조마했어."

또 투명해졌었구나. 나는 내 몸을 보지 못해서 몰랐다. 한순간도 빼지 않고 너만 보고 있었거든.

연아의 말에 화니도 쪼르르 옆에 와선 한마디 보탰다.

"오빠 완전 멋있었어! 갑자기 이런 능력들이 어디서 생겨난 거야?"

나는 아마도 신야처럼 변한 것 같다고 말하고 싶었지만 마음과는 달리 헉헉 하는 거친 숨소리만 새어 나왔다. 그러자 엄마가 옆에서 나지막이 말했다.

"그 신야라는 아이가…… 우릴 구해준 거야……. 그 애한테 고마워해라."

나와 연아, 화니 모두 엄마를 쳐다봤다. 엄마는 더 이상 말이 없었다. 우린 잠시 아무 말도 안 했다. 엄마의 말이 계속 귓가에 맴돌았다.

신야가, 우릴, 구했다.

"여기 어디냐?"

반가운 목소리가 들려왔다. 쓰러져 있던 지태가 일어나 주위를 두리번거리고 있었다. 화니가 소리 지르며 지태에게 달려갔다.

"뭐야…… 아우! 이거 피잖아!"

지태가 자신의 머리와 얼굴을 만지더니 소리쳤다. 연아가 지태에게 다가가 말했다.

"야, 만지지 마! 너 많이 다쳤어!"

나도 숨을 고르고 일어나선 엄마를 업고 지태에게 갔다. 지태 앞으로 가자 엄마가 머리에 쓰고 있던 헬멧을 벗어서 지태에게 툭 던졌다.

"너…… 그렇게 다칠 거면 이거 나한테 왜 줬어."

힘없는 목소리였지만 엄마의 까칠한 말투가 그대로 느껴졌다. 아마 엄마가 다치지 않았다면 지금 엄청나게 소리를 질렀을 거다. 지태는 헬멧을 받아들고는 아직 사태가 정확히 파악되지 않는 듯 주위를 둘러봤다.

"너 괜찮은 거냐? 머리 다쳤잖아. 지금 뭐 기억 안 난다거나 잘 안 보인다거나 그러진 않아?"

내가 지태에게 물었다. 그러자 지태가 나를 뚫어져라 쳐다봤다. 지태의 두 눈동자가 흔들렸다.

"근데…… 넌 누군데…… 우리 엄마 업고 있냐?"

"뭐? 너 진짜 기억이…….”

내가 깜짝 놀라 말했다. 설마 정말 머리에 이상이 생긴 건가?

"혹시…… 3개월 전에 세계 신기록 세울 뻔하다가 도핑 스캔들 일으킨 강단이 선수입니까?"

이 자식이.

지태가 킥킥 웃었다. 연아와 화니도 웃음을 터뜨렸다.

"너 무슨 영화 찍냐? 내가 뭘 머리를 다쳐! 이 정도는 아무렇지도 않아!"

지태가 기세 좋게 소리쳤다. 다행이다. 이 자식은 멀쩡한 것 같다.

—잘했어. 그렇게 하는 거야.

갑자기 머릿속에 신야의 목소리가 울렸다. 나는 지태와 떠들다 말고 신야의 목소리에 집중했다. 엄마를 바닥에 내려놓았다.

—이제 여긴 모든 게 끝날 거야. 넌 여길 떠나.

뭐가 끝난다는 거지? 나는 아무 대답도 못 하고 잠시 망설였다. 뭐라고 대답을 해야 할까?

골똘히 신야와의 대화에 집중한 나를 보면서 지태가 쟤 뭐하는 거냐고 연아에게 묻는 모습이 보였다. 내가 고민 끝에 신야에게 문장을 전달했다.

—너는 어떻게 할 건데?

신야에게선 바로 응답이 오지 않았다. 나는 잠시 신야의 대답을 기다렸다. 하지만 아무 대답도 오지 않았다.

그동안 연아와 화니는 나를 보며 의아해하는 지태에게 네가 쓰러져 있는 동안 어떤 일이 있었냐면, 하면서 이 상황에 대해 설명해주고 있었다.

그때 신야가 다시 말을 걸어왔다.

—벽을 통과해서 나가. 아무 의심하지 말고. 그럼 새로운 세계로 갈 수 있어.

벽? 나는 우리 앞에 있는 막다른 벽을 쳐다봤다. 여길 통과하면 새로운 세계가 나온다는 말이었다. 신야의 대답은 내게 필요한 대답이긴 했지만 원하던 대답은 아니었다.

내가 다시 물었다.

―너는 어떻게 할 거냐고?

신야는 또 다시 말이 없었다. 잠시 후, 대답이 돌아왔다.

―그거 알아? 이 세계는 거대한 흐름 속에 놓여 있어. 우리가 만난 건 그 속에서 정해진 일이었던 거야.

조금의 간격을 두고, 신야가 다시 말했다.

―너와 나, 각자 흘러가는 대로 가면 돼. 반가웠어. 잘 가.

신야는 더 이상 말이 없었다. 내가 대체 그게 무슨 말이냐고 몇 번을 더 물었지만, 그의 대답은 돌아오지 않았다.

"단아, 뭐래? 우리 이제 어디로 가야 돼?"

연아가 옆에서 나에게 물었다. 나는 연아를 쳐다봤다. 지태와 화니, 엄마 모두 나만 바라보고 있었다. 지태는 연아와 화니의 설명을 다 들은 후 나를 신기한 눈빛으로 바라보고 있었다. 아마 방금도 내 몸이 투명해졌을 것이다.

그래, 지금은 오직 나만이 우리가 가야 할 길을 알고 있다. 가야 한다. 더 이상 신야는 신경 쓰지 말자. 내가 앞장서서 모두를 데리고 가야 한다. 지금은 그럴 때다.

나는 아이들에게 잠시만 기다려달라고 말하곤 마지막으로 노아를 내려다봤다. 산 정상에 올라와 있어 노아가 훤히 내려다보였다. 노아는 지금 혼돈으로 가득한 아수라장이었다. 한미연합군이 내려온 이후 곳곳에서 전투와 살인이 끊이지 않고 있었다. 비명과 포효, 폭발, 총포탄 소리가 가득했다. 천장에선 여전히 한강물이 쏟아지고 있었다. 그런가 하면 물 위에 불이 붙어 화재가 나기도 했다. 수많은 시체가 한강물에 흘러다녔다. 노아는 바야흐로 지옥이었다.

나는 코어로 시선을 옮겼다. 코어 주위에선 군부대가 전방위로 지하 노숙자들을 압박하고 있었다. 지하 노숙자들은 코어를 둥그렇게 둘러싸고 진입하려는 군부대를 막으려고 했다. 하지만 수적으로 열세였다. 머잖아 코어는 함락되고 그 안에 있는 신야는 생포될 것이다.

아, 혹시 신야는 그전에 빨간 버튼을 눌러 코어를 폭파시키려고 하는 걸까? 그래서 나에게 이곳을 떠나라고 말한 건가?

그때, 누군가 내 팔을 붙잡아 돌아봤다. 지태였다. 지태는 엄마를 업고 있었다.

"무슨 생각을 그렇게 하냐? 빨리 여기서 나가자. 나 또 머리에서 피 나."

지태가 장난스럽게 헬멧을 벗어 자신의 머리를 보여줬다. 지태의 장난기 어린 재촉에 나는 다시금 정신을 차렸다. 그래. 다른 생각하지 말고 지금은 다 같이 여길 벗어나는 것만 생각하자. 정신 차리자. 정신 차리자.

"근데 여기 주위에 아무것도 없는데 어디로 어떻게 간다는 거냐?"

지태가 도무지 이해가 안 간다는 얼굴로 나에게 물어봤다. 그럴 만도 했다. 여긴 석산 꼭대기였고, 옆에는 막다른 벽만 있으니까. 나는 모두에게 따라오라고 하고는 막다른 벽 앞에 섰다.

"여길 지나가면 돼."

내가 말하자 다들 의아한 표정을 지었다.

"무슨 소리야? 머리를 다친 건 난데 왜 네가 헛소리를 하냐? 벽을 어떻게 지나가?"

지태가 어이가 없다는 듯 말했다. 특유의 콧방귀 뀌는 표정이었다.

"갈 수 있어."

내가 대답했다. 신야는 아무 의심 없이 이 벽을 지나가라고 했다. 나는 이제 신야의 말을 있는 그대로 믿었다. 나는 의심 없이 막다른 벽으로 손을 집어넣었다. 놀랍게도 내 손이 벽을 통과했다. 벽은 멀쩡하게 있는데 그 속으로 내 손이 들어갔다. 막다른 벽에 손을 넣은 나를 보며 엄마와 연아, 지태, 화니의 두 눈이 동그래졌다. 나는 벽에서 손을 빼고는 말했다.

"거봐. 이제 여길 지나가면 돼."

"너 대박이다. 나 쓰러져 있는 사이에 이런 거 연습했구나?"

지태가 믿기지 않는다는 듯 농담을 던졌다. 지태가 이어서 물었다.

"이것도 그 신야란 녀석이 말해준 거야?"

나는 지태를 보며 고개를 끄덕였다. 지태는 여전히 조금은 미심쩍은 얼굴이지만, 이제 그냥 받아들이겠다는 듯 나와 함께 고개를 끄덕였다.

화니가 자기도 해보겠다며 내 옆으로 뛰어와 벽에 손을 넣었다. 그런데 손이 벽에 부딪혔다. 벽이 다시 단단해진 것이다. 화니가 자긴 왜 안 되냐며 나를 쳐다봤다. 혹시 나만 여길 통과할 수 있는 건가 싶어 내가 다시 벽에 손을 넣었다. 내 손이 벽을 통과했다. 그러자 화니가 다시 손을 넣었다. 이번엔 화니도 벽에 손이 들어갔다. 화니가 자기도 된다며 활짝 웃었다. 나의 손이 닿아야 다른 사람도 통과할 수 있는 것 같았다. 다행이다. 모두를 놔두고 나만 여길 통과할 수 있다면 죽는 것보다 더 괴로웠을 거다.

　내가 먼저 막다른 벽을 통과해 안으로 들어갔다. 그리고 손을 벽에 넣은 채 놔뒀다. 내 뒤로 화니, 연아, 지태와 엄마가 들어왔다. 모두 들어온 걸 확인하고는 벽에서 손을 뺐다. 그러자 벽이 다시 단단해지면서 노아에서 들려오던 시끄러운 소리들이 라디오를 끈 것처럼 뚝 끊어졌다. 시치미 뚝 뗀 듯한 정적이 흘렀다.

　막다른 벽 안은 어두컴컴한 공간이었다. 내가 조심스레 한 발짝 앞으로 내딛자 갑자기 내 앞으로 불빛이 쫙 들어왔다. 긴 복도가 앞에 펼쳐졌다. 복도 전체에 환한 빛이 들어와 우리가 가야 할 길을 밝혀주었다.

　우린 복도를 따라 걸어갔다. 채 1분도 걷지 않아 복도가 끝났다. 복도 끝에서 우리 앞에 모습을 드러낸 건, 열차였다. 어디서 본 것같이 익숙했는데, 연아가 정답을 알려줬다.

　"이거 봐. 우리가 위에서 봤던 그 열차야."

　어느새 연아의 손에는 디지털 카메라가 들려 있었다. 액정에는 대심도 터널에서 찍었던 열차 사진이 떠 있었다. 현국 아저씨가 수도권 광역 급행 철도라고 했던 그 열차였다. 지금 우리 앞에 있는 열차와 똑같이 생겼다. 앞이 뾰족하고 매끈한 디자인. 공상과학영화에서나 볼 법한 열차.

나는 아까 신야가 했던 말을 떠올렸다.

"대심도 터널. 진짜 그 터널이 수도권 급행 광역 철도 터널일 것 같아?"

"우리 기술을 빼앗아 만든 거야. 그 기술을 수도권 광역 급행 철도 따위에 쓸 리 없지."

현국 아저씨가 얼마나 철저하게 나를 속였는지 새삼 실감했다. 신야의 말대로 대심도 터널은 수도권 광역 급행 철도를 위한 게 아니라 우리가 알 수 없는 다른 목적에 의해 만들어진 터널이었다. 신야가 '우리'라고 표현한 누군가의 기술을 빼앗아 수도권 광역 급행 철도라고 말한 그 열차를 만든 것이다.

나는 동시에 철덕이 했던 말이 떠올랐다. 그의 말대로 서울 지하에선 우리가 모르는 일들이 차곡차곡 진행되고 있었다. 그게 뭔지는 몰라도 그 모든 것을 숨기기 위해 현국 아저씨는 내게 빨간 버튼을 누르게 해 이 모든 걸 없애려 했다. 신야를 죽이려 했다.

나는 현국 아저씨와 나눴던 모든 대화를 떠올렸다. 친절했던 현국 아저씨의 목소리, 말투, 배려, 그 모든 것들을. 지금 와서 돌이켜보면 현국 아저씨는 이상하리만치 우리에게 친절했다. 그의 말은 하나부터 열까지 모두 거짓말이었다. 딱 하나, 엄마가 수용소에 있다는 것만 사실이었다. 아까는 현국 아저씨가 양심은 있어서 엄마에 대한 정보만큼은 사실대로 말해준 거라고 생각했지만, 지금은 이런 생각이 들었다. 엄마가 있는 곳을 사실대로 말해준 건 빨간 버튼을 누르면 어차피 다 죽을 테니까 엄마라도 보고 죽으라는 그의 더러운 친절이었다고. 그건 우리를 위한 친절이 아니라 그의 죄책감을 덜어주기 위한 자위에 가까운 것이었다.

나는 이제 단 한 가지 사실에만 집중했다. 포스트 휴먼이든 테러리스트든, 우리를 구해준 건 신야다. 단 한 명의 작은 아이다. 그들의 목적이 무엇이든 나는 이제 이 아이를 지나칠 수 없다.

"무슨 일이 생겨도, 사람다운 선택을 하자. 우리가 사람이라는 걸 잊지 말자."

마지막으로 연아가 했던 말을 떠올렸다. 이젠 내가 신야를 구해줄 차례다.

테러 발생 24시간 46분 경과
노아

"미안해. 나 잠시만 다녀올게."

내 말에 모두들 놀란 얼굴이 됐다. 그러나 나는 이어서 말했다.

"다들 여기서 기다려줘. 꼭 다시 돌아올게."

이러지도 저러지도 못하는 연아, 지태, 화니, 엄마를 보고 있자니 나를 말리고는 싶지만 차마 그러지 못하는 마음들이 읽혔다. 우리를 여기까지 이끈 건 신야라는 사실이 이제 모두의 머릿속에 박혀버린 것이다. 우린 분명히 지금 이곳을 떠나야 했지만, 신야를, 그 아이를, 이 전쟁터 속에 두고 간다는 사실이 우리 모두를 죄인으로 만들고 있었다.

"그럼 나도 같이 가."

연아가 말했다. 그러자 지태가 연아를 제지하며 말했다.

"아냐. 내가 같이 갈게. 연아 넌 엄마랑 화니 데리고 여기 있어."

내가 연아와 지태, 둘 다에게 말했다.

"마음은 고맙지만, 나 혼자 다녀올게. 나 전력질주할 거야. 둘 다 나 못 쫓아와."

"야, 그래도 혼자 저 난장판을 어떻게…….."

"나 혼자 아냐."

지태의 말을 끊으며 내가 말했다. 다들 의아하게 나를 쳐다봤다.

"신야가 날 기다리고 있어. 지금도 그 애의 마음이 느껴져. 뭐라고 말로 설명하긴 힘든데, 느껴져, 신야가."

결연한 나의 말에 모두 뭐라 더 말해야 할지 모르겠다는 눈치였다.

"그리고 나 정확히 뭔진 모르겠지만 아까 다들 본 것처럼 이상한 능력이 생겼어. 아무래도 더 강해진 것 같아. 잘 다녀올 테니까 걱정 마."

그러나 모두 걱정이 한가득 담긴 얼굴들이었다.

"그럼 이거 입고 가."

연아가 입고 있던 점프 슈트를 벗었다. 연아는 다시 교복 차림이 됐다. 나는 연아가 입고 있던 슈트를 입었다. 푸시식 소리를 내면서 내 몸에 맞게 조절됐다.

"그럼 이것도 가져 가."

이번엔 지태가 몸통에 메고 있던 소총을 벗어줬다.

"아냐, 그건 너무 커서 오히려 뛰는데 방해돼. 괜찮아."

그러자 지태가 교복 재킷 안주머니에서 권총을 꺼냈다. 우리 모두 그걸 언제 챙겼냐는 듯 쳐다봤다.

"아까 위에서 혹시 몰라서 챙겨놨지, 에헴. 이건 작아서 가져가도 괜찮을 거야."

나는 웃으며 지태가 주는 권총을 받아들었다. 간단히 살펴보고는 점프 슈트 주머니 속에 넣었다.

"운동화도 줄까?"

지태가 양말만 신고 있는 내 발을 보며 물었다.

"아니, 어차피 저기 다 물에 잠겨 있어서 운동화 신으면 발이 무겁기만 해. 차라리 맨발로 뛰는 게 나아."

나는 젖어 있는 양말마저 벗어버렸다. 완전한 맨발이 됐다.

이번엔 화니가 자신의 헬멧을 벗어 줬다. 화니에겐 너무 커서 얼굴까지 가렸던 헬멧이지만 내가 쓰니까 딱 맞았다.

"나한텐 너무 컸어. 이제야 살 것 같네."

나는 너스레를 떨며 말하는 화니의 머리를 쓰다듬었다.

마지막으로 엄마가 말했다.

"신야…… 무사히 잘 데리고 와……. 기다리고 있을 테니까……."

응, 알겠어. 엄마. 꼭 돌아올게요. 나는 미소로 엄마에게 대답을 했다.

엄마와의 인사를 마지막으로 나는 다시 막다른 벽을 통과해 노아로 나갔다. TV 볼륨을 갑자기 키운 것처럼 시끄러운 소리들이 내 귀에 쏟아졌다. 절벽 아래로 노아의 전경이 훤히 내려다보였다. 중앙에 코어가 보였다. 나는 지금 저곳으로 가야 한다.

나는 포탄에 맞아 조각 난 석산을 내려갔다. 바닥에 내려가자 한강물이 나를 맞이했다. 어느새 무릎을 덮을 정도로 물이 차올라왔다. 달리기에 최적의 상태는 아니지만 최고의 선수는 환경을 탓하지 않는다. 나는 어디서든 최고의 속도를 낸다.

나는 몸을 가볍게 풀고 심호흡한 후, 코어를 향해 허리를 숙여 준비 자세를 잡았다. 석산 꼭대기에서 코어로 가는 가장 안전한 길을 살펴봤다. 최대한 전투를 피해갈 수 있는 길. 나는 이제 그 길로 달려갈 것이다. 마음속으로 출발 신호를 보냈다.

하나, 둘, 셋…….

스타트!

달린다.

코어를 향해 달리기 시작했다. 두 다리가 앞으로 쭉쭉 치고 나갔다. 이상했다. 몸이 지나치게 가벼웠다. 발이 땅에 닿는다는 느낌도 없이 앞으로 쑥쑥 치고 나아갔다. 나의 양옆으로 건물들이 빠르게 지나갔다. 내가 이 정도로 빨랐나 싶을 정도로 노아의 풍경들이 순식간에 나의 뒤로 사라졌다. 꼭 고속 열차에 올라타 지나가는 풍경을 보는 것 같은 기분이었다.

나는 지금 무릎까지 올라온 물속을 달리는 것이어서 달리는 내내 물살이 양옆으로 튀어 올랐다. 하지만 내가 발을 딛고 물살이 튀어 오르는 속도보다 내가 앞으로 뛰어 나가는 속도가 훨씬 더 빨라 나는 한 번도 튀어 오르는 물살을 보지 못했다. 다른 사람이 본다면 나는 물살을 가르며 달리는 중일 것이다. 아마 노아의 천장에서 본다면 세상에서 제일 빠른 고속 보트가 물 위를 지나가는 것처럼 보일 것이다.

나는 노아의 중앙에 세워진 빛의 기둥을 보면서 달렸다. 내가 출발한 지점부터 빛의 기둥, 즉 코어까지는 대략 2킬로미터 정도 되는 거리였는데, 달리기를 시작하자마자 마치 급격히 클로즈업하는 것처럼 코어가 가까워졌다. 나의 육상 인생에서 이렇게 빨리 골인 지점이 가까워진 적은 없었다. 출발한 지 1분쯤 지나자 코어에 거의 다 왔다.

코어를 둘러싼 갈대숲에 이르렀을 때, 군인들과 지하 노숙자들의 전쟁터가 나타났다. 저곳을 뚫고 코어로 들어가 신야를 데리고 나와야 했다. 그리고 다시 아이들이 있는 곳으로 가서 이곳을 탈출해야 했다.

그때였다. 갑자기 코어의 빛이 사라지면서 노아가 암흑에 잠겼다. 나는 달리기를 멈췄다. 코어의 빛이 사라진 걸 보며 직감했다. 신야가 무슨 짓을 저지르려 한다는 걸. 빨리 신야에게 가야 했다.

노아가 암흑 세계로 변하자 군인들과 지하 노숙자들의 총성이 일순 멈췄다. 모두 당황하는 눈치였다. 하지만 서로 멈추지 말고 공격하라는 명령들이 오가면서 다시 총포탄 소리가 터져 나왔다. 암흑 속에서 불빛이 번쩍번쩍했다. 군인들 쪽에서 야시경을 착용하라는 외침이 들려왔다. 그러는 사이에도 총소리는 끊이지 않았고 어디선가 비명들이 터져 나왔다. 시야가 어두워지니 소리가 더 커지는 것 같았다.

나는 천천히 어둠에 눈을 적응시키며 길을 찾았다. 사방에서 빈틈없이 총소리가 울려 퍼지고 있었다. 어디로 가야 무사히 코어로 들어갈 수 있을까? 앞이 보이지 않으니 답답했다. 코어가 노아에서 얼마나 중요한 역할을 하고 있었는지 절감할 수 있었다.

퍽! 그때 바로 옆쪽에서 비명과 함께 누군가가 내 몸을 밀치며 달려들었다. 나는 그 사람과 바닥을 뒹굴면서 물속에 첨벙 쓰러졌다. 나는 잠시 물 위로 고개만 내밀고는 가만히 엎드려서 상황을 파악했다. 어디선가 포탄이 터지면서 생긴 불빛으로 내 옆에 쓰러진 사람의 실루엣을 봤다. 그는 군인이었다. 미동도 없는 것으로 봐선 시체였다. 또 포탄이 터지면서 불빛이 번쩍했다. 내 옆의 시체는 얼굴에 야시경을 끼고 있었다. 나는 헬멧을 벗고 죽은 군인에게 가 얼굴에 씌워져 있던 야시경을 빼내 썼다. 그러자 눈앞에 초록빛 세계가 펼쳐졌다. 지하 노숙자들과 군인들의 전투 상황이 훤히 눈에 들어왔다.

지하 노숙자들은 코어 앞에 펼쳐진 갈대숲을 에워싸고 군인들의 진격을 막는 중이었다. 그러나 랜턴에 의지하는 지하 노숙자들은 야시경으로 무장한 군인들에게 무참하게 당하고 있었다. 머잖아 지하 노숙자들은 군인들에게 몰살당하고, 군인들은 갈대숲을 지나 코어로 진입할 것이다. 그전에 들어가야 했다.

나는 건물 뒤에 몸을 숨기고 총격전을 피해 코어에 진입할 수 있는 길을 찾아봤다. 하지만 갈대숲 주위는 어디에서나 총탄이 비처럼 쏟아지고 있었다. 럭비공처럼 어디로 튈지 모르는 총격전이었다. 그러는 와중에도 군인들은 시시각각 갈대숲으로 진입하기 위해 조금씩 앞으로 진격하고 있었다.

제기랄. 더 이상 지체할 수 없어.

나는 심호흡을 한 번 하고는 에라 모르겠다는 심정으로 총격전 사이로 뛰어 들어갔다. 번개같이 뛰어가 재빨리 갈대숲으로 들어갔다. 거짓말처럼 사방에서 쏟아지는 총탄이 모두 나를 피해 갔다. 게다가 어둠의 장막이 나를 감싼 덕분에 누구도 내가 그들 사이를 통과한 걸 발견하지 못했다. 모든 게 순식간이었다.

나는 멈추지 않고 갈대숲을 헤치며 코어를 향해 달려갔다. 어느 정도 가다가 갈대숲에서 나와 탁 트인 길을 달렸다. 코어는 이제 코앞에 있었다. 아까 들어갔던 코어 하단부의 입구가 보였다. 닫혀 있어야 할 입구가 열려 있었다. 덕분에 한강물이 코어 안까지 흘러들어가고 있었다. 코어의 전원이 아예 차단되어버린 것 같았다. 그래서 빛도 사라지고 입구의 잠금장치도 풀려버린 것이다.

코어 안으로 들어가자 미로의 문들이 모두 열려 있었다. 덕분에 가장 안쪽의 빨간 버튼이 있는 방까지 단숨에 들어갈 수 있었다. 빨간 버튼이 있는 방에 들어서자 예기치 못한 빛이 나를 덮쳤다. 나는 야시경을 벗어 던지고는 두 눈을 찡그리며 빛을 쳐다봤다.

빛 한가운데 신야가 서 있었다. 눈을 감고 있는 신야의 몸은 사라질 것처럼 투명했고, 몸의 절반 정도가 한강물에 잠겨 있었다. 자세히 보니 신야의 몸을 감싸고 있는 빛에서 전류 같은 게 흐르고 있었다. 구 형태의 빛 덩어리가 투명한 신야의 몸을 중심으로 서서히 커져갔다. 코어에 흐르던 에너지를 자기 자신에게로 모은 것 같았다. 신야의 몸을 둘러싼 빛 덩어리는 마치 터지기 직전의 풍선처럼 팽창했다.

"그만둬, 신야!"

신야가 폭발하기 일보 직전이라는 게 본능적으로 느껴졌다.

나의 외침을 못 들은 건지 신야의 몸을 감싼 빛 덩어리는 계속 팽창했다. 나는 빛 속으로 들어가 신야를 껴안았다. 직접 껴안으니 새삼 작은 체구라는 게 실감됐다. 가슴이 무너질 만큼 작고 여린 체구였다. 내 품 안에서 신야의 몸은 점점 투명해졌다. 이대로 영영 사라져버릴 것만 같았다.

"그만해. 그만하라고. 이러지 마."

나는 계속 신야에게 그만하라고, 이러지 말라고 말했다. 그러나 신야의 몸은 더 투명해졌다. 나는 직감했다. 잠시 후면 신야의 몸은 투명하다 못해 사라지고, 그 순간 신야의 몸을 감싼 빛 덩어리가 터지면서 모든 게 사라질 것이다. 노아는 물론이고 지상의 서울까지 많은 것이 파괴될 것이다. 내가 안고 있는 이 아이의 투명한 몸 안에선 어마어마한 에너지가 끓고 있었다. 아이를 안고 있는 나의 품에서 그 에너지가 느껴졌다. 무한히 팽창하는 우주가 이 아이의 몸 안에 담겨 있었다.

"제발 멈춰. 우리랑 같이 나가자."

나는 신야를 더욱 꽉 끌어안았다. 눈을 감고 머릿속으로도 똑같이 신야에게 말했다.

멈추라고. 우리와 같이 나가자고…….

그리고……

―너 혼자 둬서 미안해.

그러니 제발, 제발 멈춰줘…….

그 순간, 꽉 끌어안은 신야의 몸에서 뭔가 변하는 게 느껴졌다. 나는 눈을 떴다. 신야를 감싼 빛 덩어리가 팽창을 멈추더니 순식간에 신야의 몸 속 한 점으로 모여들면서 사라졌다. 동시에 신야가 의식을 잃고 쓰러졌다. 투명했던 신야의 몸은 어느새 원상태로 돌아와 있었다.

방 안에 불빛이 들어왔다. 코어 전체에 기이이잉 소리가 나면서 전원이 들어왔다. 방 안에도 불빛이 들어왔다. 아마 코어 밖 노아도 다시 환해졌을 것이다. 신야가 멈춤으로써 모든 게 원래대로 돌아왔다.

우린 너무 많은 길을 돌아왔지만, 그래도 괜찮다. 이제 내가 널 데리고 나갈 테니까. 같이 지긋지긋한 이곳을 떠나자.

나는 의식을 잃은 신야를 품에 안고 코어 바깥으로 달려갔다. 출구로 나가자 황금빛 갈대숲이 보였다. 코어의 빛이 돌아와 노아는 환해진 채였다. 이제 6지구 4구역, 아이들이 있는 곳으로 가기만 하면 된다.

"멈춰! 거기 서!"

어디선가 누군가의 외침이 들려왔다. 나는 소리가 들리는 쪽으로 돌아봤다. 군인이었다. 갈대숲 사잇길로 군인들이 몰려오고 있었다. 철컥철컥 소리를 내며 모두가 나를 향해 총구를 겨눴다. 결국 지하 노숙자들의 방어벽이 뚫렸구나.

"타깃 발견. 타깃 발견. 갈대숲 지나 코어 하단부. 타깃 발견."

가장 앞에 있던 군인이 나에게 총을 겨눈 채 무전을 했다. 그러자 군인의 무전기로 답신이 왔다.

"타깃은 무조건 생포해라. 절대 다쳐선 안 된다. 다시 한 번 말한다. 타깃은 무조건 생포해라. 절대 다쳐선 안 된다."

나는 군인이 무전에 신경이 쏠린 사이 재빨리 슈트 주머니에서 권총을 꺼냈다. 신야의 머리에 권총을 겨눴다. 나를 둘러싼 군인들의 얼굴에 당혹스러운 낯빛이 떠올랐다.

"아무도 움직이지 마. 움직이면 바로 쏜다."

나는 군인들을 협박했다. 군인들은 여전히 총구를 나에게 겨누고 있었지만 내 행동 하나하나에 눈치를 보고 있었다. 좋아. 주도권은 나에게 넘어왔다.

하지만 이 많은 군인들을 어떻게 따돌리고 달아나야 하나? 머리가 바쁘게 돌아갔다. 다시 코어 안으로 들어가 독가스를 나오게 해서 다 죽여버릴까? 아니면 갈대숲 안으로 들어가서 달아나 볼까? 다른 방법은? 더 확실한 방법은 없나?

내가 머리를 굴리는 동안 군인들은 어떻게 하지 못하고 내 눈치만 보고 있었다. 나와 군인들 사이에 팽팽한 긴장감이 흘렀다. 잠시라도 집중력이 흐트러지면 나는 저들의 총에 맞아 벌집이 되고 말 것이다.

그때 저 멀리 허공에서 까만 점이 가까워져 오는 게 보였다. 나는 눈동자만 살짝 굴려 까만 점을 쳐다봤다. 빠른 속도로 이곳을 향해 날아오고 있었다. 뭐야? 또 뭐가 날아오는 거야? 거의 다 가까이 와서야 그 정체를 알아차렸다.

컨테이너였다. 컨테이너가 군인들의 머리 위로 떨어졌다. 콰콰콰콰! 컨테이너가 바닥에 처박히면서 군인들을 깔아뭉갰다. 그리고 물보라가 휘몰아쳤다.

"으아아악!"

군인들이 고통스러운 비명을 지르면서 컨테이너에 깔리거나 옆으로 튕겨 나갔다. 그와 동시에 찌그러진 컨테이너 안에서 괴물들이 튀어 나왔다. 괴물들은 귀가 뚫릴 것처럼 포효하면서 군인들을 공격하기 시작했다.

나는 내 두 눈을 의심했다. 컨테이너가 하늘에서 떨어지고, 그 안에서 괴물이 튀어 나오다니. 그런데 저 멀리서 또 컨테이너가 날아와 굉음을 내며 바닥에 처박혔다. 그렇게 몇 개의 컨테이너가 더 날아왔다. 군인들은 속수무책으로 컨테이너에 깔려 죽었다. 그리고 그 안에서 괴물들이 연이어 튀어 나왔다. 그들은 어김없이 군인들을 공격했다.

지금 이거, 괴물들이 날 도와주는 상황인가?

자유의 몸이 된 나는 얼떨떨한 얼굴로 아수라장 속을 피해 도망쳤다. 괴물과 군인들의 전투를 뒤로 하고 갈대숲 사잇길로 전력질주하려는데 이상하게 발이 뜨거웠다. 분명히 한강물 아래로 발을 딛고 있는데 왜 발이 뜨겁지 싶어 아래를 내려다보자 곧바로 이유를 깨달았다. 군인들이 마구잡이로 쏜 총탄이 내 발을 관통해 뜨거운 피가 흐르고 있었다.

"아아아악!"

나는 그제야 비명을 지르며 신야를 안은 채 고꾸라졌다. 한강물 아래로 고개가 처박혔다. 나는 신음을 흘리며 다시 일어나 달리려 했지만 발의 통증 때문에 한 발 내딛기조차 쉽지 않았다. 신야를 안은 채 짜증과 고통이 범벅된 비명을 질렀다. 어떻게든 앞으로 걸어가야 했다. 나는 결국 한 발을 들고 외발로 깡충 뛰며 앞으로 갔다. 그러다 발이 엉켜 다시 또 고꾸라졌다. 한 손에 쥐고 있던 권총도 놓쳐버렸다. 한강물 위로 고개를 쳐드는데 앞쪽에서 또 다른 군부대가 몰려오는 게 보였다. 다른 곳에서 전투를 벌이다 이쪽으로 합류하는 부대였다. 숫자가 꽤 많았다.

제기랄. 나는 다시 신야를 안고 악착같이 일어났다. 갈대숲 속으로 들어가 군인들을 피하려고 하는데, 타타타탕! 총소리가 울리면서 내 다리에 총탄이 꽂혔다. 나는 비명을 지르며 풀썩 주저앉고 말았다. 슈트 덕분에 총탄이 살을 뚫진 않았지만 못이 박힌 몽둥이로 맞은 것처럼 다리가 아파왔다. 이제 일어날 힘조차 없었다. 권총이 없어서 신야를 인질로 삼는 것도 불가능했다. 어떻게 해야 되지. 어떻게……?

갑자기 의식이 흐릿해져왔다. 급격히 피로가 몰려왔다. 약의 기운이 다한 것처럼 어제부터의 피로가 해일처럼 나를 덮쳐왔다. 이대로 한강물에 누워 영원히 잠들고 싶었다. 어느새 군인들이 내 코앞까지 왔다. 그들은 이제 나를 쏘고 신야를 데려가겠지. 제기랄…….

그때였다.

흐릿해진 시야로 내 앞에 선 군인의 머리가 두부처럼 으깨지는 광경이 보였다. 동시에 다른 군인들이 일제히 내 앞에 나타난 괴물을 향해 총을 쐈다. 하지만 괴물의 움직임이 더 빨랐다. 머리를 으깬 군인의 상체를 잡고는 자이언트 스윙을 하듯 붕 휘둘러 자신을 둘러싼 군인들을 한번에 밀쳐냈다. 그러곤 괴물은 나와 신야를 품에 안고는 갈대숲 사잇길을 달리기 시작했다. 텅, 텅, 텅! 괴물의 육중한 발소리가 온몸으로 전해졌다. 괴물은 빠른 속도로 갈대숲 구역을 벗어나 시가지로 들어갔다.

사방에서 군인들이 몰려들며 괴물을 공격했다. 그러나 괴물의 움직임은 언제나 그들보다 한 발 빠르고, 그들의 예상 범주를 벗어났다. 민첩하게 이동해 고층 빌딩을 타고 올라가 건물들의 옥상을 건너뛰면서 달아났다. 저 아래서 군인들이 괴물을 잡으라고 고래고래 소리쳤다. 욕지거리도 섞여 있었다. 나는 의식이 흐려지는 가운데도 군인들을 보기 좋게 따돌리는 통쾌함을 느꼈다. 저들에게 가운뎃손가락을 들어 비웃어주고 싶었지만 지금 난 아쉽게도 그럴 힘조차 없었다.

우리의 목적지를 어떻게 알았는지 괴물은 정확히 6지구 4구역, 석산을 향해 가고 있었다. 몇 번 더 크게 뛰어오르며 건물들 사이를 오가더니 곧 석산 꼭대기에 도착해 나와 신야를 내려줬다. 괴물이 나를 쳐다봤다. 나는 감기는 눈을 억지로 크게 뜨며 괴물의 얼굴을 쳐다봤다. 괴물과 눈이 마주쳤다. 그 순간 괴물의 정체를 깨달았다. 기찬이였다.

고속터미널역에서 지상으로 나갔던 기찬이, 꼴통 새끼. 결국 몸이 완전히 변하고 말았구나. 괜찮아? 여긴 어떻게 들어온 거야?

그 순간 기찬이의 눈을 통해 어렴풋한 메시지가 전해왔다.

―닥치고 꺼져. 나중에 다시 얘기하자.

이제야 조금 알 것 같았다. 신야나 괴물들이나 이들은 모두 눈으로 보이지 않는 무언가를 주고받는다. 그중엔 언어도 있다. 방금 기찬이와 나는 눈으로 어떤 어렴풋한 메시지를 주고받았고, 신야와 나는 구체적인 문장을 주고받았다. 다른 사람들이 감염되는 것도 괴물과 눈으로 뭔가를 주고받으면서 생기는 현상이다.

콰콰콰쾅! 우리가 있는 석산으로 포탄이 몇 발 날아와 꽂혔다. 석산이 무너지려고 했다.

군인들이 미친 건가? 신야를 생포하라는 명령은 어떻게 하고.

기찬이 뒤로 포탄이 또 하나 날아왔다. 마치 슬로 모션처럼 정확히 기찬이의 등을 향해 날아오는 광경이 보였다. 저게 꽂히면 우린 다 죽는다.

기찬이가 나의 눈을 보더니, 무너지는 석산의 바위 조각을 하나 붙잡고는 뒤돌아섰다.

크아아아아아! 기찬이가 포효하면서 날아오는 포탄을 바위로 올려쳤다. 그러자 거짓말처럼 포탄이 위로 휘면서 막다른 벽의 위쪽으로 꽂혔다.

퍼퍼퍼펑! 굉음을 내면서 벽이 무너져내렸다. 기찬이가 무너지는 바위 조각에 신야와 내가 깔리지 않도록 감쌌다. 마지막으로 기찬이의 눈을 보며 그의 메시지를 느꼈다.

―도망가. 살아남아라.

나는 통증과 피로로 몸이 바스러질 것 같았지만 마지막 힘을 끌어내 신야를 안고 일어났다. 막다른 벽을 통과해 안쪽으로 들어갔다. 안쪽으로 완전히 들어오자 막다른 벽이 단단해지면서 언제 그런 일이 있었냐는 듯 정적이 내려앉았다. 나는 마음속으로 기찬이에게 인사했다.

고맙다. 너도 살아남아라.

나는 신야를 안고 비틀거리면서 걸어갔다. 앞쪽에서 연아와 지태가 나를 향해 달려오는 모습이 보였다. 뒤로 화니도 보이고, 의자에 기대앉은 엄마의 모습도 보였다.

살았다. 우린 살았어.

의식이 완전히 사라지려는 걸까. 앞이 너무 흐릿해진다 싶더니 내 두 눈에서 눈물이 하염없이 쏟아졌다. 나는 지태에게 내 몸을 맡겼다. 신야는 연아가 안아 올렸다.

우리는 열차에 올라탔다. 열차가 출발했다. 이 열차가 도착하는 곳은 어딜까?

—다른 지하 세계.

그래. 신야가 그렇게 말했었지. 거긴 어떤 세계일까. 아마도 우리의 재난은 이게 끝이 아니라 시작이겠지. 그곳에서 널 만난 이유도 알게 되겠지. 널 둘러싼 모든 것의 진실도.

우리들은 이제 어디로, 어떻게 흘러갈지도 알 수 있을까?

침대인지 긴 의자인지, 완전히 뻗어버린 내 옆에 누워 있는 신야가 보였다. 깊은 잠에 들었나 보다. 그 난리를 쳤는데도 깨어

나지 않다니……. 대체 얼마나 깊게 잠든 거야. 물어볼 게 많은데…….

신야의 얼굴이 서서히 나의 두꺼운 눈꺼풀에 가려졌다.

나도 이제 조금은 잠들어도 괜찮겠지…….

달리는 열차 속에서 신야와 나는 함께 깊은 잠에 빠졌다.

Epilogue

I

o—o—o

테러 발생 25시간 45분 경과
B9

현국은 수갑과 족쇄가 채워진 채 B9의 징벌방이라 불리는 곳에 감금되어 있었다. 대심도 관제센터 문을 잠그고 '무슨 짓'을 벌인 것에 대한 벌이었다. 하지만 무슨 짓을 벌였는지는 누구에게도 말하지 않았다. 단지 드론으로 노아를 살펴봤다고 둘러댈 뿐이었다. 현국이 강단이와 접촉한 것을 아는 사람은 아무도 없었다. 강단이가 빨간 버튼을 눌러 노아가 폭파된다면 그 사실은 영원히 아무도 모르게 될 것이다.

징벌방의 문이 열리더니 국정원장이 들어왔다. 국정원장은 현국에게 정말 대심도 관제센터에서 드론으로 노아를 살펴본 게 다냐고 물었다. 현국은 그렇다고 대답했다. 그러자 국정원장이 이어서 말했다.

"신야가 강단이와 함께 노아에서 탈출했어. 혹시 네가 한 짓과 연관 있는 건가?"

현국은 국정원장의 말을 듣고는 머리가 멍해졌다. 강단이가…… 노아를 폭파한 게 아니라 신야와 함께 탈출했다고?

국정원장은 지금이라도 솔직하게 말하면 자신이 어떻게든 힘을 써보겠다고 말했지만 현국은 아무 말도 귀에 들어오지 않는 듯 대답이 없었다. 국정원장이 한숨을 내쉬며 현국에게 말했다.

"VIP가 곧 여기로 올 거야. 잘 생각하고 대답해. 심기가 많이 불편하신 상태니까."

국정원장은 이 말을 마지막으로 징벌방을 나갔다.

현국은 머리가 복잡해졌다. 강단이가 빨간 버튼을 누르는데 실패할 수는 있다고 생각했다. 여러 가지 돌발 상황이 있을 수도 있으니까. 하지만 대체 어떻게 하다가 강단이가 신야를 만났고, 또 함께 노아를 탈출하기까지 했단 말인가? 그들에게 무슨 일이 있었던 걸까?

그러는 사이 대통령이 징벌방에 도착했다. 문이 열리더니 대통령과 비서실장, 그 외에 몇몇 덩치 좋은 용병들이 들어왔다. 그들은 완전무장한 상태로 현국에게 총구를 겨눴다.

대통령이 끓어오르는 분노를 억누르며 현국에게 물었다.

"마지막 기회를 주지. 그 안에서 무슨 짓을 벌였나? 강단이가 어떻게 신야와 탈출할 수 있었던 거지?"

대통령의 질문이 끝나자 현국은 불현듯 조계사에서 만난 사내가 했던 말을 떠올렸다.

"만약 장 박사님이 옳았다면 우린 다시 만나게 될 겁니다. 그때 제 이름을 알려드리겠습니다. 하지만 장 박사님이 틀렸다면…… 아마 우린 다시 만나게 될 일도, 서로에 대해 알아야 할 필요도 없을 겁니다. 우린 다 이 세상 사람이 아닐 테니까요."

현국은 생각했다. 설마 장 박사는 신야를 죽이기 위해서가 아니라 살리기 위해서 나에게 빨간 버튼에 대한 정보를 준 건가? 강단이가 신야를 데리고 탈출할 수 있도록? 그래서 우린 지금 죽지 않고 살아 있는 건가? 그게 장 박사가 생각한 옳은 결말인가?

대통령은 아무 대답이 없는 현국을 보면서 표정이 심하게 일그러졌다. 살기가 그득한 눈빛으로 현국에게 총구를 겨눈 용병들에게 말했다.

"쏴."

대통령의 짧은 명령에 용병들이 방아쇠를 당기려는 찰나, 콰콰콰쾅! 하는 굉음과 함께 징벌방에 폭발이 일어났다. 또 다시 테러였다. 폭발과 동시에 용병들은 대통령을 보호하려 움직였고, 그 사이 복면을 쓴 무리가 현국을 납치했다. 철통 같던 B9은 아수라장이 됐다. 대통령이 안전한 곳으로 대피했을 때, 현국은 이미 사라진 뒤였다. 그 순간, 대통령은 이제껏 살아오면서 가장 참기 힘든 분노를 느꼈다. 자신이 이뤄온 모든 것을 걸고 내 앞을 가로막는 자들을 모조리 제거해버리겠다고 다짐했다.

복면 무리와 함께 B9을 빠져 나온 현국은 차량에 실려 이동하고 있었다. 징벌방에서 복면 무리에게 납치될 때 마취제를 흡입해 정신이 혼미한 상태였다.

그러지 않아도 그는 모든 게 혼란스러웠다. 철통 같은 B9을 뚫고 테러범들이 들어왔다는 것도, 자신이 살아서 그곳을 빠져나왔다는 것도 믿기지 않았다. 복면 무리도 장 박사와 신야, 강단이와 관련 있는 걸까? 이들은 왜 나를 데리고 나온 걸까? 나는 지금 어디로 가는 걸까? 현국은 궁금한 것이 너무나 많았지만 갈수록 의식이 흐릿해져 아무런 말도, 아무런 행동도 취할 수 없었다. 앞으로 더 큰 운명의 소용돌이가 자신을 덮치리라는 것만 본능적으로 알 수 있었다.

현국은 의식을 잃기 전 남은 힘을 짜내 복면 무리에게 그들의 정체에 대해 물었다. 현국의 물음에 복면 무리 중 리더로 보이는 자가 의외로 순순히 대답해줬다.

"우선은 푹 주무십시오. 앞으로 할 일이 많을 테니까요. 제 소개만 먼저 하자면……."

하지만 현국은 그의 대답을 끝까지 듣기도 전에 깊은 잠에 빠지고 말았다. 그는 의식을 잃은 현국을 보며 복면을 내렸다. 그리고 나지막이 말했다.

"스티브. 제 이름은 스티브입니다. 강단이의 코치였죠."

테러 발생 한 시간 전
노아: 신야의 방

　─기분이 어때?
　신야의 머릿속으로 모옌이 말을 걸어왔다. 모옌은 신야의 하나뿐인 친구였다. 한 번도 직접 만난 적은 없지만.
　─고요해. 네가 있는 밤바다처럼.
　신야가 머릿속으로 대답했다. 이에 모옌이 웃으며 말했다.
　─여긴 그렇게 고요하지 않아. 언젠가 너도 여기 놀러오면 알 수 있겠지.
　─내가 살아남는다면.
　단호한 신야의 대답에 잠시 시간을 두고 모옌이 물었다.
　─꼭 해야겠어? 많은 것이 파괴되고 다칠 거야. 지금이라도 멈출 수 있어.
　이번엔 신야가 잠시 시간을 두고 대답했다.
　─너도 알고 있잖아. 이미 정해진 거야. 나는 그럴 수밖에 없어.

―신야, 운명은 정해진 게 아냐.

―그럼 내 운명을 한번 바꿔봐.

신야의 말에 모옌은 생각에 잠긴 듯 아무 말이 없었다. 신야는 기다렸다. 다시 모옌의 말이 이어졌다.

―넌 곧 네 운명을 바꿀 사람을 만나게 될 거야.

―사람? 호모 사피엔스를 말하는 거야?

―응.

―고작 사람이? 내 운명을 바꾼다고?

―너와 이어져 있거든, 그 사람은.

―나와 이어져 있다…….

―너의 동반자가 될지, 너의 파괴자가 될지는 네가 선택하기 나름이야. 기억해. 우린 거대한 흐름 속에 놓여 있지만 우리가 무엇이 될지는 스스로 선택할 수 있어. 우린 그 정도는 선택할 수 있어. 그 믿음을 잊지 마.

모옌은 더 이상 말이 없었다. 둘의 대화는 그렇게 끝났다.

신야는 홀로 모옌의 말을 곱씹으며 생각했다.

내가 무엇이 될지 선택할 수 있다면 언젠가 나는 바다가 되고 싶어. 별이 총총히 빛나는 밤을, 바다가 되어서 보고 싶어.

누구라도 좋으니, 날 멈춰줘.

끝

《스프린터》 2부에서 계속

편집자의 말

저는 지금 광명동굴 밖 노천카페 벤치에 앉아 있습니다. 오후 다섯 시 즈음입니다. 눈을 뜨면 바람에 흩날리는 초목과 파란 하늘, 나들이를 즐기는 사람들이 보이고, 눈을 감은 채 잠시 집중하면 아이들이 재잘대는 소리, 어른들이 깔깔 웃는 소리, 새들이 지저귀는 소리가 들립니다. 평화롭기 그지없는 풍경입니다. 혼자 온 이는 저 밖에 없네요. (물론 제 시야 밖 어딘가에는 그 분들도 계시겠죠.)

오늘 제가 이곳에 온 이유는 2017 광명동굴 국제 판타지 페스티벌에 참가하기 위함입니다. 조금 전 동굴 안팎을 모험한 끝에 스탬프 투어 미션을 마쳤고 한 시간 후에는 요정어를 배울 예정입니다. 동굴 안에 지하세계로 명명된 구역이 있어 걷는 동안 깊은 영감을 받기도 하였습니다. 일곱 시부터는 열한 시간 동안 〈호빗〉 트릴로지 확장판을 관람할 예정입니다. 평소 잘 마시지 않는 커피를 마시긴 했는데 과연 잠들지 않고 버틸 수 있을지 조금 걱정되네요.

그냥 놀러온 것은 아닙니다. 《스프린터》에 관심을 보여주신 판타지 페스티벌 조직위원분을 뵙고자 왔습니다. 〈반지의 제왕〉과 〈호빗〉 트릴로지를 작업한 웨타워크숍이 후원하는 행사이니 어쩌면 설립자인 리처드 테일러 경을 만날지 모르겠다는 기대도 있었습니다. 얼마 전 자문을 구하고자 찾아 뵀던 SF&판타지 도서관 관장님께서 이 행사와 조직위원분을 소개해주신 순간부터 《스프린터》 트릴로지가 웨타워크숍의 손을 거쳐 영화로 탄생하는 상상이 머릿속을 떠나지 않았습니다. 잠시 스쳐간 상상이 되는 것을 허락하지 않기 위해 이곳에 온 것입니다. 상상을 현실로 만드는 방법은 더 깊은 생각이 아니라 즉각적인 행동이라는 것을 최근에서야 깨달았기 때문입니다. 제게 《스프린터》는 충분히 그렇게 될 만한 가치가 있는 이야기입니다.

여러분은 《스프린터》를 어떻게 보셨나요. 아니 어떤 이야기로 읽으셨나요.

사실 저는 편집자의 말을 두 번째 쓰고 있습니다. 첫 번째 쓴 원고는 정이안 작가에게 까였습니다. (캐비넷에서는 편집자의 글을 작가가 까기도 합니다. 대개는 그 반대가 숱한 경우이지만요. 그만큼 작가를 존중하고자 노력합니다.) 까였던 이유는 단순합니다. 작품의 의도에 대해 너무 많은 이야기를 했기 때문입니다. 사실 많았던 것이 문제가 아니라 너무 단정적으로 이야기했던 것이 문제였습니다. 그렇다고 그것이 독자 여러분의 작품에 대한 해석을 방해할 수 있다는 생각에는 동의하진 않지만 저 스스로가 이 작품을 너무 좁은 차원에서 이해하려 했구나 하는 자성이 있었습니다. 변명하자면 초고를 썼던 장소가 파주출판단지에 있는 '지혜의 숲'이었기 때문입니다. '지혜의 숲'이 잘못한 건 아닙니다. 그럴 리가 없죠. '지혜의 숲'은 작년 이맘 때 작가와 제가 《스프린터》라는 작품에 대해 뜨겁게 토론했던 장소입니다. 그 때 나누었던 대화로 《스프린터》는 이전보다 한 차원 더 높은 목표를 가진 이야기로 발전할 수 있었습니다. 그 때의 대화, 그 때의 뜨거움이 가슴에서 다시 치솟아 뇌를 거쳐 손끝으로 전해졌고, 키보드를 정신없이 두드렸었습니다. 하지만 알겠더군요. 저 혼자 그 시간에 머물렀다는 것을요. 한창 진행 중인 교정교열 원고를 검토하던 중 깨달았습니다. 이 이야기가 그 때 내가 생각했던 그 이야기인가. 아닌 것은 아니지만 그것으로는 설명이 부족한 이야기라는 생각이 들었습니다. 너무나 당연했습니다. 트리트먼트에 불과했던 그 시점으로부터 1년의 시간을 거쳐 트릴로지의 시작을 여는 '소설' 한 편이 완성되었으니 그 때 나누었던 대화는 분기점에 불과할 뿐 하나의 우주라고 할 만한 작가의 뇌 속에서 얼마나 진화했겠습니까. 그리고 다시 이 이야기가 독자 여러분 자신만의 우주와 만나는 순간 일어날 또 한 번의 진화는 제가 감히 상상할 수 없는 것이었습니다.

정이안 작가는 자신의 사상과 상상에 독자를 가두지 않고, 작품으로써 자신이 던진 질문에 대해 독자 여러분과 함께 소통하고자 합니다. 충분히 소통되었다고 생각하시나요? 트릴로지로 향하는 이 여정을 함께하며 계속 소통하고 싶으신가요?

그는 제가 아는 가장 겸손한 작가입니다. 그러면서도 야망은 큰 작가입니다. 인간에 대해, 이 세상에 대해, 지구의 미래에 대해 전 세계인과 이야기를 나누고 싶어 합니다. 저 또한 마찬가지입니다. 우리는 모두가 잠든 새벽, 숱한 대화를 나누며 이 작품이 어디까지 가야하는지 이야기하기를 즐겼습니다. 그 즐거움을 이제는 여러분과 함께 나누고 싶습니다.

작년 부산국제영화제에서 E-IP피칭 New Creator Award를 수상하고 나서 약 1개월 후, 정이안 작가가 보낸 2부와 3부에 대한 러프한 시놉시스를 읽어본 어느 새벽, 저는 전율을 느꼈습니다. 이 시리즈가 세상에 꼭 필요한 이야기가 되겠다는 확신은 물론, 한 사람의 독자로서 너무나 즐거운 독서 경험이 되리라는 기대감으로 충만해짐을 느꼈습니다. (여러분도 좋아하실 것입니다.) 무엇보다 두 아이의 아버지로서 10년쯤 후, 《스프린터》 영화를 볼 수 있는 세상이 되었고 청소년기에 접어든 아이들을 위해 책을 선물하게 된 그 날, 이 훌륭한 이야기를 창조하는 과정에 참여했다는 자부심이 고스란히 전달되겠지 하는 생각에 미리 뿌듯해졌습니다. 저에게 그런 기회를 준 정이안 작가에게 10년 후의 감사 인사를 미리 전합니다.

지금 이 시간에도 작업을 진행 중이신 편집자님, 교정자님, 일러스트레이터님, 애니메이터님 그리고 첫 독자로서 추천사를 써주신 분들, 작품과 관련하여 취재 협조에 응해주신 모든 분들, 디자인 투표 이벤트에 참여하여 함께 표지를 만들어주신 분들께도 감사 인사를 드립니다.

　마지막으로 《스프린터》의 여정에서 가장 중요한, 지금 막 이 책을 끝까지 읽어주셨고 《스프린터》 시리즈에 대한 성원을 보내주실 독자 여러분께 감사 인사를 드립니다. 올해 출간한 1부, 내년 가을 출간 예정인 2부, 내후년 가을 출간 예정인 3부……《스프린터》 역사의 1막이 될 3년간의 여정에 함께 해주시길 바랍니다.

　제가 오늘 보게 될 〈호빗〉 1부의 부제가 '뜻밖의 여정'입니다. 여러분의 '뜻밖의 여정'이 이미 시작되었기를 바랍니다.

　　　　　　　　　　　　　　2017년 9월 어느 날
　　　　　　　　　　　　　　완연한 가을이 느껴지는
　　　　　　　　　　　　　　광명동굴 앞에서

추천의 글

김봉석 · 대중문화평론가. 에세이 《나의 대중문화표류기》 《하드보일드는 나의 힘》 등

《스프린터》를 읽는 재미는 끊임없이 이어지는 긴장감이다. 폭발과 함께 지하철이 멈추는 테러가 일어난 것 같더니만 괴물들이 공격해 온다. 겨우 지상으로 빠져나갈 방법을 찾기는 했지만 이번에는 노량진역에 갇힌 엄마를 구해야만 한다. 사람들을 구하러 온 것 같던 군인들은 엉뚱한 짓을 한다. 지하에 갇힌 강단이 일행은 모르지만, 더욱 거대한 음모가 진행되고 있는 것을 독자는 알고 있다. 과연 테러의 배후라는 신야는 누구일까. 그의 목표는 무엇이고, 대통령은 무엇을 하려는 것일까.

쉴 새 없이 돌진하는 이야기에 강단이와 연아의 절실한 감정이 더해진다. 도핑 스캔들로 인생의 목표를 잃어버린 강단이는 재난 속에서 어떻게 성장할 것인가. 단지 뛰는 것만이 아니라 어떻게 달리는 것이 강단이의 인생 그리고 세계를 바꿀 것인가. 처음

목표는 생존이었고, 엄마를 살리는 것이었다. 하지만 그에게 부여된 운명은 더욱 거대한 것이었다. 신야를 만나게 된 강단이는 한 단계를 넘어선다. 도약의 순간까지 《스프린터》는 맹렬하게 달려간다. 다음 이야기가 궁금해서 계속 페이지를 넘기고 있었다. 다음 이야기는 어떻게 펼쳐질까. 신야와 강단이는 함께 어떤 세계를 만들어갈 것인지 궁금하다.

김창규 · SF작가 및 번역가. 소설집 《우리가 추방된 세계》, 번역서 《뉴로맨서》 등

방대한 세계관 속에 포진하고 있는 고난과 실패. 판타지와 SF장르는 그 속에 기꺼이 아이를 던진다. 아이가 난관을 극복하고 성장해서 사랑과 우정의 참뜻을 깨닫고, 어른들보다 더 나은 무언가가 되기를 기대하기 때문이다. 거기에 헐리우드식 상업 감각이 따라붙으면 〈헝거 게임〉과 〈메이즈 러너〉가 출현한다.

《스프린터: 언더월드》(이하 스프린터)는 그 계보를 따르려는 야심찬 시도다. 주인공 단이는 세계적인 육상 선수가 되지 못하고 일상으로 돌아오지만 재난과 마주한다. 어두운 지하 세계에 흔히 깃들게 마련인 괴담은 서울 지하철을 매개체로 해 현실로 쏟아져 나온다. 엄마를 구하고 살아남으려 최선을 다하던 단이는 어른들이 만들어 놓은 잔인한 음모 속에서 더 큰 비밀을 마주하게 된다.

《스프린터》의 야망은 무척이나 커서, 〈헝거 게임〉이나 〈메이즈 러너〉를 포함한 온갖 장르의 장점을 한데 아우르기 위해 노력한

다. 힐리우드식 모험물 SF와 일본 애니메이션의 특징, 판타지 속 괴물과 음모론, 다분히 호러를 연상케 하는 분위기와 스릴러, 이 모든 것이 작품 안에 공존하고 있다. 그 과정에서 정교한 SF 세계관이 다소 희생된 느낌은 있지만, 대신 부각된 지하세계의 규모와 인물들의 모험은 작품을 힘차게 끌고 나가는 원동력이다. 롤모델로 삼은 작품들이 그렇듯 《스프린터》는 2부와 3부에서 더 넓은 무대로 펼쳐질 모양이다. 그곳에서 단이와 친구들이 자신과 세계의 운명을 어디로 인도할지 기대해보자.

김현수 · 씨네21 기자

서울의 지하철 역사 곳곳에서 괴생명체가 출몰해 수많은 사람들이 죽거나 고립되는 참사가 벌어진다. 믿을 수 없는 대형 재난을 배경으로 한 SF 소설 《스프린터》는 한국에서 쉬이 시도하지 못했던 본격 장르 소설을 표방한다. 기상천외한 사건의 중심에 휘말리는 주인공은 청소년 육상 유망주였던 '단이'와 그의 친구인 '연아', '지태' 등 몇 명의 아이들이다. 이들이 사라진 엄마를 찾아 나서는 과정에서 상상을 초월하는 재난의 실체를 접하게 된다. 《스프린터》는 1980년대 할리우드를 중심으로 쏟아져 나왔던 SF 어드벤처 영화를 떠올리게 하는 흥미진진한 모험담의 배경이 독자들에게 너무나 익숙한 서울이란 점에서 생생한 리얼리티를 안겨준다. 특정 장르로 분류할 수 있는 요소는 더 있다. 어릴 때 즐겨봤던 근미래 배경의 디스토피아를 다룬 일본 애니메이션

〈미래소년 코난〉, 〈아키라〉 등에 등장하는 정부의 비밀실험, 지하 조직 세계 등의 설정이 등장하고, 그 위에 봉준호 감독의 〈괴물〉을 떠올리게 하는 가족 찾기 서사가 펼쳐진다. 게다가 참혹한 재난 현장에 내던져진 십대들이 위기를 극복하고 사건의 실체를 파헤치는 과정에서 SNS를 이렇게 한국적으로 흥미진진하게 활용하는 모습은 그 동안의 어떤 한국 영화나 드라마에서도 보지 못한 참신한 전개다. 대체 이 소설은 어디까지 판을 키울 것인가, 두근거리며 책장을 다 넘기면 총 3부작으로 기획됐다는 것, 그러니까 앞으로 두 권의 모험담이 더 이어질 것이란 사실에 또 한 번 놀랄 것이다. 끝을 모르고 펼쳐지는 비밀의 실체를 파헤치는 아이들의 흥미진진한 모험담에 동참하지 않을 도리가 없다.

전홍식 · SF&판타지 도서관 관장

굉음과 함께 무너진 일상. 지하철에 어둠이 다가오고 미지의 공포가 밀려올 때, 남겨진 아이들은 생존의 희망을 품고 무한한 지하 세계를 내달린다. 친숙한 삶의 세계를 무대로 압도적으로 밀려오는 음모와 스릴의 질주.《스프린터: 언더월드》는 지하철을 무대로 청소년들의 생존을 그려낸 작품이다.

서울 도심의 일상을 책임지는 지하철 전역에 갑작스러운 테러가 벌어지고, 멈추어버린 차량을 향해 정체를 알 수 없는 괴물이 밀려들면서 시작되는 이 이야기는, 단숨에 평온이 사라져 버린 일상을 무대로 알 수 없는 공포와의 싸움을 그려낸다. 교대에서 선릉, 그리고 강남으로 돌아가기에 이르기까지, 어둠을 뚫고 달려 나가는 사람들의 모습, 그리고 그 뒤에 숨겨진 음모의 그림자가 쉼 없이 밀려온다.

《스프린터》의 가장 큰 매력은 이 같은 상황이 마치 눈앞에서 떠오르듯 자연스레 전해진다는 점이다. 특히 터널을 달리던 지하철이 멈추고 암흑 속에서 정체불명의 괴물이 습격해오는 장면은 정말로 영화 한 장면을 그대로 옮긴 듯한 긴장과 스릴을 직접 전해온다.

무엇보다도 그 공포의 무대가 우리에게 친숙한 지하철이라는 것이 재미있다. 항상 타고 다니기에 잘 안다고 생각하지만, 사실은 그냥 스쳐지나갈 뿐인 그곳에 정체를 알 수 없는 괴물이 출현하여 생명을 위협하는 상황. 서울 지하에 무언가가 존재할지도 모른다는 설정이 베일에 싸인 지하 세계의 매력을 더욱 높여준다. 괴물의 배후와 음모가 너무 빨리 드러나고 국가 기관의 개입처럼 주인공 일행 이외의 부분이 지나치게 드러나는 점은 다소 아쉽다.

하지만 주인공 일행을 중심으로 펼쳐지는 추격극과 사건 연출 하나만으로도 이 작품은 마지막까지 단숨에 질주하게 만드는 재미가 있다. 다음 편에서 더욱 큰 도약이 있기를 기대하게 하는 작품이다.

한강　　　　　　　　　　　지상

지하철 터널

싱크홀(강남)

대심도 터널

지하세계 구조도

남산

타임캡슐
(엘리베이터)

B9

3지구 정거장 승강기　　　　B9 전용 승강기

X-train 차량 기지

노바 아틀란티스

SPRINTER ARTWORK

유니언 2족(위), 유니언 4족
ⓒ김특호

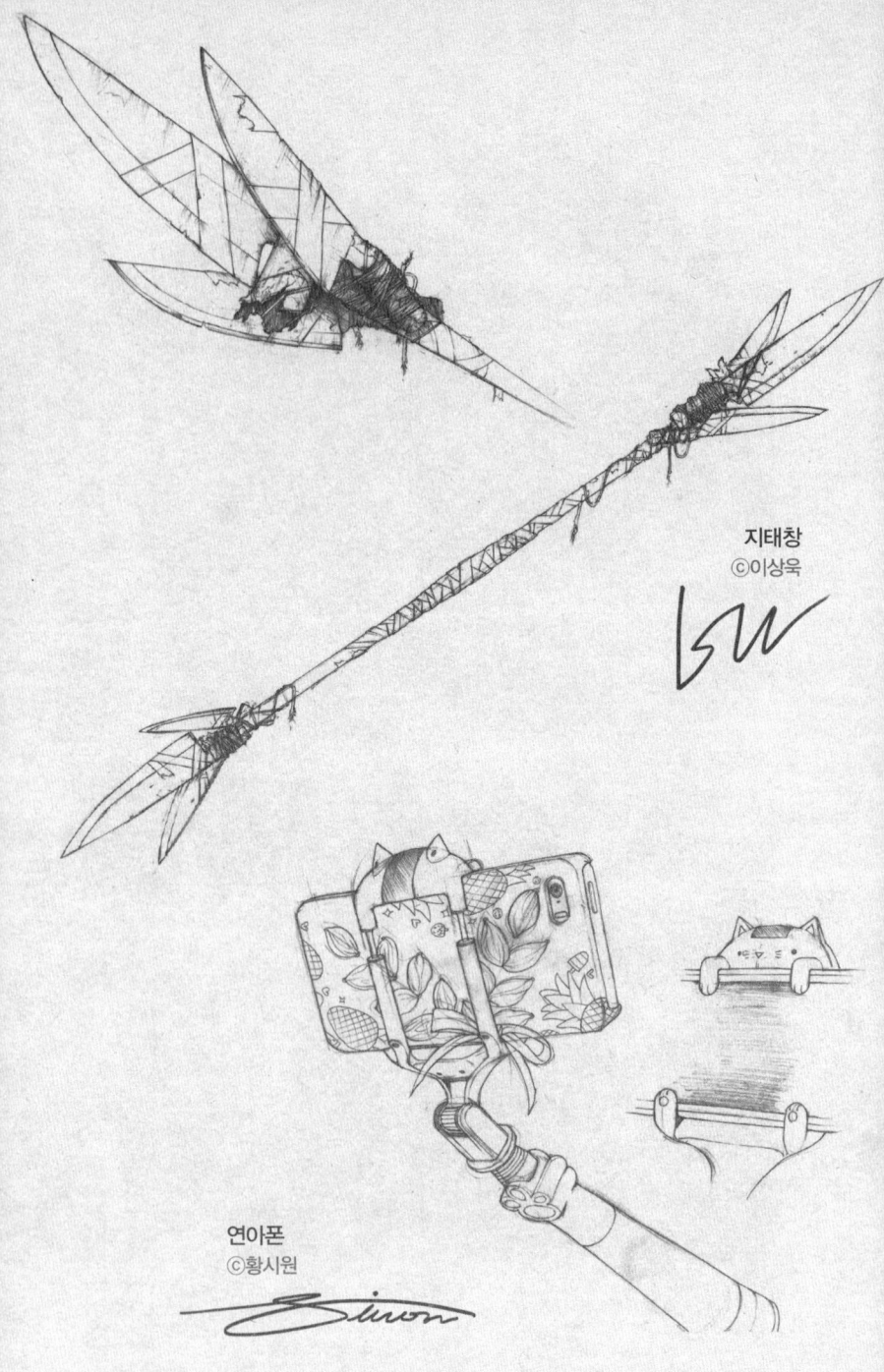

지태창
ⓒ이상욱

연아폰
ⓒ황시원

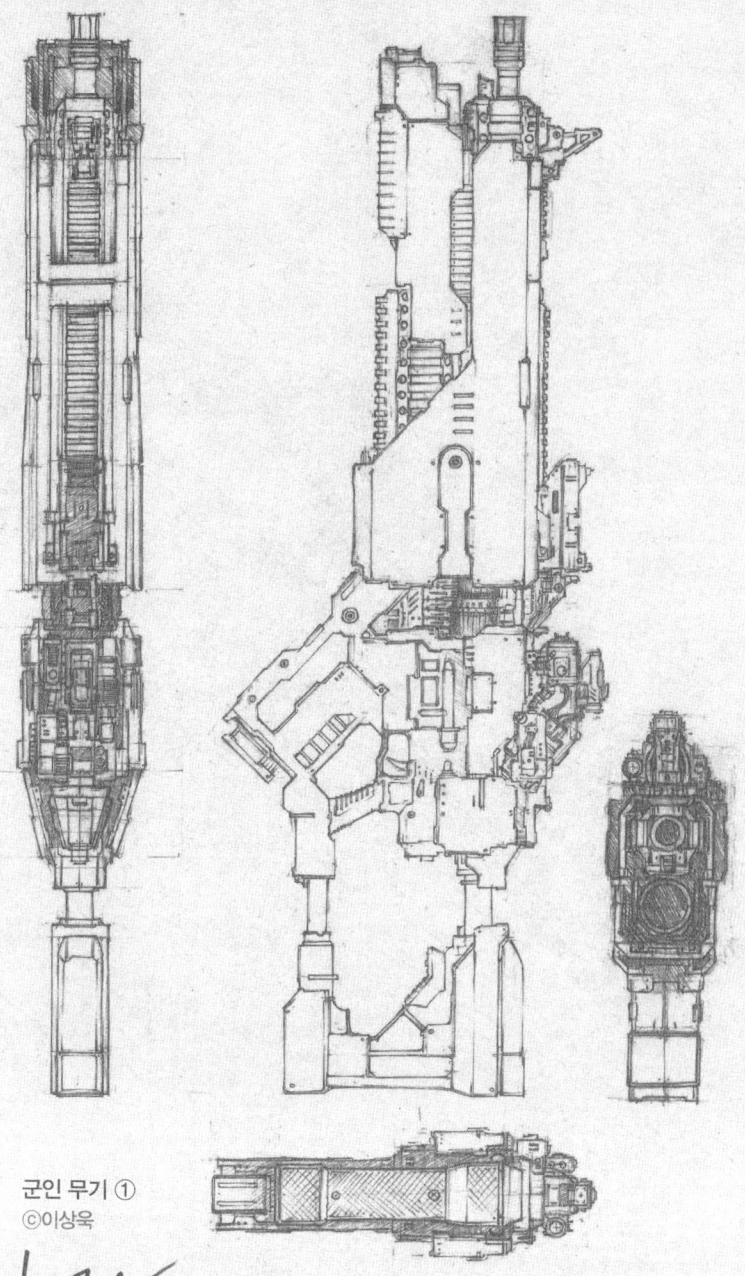

군인 무기 ①
ⓒ이상욱

군인 무기 ②
ⓒ이상욱

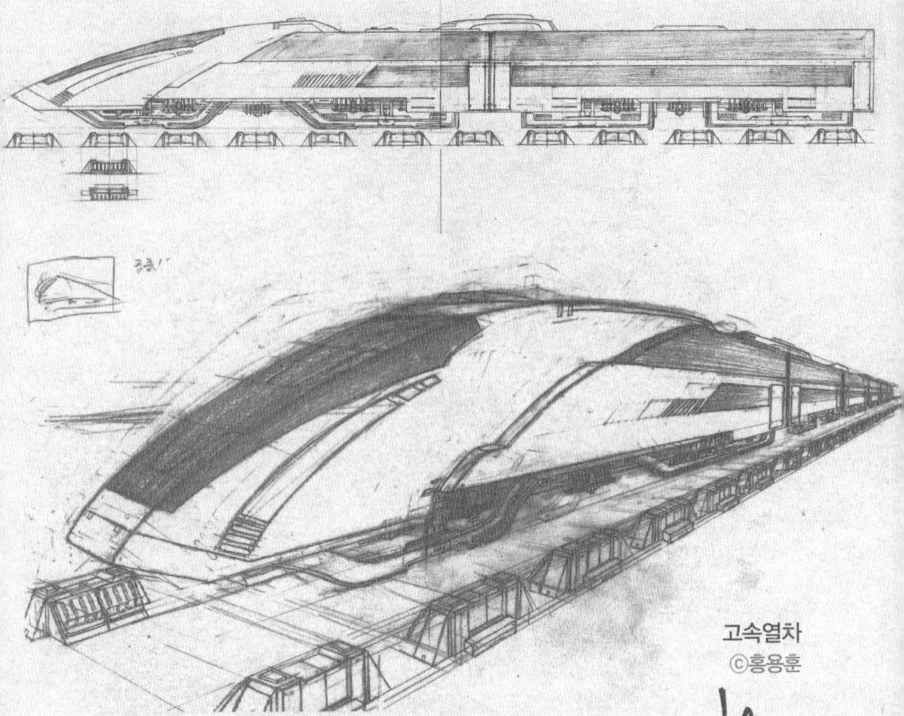

고속열차
ⓒ홍용훈

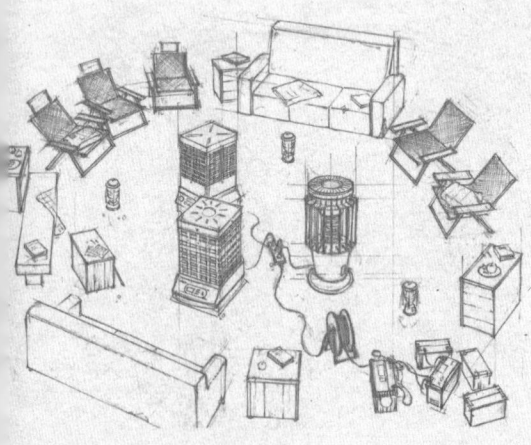

노숙자 마을 ①,
노숙자 마을 ②(오른쪽 페이지)
ⓒ이상욱

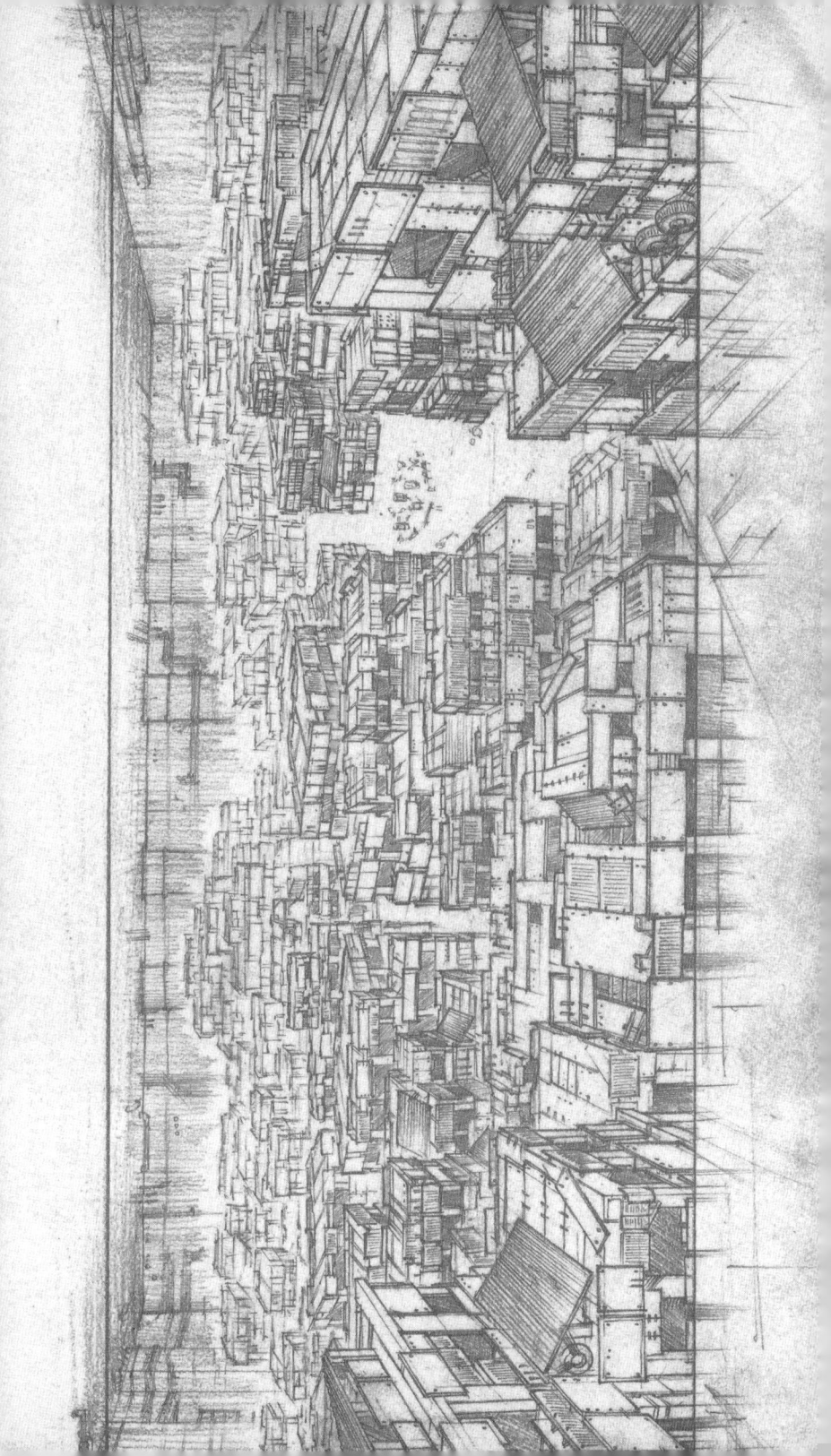

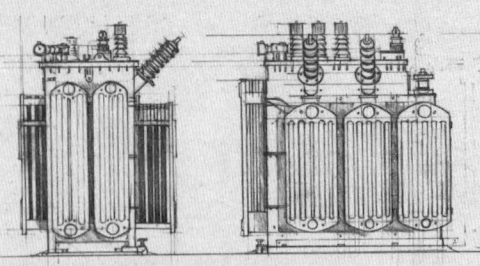

변전소(위, 아래)
ⓒ이상욱

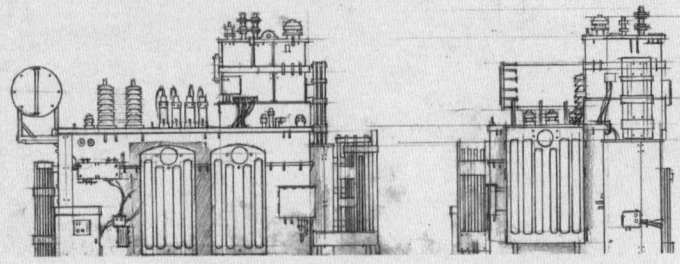

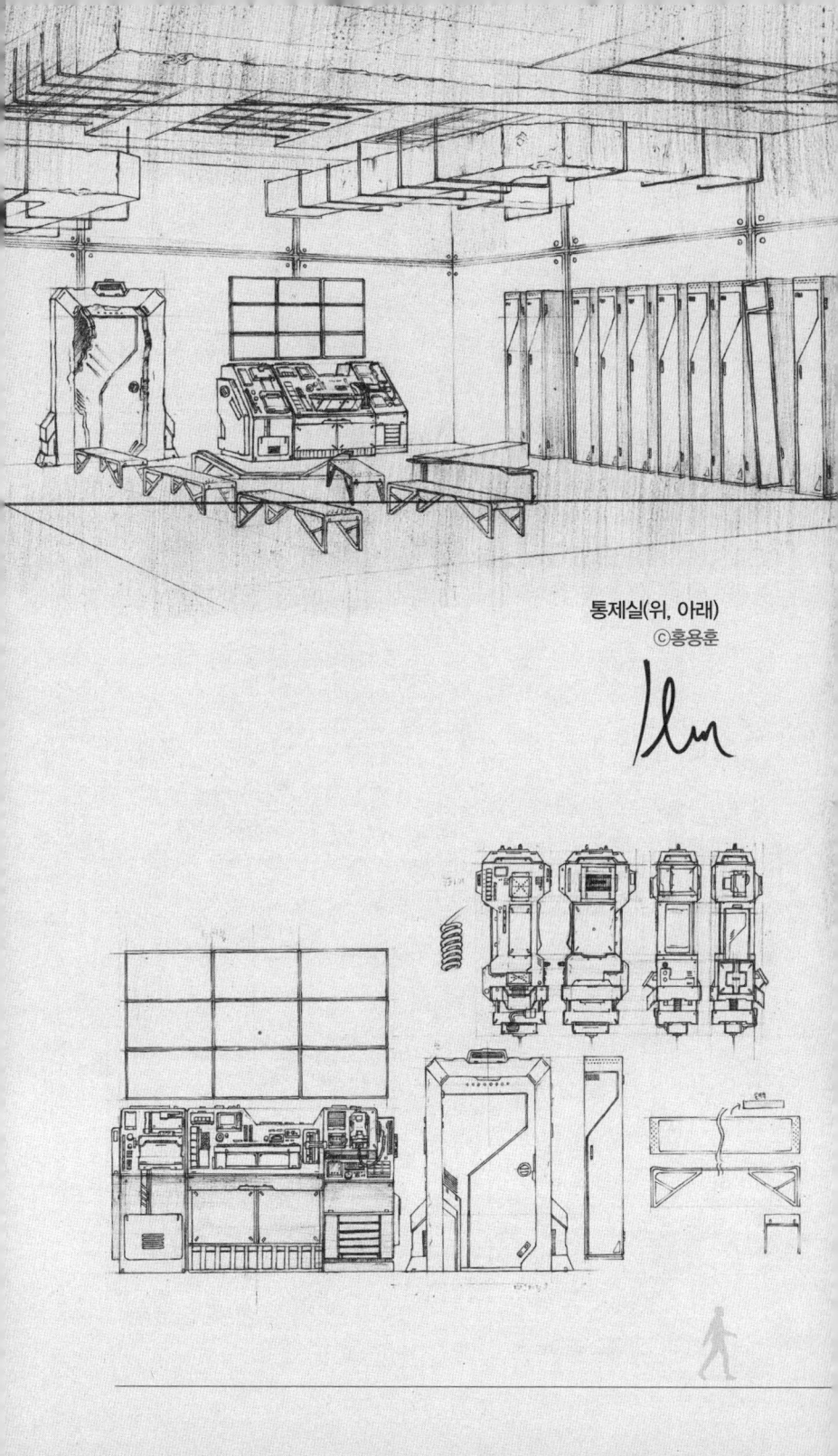

통제실(위, 아래)
ⓒ홍용훈

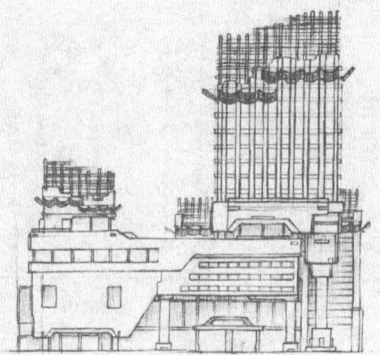
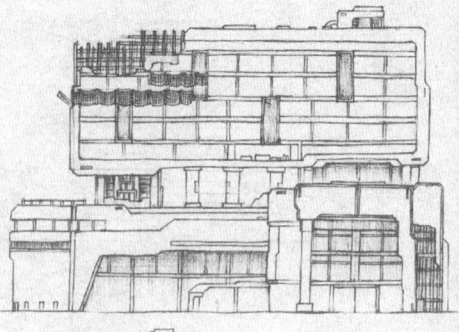

차량 기지
ⓒ홍용훈

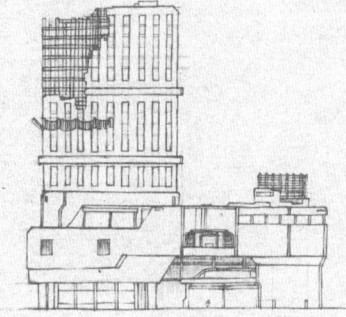

지하세계: 코어(오른쪽 페이지)
ⓒ이상욱

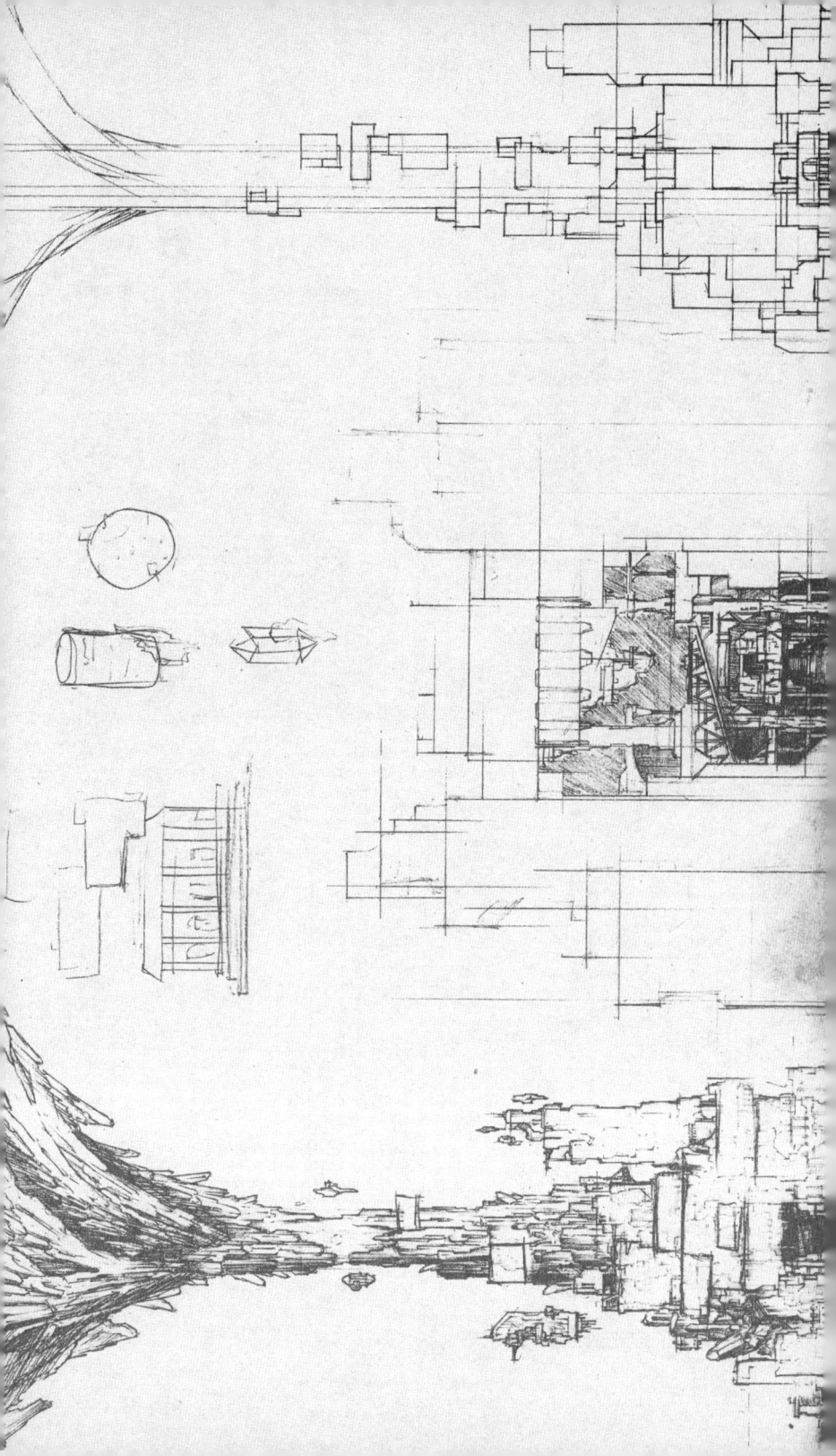

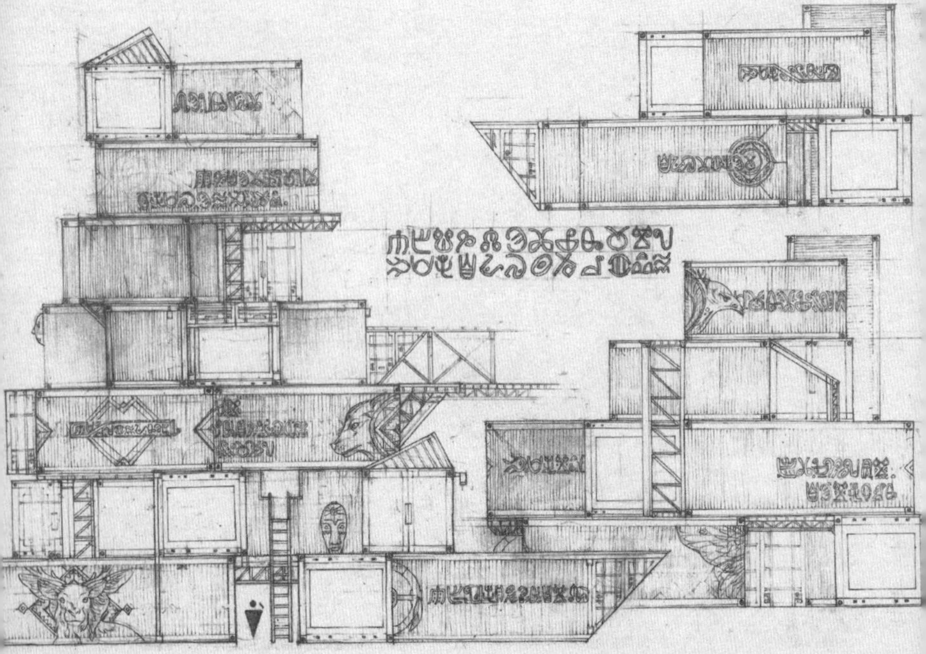

지하세계: 수용소(위, 오른쪽 페이지)
ⓒ황시원

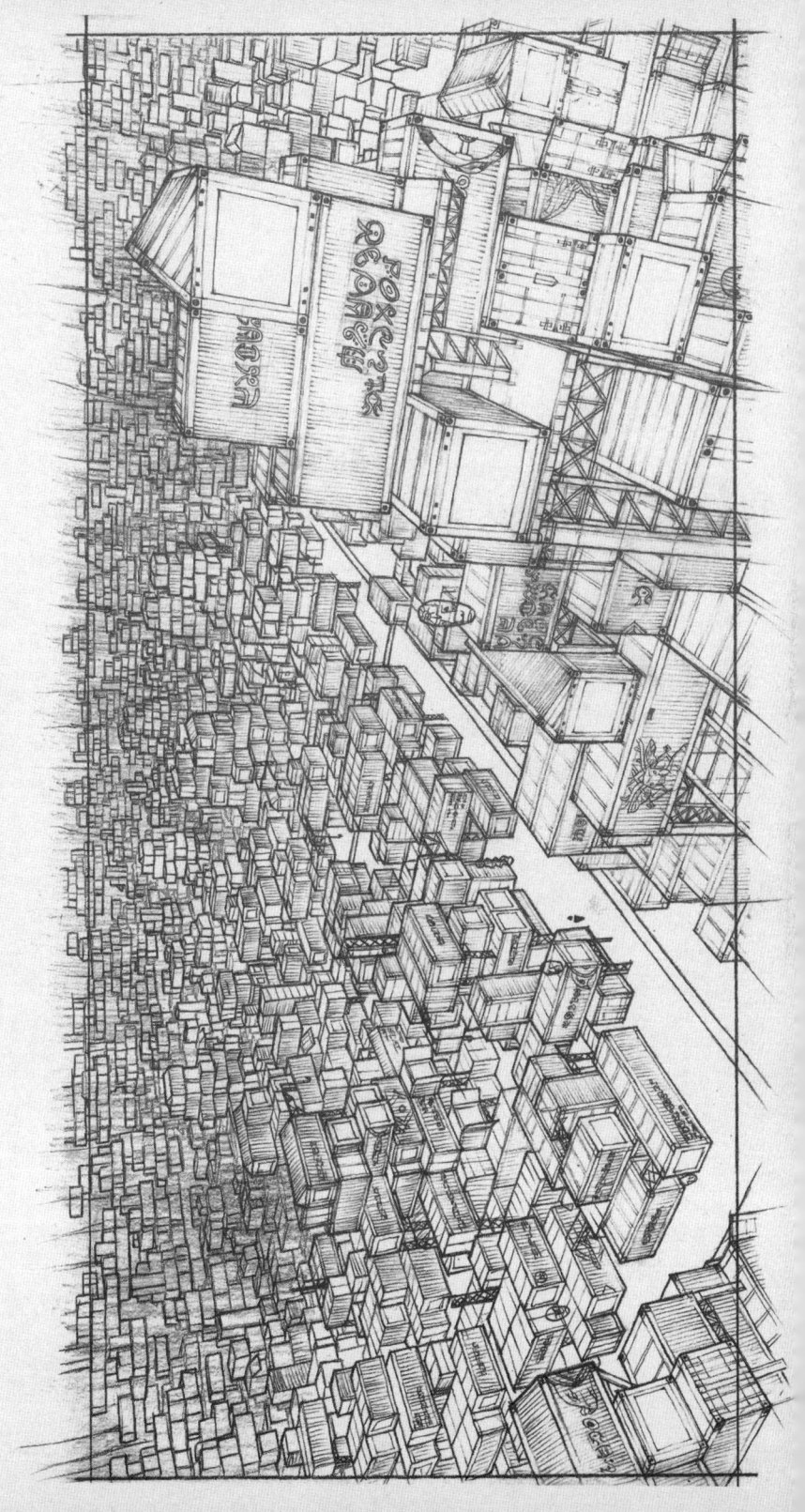

스프린터: 언더월드

초판 1쇄	• 2017년 10월 27일
초판 2쇄	• 2017년 11월 16일

지은이	• 정이안
펴낸이	• 김희재
책임편집	• 조민욱
마케팅	• 박혜신 김근형 박초아
디자인	• 장상호
교정	• 허지혜
펴낸곳	• (주)올댓스토리
출판등록	• 2009년 11월 23일 제2011-000180호
주소	• 서울시 강남구 영동대로122길 15 클레어홀딩스빌딩 4층
전화	• 02-564-6922
팩스	• 02-766-6922
홈페이지	• intro.storycabinets.com
이메일	• cabinet@allthatstory.co.kr
ISBN	• 979-11-88660-00-1 03810

캐비넷은 (주)올댓스토리의 임프린트입니다.
이 책의 판권은 지은이와 캐비넷에 있습니다.
이 책 내용의 전부 또는 일부를 재사용하려면 반드시 양측의 동의를 얻어야 합니다.
잘못된 책은 구입처에서 바꾸어 드립니다.

부록／표지 시안

표지 시안 ①

편집자가 가장 먼저 구상했던 안. 《스프린터》라는 제목에 집중하면서 SF적인 느낌을 살리고 3부작 시리즈의 표지로서 활용되어야 한다는 생각으로 구상한 것을 디자이너가 잘 구현해주었다. 시안 투표 이벤트에서도 근소한 차이로 지금의 표지를 앞서기도 했다.

표지 시안 ②

디자이너가 별도로 제안했던 안. 미니멀하지만 SF적인 느낌을 살리며 책 전체에 홀로그램박을 씌우는 세련된 안이었다. 서로를 향해 손을 뻗는 이미지는 그림 '천지 창조'의 그것을 닮기도 해 인류 진화라는 소재를 상징적으로 잘 표현한 안이었다. 단이와 신야의 만남도 읽힌다.

표지 시안 ③

현재 표지의 초기안. 영화나 미국 드라마의 컨셉 비주얼을 참고하여 미니멀하면서도 키치하고 클래식한 느낌을 의도했었다. 그러나 표지 톤과 이미지 사이 시너지가 나지 않아 청소년들의 모험, 수면 아래의 미스터리한 위협에 초점을 맞추어 이미지를 개발한 것이 현재 표지.

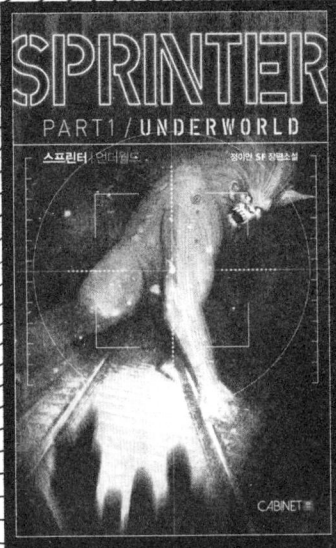

표지 시안 ④

아트웍을 활용한 안. 네 명의 청소년들이 어둠에 휩싸인 지하철 터널에서 괴물을 맞닥뜨리는 순간을 포착하였다. 이미지 자체는 훌륭하나 그 강렬함으로 인해 독자층을 좁힐 수 있겠다는 생각을 하였다. 그러나 이 안도 독자 투표에서 적지 않은 득표를 하며 존재감을 증명했다.